1314封情书

1314 Feng Qing Shu

——落基山之恋

周广骢 著

九州出版社
JIUZHOUPRESS

图书在版编目（C I P）数据

1314封情书 ： 落基山之恋 / 周广骢著． -- 北京 ：九州出版社，2012.12

ISBN 978-7-5108-1843-1

Ⅰ．①1… Ⅱ．①周… Ⅲ．①长篇小说－中国－当代 Ⅳ．①I247.5

中国版本图书馆CIP数据核字（2012）第284433号

1314封情书：落基山之恋

作　　者	周广骢　著
出版发行	九州出版社
出 版 人	徐尚定
地　　址	北京市西城区阜外大街甲35号（100037）
发行电话	(010)68992190/2/3/5/6
网　　址	www.jiuzhoupress.com
电子信箱	jiuzhou@jiuzhoupress.com
印　　刷	北京旺银永泰印刷有限公司
开　　本	720毫米×1000毫米　16开
印　　张	28.7
字　　数	372千字
版　　次	2013年1月第1版
印　　次	2013年1月第1次印刷
书　　号	ISBN 978-7-5108-1843-1
定　　价	49.00元

谨以此书献给那些相信爱情

和正在相恋的朋友们！

那时那人那事那情那感……

——来自美国落基山的问候!

1941 年 12 月 19 日，美国新墨西哥州北部山区拉格尔小山村。

漂亮的姑娘玛利亚对小伙子卡尔一见钟情，因为一个约定，因为一个承诺，玛利亚把她特有的感受用写信的方式记录了她与丈夫卡尔六十年的爱情故事，她经历了 30 年代的饥荒，40 年代的太平洋战争，50 年代的“垮掉和怯懦”，60 年代的混乱和欲望，70 年代的经济危机，80 年代的财富积累与消费，90 年代的富足与繁荣。在近半个世纪的生活里，玛利亚不断地与自己，与爱情，与生活对话，把对生活的理解和对丈夫的感受化作源源不断的爱，原始的爱情故事中，有对现实的思考，对人生的感悟。1314 封书信，用朴实的文字记述了当年那份浓浓的深情，续写了玛利亚对爱情的执著和对生命的热爱……

旅美华人周广骢先生根据流传在美国民间的这个真实的爱情故事，重新整理和编写了这本关于情爱的人生教科书，她像山涧不息的清泉，静静地流淌在你的心里，她会也必定会让你难以忘怀。同时，这本书对现代中国近 30 年来的社会环境和文化发展，特别是年轻人的爱情观和价值观有特别的启示意义，谨予亲爱的中国朋友分享!

人生苦短，爱情值得回味与珍惜，唯有爱情，使人青春不朽……

当您打开这一页的时刻，我们已经祈祷上帝为您打开爱情那扇明亮的窗了，期望您和您心爱的人一起品味我们的爱情故事，您需要有点耐心，开始看起来可能淡然无味，就像一杯咖啡，需要您慢慢品尝，有时候还需要您自己加点佐料，或许您能够找到其中真正属于您的滋味，再一次祝福您和您心爱的一起走过这可爱的人生！

——卡尔 & 玛利亚

时间 · 地点 · 人物

时间 :1941 年—2004 年

地点 : 美国新墨西哥州北部山区一个叫拉格尔村的村庄

主要人物：

玛利亚 : 乡村教师莫理的女儿，情书的主要记述者

卡尔 : 老矿工比利大叔的儿子，玛利亚的丈夫

莫理 : 玛利亚的爸爸，一个乡村教师，有点固执的老头儿

艾莉 : 玛利亚的妈妈，一个比较势利的女人

比利 : 卡尔的爸爸，一个时刻带着憨厚笑容的老矿工

苏姗 : 卡尔的妈妈，一个热情开朗的大妈

卡奇 : 卡尔的大弟

卡琳 : 卡尔的妹妹

卡文 : 卡尔的小弟

凯理 : 卡尔和玛利亚的儿子，生于上世纪 40 年代中期

凯希 : 卡尔和玛利亚的女儿，生于上世纪 40 年代末期

莎米 : 卡尔和玛利亚的养女，生于上世纪 60 年代中期

迈克 : 凯理和丽塔的儿子，生于上世纪 70 年代初期

妮可 : 凯理和丽塔的女儿，生于上世纪 70 年代初期

大卫 · 克瑞斯 : 资深媒体记者

0001. 窗外的雪——1941.12.19

今天的天气特别的冷，下午下起了雪，我围坐在炉子旁一点也不想动，呆呆地看着窗外，妈妈一边烤着面包，一边埋怨爸爸没有早点去镇上买点色拉和芝士回来。

突然，有个黑点在我视线里移动着，越来越近，径直向我家走来，我赶紧跑去开门，原来是你——卡尔——我爸爸的学生，你带来一大袋土豆，我爸爸高兴极了，大声地喊"卡尔，你好久没来了，我刚刚都还在为过圣诞节的食物发愁，没有想到你送上门来了"，你站在那里傻傻地笑。

卡尔，自从我去镇上念书，应该快 3 年没有见到你了，你比以前高大了好多，我看着你黝黑的脸庞，你的眼睛好漂亮，那一刹那我的脸一下子红了起来，为不让你看见，我赶紧帮你倒水去了。你帮我爸爸放好土豆不一会儿就要走了，妈妈拉着你的手反复地说：常来坐坐。

这一晚我没有入睡，满脑子在搜寻关于你的记忆，想起了小学三年级的时候，你送作业本来我家时给了我一小袋落花生；想起了有一次爸爸在你家喝醉了，是你送他回来的；想起了小学毕业的那个春天你给我用树枝编织的花篮；想起了你的卷发，你的眼神……

第一次对一个男人有这么多的幻想，卡尔，我是不是爱上你了？我不敢肯定……

0002. 新年到了——1942.01.01

新年到了，卡尔，我好想看到你，几次徘徊在去你家的小路上，我不敢去你家，可我哪里也不想去……

这几天很少说话，妈妈好像发现我有点心事，我骗她因为感冒有点不舒服。

卡尔，这个新年我心里第一次觉得有点孤单！

0003. 好想看到你——1942.01.06

太阳不知道躲到哪里去了，西山的雪没有半点融化的迹象。

我流着鼻涕水，好像感冒了，不太想出门，蜷坐在桌前看书，更多的时间是望着窗外。

卡尔，我知道西山的那片树林后面是你的家，你在干什么呢？好想看到你再一次出现在我的视线里。

卡尔，你冷吗？！

0004. 今夜无眠——1942.01.10

今夜无眠，卡尔，念首弗罗斯特的诗《雪夜林边小驻》给你听，尽管我知道你听不到。

我知道林子的主人是谁，

虽村落是他所居之地。
他不会看到我停留于此，
凝视他的林子雪花纷飞。
我的小马一定以我为怪，
近无房舍，为何停伫。
况只有林子与冰湖，
和一年中最黑之夜。
他轻摇铃具
询问有错与否。
唯一的回复来自，
软雪和清风。
林子很美——昏暗而幽深，
但我已有约定。
沉醉前还有一段路要走。
沉醉前还有一段路要走。

0005. 今天是我的生日——1942.01.13

今天是我 16 岁的生日，好几个女同学来到家里为我祝贺，妈妈做了很多好吃的东西，郝丽娜开玩笑地大声说“嗨，玛利亚，你的男朋友怎么没有来呢？”，我使劲地打了她一拳，我们嬉闹了一个上午，爸爸在一边不断地重复说，“小小姑娘，好好读书……”

卡尔，我好想你突然出现在我的面前！

0006. 我去了你的家——1942.01.18

这个圣诞节过得很快，我又要去镇上上学了，我很想见到你，今天我跟妈妈撒谎说去同学家玩，我把自己打扮得很漂亮，偷偷地从柜子里拿了一瓶蜂胶，一路忐忑不安地来到你的家。

卡尔，你站在院子的树下弹吉他，看我的表情好像我走错了地方，一边嘿嘿地笑，一边手忙脚乱迎我进屋；苏姗大妈老远就看见我大喊：“漂亮宝贝，怎么这么久都不来我家玩呢？”拉着我的手问长问短，我被她的热情包围着，以至顾不上和你说一句话，只能偷偷地看你几眼。

你远远地站在一边不知所措，好像要送我什么，在房间里到处乱翻，最后又无奈地朝我摊摊手说“对不起，真的没有什么好东西可以送给你的”。

临走的时候，我的袋子里装满了花生、烤玉米饼等好多好吃的东西，卡尔，我很喜欢你的妈妈，真的。

0007. 我好想给你写一封信——1942.02.05

卡尔，我知道你一开春就去了一个叫多里瓦的矿山，你的爸爸比利大叔好像也在那儿工作。

今天我好想给你写一封信，可我写了又撕，撕了又写，我不知道给你写什么好，好想见到你，看你傻傻的笑的模样，好想和你说说话，哪怕就一句话。

卡尔，你在那边还好吗？！

0008. 我学习有点心不在焉——1942.02.23

卡尔，这几天不知道怎的，傻乎乎的想你的模样，上课的时候有点心不在焉，有时候不知道老师讲了些什么，今天发愣的时候被老师点名批评，作业也做错了，心里有些不愉快，但只要一想起你的模样，我似乎又忘了这些不愉快的事情。

时间过得很快，我好担心自己的学习成绩，爸爸知道我现在的状况肯定会骂死我了。

卡尔，你会不会像我想你的样子想我呢？！

0009. 该死的安东尼——1942.03.15

卡尔，你知道吗？班上好多的男生偷偷地塞了很多纸条在我的书包里，课桌里也有，我既好笑，又生气，我对他们好像没什么感觉，尤其是那个该死的安东尼，有意无意地靠近我，还跟同学大声说他喜欢我，看他嬉皮笑脸的样子，我都懒得理他。

卡尔，你喜欢我吗？！

0010. 我抄了一首惠特曼的诗——1942.03.30

今天我抄了一首惠特曼的诗想寄给你："我在路易斯安那看见一棵栎树在生长/它独自屹立着，树枝上垂着苔藓/没有任何伴侣，它在那儿长着，迸发出暗绿色的欢乐的树叶/它的气度粗鲁，刚宜，健壮，使我联想起自己，但我惊讶于它如何能孤独屹立，附近没有一个朋友，而仍能迸发出欢乐的树叶，因为我明知我做不到，是我折下一根小枝上面带有若干叶子，并给它缠上一点苔藓/带走了它，插在我房间里在我眼界内/我对我亲爱的朋友们的思念并不需要提醒（因为我相信近来我对他们的思念压倒了一切）/但这树枝对我仍然是一个奇妙的象征，它使我想到男子气概的爱/尽管啊，尽管这棵栎树在路易斯安那孤独屹立，在一片辽阔中闪烁发光/附近没有一个朋友一个情侣，而一辈子不停地迸发出欢乐的树叶，而我明知我做不到"。

这首诗太深奥了，我怕你笑我，忐忑不安走到邮箱旁，我又把它收了回来。

卡尔，你那里有书看吗？你喜欢惠特曼的诗吗？我有时想你就是那一棵树，孤独地立在拉格尔村的路边，你快乐吗？

0011. 好想和你一起看电影——1942.04.02

卡尔，镇上电影院在重新放映《乱世佳人》，我们班的同学都去了，我的手里拿着票，好想你和我一起看电影。

《乱世佳人》里的思嘉是贪婪、自私又美丽的，她敢于去爱，无怨无悔，她的整个青春都在爱着阿希礼，没有回报但她仍没有放弃努力。她美丽，但她只是适当地运用她的美丽来得到她所喜爱的东西，从来不用自己的美貌来玩弄爱情。

思嘉的刚强和坚忍同样让我印象深刻，无论是面对战争的废墟和硝烟、母亲和父亲的去世、生活的贫穷艰难还是女儿的夭折，在和她承受同样的痛苦和艰难的人们当中，她是最先从痛苦和艰难中走出来的一个，当思嘉面对着已是满目伤痕地泰勒庄园时，她的坚忍和刚强使她这个家中的长女担起家长的重担，在影片的结尾，她还是坚定地告诉我们：Tomorrow is another day。

我看完电影《乱世佳人》就喜欢上了费雯丽，她迷人的风采和出色的表演让我久久难忘，她演绎的思嘉真的就像活着的一样。

卡尔，你知道吗，我好喜欢看电影，尤其是爱情片，有时候我梦想去做一个演员，我虽然没有思嘉那样美丽动人，但我也有权力去追求属于自己的爱情。什么时候能够和你一起看一场电影呢？我好期待这一天快点到来！

0012. 寄出的第一封信——1942.04.18

卡尔，我很喜欢吃你送的土豆。

你在那里辛苦吗？是不是每天要钻很深很深的洞子？里面有没有危险？你的衣服有没有人帮你洗吗？还是每天穿着那黑黑的工作服呢？你下班的时候是不是一个人在悄悄地弹吉他呢？我的脑海每天都在想这些乱七八糟的东西。

这个夏天等我放假的时候，卡尔，你来我家玩，好吗？！

0013. 等待你的回信——1942.04.29

卡尔，自上周忐忑不安地寄出我给你写的信后，我每天放学后都不自觉走到学校的邮箱旁，翻阅有没有你寄给我的信件，每次都没有，我好失望。

不过没关系，我知道你忙，很辛苦，可能没时间给我写信。

卡尔，我相信你会给我回信的，你说是吗？！

0014. 我好像病了——1942.05.10

卡尔，今天周末，我从学校回到家里，整天没精打采的，全身无力，不想看书，我是不是病了，妈妈担心得要命。

手里装模作样地拿一本书，呆呆地望着窗外，一边想你的模样，一边拿一支笔在纸上画来画去，一个上午歪歪扭扭写了二页“卡尔”，以至爸爸进来的时候，我惊恐地把纸揉成一团。

卡尔，你会给我写信吗？！

0015. 我梦见了你——1942.05.12

卡尔，今天有点发烧，头痛得厉害，不想去学校，妈妈给我服了点药，我早早地睡了，我作了一个梦：“我们一起去爬落基山，我爬不动了，你拉着我的手一步一步地爬，不知道爬了多久，最后我们爬到了山顶，一眼看下去，啊，好美的景色，我情不自禁紧紧地拥抱着你……”醒来的时候，我大汗淋漓，我的感冒好像好了很多。

卡尔，你也会梦见我吗？我问这个问题是不是好傻！

0016. 卡尔的信——1942.05.25

玛利亚，很意外很惊喜地收到你的来信，昨天，当吉姆那小子拿着你的信大声嚷嚷的时候，我还认为他在骗我，自离开学校就没有人写过信给我，更没有想到你会写信给我。

是的，矿上很辛苦，没有办法，我很想像你一样继续上学，可我下面还有三个弟妹要上学，我不想爸爸那么累，只好到矿上打打工补贴点弟妹的学费和家用。

当一个煤矿工人不是我的理想，我想我干完今年就不干了，我想去纽约城闯闯世界，我有个同学舒特鼓动了我好几次，说那里有很多我想不到的稀奇东西，有很多的高楼大厦，每天有很多传奇的故事发生，可那里离家太远了，在东部两千多公里远的大海边，割麦地、摘棉花的时候照顾不到家里，我犹豫了好几次。

我很喜欢你扎着的那两个小辫子，穿花格裙的模样很可爱，你笑起来那两个小酒窝特别好看，有几次我好想跟你说说话，当我看到自己褶巴的裤子，我的脚步就不自觉地停住了，怕你笑话我，看不起我，我知道我配不上你。

玛利亚，你在学校还好吗？好好读书，我也很想回来看看你，这个夏天我一定回来！

0017. 我觉得你很了不起——1942.06.01

卡尔，今天终于收到了你的来信，我迫不及待地拆开来看，我整天都兴奋不已。

卡尔，我知道你很想上学，爸爸经常夸奖你，说你是个诚实聪明的孩子，读完高中二年级就不再上学了很可惜，我曾问爸爸你为什么不继续上学，爸爸叹了叹气说：“大饥荒的年代，像他那样的家庭，能够读到高中二年级已经很不错了”，我今天终于知道你的难处，不过，我觉得你很了不起。

卡尔，你不用自卑，我一直很喜欢你，从来没有看不起你，我一直把你当大哥哥，只是以前不懂爱情。

谢谢你的来信，卡尔，我真的很高兴！

0018. 卡尔的信——1942.06.10

玛利亚，再过半个月我有休假的时间，一想到可以见到你，我的心就怦怦直跳，我好担心你看到我黝黑的脸，还有我粗糙的手会吓你一跳，我甚至找不出一件干净的衣服穿在身上，你可能想象不出我现在是多么的狼狈，我不敢去见你，真的，在你面前，我除了一颗喜欢你的心，一无所有。

我也不知道带什么礼物给你，在矿上我也买不到任何礼物，我现在很害怕见到你，又很想见到你，玛利亚，我烦恼极了，有好几个晚上我都没法入睡，很多的时候我在想，能够娶你做妻子的人一定很幸福，我笑了，笑得很幸福，好像那个娶你做妻子的人是我，你说我是不是在做梦？

玛利亚，如果能够快一点见到你多好，我的心快爆出来了！

0019. 我好想你抱着我——1942.06.25

卡尔，我总盼望学校快点放假，我又可以见到你了，我翻出那条花格裙整天穿在身上，期望你哪一天突然出现在我面前，时间好像过得好慢。

今天下午你回来了，在村口的路上，看见我，你飞快地跑了过来，可你快到我面前的时候又停了下来，傻笑地看着我，送给我不知道哪里采的一束野花，你轻轻地拉着我的手，我好激动，我在颤抖，其实我好想你抱着我，紧紧的。

村口到家门口一英里的路，我们走了一个下午，天黑了，卡尔，我舍不得你回去！

0020. 我们一起偷偷去看电影——1942.07.05

最近镇上在放一个影片《魂断蓝桥》，今天我跟妈妈说谎去一个同学家玩，和你偷偷去了镇上看电影。

故事讲述第一次世界大战期间，陆军上尉克罗宁在难得的休假中邂逅了芭蕾女郎玛拉，两人坠入爱河并互定终身，然而征召令提前到来，使得这对战火鸳鸯经受爱的煎熬；克罗宁未道别便赶赴战场，后来玛拉以为爱人已战死沙场，伤心之余迫于生活的压力沦落风尘；战后玛拉与克朗宁意外重逢，她自惭形秽无法继续这份恋情，最后玛拉在两人当初相识的滑铁卢桥上自杀身亡……

赫丽丝迷人的风采和出色的表演让我久久难忘，芭蕾舞演员在火车站拼命地寻找她恋人的那一幕扣人心弦，幸福和喜悦来去匆匆，短暂而悸动，战火下的爱情故事令人无限伤感；我不觉眼睛湿润，倒在你的怀里哭泣，你不知所措，紧紧地抱着我。

回村里的路好难走，卡尔，你小心翼翼地拉着我的手送我回家，夜已很深，爸爸第一次骂我，我朝爸爸做了个鬼脸，赶紧躲进房间里睡觉去了，这一夜我没法入睡！

0021. 分享我童年的照片——1942.07.13

今天我拿出我仅有的几张童年的照片给你看，黑白的。一张我一岁的，爸爸妈妈抱着我，你在惊叹我妈妈那个时候好漂亮。一张三岁的，长得像个男孩。还有一张我刚上学的照片，应该是六岁的样子，手里拿着笔在本上认真的写字。一张九岁的照片上我穿着裙子头上扎着辫子，你说那个时候来我家送花生时还和我一起玩过，不小心把我的裙子弄脏了，站在那里不知所措，印象最深刻的是我的那两条小辫子，那是我妈妈每天早上花很长的时间帮我扎的。直到现在我的头发还梳成两条辫子，不过是我自己扎的，我可以扎很多的花样，你一边摸着我的头上的辫子，一边看着我的照片在嘿嘿地笑着。

卡尔，和你分享童年的照片是一件快乐的事情，忘记告诉你了，你的眼睛笑起来很迷人，充满了光亮！

0022. 西山的那片树林——1942.07.21

西山的那片树林成了我们约会的好地方，这里除了偶尔的鸟叫声，没有谁打扰我们，我每天晚上都在准备第二天要和你说的话，卡尔，你在这里第一次亲吻了我，我第一次这么近距离闻到你的气息，我每天都在兴奋当中。

卡尔，你每次看到我都会飞快地跑过来，手里拿着热乎乎的玉米饼，我很感动，我很喜欢你弹吉他的模样，你的眼神经常有一丝忧郁闪过，卡尔，你在想什么呢？你能够告诉我吗？还是在担心我们的未来呢？

这个暑假好像过得好快！

0023. 你要走了——1942.07.25

昨天，翻完你家里最后一块地，卡尔，你告诉我你又要去矿上了，我知道你妈妈已经催了你好几次，可我舍不得你走。

在清晨的村口，我拉了你的手好几次，你还是走了，轻轻地挥一挥手，留下我一个人站在那儿流泪。

卡尔，你知道吗，从昨天到现在，我的心里空荡荡的！

0024. 我不想上学了——1942.07.30

我的成绩不怎么理想，没有想继续升学的愿望，爸爸为此很生气，爸爸原本的意愿是让我考上城里的高级中学，然后做一名教师，我让爸爸很失望，读完中学高年级班我决定不读书了。

卡尔，对你的想念与日俱增，我很担心你受伤，很担心你生病没人照顾，我很想去多里瓦的矿上找你，60 多里的山路，太远了，我可不敢一个人去，我甚至不敢把我们的事告诉爸爸妈妈，如果他们知道我和你在一起，一定会很生气的！

卡尔，你还好吗？你会不会想我呢？！

0025. 我省了买面粉的钱——1942.08.10

卡尔，今天妈妈要我到镇上买奶油和面粉，一想到你在矿上苦闷的日子，我跑到书店为你买了两本书：一本海明威的《老人与海》，这本书充满惊险，我为老人面对失败仍顽强拼搏，绝不屈服所感动；一本马克·吐温的《苦行记》，这本书的内容有很多冒险的情节，很幽默，很好笑。这可是我很早就听说却舍不得买的书，但一想到你放工可以打发时光和你看后大笑的情形，我毫不犹豫地买下了，对了，还给你买了一支钢笔，你可要记得常常给我写信；

卡尔，这两本书可是我少买了 2 斤面粉省下的钱为你买的，不要忘记为我保密！

0026. 卡尔的信——1942.08.16

玛利亚，我收到你托我父亲带过来的书和笔，很感动，这可是我最喜欢的两本书了，上学的时候你爸爸经常讲这两本书里的故事，可惜我家里没钱给我买，记得，班上的同学德比有一本《老人与海》，我向他借了几次都没有给我，到现在我都没有理他。

我的工友们羡慕极了，纷纷来抢我的书，《苦行记》还抢烂了一页，我差点揍了伍德那小子，我今天花了半天的工夫才把这页小心翼翼粘起来。

玛利亚，我不知道如何表达我的情感，脑袋里没有词儿，给你写信是一件很困难的事，尽管我有千言万语，请原谅我的笨拙。

我托人到城里给你买了一条红色的围巾，回家的时候我要亲自为你戴上；

玛利亚，我爱你！

0027. 我常去西山的那片森林——1942.09.06

卡尔，你知道吗？我常常一个人不自觉地走向西山那片树林，我不敢走得太近，我有点害怕，远远地看着你家的方向，我好想你突然出现在我的面前拉着我的手奔跑，山林里只留下我俩的欢笑。

卡尔，我在数着你离开我的日子，到今天有整整 40 天了，你什么时候来到我的身边呢？！

0028. 卡尔的信——1942.09.13

玛利亚，离开你快一个月了，我时常想起你那粉红的小脸，明亮的眼睛，想起第一次拉你手颤抖的感觉，还有在西山那片树林里我第一次亲吻你，每当我想起这些，我的心无比激动，我明显地感觉我的呼吸加快，那种美妙难以言说。我以前很苦恼自己的贫穷，我现在认为上帝对我太好了，拥有你，我好像拥有了整个世界。

矿上的日子有点单调，一有空闲我满脑子在想喜欢你的词儿，然后写在纸片上，夹在我的书里，我可不想我的脑袋里只有矿石、煤炭、木头等生硬的东西。想念你的日子过得很快，我的内心从来没有像现在这样充满了喜悦和干劲，我知道这一切都是因为心里有你。

玛利亚，我愿意一生一世照顾你，保护你，不管将来你变成什么样子，你依然是我最爱的人，相信我，我会让你成为最幸福的人！

0029. 我学会了织毛衣——1942.09.25

卡尔，想你的日子很无聊，村里的很多同龄姑娘都会织毛衣，我却不会，不过你放心，在这个冬天来临的时候，我一定会织出一件漂亮的毛衣穿在你身上。

我每天都跑去隔壁邻居塞林娜处学织毛衣，我骗她们是为自己织的，她们都在笑话我哪个女人要织那么大的，肯定是哪个男人的。说真的，她们笑我的时候我心里美滋滋的，这种感觉以前从来没有过，我每天都在想象你穿上我织的毛衣很帅气的样子。

卡尔，天气凉了，你可要记得多穿件衣服！

0030. 卡尔的信——1942.10.06

玛利亚，一转眼秋天就到了，很想念你，每天都想，在矿上要找个安静的地方给你写封信真的很难，邮差半个月才来矿上一次，买邮票要走十多公里的山路到霍布斯镇上，这封信是在我膝盖上写的，字写地有点难看。

我们带班的班长夸奖我的力气大很多了，挑矿石的速度比以前快好多，每天都超量完成任务，还说我现在变得好开朗，每天都笑笑得很开心，好像有什么喜事的样子，我前几天很骄傲地告诉他“我有女朋友了，我非常地喜欢她”，工友们嚷着要我先买喜糖给他们吃，花了我整整 3 天的工资，不过我一点儿也不心痛。

每天放工下来的时候，身子像散了架似的，可我只要想起你，我很快就美美地进入了梦乡。

玛利亚，当圣诞节来临的时候，我会回来看你！

0031. 我数着你回来的日子——1942.10.14

卡尔，很高兴收到你的来信，我知道矿上的条件很艰苦，如果你没有时间就不要写信给我了，我怕你太辛苦，尽管我很希望看到你的信，你心里想我就行，我会知道的。

毛衣我已经织好一半，但我又把它拆掉了，我嫌它不好看，我又学会了好多的花样，我要重新帮你织一件漂亮的，尽管我织得好慢，但我很快乐，我每天在织毛衣的过程中打发我的时光，我想等你回来的时候，毛衣应该织得差不多了。

卡尔，你要好好照顾好自己，我很期待圣诞节来临的时候见到你，离圣诞节还有 60 天的时间，我在数着你回来的日子，你不要让我等得太久！

0032. 我哭了——1942.10.26

卡尔，我昨天晚上做了一个梦，梦见你受伤躺在床上，早上起来的时候，我发现自己的眼睛湿湿的，我知道昨天晚上我哭了，今天早上，我很想跑到你家去问你妈妈，打听你是否受了伤，我走到一半又折回来了，我怕你妈妈笑话我。

卡尔，在矿上你一定要注意安全，我好担心你出什么意外，但愿我的担心是多余的！

0033. 我就这样想你——1942.10.27

卡尔，初冬的寒意令我久久无法入睡，坐在床头静静地想你，为你写了首诗：

我就这样想你，
自己的心情有了温柔的疼痛，
我静静地想你的名字，
想你弹吉他的身影，
想与你相拥在林中，
想与你在月光下携手相依；
我就这样想你，
在这个宁静的夜空里呼唤你，
漆黑的夜无法传递我的声音，
但我总相信无论多远，
你一定能够听；
我就这样想你，
在这个宁静的夜晚，
想起了你忧郁而明亮的双眼，
我好想为你点亮一盏灯，
静静守候着你的归来，
为你递上一块温热的手帕，
轻轻擦拭你脸上的疲惫；
我就这样想你
你轻轻地捧着我的脸庞，
静静地看着我，
我紧紧依偎在你的怀里。

0034. 卡尔的信——1942.11.08

玛利亚，昨天下午去矿山后面的树林里摘野果，摘了好多好多，酸酸甜甜的挺好吃，可惜不能给你留一些，爬树的时候不小心丢了你送给我的钢笔，急得我快流眼泪了，天黑的时候，我终于在一棵树下的树叶里找到了。

还有一件事我本来不想告诉你，可我还是忍不住，前几天中途休息的时候差点丢了性命，我坐在道旁一棵小树下偷偷看你给我写的信，不料山上滚下一块大的石头，好在吉姆赶过来大声喊我才躲过去，我答应把《老人与海》借给他看一个月，另外我还欠他一顿饭。

矿上的日子有点单调，想你的日子那么漫长，玛利亚，我好想早点回家见到你！

0035. 圣诞节快到了——1942.12.18

卡尔，圣诞节快到了，我知道又可以见到你了，我每天都跑去村口，或呆呆地望着你回来的方向，有好几次看见有人朝这个方向走来，我大声地喊你的名字，结果都弄错了。

天空中不时有小鸟飞过，我好想你是一只小鸟飞到我身边，我盛开的心将全部向你开放，然而我只看到小鸟飞向天际，消失在西山的树林里，我怅然走向回家的路……

卡尔，你快点回来！

0036. 你回来了——1942.12.24

夜色已暗，卡尔，你披着雪花回来了，我跑过去紧紧地抱着你，捧着你的脸亲吻着，你被我突如其来的举动吓呆了，以至好一阵子才反应过来。

你比以前瘦了，手也受了伤，我心疼得哭了起来，你赶紧安慰我，哄我，你把那条红色的围巾帮我系上。

卡尔，这一刻我觉得很幸福！

0037. 我们一起看落基山的雪——1943.01.01

新年到了，天气晴好，我和你相约去落基山看雪，尽管上学的路上可以远眺落基山，六月天的时候，甚至可以看见白雪的山顶在太阳光下反射出金色的光环，我很向往走近它看看它的真面目。

翻过西山，朝远处落基山白色山顶的方向走去，你拉着我的手一路有说有笑，不知不觉已近中午，我们来到了大山的脚下，肚子好饿，细心的你带了烤玉米和面饼。阵阵寒风吹来，好冷，你赶紧用身体帮我挡着，解开你的棉衣把我包起来，我紧紧地抱着你，我把头埋在你的怀里。

回来的路上，我的脚扭了一下，痛得走不动了，你背着我，给我讲笑话，可能是我累了，我竟然在你的背上睡着了，当我醒的时候，已经到了西山的脚下。

卡尔，我好喜欢你背我的感觉，明年的春天我们还来，好吗？落基山会见证我们的爱情，我们年老的时候还要一起来看雪，我会爱你直到我们慢慢老去！

0038. 妈妈知道了我们的秘密——1943.01.19

昨天你来到我家送了一袋花生，爸爸对你好像没那么热情，妈妈更是不冷不热，你怯怯地站在那儿不知所措，临走的时候妈妈把你叫一边不知道跟你说了什么，你的脸色很难看，低着头急匆匆地走了，甚至没有跟我打招呼。

从他们的眼神和动作看来，妈妈应该知道了我们的秘密，妈妈几次问我，我都没有否认，我知道妈妈不愿意把我嫁给你，说你家里兄妹太多，怕我受苦，还说要找一个镇上的富贵人家把我早点嫁出去，我恨死她了，从昨天到今天我都没有理我妈妈。

卡尔，你不用担心，我知道你很诚实，很会照顾你的兄妹你的家，你的父母很和睦很热情，我是真的喜欢你，不管怎样，我会成为你的新娘！

0039. 妈妈很生气——1943.02.05

卡尔，今天我妈妈很认真地和我谈了一次，说不允许我再去找你，我大声地质问妈妈"为什么？为什么？"气得妈妈把我关在房间里不许出去，我拍着门板哭喊着爸爸，可爸爸也不理我，我就这样无助地坐在床上一个晚上。

卡尔，我一定要来找你，我爱你，谁也阻挡不了我！

0040. 卡尔哭了——1943.02.10

卡尔，我好不容易来到你的家，见到你我好想在你怀里哭一场，可你却远远地躲着我，以至你妈叫了你几次，你才很不情愿地走过来，你说我妈妈嫌弃你，说你家里穷，说你没有一个好的工作，你好伤心，你难过得几乎要哭起来，你说这些都不是你的错，你喜欢我，可又娶不起我。

我站在那儿静静地听你说完你想说的一切，我的眼泪忍不住流下来。是的，你没有错，卡尔，你不要难过，我理解我的妈妈——一个足不出户的女人，熬过了这么多年清贫的日子，她的希望寄托在我的身上。不过，你要相信我，相信我对你的爱，我们一定会过上好日子！

0041. 我把自己关在房间里——1943.02.16

卡尔，妈妈把我看得很紧，我不想和她说话，关在自己的房间里看小说，爸爸时不时过来敲门，在门口哄我开心。

卡尔，你知道我的处境吗？我好想你在我身边！

0042. 相亲——1943.02.25

这几天烦透了，家里来相亲的人好多，那个肥头大耳的比尔——听说是镇上镇长的儿子，我爸爸很喜欢他。他提了好多的礼物来提亲，我把自己关在房子里不见他，为此爸爸至少一个星期还在生我的气。还有那个凯特——听说他家里很有钱，我妈妈很喜欢他，来了好几次，我一看到他油光满面的神气劲就很讨厌。还有我的那个同学克理斯，近段时间写了好多好多的情书给我，把我比喻成天上的天鹅了，可我对他一点感觉也没有……

卡尔，这几天你在干吗？我好想逃离这个家和你在一起！

0043. 卡尔很难过——1943.03.20

卡尔，今天去你家，你表情怪怪的，似笑非笑，很忧郁的样子，无精打采地弹你的吉他，好像不太愿意和我说话。我问你哪里不舒服，你总是答非所问，我们不欢而散。

卡尔，你一定是听说我在相亲的事情，一定是的，甚至村民们都说我要嫁给镇长的儿子了，那不是真的，你不要相信这些。

卡尔，你不要这样，你这样我很伤心，到现在为止我一刻也没有动摇过我对你的爱，相信我，我爱你！

0044. 卡尔不辞而别——1943.03.25

昨天我妈妈去了你家，我今天才知道。

卡尔，妈妈说不允许我再去你的家，不许我再去找你，我大哭大闹不断地问我妈妈“为什么”，妈妈不理睬我。

卡尔，今天下午我去了你的家，见到了你母亲，你母亲告诉我最好不要再来你家，免得我妈妈生气。我听说我妈妈跟你母亲说了我已经收了镇长儿子比尔的彩礼，这个秋天就嫁过去，惊讶之余，我还知道你昨天一整天没吭声，今天一大早就出去了，也不知道你去了哪里，看你妈妈很着急的样子，我的眼泪不自觉地流下来。

卡尔，我想告诉你这一切不是真的，你在哪里呢？你知道我在找你吗？！

0045. 卡尔误会了我——1943.04.06

卡尔，连续一个星期我在等你的消息，我为你织的毛衣也没有心情织下去，我相信你会来找我的。

你来了，在我们约会的老地方，好像很沮丧的样子，我故意不理你，我真的很生气，我心里在责怪你怎么不相信我，怎么可以不辞而别，我等着你道歉。

你不知道该做什么，待在那里不说话，我们沉默着。

不知什么时候你悄悄地走了，真的走了，卡尔，你留下我一个人在那里大哭！

0046. 卡尔留下的信——1943.05.19

玛利亚，昨天晚上我做了个很艰难的决定，我要离开我的家乡，事实上这两个月来我很痛苦。我是一个矿工的儿子，没有好的工作，不能给你买漂亮的衣服，我不能满足你妈妈的彩礼，我不能娶回我心爱的你，我一无所有，我只有逃避，我想早点离开这里，远远的，永远都不要回来。

爸爸的矿山我是不会再去了，纽约城太远，舒特没有音信，你不要问我去了哪里，我也不知道，我妈妈哭了一个晚上，我为此很难过。

玛利亚，我想我们还是分手吧，祝你幸福！

0047. 卡尔说分手——1943.05.21

卡尔，我一连三个星期没有见到你，我伤透了心，今天一大早我来到你的家，你妈妈给了我一封你写给我的信，我才知道你昨天一大早离开了家，信里你告诉我要分手，你不想再回来，我不相信这是真的，我一路跑一路哭。

我只知道哭，我不知道我是如何走回家的，我把自己关在房间一整天，妈妈叫我吃饭我也懒得理她。我不知道我做错了什么，我应该怎么做，没有人能告诉我。

卡尔，你能告诉我吗？！

0048. 艰难的日子——1943.07.05

卡尔，这段日子我过得很艰难，我知道你离开了家乡，离开了我，我心里空空的，干什么都没有心思，整天魂不守舍。妈妈跟我说话小心翼翼的，生怕我出事。

我拿出我的小木箱，我数了一下，总共有 40 封没有寄给你的信，我想把它烧掉，我犹豫了好几次。

我好想不顾一切来找你，可我不知道你去了哪里，我哄你妈妈开心，你妈妈看我又哭又笑的样子，忍不住告诉我你的地址：落基山那边的黑金城——一个据说可以挖到很多金子的地方，离我们这里有二百多英里。

卡尔，我一连想了好几个晚上，不知道怎么办才好，最后我决定把本应该属于你的信，连同这个小木箱寄给你，让我的爱情随你远去……

0049. 比尔又来了——1943.08.09

今天那个肥头大耳的比尔又来了，提了一大堆礼品，妈妈是那样的讨厌，对他热情得不得了；爸爸在一旁装着看书不吱声，我不冷不热地回答比尔的话题，他还送给我一张电影票。

卡尔，我该怎么办呢？我好想一赌气就跟他走了，可是我没有！

0050. 我一个人去看电影——1943.08.20

家里有点压抑，妈妈改不了她的唠叨，我决定一个人去镇上看电影。十几里的山路我走了一个下午，空荡的影院没有多少人，正在放映《卡萨布兰卡》：捷克反纳粹领袖维克多拉斯洛和妻子伊尔莎来到里克夜总会，希望通过里克获得通行证。里克发现伊尔莎正是自己的昔日恋人，过去的误会解开后，伊尔莎徘徊在丈夫与情人之间；而仍深爱着她的里克，却决定护送伊尔莎和她的丈夫离开萨布兰卡，在机场，里克开枪射杀了打电话阻止飞机起飞的德军少校后，目送心爱的女人伊尔莎离开……故事的情景在我的脑海里断断续续，我没有看完就离开了。

天黑了，我一路狂奔跑回家，爸爸一个人站在家门口等我，我的眼泪止不住哗哗地流下来。

卡尔，我不想做伊尔莎，我不要再见到那个肥头大耳比尔，我不要相亲，我知道我忘不了你，卡尔，我爱你，我会等待你回来！

0051. 我病了——1943.09.08

卡尔，我病了，真的，都是因为你，你带走了我的灵魂，可当我静下来想你的时候，我觉得一切都是那么的美好，我是爱你的。

卡尔，你告诉我，你真的要与我分手，你真的不再回来吗？我千百次告诉自己不再去想你，可我做不到！

卡尔，你告诉我该怎么办呢？！

0052. 盼望——1943.09.18

卡尔，寄出我的小木箱已经整整 73 天了，没有你的音信，我知道你不会给我写信的，可我总是有事没事跑到村口，见到骑单车的邮差克斯特大叔不停地问：“有没有我的信？”每次都让我失望而归。

我好恨自己不争气，好几次我对着村口大哭，我恍惚地想你是不是正在忙着找工作没时间给我回信，你是不是正在忙碌，是不是已经找到一位心爱的姑娘了……

是的，你已说好分手了，可我没有办法忘记你，忘记你粗大的手抚摸我，满嘴胡子亲我的情形，虽然只有那么一次。

卡尔，你会回来找我吗？我在心底千万次的呼唤你，我知道你会听到我的声音……

0053. 我好担心——1943.09.29

听爸爸说，现在的国内一片混乱，到处都是黑人骚乱，白人在欺负压迫黑人。据报道说在底特律的冲突中，有 25 个黑人和 9 个白人身亡，700 人受伤……

卡尔，你现在在哪里呢？你一定要忍住，不要去参与打架，我盼望你平安归来，哪怕你不再喜欢我！我只希望你平安归来，现在我闭上眼睛都是你的影子，我爱你爱到不自私的地步，你就像我手中心爱的鸽子飞走了，我仍然祝福你飞得更高更远！

0054. 我在等你的消息——1943.10.05

今夜，下雨了，很大的雨，屋子里到处漏水，爸爸在检查漏水的地方，妈妈在大声喊我用脸盆接水，我却呆望着窗外无动于衷，任泪水肆意流淌。

卡尔，你知道我在等你吗？

0055. 我每天去村口——1943.10.13

卡尔，我为你织的毛衣早已经织好了，我却不能亲手把它穿在你的身上，转眼秋天到了，天气渐渐凉了，你在他乡还好吗？

我在看惠特曼《草叶集》打发寂寞的时光，懒懒地翻着这本诗集，没精打采地看着窗外西山上的枫叶变化的颜色，数着你可能回来的日子。

我还是照样每天去村口，带着你送给我那条红色的围巾，卡尔，只要你回来，一定会首先看到我。

卡尔，你什么时候回来呢？！

0056. 我心好凉——1943.11.20

天气好凉，我拿笔的手好冷，无从下笔，无处想你……

卡尔，我的心好凉！

0057. 卡尔回到了我的身边——1943.12.10

西山的枫叶红透了，卡尔，你终于回来了，来到了我的身边。你来的时候，我正在院子里烧柴火做饭，你大声地呼喊我的名字，我来不及反应，你紧紧地抱住我，你皮肤黑了，瘦了，胡子很深，但肌肉更结实了。我闻着你的味道就知道是你，我也紧紧拥抱你久久不愿松手，我很害怕一松手你就会跑掉，你说我好傻，你不会再离开我。

卡尔，你对我说了很多关于你和那座城市新奇的故事，我记得你说过那矿主的女儿又胖又丑，那嘴上的口红比猪血还红，总是傻傻地站在旁边看着你，看着你那难受的表情我笑得肚子都疼了；你还说了收到我寄给你小木箱，辗转了好几次才到你的手上，那是我们分开 4 个月以后的事情。你每天晚上都看我的照片，戴红围巾的那张，有一次梦见我已经出嫁了，你哭了一整晚。你用了一个晚上流着泪水反复看了我写给你的信，你决定回来找我，不再让我受委屈，要让我开心，做最幸福的人，你说的我都相信。

整个下午到晚上，我不知道我是在哭还是笑，总之，昨晚是我最开心的一个晚上，后来我哭累了，我在你怀里睡了，我睡得好香，第二天你还笑我流口水了。

今天我整天都在兴奋当中，回想起昨天的一幕幕我依然激动不已，亲爱的，你呢？

0058. 妈妈同意了我们的婚事——1943.12.23

卡尔，有你在身边的日子真好，我们一起做芝士面包，沙拉通心粉，一起剥玉米做玉米粥，我们一起跑到镇上看电影，我们一起讲笑话。

爸爸跟你在房间里长谈一个下午，你出来的时候很高兴，我知道爸爸心底里是喜欢你的。看我坚决的样子，妈妈也勉强同意了我们的婚事。

卡尔，你妈妈更是高兴得不得了，逢人就夸奖我，说娶到我是你的福气。我心里美滋滋的，你更是为筹备婚礼每天都忙忙碌碌的，看你劳累的样子很是心疼。

卡尔，我终于可以做你的新娘了！

0059. 共同的约定——1944.01.10

今天你送来一个精致的红色小木箱，说花了一个星期的时间才把它做好，要用来装我写给你的信。

接下来我们做了一个重要的约定：我们俩至少每一个月写一封信给对方，然后放入这个小木箱里，同时我们在木箱上各加上一把自己的锁，不允许一方事先偷看，需要到十周年结婚纪念日的时候，我们共同打开才能看到信的内容；

你还特意花了一个下午的工夫在这个小箱上开了一个长方形的小孔，方便我们把折好的信放进去，看着你认真的样子，我在一边笑个不停。

亲爱的，我一定能够做到，你呢？！

0060. 我们一起布置新房——1944.02.08

卡尔，你爸爸妈妈决定把东边最大的一间房腾出来做你的新房，你拉着我的手跟我解释了半天，说只有这么一间小房做我们结婚用的新房，很委屈我，答应将来一定给我买一栋大屋。

亲爱的，只要能跟你在一起，有你爱我，这一间足够了，只是委屈你三个弟妹们了，他们要挤到西边那间小房子，不过你放心，我会照顾好他们的，我非常地喜欢他们。

今天搬家具的时候，我的手不小心受伤了，看你拉着我的手心疼的样子，卡尔，我很满足，真的！

0061. 卡尔的承诺——1944.02.14

情人节到了，卡尔，我好盼望你送我礼物，看到你每天为准备结婚忙碌兴奋的样子，我知道你忘了今天是情人节了，当我向你要礼物的时候，你半天才反应过来，一个劲地向我道歉，并向我承诺以后的每一个情人节一定送礼物给我。

亲爱的，没有你的玫瑰花没有关系，情人节能够跟你在一起，就是我最好的礼物，不过我会记住你的承诺，每年的今天我都会等着你的礼物！

0062. 我在准备嫁妆——1944.03.10

小姨帮我买了一条蓝色的裙子，我好喜欢它，妈妈向姑姑借了一对耳环，我不太明白为什么一对耳环还要向姑姑借，妈妈一定要我带上那个旧的梳妆盒，反正大人们自有他们的道理，添了三床新的棉被，妈妈还给我准备了六个的银币，说要在我出嫁的那一天放在我的新鞋里，原来结婚还有这么多的习俗，真有意思！

亲爱的，妈妈给我准备什么嫁妆我并不在乎，只要想到马上就可以做你的新娘，我就很兴奋；

卡尔，我不需要去教堂举办婚礼，你也不需要为这件事情发愁，能够省点钱就省点，弟弟妹妹们读书还需要不少的费用，就在你家门前种两棵香樟树作个纪念，有我们亲友的祝福就够了！

0063. 结婚的日子——1944.03.23

卡尔，今天是我们的结婚日子，我整天都沉浸在亲友的祝福中。你喝醉了，我知道你是高兴，尤其看到你在朋友面前夸我的样子，我真的很幸福。你喝得太多了，从中午至太阳落山了，你还没有醒来！

我端来热水帮你擦身子都有两遍了，我十九年来第一次这么近距离接触你的身体，你是那么的结实和硕壮，每一块肌肉都那么有弹性。我仔细端详你的那精致有型的脸庞，那浓黑的眉，高挺的鼻梁，那厚厚的嘴唇……我抚摸你，亲吻你，亲爱的，请原谅我这么看你，你是我的，今夜是，今生都是，睡吧，这些日子你太累了，卡尔，你多睡一会儿，我陪伴在你的身边。

亲友渐渐离去，暗淡的灯光下，我一边听着你的鼾声，一边静静地回忆我们相识以来的日子，点点滴滴涌上心头，我不知道我为什么会爱上你这个大傻瓜。我又想起了那个肥头大耳的比尔，那个油光满面的凯特，还有我的那个同学克里斯，想起了你听说我相亲时那委屈难过的情形……

我知道，从今夜开始，我就是你的女人了，我的命运往后都和你紧紧联系在一起。亲爱的，我不知道前面有多少风风雨雨，不论你如何，我将尽我所能支持你，不管你怎样，我将陪伴你一路走下去，我会看到我们儿孙满堂，卡尔，我对你只有一个要求：当我们老了的时候，你仍然每天拉着我的手一起去散步，可以每天早上亲吻我……也只有这个简单的要求，亲爱的，我不知道我的要求算不算高！

我把这封快写好的信看了又看，泪水模糊了我的双眼，我知道这是我幸福的泪水，亲爱的，我等着你醒来，看看你美丽的新娘！

0064. 我们分享童年的故事——1944.04.01

卡尔，新婚的甜蜜是无比的幸福，你身体的温度和爱抚，那种欢愉和喜悦难以言表。我们在每次做爱完的时候，躺在床上说一整夜的话，各自分享童年开始的故事。

有时候我会为你一个秘密笑得肚子受不了，有时你累了，我又把你吵醒，直到你在我怀里沉沉地睡去，我抚摸你的头发，我知道你身体的每一寸肌肤都是我的，我身体的每一寸肌肤都是你的，我们已无法分离。

亲爱的，能够亲吻你的肌肤，分享你童年的故事，我感受到你对我真实的爱情。卡尔，如果到我们老了的时候，能够像现在这样在一起分享我们的爱情故事，那我们的爱情是完整的，卡尔，我相信我们能够做到！

0065. 我怀孕了——1944.04.30

婚后的日子过得很自在，我可以毫无顾忌地为你擦汗，为你梳头，你总是不让我干粗重的活，甚至不让我下地，说我是你的公主，要好好爱惜我，不能让我纤巧的手变粗大了；

你几乎承担了两家的农活，我父亲每次看到你干完麦地里活的时候，总要笑呵呵地拉着你喝他平常不轻易喝的黑米酒，看你俩高兴的样子，我很得意，妈妈每次都做她最拿手的秋葵汤和大肉卷。

更可喜的是，我肚子里有了，前几天，我呕吐得很厉害，你妈妈高兴得乐开了花，是她告诉我我才知道怀孕了。

亲爱的，我好期待我们新的生命！

0066. 村里的生活很艰难——1944.05.18

有了新生命的喜悦是自然的，可你有了新的烦恼，担心我们母子的营养。家里除了几个鸡蛋，玉米粥外，很难找到其他有营养的东西。外面的物资奇缺，镇上的肉类很少，而且价格很贵，什么都要排队，你每天晚上都会出去掏几个鸟蛋回来，前两天去西山的树林里打了一只野鸡，这可把你乐坏了。

亲爱的，辛苦你了，看到你高兴的神情我很幸福！

0067. 我的肚子越来越大——1944.06.20

我的肚子一天天地大起来了，饥饿感越来越强，你拼命地找可吃的东西，前天我妈妈把那只生蛋的老母鸡杀了，送来给我补补身体，你竟然眼睛红红的，好像快要哭了。

除了每天担心我的营养，你还要为工作发愁，除了去矿上打打零工，周围没有好的工作可找，既要照顾我又舍不得离我，你学会抽烟，很多的时候紧锁着眉头望着对面的山发呆，你刻意不让我看到你发呆的样子，始终对我保持着微笑。

每天晚上抚摸我的肚子，听小宝宝的声音，这一刻是你最开心的时候。

亲爱的，你不用太担忧，我们会挺过去的！

0068. 太平洋战争的硝烟——1944.07.10

听说亚洲很多国家对日本的战争正紧张地进行着，美国已正式参战，我不明白为什么要发生战争，国内的形式一片混乱，许多的物资只供应前线。

村里好几批年轻人都被征兵去亚洲的前线了，镇上和村里都在做动员，小小的山村已经闻到战争的硝烟。我很害怕征兵的人来到我们的家，卡尔你在一旁不断地安慰我，我看得出来你也很紧张。

亲爱的，假如你有一天真的走了，我和孩子怎么办呢？“不会的，不会的，卡尔你不会离开我们的，我要和你在一起。”我心里在无数次地告诉自己！

0069. 卡尔走了——1944.08.15

担心的这一天还是来了。

卡尔，来不及给你打点行装，来不及和你多说几句话，你就这样跟着征兵的人走了，我不知道你去了哪个部队，要去哪里打仗，我害怕极了。

我每天去村里打听，甚至挺着大肚子到镇上去询问你的消息，没有任何人能够告诉我。

亲爱的卡尔，你去了哪里呢？

0070. 我给肚子里的孩子唱歌——1944.09.16

卡尔，一个月过去了，没有你的消息，我每天抚摸着我的肚子，给我们的宝宝唱歌，唱思念你的歌，很多的时候我唱着唱就睡了，眼里含着泪水。

卡尔，我知道你很快会回来的！

0071. 我度日如年——1944.10.09

村里不断有伤亡的消息传来，南希大妈的儿子基德听说永远不能回来了，他家里已经收到阵亡的消息。

你妈妈每天在祈祷你平安归来，我度日如年。

我的肚子越来越大，宝宝在使劲地踢我，昨天邻村有一位产妇产后大出血差点丢了性命，我害怕得要命。

亲爱的，我多么希望孩子出生的时候，你就在我的身边！

0072. 怒放的罂粟花——1944.11.03

罂粟花绽放在弗兰德斯战场，
一排排的十字架把我们安放，
天空中勇敢的鸟儿展翅飞翔，

不畏枪炮轰鸣百灵依旧歌唱。
我们逝去了，可在几天之前，
我们还在翘首黎明目送夕阳，
曾经爱过我们也被亲人所爱，
而今静卧在这弗兰德斯战场。
继续我们同敌人的血肉较量，
火炬已经传递到了你们手上。
高擎它不要背弃我们的信仰，
否则我们这些逝者无法安眠，
在罂粟花开的弗兰德斯战场。

亲爱的，我一遍又一遍读着这首加拿大诗人约翰·麦克利写的《弗兰德斯战场》，我的泪水也擦了一遍又一遍，仿佛看到正在怒放的罂粟花，深红的颜色就像鲜血一样，铺满了太平洋战场，正从掩埋着你战友尸体的土地上渗出。卡尔，我害怕极了，我多么希望这铺满大地的罂粟花是迎接你和你战友凯旋的红毯和礼花！

0073. 凯理出生了——1944.11.20

艰难的阵痛终于迎来我们的宝贝——凯理降生了，他大大的眼睛，高挺的鼻梁，像极了他的爸爸。

卡尔，你做爸爸了，每天看着我们的儿子，我充满了喜悦。

爷爷特意从矿上赶回来，为凯理买了一个银质的铃铛，你妈妈更是为小家伙准备很多的尿布，为孩子穿的吃的忙得不亦乐乎，外公跑到镇上为了买到猪肚和枫糖浆排了一个晚上的队，外婆帮我们凯理准备的衣服至少可以穿到2岁了……

亲爱的，你什么时候回来看看我们的可爱的宝宝呢？！

0074. 我们去了教堂——1944.12.24

亲爱的，好久没有你的消息，等你的日子那么漫长，孩子在一天天地长大，我决定带孩子去镇上的教堂，乞求上帝保佑你平安归来。

教堂里的人很多，从他们惊慌的眼神里，我感觉到一丝丝不安。

我们按照牧师的指点做完弥散和祷告，唱诗班的歌声驱走了我内心的烦躁，那一刻，我内心很安静，我知道，你不会丢下我们，你很快会回到我的身边。

从教堂出来的时候，西边的晚霞红得很灿烂，教堂的钟声回荡在心里，卡尔，我决定每个礼拜带着孩子来教堂，直到你归来！

0075. 新年到了——1945.01.05

卡尔，这个新年过得有点沉闷，因为没有你的消息，你的妈妈哭了好几次，弟妹们少了许多的笑声，白天我尽量保持愉快的心情，安慰妈妈，转移关于你的话题，让我们的家有点轻松的气氛。

亲爱的，昨晚做了一个梦，梦见在战火纷飞的战场上，你冲在最前面，突然，一个炮弹落下来，你倒下了。我惊出一身冷汗，我坐起来哭了，还好这只是一个梦，我不敢告诉妈妈。

卡尔，你知道我日夜在担心和想念你吗？！

0076. 我二十岁生日——1945.01.13

今天天气有点冷，当我爸爸和妈妈来到我们家的时候，我才知道今天是我二十岁的生日，凯理的奶奶忙着道歉。

亲爱的，我的生日你不在身边，没有你的生日祝福，有点失落，我开心不起来，不过没有关系，只要你平安，战场上的你一定要小心，我和孩子在盼望着你的消息！

0077. 卡尔的来信——1945.01.24

玛利亚，我经过短短 3 个月的集训就开赴太平洋前线，期间部队有规定不许向家里写信，12 月份首先来到菲律宾的一个叫吕宋岛的地方，我很幸运，分在后勤补给部队，没有前线那么危险，不过时刻要担心敌机的轰炸或偷袭，前线仍然很惨烈，伤亡的战友很多，我们每天都在惊恐中度过。

上周前方部队传来消息：我们快胜利了，这几天后方部队放松了管制，我终于可以放松一下。亲爱的，很抱歉，离开你 5 个多月时间，今天才有机会写信给你，还可以忙里偷闲看看你的照片，我日夜思念着你和我们的孩子。

玛利亚，请代我向我的父母亲报平安！我不知道这封信能不能寄到你的手上，我只能向上帝祈祷！

0078. 我松了口气——1945.02.07

卡尔，你终于来信了，看到你熟悉的笔迹，我不知道是高兴还是激动，来不及拆开你的信，我放声大哭，把一旁的婆婆吓得惊慌失措，一边安慰我一边陪我落泪。

我一边流眼泪一边笑着看完了你的信，歪歪扭扭的几行字写在烟盒纸上，可以想象你战地的紧张和无奈，几个月来提心吊胆，今天我终于长长地出了一口气，妈妈也露出了她好久不见的笑容。

亲爱的，我们等着你平安归来！

0079. 今天是情人节——1945.02.14

卡尔，又是一年情人节，我清楚记得你去年的承诺，可今天没有你的礼物，如果你在我身边，一定会送礼物给我的，你说对吗？

该死的战争，如果有可能，我好想买一束鲜艳的玫瑰花来到前线，把它送给你和你的战友们。

亲爱的，没有你的礼物没有关系，你的平安是送给我最好的礼物！

0080. 爸爸受伤了——1945.02.25

矿上传来不好的消息，凯理的爷爷被石头压伤了腰部，婆婆要去医院照顾他。

我要带孩子，要照顾弟妹上学，我手忙脚乱的，简直乱透了，更要命的是要忙地里的农活，以前都是婆婆安排生产，卡尔，你知道我很少下地的，又不知道该怎样做，如果赶不上季节，那今年的夏粮就没有收成了，家里吃的将成问题。

好心的邻居塞里大叔帮忙把我们的地翻了，弟妹们很懂事，一放学就帮我做饭，砍柴，烧水，干地里的活。

亲爱的，我会照顾好家里的一切，再苦再累也没有关系，只要你平安归来！

0081. 我哭了——1945.03.16

夜已很深，凯理早已进入了梦乡，整天的忙碌让我好久没有照镜子，头发有些凌乱，脸色有点苍白，拿梳子的手有点酸痛……看着我那双布满伤痕的手竟然那么粗糙，我的眼泪不自觉地流下来。

亲爱的，你在前线还好吗？没有你的日子真的很难过，我很想念你！

0082. 德国法西斯投降——1945.03.24

收音机里传来德国法西斯投降的消息，一开始我听错了，我认为是日本投降了。

我兴奋得手舞足蹈，赶紧告诉爸爸妈妈："日本投降了，卡尔很快就回来了"，爸爸在那里嘿嘿地笑，妈妈躲在一边抹眼泪，直到第三天塞里大叔告诉我是德国法西斯投降了而不是日本，我才如梦初醒，我大哭了一场。

亲爱的，你何日归来呢？我在心里千百次的祈祷！

0083. 凯理的营养有点跟不上——1945.04.01

卡尔，凯理在一天天长大，越来越像你了，大大的眼睛，厚嘴唇，长鼻子，只是营养有点跟不上，这小家伙的胃口似乎越来越大，我奶水不足，刚吃完不一会儿他又在那大声啼哭。外婆好不容易弄来几个鸡蛋一下就吃没了，村里的物资奇缺，能够给孩子吃的少得可怜，没有别的办法，也只好用玉米粥和南瓜汤充饥了。

亲爱的，你在前线有吃的吗？还是经常饿着肚子？你瘦了吗？胡子有多少天没有刮了呢？我的眼前无数次闪过你现在的模样，该死的战争，每每想到你在枪林弹雨中日晒雨淋忍饥挨饿，我的眼泪忍不住流下来，卡尔，你一定要注意安全！

0084. 我回娘家向妈妈借钱——1946.04.08

凯理爷爷的伤在慢慢恢复中，但不能再去矿上上班了，家里的收入更加紧张。

卡奇正读高中二年级，卡琳读初三，卡文读小学五年级，妈妈每天愁眉紧锁为了他们的学费在叹气。三个弟妹的成绩都非常优秀，卡琳哭着说不上学了，要让给哥哥和弟弟继续上学，妈妈在一边无奈的流泪。

我头一次回娘家向我爸爸开口借钱，我知道爸爸那点微薄的工资要养家糊口，妈妈一直省吃俭用，没有多少积蓄，经不住我的软硬缠磨和哭诉，妈妈从柜子里拿出她平常省下来的不多的钱，刚好够他们三兄妹一个学期的学费。

亲爱的，三个弟妹都可以上学了，你知道我有多高兴吗？我觉得我做了一件了不起的事情！

0085. 懂事的卡琳——1945.04.22

卡琳只要一放学回家就麻利地包揽她能做的家务，然后抱凯理玩，让我轻松很多。夜晚我抱着孩子陪卡琳做作业，偶尔我还当当她的老师，想不到我那点底子还可以派上用场，当我一个人在那里发呆的时候，她会轻轻地走过来递给我一杯水，告诉我“大哥很快就回来了”，好懂事的一个女孩。

卡尔，你放心，有我在，我不会让弟妹们放弃他们的学业！

0086. 弟弟卡文不想上学了——1945.05.03

卡尔，平常很听话的卡文今天竟然不想去上学了，原来他昨天被一个同学欺负了，很伤心地告诉我“要是你在家里没有同学敢欺负他”。

我带着卡文一早就去了学校，老师还没有来，我盯着昨天欺负卡文的同学在他班上大声说：“谁要敢再欺负卡文，我一定让他从学校门口那个狗洞里钻过去。”教室里顿然鸦雀无声。

我不知道是哪里来的勇气，我当时那凶恶的样子，现在想来都好笑，卡文放学回来很骄傲地看着我，好像觉得我很了不起。

亲爱的，我和弟妹们都在盼望你早日回来！

0087. 妈妈病了——1945.05.15

妈妈的腰痛一天比一天严重，她不愿去镇上的医院检查，总说过几天就好，我知道妈妈怕花钱，事实上，我们也没有多余的钱去看病。她已经躺在床上好几天了，每次看到她疼痛的样子，我心如刀绞，妈妈反过来安慰我“老毛病，没事”。

妈妈没有比我少担忧你，只是她不露声色，每天照样哈哈大笑地做着家务，使我们这个家庭的气氛轻松了很多，但明显地看到妈妈的白发多了许多，有时早上起来看到她的眼睛红红的，我知道，昨夜妈妈又想你了。

亲爱的，你不只是我的牵挂！

0088. 梦中情人？——1945.06.21

克拉克·盖博和费雯丽主演的《乱世佳人》看过好长一段时间了，我的脑海里总是浮现思嘉那纷乱的情感，那种彷徨、惊慌、无助的情形扣人心弦，尤其是她那种初恋的情感埋藏在心底那么多年的煎熬，让我久久不能平静。克拉克·盖博出色的演出成了我们每个女人的梦中情人，可佳人情归何处？命运的交错，人生的无奈，最后的结局令人伤感。

今天的我不敢去想象太平洋战争的结局，亲爱的，我不想成为“思嘉”，你是我今世的情人，你是梦里的期盼，白日的牵挂，我会守在这里，直到你回家！

0089. 太平洋战争进入尾声——1945.07.03

每天都在听收音机关注战争的消息，国家对日本已全面宣战，我们的同盟国节节胜利，我相信胜利之日为期不远了。

我在想象日本军节节败退，成千上万的日本军人就这样被炮火无情地毁灭，曾经无比痛恨日本的我不觉悲从中来，他们那么年轻，却如此送了性命，他们的爱情呢？他们的恋人呢？他们的思念呢？他们的亲人呢？所有的一切随着战争灰飞烟灭，战争是无情的，残酷的，不仅仅是血是泪，是人性的泯灭。

卡尔，只要你平安归来，你才是我的全部，胜利对我毫无意义！

0090. 日本投降——1945.08.15

今天应该是全美国甚至全世界最值得高兴和纪念的一天——日本投降了——收音机里传来震撼人心的消息，凯理的外公特意跑过来告诉我，这一次千真万确！

塞里大叔更是放起了鞭炮，捧出家里所有好吃的东西和我们一起庆祝。是的，战争该结束了，塞里大叔的大儿子韦恩去年已战死疆场，小儿子韦伯也在前线生死未卜，这位可敬的老人这两年明显的苍老了很多。

“凯理快见到他的爸爸了，卡尔快回来了！”我迫不及待地告诉所见的任何一个人。

亲爱的，可是我很久没有你的消息，丝丝担忧涌上心头！

0091. 村口去等你——1945.09.20

村里塞里大叔的小儿子韦伯回来了，一家人沉浸在激动和高兴当中。

卡尔，没有你的消息，没有你的电话，我满世界发疯地打听你的消息，牧师的祷告无法让我平静，教堂的钟声听起来有点刺耳，我每天中午跑到村口去等你，下午抱着凯理坐在门前，不停地张望着你可能回来的方向……

亲爱的，你一定要回来！

0092. 凯理你行的——1945.10.12

卡尔，我们的凯理越来越可爱了，你回来的时候应该可以叫你爸爸了，今天他不小心在门口摔了一跤，趴在地上大哭。“凯理，爬起来，你行的”，我走过去告诉他。

亲爱的，你行的，你一定会克服重重困难回到我的身边。

卡尔，我会不断地告诉凯理“你行的”，相信他长大了会像你一样能干！

0093. 卡尔回来了——1945.10.21

卡尔，是你吗？高大又熟悉的身影，一身褪色的军装，背一个背包。我几乎不相信自己的眼睛，当你出现在我的面前时候，我竟然傻傻地站在那里挪不动脚步。你亲吻着我，吻我脸上的泪水，我在你怀里颤抖地哭泣。

看到你回来，妈妈高兴得合不拢嘴，一定要亲自做一碗鸡蛋给你吃。

亲爱的，你终于回来了，有你，我不再哭泣；有你，我不再害怕；有你，我不再担忧。

卡尔，忘了告诉你，你的胡子好久没有刮了，你亲我的那一刻刺得我好痛！

0094. 久别重逢的喜悦——1945.10.30

卡尔，这几天我一直沉浸在久别重逢的喜悦中，战争的经历让你少了很多的话语，但你的笑容更加的亲切，你的动作更稳重了。每天晚上睡觉的时候，你的手习惯性放在我的胸前，好像怕我跑了。亲爱的，你不用担心，我永远在你的身边，我永远是你的。

卡尔，你可能是累了，好几个晚上我还没有把话说完，我们还没有亲够，你就睡了，睡得那么的沉，我不忍心摇醒你，我抚摸你的每一寸肌肤，闻到你的鼻息，你打鼾的声音是那么的动听。

亲爱的，有你在身边真好，我祈祷上帝保佑这个世界不要再有战争，我们永远在一起！

0095. 妈妈的病好了——1945.11.12

卡尔，妈妈的腰没有那么痛了，以前每天都要我按摩好一阵子才能缓过气来，现在竟然还可以去摘菜翻地，屋子里又每天听到妈妈爽朗的笑声。

亲爱的，你的回来给妈妈带来了奇迹，我们这个家充满了欢笑！

0096. 卡尔哭了——1945.11.28

“卡尔，你昨天晚上做梦了，梦里在大喊我。”我早上起床的时候告诉你。

“是吗？我梦见我的战友被炸弹炸死在我身边，我好害怕。”

“害怕什么？”

“害怕见不到你了，死了很多战友，到处是鲜血在流，那时候真的很害怕。”你紧张地说。

我把你紧紧地抱在怀里，你竟然像孩子似的哭了。

亲爱的，你又想起了什么呢？别害怕，我就在你身边，你抱紧我，我们再也不分离！

0097. 圣诞节快到了——1945.12.20

今年的雪下得比往年早，今天是第二场雪了，清晨起来，那飘飘扬扬的雪花漫天飞舞，好大的雪，整个村庄白茫茫一片。卡尔一大早就在那叫喊着弟妹们，当我起床的时候，他们已经堆了一个大大的雪人，差一条红围巾，我取下卡尔送给我的那条红围巾系在雪人上，真漂亮！

“糟了，玛利亚，我得赶紧到你家帮你爸爸把屋顶的雪扫了，不然会压坏的。”亲爱的，看的你消失在雪地里的背影，我的心里很温暖。

卡尔，有你，这个冬天不太冷，尽管窗外寒风肆虐！

0098. 欢快的新年——1946.01.03

新年来了，收音机里传来的都是欢欣鼓舞的报道，全国还沉浸在太平洋战争胜利的喜悦中。冬日的阳光懒洋洋地洒在地上，西山的林木突兀着枝丫，村前的小河可以听见潺潺水流的声音，雪后的拉格尔山村格外妩媚。

卡奇和卡琳在复习功课，贪玩的卡文与伙伴们捉鸟去了，凯理咿咿呀呀地和他爷爷学说话。你几乎包揽了妈妈的活计，在厨房里忙这忙那，更在妈妈的指导下做了最拿手的玉米煎饼和牛肉卷，真香，好久没有吃这么好的菜了。

亲爱的，你真棒，每天可以尝到你做的可口的饭菜，最重要的是，每天晚上可以看着你的脸庞入睡，我睡得好香，好久没有睡得这么安稳了！

0099. 情人节的礼物——1946.02.14

今天一大早你把我唤醒，送给我一个银质的指环作为我情人节的礼物，上面有看不懂的图案和花纹——这是一个菲律宾的阿婆送给你的。一次战斗中敌机炸毁了她家的房子，阿婆失去她唯一的儿子，你刚好路过救了她的命，阿婆执意要把她祖传的指环送给你，据说可以保一生平安。

卡尔，我还认为你会忘了今天是情人节，收到你的礼物我真的很高兴，亲爱的，你的心意我已经收到了，这个指环我还是给你带上，相信那位阿婆，它会保佑你一生平安的，这也是我的愿望！

0100. 忙碌的春天——1946.02.23

春天来了，树木开始吐绿，屋后的一大片麦地绿油油的，林间的鸟叽叽喳喳的开始多了起来，远处落基山的雪依然没有融化的迹象，空气中还夹杂着阵阵寒意。

你在准备播种计划，西山脚下一大片的棉花地自去年收完就一直空在那里，你提前把它翻了，准备全部种上大豆、花生还有马铃薯。

亲爱的，我听到了你涌动的激情，春天里，你播种着希望，我收获着你的爱！

0101. 卡尔在开荒地——1946.03.10

对面山坡上的荒地里杂草树木被你修整得干干净净，平平整整，你在上面栽下了一百多棵苹果树幼苗，然后栽了几十株葡萄苗，两边是整齐的排水沟和石头，你对自己开垦的这一大片成绩很得意。

除了给你送点水，你不让我和你一起劳动，看着你挥汗如雨的身影，我不知道你哪里来这么多的干劲，也许你正在想象着丰收的景象。

亲爱的，你的汗水一定会给你带来好的收成，我好期待分享你的劳动成果，卡尔，你可别累坏了身体！

0102. 卡尔准备养牛——1946.04.01

你不顾妈妈的反对，七拼八凑借来一部分钱，然后一口气买了十条小牛犊，决心利用村里山多草多的优势养牛，现在每天可以看到你的身影出现在牛棚里，甚至吃饭的时候也不忘到那里打个转。

亲爱的，你身上好像有使不完的干劲，尽管我帮不了你什么忙，我还是决定支持你，田地里的事情交给你，牛棚里的事你就交给我打理，我们的凯理很喜欢喂小牛吃草，我们一起把它们养大！

0103. 种棉花的季节——1946.04.13

小时候，去摘棉花对我来说是一件痛苦的事情，因此我对棉花一直没有什么好感。我倒是很喜欢它鲜艳的花朵，长这么大，我还不知道棉花是怎么种出来的。首先要播种棉花籽，长出幼苗，然后开花结果要近半年的时间才能采摘，想不到穿在身上的这身棉衣还真不容易。

西山正面向阳的一大片坡地都是棉花地，我看着都头晕，我帮着你播种、施肥、浇水。凯理在地里跑来跑去，很多的时候我和凯理躲在山脚的大树下乘凉喝水。汗滴从你的脸上流下湿透衣服，看着平整的土地和播下的种子，你在会心的微笑，好像看到了棉花丰收在眼前。

亲爱的，虽然干活很辛苦，但看到你那么积极乐观，我愿意陪你一起劳动，帮你擦擦汗，倒倒水，卡尔，我相信你的辛勤劳动一定会有丰硕回报的！

0104. 聪明的凯理——1946.05.12

“凯理，今天你听到什么呢？”

“妈妈，我听到小鸟在叫，还有牛栏里小牛的声音。”

“还有呢？”

“姑姑在唱好听的歌，我也想唱。”

“那你今天还看到了什么呢？”

“看到卡奇叔叔在做作业，奶奶在剥玉米。”

亲爱的，我们的凯理现在很习惯我问的问题，而且会很快回答出来，他的观察能力越来越强，有时还会主动告诉我他刚刚看到什么，听到什么，这真让我高兴。最重要的是，他每次看到你从地里回来，可以很亲热地叫你爸爸了，看到你抱他的高兴劲儿，我的心里美滋滋的！

0105. 卡尔的信——1946.06.13

玛利亚，能够和家人在一起，每天可以看到你和孩子，还有爸爸妈妈和弟妹，这已经令我无比高兴了，你不要担心我累，这些农活我一个人干得过来。

事实上，回来的这几个月时间里，我的脑海里不时地浮现战争的血腥场面。那真是令人恐怖的记忆，我目睹许多的战友倒在我的面前，他们永远回不来了。每当想起这些我好痛苦，我只好埋头干活，我想忘记那些场面，尽管如此，我还是没有办法做到。

亲爱的，能够活着回来我已经很幸运了。感谢上帝，经历了战争的生死，还有什么困难能够难住我呢？比起我死去的战友，我是多么的幸福，我没有理由不去好好地珍惜现在的一切，何况离开你的日子里，让你受了这么多苦，我都不知道如何补偿你。

玛利亚，相信我，我会让你和孩子过上好日子的！

0106. 卡尔其实很辛苦的——1946.07.19

我们的凯理很懂事，只要一看到爸爸回来，马上就去倒水给你喝。忙碌了一天的你其实很辛苦，你一回到家门口，只要听到凯理叫你的声音，你脸上的疲惫顿时消失了，放下手中的工具，抱着凯理在那里一个劲地亲来亲去乐个不停。

亲爱的，我们的凯理长得越来越像你了，凯理是你的开心宝贝。看到你们父子俩那个亲热劲儿，你不知道我的心里有多高兴。我一定要再给你生一个可爱的女儿，卡尔，到那时，你可不要冷落了我！

0107. 温饱的生活——1946.08.18

刚收割完小麦不久，地里的花生又熟了，我带着凯理还有弟弟妹妹们一起挖花生，我们家的地里好不热闹，凯理在花生叶上翻滚，和卡文一起捉迷藏。

你准备过几天挑一担花生去镇上压榨成花生油，今年婆婆应该不用为油的事情再发愁了，尽管物质有所改善，仍然只能够满足基本的温饱生活。

亲爱的，我听说东南沿海地区有很多的工业城市，那里有很多的机会，或到西部的加州也不错，我有很多的同学都去了那边，卡尔，外面的世界很大，不要舍不得我们，你要尽早做打算，不论你做什么样的决定，我都支持你！

0108. 大豆收割——1946.09.24

因为你开的荒地特别的多，四月的时候，所有能够种的间隙都让你种上了大豆，今年的大豆颗粒又特别的饱满，婆婆说至少是往年的两倍。看着那么多的大豆你可乐开了花，下午的时候送了一大袋大豆和花生去了凯理的外婆家。

亲爱的，谢谢你惦记着我的爸爸妈妈，我很开心，我的妈妈虽然嘴上不说，其实她心里还是很喜欢你的。卡尔，我一定会让我的妈妈觉得我的选择没有错，你是一个勤劳的人，讲感情的人，一个有能力的人，有梦想的人，你一定会让她为我骄傲的，对吗？

0109. 收获的季节——1946.10.18

大豆刚收割完，又准备摘棉花了，我记得小时候我妈妈每次叫我帮忙摘棉花，我都假装肚子痛，这种记忆很深刻。

西山脚下那成片的棉花争相吐着白花，远远看去像一片白云，卡奇，卡文和卡希一听说摘棉花都很高兴，一放学就赶到棉地摘棉花。他们知道摘棉花的时候，婆婆会给他们做最好吃的牛肉卷，摘完棉花，婆婆还会给他们做一身新的衣服，每年都一样，摘棉花对他们来说是一件很期待的事情。

你一边鼓励他们比赛看谁摘的棉花最多，一边包揽了棉花的运输，家里的仓库里堆积如一座小山。

亲爱的，收获的季节自然有收获的喜悦，可不知道为什么，看到你的收成我总高兴不起来，卡尔，你付出的辛勤劳动难道仅仅是看到这微薄的收入？我觉得上帝对你太不公平！

0110. 播种小麦——1946.11.15

乡村的活好像永远也干不完。刚挖完红薯，又到了播种小麦的季节，你把地翻了一次，这么多的土地，够你一个人忙的了，我在一旁帮着你播种：弯腰、复土，一天下来，我腰酸腿痛，你在笑我这个公主被你惯坏了。

青青的麦苗，金色的麦穗原来只是我读书时停留在作文本上的美好景象，我深切地感觉到干农活真的很辛苦。

亲爱的，看到你每天很辛苦的样子，我真的不想你在这块土地上磨掉你的斗志，磨灭你的梦想。可我一个小女人又找不到好的办法让你离开这里，我心里很着急，卡尔，你什么时候离开这里去寻找你的梦想呢？！

0111. 挖煤炭的日子——1946.11.22

播种完小麦是比较空闲的日子，牛要吃的干草和豆壳你都准备好了，只要按时喂给小牛吃就是。你决定到附近的煤矿去打打零工补贴家用，我知道去煤矿下井是危险的工作，我很不情愿让你去，你开玩笑地告诉我：你命大，上帝不会要你。

你早上很早就赶十几里山路去煤矿，晚上很晚才回来，有时还挑着一担煤炭回家，很多的时候回来洗过澡就很快进入梦乡，从你的鼾声就知道你白天是多么的辛苦。

亲爱的，你一定要注意安全，马上就要圣诞节了，凯理还盼望着你给他去镇上买玩具，卡尔，你辛苦了！

0112. 平安夜——1946.12.24

这个平安夜我决定和你带凯理一起去镇上的教堂做弥撒守夜。凯理好奇地看着牧师带领我们唱歌，平常好动的他今夜出奇的安静，深夜十二点的时候躺在你的怀里睡觉了，睡得那么安详。

卡尔，我在祈祷上帝保佑我们的凯理健康成长，保佑你明年顺利有个好的收成，保佑爸爸妈妈身体健康。

亲爱的，举起你虔诚的双手一起祈祷，相信上帝，上帝将在你迷茫的时候会给指明方向，带给你希望，卡尔，不管你将来命运如何，我会一直在你的身边支持你，不离不弃！

0113. 卡尔在沉默——1947.01.08

“卡尔，又是新的一年，你得想法离开拉格尔村去外面的世界看看，不然你会困在这里。”昨天晚上我跟你商量着。

你从今天早上到下午都不说话，我不知道你在责怪我还是在思考问题，我很紧张。

亲爱的，我不是要你马上离开我们，为了早日实现你的梦想，我只是建议你要有这样的想法或计划，其实我是多么舍不得你离开我，有你在身边，我心里很踏实，如果你舍不得离开我们，你就按照自己的想法继续去做你的事情。

卡尔，希望每天看到你的灿烂的笑容！

0114. 卡尔的信——1947.01.15

玛利亚，你上周提出要我去外面的世界走走看看，其实我比你还急，我一直在打探消息和寻找机会，可我看到弟弟妹妹都要读书，爸爸妈妈的身体又不太好，你要照顾凯理，我犹豫了好几次都不敢跟妈妈开口，况且我觉得这两年欠你们的实在太多了，我想充实一下家里的粮食，打点基础再作打算，这也是过去一年里我拼命地开荒种地的原因。地里的粮食增产符合我的期望，足够应付两年的时间，小牛也在慢慢长大，如果不出意外的话，估计弟弟妹妹的学费和家用不用太担心，我心中充满着希望。

亲爱的，贫苦的生活让你受委屈了，相信我，我会努力的，我一定让你和我们的孩子过上好的生活，永远爱你的卡尔！

0115. 情人节的礼物——1947.02.14

你一大早起床说要送我礼物，神秘地从后面拿出一个小礼盒，里面是一枚金色的戒指。“玛利亚，这是结婚的时候欠你的，真对不起，今天才买给你。”你满脸的歉意。

我好惊讶“卡尔，你哪里来这么多钱？”

“玛利亚，你不用担心，这两年的劳动只留下少许钱给你买了个这么小的戒指，你知道的，我发誓会给你买一个更大的。”你好像有点伤心的样子。

亲爱的，我很感动，这个戒指让你挂在心头三年，其实我真的不在乎，三年来你对我的好点点滴滴我看在眼里，记在心里，卡尔，我爱你！

0116. 卡尔的梦想——1947.03.13

“玛利亚，我将来要把对面那座山的那一大片土地全部买下来，我要在上面栽下成片的葡萄、苹果树；挖一口鱼塘；再养很多的奶牛，像一个庄园一样。我们老了的时候，可以坐在下面喝葡萄酒，乘凉。”你坐在门口指着对面的山坡认真地对我说。

亲爱的，你这个梦想很伟大，我非常赞同，虽然长这么大，我还没有走出过我们这个小镇，连圣塔菲我都只去过一次。但我知道这个世界很大，如果要实现你的梦想，你必须得走出这个小村庄，去外面的世界闯闯。卡尔，我这几天一直在思考一个问题，那就是你什么时候能够走出第一步呢？我可不想你困在拉格尔村守着这贫瘠的土地！

0117. 小牛在慢慢长大——1947.04.22

小牛慢慢长大，牛吃的草可真多，这够你忙的了。白天赶牛去西山上，天快黑的时候还要打一大担草回来。我们的凯理只要一听到牛叫，就知道他爸爸回来了，赶紧跑过去从篮子里拿草喂给牛吃。让凯理最高兴的是坐在牛背上，那样子很神气，牛棚里有父子俩欢快的笑声；

亲爱的，看到你身上的汗水湿透衣服，我好想要你停下来歇歇，帮你擦擦脸上的汗水，卡尔，你累吗？如果哪一天你累了，你就躺在我的怀里好好休息一下，我帮你按摩，帮你捶背！

0118. 凯理病了——1947.05.16

凯理连续两天高烧不退，村里的医生无计可施。你和我连夜抱凯理走十几里山路赶到镇上，镇上的医院诊断凯理得了“急性支气管炎并发肺炎”，这可把我们急坏了。

我累了，你让我休息，自己却两天一夜没有合眼，一直守护在凯理的病床前，每当我焦虑的时候，你还要安慰我。

亲爱的，都怪我，晚上没有照顾好凯理。看着你黑黑的眼圈和几天没有修刮的胡子，我好心痛，同时很感动的是我们的凯理有这么一个好爸爸。卡尔，你是一个好丈夫，家里所有的脏活、重活、累活你都不让我干，处处让着我，宠着我，怕我辛苦，怕我受委屈，亲爱的，你所做的一切我都收到！

0119. 伐木很辛苦——1947.06.18

村里在组织伐木，把西山的树木砍下来卖给煤矿。你每天一大早就去了，要到傍晚才回来，中午我和凯理送饭去山上，你一个人砍，一个人扛，衣服都被树枝划破了，肩膀上有丝丝血迹，正午火辣辣的太阳晒在你的脸上，汗水顺着你的脸颊滴在碗里，也滴在我的心里。

亲爱的，望着你黝黑的脸，我好想哭一场，为什么生活是那么艰难，难道我们就没有别的选择吗？卡尔，假如生活有更好的选择，我愿意随你一起去建设去拼搏，而眼前的无奈，无奈得有点令人心酸，也许这就是生活！

0120. 打打零工——1947.07.12

地里的庄稼长势不错，丰收在望，小牛也在一天天长大，要添加化肥、饲料，手里没有多余的钱，你很着急，决定跟着塞里大叔去德里特镇上找活儿挣点零钱。

镇上的工作是修补房屋，疏通下水道，塞里大叔可是老手，你却没有经验，什么脏的累的都干，塞里大叔回来一个劲地夸奖你很能干，能吃苦，将来一定有出息。

亲爱的，你走到哪里都有人夸奖你，我很骄傲，卡尔，我相信上帝会帮助你的！

0121. 我害怕有战争——1947.08.20

收音机里说总统宣布社会主义国家为敌人。我不懂社会主义是什么意思，我猜想是不是又要打仗了，紧张得不得了。

你也很纳闷，为什么同样是一个地球上的国家，还要分成这样那样的阵营？政治家们不知道又在玩什么把戏，这样对我们的人民又有什么好处？我看不太明白。

亲爱的，我很害怕有战争，前一段提心吊胆的日子还经常在我的脑海里浮现，我可不想再过那种日子，虽然看到你种田伐木很辛苦，但至少我每天可以看到你，一家人在一起也很开心，希望永远不要有战争，我们一家人永远不要再分开！

0122. 地里的收入很微薄——1947.09.22

尽管你很勤劳，对面山坡上原来是杂草的地方都被你翻过，家里翻的地比过去几乎多了一倍，玉米、红薯、小麦卖不了多少出去，价钱也不好。事实上村里家家户户都有余粮，大部分只能自己消耗，作饲料，我们家的收入没有多少增长。你好像对种植的热情大减，在盘算着种点其他经济作物。

亲爱的，你应该明白，在我们这样的山区，祖祖辈辈耕作的土地只是休养生息的地方，我听说只有到东部或西部的海边，那里才是年轻人创造财富实现梦想的地方，卡尔，你做好准备了吗？！

0123. 卡尔在盘算圣诞节的礼物——1947.10.24

看着小牛一天天长大，你的脸上充满了喜悦，快睡觉的时候你还在盘算即将到来的圣诞节给爸爸妈妈买个什么礼物，给我和孩子买个什么礼物，看你高兴的样子，我真的好开心。

亲爱的，收到你什么礼物对我来说并不重要，重要的是你开心，你的开心就是我的开心。卡尔，你晚上摸我的手粗糙了好多，趁这个圣诞节的时候，你要好好休息一下，不然你的手都快裂开了！

0124. 牛被偷了——1946.11.20

今天早上你起床发现牛棚里少了两头牛，不知道是被人偷走了还是走失了。你走遍了整个村庄和附近的山林都没有找到，傍晚的时候我分明看见你坐在牛棚里哭了，我走过去不知道怎么安慰你，毕竟这两头牛是你近两年的辛勤劳动。

你决定留下一头牛在圣诞节到的时候把它杀了，把剩下的七头牛卖掉，还掉借来的钱，然后不再养牛了。

亲爱的，看到你伤心的样子我好心疼，这样也好，让你知道这种小规模的养殖是很难赚钱的，你还要担心它们被偷或生病。卡尔，别难过了，等过了这个新年，我们再做打算，说不定有更好的机会等着你，我相信上帝会帮你的！

0125. 好好休息一下——1947.12.23

圣诞节快到了，你杀了最后一头牛，一家围着你的劳动成果在忙个不停。我们全家人都很高兴，至少这个圣诞节和新年我们家有丰富的食物，你还给每个邻居送上一块上好的牛肉。

亲爱的，乡村的劳作没有让你获得应有的回报，没有关系，至少我们在一起过了两年安稳快乐的日子，卡尔，你已经很久没有好好休息了，趁这段时间你也可以换一种方式去思考你的未来，等过完这个新年，你该出发了！

0126. 我们决定搬到镇上——1948.01.18

凯理快四岁了，很聪明，他外公喜欢得不得了，教他很多的东西，村里没有幼儿园，我们决定搬到镇上。

你有点担心地里的活爸爸忙不过来，担心妈妈的身体吃不消，担心弟弟妹妹的学习会耽搁，几次欲言又止。凯理舍不得离开他的奶奶，临走的时候紧抱着她的腿不肯走。

亲爱的，我知道你的担心和不舍，但你终究是要离开的，离开你父亲母亲，离开你的家乡，搬到镇上是你的第一步，你需要走到更远的地方去，才有可能实现你的梦想。说真的，我可不想你在这里待一辈子，为了你和我们的孩子，卡尔，你需要作出决断迈开你的第一步！

0127. 泥水工的日子里——1948.02.01

德里特镇上没有什么好的工作可找，凯理还小，你不便远行，就在小镇上做起了泥水工，专门从事房屋及下水道的修补工作，这个工作又脏又累。

你每天很友善热情地和镇上的阿伯大婶打招呼，哪里有需要，骑上自行车马上就去了。克里大叔每次见到我，都伸出大拇指称赞你是个不错的小伙子；那珍妮大妈简直把你当自己的儿子了，经常来我们住的地方问寒问暖，有时候还带来一些蔬菜水果和香肠。

你一回来放下工具就逗凯理玩，有时候还帮我做菜，一副不知劳累的样子，小阁楼里有我们一家的欢笑。

亲爱的，辛苦你了！

0128. 情人节的礼物——1948.02.14

晚上回来的时候你送给我一只俏皮可爱的玩具棕熊，你一脸难过的表情。

亲爱的，我知道你的难处，你不要难过，我不需要你什么贵重的礼物，有你的心意就够了，何况我们刚搬来镇上，凯理的营养还需要很多的费用。是的，我的同学很多都带上了金项链或是钻石，不过我一点都不羡慕她们，我相信我都会有的。卡尔，你才是我的钻石，有朝一日你一定会发出璀璨的光彩！

0129. 凯理的玩具——1948.03.13

凯理每次经过楼下拐角的商店就嚷着买飞机，买卡车玩具。摸摸口袋里的钱，我每次都连哄带骗说爸爸会做一个更大的给他。

卡尔，你的手真巧，木头做的卡车，纸做的飞机好多，还有可以坐在上面滚动的小车，让凯理在伙伴面前很骄傲。每天晚上你回来的时候，口袋里会神奇地变出一个小玩具，让凯理每天等你回来嚷着变玩具魔术。

亲爱的，我知道你带回来的玩具是你在镇里垃圾场的废弃物里拣来的，难为你了，虽然如此，我仍然为凯理有这样好的爸爸骄傲！

0130. 我决定去洗衣店打工——1948.04.15

尽管你很勤劳，但泥水工的收入很少，除了房租水电后所剩无几，凯理的胃口越来越大，买牛奶的钱都很紧张，经常入不敷出。楼下科菲大妈的洗衣店正缺人手，我决定去帮忙，你有点不愿意又经不住我的要求。

亲爱的，你不用担心我吃不消，也不用担心凯理，我会照顾好他的，况且白天只要接送凯理去幼儿园，每天只做点饭菜等你回家，我好无聊，卡尔，能够为我们的家庭出点力是应该的，只要我们同心，一切都会好起来！

0131. 卡尔哭了——1948.05.21

洗衣店的衣服总是洗不完，有时还要用药水泡洗，我的手很快就变了颜色。

“玛利亚，你瘦了”你捧着我的脸，然后拉起我的手看了又看。我的手上贴满了胶布，我使劲地抽回我的手，却被你紧紧地抓在手中良久。分明看见有泪滴在手心，抬头看见你已两眼汪汪，你低头亲吻着我的手，这一刻我也哭了。

亲爱的，你别难过，过一段时间就会好的，我知道你曾经说过，我这双手是这个世界上最漂亮的一双手，你要好好地保护它。卡尔，有你疼惜我这双手，我已经很满足了，我相信我们的日子很快会好起来！

0132. 我怀孕了——1948.06.10

我又怀孕了——女人的感觉告诉我。当我把这个感觉告诉你的时候，你的脸上充满了欢喜，你很希望这个孩子是个女孩。

你现在更勤快了，每天早上准备好我一天要用的东西，甚至菜都不要我去买，每天收工回来就帮我忙这忙那，生怕我累了。

亲爱的，看着你不知疲惫的忙碌，我很心疼，别把你自己累垮了，有你的爱惜，我很知足，别担心，我会照顾好自己的！

0133. 我很喜欢《飘》——1948.07.11

你帮我买来一个收音机，每天放欢快的音乐给我听，又帮我从朋友处借来了一本书——《飘》——这是玛格丽特·米切儿的传世巨作：传奇女子思嘉在美国南北战争期间，面对不幸坚强生活，从一个受人仰慕的庄园娇小姐到自食其力的女商人，虽执著地爱着一个人，却又三嫁他人，仍无法得到梦想的爱情，糊涂的她发现今生至爱时，爱又离她而去……

尽管《飘》改编的电影《乱世佳人》我已经看过好几年了，看书的时候联想到电影里的镜头别有一番味道，让我再一次感受到了思嘉的美，思嘉的一切。这本书让我爱不释手，打发我无聊的时光。

亲爱的，你是我梦想的爱情，你是我的至爱，尽管曾经有人说我糊涂，可我从来没有后悔过，我相信我的选择没有错。

卡尔，你会让我幸福的，对吗？！

0134. 我了解你吗？——1948.07.25

《飘》里面的思嘉这个人很可悲，可悲到了一种可笑的程度，就像她自己意识到的：

“她对她所爱过的两个男人哪一个都不了解，因此到头来两个都失掉了，她恍惚认识到，如果她当初了解艾希礼，她是决不会爱他的；而如果她了解了瑞德，她就无论如何都不会失掉他了”。

有个念头突然冒出我的脑际：“卡尔，我了解你吗？”

卡尔，到现在为止，我每天都在体会你对我的照顾和爱护，听你的呼吸，看你的眼神，抚摸你的身体，感觉你的心跳，一切都是那么新鲜和喜悦，可我了解你的内心世界吗？

亲爱的，我没有思嘉那么自私，我不需要了解你那么多，既然是我自己的选择，我忠于自己的感觉，只要知道“我内心是爱你的，你是爱我的”就够了，对你的了解，只要心中有爱，我可以用一生去慢慢解读！

0135. 凯理很会找新朋友——1948.08.14

“凯理，今天交了几个新朋友呢？”我试探着问。

“两个，其中还有一个小朋友很会折飞机。”凯理比划着告诉我。

“你帮他们做了什么呢？”；

“我帮他们搬石头，找树枝，我们一起盖房子。”凯理骄傲地说。

这样的对话经常在我们母子俩中传递着。亲爱的，我们的凯理现在很会找朋友了，并且很喜欢帮助别人做事情，这一点很像你，他长大一定会有很多的朋友！

0136. 卡琳来了——1948.8.20

卡琳今天一大早送了很多的蔬菜和一些鸡蛋来。

要开学了，我知道卡琳要学费来了，她没有开口说，我把上个月剩下来的加上这个月要给凯理买牛奶的钱，还有这个月的生活费全部给了卡琳，卡琳高高兴兴地回去了。

“玛利亚，这个月的生活费怎么办？”你在那里低声责怪我。

亲爱的，没有关系，我们可以先向洗衣店科菲大妈借点，下个月还她就是，我们的办法总比爸爸妈妈多，你说是吗？

0137. 卡尔当上了工头——1948.09.21

镇上找你做事的人越来越多，你什么活都做：通下水道、砌排水沟、修理炉灶、搬家具，甚至修理厕所，一个人忙不过来，决定找两个伙计帮忙。你当上小工头了，收入比以前有所好转，还可以接济弟妹们的一点生活费了，你叫我辞了洗衣店的工作。

亲爱的，真为你高兴，干哪一行你都是最棒的，只是德里特镇这么一个小地方，无法成就你的梦想，什么时候离开这里去更大的地方闯闯？摸到自己越来越大的肚子，我心里很矛盾。

卡尔，你想过离开这里吗？！

0138. 义务帮忙——1948.10.18

镇上布顿大叔的房子漏水，下水道又堵住了，今天一大早就来请你帮忙修理，可面露难色几次欲言又止。你了解布顿大叔的难处：原来他最近身上没有钱，他唯一的儿子去了加州的圣地亚哥，好几年没有回来，最近不知为何好几个月没有寄钱回来，电话也无法联系上。你告诉大叔钱没有关系，等有了再给就是，马上带上伙计们去布顿大叔的家修理去了，布顿大叔感激涕零。

事实上像这样的帮忙，你不知道有过多少次了，尽管经济有点紧张，但只要对方有困难，你总是毫不犹豫地答应下来。我经常收到大婶们送来的牛奶或鸡蛋，我知道你又在义务帮忙了，你有时为收不到钱跟我解释半天。

亲爱的，没有关系，我理解你，也理解那些大叔大婶，谁没有难处呢？卡尔，你能够帮忙的地方就尽力帮一下，这个小镇很有温情，我们总不至于饿死，你的付出一定会有回报的！

0139. 刻薄的同学——1948.11.13

今天上街买菜的路上，碰到同学宁娜，穿得很时髦的样子。原来她中学毕业不久就嫁给了镇长的儿子——那个肥头大耳的比尔。一见我挺着个大肚，牵着凯理，就笑我这个班里的美人怎么变成一个老太婆了，她都快认不出来了，我差点哭了。

我回来照了一下镜子，除了脸色有点苍白，我的容颜未老，青春依旧，为什么同学要如此刻薄，我有点不解，我倒是看见她手上的青肿、黑黑的眼圈和假意的笑声。

亲爱的，我老太婆了吗？即使如此，我的青春是为你而驻，为你而逝，只要你能够给我幸福，别人说我什么都没有关系，我相信你会让我幸福的！

0140. 凯希出生——1948.12.09

艰难的阵痛迎来了新的生命，凯希呱呱出生了。我们一直希望有个可爱的女儿，今天终于如愿，看着凯希粉红的小脸朝我们眨眼睛，你兴奋得手舞足蹈。

高兴之余，一丝忧郁掠过心头，亲爱的，你身上的担子越来越重了，不过，有了这个可爱的女儿比什么都重要，卡尔，我相信困难是暂时的，没有什么可以难倒你！

0141. 我错怪卡尔了——1948.12.24

今夜是平安夜，天已经黑了，天空中飘着雪花，你还没有回来，我焦急地在门口张望，一直到平安夜的钟声已经敲响好久，你才披着雪花回来。见我不高兴，你一脸的歉意，原来今天下午布顿大叔在自家门口不小心摔倒了，正好被路过的你看到，把他送到医院才知道大叔的手骨折了，等一切安顿好才离开。

亲爱的，我错怪你了，只要你平安归来，我明天陪你一起去医院看望布顿大叔。他的儿子还是没有消息，圣诞节里没有一个亲人在他的身边真是可怜。卡尔，你尽可能照顾他一下，布顿大叔会知道的，上帝也会看到的！

0142. 凯希晚上哭得很凶——1949.1.22

不知道是奶水不足，还是因为什么，凯希下半夜经常哭个不停，让我好久没有好好的睡一觉。白天无精打采地抱着她喂奶就睡了，心情很不好，我怀疑这样下去我会得抑郁症。

你不敢去做工，在家陪着我哄着我，晚上带凯希到另外一间房睡觉，怕吵到我。早上起来看你疲惫的样子，我知道是昨晚给凯希闹腾的没睡好。

亲爱的，一个大男人很难得你这样做，难为你了，可现在我只能依赖你，卡尔，你不但是一个好的丈夫，还是一个好的爸爸！

0143. 情人节的礼物——1949.02.14

凯希今天不知道什么原因，一个上午哭个不停，让我心情很烦躁。中午你回家的时候带回一束鲜艳的红玫瑰，并祝我情人节快乐。我差点忘了今天是情人节，我的心情顿时好了很多，奇怪的是凯希看到我手中的花竟然不哭不闹了。

亲爱的，如果我没有记错的话，这是我第一次收到你的玫瑰花。我把你送的 11 枝玫瑰花闻了又闻，小心翼翼地插在花瓶里，我要让花多开几日，闻着花香我自然就会想起你对我的那份爱。

卡尔，我要你每年的今日送我 11 朵玫瑰花，不知道我这个要求对你来说会不会有点过分呢？

0144. 凯理的奶奶来了——1949.02.20

肯定是你昨天回去搬来了救兵，奶奶今天来了，凯理高兴得不得了。

奶奶到来，你轻松了好多。很奇怪，凯希在奶奶的手里不哭不闹了，原来带孩子有很多方法的，抚摩动作的轻重，穿衣服的多少，早中晚不一样，喂奶的时间要有规律。凯理出生的时候好像没有那么麻烦。很奇怪，每次凯希哭闹的时候，只要你抱在手中就不哭了。

亲爱的，凯希现在成了你的宝贝，你可不要冷落了我，晚上安顿好凯希，你可要睡在我的身边，我要闻到你的气息，我要抱着你睡觉才心安！

0145. 我为凯理高兴——1949.04.18

今天我正在洗衣服，“妈妈，我可以帮你”，凯理在后面大声说，他拿出毛巾帮我擦汗，看着他的小手在桶里认真洗衣服样子，我知道我们的儿子越来越懂事了。

亲爱的，凯理越来越像你了，他会主动帮助他的小朋友做一些事情，周围很多小朋友都愿意和他玩，交朋友的能力可比你强多了，卡尔，你应该为他高兴！

0146. 卡尔决定去加州——1949.05.15

凯理上幼儿园，凯希刚刚出生，我不能去洗衣店打工补贴家用，弟妹的学费和家里的重担全落在你身上。好多的村民都去西海岸淘金，你决定去加州碰碰运气。你吻别了睡梦中的凯理和凯希，踏着一路星光和清晨的露水直奔车站，火车徐徐开动消失在我的视线，我的泪水夺眶而出，站台上留下我挥动的双手和孤独的身影。

亲爱的，你就放心去，我知道你放不下我和孩子，为了你的梦想，再大的困难我都可以挺住，卡尔，祝你好运！

0147. 我心里空空的——1949.05.20

卡尔，你离开我还不到一个星期，不知道什么原因，我的心里空空的，也许是我习惯了你在我身边的日子。每天早上起来，我找不到喂凯希的奶瓶，以前都是你帮我准备好的，中午凯理喊饿的时候我才知道忘记做饭菜了，晚上哄完凯理、凯希睡觉后，我坐在桌前拿起一本书，一个晚上我一页也没有翻过去。

亲爱的，你一路顺利吗？你找到工作了吗？你想我吗？

0148. 我担心着卡尔——1949.06.24

一个月过去了，没有你的消息，也没有你的电话，我只能干着急，心情莫名其妙的烦躁。

亲爱的，我好担心你浓重的乡音别人听不懂，没有技术找不到工作，没有亲人和朋友无处可落脚，但愿我的担心是多余。卡尔，你勤劳善良，你吃苦耐劳，我相信你一定会碰到好心人帮助你，你一定能够找到你满意的工作！

0149. 意外的收获——1949.07.16

你离开家的时候，仅仅带了少许路费，我很担心你如果没有及时找到工作，吃饭将是个问题，到今天我手中的钱也所剩无几了，我正在为以后的日子发愁。

今天上午布顿大叔来到我的家，竟然是给我送钱来了，说是去年修理房子欠你的工钱，我都快忘记这件事情了。后面还跟着他的儿子布里斯，给凯理买了一个大大的玩具飞机，还塞给了二百元钱，说今天是当面来谢谢我们的照顾。布里斯先生听说你去了加州，临走的时候还留了一个电话给我，说你如果有事需要帮忙的话，尽管去圣地亚哥找他。

这意外的收获让我又惊又喜，惊的是布里斯先生如此诚恳，我们可能遇见贵人了，喜的是我手中的钱可以应付一阵子，亲爱的，你经常帮助别人，我相信你在他乡也一定有人会帮助你的！

0150. 卡尔的来信——1949.08.20

亲爱的玛利亚，来加州有好长一段时间了，很抱歉，今天才静下心来给你写信。刚来的时候，到处找工作，首先到维克多维尔，最后在安大略一家印刷厂找到一份搬运的工作。搬运对我来说不算辛苦，我这个月还学会了开叉车，工资比在镇上做泥水工的时候高很多，月底很快就要发工资了，一发工资我马上给你寄回来，你给凯理和凯希多买点牛奶鸡蛋吃，你也注意养好身体。

每天 8 小时的重复工作，有点单调，有时候还要加班，好在工厂有个篮球场，下班的时候我可以打打篮球，工厂里新墨西哥州老乡很多，我们相处得不错。

很想念你和我们的孩子，代问我父母亲好，我一切顺利！

0151. 卡尔寄回了工资——1949.09.10

亲爱的，前天收到你寄回来的 300 美元工资，我欣喜若狂，我从来没有一次性有这么多的钱。

我下午给凯理和凯希买了奶粉等营养品，顺便还买了一个汽车玩具。你走后凯理的玩具少得可怜，前些时候为抢玩具把一个小伙伴弄哭了，我忙着给对方的妈妈道歉，回来我还狠狠地揍了凯理一顿，打得我好心疼。

卡尔，昨天我回村里送了一百五十元钱给你妈妈，你去了加州以后家里没有收入，卡琳和卡文的学费到今天还欠着呢。

亲爱的，妈妈接到你的钱使劲的抹眼泪，我知道，妈妈心疼你，想你了，卡尔，你辛苦了！

0152. 我们的孩子真懂事——1949.10.20

“凯理，去帮妈妈把那边的拖把拿来。”今天上午我对正在玩玩具的凯理说。

凯理很快地放下手中的玩具帮我取来了拖把。

“你还可以帮妈妈什么？”

凯理拿来了抹布，水，并帮我一起扫地，尽管他扫地的样子很可笑。

亲爱的，凯理现在每次看到我在忙的时候，他会主动问我：“妈妈，我可以帮你什么？”你看我们的孩子真懂事，卡尔，凯理每天都在问我：“爸爸什么时候回来给他做玩具？”

0153. 卡尔的信——1949.12.21

玛利亚，这个圣诞节我不回来了，今年圣诞节假期厂里只放 7 天，留下加班的将有双倍的工资。我上个月寄给你的钱有一部分还是从工友那儿借的，我想多赚点钱，又可以把路费省了，很抱歉，我不能回来陪你和孩子们过圣诞节，尽管我的心早已飞回了家。

亲爱的，圣诞节你带孩子回拉格尔村过，告诉我父母亲我挺好的，不用他们担心，弟妹们的学费我会按时间寄回来，明年的圣诞节我一定回来。

凯希是不是可以叫爸爸了，我一想起她那可爱的模样，做事情的时候特别的轻松，她是上帝带给我们最好的礼物，玛利亚，你说是吗？

亲爱的，想你的时候，你是那么的遥远，我到现在才真正知道挂念你的滋味，吻你！

0154. 思念你——1950.12.30

卡尔，这个圣诞节我带凯理和凯希在他们的外婆家过的，外公外婆喜欢得不得了。

今夜，当新年的钟声敲响的时候，我忍不住思念你的泪水，想你一个人在外面的日子多么的可怜，我躲在房间里偷偷地哭了，我多么的想你此时出现在我的面前，哪怕不要你赚钱。

亲爱的，你想我吗？愿你在他乡不孤独！

0155. 这十年像一场等待——1950.01.09

卡尔，家乡还沉浸在新年的气氛中，在这静静的夜里，我的思绪又飞回到从前。十年前，我等待着自己快点毕业，我等待着你的出现，等待着你从矿山回来看我，等待着你的信。后来你离家出走，等待着你回到我身边。太平洋战争爆发后，我天天等待着你的平安归来，当你在家乡的土地里劳作的时候，我又等待着你有机会离开拉格尔村。你去了加州以后，现在我又等待着你早日回来接我们。这十年像是一场等待。

亲爱的，等待的过程是漫长的，有我的期待，有我的甜蜜，有我的痛苦，有我对你深深的思念。卡尔，有你的爱，我愿意等待，我等待着你的成功，等待着你的荣耀！

0156. 情人节的礼物——1950.02.14

今天很意外收到加州寄过来的包裹，你寄来的，我迫不及待地拆开一看，是一支法国产的香水，精美的包装令我爱不释手，我拿出香水闻了又闻，沁人的香气让我的心情轻松了好多。

我记得有一次去镇上的商店里，我看到在一瓶精美包装的香水，可一看价钱，我的手缩了回去，你看见了我当时的神情，很无奈的感觉，我一直渴望有一瓶香水，可我舍不得买，你知道我的心思。

亲爱的，谢谢你的礼物，卡尔，好久没有闻到你身上的汗臭了，我很想念你这种味道，可惜我现在不能紧紧地抱住你！

0157. 卡尔的信——1950.02.24

玛利亚，上个周末我和几个工友坐公共汽车去了洛杉矶市区玩了一整天，好多的汽车和高楼，令我目不暇接。

超级市场琳琅满目的商品应有尽有，我知道你喜欢化妆品，可化妆品的价格很贵，我一摸自己的口袋又不由自主地缩回去，不过请你相信我下次回来的时候，一定买一盒你喜欢的化妆品。我们回来的时候路经好莱坞还看了一场电影，那效果真是棒极了，这一次可惜没有看到大海，下次一定要去看看。

加州的富有超出了我的想象，我很喜欢这里的节奏和风情，我一定要在这里扎根下来，我要赚很多很多的钱，我一定会让你和孩子们过上好的日子。

亲爱的，我现在很好，你不用担心，想你！

0158. 保持你的本性——1950.03.15

卡尔，很高兴收到你来信，看得出来你的惊喜，看得出来你的收获，我想你所看到的世界只是这个世界的一小部分，世界很大，未来的路很长，你的机会同样会很多。

你心里知道我喜欢化妆品，我已经很感动了，汽车或漂亮的房子我们一定会拥有的，只是你不要性急，有些东西的拥有需要一个过程。

卡尔，我现在不需要你给我买什么东西，我只需要你平安，保重好你的身体，交好你的朋友，保持你助人为乐的本性，这是你最大的本钱，机会迟早会出现在你面前。

亲爱的，我知道你是个有理想的人，你会让我们过上好的日子，我一直深信不疑，爱你的玛利亚！

0159. 卡尔的来信——1950.04.23

玛利亚，上个周末，我约几个工友去了海边，离我们工作的地方大约两小时的车程。蔚蓝的大海一望无际，你知道的，这是我第一次看到大海，我好激动。我在海里游了一个下午，咸咸的海水好苦。不远处有很多的轮船驶过，沙滩很美，踩在细细的柔软的沙子里好舒服，我和工友们在沙滩上嬉闹，好开心，可惜你不在我身边。

亲爱的，我一定会赚很多的钱，买一栋大大的房子，接你和孩子来加州居住，到时我们一家人天天可以看到大海，到大海里游泳，我做梦都在想这么一天，玛利亚，相信我，我会努力的。

我爸爸妈妈身体不太好，你要代我买点东西常回家看看他们，我会努力工作让他们感到骄傲的，两个小家伙辛苦你了，吻你！

0160. 卡尔的工资——1950.05.30

卡尔，每个月的最后一个星期会定期收到你寄回来的钱。月底每次见到邮差特里森骑着自行车过来，我们的凯理就很亲热地叫着特里森叔叔，然后一边跑过来告诉我，“爸爸来信了”。他知道只要特里森叔叔来了就一定有他爸爸寄来的好东西，妈妈见了一定很高兴，还会给他买玩具。凯理还天真地问特里森什么时候把他爸爸寄回来。

亲爱的，昨夜又梦见你了，早上起来眼睛红红的，凯理问我怎么哭了，是不是他做错了事情让我不高兴；

卡尔，我想你了！

0161. 卡尔的信——1950.06.15

玛利亚，搬运工作我不想继续做了，这样下去永远无法实现我的梦想，我想找份有技术或有发展前途的工作。

印刷技术是个复杂的活儿，我恐怕也学不了，我决定要离开这个印刷厂，不过，你放心，这里的工厂很多，找工作不是一件难的事情，找好另一份工作之前，我不会轻易辞工的，我知道你每月都在等我的生活费。

梦想好像很遥远，我不知道我的机会在哪儿，我很焦急，玛利亚，你理解我的心情吗？

下班的时候，是我最落寞的时候，许多的工友成双成对，我只能够躺在床上看你的照片，亲爱的，我想你！

0162. 韩战开始——1950.06.28

昨天的报道，我们的总统宣布发动韩战，我害怕得要命，我不明白我们国家为什么一定要发动战争，对我们有什么好处，说真的，我讨厌战争，讨厌发动战争的人。

“卡尔，你会不会再征入伍上战场？”我忐忑不安地想。

亲爱的，我不能违背国家的意志，但我有表达自己的权利，我明天就去参加反战游行，我们不要战争，我们不要流血，我们不需要那么多破碎的家庭。假如你再上战场，我不知道我和孩子该怎么办，我真的没有准备好。经历了太平洋战争的煎熬，我不想再过那种提心吊胆的日子，我宁可你卑微地活着，也不愿意你去战场上英雄般的战死！

0163. 你决定的事情就大胆去做——1950.07.08

卡尔，我理解你的心情，如果你想好了下一步怎么做就辞掉工作，不要有那么多顾虑，为了你的梦想，只要你认为是对的，你就大胆地去做。你寄给我的钱还能够用一阵子，实在不能够用，我自己会想办法，我们还年轻，有的是机会和时间，没有什么困难可以难住我们。

亲爱的，我不会成为你成功路上的阻碍，我也相信你做任何决定会考虑我和孩子们的处境。

卡尔，你会成功的，我爱上你的第一天起，我就相信你！

0164. 卡尔的信——1950.08.10

玛利亚，告诉你一个好消息，我和吉姆联系上了，他正在帮一家私人石油公司跑运输，说要帮我介绍一个工资更高的活儿，我知道石油公司的工资比工厂里高得多，估摸下个月会有他的消息，真让我高兴，谁叫我和吉姆是好哥们呢！

亲爱的，你等着我的好消息，我会赚更多的钱，我很快就会回来接你和孩子们。

爸爸妈妈的身体可好？我很想念他们，寄给你的钱你尽量接济一下弟弟妹妹们。我知道寄给你的钱不多，让你很为难，如实在不够，你先想办法借点，我知道你会有办法的。

凯理听话吗？凯希晚上有没有哭闹呢？带两个孩子确实很辛苦，真对不起，玛利亚，让你受苦了，我会努力工作赚钱，我们会过上好日子的，相信我，爱你的卡尔！

0165. 我有点担心——1950.09.05

卡尔，能够收到你的来信对我来说已经是很高兴的事了。你寄回的钱我省着花已经够用了，最近你的信中提到赚钱的次数特多，我知道你的想法很好，但我有点替你担心，担心你的欲望太大，赚钱太急切。

亲爱的，赚钱固然很重要，最重要是要爱护好你的身体，更不要做违法的事情，否则一切重来后悔莫及，这是我要特别提醒你的。贫穷的日子对我来说没什么，只要你要平安，赚钱的机会有很多，你好好把握就是。

爸爸妈妈的身体还好，弟弟妹妹的费用你不用担心，凯理很听话，凯希已经学会叫爸爸了，我们都很想你。

亲爱的，希望在圣诞节快到的时候见到你平安回来！

0166. 卡尔的信——1950.09.18

玛利亚，上周吉姆来了消息，帮我找到一家与他石油公司有业务关系的矿石公司，我在那里做仓库保管工作，公司在加州海岸山脉的半山腰。老实讲我不太喜欢去矿山工作，脏和累我倒是不怕，主要是安全，我可是两个孩子的爸爸了，虽然有点失望，但这里工作比较轻松，工资比工厂里要高很多，我也只好暂时先干着，等我积攒点钱，再看看有没有更好的机会。

晚上的时候，工友们回宿舍了，我一个人留守在仓库里，仓库是我办公和睡觉的地方，山上没有什么娱乐活动，我最近新买了一把吉他，可以打发一下寂寞的时光。

夜深人静的时候，我数天上的星星，看着皎洁的月亮，亲爱的，我很想念你和我们的孩子，吻你！

0167. 我梦见卡尔牺牲了——1950.09.23

亲爱的，昨天夜晚我又做了一个梦，梦见你去韩国的战场了，船在大海中颠簸，你和你的战友还没有来得及冲上滩头就已经牺牲了，我惊出一身冷汗，坐了一个晚上到天亮。

卡尔，我不敢把梦告诉你，事实上自韩战开始以来，我的神经一直处于紧张状态，晚上失眠很严重，无法入睡，好几个晚上我坐在床上流泪。

卡尔，我真的很害怕！你在加州还好吗？我好想你快点回到我身边！

0168. 卡尔这个月底没有来信——1950.10.30

这个月底没有卡尔的来信，我叫凯理坐在楼下等邮递员特里森好几天了，我一点都没有做事的心情，今天还差点把碗打烂了。

亲爱的，你是忘记给我写信了，还是因为工作很忙碌来不及写呢？我满脑子想你是不是受伤了，还是又在忙着找新的工作呢？但愿你平安无事；

卡尔，你现在好吗？快点给我来信!

0169. 卡尔两个月没有来信了——1950.11.24

卡尔，你两个月没有来信了，听说我们国家在韩战中打得很残酷，德里特镇上已经闻到一些紧张的气息。

“你会不会又被征兵走了呢？”我的脑海里经常出现这样的想法，一丝恐惧掠过心头，我担心极了，明天我要去教堂为你祈祷。

亲爱的，你最好不要出事，我会祈祷上帝保佑你平安!

0170. 卡尔的信——1950.12.18

亲爱的玛利亚，近三个月的时间没有给你写信了，我知道你现在一定着急了，真对不起，这是我的错。

首先告诉你一个好消息，我现在承包矿山的工程了。一个偶然的机会我帮木材供应商菲尔先生提了一个木材运输和存储的建议，让他节约了不少钱。想不到他上个月邀请我和他一起承包矿山的矿道工程。玛利亚，你知道的，我熟悉矿山的运作，做过下水道工程和维修，矿道工程难不倒我，我毫不犹豫地答应他了。从上个月3号到今天，我整天在察看矿道的结构，设计矿道的走向和排水系统，有些东西我还要学习查资料，晚上我要和工友们研究如何施工，忙得不亦乐乎，这是我这两个月来没有给你写信的原因。

矿道工程进展很顺利，我现在每天只要监管工程的进度和质量，估计第一个工程下个月就完工了。我今天向菲尔先生预借了500美元汇给你，我相信你收到我信的时候钱也应该收到了。

亲爱的，我说过我会赚很多的钱，我一定会让你过上好日子，我相信为期不远了。相信我，这个圣诞节我可能又不能回来，很抱歉，我也不想这样的，只是我这里的工程刚刚开始，很多的事情等着我去做，想你和我们的孩子，圣诞节快乐！

0171. 我为你骄傲——1950.12.23

卡尔，我相信你，相信你能够成功，相信你会让我们过上好日子，亲爱的，我为你骄傲！

明天我要带孩子回拉格尔村看望凯理的爷爷奶奶，昨天用你汇回来的钱为你爸爸妈妈各买了一件新衣服，给妈妈二百元钱应该足够她应付一阵子。卡尔，你爸爸妈妈一定会为你今天的成绩高兴的。

亲爱的，加油！

0172. 何时来到你的身边——1951.01.05

卡尔，这个圣诞节尽管你没有回来，但我的心情很轻松愉快，因为我知道你的事业已经迈出了第一步，向你的梦想又靠近了一步，我陪伴凯理的爷爷奶奶过得很开心。

亲爱的，没有你在身边的日子确实很难过，每个晚上当两个孩子熟睡的时候，我想念你的泪水浸湿了枕头。有时候，我傻傻地坐在床上直到天亮。什么时候来到你的身边成了我现在最强烈的愿望！

亲爱的，等待你的日子，时间过得好慢，卡尔，你一定要成功，你一定会成功！

0173. 克里斯的失望——1951.01.20

今天在镇上碰上克里斯，卡尔，你知道的，中学时给我写过很多情书的那个同学。这个圣诞节他休假回家，现在在圣塔菲一家报社工作，一副自命不凡的样子。

克里斯还没有结婚，还在打听我的消息，当见到我时，他很惊讶我已经是两个孩子的妈妈了。我告诉他我有一个非常爱我的丈夫，我现在生活得很幸福，看他怏怏的表情，我知道我这个“他心目中的女神”让他彻底失望了。

卡尔，说起你的时候，我那骄傲的神情让对方有点不好意思，我是不是有点过了，不管别人怎么认为，亲爱的，你始终是我的骄傲，你说是吗？！

0174. 情人节的礼物——1951.02.14

楼下的花店门口摆满了鲜艳的玫瑰花，不时有情侣前来购买花束，空气中的玫瑰香味告诉我今天是情人节，我的眼神不时向花店的方向看去，我好希望你抱着一束大大的鲜花向我走来。

正当我在发呆的时候，邮差特里森骑着自行车停在我的面前递给我一个包裹，里面有一包精致的巧克力，这个在德里特镇上是买不到的，我欣喜不已。

亲爱的，我知道你不会忘记你的约定，我真的好感动，巧克力很甜，甜在我的心里，卡尔，谢谢你的礼物！

0175. 卡尔的信——1951.02.28

亲爱的玛利亚，矿山的工程进展顺利，这个月结算令我很意外很惊喜，我竟然分得 13000 多美元。由于我们这次工程的质量令矿主道森先生很满意，接下来整个矿山的工程都交由我们来做，我估计全部的工程需要两到三年才能完成，一想到这做不完的工程，我夜不能寐，激动不已，玛利亚，我碰到贵人了，我发财的机会终于来了。

这次只汇了 2000 美元给你，剩下的我要添置一些机械设备和工具，租借一个大一点的场所，需要投入的地方很多，我要扩大我的工程队伍，我相信你会支持我的。

亲爱的，这些钱够你用一阵子，你带妈妈到医院检查一下她的腰椎，顺便给爸爸复查一下原来的腿伤，同时给家里安装部电话吧，好方便打电话给你，想你，你的卡尔！

0176. 我在提醒卡尔——1951.03.23

亲爱的卡尔，收到你的信了，我为你高兴，你这次有贵人相助源于你乐于助人的本性。我要告诉你的是，你不要得意，前面的路还很长，不知道什么时候会发生你意想不到的事情，你要时刻警惕，特别是你周围的人，他们可能来自全国各地，不同的文化和观念，不一定每个人都会帮助你，理解你，他可能会陷害你甚至攻击你。你要小心，这些话不一定中听，我相信你明白我说的意思，我也相信你会做得很好。

爸爸妈妈的身体还好，家中的电话我已经申请了，不用多久就会安装好，好久没有听到你的声音了，你很快就可以听到凯理和凯希叫你爸爸的声音了，凯理每天在问我爸爸什么时候回来给他做玩具。

亲爱的，我无时不在想你，我多么想早日来到你的身边！

0177. 卡尔的信——1951.04.20

亲爱的玛利亚，矿山里工程事情真多，我有点忙不过来，下班的时候，全身散了架似的。最近我的胃好像出了点问题，痛了好几次，好想你在身边，在我下班时候倒一杯水，吃你做的牛肉饼，听到凯里凯希叫我爸爸。

我决定下个月回来接你和孩子们，我已在贝克斯城里租了一套房子，周围有大的商店和幼儿园，还有公园，我相信你和孩子会喜欢的，你好好准备一下等我回来。

亲爱的，离开你快两年的时间了，一想到很快可以见到你和孩子们，我的心情不知有多喜悦，回来的时候，我要一次把你亲个够，想你的卡尔！

0178. 卡尔从加州回来了——1951.05.25

两年零三天，七百多个日日夜夜，我亲爱的卡尔，你踏着暮色终于回来了。当你出现在楼梯口的时候，我不敢相信自己的眼睛，尽管我知道你这几天会回来。我扑在你的怀里，紧紧地抱住你，你亲吻我的额头，我的双眼，我的脸庞，全然不顾凯希的哭声。凯希认不出他的爸爸了，站在一旁怯怯地扯着我的衣角。

卡尔，你瘦了，你的脸黑了很多，但人很有精神，讲话很有力量。两年不见，回来了一个更成熟的男人，当我告诉凯理“爸爸回来了”，他一下子跳到你的身上亲热得不得了。我赶紧给凯理的奶奶打电话，告诉她她的儿子回来了。

亲爱的，你知道吗，你是我们一家人的精神支柱，无论你走到哪里，无论你出去多久，我们每天都在期盼你回来！

0179. 告别拉格尔村——1951.06.01

拜访了镇上的好友，看望了凯理的外公外婆，惜别了爷爷奶奶，我们一家四口准备踏上去加州的路途。

亲友们送我们到村口。告别的时候，外婆抱着我哭了，奶奶的眼睛里含着泪水，我告诉她们当我稳定的时候，我一定会回来接她们，我会很快回来看望他们，车窗里回望，我的双眼模糊在父亲的背影。

亲爱的卡尔，家乡的那份亲情承载了你多少希望和期盼，那份难舍的亲情又是多么的沉重，然而，我们又能够承受多少这样的期盼呢？我不得而知。

别了，我的亲人们！别了，拉格尔村！别了，我的德里特小镇！

0180. 一定要协助你成功——1951.06.02

凯理和凯希早已进入了梦乡，卡尔坐在那儿睡觉了，伴随着火车有节奏的咔咔声，我的思绪又回想起和你在一起的日日夜夜，相爱时的激动和幸福，分离的痛苦和期盼，劳动时的辛苦和心疼，相聚的甜蜜与激情……我一夜没睡，也无法入睡。

火车缓缓地驶进了站台，一路的辛劳被眼前的兴奋所代替，洛杉矶湿润的海风吹乱了我的头发，来不及细看周边的高楼大厦，又要转巴士去贝克斯。

亲爱的，我很高兴你迈开了你今天的步伐。卡尔，你知道吗？你的梦想承载了我无数的希望，我要你成为一个成功的男人，我暗暗发誓“一定要协助你成功”——这也是我的任务，否则我宁可老死他乡，也不愿意你潦倒地活着回来！

0181. 新的生活——1951.07.10

贝克斯城比德里特小镇大多了，背靠海岸山脉，夏日清凉的风特别舒爽，小区的环境不错，购物很方便，我很喜欢这里。

这里有大大的公园，凯理兴奋得不得了，凯希每天下午一定要拉我去她最爱的游乐场，开心地爬来爬去。

亲爱的，谢谢你帮我们找到这么舒适的地方，最值得我高兴的是每天能看到你。卡尔，我们一家人在一起生活是最重要的，这才是我想要的生活！

0182. 不要和陌生人说话？——1952.08.04

小区居住的黑人越来越多，和我们一样，都是外地来的，操着不同的口音。昨天小区有一个白人妇女被一个不认识的黑人给强暴了。刚来这里就碰到这样的事情，让我胆战心惊，看来这里的治安比新墨西哥州要复杂得多，你提醒我不要跟陌生人说话，尤其是黑人。

今天去买菜的路上，钱包被抢了，是卖菜的黑人小伙子格里和他的妻子比娜一起帮我追回来的，我很感激他，我想把买菜剩下的钱全部给他，他不但没有要我的钱，反而送了大大的一把青菜给我，还教我如何买菜没有水分，教我在什么路段如何注意安全。

亲爱的，走到哪里都有好人，只要你和他们平等相待，跟肤色种族没有关系。卡尔，我希望你对黑人不要有偏见，他们中的大多数是勤劳的善良的，你的矿上有很多的黑人，如果你创业要打好你的跟基，你要友好地对待他们，他们将为你创造财富！

0183. 卡尔讲小时候故事——1951.09.20

每晚回家，凯理总是喜欢爬到你的身上要求讲故事。我们的凯理可最爱听你讲你小时候故事了，特别是讲捉迷藏、掏鸟蛋的故事，睡觉之前还要做游戏。

亲爱的卡尔，你给孩子讲的故事很生动，很有趣味。想不到你的记忆里还有那么多故事，我在一旁听着都有点入神，特别是那些艰苦岁月里的事情，经你说出来又是那么的轻松和可笑。我们的凯理虽然不理解这种经历，但你的故事让凯理饶有兴趣的发问，并知道那么一点艰苦的味道，我觉得你的故事已经讲得很成功了，卡尔，你真棒！

0184. 卡尔很头疼的事情——1951.10.12

一到晚上凯理要给他讲故事，许多过去的故事你已经绞尽脑汁了，现在对你来说讲故事可是一件很头疼的事情。

你今天从图书馆带回了很多好书：《长腿叔叔》《彼得金一家》《鹅爸爸的故事》《汤姆索亚历险记》《汤姆叔叔的小屋》，特别是那本《冒险小虎队》凯理喜欢得不得了，凯理不停地提问，你有点招架不住，现在的小孩子问题可真多。

亲爱的，看来你得补补功课，别整天只顾工程上的事，孩子的教育也是你的重任。卡尔，你讲故事的水平越来越高了！

0185. 卡尔买了汽车——1951.11.18

前天你买回一辆福特牌小汽车，回家方便了很多。你那辆老旧的摩托车也该休息休息了，尤其冬天的时候，山上很冷，山上山下温差很大，你戴着手套的手都冻烂了，我心疼得每天晚上给你洗药水，敷热水包。

凯理高兴得在车上爬上爬下，我们今天一起去超市买回大堆的东西，一路兴高采烈，有汽车的感觉就是不一样。

亲爱的，上下山的路崎岖不平，弯多又陡，我很担心，有时夜半惊出我一身冷汗，你开车的时候一定要小心。卡尔，你知道我和孩子听到你熟悉的喇叭声是多么的开心吗！凯理只要一听到车的声音，一定会大喊“爸爸回来了”。

亲爱的，每天傍晚等你的车平安归来，成了我和孩子们的共同声音！

0186. 我学会了开车——1951.12.10

周末，你一定要教我开车，一开始看着这个钢铁的大家伙我可不敢，在一阵阵尖叫声中我竟然很快学会了开车，原来开车是一件很惬意的事情。

亲爱的，是你的坚持让我懂得学会一件新的事物是多么有乐趣的事，以后送孩子上学的事或购物的事情可以交给我了，你回来就好好休息休息，品尝我做的香肠和煎饼。

卡尔，我现在觉得你越来越了不起了！

0187. 我年轻了吗？——1951.12.23

昨天我去理发店做一个新发型，这可是我这么多年来第一次去理发店做发型，还特意去商场买了一条裙子，我可不想让城里的人认为我很土气。自从有了凯理后，我好长时间没有穿上我喜爱的裙子了，我知道你最喜欢我穿裙子的样子。

你回来看到我的样子，把我抱起来亲了又亲，说我年轻了，是最漂亮的女人，一点都看不出来是两个孩子的妈，又看到了结婚前的我。

亲爱的，听到你赞美的话，我到今天都美滋滋的，是的，好久没有听到你赞美我的声音了，卡尔，我要你记住每天都赞美我！

0188. 有人跟踪我——1952.01.20

今天下午从图书馆出来，发现有一个戴眼镜的高个子男人在跟踪我，走走停停，一直跟我到离家不远的电影院旁边。我害怕极了，刚好碰上你回来，我快步走过去挽着你的臂膀，回头望过去，看到那个男人失望的眼神，当我把刚才的情形告诉你的时候，你也担心我的安全；

回家等我定下神来，脑海里总是浮现那个男人怏怏的背影和眼神，好像很熟悉。我想起来了，这个男人经常出现在图书馆，有一次我发现他看着我好一阵。很斯文白皙的一个男人，是不是我什么地方吸引了他的注意，他应该没有什么恶意。

亲爱的，我的美貌和身体是属于你的，自从十年前在西山的树林里第一次的亲吻开始，我生命中就注定你是我唯一的男人，我不会对任何男人感兴趣，你不用担心我会受到伤害，对我感兴趣的男人，我会善意的告诉他，我有一个非常爱我的丈夫，我会守住我最后的防线！

0189. 情人节的礼物——1952.02.14

今天你买回来一对情侣戒指，你小心翼翼把它带在我的手上，然后拿起我的手看了又看："你这双漂亮的小手应该带更高级的钻石戒指，明年我一定买一个更大的钻石戒指给你。"你在那里自言自语。

亲爱的，这个情侣戒指我很喜欢，看到它我就好像看见了你，我不需要更大的钻石戒指，我需要的是你这份情意永远在我的心里，那才是最美好的！

0190. 矿上住满了黑人——1952.02.21

昨天贝克斯城发生了白人暴打黑人的群体事件，事实上报纸上经常报道黑人遭受凌迟，而那些杀害他们的白人们却逍遥法外，甚至都不感到羞耻这一事实，我们的报纸有意无意地替白人辩护，渲染种族歧视，助长了白人这种行径。

你的矿山里住满了黑人，挤在低矮的棚屋里，他们虽然很辛苦，可他们的笑容很友善，我看见黑人小伙子克斯很勤快，逗凯理玩得很开心，我一点都看不出来他们的可恶在哪里。

亲爱的，这些黑人跟你一样有他的梦想，他们付出劳动和汗水，至少不应该受到歧视和打击，卡尔，你要善待和相信他们，在你需要的时候他们会帮助你的！

0191. 凯理的母语——1952.03.09

凯理这几天不太愿意去学校，原来凯理的母语有点难改家乡的口音，老师批评了凯理好几次，凯理不愿意见到上母语的老师，你好头痛，每天晚上要凯理读音标好几遍，不准他出去找小朋友玩，弄得凯理流着眼泪看着我求助。

亲爱的，你不要那么担心，凯理再适应一段时间，等熟悉这里的环境，他自然会改过来的，他还是个孩子，现在最重要的是快乐，不要给他那么大的压力，卡尔，相信我，相信我们的凯理，他很快就会改过来的！

0192. 改变我们的语言环境——1952.03.15

凯理母语夹带的家乡口音让我意识到不单是孩子的问题，在这个新的环境中，我们整个家庭使用的语言也必须改变。你的鼻音很重，再加上浓厚的乡音，有时外人就很难听懂，与人打交道这不能不说是一个障碍。

卡尔，我想你应该也意识到这一点，我们有意无意地用乡音表达，我们的孩子自觉不自觉地接受我们的表达习惯，如果要融入城里人的圈子，我想必须要改变你的浓厚的乡音。

亲爱的，我们不但要改变我们的乡音，我们使用的词汇也需要改变，多一些关心、爱护、温暖、柔和、美丽的词汇，少一些粗俗简陋的语言。词汇的力量可以改变一个的思想，语言的力量甚至影响孩子的一生，卡尔，从我做起，从现在开始，在家里不讲家乡的口音，与人打交道尽可能不讲家乡的口音，我相信对你的事业发展，对孩子的前途将是一个有益的帮助！

0193. 凯理的钢琴——1952.03.24

对于凯理学什么我们有点伤脑筋，凯理最后自己选择学习钢琴。学习钢琴可是一件费时费力的事情，在贝克斯城请钢琴老师费用是很昂贵的。你昨天还毫不犹豫地买了一架钢琴送给凯理作为生日的礼物，当我看到这架铮亮钢琴就立刻被它深深地吸引住了，我心里又痒痒地想学钢琴，好像这架钢琴是为我买的。

是的，一个家庭要有音乐，我们的生活要有歌声，重要的是人的心灵要有欢快的情感。喜爱一门乐器是很重要的，它会带给自己愉快的享受。如果有一天，我能够听到我们的凯理站在金色的大厅里弹奏钢琴诗人肖邦的《叙事曲》，或“钢琴之王”李斯特先生的交响乐《普罗米修斯》，那是一件多么荣耀的事情，你在笑我总是充满想象。

没错，亲爱的，我总是在书的字里行间想象，在跳动的音符里想象，想象我们美好的生活，美好的未来。卡尔，我在想象我们年老的时候，你还能够弹起你的吉他，我弹起我的钢琴，想象和你一起欣赏莎士比亚的戏剧，或跳一段酒醉的探戈！

0194. 费雯的爱情故事——1952.4.10

结识费雯是在一家理发店，她正坐在我旁边烫一个流行的卷发，我当时赞美她很漂亮，之后每次见到我她都很亲热地和我打招呼。

费雯的相恋 5 年的男朋友是法国人，前年爱上了另外一个女孩走了，她花了整整两年的时间还没有走出失恋的阴影。她经常跟踪男友去法国餐厅，她要看一看她到底输给了一个怎样的女人。在餐厅的对面，她看着他们手拉着手，很幸福的样子，那女人一头卷发，很妩媚的眼神。结果，费雯愈爱那个男人，就愈憎恨自己，把自己的一头秀发弄成卷发，嘴唇涂得红红的，装模作样的温柔有点不太自然。

“女人何必这样作践自己呢，费雯，你的美丽，你的清澈的双眼，你的文静足已征服另外一个男人。”我对费雯说，她流着眼泪使劲地摇头，我读不懂城里人的爱情。

卡尔，假如我是费雯，你会喜欢这样的女人吗？亲爱的，我不会浪漫，我就是我，我不会改变自己的内心刻意去迎合你，我除了无条件的爱你，对你一无所求，同样你不要用城里人的标准，要求我应该做什么，或不应该做什么！

0195. 想念我的爸爸妈妈——1952.5.15

贝克斯城的电话很方便，交通也很发达，不用每天担心着你的事情，两个孩子都上学了，每天迎来送往，生活就这样有条不紊地过着，日子好像少了点什么。

卡尔，不用盼望你的来信，不用等待你月底的汇款，我是不是在等待着有什么惊喜出现？现在回想起来，那些担忧牵挂你的日子原来是那么的有味道，怀念那时候藏着的爱，那么深刻。

亲爱的，在德里特镇上的时候担忧你，牵挂你，现在却牵挂我的妈妈的身体，担忧我爸爸喝醉了酒是不是睡在田埂上。我真的很想念我的爸爸妈妈，我好想看到爸爸妈妈开心的笑容，我真的很想回去看看他们，可我又不能，卡尔，我生命中至爱的人，我有的时候没有权利选择，我现在只能陪伴在你的身边！

0196. 孩子的书架——1952.06.01

今天是儿童节，你照例从图书馆买了两本书送给孩子们，作为他们节日的礼物；

孩子的书架上有很多的书，历史的、地理的、童话的、艺术的，凯理最喜欢地理和历史,凯希最喜欢童话和画册。孩子在这里可以遇见“买火柴的小女孩”,穿上“皇帝的新装”，当一回“睡美人”……我习惯让阅读成为孩子的发现之旅，眼前的道路无限延伸,越过高山,穿过浩瀚的沙漠,走过青青的草地,跨过江河,迈向遥远的太空。

记得小时候我为一本故事书《秘密花园》和父亲赌气了一个星期，更不要说拥有一个书架了,今天的孩子是幸福的,卡尔，我要让我们的孩子在童话里快乐地成长。

亲爱的，你要多留些时间陪孩子和他们一起互动，培养他们的动手能力，调动他们的想象力，从而感受到你的父爱，这样在他们成长的过程中，一路走来会充满人性的力量!

0197. 凯理的抱怨——1952.06.12

“妈妈，爸爸怎么那么忙？星期天都不陪我们一起玩。”今天下午凯理踢完球坐在公园的草地上跟我抱怨。对孩子来说，父母周末陪伴孩子玩是一件很平常的事情，你却很少做到，我还没有意识到这是个问题。

亲爱的，你每天晚上回来都有陪他玩游戏、讲故事，想不到凯理还不满足。是的，孩子说的是事实，他的要求并不过分，我知道你很忙，很多的事情你放不下，星期天你应该尝试放下你的工作，适当安排休息的时间，不为孩子，就算为了你自己，我们一家人可以一起去爬山、踢球，这样可以放松一下你的神经，说不定你的精神状态会更好!

0198. 在工作中享受你的生活——1952.06.23

亲爱的，看到你每天忙碌地工作，甚至有时候晚上还要去山上处理一些事情，尽管你从来没有说过累，但我感觉到你的辛苦。很多的时候，我很想你带我和孩子们一起去公园荡秋千，去大海边游泳，我欲言又止，我知道你现在停不下来。

卡尔，工作中有你，生活中亦要有你，有劳累就应该有放松，工作是一种责任，但生活也不是束缚，亲爱的，你不妨从你的工作关系中安排一个顺序，挤点时间，你不需要放弃工作也可以享受你的生活，不必等待闲情亦会有舒畅。

卡尔，你可以做到的!

0199. 给凯希讲《美女与野兽》——1952.07.10

卡尔，女儿凯希很乖巧，很喜欢我抱着她看画册，每天缠着我讲《美女与野兽》给她听，我都已经给她讲三遍了，女儿从书本里学会了很多新鲜的词汇，我抱着她读书的时候，孩子感受到了爱。

“妈妈，爸爸是不是野兽？”今天凯希竟然问我，弄得我哭笑不得。

“爸爸是妈妈的王子。”我说。

“那爸爸有没有送玫瑰花和宝石给你呢？”

“爸爸就是妈妈的宝石。”

“宝石是不是可以卖很多的钱呢？”

“宝石是可以卖很多很多的钱，但你的爸爸是任何钱都不卖的。”

“那我长大了会不会有王子送玫瑰花给我呢？”凯希很认真地问。

亲爱的，我们的女儿凯希真可爱！

0200. 卡奇考上德州大学——1952.08.05

家乡传来了好消息，卡奇考上了德州大学。这小子读书很勤奋，话语不多，我在拉格尔村的时候，他放学回来只要一放下手中的农活就是看书做作业，我早料到他一定会考上一所不错的大学。

你觉得很骄傲，好像是你自己考上了大学，一定要好好地庆祝，晚上叫了好几个朋友来喝酒，一个晚上都是你骄傲的表情，最后你醉了。

亲爱的，看到你兴奋的样子，我真的很高兴，我记得你曾经说过一定要让弟弟妹妹们都上大学，这是你的愿望，不能像你一样放弃了学业，我知道没有去上大学是你这辈子最大的遗憾。

卡尔，弟妹们有你的支持，你的愿望一定会实现的，我为卡奇高兴，我为你高兴！

0201. 无条件的帮助——1952.08.15

木材供应商菲尔先生最近挺倒霉的，他的汽车不小心在拐弯处撞死了两个黑人，他的钱全部赔进去了，还差点要坐牢，好在车子是他司机开的。你听到这个消息后，立即向矿主道森先生借了一笔钱给菲尔先生送去，尽管你们之间在合作期间有点小小的误会，菲尔先生见到你时很感动。

“玛利亚，今天没有和你商量好我就借了一笔钱给菲尔了，你不会怪我吧？”你一回来就告诉我。

亲爱的，你做得很对，做人应该这样，有点胸怀，菲尔先生曾经帮助过你，你无条件地帮助他是应该的。不论是菲尔先生，还是他人有难，卡尔，你能力所及的尽可能帮助他们，不要带有任何条件，这样你日后才有可能得到别人无条件的帮助，你的成功首先来自你愿意帮助别人！

0202. 看电影《茶花女》——1952.08.28

在读初级中学的时候我就看过小仲马写的小说《茶花女》，玛格丽特的爱情故事令我印象深刻，那时候不懂风尘女郎的意味，只是觉得这里面的爱情故事很感人。早就听说过《茶花女》的电影上映了，可惜在德里特镇的时候看不到，今天在这里终于看到了。

《茶花女》的电影比小说容易看得多，葛丽泰·嘉宝将小仲马笔下的茶花女演活了：巴黎的风尘女郎玛格丽特约见华维尔男爵的时候却与青年亚芒认识，之后两人在书店相遇，亚芒每天送花探病，并在生日宴会向她示爱。亚芒父亲劝玛格利特放弃亚芒，玛格利特因真心爱亚芒，为其着想，骗亚芒与自己分手。格利特几个月后亚芒与男爵及玛格利特在赌场相遇，并与男爵决斗，男爵受伤，亚芒畏罪潜逃，玛深爱亚芒，病重的她却拒绝任何资助，最后待亚芒了解真相后，玛格丽特含笑死在他的怀抱里。

看电影是要有好心情的，尤其是爱情故事片，这段时间开心的日子让我看任何东西都特别有感觉。《茶花女》的故事虽然有点伤感，但结局令人回味。亲爱的，我对爱情的美好向往从来没有停止过，我甚至在想，如果有一天我先你而去，能够含笑死在你的怀抱里，我也知足了！

0203. 周末最开心快乐的事情——1952.09.05

在贝克斯城看电影比德里特镇方便多了，走出家门口不远就是电影院，每到周末我们一家都去看电影，我们的凯理只要一到星期六，早上看到你出门，就会大声告诉你早点回来带他一起看电影，看电影成了我们周末最开心快乐的事情。

我喜欢的演员有英格丽·褒曼，她的美清新典雅，她的表演自然纯朴，《美人计》里那种真实性吸引我去一遍遍地欣赏她的作品；伊丽莎白·泰勒主演的《埃及艳后》风华绝代。你尤其喜欢奥黛丽·赫本所主演的电影《后窗》，奥黛丽·赫本呈现了一种前所未有的优雅与高贵，令人难以忘怀。

亲爱的，我知道你很忙，谢谢你每周都陪我们一起看电影，跟你在一起看电影的感觉是不一样的，特别是一家人在一起看电影那种快乐的感觉更是不言而喻！

0204.《美丽心灵》——1952.09.17

我把电影《美丽心灵》当成爱情片来看了“当世界上所有人都遗弃你，唯有她仍旧不离不弃！我想这就是爱情！”我忍不住哭出声来。

我不由得想起《呼啸山庄》里那狂暴的爱情：当凯瑟琳结识上流社会的林顿家族后，她的眼光高了，粗俗的希斯力克夫无法和优雅的林顿家人相比，希斯克力夫眼睁睁看着心爱的人越来越远，他一气之下远走他乡，种下日后悲剧的种子。

同样表现的是爱情，一个情感是如此美丽，另一个却是如此的残忍，人因爱情变得不可捉摸。

亲爱的，不论你对我怎样，我会保存我心底最善良的性灵，对我来说，爱情是最美好最珍贵的东西，我不会让粗俗和狂暴玷污染我对爱情的神往！

0205. 让帮助别人成为你的习惯——1952.09.25

矿上的工程进展还算顺利，可最近你有点烦。

工地上来了好几个黑人小子，求你帮忙安排工作。工地上暂时不需要这么多人手，你有点左右为难。安排他们在工地上暂住，免费供他们吃住，想不到昨天晚上有一个黑人劳尔得急性阑尾炎要送医院，这边的事情还没有安排好，钻探工尼特说他的爸爸住院了，需要借钱寄回去，你的钱都投入到设备上了，手中的资金很紧张，不知道怎么向他解释，你回来坐在椅子上使劲的抽烟。

亲爱的，你不要那么心烦，能够帮助他们是你的机会，你的办法总比他们多，尽力去帮助他们，有机会他们一定会帮你带来好运或更多的财富。

卡尔，你要把帮助他人变成一种习惯，哪怕你做不到，也要尽你那一份心意，别人会知道的！

0206. 卡尔 30 岁生日——1952.10.02

你可能忘记了今天是你三十岁生日，照样一大早去了工地。好几年没有正式的给你过生日了，我特意定做了一个大大的心型蛋糕，做好你最喜欢吃的牛肉蛋卷和火腿肠，准备好了香槟酒，等你晚上回来快到家门口的时候，我和孩子们躲在房间里，关了所有的灯，当你推开门的时候，我们点亮了生日蜡烛并一起唱起了生日快乐的歌，当所有灯光打开的时候，房间里满是鲜花，你惊喜得一一亲吻了我和孩子们。

卡尔，三十岁是你人生开始起航的时候，在你前进的道路上，不管有多少艰难险阻，我和孩子们在背后为你鼓掌加油，我的爱与你一路同行。

亲爱的，祝你生日快乐！

0207. 卡尔的梦想——1952.10.10

昨天晚上我问你："你未来十年的梦想是什么？"

"未来十年的梦想吗？我还没有认真想过。"你接过话题。

"你现在就认真地想一想，我要把你的梦想记录下来，十年以后再来检验你到底实现了多少。"

"很有意思，我未来十年的梦想是赚很多很多的钱。"

"太空洞了，我要具体的。"

"大概 100 万美元。"

"有点不太自信，还有呢？"

"明年买部更好的汽车给你，5 年以后到洛杉矶城里买一套属于我们自己的房子。"

"就这些？"我追问。

“还有带你和孩子们一起旅游全加州。”

亲爱的，我已经把你的梦想记下来了，今天我把它写好贴在你的床头，你每天回来都可以看见你未来十年的理想，我相信你能够实现你的梦想！

0208. 不要争强好胜——1952.11.02

今天的报道说昨天我们国家在太平洋实验场爆炸了一个威力巨大的氢弹。

我不太明白国家拥有这么威力巨大的炸弹做什么，威胁别的国家吗？还是毁灭对手呢？我们的发明成果为什么不是应用在发展经济上？或许是那些政治家为了炫耀自己的强大？我一直很反感那些自以为是的东西，一想起这炸弹可以杀死很多很多的人，我听起来就有点害怕。

你却对这个消息很兴奋，男人们好像都是这样，对强大的东西都很有兴趣。

亲爱的，你可以兴奋，但你不要去参与这种政治的狂热，对我们没有好处。我认为世间的纷争都是人性的斗争，我不要你去争强好胜，这样只会招来别人的嫉妒和攻击。男人的强大不是表现在外部，而是你的内心世界，人类的力量来自我们的情感，同样，对于我来说，我的力量来自你的爱！

0209. 这个社会变化太快——1952.11.16

贝克斯的教堂比德里特镇的要大得多，这里有许多基督教堂和犹太教堂，现在的人们不再需要为前线的亲人平安归来而祈祷，不需要再想起战争的恐怖，我照样做完我的礼拜，教堂里的气氛友好轻松。

事实上，自从太平洋战争结束以后，越来越多的人对待宗教的态度发生了变化。在贝克斯城里举行家庭祈祷越来越少，熟读圣经更不是年轻人的功课，宗教戒律对于城里人的生活习俗也不再有约束力。我们虽然仍生活在一个以基督教为主要宗教的社会里，城市里的年轻人已经不再接受基督教关于性生活的道德观。报纸杂志上每天都有鼓吹自由开放的文章，青年男女之间的性生活自由被完全接受，现在离婚已被完全认可，不再遮遮掩掩，城市的生活令人眼花缭乱，这时代变化太快，我有点不太适应。

亲爱的，不管这个世界怎么变化，不论你将来如何富有，你对我的情感不能变，就像我对你的感情一样，卡尔，你能够做到吗？

0210. 凯希的画——1952.11.27

“爸爸，矿工叔叔在洞穴里挖什么宝藏，能不能挖到巧克力矿呢？爸爸，巧克力一挖出来你可不可以带回来给我吃，这样我就有吃不完的巧克力了。”凯希一见到你回来就连续大声地问。

“爸爸，我画的矿工叔叔的牙齿是最白的，因为他们爱笑。”凯希走到她房间捧出一幅她画的画给你看。

亲爱的，你看我们的凯希多么开心快乐，这一切都是因为有你这个好爸爸每天给她买巧克力，教她作画。卡尔，每当凯希骑在你肩膀上的时候，我就想起我的父亲，我小时候也是这样经常骑在我父亲的肩膀上，那是我最快乐的时刻！

0211. 约法三章——1952.12.10

你一个人坐在椅子上不停地抽烟，紧锁着眉头，今天不知道又碰到什么烦恼的事情。凯理拿着一本图书要你讲故事的时候，你很不耐烦叫凯理不要吵，弄得凯理一个人坐在地板上大哭。

亲爱的，你别这样，我知道你很辛苦，你的世界是怎样的，别人不知道，你的事情也只有你自己能够解决，我不想参与你的生意，我能够做的是每天布置好一个温馨的家等你平安回来，我和孩子们希望看到的是你的笑脸。

家是我们宁静的港湾，不能够让这种情绪再次出现，亲爱的，我要和你约定:1. 不把外面的情绪带回家，2. 在家里不谈论生意上的事情，3. 不在卧室里抽香烟。

卡尔，我已经把这三贴在卧室的门上，你每天回家抬头就能够看到它，这样对我和孩子们都很公平，卡尔，我相信你能够做到的！

0212. 不要被赞扬冲昏头脑——1952.12.18

今年的圣诞节难得你给自己放半个月假，家里来了很多你的朋友。兰斯先生赞扬你很热心，愿意帮助别人，这行业的成功非你莫属；博克先生更是赞扬你不拘小节，是一个干大事的人，你有点飘飘然，借着酒意在朋友面前描绘你的宏伟计划。我知道你又醉了，醉在别人的赞美声里，醉在你的梦想中。

卡尔，你生气、发怒或一反常态的时候，往往很快能反省到自己的失态，马上回到正道上来，但被别人赞美的时候往往却收不住你骄傲的架子，若被赞扬冲昏头脑，你就会迷失其中，难以清醒。

亲爱的，忍受令人生气的事是一种修养，受到别人的赞美而不骄傲自满，那才叫成熟，人生还没有到你得意的时候，前面的路还很长，卡尔，当你的事业稳定的时候，我一定陪你喝个痛快！

0213. 何时陪伴你回家乡？——1952.12.24

圣诞节又到了，贝克斯城到处都洋溢着节日的欢乐气氛，大街小巷装扮的圣诞树上挂满了许多礼物，好漂亮，我们一家人在街上一起游玩，直到平安夜的钟声已经敲响很久，我们的凯理和凯希还不愿意回家。

我的思绪又回到家乡的那座小屋，小时候每当圣诞节来临，我会收到我爸爸妈妈很多的礼物，来加州快两个年头了，卡尔，因为你放不下你的工程，我今年还是不能回去陪伴他们，今夜我很想送一个礼物给我的爸爸妈妈，甚至我有一种冲动，想回去接他们过来和我们一起住，卡尔，你会同意的，对吗？

亲爱的，何时可以陪伴你一起回到我们的家乡呢？卡尔，我的骄傲，我的荣耀全部系在你的身上，加油，卡尔！

0214. 邻居丹尼丝结婚了——1953.01.10

邻居希利大妈的女儿丹尼丝结婚了，新郎是她的同事，小她两岁的小伙子，对丹尼丝唯唯诺诺，在一起看起来完全不像一对夫妻，倒像一对姐弟。

丹尼丝说是她主动追这个小伙子的，“我们在一起工作三年了，工作起来很有默契，很谈得来，有一天，我开玩笑说你嫁给我吧，想不到他当着同事的面，从花瓶里迅速取出一枝花，单膝跪在我面前说‘我今天就嫁给你’，就这样我把他给娶回来了”。我和卡尔听她说得前俯后仰，真有意思。

亲爱的，还记得我们当初的情景吗，是我先写信给你的，想起那个情形，我现在都觉得自己很勇敢，你们男人也有矜迟的时候，倒不如我们女人，女人一旦爱上一个男人，会奋不顾身的！

0215. 情人节的礼物——1953.02.14

今天是情人节，昨天我就在猜你会买什么样的礼物给我，我知道你不会忘记的。

中午你回来了，送给我一个欧米珈手表，我知道这块手表价钱不菲，我有点心疼。

亲爱的，这手表太贵了，我们不需要那么奢侈，我不需要向谁证明我拥有什么，真的没有必要，戴上这么名贵的东西反而让我心里不舒服，卡尔，我只要你心里惦记着我，买什么样的礼物都没有关系，我不在乎它的价钱！

0216. 20% 的秘密——1953.02.25

我今天去银行开了一个账户，存了一万美元，我决定：从这个月开始，每个月从你给我的钱里，为你存下 20%，作为你日后创业发展应付不测之用。我告诉我自己“无论将来我手中的生活费用多么紧张，哪怕需要买房子或做其他重大的事情，我都不动用它”。

亲爱的，自结婚以来，我第一次独立自己做这么一个决定，我决心为你藏着这个秘密不告诉你，卡尔，你要知道，我不是为了我自己，生活没有一帆风顺的，我现在要为你的明天做一点准备，我不想到时候因为一些突然的事情，让我们的生活一下子陷入困境，但愿你永远都不需要动用这笔钱！

0217. 无法控制的烈酒——1953.03.10

昨天晚上，小区街道对面的马路上，汽车撞死了一个白人，听说他死的时候手里还握着一个酒瓶，显然是一个醉鬼。

我不太明白男人为什么那么喜欢喝酒，而且是喜欢喝那种烈酒，好像生怕别人不知道他会喝酒一样。高度的烈酒在商店里随便都可以买到，更可怕的是现在很多的青少年都贪上了这种习气，政府为什么没有管制呢？

卡尔，你最近喜欢上了喝酒，我知道你生意场上免不了需要喝酒，我说了你好几次，你总说你会控制住自己，不用担心你，可我还是很担心，尤其是今天，当听到那个被压死的醉鬼，我双脚忍不住发抖。

亲爱的，我在你的车上为你准备了一些解酒清醒剂，就在你的副驾驶前箱里，喝了酒的时候，你最好不要开车，哪怕你当晚不要回家，我不会怪你的，卡尔，你的安全现在每天都牵挂着我的神经！

0218. 可怜的蒂西——1953.03.23

黑人妇女蒂西在社区一富贵白人家做佣人，我经常在菜市场碰到她，黑黑的脸上总挂着笑容，那排雪白的牙齿给我印象深刻。今天见到她坐在街边的电线杆下，被雨淋得全身湿透，她刚被她的丈夫赶出来。原来，她的丈夫最近失业了逼迫她去卖淫赚钱，被她拒绝了，她也不愿意再去那白人家，昨天刚被主人侮辱了一顿，那里让她更恐惧，她决定逃离贝克斯去旧金山。一个黑人妇女身上又没有钱的，坐在那里无助地哭泣。

我又能给她什么帮助呢？把身上仅有的买菜钱全给了她，回家的路上蒂西那孤苦无依的样子让我很伤心。

亲爱的，在这个陌生的城市里，除了你和孩子，我没有其他亲人，也没有多少可以相信的朋友，假如有一天，你欺负我，或不要我了，我会怎样呢？我没有工作，没有技能，我能够像蒂西一样逃离这座城市吗？我又能逃到哪里去，卡尔，我很害怕，你是我唯一的依靠，这一刻我很害怕失去你！

0219. 善待每一个黑人——1953.04.05

昨天上午一群白人在大街上暴打两个卖报纸的黑人，那两个黑人躺在地上痛苦地呻吟，满脸是血，报纸被白人撕烂散了一地。我不知道白人为什么要如此暴打两个黑人，更可恨的是不远处有两个警察不但无动于衷，还在那里哈哈大笑。

在这寒冷的街头，这两个黑人还在卖报纸，可能刚才还在为给孩子买礼物而高兴，他们为了谋生，从农村来到城市里，他们的家里可能还有妻子正等待着赚钱回家，他们不应该受如此歧视和压迫，一想起这些，我的泪水快要流出来了；

亲爱的，你的工地上好像也有不少黑人，他们背井离乡来到这个陌生的城市挣钱不容易，你不要瞧不起他们，你能够帮助他们一点就帮他们一点，善待每一个黑人，至少不要去伤害他们，他们会帮你带来财富的，卡尔，相信我说的没错！

0220. 自由的迪芙——1953.04.22

邻居甘茜大妈的女儿迪芙很喜欢我们凯希，经常买一些好吃的零食和小玩具逗她玩。迪芙今年 29 岁了，在一家报社做编辑，还没有结婚，这在乡下是不可思议的事情，她很惊讶我已经是两个孩子的妈妈了。

亲爱的，说真的，我很羡慕迪芙，有自己的工作，很独立，很自由，周围有很多城里的姑娘都是这样。我多么希望自己有一个工作，整天带着孩子，做饭菜，等你回家，我很想一个人出去透一下自由的空气，尽管我很爱我的孩子们，卡尔，假如哪一天有机会我出去工作，你反对吗?

0221. 卡尔爱上了乡村音乐——1953.05.16

吃完晚餐，你拿出好久没有弹的吉他，在阳台上弹唱流行的乡村音乐，眼神望着远方，从侧面看过去你的样子很美。

亲爱的，是不是有点想念家乡了，我知道你很牵挂你的父亲母亲，还有你的弟妹。说真的，我也很想念他们，我们有两年没有见到他们了，不知道你的父母亲身体是否更加硬朗，不知道我们的弟妹学习是否更加进步，不知道门前结婚时植的那两棵香樟树是否长高了。

卡尔，我很喜欢你弹吉他的模样，你的声音向来有那种独特的嘶哑，尤其是唱那些感性民谣的时候，你那种平和低调，自然抒发的情感，让我很多的时候会停下手中的事静静地倾听。你抒情的声音让我感觉很享受,也只有这个时候我思绪才沉淀。

亲爱的，我知道你是一个感情丰富的人，只是不轻易流露，你少年时的忧郁已经远去了，取而代之的是一个顶天立地的男人，从你看我的眼神里，从你抚摸我的动作中，从你轻声的话语里我依然可以感受到你浓浓的爱！

0222. 卡尔变得有点懒惰——1953.06.12

可能是因为矿上工作顺利，近来你早上喜欢睡懒觉，有时候胡子也不刮，去山上打个转就回来了，回家后哪儿也不愿意去，就是看报纸，看看书，陪凯理凯希做做游戏，然后就是睡觉。

亲爱的，你的事业刚刚开始，你千万不要放松。你现在不是一个人在做事情那么简单，矿山工程的技术我不懂，但我知道管理是你的弱项，你心太善良，事事相信别人，我很担心你会被别人利用或欺骗，你要倍加小心！你可以不要自己动手，但你要亲自到现场了解实际情况再做决定。卡尔，现在还不是你偷懒的时候，拿出你刚来加州时的斗志和精神，一鼓作气，把你的事业走上轨道！

0223. 敢于经历不适合的人吗？——1953.06.25

妮卡是一个活泼大方的姑娘，她告诉我她现在的男朋友巴尼特是在一次跳舞会上认识的。他结过婚现在单身，她已经记不清巴尼特是她第几个男朋友了。看到我惊讶的表情，妮卡接下来的话让我更是无地自容，“一个女孩要多阅历几个男人，只有经历过不适合的男人，才知道谁是最适合的，这样自己才能成为一个女人。”我想不到这些话是一个 21 岁的姑娘嘴里讲出来的。

卡尔，是不是城里的姑娘都这么开放，我没有那样的能耐，亲爱的，你是的第一个，也是我唯一的一个，我不需要这样的经历，我要永远保存好我最纯洁的情感，绽放在我的心里，流淌在我的血液里，并全部属于你！

0224. 韩战结束——1953.07.23

昨天的报道：朝韩双方在板门店签订《停战协议》，我们国家到处在庆祝韩战的胜利。我不太明白我们胜利在哪里，投入那么的人力物力财力，帮助万里之外一个国家的一方打击另外一方，我不知道我们的国家得到了什么好处，我只知道我周围的人民生活在紧张恐惧之中，物价飞涨，失业严重，回国的阵亡将士一批又一批，我们的母亲脸上已经没有笑容，我们的女同胞已经没有了眼泪，我已经习惯在大街上每天面对这种麻木的表情。

为什么需要战争呢？难道这仅仅是政治家们的愚蠢游戏吗？让我们女人失去她们的儿子或丈夫吗？我的愤怒在这个世界没有声音。

亲爱的，每当有战争的报道，就让我联想起你去参加太平洋战争的经历，那种担忧和恐惧，我这一辈子无法忘记，仿佛就在今天。昨天晚上还做了一个梦，梦见炸弹在我们家园子里爆炸了，卡尔，我好想找一个没有战争的国家和你远走高飞！

0225. 武力解决不了问题——1953.08.13

你说介入矿山工程的人越来越多，昨天矿上又发生了打斗的事情，你这边好几个人受伤了，我听来很紧张。

卡尔，生意上为了利益的纷争，我经常听到你们打架的事情，我不赞成武力解决你们男人之间的问题，我不太明白生意上的事情为什么非要打架才能解决。

亲爱的，你要记住，打架永远解决不了利益的问题，只能给你带来伤害，我们来到加州的目的是为了生活得更好，我不想你为了利益去拼命，甚至舍弃性命，那不值得。打架就像战争，没有赢家，能够让一点就让一点吧，卡尔，我宁可你少赚钱，只要你平安！

0226. 把童真还给凯理——1953.09.10

凯理今天又在班上打架，还把同学的书藏起来，放学回家的时候又去附近的公园里玩游戏，很晚才回来。被你罚站了一个小时，凯理觉得很委屈，他觉得自己没有做错什么，很想哭，你却不允许他哭出来。

卡尔，凯理已经 8 岁多了，他已经有了自己独立的想法，尽管很幼稚，容许他哭出来，容许他可以跟别的孩子争吵，容许他把衣服弄脏，容许他打架，容许他犯错，把属于孩子的童真还给凯理，他毕竟是个孩子，他要的是快乐，而不是按照我们的规划去做他应该做或不应该做的事情。

亲爱的，可能我们对待孩子的教育方式有一些不同，不论怎样，我和你的爱心都是一样的，为了我们的孩子健康快乐地成长！

0227. 卡琳出嫁——1953.10.16

卡琳在新墨西哥大学毕业后留在圣塔菲一所中学做教师，今天结婚。新郎布莱克是她的大学同学，他们不宴请任何亲友，选择一起回拉格尔村义务教学一个月，并把亲友送的礼金资助一对孩子，送他们一直读到大学。我被卡琳的行为深深感动，她的心事我懂，卡琳一路艰难求学，她知道一个乡村的孩子读书不容易，所以她选择了这种方式来完成她的心愿，这一刻我觉得卡琳很伟大。

我决定像卡琳一样资助一对拉格尔村的孩子，直到他们考上大学，卡尔很赞同我的决定。

亲爱的，谢谢你的爱心和支持，我会以你的名义帮助他们，卡尔，如果有可能，我们可以资助更多的孩子！

0228. 库克先生的邀请——1953.11.14

今天上午库克夫妇两人登门拜访，让我很意外，库克先生见我一脸疑惑解释说："上周给矿山送爆破用的炸药，在下山的路上车子不小心翻在路边的山沟里，是卡尔路过把我送到医院救了一命，昨天刚出院，今天特意来表示感谢。"原来如此，这么大的事你竟然没有告诉我，临走的时候，库克夫妇盛情邀请我们去他们家做客。

"卡尔，去做客吗？"你回来的时候我问。

"不去。"你回答得很干脆。

"为什么呢？"；

"我们不能因为顺便做了一点好事就要求别人感谢。"

亲爱的，感谢是人之常情，接受别人的邀请是对别人的尊重，这是你和库克夫妇成为好朋友的机会，这可能对你以后的事业会有帮助，从库克先生的谈吐可以看出，他是可信赖的，去吧，我陪你一起去，我相信你们会成为好朋友！

0229. 被人批评是一件好事情——1953.11.21

今天你和我一起去拜访库克先生，库克夫妇盛情接待了我们，库克先生和你聊得很愉快。当我们起身告别的时候，库克先生叫住了你，很严肃认真地告诉你："在加州创业，仅仅努力和拼搏是不够的，还必须学会去处理好外部关系，和你交往中我就知道，这一点在你身上很欠缺。"你在回家的路上好像有点不悦。

卡尔，库克先生的意见是中肯的，他说的是事实，没有半点批评你的意思，只是对你善意的提醒。你在处理人际关系上还没有足够的经验和阅历，亲爱的，即使是被他人批评其实也是一件好事情，你应该感恩对方，因为只有真正关心你的人才会批评你，这样将会促进你的进步，帮助你找到自己的不足，就算是对方无中生有的评头论足，也应该听进去，这应该成为你的一种处世态度！

0230.《罗马假日》——1953.12.03

这段时间电影院里正在放映由奥黛丽·赫本主演的《罗马假日》，你已经是她的忠实影迷，提前三天就买好了票。

故事讲述英国的安妮公主到罗马去访问，一天晚上，身心俱疲的她偷偷来到民间欣赏夜景，巧遇报社记者乔，二人携手同游，公主更是到乔的家中做客并在那过夜。不料乔无意中发现了公主的真实身份，乔偷拍了公主的很多生活照。在接下来与公主的相处中，乔不知不觉恋上了公主，为了保护公主的形象，乔只能忍痛抛弃功成名就的良机，将照片送予了公主。安妮公主在经历了罗马一日假期后，反而体验了自己对国家的责任，毅然返回了大使馆，为了本身的责任而果断抛弃了爱情。

故事的结局令我很意外，原以为安妮公主会爱上乔，然后不顾一切反对戒规成律最后终成眷属。我不相信这是安妮公主的爱情，最多是乔的一厢情愿，爱情应该是不分身份地位的。卡尔好像对故事的结局没有什么反应，我不知道他是来欣赏奥黛丽·赫本的表演，还是在体味其中的爱情故事。

亲爱的，生命中有很多这样那样的邂逅和奇遇，我不知道你以后会遇上谁，会不会爱上她，但不管你怎样，我生命中的爱情已经流进你的河里，任何人也改变不了我对你的爱恋，因为你是我的爱情的全部，我这一生的责任是好好地爱你！

0231.凯希的礼物——1953.12.20

今天上午在给凯希讲圣诞爷爷的故事："他是上帝派来给我们发礼物的，如果谁最可爱最听话，在圣诞节的夜晚得到的礼物就最多。"

"是吗？"凯希将信将疑。

"爸爸也是上帝送给我的礼物。"凯希突然对我说。

"为什么呢？"

"因为爸爸最可爱，爸爸最听我的话。"

亲爱的，还有比这更好听的话语吗？是的，卡尔，你是上帝送给我们最好的礼物！

0232.我们有权利选择孩子生活的环境——1954.01.10

卡尔，我们这里离电影院太近了，市场又在旁边，每天有很多人经过，而且周围住居的人很杂，经常看到有打架偷盗的事情发生。邻居梅西大姐的儿子才十三岁，就学会了抽烟、赌博，经常在附近结伴打架，最近被另外一帮人打伤住医院了；还有詹尼的儿子上个月被别人拐跑了，到现在都没有找到，我每天都担心这样的事情会发生在凯理的身上。

卡尔，在我们这些已经成年的人当中，有的孝顺，有的叛逆，有的聪明，有的邪恶，有的善良，这些都是由我们生存的环境造就的。对孩子教育也是一样的，没有什么命运可以盲目地信任，环境会改变人的所有思维，生长环境会决定他们的命运，因此我们有必要为孩子选择一个好的生存环境。

亲爱的，这个学期我们就把凯理转到山那边的教会学校去，听说那里的管理比较严格，离电影院和市场比较远。为了孩子，卡尔，我们再搬一次家，明天就准备！

0233. 我决定给凯理换班——1954.01.22

凯理的母语老师安娜和我一样的年龄，结婚六年了一直没有要孩子，和我们打交道没有什么表情，讲话很干脆，没有多余的话语，你问什么她就答什么。说真的，我一点都不喜欢她，听说她有时在班上还体罚学生，凯理有点调皮，我决定要给他换一个班，你不以为然，说只要凯理适应就行。

亲爱的，不管她什么原因不要孩子，我认为一个有母爱的老师和一个没有母爱的老师来教育别人的孩子，结果是不一样的。我不在乎凯理的成绩如何，我在乎凯理在一个有爱心的老师的教育下，人格健全和独立。不要在凯理的少年时期就留下阴影，我初中时期就有老师无故攻击两位同学的人格，伤及了他们脆弱的自尊，他们最后都退学了，直到现在我的同学说起那位老师都很气愤，只是我们当初别无选择。

为了孩子的健康成长，卡尔，我相信你会同意我的决定！

0234. 雨中漫步——1954.02.14

今天下午你早早回来了，要带我去布朗大街吃牛排，这是一家西班牙风格的餐厅，是贝克斯城里最好的餐厅之一，听说有很多影星经常光顾。

烛光影下，配合抒情的轻音乐，喝着红酒，你看我的眼神格外深情和迷人，我好像置身在恋爱之中，这种感觉真好。看到餐厅的角落有人捧着鲜艳的玫瑰，我才知道今天是情人节，卡尔，想不到你还那么浪漫。

外面下雨了，餐厅的经理送给我们一把红色的雨伞，你把手搭在我的肩膀上，雨中共一把雨伞漫步，就像我期待的电影中的情景。亲爱的，我好想走慢一点，回家的路长一点，我喜欢你轻轻地搂着我的感觉，这种感觉是你给我最好的礼物！

0235. 期待我们一起打开小木箱——1954.03.06

卡尔，再过十几天就是我们结婚十周年的纪念日，你还记得我们十年前的约定吗？我好期待我们一起打开我们的小木箱，我要看看你写给我的信。

亲爱的，这十年来，我把自己全部的情感和思想都记录在我写给你的信中，许多事情历历在目，回想起来就很激动。十年前那段刻骨铭心的记忆还在我心里，卡尔，如果有可能，我好想和你回到十年前，那时候是那么甜蜜，那么的单纯，那么的充满激情和希望，尽管那时候很贫穷。

卡尔，我不知道你现在对我的感觉是不是淡了，不论你怎样，亲爱的，我每一天都把你当做全新的卡尔，我每天都在感受你的气息，你的爱抚，你的思想，你已经溶入我的生命不容分离！

0236. 结婚十周年——1954.03.23

晚上当我搬出我们放信的小木箱放在你面前，你看了半天哑然失笑，然后手忙脚乱地找小木箱的钥匙，我知道你肯定忘了今天是了我们的结婚纪念日。

“玛利亚，钥匙找到了。”你一手拿着钥匙很高兴地跑出来，我们一起打开小木箱，锁有点生锈，你弄了好久才打开。

满满一箱的信，你简直不相信自己的眼睛，我们俩坐在地上看了整整一个晚上，我分明看见你的眼里含着泪花。

“对不起，玛利亚，忘记给你买礼物”你临睡前在我耳边轻轻地说。

亲爱的，没有关系，礼物并不重要，重要的是每天都可以看到你，能够跟你在一起分享我们生命的历程！

0237. 我已经习惯记录我的情感——1954.03.24

今天早上你问我需要什么礼物，你要弥补你昨天的疏忽。

“一个大的皮箱，一只派克笔，一个笔记本。”我脱口而出。

“哦,我知道你要做什么用,就这么简单？”你有点不敢相信我的要求就这么简单。

“是的，卡尔，你知道我喜欢记录点东西，我希望我能够坚持下去，就像昨天我们一起打开那个木箱,一起看我写给你的,你写给我的信,看得出来你很开心,很激动,你不觉得是一件很有意义的事情吗？”

“是的，玛利亚，看你写给我的信很开心，很抱歉，我的承诺没有做到。”说这话的时候你像做错了事情的小孩。

“还有我们更改一下下次看的时间，十年太长了，改五年最好。”你像在恳求我。

那就这样定了，看信的时间改成五年一次，亲爱的，看着我记录的文字，尽管有些幼智，回顾我们过去的点点滴滴，许多往事是那么的清晰，我连自己都感动，我要继续记录下去，直到我们优雅地老去！

0238. 不能放弃帮助别人——1954.04.12

“奥布这小子，真是该死！”一大早接到工地打来的电话，你就在电话里大骂。

“什么事情让你这么生气呢？”我关切地问。

“我们工地奥布这小子，昨天晚上偷了我一台机器跑了。我不应该收留他，上个月我见他在工地的食堂附近找食物吃，显然饿坏了，见他可怜，我收留了他，并在我们工地帮他安排了一份工作，想不到这小子恩将仇报，真是气死我了，我再也不做这种好事了。”你在那儿怒气难消。

亲爱的，事情已经发生了，生气也没有用，接下来做好防范工作就是。重要的是，你不能因为奥布这小子就不再帮助别人，你不能因为他人的行为改变你的本性，帮助别人就是帮助你自己，我坚信这一点！

0239. 迪伦的悲剧——1954.5.11

朋友迪伦的丈夫罗斯爱上别的女人，迪伦几次以死相威胁，仍然无法挽回这段婚姻，意想不到的是，昨天迪伦把罗斯的那个女人杀了。

世界上有一种爱叫独占，想不到一个女人也如此强烈，不可思议，卡尔听说后深感震惊。

亲爱的，在我的情感世界里，你是我的唯一，我不容许有人分享你，否则，我也会像老虎一样奋不顾身地保护我的所有，甚至不惜以生命来保护，这不只是因为我爱你，而是母性，因为她没有其他的选择！

0240. 我的身材为你保留的——1954.06.16

街上流行连衣裙，我看上的价钱都很贵，我好几次都舍不得买，想不到你今天下午回来给我买了一条连衣裙，正是我前两天看上的那种款式，深蓝色的，我特别喜欢那别致的腰带，让我的身材全部突显出来。

“卡尔，你真有眼光”我亲了你一口。

你抱着我一边嘿嘿地笑着，一边赞美我的身材比奥黛丽·赫本的还要好。

亲爱的，我的身材为你保留的，假如哪一天我的身材走样了，不允许你笑我。卡尔，穿上你买的连衣裙我好像变年轻了！

0241. 卡尔的听力受到影响——1954.07.12

因为矿山工程经常要放炮，你的听力好像明显减退，很多的时候我大声地叫你，你半天没有反应过来，我好担心你和别人打交道的时候无法听明白，你也苦恼不已。

亲爱的，放炮的时候你尽量躲远点，我今天帮你买了一个耳罩，你一定要记得戴上，不要让你的听力再受到伤害，如果你的听力不保护好，你和别人交流会很吃力的，你今后的事业将受到很大的影响。

卡尔，我还有很多的悄悄话，我可不想每天晚上咬着你的耳朵说！

0242. 第一次去海边——1954.08.10

来加州两年多的时间，你好几次说要带我们去海边玩，一直没有成行，今天风和日丽，终于可以出发了。凯理和凯希欢呼欲雀，近三个小时的车程来到了圣路易斯的海边，蔚蓝的大海连着天际，白色的沙滩上早已挤满了人，咸咸的海风扑面而来，海浪拍打在脚上，我们迫不及待地冲到大海里。

你是游泳的好手，我不敢去深水区游泳，坐在沙滩上看你在浪里畅游，当晚霞辉映天边的时候，我和凯理、凯希在沙滩上一起堆模型，绘画。

亲爱的，小时候，总是想象山那边的世界是什么样的，现在我好想知道海那边的世界是怎样的，卡尔，我相信你一定会走得更远，像那天空中的海鸟，你一定会飞得更高!

0243. 卡尔的利益纷争多了——1954.09.04

你最近的利益纷争好像越来越多，心情时好时坏，有时在电话里暴躁狂喊，甚至有威胁对方的话，让家里的气氛有点紧张，每当这个时候，我赶紧把孩子们赶到书房里去。

生意有赚有亏，卡尔，别那么认真，放弃某些有纠纷的生意，有时未尝不是好事情，用同样的精力和时间去做别的事情，说不定另一个方向的生意会向你快速走来。

亲爱的，你更不要想利用黑势力去做这样的事情，它只会你让陷入其中不能左右自己，最重要的是你不是这个道上的人，我知道你的心太善良了，没有必要让自己那么辛苦，卡尔，不管你做什么样的决定，你一定要考虑自己和家人的安全!

0244. 为别人多考虑一些——1954.09.20

你最近常常被一个“争”字所困扰，争到最后，伤了自己，伤害了别人，留下了仇恨。

亲爱的，我一直在想，你可不可以找到一个不争的理由呢？把得失看轻一些，为别人多考虑一些，哪怕只是少争一点，把看似要紧的东西淡然地放一放，你会发现，心一下子轻松很多，你的世界一下子变得很大，这可能是我一个妇人之见。

是的，我们需要钱，你需要保护你的利益，如果你从事的事业需要靠打架或黑势力来维持的话，我认为不是你的性格所作为的，也不是你应该追求的，那么你应该及时做好撤退的准备。

卡尔，加州现在到处都是机会，我们还年轻，我自始至终都认为，放弃一个眼前的利益，一定有另外一个更好的机会出现在你的面前!

0245. 凯希的画——1954.10.03

今天凯希画了一幅画，画中有一座大屋，屋后是茂密的森林和飞鸟，屋前是个大大的花园，里面有两个大人和两个孩子在喂鸡鸭及捉蜻蜓，门口还有辆漂亮的小汽车。凯希告诉我，那两个大人是我和你，两个孩子是她和凯理，我们一家在里面快乐地生活。

看到这幅画我很惊喜，我相信这样的画面已经刻在凯希的记忆里了，相信她一定是个充满梦想的人，凯希的将来必定很浪漫。卡尔，这不也正是我们的梦想吗?

亲爱的，我们的孩子天真如此，你有理由要求自己走好每一步路，需要你有勇气面对所有的困难，卡尔，我相信你会实现你自己的梦想!

0246. 卡尔抽烟越来越厉害——1954.11.15

卡尔，你喜欢抽烟，我一直认为男人要有点爱好，抽烟有男人的味道。做生意要应酬，我不反对你抽烟，最近不知道是你生意的不顺，还是遇到了什么困难，你抽烟越来越厉害，一天两包，甚至上床睡觉前还要抽一支，满嘴的烟味，我都不敢靠近你了。

亲爱的，少抽点烟，如果不顺心，就跟我说说，我不一定能帮你解决什么问题，但我会认真地听。生意少做点没有关系，目标不要太大，赚钱够用就好，我不需要你这么大的压力，我们需要的是开心，烟抽多了对身体没有好处。

卡尔，昨天晚上你又咳嗽了，我担心得一个晚上没有睡！

0247. 第一次参加游行——1954.12.03

前天，一个黑人妇女在蒙哥马利城拒绝给一位白人男子让座，联邦法院竟然宣布出台“种族隔离法案”，加州的妇女团体及黑人发起了大游行，我不由自主地加入到贝克斯城里游行的队伍。

回家的时候，你嘲笑我的行为，好像我吃错了药似的，对这样的事情不以为然。

亲爱的，我不懂政治，你也可以不关心政治，但你不可以对这种丑恶的制度无动于衷，因为这种制度关系到你我的生存。黑人是自然存在的，是上帝留给这个世界的礼物，在加州的各个角落，我们的周围到处都有黑人，我们的朋友中就有很多的黑人。不论白人、黑人还是其他有色人种，他们都有自己的梦想，都在辛勤地劳动。我们国家没有理由实行种族隔离，伤害了他们，我们白人迟早会受到伤害，卡尔，你说对吗？

0248. 我三十岁生日——1955.01.13

今天是我的生日，一大早起床就听到你祝我生日快乐，并送给我一条珍珠项链。

你今天不去山上了，在家陪着我，不用我做任何事情，包括饭菜你都准备妥当，凯理和凯希嚷着要吃蛋糕，快乐的一天都在你和孩子们的包围中；

亲爱的，难得你放下所有的事情来陪我，谢谢你送给我的礼物，看到我们一双可爱的儿女围着我们，我很幸福。

卡尔，嫁给你十年了，十年来，我把自己的全部都寄托在你的身上，我一直在憧憬我们的美好生活，来加州也已经五个年头，我又想起了你的梦想，想起我离开家乡时的誓言“一定要协助你成功”，可现实有点残酷，虽然我们有进步，甚至有点小成绩，可离我们的梦想还有相当的距离，我不知道前面的路还有多少坎坷，不知道还有多少困难在等待着你，我对你满怀希望和期待。

不论怎样，亲爱的，我将陪你一路风雨同舟走下去，我相信你会取得更大的成功！

0249. 不要心浮气躁——1955.01.20

大街上积雪慢慢消融，新的一年工作又开始了。

亲爱的，我知道你有很多的计划，你有很多的事情马上就要开始了，但有必要好好检讨一下自己过去一年里的得失，特别是自己的心态。闭上你的眼睛好好地想想，自己是不是因为心浮气躁而搞砸过很多事？是不是常常被环境或被他人所影响？是不是常常为了小事生气而不放过自己？卡尔，还记得库克先生的话吗？你外部的人际关系是否处理好了？

卡尔，懂得思考以智慧来处理问题，你心里就不会经常打结，心就能清明自在，不管你身在任何的状况中，都可以保持稳定、自在的心境，这是我最乐意看到的。

亲爱的，我知道你为这个家在努力拼搏，我很想为你分担一点事情，可我又无能为力，我祈祷上帝给你智慧和力量，在新的一年里收获更多的希望！

0250. 情人节的礼物——1955.02.14

今天你送给我的是一套情侣装睡衣，天蓝色的面上有许多白色的小花，还有一对可爱的小白兔卡通图案。

亲爱的，谢谢你的礼物，每天晚上我会把你那一件准时放在你的凳子上，但愿你穿上它，忘记白天的烦恼，只有我的温情长留！

0251. 卡尔被人陷害——1955.03.11

介入矿道工程生意的人越来越多，竞争有点激烈，上周你的工程队和另外的一个工程队打架了，你这边的人又有好几个受伤住院，设备损坏不少。还好你不在现场。今天竟意外收到警察的传票，说你打伤了他们的人，还毁坏了他们的设备，你被抓进了警察局。

警察局我没有熟悉的人，也没有朋友，我心急如焚，交了一千美元保释金，你出来的时候已是第三天的晚上，满脸委屈和愤怒。

亲爱的，你没有受伤就好，愤怒解决不了问题，冷静想一想，问题出在哪里，是管理问题呢？还是利益分别问题呢？工程的事我不懂，我只知道这么大的矿山一定容得下你们两家公司，你有没有更好的方式与别人合作呢？说不定赚的钱更多！

0252. 凡事都往好处想——1955.04.24

你自上个月从警察局出来后很少说话，每天回家闷闷不乐的，我不太清楚你在想什么，问你也不愿意说，我总是担心你会去找对方理论或做出什么报复的举动。

亲爱的，如果你朝坏处想，越想越烦恼，你就会得到不好的结果，你会失去更多，凡事都往好处想，你一定会找到解决问题的好的方式，这样你就会有好的结果，说不定还可以和对方联合起来做更大的工程。

卡尔，世间事都在自己的一念之间，你的想法可以想出天堂，也可以想出地狱，我不希望你因此毁了自己，我相信你一定有办法解决好这个问题，我相信你的努力一定会帮你创造更多的财富！

0253. 抢生意是正常的事情——1955.05.09

昨天你工程队里的一个工头格拉姆带着一个小组离开了，还抢走了你一部分生意，你生气得想带人去打他，被我好不容易拉住了。

卡尔，每个角落都有这样的人，你把它看作正常的事情，留给你的永远是最好的，你的怒气就消了。善良的人永远站在你身后，至少你还有大部分的队伍，他们都非常支持你配合你。如果你心有不足，所见所闻都是遗憾，你除了暴躁和不快乐，改变不了任何事实。

亲爱的，做好自己的事情，永远抢在别人的前面是你目前需要努力的方向！

0254. 不要为了利益去拼命——1955.05.21

参与到矿道工程的人越来越多，上次发生矛盾告你的那家公司因越界的事情越闹越僵，双方互不相让，工地上的火药味很浓，令你头疼不已，家里的气氛有点紧张，你无法控制情绪，我与你的约定第一条有时起不了作用，我也不知道怎么办才好。

亲爱的，我不懂你工程上的事情，也不懂你们男人之间的事情，如果因为生意严重影响家里的气氛，我觉得赚再多的钱也不是一件好事。如果有人骂你，你当做没有听到，如有人想打你，你走远一点就是，否则，处在事件当中，无名火起，大战一场，不但伤了感情，又失去人格，两败俱伤。卡尔，我可不想你为了利益去拼命，有些事情能够忍就忍了，失去这个机会，另外一个机会还会出现在你的面前！

0255. 卡尔的腿受了伤——1955.06.06

祸不单行，你今天被一块塌方的石头压伤了腿，回家的时候一跛一跛的，凯希看着你缠满绷带的脚走过去，问你“痛不痛”，你强忍着回答“不痛”。

卡尔，看你疼痛的表情我好想流泪，但我忍住了，我不能让孩子看到我流泪，我们是一个开心的家庭，我不能因为你这一点伤痛失去我们的笑声。

亲爱的，你处处要小心，你不仅要提防竞争对手对你的暗算，你还要小心你的身体随时会出现状况。最近发现你每次回家很疲劳的样子，凯理不敢跟你说话，怕你生气，你已经好久没有给凯理讲故事了。卡尔，工程上的事如果实在做不成，你可以做做别的，我相信你一样可以做得更好！

0256. 不要太在意别人的说法——1955.07.19

为了抢生意，你的竞争对手恶毒的攻击，谣言铺天盖地，你无力招架，回家坐在椅子上生闷气。

卡尔，如果你是狮子，别人怎么说你也改变不了你是狮子的事实。你是怎样的人，你周围的朋友都知道，别人的指责和攻击，也不会让你变坏，就像别人的赞叹也不会让你变好一样，所以你不用为此而生气。

亲爱的,你执著的应该是怎样去成为一个受大家欢迎的人,愿意去帮助别人的人,当你以这样的心态对待他人对自己的评价，那些攻击和谣言就会自动消失；或把它当做噪音，你不要去理会它，不要陷入这种纠缠之中，那样你只会掉入别人的圈套，现在最重要的是集中精力做好自己的事情!

0257. 有一种爱叫做报复——1955.08.04

昨天曼莎抱着她的两个孩子从她家的六楼纵身跳下，一个6岁，一个4岁，现场惨不忍睹。我真想不明白她有什么样的恨让她如此绝望。前不久我们还在津津乐道他们一家的幸福生活，这样的结局都是因她的丈夫保罗在外面有了女人造成的。保罗抱着两个孩子的尸体欲哭无泪，一个原本快乐的家庭就这样支离破碎。

一点都看不出来曼莎这个柔弱的女人，竟然如此狠心，难道这世界上有一种爱叫做报复？我无法理解。

亲爱的，我不知道什么叫报复，但我明白爱的终极是恨，恨会产生悲剧，但不论怎样的恨，我都无法理解曼莎这种极端的方式。卡尔，我爱自己的孩子胜过自己的生命，假如哪一天你有了别的女人，我会带着孩子一起离开你，让你一辈子无法见到他们!

0258. 创造愉快的家庭环境——1955.08.25

邻居詹妮的两个孩子总是在打骂声中完成他们的作业。孩子的爸爸凯基斯先生总是有意无意地把工作上不愉快的事情带回家。两个孩子都不愿意回家，一有空就来我家找凯理玩游戏，很讨厌做作业，不愿意坐下来读书，远远躲避着詹妮。

是的，孩子幼小的心灵是容易受伤的，我会用我的母爱去安抚、保护、激励我们的孩子,促使孩子们愉快并始终如一地对学习保持浓厚的兴趣。完成他们的作业后,我会让孩子们阅读适合他们文学作品，我给他们讲解文学名著里的故事，让孩子们对文学有正确的理解，我认为这对培养他们乐观的性格和良好的语言表达能力有很好的帮助。

卡尔，你应该看到孩子阅读的时候那美好的憧憬和快乐的心情，不要把你工作的情绪带回家里，不管你有多大的压力，不要用消极或粗俗的语言影响孩子脆弱的心灵，我不想我们的孩子像詹妮的两个孩子一样。

亲爱的，让我们一起努力，为孩子创造一个轻松愉快的家庭环境，这对他们来说非常重要!

0259. 结怨是相互的恶果——–1955.09.14

因为抢地盘的事情，昨天你忍不住带人砸了对方的工地，还把对方的工头打伤了，对方扬言要报复，工友们劝你这几天不要去山上，暂时避避风头，我有点害怕，担心你的安全。

卡尔，忍一口气是不容易的事情，但是，无论如何，想想自己的家庭，自己的前途和希望，那才是你人生中需要去追求和奋斗的，是你一生的重任，比起这些来那点利益算得了什么，简直不值得一提。我们现在的生活比以前好多了，在这个城市安身立命，能够忍的就忍了。

亲爱的，我深知结怨是相互的恶果，你就把“忍”当做是一种的修炼。卡尔，把你的焦点转移方向，多想想和孩子们在一起的快乐，多想想和我在一起的温情，你会发现，生命中有些东西放弃了，回过头来卡看看，其实是没有什么大不了的事情！

0260.《美国的悲剧》——1955.10.23.

这几天我正在看西奥图·德莱塞写的《美国的悲剧》。通过一个穷教士儿子克莱特·格里菲斯为追逐金钱财势堕落为蓄意杀人犯的故事，作者西奥图把人物构思和当时的社会环境紧密结合起来，把人性的阴暗和情欲心理刻画得有点残酷，不仅揭示了利己主义恶性膨胀的严重后果，同时更揭露了金钱至上的美国生活方式对人的普遍的罪恶性腐蚀毒害作用。

卡尔，现实有那么复杂和残酷吗？为什么人性的丑恶往往会遮盖善良的本性。我不明白的是生活本来是这样，还是环境改变了人性？

亲爱的，不论环境怎样变化，我不希望你因为生意上的事情去变得自私、贪婪和冷漠，我需要的你是一个有温情的男人，你的脑海应该充满诗意，你的生活里充满阳光和歌声，你的心里充满爱情，否则，不论你赚多少钱，我认为你的人生是悲剧的人生！

0261.按照规矩办事——1955.11.12

朋友安吉尔的沙场被人占了，今天叫你去帮忙，你二话没说，带领几个兄弟就去了，结果一个兄弟头部受伤住进了医院，还好缝几针休息几天就没事了。

卡尔，你朋友多了，自然要你帮忙处理一些事情，面对这些“闲事”，不该你管的，尽量不管就是了，该你帮忙的时候，要“有法可依”，管“闲事”时要按照善待双方的思路，按照规矩去做，这样你才会赢得别人的尊敬，同时留一些余地给自己，不要不顾后果。

亲爱的，我很担心这种事情还会出现，因为你是一个容易感情用事的人，你对朋友没有任何的戒心，我不知道这对你来说是祸还是福，但愿上帝保佑你！

0262.艾迪娜在打离婚官司——1955.11.26

艾迪娜在和她的丈夫打离婚官司，财产的分割，孩子的抚养打了快一年了，还没有打清楚。艾迪娜筋疲力尽，几次想自杀没成，现在无家可归，整天住在妇女救助中心以泪洗面，一定要跟她的丈夫算清楚。

怎么算？我不知道，也算不明白，我们女人的青春、情感、付出能够用金钱去计算吗？闹到最后还要打官司，连曾经最美好的回忆都砸得粉碎，一无所有。不知道男人的气度那里去了，难道感情在利益面前一文不值，爱情总是精彩的开始，丑陋地了结婚姻。

亲爱的，假如哪一天我们的婚姻走到了尽头，我不要打官司，孩子全部归我，财产全部归你，这样好吗？卡尔，我相信你不会让我有那么一天！

0263. 凯希的小提琴——1955.12.09

今天你帮凯希买了一把小提琴作为她七岁的生日礼物，凯希高兴得跳起来，抱着她爸爸亲了又亲；

我记得我小时候有一次父亲带我去圣塔菲，专门去看了一场亚沙·海菲兹的演奏。我很羡慕他拉小提琴的样子，那专注的眼神，那美妙而迷人的音色，如痴如醉的演奏穿透大厅，台下掌声经久不息。我多么希望有一把小提琴，甚至梦想自己成为一个小提琴家，不过那个时候即使有，在乡下也没有人教我，钢琴还没有学好，现在我又迫不及待地想学习小提琴了。

孩提时候的梦想很多，曾经无法实现的梦想终归是遗憾，凯希很喜欢这把小提琴，她长大能够成为什么并不重要，重要的是她有爱好并能够分享到音乐的美，在生活中不要留下太多的遗憾。

不论小提琴拉出的是怎样的音符，亲爱的，我们一起为凯希鼓掌，梦想是掌声托起的，卡尔，在你实现梦想的过程中，我一样用自己的音乐和诗歌为你伴奏！

0264. 凯理的寒假作业——1955.12.18

凯理回来告诉我，这个假期的作业是“我的家乡”，我的家乡有什么人文、历史、地理、人物及特产，凯理的提问，我和你竟然没有一个是完整的说法或答案。

你帮凯理到图书馆找来关于新墨西哥州的历史和地理书，凯理这样写道：我的家乡在“战神”之地新墨西哥州，印第安人是我们的祖先，传说中的七座“黄金城”就在这里。西班牙人在圣塔菲建立了阿尔伯克基城，后来墨西哥发动反西班牙起义，新墨西哥成为墨西哥的一州，再后来美墨战争后归属美国，成为我们美国的第47个州。我现在又搞不清楚我的祖先到底是谁了，爸爸带我在地图上找了半天，没有找到我的家乡拉格尔村，它就隐藏在这个多灾多难的地方，一个你在地图上找不到的地方。在那里我只认识我的爸爸和妈妈，还有我的爷爷奶奶，至于特产，妈妈说具有墨西哥风味的秋葵汤不知道算不算，还有枫糖浆，反正我不喜欢吃……我和卡尔看了捧腹大笑，惭愧的是对生我养我的家乡知道得太少了，是的，生长在其中，每天看到听到却好像熟视无睹。

亲爱的，我们快赶不上凯理的求知速度了，除了忙你的矿山工程外，孩子的教育也很重要，这是我们两个人的责任，另外生活中我们有许多东西熟视无睹，卡尔，你不能因为忙碌疏远了你的情感和朋友之间的友谊，或认为这些并不重要！

0265. 停下来是为了更好地前进——1956.01.15

忙碌的一年又要开始了，亲爱的，这圣诞假期我一直在思考一个问题：如何在事业和家庭之间找到一个平衡的支点，或者重新规划一下你未来的事业，应该如何去做才能达成我们理想的生活。

卡尔，为了生存和梦想，你辛勤劳动值得赞许和尊重，我看在眼里，记在心里。但如果只是工地和家庭两点一线，每天被无谓的争吵和琐事的重复占领，脑海里塞满了疲乏、焦虑，我们的温情有意无意受到影响，连看一本书都无法去品味它的春花秋月，去看一场电影也无法体会它的浪漫情怀，生活似乎少了些温柔的色彩。

亲爱的，我不想你每天都筋疲力尽，我不想你每天和是非或争斗打交道，从忙碌、疲乏、焦虑中抽离一点时间来，好好地思考一下自己需要什么样的事业值得你去拼搏，什么样的生活值得你去追求，卡尔，有时停下来，是为了更好地前进！

0266. 情人节的礼物——1956.02.14

今天很意外收到你给我的礼物竟然是一件真丝的吊带长睡裙，我既惊又喜。

亲爱的，这段时间你辛苦了，我今天特意把我们的卧室换了个浅绿色的落地窗帘，床套换了淡蓝色的组合，上面有白色的小花，淡雅而清香，穿上这件真丝睡裙，今晚我将是你高贵的女神。

卡尔，谢谢你的礼物！

0267. 谁能无过？——1956.03.20

因为你成本计算的错误，上个月白忙一场，不但没有赚到钱，还因为施工员格利弄错了材料需要返工，你有点神经质地大发脾气，然后一个人跑到酒吧里去喝酒，是朋友特里先生把你抬回来的。

不顺利的事情接踵而来，这个月由于监工尼古斯错误指挥，导致矿道塌方，工期至少延误半个月，你气得一定要把他开除，回家后的心情很不好。

卡尔，生活中，每个人都有可能犯错误，那就请给错误一个空间，如果他的错误已经犯了，惩罚也没有什么用，不如让他们继续工作，我想他犯同样错误的机会应该会比别人要少得多，或许你会有意想不到的收获。

亲爱的，你不要拿别人的错误来惩罚自己，因为不值得，也不要拿自己的错误去惩罚别人，因为当你伤害别人时，自己也会再受到伤害，亲爱的，谁能无过呢？犯了错误不要紧，认真地找出原因，吸取教训，下一次把它做好，那么你这次付出的代价是值得的！

0268. 不要轻易发怒——1956.04.09

亲爱的，我已经不止一次看到你发怒了，你发怒的样子很可怕，其实很多的事情没有那么严重，只是你无法容忍别人犯错。你的要求有时候对工友们来说是高了，不要认为所有的事情他们都会跟你想法一样，这是我一直想提醒你的。

卡尔，容易发怒的人，无法让人信服你的心地，因为那一刻你内心的傲慢与言语的鲁莽会不知不觉地跑出来，这样会导致你失去很多朋友，尽管你的内心很友善。

亲爱的，当别人做错事情的时候，你试着态度谦和一些，语调放低一些，给别人一个改正的机会，这样与人的摩擦自然就减少，相互之间的亲切感自然就增加了，事情也就做好了。

卡尔，当你想发怒的时候，你不妨马上点一支烟，或喝一杯水，放下自己那一刻想要爆发的想法，你就会发现心中的世界突然轻松了许多。亲爱的，我要求你每天回家保持好的心情，或者亲亲我，或听我弹一首肖邦《叙事曲》，感受一下一个年轻的骑士对一位美丽而神秘小姐的爱情，我要看到你亲切的笑脸！

0269. 卡尔的牢骚——1956.05.22

最近你的牢骚越来越多，不是抱怨物价涨得很离谱，就是抱怨政府部门的人经常来检查；一会儿抱怨矿主的条件越来越苛刻，一会儿说工人越来越不听话；经常感叹这世道赚钱越来越难，我不知道你又遇到了什么困难，我又无能为力了。

亲爱的，牢骚不能帮你解决问题，假如你对现实不满，又无法改变，那就展望一下未来，社会必定会进步，然后憧憬一下自己美好的生活，或者怀念一下过去的苦难，你就快乐得多。卡尔，你放松点，有些事情你不要那么在意，赚钱本来就是一个辛苦的过程，我要你把牢骚变成鼓励自己的话，没有什么你做不好的事情，相信你自己！

0270. 出租车上的爱情故事——1956.06.08

今天去西区看望朋友碧奥斯，出租车的后座前有一张寻人的照片引起我注意，那是一张年轻漂亮的脸，我好奇地问司机这是谁。司机告诉我那是他的女朋友，他们一起在新墨西哥拖莱多市的一个小镇长大，一起上学，然后正当他们要准备结婚的时候，因为说错一句话，他的女朋友负气出走了，听说她来了加州，司机一边开出租车，一边打听她的消息。他非常后悔当初说错了话，他非常的爱她，在加州他已经找了两年多了，到现在还没有她任何的消息，说着说着司机在擦拭他的眼泪，听得出来他非常的伤心。

“假如你这样找下去，找不到怎么办呢？”我关切地问。

“我会找到她的，我相信自己的感觉，假如找不到她我宁可不结婚。”

假如你找到她的时候，她已经和别人结婚了，你怎么办呢？

“不会的，她只是赌气离开了我，我相信她是爱我的，她会等我。”司机肯定地说。

我不知道如何安慰这个小伙子，我很感动他的坚持和执著，愿上帝帮助他早日找到他的女朋友。

亲爱的，假如我是这个女人，假如哪一天因为什么事情我离家出走了，你会找我吗？卡尔，我相信你会找我的，因为我相信你对我的爱！

0271. 凯理的暑假作业——1956.06.28

凯理这个暑假的作业是“我的家庭”，一个简单又复杂的题目。

凯理这样写道：我的爸爸是一个勤劳的工作狂，每天早上开车去矿山，晚上很晚才回来。有时候我都睡觉了，他还没有回来。我好希望爸爸不要有工作，可以陪我一起做游戏、看书、讲故事，但好像这是不可能的。妈妈说爸爸要赚钱养家，否则这样的任务就落在我妈妈身上了。妈妈带我和妹妹一起看书、讲故事，看电影是我最高兴的事了。妈妈每天接送我上学，还做很多好吃的东西给我吃。我喜欢我的妈妈比爸爸多一点，不过我知道我的爸爸从来不对我们发脾气，我妈妈每天要等我爸爸回来才睡觉，爸爸很听我和妈妈的话，妈妈很爱我的爸爸，爸爸也很爱我的妈妈，我们一家在一起很开心。

亲爱的，孩子幼小的眼睛很会观察，他的心灵现在是干净的，快乐的，得益于我们家庭轻松愉快的环境，我很高兴，我们的孩子有你这样一个好的爸爸，我有一个好的丈夫，卡尔，我们都爱你！

0272. 逃避不能解决问题——1956.07.23

因为矿道渣土堆放的问题，你已经不止一次接到政府部门的警告，甚至被责令停止施工。你从来没有跟政府部门的人打过交道，又不擅长处理这些外部的人际关系，跟政府部门的人关系搞得很僵，令你头痛不已，每次政府部门的人来你就躲起来不见。

卡尔，工作中难免会出现逆境，处理棘手的问题时，应该坦然地面对它并接受它，遇到任何困难和不平，你都不要逃避，因为逃避不能解决问题，只有用智慧把责任担负起来，才能从困扰的问题中获得解脱，亲爱的，我相信你能够解决好这个问题！

0273. 放下你的偏见和固执——1956.08.21

渣土的事情拖延了将近一个月，你花了很多的钱，陪政府部门的人吃饭喝酒，问题还是没有解决，你有点忍不住气，在大骂这个腐败的社会。

卡尔，你若挑剔社会，矛盾永远存在，将有限的生命浪费到这些无谓的现象上，你又能怎样呢？你能够做的，就是学会“放下”，放下你的偏见和固执，把它当做是正常的事情，你的心就会清净很多。

亲爱的，外在环境在变化，不变的是你还在用过去的方式处理你现在的事情，我知道你是善良的，你不愿意去说违心的话，不愿意去迎合某些不当的行为，卡尔，你这性格上的弱点，我不知道是祸还是福，愿上帝保佑你渡过难关！

0274. 较劲有时是一种负担——1956.09.08

事情还在僵持，卡尔，我总觉得你已经陷入一个人和事的旋涡当中。你喜欢较劲，和事件相关的人，和社会，和自己，甚至和家人，心情搞得一团糟，这不是一件好事，那是因为你太在乎自己的得失，太在乎自己的感受。

我认为生活中除了需要赚钱和创业，还应该要有点诗歌和音乐，有点浪漫和激情，如果整天埋头苦干，周旋在人际关系当中，生存的意义只剩下物质的你争我夺，生活就失去了它应有的乐趣。卡尔，这段时间我无法安静下来看一本书，你的情绪牵动着我的神经。

亲爱的，保持你的平常心，去看你内心世界真正需要的东西，除了财富，还有亲情、友情、爱情、健康、快乐等许多值得去追求的东西。卡尔，不要没完没了地和外面较劲。你执著的想要去得到某项东西，有些东西当你拥有的时候，它却可能没有你想象的那么重要，与你的家庭的幸福或人生的长远比起来微不足道，这样你会坦然面对这一切！

0275. 可怜的明娜——1956.10.20

社区的明娜每天接送她的儿子奥西去学校，从来没有见过她的丈夫，我有点好奇。明娜告诉我，她的丈夫五年前抛弃了她，她独自带着儿子奥西。她觉得世上的男人都不可靠，她把全部的希望都倾注在她的儿子身上，申领救济金过日子，有时候在社区打打零工补贴家用，自己省吃俭用，还准备借钱把奥西送去好一点的学校，要把他培养成精英，一个围着儿子转的可怜母亲。

亲爱的，我相信我不会沦落到这个地步，因为我相信你是一个可靠的男人，即便如此，我也不会把我的希望寄托在儿子的身上，我会去寻找一个更好的男人来爱我！

0276. 留下你的温情——1956.11.18

矿山工程的纠纷越来越复杂，每个人都在较劲，你也不例外，我总担心哪一天又会爆发意想不到的事情。

卡尔，面对纠纷，你要有原谅对方的勇气，不要总是想让对方没有好日子过，或给对方一些教训，实际上，真正倒霉的人是你自己，因为这样会惹来怨气和对抗，你自己也会寝食难安，积出病来。你不妨闭上眼睛，感受一下别人，你会发现让别人不痛快，你自己也不会快乐。

亲爱的，如果能够原谅别人，就是给自己的心灵撑起一把伞，挡住伤害，留下温情，这种温情不但温暖自己，有时候也是一种力量，你的对手迟早会感受到你这种力量。

卡尔，你最近的麻烦事真多，你的心情时好时坏，我有点担心你的坚持，我们都好久没有亲热了，亲爱的，生存的残酷我知道，但这不是我们要的生活！

0277. 拜库克先生为老师——1956.12.26

因为纠纷，因为心情，你好久没有去拜访库克先生了，但库克先生对你的忠告我言犹在耳。我知道库克先生是一个好人，不仅能力非常的强，在本地的商界也很有人脉，今天我决定趁这个圣诞节和你一起去拜访库克先生，看着我准备好的礼物，你很惊讶我的决定和举动。

库克先生很热情地接待了我们，让我高兴的是他没有拒绝我们的要求，你成功地拜了库克先生为老师，你们长谈了一个上午，库克先生答应出面解决工程渣土的堆放问题，你顿时轻松了很多。

亲爱的，一生中难得有人愿意主动帮你，有些人总是以帮助别人成功为荣，他不在乎你会带给他什么利益或好处，关键是你尊重他的付出，我认为库克先生就是这样的人。卡尔，你要经常去请教他，他对你非常重要，相信我的眼光！

0278. 卡尔的胃出了问题——1957.01.19

你经常很晚才回家吃饭，很担心你的胃会出问题。这个星期为了赶工期，你更是住在山上。今天晚上回来的时候，你脸色很苍白，半夜的时候你喊肚子痛，我急忙把你送到医院，我担心的问题还是出现了，你得了胃溃疡，需要住院治疗。你不听医生的劝告，坚决不住医院，打完针后开了一个星期的药就回家了。

亲爱的，你现在是用你的身体在搏命，至少这个星期在家好好地待着。卡尔，我看着你消瘦的脸，我的眼泪不自觉地流下来，我知道你放不下你的工程，你知道你为了我们这个家，我现在都不敢把你的状况告诉你的妈妈了，亲爱的，我需要的是你强壮的身体，否则我不能原谅我自己！

0279. 情人节的礼物——1957.02.14

清晨起来，摆在我面前的是一对法国 IDEE《艾迪儿》时尚手链和一支火红的玫瑰。你轻轻地帮我戴上，亲吻了我的手就开车去矿上了，为了工程上的事，连一个浪漫的情人节都是这样来去匆匆。

拿起这支火红的玫瑰，看着你匆匆离去的背影，不知道为什么，我的心不自觉地紧张了一下，我好想跑过去说“卡尔，你别走，抱紧我”。

消失的背影里是我止不住的泪水，亲爱的，你太辛苦了，谢谢你的礼物！

0280. 爱惜你自己——1957.03.10

卡尔，自从来到加州，我就很少看到你休息，即使周末偶尔陪我和孩子们出去玩一下，你的思想仍然在你的矿山工程上，没有好好放松去享受一下风景，或跟孩子们在一起游戏的乐趣，我不知道你有多少事情放不下，还是因为你已经成了习惯。

亲爱的，你热爱工作有你的理由，我没有责怪你的意思，可是你有一点让我有点担心，你的脸一天比一天消瘦，脸色比原来黑多了，大量地抽烟、喝酒，不按时吃饭，你最近的睡眠也不好。上个月你的胃出了问题，似乎在我的意料之中，尽管我多次提醒你按时睡觉，小心翼翼地为你准备好你喜欢的饭菜，你答应我一定做到，可一忙碌起来什么都忘了。

卡尔，没有人能够代替你的思想，没有人可以代替你的行为，包括我。你的身体是自己的，你要爱惜你自己，不然赚再多的钱也没有用，亲爱的，你只有爱护好自己，才能够更好的爱我们！

0281. 错误的决定——1957.03.25

为了赶进度，你上周决定连续爆破施工，结果一个工人弗恩不小心被乱石击中脑袋，你手忙脚乱地把他送到医院守了三天三夜，弗恩终于从昏迷中醒来。由于过度的紧张和担心，又没有休息好，你一下病倒了，也住进了医院，今天上午才出院。

你对那天的决定懊悔不已，来不及喝上我做的汤，下午又急切地赶向矿上。

亲爱的，你不要那么急，性急办不成好事，还好弗恩没有大碍，上帝已经保佑你了，我可不想你再出事，钱可以慢慢赚，如果没有了生命，一切都毫无意义！

0282. 卡尔生意被人抢走——1957.04.03

你一个星期没有去矿上，生意就被人抢走了，剩下的机器也变成了一堆废铁，有工人甚至还把你的机器给卖了，然后各奔东西，只剩下特森最后一个离开。你将口袋仅有的钱全部给了这位黑人小伙计，然后就回家了。

你好像心灰意懒，坐在房间里关起门来，使劲地抽烟，无奈地流泪，我不敢打扰你。

亲爱的，人生路上，我们会无数次被自己的决定或碰到的逆境击倒、欺凌，甚至碾得粉身碎骨。你还年轻，上帝只是跟你开了一次玩笑，让你尝尝失败的滋味，让你知道人生的道路有多艰险，这仅仅只是开始，远还没有结束。

卡尔，你不要哭泣，我相信会有更多更好的机会在等待着你！

0283. 这个世界本来就不公平——1957.05.15

面对生意的失败和糟糕的身体状况，你除了抽烟，就是发牢骚，埋怨这个世界不公平，我静静地倾听，无言以对。

卡尔，你在为自己辩解吗？所有的牢骚和埋怨都是证明自己没有错，但你全对了又如何？你改变不了事实，你需要对自己的缺点有一个认知。你太相信别人，你很容易表现你的情绪，尽管你很善良，从不欺骗别人，所以你很容易被别人利用或陷害。我认为所有发生的这一切都是上帝给你的机会，让你对自己有一个正确的认识和评价，你需要换一种角度来看这个世界：这个世界本来就不公平，有光明就有阴影，有善良就有欺骗，有顺利就有挫折，卡尔，你说是吗？

亲爱的，你不要悲观，当你重新认识自己，你就会获得力量。前段时间你一直没有好好休息，投入了太多的时间和精力，卡尔，就当是上帝需要你休息一段时间，不用多久，你又会充满斗志，路就在你脚下！

0284. 我很担心卡尔——1957.06.30

生意的失败对你打击很大，这个月明显的消沉了很多，不愿意出去，说话很少，除了喝酒就是抽烟，我看着好难过。

我记得有一位哲人说过："生活是一面镜子，我们如何面对它，它就会如何馈赠我们，学会用超然和从容的心态包容自己所遭遇的一切，才是最佳的人生态度，我们无法左右自己的命运，但可以选择怎样面对现实。"

卡尔，来加州六年多的时间了，你一直没有好好休息过，你就当给自己放假休息，把身体好好养养，顺便带我和孩子们一起爬爬山、打打球、逛逛公园，看看你好久没有留意的风景，还有你已经很长时间没有好好看过的我这张脸了，看看我是不是比以前更漂亮了。

亲爱的，我们还年轻，外面机会很多，上帝替你关上了这扇窗，一定会替你打开那扇窗，只要你自己不放弃，我相信你很快会找到你成功的那条道路，上帝会给到你机会！

0285. 生命是用来珍惜的——1957.07.13

赖斯特先生昨天跳楼自杀了，当我听到这个消息的时候，我不禁打了个冷战。

赖斯特先生是你的好朋友，经常来家里做客，喜欢喝酒，很会讲历史故事，经常把凯理举过头顶，凯理很喜欢这位聪明的大胡子叔叔。想不到平常很乐观的人竟然这样不声不响地去了，而且死得那么惨烈，我甚至不敢去想象他的死，原因是生意失败了，留下欲哭无泪的妻子和无助的两个未成年孩子。

生命是用来珍惜的，不是用来毁灭的，我们有责任担当这份宝贵。赖斯特先生认为死亡可以解脱自己，却不知道他的妻子和孩子在接下来的生活中，永远也无法解脱他们心中的阴影，我甚至怀疑他们是否有活下去的勇气。

卡尔，假如你不能高尚地活着，你就卑微地存在，我不需要你现在给予我们最好的，我需要的是你永远存在着的希望和梦想，假如生活哪一天真的抛弃了你，亲爱的，你不要哭泣，还有我陪伴你慢慢地老去！

0286. 没有人在意你失败——1957.08.22

卡尔，今天我从图书馆带回了很多书：《小木屋》《海蒂》《绿野仙踪》，你不要胡思乱想，静下来给孩子们讲讲书里面的故事，你已经好久没有给他们讲故事了，你讲故事的时候凯希特别的爱听。

亲爱的，把思绪从过去的生意上拉开，忘记所有的不愉快，调节一下你的状态和心情，和孩子们一起回到你的童年，你会发觉你过去的失败就像在童年的时候，只不过犯了一次小小的错，没有人计较你，没有人指责你。

卡尔，所有的一切只不过你自己很在乎，没有人在意你的失败，就好像你不在意别人的成功一样。假如你真的不能让自己静下来，那么你就不断地问自己好的问题，把注意力用在你要的好结果上。

亲爱的，我想看到你轻松的笑容，我很在意这个家的气氛！

0287. 难道我错了吗？——1957.09.05

你生意上的失败，尽管我当做没事，不断地安慰你，其实我的思想很乱，内心很不平静，我一直在反思："是不是我要你忍让得太多，是不是我们的心太软弱，是不是我们不会跟外界建立好关系，是不是我们为别人想得太多，是不是我们把人心想得太善良……"脑海里无数个问号，失败的结果摆在面前，我不禁在问自己："难道我错了吗？"

假如这些想法是错的，那什么是对的呢？没有人能告诉我，卡尔，即使它全部是错的，我也不改变我的看法和想法，我将坚持自己的做法，让生活去证明这一切。

亲爱的，你没有必要为今天的结果自责，我相信没有今天的磨炼，你就不会有更大的成就，没有今天的失败就没有明天更大的成功，卡尔，你没有犯错，没有失败，你只不过暂时没有成功而已！

0288.《此情可待成追忆》——1957.09.24

你的状况令人担忧，我今天的心情不是很好，我不想让孩子们看到，晚上我一个人去电影院看电影，《此情可待成追忆》由加里·格兰特和黛伯拉·科尔主演，很感人的画面。回家的路上我想到加里·格兰特知道了黛伯拉·科尔为什么没到帝国大厦楼顶和他见面的原因时，我就止不住自己的泪水，哭过了，我的心情好多了。

卡尔，我又想起当年因为我相亲你生气离开我的情景，我那时义无反顾地爱上你，等着你，假如你当年离开家乡不再回来，我们又是怎样的结局呢？也许我会一直等着你，也许会把你遗忘，不管怎样，那段记忆铭刻在我的心里无法忘却。

亲爱的，和你一起度过的时光是愉快的，我对你的感情不需要追忆，不管你未来怎样，我依然会爱着你，相信我！

0289. 懂事的孩子——1957.10.01

昨天我买菜回来的路上看见路旁有一个乞讨的小女孩正在地上画画，画上画了一个小女孩在哭泣，旁边写了一句话："爸爸失业了，我要上学"。仔细一看竟然是我们的凯希，我惊讶得说不出话来。凯希指着不远处的路口，她的哥哥凯理正在吆喝着卖报纸，他们两个瞒着我每天放学来这里一个星期了，怪不得他们俩这个星期来每天都很晚回家，我还以为他们留在学校做作业。他们俩用兴奋又惶恐的声音告诉我："我们只是想明天给爸爸买一份生日礼物。"看着他们手里的零钱，我的泪水忍不住流了下来。

卡尔，我晚上怀着敬畏的心情，一直在想这件事情，在孩子们幼小的心灵里，他们已经能够读得懂爸爸妈妈的表情，面对这么懂事的孩子，我没有理由责怪他们，相反，我替他们生平第一次有这样的勇气而感到高兴，有了孩子们这份勇敢，我自信多了。

亲爱的，不论你多么的痛苦，勇敢地去担当这份责任，不管一件事情有多么困难，你都要坚持下去，为了你自己，也为了我们的孩子！

0290. 给孩子希望——1957.10.25

卡尔，这个月来你仍然闷闷不乐，除了小心翼翼地陪伴你，放一些轻松的音乐，给你做喜欢吃的牛肉卷和香肠，我不知道怎样做才能让你快乐起来。你还记得你生日那天凯理用自己挣的钱给你买的礼物吗？还有凯希为你画的画，给你唱的歌，其实我们只是想看到你开心的笑容。

亲爱的，你要振作起来，特别在孩子面前，你不能表现你的颓废，更不能说丧气的话，我想要说的是“生活本来就是由一连串的挫折和希望组成的”。在孩子的人生征程中，我们做父母的，教育孩子就是要给孩子以希望，什么时候都不能让孩子失望。你要教会孩子面对失败的勇气，首先你自己要做到，现在对你来说是一个机会，你需要给孩子以希望，孩子们只有带着希望出发，才能穿越他未来人生中的沙漠。卡尔，希望对于你也是一样，任何时候都不要放弃。

卡尔，在人生的旅途上，我们都需要满怀着希望赶路，你不要认为自己不重要，记住，爱自己的人才能爱别人，一个不爱自己的人是没有资格和能力去爱别人的。我对你充满无限的期待和希望，我相信你，我的丈夫一定不会让我和孩子们失望！

0291. 这只是一个经历——1957.11.20

今天下午你坐在沙发上发呆，一动不动，突然冒出一句“这件事情怎么会发生在我的身上呢？”听得出来你还在回忆前段时间的经历，很伤心，很难过的样子。

卡尔，在你的难过里你可能又错过了很多的机会和时间，你不能这样在抱怨、发牢骚中过你自己的日子，回头看一看，你是错过了很多美好的东西，失去了金钱，但同样你获得了宝贵经验和丰富的经历。

亲爱的，你可能需要做一些简单的事去改变你目前的状态，比方说看看书，找朋友聊天，去打打篮球，静下来总结一下经验和教训，认真的思考：这件事让我学到了什么呢？这件事情还有什么不完美的地方？这件事情隐藏着什么好处和机会？哪些错误将来可以永不再犯？我将如何快乐地达成将来的目标？

卡尔，时间和青春对你来说很宝贵，你不能因此丧失了你自己的梦想，暂时的失败只是一个经历，在你前进的路上，不管有多少困难，有我一路与你同行！

0292.《在路上》——1957.12.05

凯鲁亚克的长篇小说《在路上》写得不错，它描写垮掉分子在各地流浪的生活，使大批精神苦闷的青年为之神往，奉为“生活教科书”，你很喜欢这本书，每天晚上都要看上好几页才睡觉。

事实上，这几年“垮掉文人”和反学院派诗人在加州盛行，他们在旧金山联合举办诗歌朗诵会，表达“他们这一代精英”的痛苦与愤怒，我阅读过劳伦斯·李普顿的《神圣的野蛮人》，我不喜欢他们的作品，《在路上》是个例外。

亲爱的，我很高兴你可以坐下来看一本书，看一本书不仅仅是为了欣赏它的文字，更重要的是它的现实意义带给你的启示，不要去记住它里面发泄的不满，而要观照自己的内心世界的真正需要，吸取智慧和力量。卡尔，希望就在你前方的路上，希望就在你的脚下！

0293.不要远离了你的朋友——1957.12.25

圣诞节到了，你哪里也不愿意去，一个人在家里喝着闷酒，有朋友来了，勉强地应付着，我知道你还是放不下已经失去的东西，尽管现在的状况比一个月前好多了。

卡尔，不要常常觉得自己很不幸，生意上的失败是很正常的事情；也不要常常觉得自己很委屈，没有得到你应该得到的东西，你应该这样想：“他们对我这样已经很好了，至少让我还经历了成功的味道，还学到了不少的东西，世界上比我痛苦的更糟糕的人多得是”。

卡尔，有时候你要冷静问问自己：我在追求什么？我活着为了什么？不是别人使自己烦恼，也不是拿别人的言行或眼光来烦恼自己。卡尔，你不要因为小小的失败，就把自己关起门来远离了你的朋友，他们是你最大的本钱，也不要因为小小的怨恨，忘记了别人的恩德，适当的时候去道歉，你会重新赢得他们的支持。

亲爱的，你已经失去了很多的机会，不要再失去了朋友和友情，你要尽快站起来，我和孩子们在看着你，在孩子的心中，你永远是一个巨人！

0294.去迪斯尼乐园——1958.01.03

新年到了，我决定带孩子们去迪斯尼乐园散散心，忘记所有的烦恼。

迪斯尼乐园 1955 年就在加州安纳海姆建成了，听说人只要一进去里面，你就会忘记所有的烦恼，你会变得年轻和天真，尤其是孩子们特别想去的地方，凯理嚷了好几次一直没有去成，今天终于可以一见这个梦幻的乐园。

迪斯尼乐园不愧是一个天才的设想，充满想象的故事，玩不尽的游戏，奇幻的场景，难得见到你久违了的笑容，我们一家玩得很开心。

亲爱的，人生有很多的乐趣，快乐是可以感染的，有些乐趣是要靠自己去寻找的，像我们的凯理，他就很会寻找属于自己的快乐。

卡尔，快乐像阳光，你就是我们这一家的阳光，我和孩子们都爱你，你要尽早快乐起来，我们期待着！

0295. 梦想可以重新开始——1958.01.12

新年过后的洛杉矶天气晴好，尽管如此，我们还是感到有丝丝寒冷，你还是没有完全走出阴影，好几次凯理大声叫你，你好像没有反应，不知道在想什么，我从书架上重新找出海明威《老人与海》给你。

卡尔，反正你现在没有事情可做，不妨静下心来看看《老人与海》，感受一个孤独的老人是如何单身出海捕鱼，与大鱼周旋，结果又被大鲨鱼吃掉猎物，他面对无数次惊险和失败仍顽强拼搏，绝不屈服。我知道你以前看过这本书，但你今天再来看一看，体会应该是不一样的，我希望你从中找到一些启发。

亲爱的，开心地和家人一起过完这个圣诞假期，你暂时不用担心家里的费用，我是有准备的，你现在有我和孩子在一起并不孤独，你正壮年，并不衰老，希望永远在你的前方，梦想可以重新开始！

0296. 卡尔的信——1958.01.25

玛利亚，很抱歉，生意失败了，你知道的我已经很努力了，我很想赚更多的钱，让我们过上更好的生活，可上帝对我不太公平，我不知道如何面对你和孩子们，我难过极了，你理解我的心情吗？

这个月我一直在检讨自己，除了经验不足外，我没有专业的技术，没有雄厚的资本，但这些不应该成为我失败的理由。我有时在想，难道我真的不是做生意的材料吗？商场如战场，难道一定要你死我活的争夺，才能成功吗？还是我低估了人性的险恶，我到现在还没有想明白。

亲爱的，每天看到你的笑脸，每天听到你温柔的话语，你好像当什么都没有发生过一样。我知道你在安慰我，你在鼓励我，亲爱的，你是我信心的源泉，正如你所说，我们还年轻，我只是犯了一个错误，暂时没有成功一样，相信我，我很快会恢复过来，我一定会成功！

0297. 生命具有无限的可能——1958.02.01

亲爱的，尽管我不断地安慰你，你的笑容是短暂的，你似乎还是走不出阴影，看你经常发呆的样子，我很无奈。

卡尔，失败只是你生命中的一个小插曲，加州到处都是机会，你不要让痛苦和自责成为你现在的全部。生命本身就是一种动态，你要勇于承认在你身上发生的一切，这是一种智慧，接受事实，并认识你自己，你失去的，也有可能将再次获得。

亲爱的，生命具有无限的可能，人生有无数个开始，只要你积极地付出，你一定会得到你想要的结果，我自始至终相信你一定会成功！

0298. 情人节的礼物——1958.02.14

早已经闻到玫瑰芳香的气息，情人节来了，我的心情随你的情绪乱透了，没有想过你会送我什么礼物。

“妈妈，送给你的礼物。”当凯理手捧一束大大的玫瑰花出现在我的面前，让我惊喜得抱着我们的凯理哭了，看着我们懂事的凯理，我的心情一下子好多了。

亲爱的，我时刻都没有忘记你的承诺，没有忘记你的梦想，因为你的承诺就是我的承诺，你的梦想就是我的梦想。卡尔，难道你忘记了你当年的豪情？你的壮志？我多么希望你现在只是一只沉睡的狮子！

0299. 你可以重新来过——1958.03.03

卡尔，六个月过去了，你还是没有完全恢复状态，整天喝酒，一个人生闷气，觉得自己没有用，没有工作，没有知识，没有资本，没有朋友可以帮你，觉得自己似乎一文不值。

亲爱的，我知道生命的状态有一个调整的过程，我是有耐心的，重要的是你不要自暴自弃，觉得自己一文不值。生命的价值不依赖你的所作所为，也不仰仗你所结交的人物，而是取决于你自己，你是独特的，唯一的——永远不要忘记这一点。无论发生什么，或将要发生什么，在上帝的眼中，你永远是有用之人，在我看来，你还是你，试想想你当初来加州的时候，你本来就一无所有，你可以重新来过。

亲爱的，你不要再喝酒了，我看见你这样子我真的很想哭，但我不能，我不能让孩子感觉你的失败，我告诉孩子，你只是累了，想休息一下，卡尔，你一定行的！

0300. 担起你自己的责任——1958.03.15

亲爱的，过去的事情已经过去了，我不知道你是否还会想起第一次离家时你母亲送你一程又一程的情形？你是否还会想起你的亲人信任你、鼓励你的眼神？你再想想离开家乡拉格尔村时的梦想离自己还有多远，我相信你不会想要放弃努力。

卡尔，当你遭遇困扰或失败时，不要把原因推到别人身上，而是不断地反省自己，面对现实，拿出自己的力量来去适应环境，渡过难关。这个世界没有谁能够帮你，只有当你愿意担当自己的责任，认识自己的错误并去承担责任，你才有力量拯救你自己。

亲爱的，不要夸大你所遭遇到的困难，也不要低估你自己的能量，卡尔，我相信你行的，我永远在你的身边，上帝不会抛弃你！

0301. 别对生活感到迷茫——1958.04.10

催促了好几次，你不知道去哪里找工作，也不愿意去找工作，整天待在家里不知道做什么好，除了看电视就是看报纸。

我决定一个人去大街上走走，外面下着小雨，我忘了带伞，任淅沥的雨打在我的脸上。在街道的拐角我看见一个流浪汉坐在那里乞讨，旁边放着一块牌子写着"给我1美元，我就回家"，我忍不住给了他一美元，他顿时那么开心，一边道谢，一边收拾他的东西准备"回家"，看到离去的背影，我刚刚难受的心情好多了。

卡尔，你感到很迷茫吗？我又想起了上午在街道的拐角的行乞流浪汉开心的笑容，在他的眼里我看不到迷茫，他的期望不高，他的目标很明确。我知道迷茫是因为你自己没有目标，看不清前路，但迷茫不应该成为你脑海里的词汇，你有过大饥荒的苦难，你经过太平洋战争的生死，你有创业路上失败的经历，应该更清楚你的前路是一片光明。如果你将迷茫上升为逃避，那就成了一种借口，最终欺骗的还是你自己。

亲爱的，迷茫有时是一种心情的宣泄，平衡着我们的内心，有时它如同彩虹前面的乌云和暴雨，与美丽同在，别让迷茫蛊惑了自己，卡尔，我期待我们一起创造美好的生活！

0302. 寻找你心灵深处的根——1958.04.22

卡尔，我昨天到书店帮你买了一本书，是亚历克斯·哈里的《根》，我把它放在你的床头，你有事没事就看一看， 这是一本美国黑人文学的经典之作：康达·金特从部落被贩到美洲，从淳朴和谐的原始部落生活一下子到现代化的美国，他一直在寻找心灵深处的根，寻找他生活之源，最后他找到了。这其中蕴含了家族的几多辛酸，说不定会对你有所启示。

亲爱的，成功有可能需要经过很多的失败和磨难，甚至需要几代人的努力，最重要的是你不要放弃信心和希望，不断地寻找你心灵深处的根，吸住力量，你将充满斗志。卡尔，无聊的时候多看点书，或陪我说说话，我和你一起寻找力量！

0303. 人生没有过不去的坎——1958.05.03

卡尔，你现在可以静下心来看看书，这对我来说是很高兴的事，在你若有所思的问话中，我相信你在思考一些过去或将来的事情。

是的，人总是在遭遇一次重创之后，才会幡然醒悟，重新认识自己的缺点和坚强，这就是生活的经历，是一个成长成熟的过程。

亲爱的，无论你正在遭遇什么磨难，都不要一味抱怨上帝的不公平，甚至从此一蹶不振，人生没有过不去的坎，只有过不去的人，面对失败时能够坚定的迈出第一步也是一种成功。卡尔，我知道你会很快重新站起来，迈过这个坎就是你的成功，你将在一个新的起点上开始你新的梦想！

0304. 在阵死烈士的墓前——1958.05.22

今天我和你来到市郊的阵亡烈士墓园，每年的今天你都会带上一束鲜花来悼念。今天特意带了一瓶酒，你坐在墓前失声痛哭，我不知道你又想起什么。亲爱的，你是不是想起了创业的失败，工作的艰难，还是想起了战火纷飞的战场上，身边的战友一个个倒下，鲜红的血渗透在脚下呢？

卡尔，你是在太平洋的战场上经历过死亡的人，比起他们，至少你还活着，有一份工作，还可以创造很多的机会，去追寻自己的梦想，而埋葬在这坟墓里的战友，没有任何的机会和希望，你是多么的幸福，一次创业小小的失败和工作的挫折算得了什么呢？

亲爱的，带着希望出发，路就在你脚下！

0305. 卡尔决定找一份工作——1958.06.01

你决定去找一份工作，找工作不是很顺利，面试了好几家都不成功，你有点丧气，最后在一家做护肤用品的公司找到一份跟车送货的工作，你不是很满意又很无奈。

亲爱的，你愿意去找工作我已经是很高兴，新的生活就是从这一刻开始。你告别了过去，放下了对过去的执著，你让你的每一刻都全然地生活在当下。不论你做什么工作我都支持，每一个地方都有它的机会，躲避起来或折磨自己不是办法。我知道人无论如何也躲不过他的命运，你需要去寻找，去交往，去拼搏，甚至去抗争，你才会看到希望在哪里。卡尔，不要去埋怨自己，不要放弃你的梦想，命运之神会再一次眷顾你的！

0306. 积极地体味工作的辛苦——1958.06.14

下班回来很少见到你的笑脸，总是心事沉重，我知道你对新的工作不是很满意。

卡尔，你是从苦难中走出来的人，即使正在受苦，这点辛苦对你不算什么。我知道，你不是做事情辛苦，而是你还没有放下，是心累，因为对你来说，已没有苦难这回事。

亲爱的，对那些你生命中最亲最爱最重要最重视的事和物，你总是说："我要给他最好的，我要分享我的最好的，我要给我的孩子最好的，给我的太太、我的父母最好的"，如果你连现在的工作都做不好，你的梦想更无从谈起，我不知道你如何面对自己的承诺。

卡尔，消极的处世并不能带来真实的快乐，只有积极地在工作中体会苦的味道，你才能从辛苦中成长，从成长中得到快乐，首先你要把工作做到最好，愿意为自己争取，为自己的生命创造更多的机会，亲爱的，加油！

0307. 凡事要看得高远——1958.06.28

你在护肤用品公司工作了快一个月了，今天回来跟我埋怨这个工厂人事太复杂了，薪资又不高，特别是车间刺激性的气味受不了，看得出来你还是没有安下心来，我的心里不是滋味。

卡尔，人经得起时间的磨炼，不要对自己说工作只是为了挣钱，你所追求的不要只是局限于满足生存，而是要比薪资更高的目标。你想象自己将要成立一家护肤用品公司，我相信这些暂时的困难都不是问题，你一定有做不完的事情和使不完的干劲。

亲爱的，凡事看得高远，每个地方都蕴藏着机会，不要被眼前的得失所蒙蔽，热爱你的工作，然后去把它做到最好，将来一定有机会用得着你这段经历所收获的成果！

0308.《迷魂记》——1958.07.10

日子要过，电影也要看，今天放映的电影《迷魂记》里讲述提前退休的旧金山警官约翰·史考提，被现为企业家的老同学聘请监护他有幻想症的妻子玛德莲·艾尔丝特。史考提后来发现自己深切地爱上她，却不敢表露。在玛德莲意外坠楼身亡后，伤心地远走他乡，却偶遇一名相貌酷似玛德莲的女子茱蒂，只是打扮与气质不同。史考提主动追求茱蒂，把她当做玛德莲来爱，将茱蒂比照玛德莲打扮起来，事实上，茱蒂的确就是玛德莲，一个阴险的谋杀案即将被史考提揭发，对他而言，真正的悲剧才正要开始……

《迷魂记》充满了悬疑、恐怖、浪漫色彩，形式引人入胜，气氛神秘哀愁，情节迂回舒缓，我喜欢这部凄艳迷离的惊悚爱情片。

我不知道人在精神虚幻的时候，是不是喜欢用幻想的情节来填充他的空间，如果是，那么我正处在这种的精神迷离状态，亲爱的，我的精神来自于你的状态，你要尽快振作起来！

0309.卡奇博士毕业了——1958.07.25

卡奇从得州传来好的消息：博士毕业了，下个月去休斯敦航天中心工作，想不到家里最不出声的小子，竟然这么有出息。

你高兴得要找几个朋友来庆祝一番，要告诉全世界你的弟弟是多么的有学问。今天是你这几个月来最高兴的一天，不知道为什么，看到你高兴我就忍不住想流泪，当然是高兴的泪，是的，你也终于可以松一口气了，至少不用再供他的学费。

亲爱的，卡奇的今天有你一半的功劳，是你不断的鼓励和支持，让卡奇在成才的路上没有太多的包袱，弟弟的成功也是你的成功，你有理由为自己骄傲。

我隐约地担心，以卡奇不太说话的性格，他成就了学业，是否荒废了爱情，我可从来没有听到他谈到过女朋友。卡尔，我的直觉告诉我，该你操心的事情可能还没有完！

0310.《失落的一角》——1958.08.15

手中有一本谢尔·希尔弗斯坦的绘画——《失落的一角》。这本书上没有几个字，只有很少的几笔画，但它说的更多，说的每一段故事告诉我：一块残缺的石头就像一个有缺陷的人，有时候正是你来到这个世界生命应该呈现的状态，生命的可能，贵在自我实现，生命的欠缺，就是努力的空间。

亲爱的，不要去强求，不要去巧取，不要去拼命，一切随其自然，生命的努力和提升不是去弥补自己的缺点，而是去弘扬自己的优点，同时你需要认识到自己的缺点，然后去和别人的优点合作，一起走向成功！

0311. 卡尔性格的弱点——1958.08.28

你不太会讲假话，哪怕是善意的欺骗你都好难做到；不会刻意去讨好别人，所有的喜怒哀乐都写在脸上。我不知道这种性格对做生意来说是好事还是坏事。你也意识到自己的性格让自己失去了不少生意，曾尝试改变去适应某些人，我感觉你为此很痛苦。

“你需要改变这种性格吗？怎么改变？我能够为你做什么呢？”我无数次地问自己。“不，卡尔就是卡尔，除了弱点，卡尔有很多其他的优点，上帝让你成为这样一定有他的道理。”最后我告诉自己。

亲爱的，你没有必要刻意去改变自己的行为方式，没有必要假装喜欢还是不喜欢。失去某些东西，你一定会得到另外一些东西，你只要保持你助人为乐的善良本性，努力你发扬你的优点，你的人生不会失败！

0312.《秘密花园》——1958.09.20

我上周从书店订的一本弗朗西丝·霍奇森·伯内特的《秘密花园》，今天终于到了。这可是一本经典儿童小说，我记得读小学的时候为了买到这本书，爸爸特意坐了一天的车去圣塔菲。我不断地重复阅读，它是我儿童时期最喜欢的课外书。在这本书里面编织了我太多的梦想，不知道什么原因，现在这本书竟然很少出现在书店里。

凯希对这本书更是爱不释手，每天晚上一定要读一段给你听，在她眉飞色舞的读书声中，难得你放松一会儿。

亲爱的，你不要心不在焉地听，忘记你的烦恼，跟随凯希的阅读进入儿童的内心世界，你会发现一个全新的世界，你要回到你的童年去寻找那时的你，你没有顾虑，没有害怕，没有困难，整个世界都是你的，你现在需要的是这种力量和快乐，静静地听，仔细地想，卡尔，你一定会找到！

0313. 有一份礼物在你的心里——1958.10.02

卡尔，今天是你的生日，凯理的爷爷奶奶，外公外婆，叔叔，姑姑打来电话问候你，鼓励你，还有你以前矿山工地上很多的伙伴朋友打来电话，告诉你需要他们帮忙的时候尽管说一声。我在电话里替你一一道谢了。当我放下电话的那一刻，我的眼泪忍不住流了出来，那是温暖的感动，我仿佛看见迎面有一群人向你走来，那是你的爸爸妈妈，你的兄妹，你的好朋友好伙伴，他们一边向你奔跑过来，一边很开心地张开双臂拥抱着你。

亲爱的，除了我的爱，我的温柔，我还能给你送一份什么样的礼物呢？其实有一份礼物早就埋藏在心里面，那是你亲人的亲情，朋友的关爱，还有你的勇敢和梦想，你需要把这些美好的东西重新再活出来，去感受这份礼物的重量和力量。

亲爱的，我相信你的未来不是梦，而是可以看见的荣耀，卡尔，我期待与你一起分享！

0314. 放下自我的心态——1958.10.18

卡尔，认识你自己的状态和内心的问题，不要去羡慕别人的成功。过去的失败只不过是你人生阶段的一个经历，不要用一颗攀比的心看待你自己和周围的伙伴，没有一个人能够马上成功，也没有一个人不品尝失败的滋味。

亲爱的，不要一旦不顺利就失落，回到你当初来加州的状态，那个时候你也一无所有，处处为人，机会就出现在你的面前。卡尔，现在你更应该欣赏和学习别人的成功，把现在的工作当做自己的事业，你会发觉更让自己轻松和欢喜。这样一种放下自我的心态，是你当下思考的方向，如果你能够做到这样，那么成功离你不远了。

亲爱的，没有人能被打败，除非你接受失败的事实，我相信你会找到你自己的力量，如果你真想做好一件事情，那你一定会做成功，上帝会帮助你，相信你自己！

0315. 不要抱怨别人——1958.11.15

因为你点数的失误，在送货时少了一件货，你被扣了工资，同事布里特先生今天被辞退，你觉得很委屈，抱怨货仓的同事在故意整他。

亲爱的，抱怨只会加深你们之间的误会，看看站在你面前的这些同事，他们曾努力配合你的工作，让你多次受到上司的嘉奖。为帮助达成你每个月的工作任务，他们在后面努力为你鼓掌加油，可这一次因为你工作的失误，同事布里特先生不得不为你承担责任而伤心离去。你现在需要的是去承担责任，团结你的同事，同时向布里特先生道歉，一个愿意为你承担责任的人应该要成为你的朋友。

卡尔，如果你希望别人怎样对待你，你也要怎样对待别人，因此你在任何时候都不要抱怨别人，而要反省自己，改变自己的言行，感恩每一个人，是他们给予你成长的空间和机会。亲爱的，只要认识到这一点，你的人生将是一段洒满阳光的旅程！

0316. 快乐的出租车司机——1958.12.10

今天去图书馆，外面下着大雨，前面塞车，懒得说话，的士司机一边哼着歌，一边跟我聊天，他爽朗的笑声感染了我，我们聊得很投机，和一个陌生人说话竟然忘记自己去哪里了，我自己都感到很奇怪。

我从司机的口中知道他是德州人，三年前一家人从德州的一个小山村来，现在有四个孩子，妻子除了照顾小孩还要送外卖。我问他为什么这么快乐。“为什么不让自己快乐呢，我有工作，每天可以见到不同的人，还可以和他们聊聊天，回家妻子会送上可口的饭菜，可以看到我的孩子围着叫爸爸，我们一起做游戏，日子每天都这样过，我没有太大的理想，我只想早点把孩子养大，然后回家乡盖一栋可以遮风避雨的房子安度晚年就满足了。”司机的回答令我有点意外。

亲爱的，你看人家是多么的快乐，我真有点羡慕他，卡尔，把你的目标设低一点，把你的抱负缩小一点，把你的眼光放长远一点，你每天会快乐一点，这样你才会年轻！

0317. 卡尔去了赌场——1958.12.15

今天你回家垂头丧气，在我的追问下才知道你今天上午发了工资后一个人去了赌场，把一个月的工资输个精光。你不敢看我的眼睛，我好生气又想哭，但我忍住了，我不想在孩子面前失态，更不想他们知道因为爸爸赌钱，我们一家下个月的生活费都很紧张。

你吃完晚餐后一直在不停地抽烟，不说话，临睡的时候怯怯地给我道歉，我的眼泪一直在流。

亲爱的，我知道你想去赢钱，我知道你不想这样，可事实总与你愿违。自从你离开矿山以后，我省吃俭用，手中的积蓄一天天在减少，剩下的不多了，我都不敢告诉你，怕你有压力，昨天我都准备出去找工作了，卡尔，我现在只要求你有一个稳定的工作，保持一个好的心情就够了！

0318. 有趣而有用的生活——1958.12.23

圣诞节来了，洛杉矶的街头跟往年一样的热闹，你的工厂放长假，今天回家的时候捧回一大堆的贸易方面的书，让我感到很惊讶和兴奋，这是以前从来没有过的事情，你准备趁这个长假好好地学习一下，看来你又有新的想法了。

居里夫人说：“每个人在不同的时期都可以过着有趣而有用的生活”，是的，不管怎样，卡尔，你总要面对现实，面对生活，打工有打工的轻松和愉快，你现在有时间可以静下心来看看书，为下一步做好准备，积极的寻找机会。

亲爱的，你不仅是一个有用的人，还应该是一个有趣的人，生活的压力不应该成为你沉默的理由，在机会来临之前，你一样要保持家里的生机，让我们这个家庭充满欢乐！

0319. 不要埋怨环境——1959.01.08

贝克斯的治安越来越差，蜂拥而至的外地人都挤在这个小小的山城。事实上加州的各地都是这样，到处都是找工作和淘金的人群，工作和生活的压力明显增大，望着大街道上的人流，你在不住地叹息，不知道在烦恼什么。

卡尔，如果你感觉到处于一个环境里有烦恼、有问题，应该先检讨自己，而不要责怪他人，埋怨环境。他们和你一样，为了生活，怀着梦想而来，也许和你在马路或大街上擦肩而过的人，你不认识他，他也不认识你，他可能是你的老乡或一个过客，你可以主动去和他们交朋友。你的圈子不应该只是局限在工厂和家庭，还有一点认知对你来说很重要，当你在某一个时刻受到无情的打击和迫害时，为你声援的可能大多是这些素不相识的人，他们让你解脱困境，躲避灾难，因此你你没有必要抬起你高傲的头，封闭自己的圈子，你需要去融入他们的群体。

亲爱的，正因为有烦恼，才有可能激发你的智慧，让你看到更多的机会，因此你感谢让你产生烦恼的人、事、物，他们在提示你需要更加的努力，同时警醒你不要总是想着去改变环境，你需要去适应环境，改变自己，最后会成就你自己！

0320. 我祈祷——1959.01.25

今天去教堂，不知道为何，现在来教堂的人好像越来越少，事实上最近两年信仰宗教的热潮大为减退，不像早几年人满为患。

在这个充满个人自由，权欲膨胀的时代，人们难以规范自己的行为，至少对于我们的道德来说，我认为是危险的。

宗教也是混乱的，金钱掩盖了一切，其他的都不重要，包括爱情。大多数的人不知道生命究竟应该怎样释放，除了金钱，不知道什么才是他们自己最需要的。

亲爱的，除了金钱，你知道什么才是自己最需要的吗？你是否看得清前路，你好久没有去教堂了。我祈祷：“我万能的上帝，我不求金钱或漂亮的衣衫，甚至不求适合我能力的机遇，我只求您引导卡尔获得适合机遇的能力，带领卡尔一步步审视自己软弱的方方面面，最终化软弱为力量，让软弱成为他展翅高飞的动力，让曾经捆绑他的绳索成为通向人生至高境界的阶梯，让一度干涸的心灵成为我们向下扎根的沃土！”

0321. 情人节的礼物——1959.02.14

今天一大早起床的时候，你送给我一个米老鼠音乐礼盒并祝我节日快乐。

“对不起，玛利亚，没有为你准备更好的礼物。”你满脸歉意。

亲爱的，能够收到你的礼物已经是很高兴的事情，不要说对不起，看到你的笑容写在脸上，看到你这几天和孩子们开心地做游戏讲故事，我知道我的丈夫又活过来了，这才是我最想要的礼物！

0322. 卡尔准备换工作——1959.02.25

工友布里特上个月去了一家叫加美的肉制品公司，告诉你那里待遇比以前的工厂好得多,鼓动你去那里工作。布里特很讲朋友感情,一有好的消息马上就告诉了你,你决定辞掉这边的工作去肉制品公司上班。

卡尔,我的建议是你不要经常换工作,而是在其中寻找机会。你首先把这份工作干好,弄清楚这个行业的规则,多结识这个行业的朋友,到时候机会就会自动找上你。假如你真要辞掉现在的工作,你也需要把工作交接好,感谢对方在你没有工作的时候接纳你,给你机会,给别人留下好的印象,说不定以后还有机会可以合作。

亲爱的,不论你做什么决定我都支持,只要你觉得可以,我相信你的决定都是为了我们家庭的幸福,卡尔,到了新的工厂,你们要互相照顾和帮助,现在像布里特先生这样讲感情又愿意为你承担责任的朋友不多,和他的友谊值得你好好珍惜!

0323. 改变你处世的态度——1959.03.03

你去加美肉食品公司的工作没有想象的顺利,那里的工人更多,人员更加复杂,付出的体力更大,你有几次想放弃的念头。

卡尔,不要去埋怨自己什么也做不来,不要认为这个行业跟你想要的没有什么关系。如果我们只记挂着想拥有或欠缺的东西,而不去珍惜现在的机会,那根本改变不了问题。现在的工作比起你原来在矿山或下水道的工作算不了什么,谁又能够说清楚你将来从事的事业与这个行业没有关联,说不定你的现在决定你的将来。

亲爱的,真正改变命运的,并不是你的机遇,而是你处世的态度。你仅仅有善良和诚实是不够的,要对工作有极大的热情。热情是战胜困难的强大力量,放下你的冷漠,保持一个勤奋的工作态度,你会得到别人的称许和赞扬,你会收获一份最可贵的自信。这是你现在最需要的精神动力,然后再去创造一个让自己闪耀光芒的机会,财富自然会跟着你过来!

0324. 你不是那个唯一受苦的人——1959.03.15

卡尔,今天看到你一副愁眉苦脸的样子,我心里很难过,不知道你又遇到了什么困难的事情。也许你总是想着你做过老板的经历,不自觉地想起过去的好处和自由,因此你做起事情来没有干劲,这样下去,你的所言所行可能会让你的同事的言语中更加充满了嘲讽、甚至责难。

卡尔,你是因为你的思考模式而受苦,你是心理不平衡,无论如何,你必须记得:你不是那个唯一受苦的人。生活就是在苦难中寻找快乐,我相信体力劳动难不倒你。但有些苦难你也不一定要去经历,你需要运用你过去的经验,发挥你的优势,让你的同事和老板认识到你的长处,这需要你的智慧。

亲爱的,世上人人都在寻找快乐,但是只有一个确实有效的方法,那就是控制你的思想。快乐不在乎外在的世界,而是依靠你的内心。获得心理平静最大秘密之一,就是要有正确的价值观念,卡尔,用你的心灵去工作,并把它当成你成功路上一个愉快的过程!

0325. 五年前的约定——1959.03.23

晚上当我把装信的皮箱搬出来的时候，你才想起我们五年前的约定是今天一起打开这个皮箱，看看我们过去五年里所写的信，看看这个五年里我们的情感经历和我们的收获，我们的脚步是否踏实，我们的心是不是布满伤痕，我们的感情是否好如当初。

亲爱的，看信的五年约定不是我们的目的，我希望我写给你的信能够让你的内心安定下来。我写出来的东西绝大部分我已经给你讲过，我们需要去检讨总结过去五年的得失，我相信你看完这些信的时候，你对许多事情的看法会有所改变，卡尔，我现在需要提醒你的是：不要忘记你离开家乡时心中的承诺和梦想！

0326. 在工作中找到乐趣——1959.04.08

卡尔，对于你现在来说，如果每天能够拥有快乐的心情做好每一件事情，你就是一个成功的人。我知道肉食品公司不是你的目标，你不妨把它看成是自己成功路上尝试的一次机会，你甚至可以把它当做是一场游戏，不要有那么大的压力。与同事相处是一种乐趣，下班了去打打你喜欢的篮球，喝喝啤酒，或弹起你心爱的吉他，你的心情自然舒畅多了。时刻让心中充满阳光，这样工作会改变你的生活，你会有意想不到的收获。

卡尔，在没有更好的机会来临之前，既然你已经选择在这里工作，就为你自己、家人、朋友、老板付出你的努力，了解这个行业的规则，可以主动参与一些其他的工作，证明自己不论干哪一行都是出色的，有能力的。

亲爱的，假如你真的不喜欢这份工作，你就放弃，我没有勉强你的意思，卡尔，记住，不论你走到哪里，把工作当成快乐的事情并去传递你的快乐，让别人愿意与你交往共事，你离成功就不远了！

0327. 不能局限于眼前的得失——1959.05.05

加美肉食品公司的老板道奇先生是一个不错的人，我经常会收到他亲笔签名的感谢信，表扬你工作的勤奋和贡献，有时还会收到他的小礼品。最近因为市场的原因，经营遇到了一些困难，已经两个月没有发工资了，很多的员工陆续离职，刚刚当上部门主管的你有点摇摆不定，取舍之间，总是让你难以抉择。

亲爱的，当别人放弃的时候，你要相信你的老板，相信你公司的前景，困难只是暂时的，你的老板也希望有人在他最困难的时候有人跟他一起打拼。你应保持一颗感恩的心，感谢你老板在你生活最艰难的时候给予你的帮助，如果有机会他一定会照顾你更多或找你一起合作。

卡尔，不能把目光局限于眼前失去的东西，同时相信你的工作的价值，只有相信，你才会看到希望，看见成功的机会！

0328. 八小时以外的工作——1959.06.03

卡尔，看到你每天回家的笑脸，还有心情陪凯里做作业，给凯希讲故事，看得出来你已经进入了状态，我真的替你高兴。

亲爱的，你不要以为你现在的工作是简单又廉价的。在工作的过程中你要不断地向身边优秀的人学习，把他们的教诲变成你的经验。不要等到某一天你有了理想的工作再去思考这些问题。学习别人的长处和经验会让你少走很多的弯路。你现在工作稳定了，不要等待明天重复的工作，你要花点时间和精力，去检讨今天工作的失误，以及明天改进的细节，时间在你手中，成就是每天的积累而成的，你要为自己创造机会，而不是等待机会。

卡尔，你的年龄和经验的不足，容不得你懒惰或满足于现状，你需要加倍努力在某些方面去赶超别人。当你的同事或朋友在休息玩乐的时候，你在认真的学习或思考你的将来，那么成功离你不远了，亲爱的，预祝你再一次成功！

0329. 英雄在你的心里——1959.06.20

上午看书的时候,桌上收音机里传来《HERO》的歌声,不知道为什么,我泪流满脸,脑海里有一个声音在我不停地呼叫“你就是英雄,英雄就在你心里”,我的所有的忧伤、恐惧都因为这个声音的出现而消失。

卡尔，我突然发现有一个英雄你根本不需要去寻找，因为这个英雄早就存在于你心里面。就是因为这个英雄，他拥有所有的力量，他可以排除所有的恐惧，而且知道你完全可以活得更加精彩。所以当你感到绝望、惊慌，你只需要在你心里去找一找，这个英雄就在你心里面，他也是你最好的朋友。在这个慢慢长夜的人生路途上，很多时候都好像没有人帮你忙，拉你一把，你只要在你心里面找一找，所有的绝望、惊慌都会烟消云散。

亲爱的，我已将这张唱片从图书馆里找来放在留声机里，你每天下班后或睡觉之前听一听，我相信你会找到心中那个英雄，你会充满力量，就是这个常伴你心里的英雄将陪着你走完这条人生漫漫长路。

卡尔，你是我和孩子心目中的英雄，我相信你会找到你英雄的位置！

0330. 成功取决于你的心态——1959.07.10

卡尔，我刚为你活过来而高兴，现在你又掉进原来的状态，你的情绪反复让我无所适从，尽管如此，我每天都脸带微笑听你的牢骚，小心翼翼地陪伴着你。我记得有一位伟人说过：“在现实生活中，我们不能控制自己的遭遇，却可以控制自己的心态，我们不能改变别人，却可以改变自己，一个人成功与否，主要取决于他的心态。”

是的，在顺境中把握当下是一种功夫，在逆境中活在当下更是一种境界。固执己见，容易产生心理压力，要知道每一种逆境中都蕴藏着同样的机会和优势，如果转变一个角度，变换一下思维，有可能使人绝处逢生。转变一下心态，就可能使人心随境转，我们的命运掌握在自己手中，除了我们自己，没有人可以真正帮到我们。

亲爱的，面对诸多困难，我们没有理由绝望。如果目光只看着别人，把希望寄托在别人身上，那我们有时是会绝望的；如果我们抱着一切从心开始、一切从我开始，一切从当下开始之信念，无畏地承担过去的错误，把暂时的失败当做资产，时时照顾好自己的脚下，做好自己的事，那我们将永远生活在希望当中！

0331. 患自闭症的托尼——1959.08.06

托尼是凯理的同学，学校里乱七八糟，托尼的母亲决定把他送到一座管理更严格的教会学校，回家就把他关在房间里学习，周末也不允许他出去玩。看书、做作业、运动都在那个六平方米的房间里，甚至连收音机都不给听。凯理告诉我，昨天在路上碰到托尼，他连招呼都没有打，只顾走他的路，以前的他很活泼的。

我怀疑托尼患了自闭症，我把我的担心告诉托尼的妈妈，结果证实了我的怀疑。“原本想让托尼不要学坏，更健康的成长，现在不知道如何是好，我准备让他退学。”托尼的妈妈很后悔地说。

亲爱的，你的状态已经影响到凯理了，他的成绩越来越差，今年以来凯理回家都不怎么说话，他原本是个很活泼很听话的孩子，学习从来不用我担心。可能一个原本令他骄傲的爸爸在他的心目中失去了高大的形象，甚至在同学面前有些自卑，卡尔，我好担心凯理这样下去会不会像托尼一样患上自闭症！

0332. 叛逆的凯理——1959.08.23

你昨天还在为凯理贪玩任性大伤脑筋，今天老师又再投诉凯理逃课和几个同学一起在外面喝酒。回家后你把他关在房间里不许出去玩，凯理不说话也不做作业，然后又偷偷地跑出去了，很晚都没有回家。正当我们焦急的时候，还好同学汉姆的妈妈打来电话告诉我们凯理正和他的儿子在一起，今天晚上就睡他的家里不回来了。

亲爱的，自从你矿山的生意失败以后，凯理的性情也发生了变化，尤其是你前一段失落的时间里，你的表现让孩子看在眼里，他心目中强大的爸爸一下子倒了。

卡尔，孩子现在不太听话，你不要太在乎，同时孩子的叛逆不能靠强制，对外面不好的东西的抵制，更不能靠封闭他的环境。我可不想凯理像托尼那样。卡尔，好好引导他而不是打压他，凯理的本性很善良的，我认为只要他不干违法的事情，有些东西他经历过后自然会修正过来，最重要的是你自身力量的强大，因为你一直是他的榜样！

0333. 有多少生命可以重来——1959.09.22

凯希的数学老师格蕾丝昨天死了，吃了整整一瓶的安眠药，三十岁的生命从此画上了句号。据说是她相恋八年的男朋友突然失业离她而去，她想不开自杀了，又一段爱情的悲剧。

生命是如此之脆弱，一个人说没有就没有了，昨天还绚丽如花，今天就消失了，而且还那样的残忍和恐怖。死亡是一件极其容易的事情，但你的生命不只是属于你自己，我们的生命不可以重来。

亲爱的，我很害怕死亡，诚实地讲，我可以为你去死，前提是一个爱我的丈夫。我不怕你贫穷，我不担心你失业，只要你心里有我，有这个家，不论多少困难，我会更坚强地面对。卡尔，你要珍惜自己的拥有，就算是我们现在一无所有，我有信心和你重新开始，而且要活得更加精彩！

0334. 拥抱你的情绪——1959.10.01

卡尔，好长一段时间没有看到你情绪的发泄了。你原来是一个喜怒哀乐都表现在脸上的人，而现在你的表情没有温度，没有热情，我注意到你听到格蕾丝老师的死讯时，也没有什么反应。这不是原来非常富有同情心的你，我不知道你是否已经走出了你失败的阴影，还是你在努力抑制你的情绪。

卡尔，假如你在抑制你的情绪，等于拒绝注视你的内心的伤痛和弱点。不要拒绝你的情绪，你只要意识到自己的情绪并拥抱它们，把它转化成一种向上的力量，这种力量会驱动你心中的斗志。我宁愿你愤怒，而不是冷淡，我宁愿你痛哭，而不是无声。

亲爱的，我喜欢你的喜怒哀乐，我已经习惯你过去的表情，因为那样让我感到真实，你表达的情感让我感到温暖而自然！

0335. 迷人的梦露——1959.10.28

“亲爱的，我们一起去看电影，今天晚上有性感女星梦露主演的《绅士们喜欢金发女郎》。富于性感而头脑简单的金发美女,周旋在男人堆里。”经不住我的一再要求，你勉强答应去看。

事实上，我们已经看过梦露主演的《尼加拉》《大河奔流》以及《热情似火》等，在这些影片中梦露出色地诠释了许多性格复杂的人物，她亲切迷人的笑容，浑然天成的美貌，自我毁灭的悲剧命运，令无数的男人倾倒，你也不例外。

坦白地讲，我不喜欢梦露，不是女人的嫉妒，是我无法接受她那复杂的形象，我喜欢赫本。

亲爱的，放松一下你的心情，尽管你自己的事业还没有重新开始，但电影照样是要看的，生活也照样要过，而且还要活得更加轻松自在，卡尔，但愿梦露能够唤起你的激情，你已经好久没有亲我了！

0336. 卡尔的风衣——1959.11.10

你每天上穿着一件旧外套，下穿一条便宜耐磨的牛仔裤，一幅不拘言笑的表情，一支烟永远在手上，看起来挺酷。

今天我去服装店里买了一件咖啡色的风衣加一件红色花纹的衬衣，执意要你穿上，你死活不肯，让我在一旁生闷气。

亲爱的，尝试改变一下你穿着，穿上有颜色的衣服，你会显得很年轻，而且你会感觉轻松自在。现在满大街的人都在穿鲜艳的衣服，包括老人，我觉得挺好，卡尔，你高大的身材搭配长长的风衣，如果再露出你的微笑，简直帅呆了。

亲爱的，你不要因为你不是老板，就不修边幅，正因为如此，你更要穿出你的精神来，我要每天看到我的丈夫是多么的有风度，就像《乱世佳人》中的克拉克一样，虽然我没有费雯丽那样迷人！

0337. 我渴望富有——1959.12.03

记得当年看电影《乱世佳人》时，一开始我讨厌虚荣爱出风头的思嘉，喜欢纯洁善良的玫兰妮，不喜欢油腔滑调的瑞德，喜欢温文尔雅的阿希礼。现在回想思嘉面对巨大的困难，她没有选择逃避，而是勇敢挑起家里的重担，以常人难以企及的毅力抗争命运，我很佩服她的坚强，我的脑海里不时浮现思嘉举着萝卜向天发誓，决不让家人再受苦挨饿时的情景。明暗的光影里，生动地刻画了思嘉渴望安定、渴望富裕的强烈而真实的内心情感，那时的思嘉就像一个欲望女神。

卡尔，我也有欲望，我渴望蜕变，拥有更多知识和力量；我渴望富有、自由而高贵；我喜欢南方如画的景致和田园牧歌式的生活，但我不能为此像思嘉那样不择手段，我没有那个能耐。

现实是残酷的，亲爱的，我又想起了结婚那个晚上我的誓言“协助你走向成功”。这也是我一直以来的信念，不论前方有多少困难，我相信我们会找到前进的方向和道路!

0338. 人生如赶车——1959.12.28

卡尔，新的一年又快来了，十年的时光好快，在这忙忙碌碌中匆匆而过，这十年的往事也历历在目：十年前，我们离开拉格尔村搬到德里特镇，然后搬到加州的贝克斯城，期间又搬了两次家。我们就好像在不停地赶车，为了生存和生活，为了自己的梦想努力工作，来不及仔细欣赏沿途的风景。为了赶车，有时迟到了，有时在等待，有时在拼命地挤，有时好不容易上了车，却搭错了方向，有时还没有到站，就迷糊地下了车，有时到站了，却不愿意下来，就这样糊涂地跟着日子在奔跑，其中的滋味充满了酸甜苦辣。

亲爱的，你为了这个家在努力拼搏，我看在眼里，记在心里，虽然许多事情不尽如人意，可毕竟我们品尝过。卡尔，一位哲人说：“人生的成就不在于你曾经拥有什么，而在于你经历了什么”，我相信，下一个十年里你一定会更加成熟和强大，我期待着和你一起创造美好的未来！

0339. 学习从卡耐基开始——1960.01.05

今年的圣诞节假期你无所事事，在家除了看电视就是看报纸。

上午你开车出去了，回来的时候抱了一大堆戴尔·卡耐基先生的书，包括《人性的弱点》《积极的人生》《伟大的人物》《语言的突破》《成功交际法则》《成功之道全书》《快乐的人生》《沟通的艺术》等等，看你高兴的样子，我还以为你中奖了。

早就听说过卡耐基先生是一位非常了不起的人。他被称为美国现代成人的教育之父、人性教父，一生致力于人性问题的研究，并运用心理学和社会学知识，对人类共同的心理特点进行探索和分析，开创并发展了一套独特的融演讲、推销、为人处世、智能开发于一体的成人教育方式。今天虽然是第一次见识他的作品，我有一种油然而生的敬意。

亲爱的，你趁这个机会静下来好好补补功课，我真的为你这个决定高兴，我仿佛看到了成功的大门正在为你打开，你的生活和命运从此改变，卡尔，我要和你一起学习，我们一起加油！

0340. 不受声音的干扰——1960.02.07

贝克斯的街头闻到一股躁动的气息，有人在组织学生静坐。上周北卡罗来纳州格林斯伯勒城有4名黑人学生在一家杂货店午餐后抗议受白人冷落静坐，这一行为立刻得到南部广大黑人学生的响应，发展为大规模静坐运动。事实上黑人为争取权利的运动在加州的街头经常发生，而且每次都伴随有暴力事件，报纸在放肆地渲染，不知道下一步会发展到什么程度。

你今天没有去工厂上班，坐在沙发上看卡耐基的书，一点都没有受到外面的影响，看来你被书里的内容深深地吸引，我把窗帘拉起来，不让外面的声音传来干扰你的思想，我煮了一杯热气腾腾的咖啡放在你的桌旁。

亲爱的，你看书的样子很有感觉，连我都不忍心打扰你，最重要的是你要清除内心的杂音，不要为暂时的处境困扰，完全融入到卡耐基先生的思想中，我相信他的思想一定能够带你走入成功的轨道！

0341. 情人节的礼物——1960.02.14

今天你带回来一本卡耐基夫人的《写给女人》的书，书的扉页上写着你的字：“送给我最亲爱的妻子玛利亚”。

这本书是卡耐基夫人根据她多年工作的体会，以其女性独有的视角与聪慧，专门写给妇女的生活教科学。它对于开阔我们的视野，特别是对于克服封闭的人性弱点，将有宝贵的启示和借鉴作用。这是一部女性缔造成熟之爱、获取人生幸福的经典之作。

亲爱的，我非常喜欢这本书，尤其喜欢你在书的扉页上写的那句话，真的，不论我遇到什么困难，无论我受到多大的委屈，我只要你这句话就够了。谢谢你的礼物，我会努力去做好你的妻子，做好一个女人！

0342. 人际关系很重要——1960.03.16

现实社会是残酷的，人与人之间的交往总是隔着一层薄膜，工作中的较量，生活中的摩擦、嫉妒、猜疑甚至误会。这样的环境在不断地消耗着我们的安全感，最终，我们学会保护自己，封锁自己，人越长大越迷茫。每当我看到身边的朋友职业道路不断攀升，生意场上得心应手，朋友众多，我作为一个家庭主妇只能够羡慕，何时让自己可以走出去，敞开自己的胸怀与别人自如地交流，这是我多年来埋藏在心底的躁动。

看完卡耐基教授写的《成功交际法则》，我的视野一下子开阔了很多，我原来以为只要保持自己的善良，待人有礼貌就够了，通过卡耐基人际关系能力提升的学习模式，我懂得了障碍的清除、掌握自我吸引力技巧、如何提升内外能力、让我有一种追求自我崇高的精神渴望。

亲爱的，达成良好的人际关系是一门很大的学问，这对你来说尤其重要，人际关系的处理一直是你的短板，我已经把其中某些重要的法则抄写在你的读书笔记本的第6页，你需要好好地面对并加以应用！

0343. 多关心他人的需要——1960.03.23

卡尔，你有多久没有联系吉姆了，还有特森，自从你矿山的生意失败以来，你几乎没有联系过他们，更不用说你关心他们现在的处境或状况了。就是现在你周围的朋友，总是用你习惯的方式打招呼，很少见到你主动去关心过他们的需要。我知道你现在的能力可能帮助不了他们什么，或许你在想等到某一天再说，可关心别人有时是一句温暖的问候，一声及时的鼓励，不一定需要金钱或具备某些物质条件。

卡耐基教授说："凡不关心别人的人，必会在有生之年遭受重大的困难，并且大大的伤害到其他人，也就是这种人导致了人类的种种错误。"我深信他这句话是有道理的。

亲爱的，主动去关心他人要变成你处理人际关系的习惯，用你的能力尽力而为就是，而且必须出于真诚。不仅你关心别人的时候应该这样，就是你接受别人的关心也应当如此。卡尔，朋友是你最重要的财富，不论你成功的时候，还是失败的时候，你不要远离他们！

0344. 卡尔去学习演讲——1960.04.05

你不善于表达言词，尤其在公众场合更是不知所措。你自从上个月看过《语言的突破》，觉得有必要去参加训练，决定利用周末和晚上的时间去学习演讲课程。现在社会上专门有训练口才的课程，一个月下来你的口才大有进步，演讲的技巧掌握得不错，说话声情并茂起来。

《语言的突破》是一本要人们克服恐惧、建立自信，更有效地说话的书，它对于开阔我们的视野，顺乎自然地发挥自己的潜在智能，在各种场合下发表恰当的谈话，博得赞誉，获得成功，有宝贵的启示，在美国这个商业社会尤其重要。

亲爱的，去学习演讲我完全支持，技巧的东西固然重要，但最重要的是你内心要有力量，去丰富你的内心世界，同时去表达你的真情实感，才会感染别人。你去学习只是提升一种表达能力，你不需要去哗宠取众，不需要虚情假意，这样才能体现你的本色！

0345. 沟通的艺术——1960.04.20

卡耐基教授的《沟通的艺术》我已经在看第二遍了，我在仔细理解每一句话的含义，你惊诧我的速度和耐心，好像卡耐基的这些书专门为我买的。

《沟通的艺术》教给我怎样去克服畏惧，建立自信，实现良好的人际关系沟通，自然地发挥自己的最大潜能。想不到沟通还有那么多的方式方法，比方说如果你希望成为一个善于谈话的人，那就先做一个愿意倾听的人；与人沟通的诀窍就是：谈论别人最为愉悦的事情；如果你要使别人喜欢你，如果你想他人对你产生兴趣，你要注意的一点是：谈论别人感兴趣的事情；现实生活中有些人之所以会出现交际的障碍，就是因为他们不懂或忘记一个重要的原则：让他人感到自己重要……这些教诲让我受益匪浅。

亲爱的，我已经把这些精彩的话语一一摘录在我的笔记本上，放在你的床头，你每天晚上睡觉之前认真地读一遍，记在心里，并把它运用起来，我相信你会变得更加的自信！

0346. 让别人对你产生好感——1960.05.01

卡尔，要使别人更加喜欢你，首先你得改变对人的态度。你平常不拘言笑，你得把精神放得轻松一点，表情自然，笑容可掬，其实你笑起来挺有吸引力的，同时多说赞美别人，世间好话，如海绵遇水会被牢牢吸住，这样别人就会容易对你产生喜爱的感觉。

还有一种简单、明显、最重要的获得好感的方法，那就是记住他人的姓名，使他人感觉自己对于别人很重要。多数人记不住别人的姓名，只是因为他们认为没有必要或没有工夫和精力去记忆，他们总是给自己找太忙的借口。

卡尔，你经常忘记对方的名字，我帮你整理一下过去所认识的朋友的姓名、地址、电话，甚至他们的爱好，我想会对你大有帮助，同时你需要每天把新认识的朋友记录下来。

亲爱的，我不知道我能以什么样的方式帮助你，除了书上说的，没有人教我，我也只能以自己的方式做一些我认为对的事情。卡尔，你已经很不错了，只是我认为你可以更优秀，你走向成功的路上，我会一路为你鼓掌加油！

0347. 吉妮的遭遇——1960.05.18

朋友吉妮和她的丈夫克鲁斯在洛杉矶一起做家具生意十个年头了，我家的家具都是从她那儿买的。凯理与她的儿子科尼是同学，经常在一起玩。我和她挺谈得来，到今天为止我已经三个星期没有看到她了，我决定登门拜访她。

见到吉妮的时候她刚从餐厅回来，神情有点疲惫和哀伤。原来她的丈夫掏空了公司的钱，和另一个女人跑了。借钱发完工人的工资，吉妮不得不白天去餐厅打工，晚上去超市打工。大女儿读高中了，儿子和凯理同班，小女儿读小学，她很艰难地维持这个家。

"我见到克鲁斯一定好好地揍他一顿。"卡尔听了吉妮的遭遇在那里愤愤不平。

亲爱的，难得你有这样的认识。一家人在一起比什么都重要，不论贫穷还是富贵，我始终认为你是最优秀的丈夫，任何时候你不会放弃自己，也不会抛弃我和孩子。卡尔，只要我们共同努力，一定会过上幸福的生活，我相信我的眼光没错，你是我的骄傲！

0348. 凯希以爸爸为中心——1960.06.08

"爸爸，我今天考试 3 个 A，你奖励我什么。"你刚进家门口，凯希就在那里嚷嚷，"爸爸，你过来，我有个秘密要告诉你，不许告诉妈妈。"凯希把头俯在你的耳朵边，你在那点头哈哈大笑。

卡尔，你有没有注意到，凯希一有成绩总是第一个向你汇报，有好东西吃第一个给你分享，每天放学回家第一句问的是"爸爸怎么还没有回来"，女儿对你好依赖和关心，让我好嫉妒。

亲爱的，你对孩子鼓励和赞美同样有神奇的效果，卡耐基教授的话你在家庭里的练习，表现出了你的亲切和自然，怪不得我们凯希越来越喜欢你了，卡尔，你好棒！

0349.《伟大的人物》的启示——1960.06.25

《伟大的人物》是卡耐基教授在搜集、研究和整理世界 57 个古今伟人、名人资料的基础上写成的。这本书记述了这些伟人、名人、奇人在人生事业上的成功之路上的艰苦跋涉、成就伟业的生动事例和鲜为人知的奇闻轶事，这些故事深深地吸引我，让我深切地感觉一个人的成功来之不易。同时他们的智慧和行为影响并激励着我，这些平凡的而伟大的人物的成功故事，是经历了很多的磨难和失败走出来的，读完这本书，更加坚定了我对你迈向成功的信心。

卡尔，我有时候在幻想你已经成为了一个伟大的人物，你有丰富的知识，数不尽的财富。可幻想毕竟是幻想，我知道你离这些伟大人物有很长的一段路要走，甚至在你的面前可能有数不清的困难和陷阱，你要为此做好准备。

亲爱的，我并没有要求你成为一个伟大的人物，这本书启示我：你应该按照伟人的标准去要求自己，有必要像这些伟人一样设定一个明确的目标和计划，并立即行动，时刻把你自己想象成一个百万富豪，并相信自己一定会成为一个百万富豪，燃烧你的欲望，你终将离他们不会太遥远！

0350. 林赛的爱情——1960.07.20

认识林赛是很偶然的事情，有一次去电影院看电影，林赛没有买到电影票，我让给了她，我们成了好朋友。

林赛在一家银行做高级主管，收入不错，有一个可爱的儿子，却和一个作家发生了婚外恋，爱得死去活来，最终是一场虚幻的爱情，三年后她又回到了她原来的家，她的丈夫原谅了她，她却不能原谅自己。她上周留下一封信给我，要我转交她的丈夫，她要离开这里，去一个她都不知道的地方寻找她的爱情。

我真不能理解，一个女人过了36岁，林赛还在用全副心灵追求她认为至善至美的爱情，我不得不佩服她是一个爱情的动物。

亲爱的，我的眼里没有别的男人比你优秀，我对你的全部的爱寄托在我写给你的信里，我只求心灵的平静，我不在乎惊心动魄的爱情，你是我的唯一，相信我，我会陪伴在你的身边，直到我们慢慢老去！

0351. 小说有点糟糕——1960.08.14

现在的小说简直糟糕透了，凯鲁亚克的《地下人》《达摩流浪汉》《特莉斯苔萨》《孤独天使》等占据了书店的主要位置，除了否认一切，就是宣扬个人自由，没有一点高雅的品位。

不过小说家西奥多·德莱赛写的《嘉莉妹妹》不错，它描写一个天真纯洁的少女从小镇来到大城市谋生的故事，小说围绕嘉莉和她的两个情人之间的瓜葛，再现了十九世纪末美国城市生活的广阔画面，其生活的广度和深度让我由衷的赞叹。

卡尔不明白《嘉莉妹妹》中女人为什么那么复杂，他不太喜欢看这种复杂的情感小说。

是的，这个时代因为我们的文化复杂了，人的内心就复杂了，社会也变得混乱。

亲爱的，用你那双明亮的眼睛，洞察混浊的世界，保持纯净的内心世界真的不容易。卡尔，成长的应该是你的智慧，成熟的应该是你心灵，我希望一个善良、真诚、负责任的你永远在我的心里！

0352. 密西离婚了——1960.9.12

朋友密西的离婚官司打了一年了，还没有结果，争议的焦点是两人的共同财产。密西与她的丈夫巴考尔结婚十二年，养育两个孩子。结婚之前巴考尔一无所有，是密西借了她爸爸的钱帮助他做生意才有了今天。密西坚持要分得大部分财产，问题是他们的财产早被她的丈夫转移了，可怜了那两个孩子，两人都不要也不管，密西筋疲力尽，要与她丈夫同归于尽。

亲爱的，假如我是密西，我不要财产，我只要两个孩子，如果家庭都不存在了，没有了爱，那仅有的一点情分又让财产来分割粉碎，我要财产又有什么意义？不过，卡尔，我相信你不是那个无情无义的巴考尔！

0353. 神奇的幸运数字——1960.10.02

卡尔，今天我送一条“9”数的数字项链作为你生日的礼物，虽然价值不高，形状还有点怪异，但我觉得意义不错。这是我上周在市立图书馆认识的一位毕斯卡的数学教授给你测算出来你的幸运数字。当时他饶有兴趣地向周围的朋友介绍他的发现：“世界是由数字组成的，任何一个东西都离不开数字的解释，数字里隐藏了人类至今不可预知的无限奥秘。”他去过印度，甚至去过玛雅人居住的地方去研究他们的历法；在南非的神秘部落居住过一年时间，最后从部落的酋长那儿找到了他想要的答案。他相信每个人都有一个幸运的数字与他的生命息息相关。我将信将疑，他正在找人验证他的研究成果，他还告诉我，只要你把握好方向，将来一定会成为一个非常有成就的人物。

亲爱的，不管你信不信，反正没有坏处，但愿这数字给你带来幸运和奇迹，祝你生日快乐！

0354. 我不认为很严重——1960.10.28

昨天晚上凯理的老师打来电话，凯理在学校里闯祸了，和三个同学在教室里偷偷地抽烟，违反了校规，他和三个同学全部被赶出教室。你接的电话，不停地向老师道歉，今天上午老师又打来了，说得很严重，我不厌其烦地听他说了半天，我告诉老师：我并不认为这是一件很严重的事情，只要是男孩子，他们成长的过程中或多或少会这样做，只不过犯了一个小小的错，电话那头沉默着。

你认为我得罪了老师，凯理在学校可能会受到处分，我不以为然。

凯理回来的时候我把和老师的对话告诉他，凯理向我保证不再犯这样的错。

亲爱的，我们要允许孩子犯错，他知道错在哪里就行。不要告诉他这样不能做，那样不能做，或强迫他应该怎样做，他要去经历，然后才会有自己的认知和判断能力，否则一遇到问题他不敢去做，他怕犯错，会很依赖你，卡尔，你说对吗？

0355. 维西的奇谈怪论——1960.11.23

经常在社区图书馆里碰到维西，她喜欢柏拉图，大谈他的“精神恋爱”观，我云里雾里。她告诉我五年前在商人奥布先生的鲜花和美酒的殷勤攻势下，大学毕业不久嫁给了他，结婚后发觉自己错了。奥布先生提供她的除了金钱还是金钱，能够陪她的时间都少得可怜，当她回头再去寻找他大学时期相爱的同学乔森时，已经物是人非，从此维西和乔森保持着情人的关系。“身体属于奥布先生，灵魂属于乔森先生，这样我得到了金钱，获得了自由，爱情没有荒废。”我不懂城里的知识分子怎么那么多奇谈怪论。

人是很奇怪的情感动物，很多的时候分不清自己到底要什么。我自己到底是“谁”，“文化”有时会给自己的盲目找个借口，事实上维西的状况跟“精神恋爱”没有半点关系。

亲爱的，我不是个文化人，我对柏拉图知之甚少，但我知道我的身体属于你，我的灵魂属于自己，爱情属于我们两个人，我们的未来是清晰的！

0356. 积极的人生——1960.12.25

这几个月来你每天都在看卡耐基教授的《积极的人生》，这本书里有用来丰富生活的理论、原则和做法，它对于开阔我们的视野，如何应用做人处世的法则，来征服畏惧、培养自信、改善人际关系、激发人的潜能，使人走向积极的人生，有宝贵的启示。

事实上，这几个月你表现得相当不错，职务在半年里有了新的飞跃，上个月已经是加美公司的副总经理了，这个月的工资明显多了好多，圣诞节假期还有双倍的薪资。你不仅调整了自己的心态，而且帮助道奇先生一起闯过了一个又一个难关，我认为卡耐基教授的《积极的人生》对你的帮助不少。

卡尔，每一天对于你都是新的，善用你学习能力极强的天赋，不要怕推销自己，只要你认为自己有这个能力，也不要为明天忧虑，懂得如何去抗拒忧虑，你的身心会很愉快，想想自己拥有上帝赐予的种种恩惠，有同事的支持，有老板的信赖，你的未来还用忧虑吗？亲爱的，没有你做不好的事，只要你愿意！

0357. 艾伦的爱情——1961.1.24

艾伦在图书馆工作，我去借书的时候经常见到她，浅浅的微笑，化淡淡的妆。我们很聊得来，我知道她的丈夫在市政府工作，养育一个儿子。很奇怪，到昨天为止我已经连续两个星期没有见到她了，她的同事告诉我：艾伦爱上了一个唱摇滚歌曲的爱尔兰小伙子，小伙子小她十四岁，疯狂的地追求她，她们一起“私奔”了。我的天，艾伦这么文静的外表下竟然有这么一颗狂野的心。艾伦今年三十八岁，那个小伙子才二十四岁，当艾伦五十岁的时候，那个小伙子才三十六岁。爱情与年龄无关我知道，而放弃优越的家庭条件和工作，去追求一段不知道结果的爱情，这是什么样的爱情，我无法理解。

难道只是想换一个环境，换一种生活方式那么简单？如果可以不顾世人的眼光，如果只有爱情而人生不老，那么人生会变得很轻松而不会沉重，可事实上我们可能做不到，至少我做不到。

选择什么样的爱情就有什么样的生活方式，亲爱的，不论你怎么样改变，你是我内心深处的唯一，没有谁可以替代，相信我，不论是谁都无法从你的身边抢走我，我喜欢现在的生活，我爱你和我们的孩子胜过这世上所有的一切，没有你们，我宁可选择死亡！

0358. 情人节的礼物——1961.02.14

手中捧着你送的十一朵玫瑰，我知道你的心开始复活了。经过一段时间的学习，你的工作得心应手，干劲十足，多次得到老板道奇先生的夸奖，现在已经是道奇先生身边得力的助手，我为你感到高兴。

卡尔，我要告诉你的是：你现在的自信的笑容是给我最好的礼物，亲爱的，谢谢你的礼物！

0359. 凯理与卡尔的电视机战争——1961.3.20

凯理喜欢看战争片，你却不喜欢看战争片，看到那血腥的镜头你会不自觉地流泪，这个时候你会走过去关掉电视机，然后去阳台上抽烟，任凭凯理在那里大声抗议。

亲爱的，电视让给孩子看，我知道你又想起了你死去的战友和那恐怖的场面，我很理解你的心情。卡尔，如果你觉得难受，我陪你出去散散步，或聊一聊我们未来的生活，孩子还不懂得战争的真正含义，凯理他毕竟还是个孩子！

0360. 贝蒂的爱情——1961.4.18

三十九岁的贝蒂为了她的爱情，舍弃了教师的工作，舍弃她的丈夫和孩子，去了英国追寻她的旧爱。当我知道这个消息的时候很震惊，我以前一直很羡慕她的家庭，听说在那边她过得不太好，她的旧爱在英国有了家庭，把她当做情人，欲罢不能又无法回来，估计要醉生梦死在英伦了，我真的无法理解她的行为又替她感到很惋惜。

“卡尔，假如你是她的丈夫，你会原谅她吗？”

“不会。”你回答得很干脆。

“为什么？”我反问。

“因为……不知道。”你好像讲不出什么好的理由。

亲爱的，假如我哪一天背叛了你，我不需要你的原谅，如果你哪一天背叛了我，我一样不会原谅你，我情感的天空里，不容许你有第三者！

0361. 越南战争暴发——1961.05.30

刚刚经历古巴事件，越南战争又开始了，电视报纸里的战争动员如火如荼，紧张的气氛又笼罩我的心头，又一场跨越太平洋的大规模的战争看来不可避免。

战争是无情的，我仿佛看到飞机在轰炸，大炮摧毁了美丽的村庄，妇女和儿童在哭泣，年轻的战士血肉横飞，他们永远回不了他的家乡，见不到他们心爱的姑娘，我的心在颤抖。

亲爱的，我不懂政治，但我知道我们有理由拿起我们民主的权利，发出我们的声音，尽管我们的声音微不足道，为了我们的子孙能够幸福地生活，我们不能只是沉默和忍受。

游行去，卡尔，不管政治家有什么目的和把戏，我们反对卷入这场战争！

0362. 被打乱的生活节奏——1961.06.15

越南战争的紧张气氛越来越浓，大街小巷都在议论这场不明所以的战争，谁也不知道最终的结果是什么，许多商场遭到哄抢，物价暴涨，街头的暴力开始增多，大多数人们的生活的节奏被打乱。

路边的加油站又排起了长龙，许多工厂停产，我担心着卡尔的工作，刚刚稳定不久又有不错的收入，假如哪一天加美肉食品工厂破产了，我们将如何生活呢？我们的未来何去何从呢？我的心里有过前所未有的紧张。

个人的命运与国家的发展息息相关，因为战争，所有的人生规划都无从谈起，所有的目标都要修改，所有的梦想都要被搁置，对我们这样的小市民来说，这不能不说是一件悲哀的事情。

亲爱的，外面的世界很乱，最重要的是你要守住你那一份内心的安稳，我不希望你有冒险的行为，生活的节奏可以被打乱，目标可以修改，梦想可以被搁置，但对生活一定要充满希望，爱不可以停止！

0363. 卡尔第一次说我的穿着——1961.06.27

不再去想这恼人的战争，我决定去看一场电影，顺便买一件漂亮的衣服，放松一下自己的心情。

街头流行性感的衣服，好莱坞光芒四射的女星成为女性的时装灵感，玛丽莲·梦露性感的着装成了大街小巷很多女人模仿的对象。我小心翼翼地挑了一件低领的无袖上装穿在身上，感觉与众不同，我对我的穿着向来是有信心的，我等待着你的赞美。

没有想到你回家后皱起眉头左看右看说："不要穿这样的衣服上街，很难看。"

"现在流行这个。"我站在那里据理力争。

"流行的不一定是好的，你的形象不适合穿这个，学学奥黛丽·赫本，高雅端庄，那才叫典范。"你认真地说。

亲爱的，原来你很在意我的形象，你的眼光还是很有品位的，我一直都很欣赏奥黛丽·赫本的，不过，我可没有那么高贵，我还是简单的我，一个你可以感知温度的我！

0364. 卡耐基写给女人的忠告——1961.07.23

关掉电视，忘记嘈杂的声音，看书是最好的选择。《卡耐基写给女人一生幸福的忠告》是卡耐基先生通过对女人的人生愿望、生活烦恼，以及女性生理、心理的深入研究，对女人如何获得幸福有着睿智的见解和精辟的人生感悟。在本书中，戴尔·卡耐基以超人的智慧总结了女性为人处世应当具备的基本技巧，以严谨的思维分析了女性提高个人魅力，活得快乐的秘密所在，我花了整整一个月的时间去仔细阅读这本书，受益匪浅。

幸福是女人一生追求的目标，世上的女人无不梦想拥有美满的婚姻、和睦的家庭、幸福的生活、成功的事业，我也不例外。

亲爱的，不论贫穷与富贵，我会记住卡耐基写给女人一生幸福的忠告，我的事业就是经营好家庭，协助你成功，在你走向成功的道路上，我绝对不拖你的后腿。

我向往幸福，追求快乐，卡尔，我相信你一定会满足我这个意愿，这也是我们共同的愿望，亲爱的，我们一起加油！

0365. 认识自己的弱点——1961.08.16

卡耐基教授在《人性的弱点》这本书里对人性的弱点做了很多精彩的分析，它对于开阔我们的视野，改善我们的人际关系，特别是克服封闭式的人性弱点有很多的启示，这本书告诉我们做人处世是一门艺术，这本书值得我认真的看一看。

“一个不喜欢自己的人，表现的症状之一便是自我挑剔”，卡尔，这一点在你身上表现得尤其明显。一个人最糟的是不能成为他自己。在身体与心灵中保持自我，这一点是你需要修炼的地方。

亲爱的，认识到自己的弱点以后，不要灰心丧气，成熟的人会适度地忍耐自己，正如他适度地忍耐别人一样，他不会为自己的一些弱点而感到活得很痛苦。你今天的命运是你过去日月累积的结果，只有认识到自己的弱点才知道如何把自己变更加强大。

卡尔，任何事情的发生，首先从人性的角度出发分析自己和对方的需要，你就会发现问题的症结所在，然后去找到解决之道，我已经尝试过很多次，这是非常有效的方法，在这里再借用一下老师的话，就是“喜欢你自己”，就像我喜欢你所有的缺点一样！

0366. 泰利的婚姻危机——1961.09.21

朋友泰利总是埋怨她的丈夫威思特先生挣的钱不够多，不会跳舞，几乎没有带她参加过宴会。整天把她的丈夫跟周围的朋友比来比去，这个月闹着要和威思特先生离婚。

“威思特先生已经很不错了，每天接送泰利上班下班，回家不用泰利做饭菜，两个小孩上学都是威思特先生的事情，家长会泰利几乎没有参加过，这是典型的女权主义者。”卡尔在一旁替威思特先生愤愤不平。

是的，每个人生活的要求和目的不一样，假如是我，我已经很满足了。亲爱的，我没有工作，在家做家务是我心甘情愿的，你相信你不会埋怨我这个家庭主妇，如果你有压力，我就去找工作。

卡尔，在建设美满家庭的路上，我和你的目标是一致的，只要你不自暴自弃，任何时候我都不会埋怨你，只有鼓励和支持，因为你是我的选择，只要我们一起努力过，人生的任何结局我都接受，因为生活是这样选择我！

0367. 卡尔的机会——1961.10.12

库克先生昨天告诉你："越南战场急需大量的肉制品罐头和驱蚊剂，赶快组织货源。"你兴奋得一夜没睡，今天早上一大早开车出去寻找货源，到现在已经深夜十二点了，还没有回来，我坐在床上焦急地等待。

我早就听说库克先生的哥哥在国防部门工作，他愿意把这么好的事情告诉你，我的直觉告诉我你的机会来了，若能牢牢把握眼前这个机会，你一定可以获得成功，一想到这里，我的心情无比激动。

亲爱的，你一定好好抓住这个机会，这一次有库克先生的帮助，你一定成功，卡尔，别忘了，把布里特带上，他会成为你事业上的好帮手，预祝你成功！

0368. 要有强烈的意愿——1961.11.08

越南战争的动员力度越来越大，再加上电视及报纸上的渲染，空气中都弥漫着紧张的气氛，凭我的直觉，越南战争将会持续很长一段时间，我相信战场上对于肉制品罐头和驱蚊剂将有大量的需求。

亲爱的，你有肉制品公司及护肤品公司工作的经验，你过去所有的经历和付出都是为今天准备的。这是上帝送给你的机会，需要你有强烈的意愿，把它当做一件长期的事业来做，因此你要做好长期的准备和打算，积极组织你的供应渠道，建立好这个行业的各种关系。虽然我反对战争，但有机会为我们的将士服务，为了我们的生存，这也是一个不错的选择。

卡尔，不要留恋你的职位，切断你的后路，你的老板道奇先生也一定会支持你，成功属于那些下定决心的人，我相信这一次你一定会成功！

0369. 总统被谋杀——1961.11.23

昨天肯尼迪总统在得州达拉斯市遇刺身亡，这个不幸的消息一下传遍全国，并刺激着人们的神经。对于事业刚刚开始的你，我不禁有点担忧，很害怕又有什么突然的事情发生，影响到你的生意。

我们国家的政治充满了恐怖，利益集团的影子已经开始影响甚至操纵这个国家的命运，政治是个可怕的东西，电视和电台及报纸上各种各样的言论铺天盖地，有种唯恐天下不乱的感觉，我不知道哪个是对哪个是错。

亲爱的，你害怕吗？不管时局怎样变化，首先做好你的生意，不要去参与政治，做一个成功的商人，这是我现在对你的唯一要求！

0370. 安克亚的改变——1961.12.15

和你一起来加州的安克亚做钢材生意发财了，在市中心买了一栋别墅，上星期邀请我们去参加晚宴。

开门的不是安克亚的老婆纳比娅，而是一个陌生的年轻女人，在我们惊讶之际，安克亚跑下楼来得意地介绍是他新的太太，看来换了的不只是他的房子，连女主人都换了，安克亚的改变也太大了。

亲爱的，我一直欣赏表里如一的你，这是我对你最放心的一点。我不知道你会不会因环境和条件而改变，我的内心世界没有任何隐瞒你的东西，我不知道你当年是真心喜欢我呢，还是因为别无选择。但我一直相信爱情与人性有关，与环境无关，我不知道这种想法是对的还是错的，卡尔，这个纷繁的世界有时让我很迷茫，我看不太明白！

0371. 活着就是为了经历——1961.01.20

卡尔，这几天我一直在回想你这十几年来的经历，从太平洋战场上归来，在家乡的土地上辛勤劳作，到德里特镇上做泥水工作，再到加州寻梦，初次创业的喜悦，矿山工程的争斗，失败到再次打工，现在你又站在新的起点，命运颠簸，仿佛不在自己的手中。

对于生活，我们往往是在度过，往往将最美好的愿望寄予终点，仿佛最美好的风景只在彼岸孤独地守望着，而此岸只是一种过渡，因此我们常常忽视了沿途的风景。可生命中绝大部分的风景都是在途中，我现在突然明白：活着是为了经历，也许它是平凡的、琐碎的、漫长的。人需要经过几番锤炼，甚至经过无数次的挫折打击，才能真正完成历练的过程，思想不再寂寞，人生从此丰富。

亲爱的，你的任何过去都有它的价值，只有经历了，丰富的历练和故事，不一样的人生在你的手中，命运之神才会眷顾你！

0372. 情人节的礼物——1961.02.14

今天你买了999朵玫瑰把我们的卧室里摆满了，你兴奋得把我抱起来旋转，在洒满玫瑰花的床上忘情地亲吻。

我知道最近你的心情不错，在库克先生的帮助下，这两个月生意做得很顺利。我记得以前你买过99朵玫瑰给我，我已经觉得很奢侈了，今天闻到这满房子玫瑰的芳香，我知道这两年你的努力没有白费。

亲爱的，谢谢你的礼物，我感受到了你的激情，财富来得如此之快，如此之多，不要忘记过去你所受的苦难，不要被这意想不到的钱财冲昏了头脑。你前面的路还很长，需要你有一个正确的观念去支配和利用这些钱财，进一步做大你的事业。别忘了帮助过你的伙伴和朋友们，更不要忘了你事业背后的妻子和孩子们，卡尔，加油！

0373. 这个世界真小——1961.03.10

昨天在安东尼太太的宴会上遇见初中的同学特劳斯，他老远看见我，用高十度的声音说："嘿，好久没有见到你，你还是那么漂亮，我一直挂念你，我们真是有缘。"我愣了半天没有认出他来。"我坐在你后面第三排，高高瘦瘦的那个。"特劳斯比手画脚心急的样子，我在一旁忍不住发笑。

"真没有想到，在这里见到你。"我抱歉地说。

"想不到你把我给忘了，我可对你印象很深的。"特劳斯耸了耸肩膀，有点失望我的表现。

缘分，这个词在回家的路上一直闪烁在我的脑海里，我只能感叹"这个世界真小"！

擦肩而过的，偶然的机会，不约而同的际遇，都是缘分吗？我不敢认同，亲爱的，两个人相爱一生，才是真正的缘分，你说是吗？！

0374. 贝克斯的森里街道拆了——1961.03.24

昨天森里小街拆了，很可惜，那长长的青石板路，下雨的时候打着伞踩在上面我觉得很有情调。我每天都要路过这里接送孩子，经常在拐角的那家理发店里理发，那里的理发师傅很敬业，不论我什么时候去，都很有耐心地弄好我的头发，发型做得又快又好，六年来我没有换过地方。街道的那一头有一家不大的咖啡馆，我有时和朋友在那里小聚，或心情不好的时候，跑到那里来坐坐，里面的音乐很令人放松，当然还有凯希爱吃的小食，和坐在门口晒太阳的老太婆热情的招呼……现在这一切都要彻底改变了，我们居住的小区也在拆迁之列，很多的居民在那里维权抗争。

改造旧屋我是赞成的，但城市重建和规划不应该是这样的，彻底的推倒重来，至少要留下点东西让人怀念。站在街道居民的立场，一个爱城市的人的角度，混杂的旧小区有它的好处，那就是这里的人情味，和岁月留下的某些温暖的记忆，包括在某个小巷不期而遇的爱情。如果伴随有暴力的建设，城市可以让生活变得更美好只是一句空话，留下的更是痛苦的记忆。

卡尔，你还记得有一次我在这扭伤了脚，是你背我回家的，街道两旁那羡慕的目光，那时我好想那长长的巷子没有尽头，这里有我甜蜜的记忆！我很舍不得离开这里，又要搬家了，卡尔，何时我们才是这个城市真正的主人呢？我期待着！

0375. 卡尔第一次打了凯理——1961.04.12

凯理的成绩有点令人担忧，上周又为了争女朋友的事情和班上的同学打架了，老师和对方的家长都来投诉。你刚说两句，凯理就大声告诉你不要管他，你忍不住打了他一巴掌，这是你第一次打他，凯理离开了家，到晚上都没有回来。

我打电话找遍了凯理所有的同学都没有找到他，我整个晚上无法入睡。

亲爱的，为了争女朋友的事情和班上的同学打架，我觉得不是一件很丢脸的事情。我们年少的时候也犯错误，也有过同样的心理，你不能总是用大人的口气去教训凯理，没有人愿意听；也不能用我们的道德标准去衡量他的对错，叛逆时期的孩子，你只能顺着他的错误让他自己找答案，鼓励他对的方面，否则，将来他走入社会，什么也不敢做，怕犯错误，那才是糟糕的事情。

愿上帝保佑我们的凯理早点平安回家！

0376. 塞纳要离婚——1961.05.19

好友塞纳上周告诉她的丈夫，她爱上了另外一个男人，要和他离婚，哪知道她的丈夫暴跳如雷将她打了一顿，并告诉她“要离婚，门都没有”。我见到塞纳的时候她坐在地上无声地哭泣，她的身上青一块紫一块的，我劝她报警，她不想这样，很是伤心，她决心离家出走。

为了一份属于自己的爱情提出离婚，我虽然佩服塞纳的勇气，但她的行为我还是无法理解，也没有办法帮到她。我不明白的是男人有了另外的女人，可以大声地提出离婚，我们女人为什么却不行？我想大概是男人为了他们的面子，或是因为我们女人不够强大。

亲爱的，我说得对吗？假如是我先提出来，卡尔，你会怎样呢？不过，你放心，我不存在这样的想法，永远也不会，除非你背叛了我！

0377. 凯理的冷战——1961.06.15

凯理自被你打了一顿后一直不和你说话，不论你怎么说，他就是不理，甚至故意躲着你，让你很生气又无可奈何。

亲爱的，你可能伤了凯理的自尊心了。虽然我理解你的心情，但我不赞成你的方式，你不能以你自己的思维来理解他的行为，不能以我们过去的思想来要求凯理做什么。他现在的行为方式一方面是社会环境造成的，另一方面是家庭环境造成的。社会环境我们不能左右，但对凯理的家庭教育我们似乎欠缺点什么，你每天忙于你的工作，几乎没有去过学校找他的老师了解什么，我一个家庭主妇，我关心得最多的是他是否快乐，凯理的内心世界呢，我们俩似乎一无所知。

卡尔，看来我们得改变一下和凯理的沟通方式，包括我们之间的！

0378. 我们搬到洛杉矶——1961.7.20

凯理的成绩不太理想，想为凯理换一所好一点的学校，他所在的贝克斯城中学有点乱，许多同学整天在那儿抽烟，谈恋爱，打架，老师无法制止他们，我为他考大学的状态担忧。

卡尔在洛杉矶买了一套更大的房子，搬去洛杉矶也是卡尔早几年的梦想，我们决定搬去那儿。今天应该是我们来加州的第三次搬家了，不过这次搬家的感觉不错，我们终于可以成为这个大都市的一员，居住的地方离好莱坞很近，还可以去我期盼已久的中央图书馆。

亲爱的，我总感觉到我是加州的客人，什么时候我们不需要再搬家呢？我要成为这里的主人，居住在这都市的一个角落，呼吸着自由的空气，信步在大街小巷，就像在自家的庭院散步一样，卡尔，为了我们不再是客，我们一起加油！

0379. 凯理的冷战还在继续——1961.08.18

自从上个月我和凯理深谈了一次以后，凯理的对抗情绪有点缓和，但还是不和你说话。

亲爱的，我仔细分析了一下凯理的成长经历，可能以前对凯理太纵容了，从来没有骂过他，也没有打过他，甚至很少批评他，他的成长过程中一直都是“快乐，自由，表扬加鼓励”，突然一下子这么严厉地批评并打了他，让他无法接受甚至倍感打击。

卡尔，你先给凯理道个歉，别放不下你的架子，然后和他好好谈一次。和他赌气只会更伤害孩子和自己，凯理这孩子挺懂事的，进入他的内心世界了解他真实的想法，和他做思想上的朋友，我期待着你们父子俩好如当初！

0380. 说出你的爱——1961.09.05

家里的气氛有点沉闷，你和凯理各有心事，我弄不明白两个男人的沟通为什么现在如此之难，你们又有什么解不开的疙瘩，还是你们在想各自的东西呢？

卡尔，人世间为什么有那么多误会、隔阂，甚至阴谋或战争，就是因为不愿意把心中的爱说出来。对凯理说出你的感受而不是说教，同时把你的好心情带回家。

亲爱的，对你的家人和你的朋友都是一样，不管你多忙碌，不论你的事业如何，不论你的心情好坏，你一定要每个月抽点时间给你的父母，兄弟和朋友打打电话，把你对他们的爱说出来，这比什么都重要！

0381. 我喜欢去图书馆——1961.09.15

洛杉矶的中央图书馆比贝克斯城的大得多，这里的书应有尽有，历史的，地理的、百科的、儿童的、心理的、文学的……当我向那长长的通道走去时，看到那么多整齐有序的图书，我按捺不住内心的兴奋。我都不知道自己要看什么书了，当手里拿着一叠厚厚的书籍放在桌上的时候，刚才的兴奋让我有点茫然，我该先看哪本呢？我的时间呢？我如饥似渴，忘记了时间，忘记了空间。

我在这里才真正感到不孤独，因为我可以和他们在一起：但丁、莎士比亚、塞万提斯、歌德……他们像一盏明灯照耀在我的前方，我在字里行间聆听他们的思想，感受他们的呼吸。

亲爱的，书桌上有我借回来的书，有空的时候看看，不要总是看电视、报纸，脑袋想着的都是如何赚钱的事情。你需要静下来，读书是最好的调剂品，卡尔，生活仅有金钱和物质是不够的，精神的建设和分享才是有质量的生活！

0382. 加州人口膨胀——1961.10.05

大量的墨西哥人和亚洲人涌入加州，不知道他们为什么喜欢这里，也许是人们一直在做着“淘金”的梦想。据报道加州现在已经超越纽约州成为美国人口最多的州，社会治安急剧恶化，尤其是洛杉矶的街头经常发生抢劫和火拼的事情，你习惯晚上回来，我担心着你的安全。

亲爱的，没有比生命更宝贵的东西，假如某一天你遭遇抢劫，不要逞强，平安才是最重要的。

膨胀的人口派生着许多社会危机，同样也蕴藏着许多创造财富的机会。卡尔，在加州十年多的生活经历，是你一笔宝贵的财富，找到适合你生存发展的最好方式，把我们的家庭建设得更好，我相信你一定会成为这千百万“淘金”的人里最出色的男人!

0383. 卡尔受了伤——1961.10.20

今天你在回家的路上遇见两个黑人正在抢一个妇女的挎包，那个妇女被拖倒在地上，拼命地护住她的包不放手，两个黑人又打又踢。你追上去与他们打了起来，尽管抢回了挎包，并抓住了其中的一个送到警察局，但自己的手臂被刺了一刀，脸也被抓伤了。

你回家讲起这段经过眉飞色舞，我在一旁听着都心惊肉跳，幸好只伤了皮肉无大碍。

亲爱的，你很勇敢，帮助别人这是你的本性，也是你的信仰，假如有下一次相信你还会这样做。我并不反对你这样做，只是你要注意自己的安全，别让我为你担惊受怕。卡尔，你要知道，你的身后还有我和孩子们每天在等待你平安归来！

0384. 凯希恋爱了——1961.11.21

我发现了凯希的日记，卡尔，你的宝贝谈恋爱了，班上有好几个男生追她，她正跟一个叫劳伦斯的同学在交往，我的天，凯希才十四岁就开始谈恋爱了。

你听到这个消息的时候哈哈大笑，好像没有当一回事，我却担心得要命。

亲爱的，凯希谈恋爱有她的自由，我可不想凯希这么小就耽搁了学习，孩子太小，没有自制力，分不清对错，凯希自小听你的话，你要好好跟她谈一次，保持友谊可以，如果要对哪个男生付出感情时间还早。

卡尔，我是不是矛盾的，一方面我不干涉孩子的自由，我鼓励他们拥有丰富的情感，可一听到凯希谈恋爱，我比她还紧张，我知道女人一旦付出感情，无法自拔，这个时候可能一切都晚了！

0385. 卡尔喝酒撞了车——1961.12.10

你昨天晚上开车回家的时候撞到一棵树上，车头受损，挡风玻璃落了一地，回家的时候额头和手上都是血，我吓了一跳，你满嘴的酒气对着我笑，幸好没有碰到警察。

亲爱的，我不明白，你们男人之间应酬非要喝那么多的酒吗？还是你要表现什么，如果你一定要喝，请你不要开车，我不想这样担惊受怕。

卡尔，生命只有一次，否则你赚再多的钱也是一场空，同时，你的生命不仅只属于你自己，你的身后还有你的妻子，孩子，父亲和母亲！

0386.《蒂凡尼的早餐》——1961.12.08

电影院里满满的人，好不容易才找到我们的座位，《蒂凡尼的早餐》里奥黛丽·赫本塑造的霍莉性格饱满，自信、鲁莽、稚气而又脆弱，一个崇尚女性解放的角色，虽然该片不是一部女性题材影片，但片中突出的主题——反对虚荣和金钱至上，是我最欣赏的。

你对奥黛丽 · 赫本主演的电影很着迷，奥黛丽 · 赫本漂亮高贵的形象一直是你津津乐道的，你说赫本在片中边弹边唱 *Moon river* 的形象最令你心动。我也喜欢奥黛丽·赫本主演的电影，回家的路上，片中的插曲 *Moon river* 在我的耳边不停地回响。

亲爱的，“虚荣”和“金钱至上”的观念有意无意地出现在你的想法或行为中，我知道你原来不是这样的，你以前真诚，不说谎，而现在的你变了，变得不那么真实。不知道是环境的变化令你这样，还是生活迫使你这样，卡尔，我认为对你来说不是一件好事，看来你该向奥黛丽 · 赫本学习了！

0387. 情人节的礼物——1962.02.14

卡尔今天为我买回来一把小提琴，精致的做工令我爱不释手，我高兴极了，我不用再跟凯希抢小提琴了。

自从陪伴凯希学习小提琴以来，我把老师教的每一个细节都抄录在我的笔记本上，回家听凯希拉一遍，我再练习一遍，我拉小提琴的水平越来越好，我甚至怀疑我本来就有这种天赋，连凯希的老师对我都刮目相看。

亲爱的，我为你拉一首克莱斯勒拉的小提琴曲《爱之喜悦》，这首曲子充满喜悦欢乐浪漫的情调，我愿意为你歌唱！

0388. 这社会变化实在太快——1962.02.15

邻居纽曼的女儿苏姗中学毕业就不读书了，前段时间整天泡在歌舞厅，最近在做模特、拍电影，性感十足，听说换男朋友就像换衣服一样换十几个了，她妈妈的话一点都听不进去。两年前我还在夸奖苏姗多么的清纯和乖巧，她身上的变化也太快了，纽曼无奈地叹气，看来好莱坞的影响非同小可。

听说凯希班上的女同学有好几个休学了，整天和社会上的人混在一起，学校的管理有点混乱，我无时不在担心着凯希。

亲爱的，这社会变化实在太快了，我无法看得清楚，我们有责任去保护孩子们，不能听之任之，否则，我们有再多的财富也无法挽回。孩子们要独立和自由无可厚非，我们应该无条件支持，但我们需要的是保证他们人格的健全和独立，思想的成熟自由，重要的是有面对家庭和社会责任的承担。

卡尔，只要我们的家庭是健康的、稳定的，我不担心孩子们会学坏，倒是你现在一些观念的变化我有时无法理解，亲爱的，你不要变化得太快，让我无所适从！

0389. 卡尔有点沾沾自喜——1962.03.05

最近你特别的忙碌，偶尔从你电话谈话中知道一个叫海利森的政府官员，你好像和他处得特别的火热。我不知道你们具体谈论什么，我只知道现在你的生意上有机会需要和政府部门打交道，但如此频繁地出入酒楼夜总会有点不太正常，从你沾沾自喜的神情中，我隐约有一丝不安。

卡尔，如果你想对这个社会的上层炫耀什么，那请你及时打消这个念头，不论你如何投其所好，他们照样看不起你，你们是不同道路上的人，每个人都有他的圈子，亲爱的，在利益的关系上，你要保持你的独立，不要陷入太深，对你没有什么好处，我相信我的感觉！

0390. 不要去炫耀——1962.03.22

你的朋友越来越多，你喜欢交朋友，我一直认为是你的优点，可最近有点烦。经常有朋友半夜打来电话叫你去喝酒，或电话里要求借钱，你是不愿意拒绝对方的人，也不懂得拒绝，爬起来就去了，让我整夜无法再入睡，坐在床上等你回来。

卡尔，学会拒绝与你无关的事或人，有时朋友不是越多越好。如果你只想向社会上的他们炫耀什么，我劝你及早打消这个想法，他们只会嫉妒你的拥有，或者想利用一下你的弱点，当然，你也没有必要故意和他们拉开距离，你的身份和地位往往将使你无所适从。

回到原来的自己，亲爱的，没有必要装模作样，或戴一个假面具，唯有一颗坦诚的心才能使你悠然地面对社会。朋友是要有选择性的，喜欢就是喜欢，讨厌就离他们远一点，你就是你自己！

0391. 做人本来就应该简单——1962.04.02

卡尔，我上周跟你说过的话，你不太在意。我知道人很多的时候不会正视自己的问题，因为你现在还没有感觉到危险。

看到你的朋友越来越多，你的应酬越来越多，看到你滔滔不绝地跟你的朋友或客人谈论某些事情，本来我应该替你高兴的，但看到你现在可以脸不改色镇定自若地说谎话，不知道为什么，我有些担忧，至于担忧什么，我现在也说不明白，总觉得你已经掉在一个复杂的人际关系的旋涡里，你和这些朋友的关系很微妙。

亲爱的，不管你的朋友有多少，不论别人的生意有多大，事情可以很复杂，但做人就应该简单。你就是你，没有必要迎合别人而放弃自己的原则和立场，也没有必要去自圆其说去解释某些事情，否则，你将不是你，别人也将无法认识你，这样你的朋友会慢慢离你远去。

卡尔，我喜欢真诚的你，这是你原本的色彩，你应该永远保留着！

0392. 和你的朋友保持适当的距离——1962.04.25

卡尔，你现在的交际能力越来越好，这是你的进步，我为你感到高兴。身边的朋友多了，如果走得太近，是非和矛盾也可能会多起来，我有点担心，这是我一直提醒你的。

卡尔，你还记得早几年做矿山工程的时候，你很会和工友们打成一片，甚至有时候吃住都在一起，对他们毫无防备，时间久了，工友们很了解你习性，对你说话和做事情毫不顾忌，后来发生的很多事情证明他们利用了你的善良和软弱。

亲爱的，和你的朋友保持适当的距离对你来说是必要的，这个世界什么样的人都有，不要轻易被别人抓住你的弱点攻击你。卡尔，但愿你这一路走稳，我可不想看到同样的错误在你身上再一次发生！

0393. 请停下车来看一看——1962.05.16

卡尔，你越来越忙了，应酬也越来越多，我不知道你到底在忙碌什么，我几次想问你又把话咽回去了。我不参与你生意上的任何事情，这是我的原则，可最近你的脸色有点黑，回家的时候有点没精打采的，我担心你的身体又会出现意外状况。

亲爱的，赚钱不是你生活的全部，朋友不是你的所有，你要抽点时间陪陪我和孩子们，带我们一起看看电影、逛逛街、爬爬山，偶尔停下车来，看看路边的风景。人生是一张单程票，错过了的风景就永远没有了。

卡尔，我昨天晚上穿了一件透明的丝质内衣，身上洒满了你喜欢的香水，我满心欢喜地等待你的欣赏，可你倒头就睡了，我好失望！

0394. 卡文的农场——1962.06.05

卡文高中毕业一直赋闲在家，你去年下半年帮弟弟卡文买下了他家对面山坡上一百英亩的土地，主要种植白威代尔和黑巴克等耐寒葡萄品种，还有苹果树，养了几十头奶牛，好几百只羊，发展现代养殖业。这小子比他哥哥在家的时候能干多了，拍过来的照片简直就是一个庄园，一年的收成非常可观，我们时常收到卡文从家乡寄来的葡萄干、牛肉干和鸡蛋。

亲爱的，我记得在拉格尔村的时候，你要拥有一个庄园的梦想，卡文现在就帮你实现了。在构筑你梦想的过程中，今天是否有更大的梦想值得你去追求，这是一个值得思考的问题。卡尔，不要脑海里只是一味地赚钱，不要停留在眼前的利益，我期待你放大自己的梦想，以更宽大的胸怀建设你的世界！

0395. 我的教育方式有问题？——1962.7.10

凯理和凯希有时候不太听我的话了，他们受社会的影响太大了，很容易接受电视和报纸上的东西，凯理抽烟、喝酒、逃学、打架，凯希花在化妆和穿衣上的时间越来越长，“权利和自由”成了他们做任何事情的借口。

卡尔，现在我对孩子的教育有点疲累，我不知道是不是我的教育方式有问题，还是我已经不适应这个时代。我不明白的是，我们那么辛苦培养教育的东西，为什么这么容易被社会的东西所掩盖和伤害，孩子们没有生活的经历，他们无法分辨什么是对错。

亲爱的，孩子的教育你有一份责任，你忙你的生意，很少关心他们的学习，回到家有意无意地标榜你的成功，宣扬你的骄傲，孩子的任何要求你总是用金钱来解决，助长了孩子物质上的优越感，这个问题已经很严重了，可能你还没有意识到。

卡尔，为了孩子，为了我们幸福的家，你要合理安排生意上的应酬时间，回到家庭生活上来，用你健康的言行去影响和帮助我们的孩子！

0396. 鼓励孩子们谈一场恋爱——1962.08.12

凯理和凯希都在恋爱中，经常找借口出去有时很晚才回家，你有点生气，又不知道该怎么办。

我曾经反对孩子们谈恋爱，现在改变看法了，既然生气和反对是没有用的，不如鼓励他们谈一场恋爱。初恋是美好的，恋爱也是人生的一种历练，他们的心理会因此更加成熟，我尊重他们的初恋，等于尊重他们人格的独立。

亲爱的，青春年少正是叛逆时期，保持轻松愉快的气氛，引导他们有健康的心理，不要因为得到一段感情而狂喜，或因为失去一段感情而消沉，恋爱不是生命的全部。

卡尔，要不我们跟随孩子的情绪，感受一下他们不一样的青春，了解他们的所思所想，成为他们成长路上的朋友！

0397. 卡文快结婚了——1962.09.08

卡文的婚事一直是个难题，听妈妈讲，不知道介绍过多少女朋友，他就是没有一个看上的。想不到这小子要求还很高。你经常说卡文的脑子有毛病，卡文现在的女朋友听说是邻村村长的女儿，小卡文六岁，经人介绍不到三个月就要结婚了，速度之快超出了我的想象，寄过来的姑娘照片像极了年轻时的我。

卡文这小子从小就最听我的话，记得他刚读初中的时候。我有一次开玩笑对卡文讲："你长大了娶一个什么样的姑娘做老婆呢？"想不到卡文的回答是："找一个像嫂子一样漂亮的。"莫非这么多年来他把我当偶像了，我突然明白卡文这么多年没有娶老婆的原因。

亲爱的，每个人的心中都有一个标准或偶像，卡文不是有毛病，这么多年来他能够坚持自己的标准，找到了他心中梦想的人，我真的很佩服这小子，卡尔，这一点你应该向他学习！

0398. 学习成长的岁月——1962.09.20

这两年的生活我几乎是围绕着卡耐基先生的书在转动，我把书里我认为最精彩的思想或经典语录制作成小卡片，每天晚上我都要念一条给你听："朝着一定目标走去是'志'，一鼓作气中途绝不停止'气'，两者合起来就是'志气'，一切事业的成败都取决于此。人类本质里最深层的驱动力就是希望具有的重要性，你要别人怎么对待你，你就先怎样的对待别人。一个不注意小事情的人，永远不会成就大事业。你有信仰就年轻，疑惑就年老，有自信就年轻，畏惧就年老，有希望就年轻，绝望就年老，岁月使你皮肤起皱，但是失去了热忱，就损伤了灵魂。许多人在重组自己的偏见时，还以为自己是在思考……"如此许多，小卡片几乎装满了一个小纸箱，我很高兴你是一个很好的听众，甚至饶有兴趣跟我一起讨论其中的某些内容。

亲爱的，你的进步很快，你的事业已开始进入轨道，我为你的成长感到自豪。感谢这段学习成长的岁月，感谢卡耐基先生的思想引导，卡尔，你知道我学习的目的是为了更好地帮助你，你不要放松学习，用自己的方式去发现并加以实践，把这位精明可爱的苏格兰老人致富的秘诀植入你的脑际，继续你的努力，更大的挑战等着你！

0399. 卡尔四十岁生日——1962.10.02

有人说，四十岁的男人才是成熟的男人，是的，亲爱的，你有思想，讲感情，有事业，人生到了你梦想起航的阶段，我为你骄傲。

卡尔，你的今天来之不易，你需要好好珍惜它，你不需要为明日去忧虑，现在你要做的是要压低自己的头，保持你的谦虚，在前行的路上，你要更加努力地学习他人的长处，使自己的思想焕发出光彩，抓住机会，成为一个有远大志向的男人。

卡耐基先生说："精神振作的商人，除了有小心谨慎的习惯之外，还得要有敏捷和不因循两种长处。"我觉得这句话对于现在的你来说很适合，我要送给你的话就是："永远知道自己的梦想是什么"。

亲爱的，祝你生日快乐！

0400. 卡尔的梦想——1962.11.08

“卡尔，下一个十年你的梦想是什么呢？”我试探着问。

“和你一起走遍全美国。”你信心十足地回答。

“就这么简单？”

“在洛杉矶买一套更大的房子。”

“还有呢？”我没有停止我的问话。

“至少赚够500万美金。”你雄心万丈。

亲爱的，这些我相信你能够实现，只要你保持积极向上的精神，不要急功近利，甚至误入歧途。对我来说，重要的是有一个温暖的家，每天可以看到你高兴地回来就够了。

卡尔，朝着你的梦想出发，我梦想着你的梦想！

0401. 凯理不想上学了——1962.11.20

凯理的学习状况有点糟糕，精力都花在交往的朋友身上，昨天居然给跟我说不想上学了，我简直不敢相信自己的耳朵。你回来听到这个消息狠狠地骂了他一顿，我第一次见到你发那么大的火，父子的气氛有点紧张，一个下午你的余气未消。

我不明白你为什么那么生气，也许是当年自己没有机会上大学，把这么多年的希望都寄托在凯理身上的缘故。

亲爱的，生气是没有用的，凯理自有他的理由，不去上大学没有关系，最重要的是不要把你们父子俩的关系搞僵了。记得上次你打了他之后，凯理整整一个月没有理你，这一次，我有点担心凯理会离家出走。他昨天下午到今天都还没有回家，现在的孩子动不动就离家出走，我不知道他又会做出怎样的出格的举动来，我担心得要命！

0402. 卡奇还没有结婚——1962.12.20

卡奇在休斯敦工作，从事飞机设计，今年33岁了还没有结婚，成了你全家的一块心病。凯理的奶奶打了好几次电话给我，反复嘱咐我帮一帮卡奇，我帮他寄了好几个姑娘的照片，没有他的回音。卡奇每次都以工作忙拒绝了我电话里的好意，他的婚事也成了我的难题。

这么晚还没有结婚的对象，我认为不外乎三种情况：1. 在感情上受过很大的欺骗或伤害。2. 曾经很爱某一个人，至今仍然在等她。3. 花花公子。第一种情况没有听说卡奇有这样的感情经历，第三种对于卡奇来说应该不存在，第二种情况的可能性最大——在卡奇的内心深处，现在还爱着一个人，我把我的发现告诉你，你笑我变成情感专家了。

亲爱的，这是一个女人的直觉告诉我的，卡奇一直以来是个听话诚实的孩子，很多的事情他不轻易对别人说，喜欢闷在心里。你这个做大哥的从来不关心他的内心想法和需要，只知道问他够不够钱用，买个礼品给他也不问他喜不喜欢，怪不得卡奇有事情总喜欢给我说。卡尔，你应该抽点时间了解关心一下卡奇的感情世界！

0403. 卡奇的秘密——1963.01.09

“卡奇，你是不是在等一个人并一直爱着她？”电话的这头我直截了当地问。电话的那头好一阵子的沉默，卡奇终于给对我说了藏在他心里十几年的秘密：他心里一直爱着他中学的同班同学苏菲亚，苏菲亚后来考上新墨西哥州立大学，毕业后就不知道去了哪里。

“哦，我的上帝，我还真没有猜错！”

“你现在依然爱着她吗？”卡奇不作声。

“她知道你爱她吗？”“不知道。”

“她爱你吗？”“我不知道。”

“简直不可思议，你们之间联系过吗？”我紧接着问。

“十年前在一次同学的聚会上见过她，以后就再也没有联系了。”

“当时你有告诉她你爱她吗？”

“我没有，我不敢，在她面前我很自卑。”听得出来卡奇有点紧张。

“为什么？”“不知道，我只觉得配不上她。”

“需要我帮忙吗？”我诚恳地说，电话那头是卡奇的沉默。

“告诉我苏菲亚毕业的学校及班级。”

我迫不及待把卡奇的秘密告诉你。亲爱的，没有难倒我的事情，我一定帮卡奇找到苏菲亚，不管结果如何，我要告诉苏菲亚卡奇一直爱着她，卡尔，我要完成你认为不可能的任务。

0404. 情人节的礼物——1963.02.14

你今天买回一辆崭新的福特小汽车送给我作为情人节的礼物。不知道为什么，我现在竟然对这么贵重的礼物没有一丝惊喜的感觉，可能是对于你现在的能力来说是很容易的事情，还是因为我的心态变了，这种感觉对我来说不是一件好的事情，至于为什么，我也说不清楚。

不管怎样，亲爱的，谢谢你的礼物！

0405. 有了苏菲亚的消息——1963.02.20

今天从德里特中学教书的同学那儿终于传来苏菲亚的消息：她大学毕业去了奥尔良，工作不久和一个墨西哥移民教授结了婚，听说早几年又离婚了，更让我惊讶的是，她现在一个人居然住在休斯敦，在一个社区教书，和卡奇一个城市。

“我下周就飞休斯敦去找苏菲亚。”我急切地把这个消息告诉你。

"好像是你在谈恋爱。"你调侃道。

亲爱的，这是我的义务，我要解除你妈妈的心病，要为卡奇寻找一份爱情的归宿，这也是我们共同的责任，卡尔，你说是吗？！

0406. 初见苏菲亚——1963.2.28

到了休斯敦，没有费多大工夫很顺利找到了苏菲亚，在一个咖啡馆里见了面，她的漂亮超出了我的想象，那优雅的动作和温柔的声音让我一见如故。

当我自我介绍是卡奇的嫂子时，她已经很惊讶了，再当我介绍我这次的来意，更让她激动不已，她静静听完我介绍卡奇的状况，我告诉她卡奇一直爱着她并且单身到现在。

苏菲亚流着泪告诉我：她中学的时候就爱上了卡奇。

"为什么不告诉他？""我当时害怕他拒绝我。"

"我的上帝"，我不由得感叹，"想见他吗？"我试探着问，苏菲亚点点头。

晚上，当卡奇手捧鲜红的玫瑰花出现在苏菲亚的面前时，就好像一对相识已久的恋人紧紧地拥抱在一起，该是我退场的时候了，我完成了你认为不可能的任务。

"爱他，就说出来"，这么简单的事情，却不知有多少人错过了前世今缘，卡尔，你如果有什么话要对我说，你要及时告诉我，不要藏在心里，哪怕是恨我的话！

0407. 凯理当兵去了——1963.03.15

越南战争正如火如荼，许多年轻的小伙子都征兵去了越南战场，凯理是其中之一。你知道战争的残酷，一万个不愿意让他去，凯理还是毫不犹豫地走了，不知道他是不是还在和你赌气。

我的感觉和十八年前一模一样，心里空空的，紧紧地抓住你的手在发抖，除了泪水，我不知道要给对凯理说什么。十八岁的年轻人不知道前方等待他的是什么，不知道他的爸爸妈妈是如何的痛心和紧张。

目送凯理的汽车远去，你久久地站在那儿不肯离开。亲爱的，孩子大了，终归会离开我们独自去成长，去战场上磨炼一下对凯理来说可能是一件好事，愿上帝会保佑他！

0408. 赫莉的烦恼——1963.4.15

好友赫莉的丈夫亨利是做食品生意的，生意做得不错。最近她的丈夫很少回家，上个星期她跟踪发现她的丈夫有了另外的女人，居住在离这里百多公里外的安大略区。赫莉是个要强的女人，处处管着丈夫，整天怀疑她的丈夫在外面有这有那，当事实出现在她的面前时，她却束手无策。

每当赫莉说起他们如何白手起家，起早贪黑奋斗了二十年才有了今天，就痛哭流涕。你和亨利是好朋友，赫莉要你帮她劝劝亨利，她保证以后不再要求他这样那样，一切都听亨利的。

亲爱的，不知道是环境的变化，城里的诱惑太多，还是你们男人本来就是这样，为了另外一个女人，可以放弃一切，我有点看不懂你们男人。

卡尔，你会不会有一天为了另外一个女人抛弃我们呢？假如真是这样，我可饶不了你！

0409. 反战浪潮高涨——1963.05.18

马丁·路德·金的黑人民权运动在全美各个城市如火如荼地进行着，前进的脚步似乎看到一些光亮。越南战争打了好几年了，这泥潭越陷越深，没有停战的迹象，洛杉矶的反战浪潮日益高涨，不，应该说全美国都在反战游行，要求结束战争。

战争机器一旦开起来就无法自己停下来，因为政治家需要胜利。这一场战争与正义无关，没有赢家，输的是这两个国家的人民，他们要承担所有的苦难和代价，我为失去家园的人们哭泣，我为失去亲人的家庭悲哀。

亲爱的，游行去，我们要玫瑰，不要战争！

0410. 这是个问题——1963.06.16

朋友朱利亚碰到与赫莉同样的问题，丈夫罗伯特先生有了婚外情，被她发现了。罗伯特先生向她认错，然而不到两个月，朱利亚又发现她的丈夫和那个女人在一起。男人思考问题总是用下半身，这次无论罗伯特先生怎样认错，她都不肯原谅他，坚决要求离婚。但当她冷静下来的时候，又心软了，她的丈夫是爱她的，她的内心深处仍然深爱着她的丈夫，十几年的爱恋难道就这样说放手就放手了吗？何况他们还有两个未成年的孩子，朱利亚在我面前无奈的流泪。

离婚，舍不得曾经的温情与热恋，不离，无法忍受情感的背叛和精神的痛苦，离与不离都是个问题。

亲爱的，如果我遇到这样的问题，我也不知道怎么办，或许你能够告诉我应该怎样做。卡尔，你爱我吗？我第一次这样问你，在我的内心深处！

0411. 要听得进别人的意见——1963.07.11

布里特先生帮你管理着公司所有的内务，尽职尽责，是难得的好伙伴。

你今天和布里特吵架了，你回家之前布里特已经打来电话告诉我全部的经过。电话那头布里特很委屈，原因是布里特发现公司这几个月的支出明显增多，你几乎不关心公司里的运作，布里特建议你不要天天去夜总会，你则生气地吼他：去夜总会陪客人就是为了多做生意，叫他别管那么多闲事。

亲爱的，你现在的生意做得越大，你好像就越听不进别人的意见了，你有布里特这么一个在乎你的伙伴，你应该感到高兴才对，至少他是关心你和公司的。

卡尔，你要虚心接受别人的意见，哪怕它是错误的，你也要感谢他的好意，这是最起码的尊重，我现在真有点担心你的公司会出现意外的状况，但愿我的担心是多余的！

0412. 卡尔言语少了——1963.07.25

最近你回家后的言语少了，没有以前那么轻松和开朗，问你好像也不太愿意说，总是岔开我们的话题，抽你的烟，看你的电视，“大概是为了生意上的事情烦恼”，我自我安慰。

卡尔，虽然我不想参与你的生意，不能在生意上帮你什么，但我听听你的想法，说不定可以帮你提供一点参考的意见。我一直认为你是一个藏不住秘密的人，你的喜怒哀乐会写在脸上。我有时在问自己，我了解你的内心世界的真实想法吗？我现在好像不太确定。

亲爱的，我的内心世界的真实想法，每天我不仅会直接地告诉你，我还把它记录下来放在我们的箱子里，我的全部秘密也在我写给你的信中。卡尔，在你面前的我是一个毫无保留的生命，包括我的肉体、思想和灵魂，我不知道你是不是有什么秘密隐瞒着我，我希望你是一个对我坦诚的人！

0413. 家庭的气氛有点怪异——1963.08.04

牛肉卷还是那个牛肉卷，热狗还是那样的热狗，咖啡还是现磨的咖啡，每次准备好丰盛的晚餐等待你回家，凉了又热，热了又凉，我只能眼看着它的温度和我的内心一样。

“我吃过了。”你回家后一句简单的话像一把冰冷的刀，我全部的热情变成了沉默。

亲爱的，这些都是你最喜欢吃的东西，难道是我做的味道变了吗？还是你已经不喜欢这种味道了？卡尔，告诉我你不顺心的事，还是你已经厌倦了我，你再这样下去，我会逃离这个家，可我又逃得了吗？亲爱的！

0414.《我有一个梦想》——1963.08.28

今天马丁·路德·金在华盛顿林肯纪念堂发表演讲《我有一个梦想》震撼全美国：“……不论白人还是黑人都享有不可让渡的生存权、自由权和追求幸福权;朋友们，今天我要对你们说，尽管眼下困难重重，但我依然怀有一个梦，这个梦深深植根于美国梦之中……”这个梦想的声音久久回响在我耳边。

亲爱的，我也有个梦想：不要有那么多人从乡村迁徙到城市，我们不要为工作而烦恼，我们的乡村和城市一样的美，一样的方便和干净，我们的子孙快乐地生活在这块土地上，还有我们的爱情永远长青。

卡尔，你说我的梦想能够实现吗？不管你相不相信，我坚信我们的国家一定能够实现这个目标，我们的爱情会历久弥新，卡尔，我们一起努力！

0415.《女性的奥秘》——1963.09.20

家住在亚市区的家庭主妇贝蒂·弗里丹写成了《女性的奥秘》，毫不含糊地掀起了女性解放运动，几乎所有的女性都在看，书店要排队订购，我不得不佩服贝蒂势不可挡的魅力。

弗里丹认为：教育家和商家们低估了女性的力量，也只有病态的社会才会决意忽视妇女的力量和潜力，在她们面前没有通向取得成就、地位、身份的道路，空虚、消极的妇女们把无法实现欲望的压抑和焦虑化作对孩子的强烈的爱恋，这样的爱抑制了孩子的正常成长，孩子们在畸形的爱中失去了独立性、责任心和坚强的品格，因为社会文化强迫妇女适应女性的奥秘去生活，她们只有通过丈夫和孩子达到自己的生活目标而没有自主，她们无法认识到自己的潜力，丧失了自我存在的价值。

是的，婚姻和母亲的身份只是我们妇女生命的一部分，我们除了能高效地完成家务，还可以到家庭之外的工作中发展我们全部的自我。

“女人应该和男人一样要走出去，她们可以拥有更好的工作，更多的薪水，她们很多地方比男人做得更好，她们的敏感不是缺点，她们的细腻是男人无法比拟的，甚至政治上她们可以发挥更出色的才能……”《女性的奥秘》告诉我们，我们的名字不仅仅是女人。

亲爱的，如果有可能，我可以去工作，我不想只是一个家庭主妇，靠你养着而脱离了这个社会。卡尔，如果你愿意的话，我会干得很好，我相信我有这个能力！

0416. 首先建设好你的家庭——1963.10.05

卡尔，昨天你和高斯先生兴高采烈地谈论你的计划：不久的将来你要在市中心买一栋楼，还要建一座商场，然后要建一个工厂，再改变你的家乡。事实上，我经常听到你和朋友在高谈阔论你的理想。

亲爱的，人生要有远大的理想或目标没有错，但首先要建设好你的家庭。建设好家庭不只是给我们买房屋，给我钱使用。这些外在的物质和金钱当然重要，但我认为最重要的是你的思想和精神，应该是健康的阳光的。人格的独立和健全对你来说很重要，不要想着去赚更多的钱去改变这个世界，也不要认为自己可以改变一个世界。这是你不断膨胀的欲望的表现，你只会看见一个虚幻的理想，忽略了你真实的自我，冷落了你的家庭，最后成为一个笑话。

卡尔，我不期望改变你的思想，我只希望你再多一点温情，多留一点时间在我的身边，亲爱的，请记住，任何时候不要忘记你的家庭，把它建设得更好对你来说是最重要的责任，再去建设好你的家族，甚至你的家乡，你就在改变这个世界！

0417. 越来越陌生的卡尔——1963.10.24

卡尔，昨天晚上你半夜回来倒头就睡，不久就打起了呼噜，满嘴的酒气。其实我一直没有睡觉，我爬起来看着你熟悉的脸庞，不禁觉得陌生起来，这一年来，你早出晚归，你的应酬越来越多，经常不回家吃饭，甚至不回家睡觉，我们做爱的时候你总是勉强应付我一下，虽然交给我的钱越来越多，可我不觉得快乐。

亲爱的，我们好久没有坐下来聊一聊了，讨论一个话题或一本书或孩子的教育；一起看电影你更是没有兴趣。以前你不是这样的，以前的你很有耐心，很会倾听我的话，很会尊重我的意见，可现在除了金钱，我们之间好像少了许多的温情和感觉。

卡尔，我一直认为你做生意很辛苦，很多的事情你身不由己，可是我们生活的质量呢？我们的感觉呢？；

亲爱的，这几年来我一直为你的成绩感到骄傲，我相信你的成功是必然的。卡尔，你应该知道，你的生意不是你生活的全部，金钱再多不代表你生活的质量，我宁愿你是一个多愁善感的男人，而不是一个经济动物！

0418. 不要被盲动的欲望导演——1963.11.03

卡尔，你不用告诉我外面的世界很精彩，我知道外面的世界很无奈。你们男人整日戴着一个假面具，应付着各种各样的人，追逐着名利，甚至女人，竭力追求名声显著，挥洒着情欲，遗憾的是终究逃不出灰飞烟灭，又如海滩上沙子堆积的建筑，轰然倒塌，白费心机，像你的朋友莫斯先生一样，散尽家财，富贵不再，穷困潦倒，像做梦一样。亲爱的，不论现在你欢喜也好，沉醉也好，你要觉醒，这样的往事是不能用来回首的。

卡尔，人的生死并不可悲，可悲的是，人往往被自己盲动的欲望导演，才出梦境，又入幻想，劳碌奔波，自己却不知道陷阱在哪里，落得苦恼一生，这样的人生是可悲的。

亲爱的，我总是在幻想拉着你的手，走在清澈的小河边，坐在青青的草地上，我为你大声地朗诵雪莱的诗篇，把惠特慢惊醒了，在责怪我为什么不小声一点，我好想轻轻地吟唱心中的诗，像当初的遇见你一样，毫无顾忌地做一回“亚当的子孙”！

0419. 停下你不安分的心——1963.11.15

纷繁的世界，人们为了生活四处辛苦劳动，忙忙碌碌的日子，收获着金钱与物质，梦想着不可捉摸的未来和希望，有些人迷失了方向，身陷囹圄，有些人错误坚持到底，仍然执迷不悟。

亲爱的，我不希望你是这种状态，停下来，享受你的生命，需要停下来的是你的脚步吗？不是的，真正需要停下来的是你那个不安分的心。

卡尔，当你停下来观察自己的内心，就会发现你已经迷失了方向，你越来越不真实了，正在滑向了欲望的深渊。你大脑里现在需要一片宁静的大海，没有任何念头的波涛，在不知不觉中，止息了所有的欲望，回到原来的你，一个善良朴实勤奋的卡尔，我不希望你是一个没有灵魂的躯壳。

亲爱的，你听得到我内心的呼唤吗？！

0420. 如果有一天——1963.11.28

卡尔，你对我的关心越来越少了，是生意忙吗？还是心情不好呢？是对我没有感觉了呢？还是你有了别的女人呢？我总是努力去打消我脑海里乱七八糟的想法。

亲爱的，如果有一天，我变得冷漠了，请记得，是你曾经关上了我的热情；如果有一天，我不再关心你了，请记得，是你曾经的冷漠拒绝了我；如果有一天，我不再给你写信了，请记得，是你曾经的打击毁灭了我对你全部的希望；如果有一天，我的心中不再有爱，请记得，是你曾经折断了我爱情的彩翼。如果这一天真的来临，那么我离死亡可能不远了。

卡尔，我努力去做一个好女人，一个好妻子，努力去成就你，在你的光荣与梦想里，我期望永远有我的欢笑！

0421. 卡奇的婚礼——1963.12.20

休斯敦的天气出奇的好，风和日丽，卡奇的婚礼选择在教堂举行，当美丽的新娘苏菲亚出现在教堂的时候，妈妈激动得哭了，是的，妈妈的心病终于落下了。

卡尔，当我看到穿着婚纱的新娘和卡奇深情地对望，我都激动不已，我知道，又一段爱情故事完整落幕，这是做女人的最幸福的时刻。

亲爱的，你有多久没有用你的眼睛认真地看过我了，甚至你的眼光好像在有意逃避我，是你在有意隐藏着什么事情呢，还是我不再美丽。对了，卡尔，你可能忘了，你还欠我一件婚纱，我多么想再做一次你美丽的新娘！

0422. 这个圣诞节在休斯敦过——1963.12.30

尽管这一年肯尼迪遇刺事件给美国的社会蒙了一层阴影，越战陷入泥潭，反战浪潮此起彼伏日益高涨，这个圣诞节因为卡奇的婚礼为我们这个大家庭增添了喜气，同时让我们全家做了一次愉快的旅行，从休斯敦到奥尔良，你爸爸妈妈是第一次看到大海，看得出来他们很兴奋。

卡尔，你好久没有休息过了，难得这么一次机会，你好好放松一下身体，休斯敦的阳光很温和，街道洁净整齐，是一个休闲和生活的好地方。

亲爱的，忙碌的工作不是你生活的全部，找一个安静的地方旅游休息一下，撇开手中的生意，远离街头的政治和运动，那才是人生的一大乐事！

0423. 洛杉矶有点讨厌——1964.01.08

洛杉矶街头的空气和休斯敦的清新是完全不同的。新年的洛杉矶，街头运动没有停息，汽车越来越拥挤，报纸的评论越来越激烈，空气中弥漫着汽油味和浮躁的气息，好像这个城市随时可以爆炸似的。

你好像越来越忙碌，交给我的钱也越来越多。我不知道你每天在干什么，我也不想问，你在家里从来就不谈生意上的事情，这也是我的原则：不要把生意场上的气氛带给家庭。

亲爱的，我只知道这个家是你温馨的港湾，我不关心政治，不关心街头运动，不关心报纸电视里的胡说八道，我只关心你是否在乎我，只关心你每天平安回到这个家！

0424. 任何事情都不能沉迷其中——1964.01.19

“卡尔，你经常去夜总会很快乐吗？”晚上我冷不丁地问你。

“谈不上很快乐，生意场上的需要。”你漫不经心地回答。

“谈生意一定要去夜总会吗？我听说里面有很多漂亮的姑娘，那里一定很刺激。”说完我看着你的眼睛。

“那是夜总会的服务员，有些歌舞表演的演员，她们确实穿得比较性感一点，我只是陪客人唱唱歌跳跳舞喝喝酒而已，其他没有什么。”你的表情好像在掩饰什么。

亲爱的，如果你过度追求刺激，那已不是一种快乐，而是一种不断膨胀的欲望。当这种欲望冲昏头脑并占据你的思想时，你最终会被这种欲望埋葬。人不论是面对快乐与幸福，还是痛苦与挫折，都不能沉迷其中，因为这样最终会毁灭你自己。

卡尔，你要坦然地去面对一切，包括你的生意和朋友，不断地修炼你的内心世界，做一个真正的强者，你才能做出真正有意义的事业，否则，危机就在你的身边！

0425. 情人节的礼物——1964.02.14

今天你交给我一条卡地亚钻石项链作为情人节的礼物。我知道这条项链价格不菲，我没有问你多少钱，假如是在以前，我肯定会问它的价钱。我不想让你在给的礼物上花费太多的钱，有你的心意就够了，哪怕是一朵小小的玫瑰，可今天我没有惊喜，没有激动，好像收到一件平常的礼物。

亲爱的，我知道现在对你来说，买一条这样的钻石项链不是什么难事。是的，在你的努力下，我们现在的生活不用为金钱担忧，可我感觉我们的感情似乎淡了。卡尔，对我来说，一件礼物的价值不能用金钱来衡量，而是要用感情来衡量，不论怎样，我还是要谢谢你的礼物！

0426. 欲望的列车——1964.02.23

前几天，附近的夜总会发生了一起凶杀案，听说是两个男人为了抢一个女人引起的。

事实上报纸和电视每天都在铺天盖地地报道同样的故事：女人、毒品、性交易、赌场黑帮火拼、凶杀等等。大街小巷到处是浓妆艳抹的女郎广告，充满着性感挑逗的诱惑，整个社会离婚率飙升，许多人像登上欲望的列车在一路狂奔，好像一个疯癫的野兽在乱舞。

你经常去夜总会陪客人，我好担心你，我把这种担心告诉你，你轻描淡写回答得很轻松，好像没当一回事。

亲爱的，我不要你那么忙碌，不要你赚那么多的钱，我只要你每日平安归来这个宁静的家！

0427. 奥丽娜的婚姻——1964.03.02

好朋友奥丽娜今天跑来向我哭诉：她结婚十二年的男人突然提出要离婚。对方看上了另外一个女人，现在几乎都不回家了，她不知道怎么办。

奥丽娜把她的青春，她的所有的一切都给了那个男人，并为他生了三个孩子。我不知道如何安慰她，我只是不停地告诉她她的丈夫会回来的，奥丽娜使劲地摇头。

为什么我们女人的命运有时是那么的悲惨，难道男人是为了他们的爱情吗？那么他们原来的爱情呢？我自言自语。

亲爱的，我会成为第二个奥丽娜吗？到今天为止，我可从来没有想过这样的问题，相信你也不会让这种事情会发生在我的身上，卡尔，你说是吗？！

0428. 我担心着凯希——1964.03.15

现在许多的年轻人不愿意结婚，女人也在争取她们的权利。隔壁邻居尼奥的儿子听说去年就换了十几个女朋友。看不懂，他们在寻找爱情呢，还是在游戏爱情？好友安妮娜的女儿才十五岁，听说已经堕胎两次了，我隐约地担心这种事情会发生在凯希身上。

听说学校里面也好不到那里，学生们抽烟、喝酒、谈性、交朋友很随便，教会在大声疾呼这个社会问题，我真弄不明白现在的学校为什么都这么复杂。

凯希又有了新的男朋友了，我偷看了她的日记。卡尔，我不是反对她谈恋爱，我是担心她学坏。

亲爱的，你好久没有去凯希的学校了，难道你不担心吗？如果没有了孩子的希望，就没有我们的希望！

0429. 结婚二十周年——1964.03.23

今晚卡尔你没有回来，我点上红蜡烛直到深夜，我做的牛肉卷凉了，我独自倒了杯红酒，搬出我放信的皮箱。卡尔，我知道你又忘了今天是了我们的结婚纪念日。

十年前我来到这个陌生的城市，十年后我成了这里的主人，这里的街道、超市、图书馆、电影院、海滩等等我已经再熟悉不过了。平淡而温馨的十年，小孩大了，你更成熟了，满满一箱的信，我坐在地上一个人看了整整一个晚上还没有看完。

亲爱的，你五年前承诺给我的钻戒呢？是喝醉了酒忘记了呢？还是其他什么原因，我不得而知。最近我好像越来越看不懂你了，无尽的夜在吞噬着我的灵魂，心有些颤抖！

0430. 味道变了吗？——1964.04.09

你的生意好像还不错，我可以衣食无忧，尽管外面很多的妇女忙着找工作。物质上的富足让我隐隐不安，你回家吃饭的日子渐渐少了，有时不想做饭，几块芝士饼干打发我的午餐。你几乎每晚都有应酬，我经常为等你和衣倒在沙发上睡到天亮。

卡尔，是不是我做的饭菜不合你的胃口了，牛肉卷、香肠、通心面、沙拉、玉米粥、鲜奶油、巧克力酱、辣鸡翅、牛肉饼都是你爱吃的，我闭着眼睛都可以做出你爱吃的味道，看着你每次吃那么一点点的样子，我现在却不知道要做什么给你吃。

亲爱的，你告诉我，要吃日本的料理还是法国的鹅肝，我帮你买回来，只要你喜欢。

卡尔，你还喜欢我身上的味道吗？！

0431. 迷失在都市丛林——1964.04.26

卡尔，这几天我心里慌慌的，你的身体的温度和动作告诉我，你对我冷淡了许多。事实上这种感觉已经持续好长一段时间了，我不知道自己在欺骗自己，还是因为太相信你，我一直认为你是爱我的，而且坚定不移，而当我夜深人静冷静下来的时候，一种莫名的恐惧袭上心头，让我无法入睡。

卡尔，我知道你变了，变得我都快不认识了，可我却一如既往得爱着你，替你辩护，我努力地去撇开那些不好的事情。

亲爱的，人生中最大的悲哀是看不清自己身处何处，你现在已经迷失于都市丛林，如果没有智慧化解掉心里的障碍和欲望，那么任何环境都不可能满足你。

卡尔，我在祈祷上帝给你我智慧，何时云开雾散？我在紧张中期待！

0432. 卡尔有了别的女人——1964.05.08

你最近经常夜不归家，或很晚回来倒到床上就睡，身上的衣服有股怪怪的香水味，直觉告诉我你有了别的女人。我小心翼翼地翻看你的衣袋，装着若无其事地帮你整理衣服。

我尝试穿上你买给我的那条白色连衣裙，以引起你的注意，你好像漠不关心，偶尔回到家只顾抽你的烟，看你的报纸。

卡尔，你告诉我做错了什么，是不是我不再年轻和美丽，在我的身上你已经找不到你要的感觉了。

亲爱的，我只知道你是我的丈夫，你就像我呼吸的空气一样存在在我的生活里，我不需要担心你对我的任何伤害，今天这种担心竟不期而至发生在我的身上。

卡尔，我好恐惧！

0433. 卡尔的信——1964.06.04

玛利亚，很抱歉，我要离开你一段时间，也许很长一段时间，不要问我为什么，我也不知道为什么，卡尔。

0434. 愤怒——1964.07.18

恨恨恨！！！

0435. 恨——1964.08.20

恨恨！！

0436. 恨——1964.09.15

恨！

0437. 绝望？——1964.10.24

欲哭无泪！

0438. 心中的郁闷——1964.10.30

卡尔，今天我一个人走在大街上，从早上到晚上，我不知道走了多少的路，累了，我坐在地上休息一下，饿了，我喝口水，我也不知道我是怎样回家的，当我推开门的时候，我瘫软在地上。

亲爱的，让我疲惫的不是这道路的遥远，而是我心中的郁闷，我不知道对谁说。我又能够跟谁说呢！卡尔，你不要让我所有的希望都破灭，更不要让我的心灵对你死亡……

0439. 上帝会让你自己觉醒的——1964.11.08

卡尔，今天我不小心摔倒，脚受伤了，很疼，很想哭。其实我怕的不是疼痛，我也不怕生活的艰难，我最怕的是没有你的这种无依无靠。

今天去教堂，我祈祷你早日回到我身边，我第一次在主面前流泪，我告诉自己不要哭泣，不应有恨，是上帝需要我经历这一切，上帝会让你自己觉醒的！

0440. 我想放纵自己一次——1964.11.15

今夜，我决定去夜总会。我拿出口红把嘴唇涂得红红的，精心梳理了一下头发，全身洒满了香水，风衣下面裹着性感的衣服，拿出我好久没有穿的高跟鞋，叫计程车来到一个叫金沙的夜总会。

穿过金碧辉煌的大堂和长长的走廊，来到一个幽暗的大厅，光怪陆离的灯光，震耳欲聋的迪斯科音乐，许多人在舞台中央疯狂地扭动着腰姿和臀部，发出一阵阵尖叫。四周的吧台座位上到处都是喝酒和搂搂抱抱的男女，殷勤的女侍者为我递上一杯苏打水和一盘水果，不时有人来搭讪。

旁边的包厢走出一个醉醺醺白人搂着一个妖艳的女郎跟我擦身而过，吓我一大跳，有人递给我一杯威士忌，我一口喝下去，我全身发热，在酒精的刺激下，我步入舞池随音乐疯狂扭动我的肢体，不一会儿我大汗淋漓，当我坐下来的时候又无比的舒畅。

接下来的表演很刺激，很性感，每个角落都充满着情欲的火焰。

这一夜我知道了为什么那么多的男人喜欢去夜总会了，那里有美酒，有歌舞，有美女，充满了刺激、诱惑和激情。

卡尔，是不是你们男人都喜欢去这样的地方，是释放压力，是交际呢，还是想表现或炫耀什么东西呢？我不知道。

今夜无眠！

0441. 我怎么啦？——1964.11.22

今天照镜子，吓了自己一跳，凌乱的头发，无神的眼光，疲惫的面容，我已经好久没有这样仔细地看过自己的模样了。眼角有点松弛，脸上分明写着怨气，好一个怨妇的形象，这是我吗？

是的，忙忙碌碌的日子，我已经好久没有关心过自己了，身上的衣服好像很多天没有换过，每天早晨起来随便穿件衣服，尽管有好多件新衣服塞在柜子里。也很少化装了，怪不得你好几次在笑我像个老太婆。整天为凯理和凯希的作业或他们的早恋操心，唠叨的话充满了整个屋子。

我自己呢？我的梦想，我的激情，我的青春，我的容颜都在不知不觉中消逝。

卡尔，我好想哭，但这个时候我却哭不出来！

0442. 不要毁灭你自己——1964.11.29

卡尔，我不知道外面的世界有多精彩。对于你们男人来说，可能酒精、女人和性是炫耀的资本，或去赌博，或用毒品的麻醉自己，过度的沉溺于这些刺激不但不能丰富自己的内心，甚至会走向自我毁灭。这种放纵的自由把自己沦为一个低等的动物，我所知道的是你朋友哈特以前有亿万财富，因为女人，倾家荡产，现在沦落街头；加里先生因为赌博、吸毒，现在住在精神病医院，这是因为他们身心紊乱了，许多的东西离他们而去，包括朋友和家人。

亲爱的，你今天所取得的一切成绩是相互关联的，如果你脱离了家庭的联系，等于切断你过去所积累的所有关系，否认了你的过去，你将失去生命中所需要的最强大的原始动力，即使取得成就也将是有限的，你的人生从此不完整，那么你建立起来的财富，再多也毫无意义，认识不到这一重要性的男人将是可悲的，我真的不想看到哈特和加里先生的悲剧发生在你身上。

卡尔，你已经离我而去，我不知道我此时说这些又有何意义，我只是不想你毁灭了自己，你所有的一切都来之不易，我千百次的祈祷上帝让你清醒，不再沉沦！

0443. 爱如当初——1964.12.10

卡尔，我写完上一封信的时候，发誓不再给你写信了，但我发觉我做不到，我只有用这样的方式继续发泄我的苦闷。对不起，我忽略了自己，也忽略了最亲爱的人——你。好久没有关心过你的感受了，从来没有问过你的压力，你的需要，每天本能地接受着你的问候，机械地回答你的问话，习惯地做着你的餐饮，每天晚上你回来的时候我早已经懒懒的睡了，以至我们做爱的时候，我也在睡梦中应付着。

今晚洗澡的时候，我面对镜子里的我：松垮的双乳，布满赘肉的小腹——这是我自己曾经引以骄傲的身材吗？我都不敢看自己了。

卡尔，虽然我没有了那份激情，但我心中对你的那份爱永远如当初！

0444. 圣诞节到了——1964.12.24

卡尔，今晚你没有回来，我知道你不会回来。

这个平安夜有点冷清！

0445. 新年到了——1965.01.01

卡尔，这个新年只有凯希陪我，凯理从越南打回来电话问候你，家里跟往年一样，布置得温馨而舒适，只是没有你的烟味。

“爸爸怎么不回来？”凯希在大声问我。

“你爸爸去了法国谈生意去了。”我应付着回答。

“怎么他公司的电话打不通，爸爸也不打个电话回来？”凯希在那里嘟哝着。

“可能你爸爸很忙或电话有问题。”我一边搪塞着，一边做我的蛋糕。

卡尔，你永远是两个孩子的爸爸，我应付他们好辛苦，你真的不回来了吗？如果是，请你告诉我，我将坦诚地告诉孩子们，你不再爱我们，我也不再乞求你的爱！

0446. 我四十岁生日——1965.01.13

今天是我四十岁生日，镜子里的风韵还在，但我已不再年轻。

电话里那头有我爸爸妈妈的问候，我装得很轻松地应付着，没有告诉任何朋友，我一个人过，我喝醉了，醒来的时候已是深夜。

卡尔，我梦见你回来了，送给我一条红红的围巾！

0447. 看你我的信——1965.01.20

卡尔，我每天拿出我们的小木箱，一个人静静地看着你写给我的及我写给你的信，回忆着我们曾经的过去，我一会儿笑，我一会儿哭，我一会儿望着窗外发呆。

亲爱的，我相信你是爱我的，就像我爱你一样，我们的血脉早已相连，我相信你会回到我的身边.；

卡尔，你快回来，我的生命里不能没有你！

0448. 痛——1965.01.30

痛 是因为
爱你太深期望太多
我好想自己身着彩翼
在你需要我的时候
轻轻的离开
不留给你一丝幻想
这样痛没有感觉
可我的彩翼折了
坠落在这寂静的夜
直到泪水滑落的瞬间
亲爱的亲爱的
我还在为你守候
痛 无声无息

0449. 今天是情人节——1965.02.14

今天是情人节，大街小巷到处都在叫卖玫瑰花。卡尔，每年的情人节你都会给我惊喜，尽管我知道你不会回来。从昨天到今天我去门口打开邮箱好几次，我好失望，卡尔，没有你的礼物，我真的很伤心。

凯希没有回家，我一个人孤零零地坐在家里，不想看电视，不想看书，我拿出一瓶白兰地大口大口地喝着。

亲爱的，我好想一醉不再醒来！

0450. 雨中梦醒——1965.02.25

窗外的树木吐绿了，阳光有点暖和，我决定出去走走。我漫无目的走向街道，路上的行人匆匆忙忙，全然不在乎我的存在。是的，我跟他们有什么关系？他们没有必要知道我在想什么，没有必要知道我为什么一个人上街，每个人只关心他自己的世界，这个世界多我少我没有任何区别。

突然一阵雨落下，我来不及躲避已全身湿透，初春的寒意袭来，我不禁打了个冷战。

亲爱的，没有你，这个世界照样作息，没有你在的日子，我的生活应该一样灿烂才对，你说是吗？

是的，卡尔，我挥不去你的影子舞动在我的梦里，我可以数着你离开的日子，我告诉我自己，不要错过这阳光明媚的春天，这里的花儿很香！

0451. 我去医院做义工——1965.3.5

社区的儿童医院离家没有多远，我决定去做义工，经过一周的培训，我在詹妮的带领下开始我的义工服务。

5号病床的小汤姆不到两岁，患先天性心脏病，他的母亲安娜在一旁无助地哭泣。汤姆的爸爸去了越南战场，两年多没有回来，也不知道是生是死。有过类似经历的我格外伤感，赶紧走过去安慰她，陪她一起流泪，帮她找医生问这问那，带小汤姆做各种检查，她好像找到了救星似的，什么话都跟我讲，什么事情都要先问我如何做，我们很快成了好朋友。

卡尔，做义工服务很辛苦的，但让我忙碌起来可以暂时忘记你。

人总有困难的时候，帮助别人是一种福气，尽管我的心情不太好，但一想到安娜和小汤姆的处境，卡尔，你只是暂时离开了我，我的心情又好多了。

亲爱的，还记得当年你去太平洋战场的情景吗？我们的思念，我们的期盼，我相信你不会忘记！

0452. 布里特先生的信——1965.03.20

今天很意外收到布里特先生的信，他在信中这样写道："玛利亚，感谢你这几年对我的关心和照顾，今天我很不情愿地跟你写信道别，卡尔变了，不再是以前那个充满斗志，勤奋朴实的卡尔，他每天只知道怎么算计着赚别人钱，然后去夜总会找女人，喝酒，我的话他现在越来越听不进去，我决定离开他，我想只有你才能够救他了，你不能放弃他。还有德理希那小子不可靠，你要卡尔注意点，请原谅我的无奈和不辞而别。"

卡尔，当我收到布里特先生的信的时候，我心如刀绞，这么一个忠诚的好朋友都离你而去，我不知道我该说你什么。

是的，没有一个人在为你赚钱的时候，你却在外面大把花钱泡女人，我不知道你在哪儿，我也不想去你公司。亲爱的，你可以舍弃你的朋友，你的妻子和家庭，但你不要放弃了你自己，甚至走向自我毁灭！

0453. 玛菲的笑容——1965.04.12

义工玛菲整天乐哈哈的，我问她怎么这么开心，她的回答令我很吃惊，“我的男人跟人跑了，我不用再看他的脸色，做饭菜的时候不用担心他喜不喜欢吃，我去哪里不用担心回家迟了，我现在多自由，生活得比以前轻松多了，你看，我的脸色多红润”，她说着把她的脸伸过来给我看。

我惊诧的不是那份无私的爱心，而是那份轻松友善的笑容，在她眼里，没有忧郁，没有男人的日子照样灿烂。

“我能够做到吗？”我很多次自己问自己。

亲爱的，忘记你是一件很困难的事情，你会忘记我吗？！

0454. 罗丝的教训——1965.05.08

朋友罗丝五年前就离婚了，一直没有在再婚，带着她女儿尼西过日子。尼西去年大学毕业不久就和一个同学结了婚，今年又离了婚。

罗丝在尼西结婚之前经常教育她不要相信男人，尼西结了婚后又教她如何管住男人，尼西和丈夫在一起生活，许多事情不和她丈夫商量，却按照她妈妈的意见去做，结果可想而知。

卡尔，家庭教育是很重要的，我们的言行会影响到孩子的成长，我可不想做一个单亲妈妈，我们的女儿也像尼西一样，你快回来，为了我们的孩子，我可以原谅你的一切！

0455. 可怜的小卡特——1965.06.10

今天又来到了儿童医院，16 号病床的小卡特很可怜，他才七岁，却被汽车压断了双腿。他在床上玩他的玩具，天真的脸上看不出半点悲伤，他还不知道人生的路还刚开始，许多的磨难还在等待着他。坐在一旁的是他的奶奶，他的奶奶告诉我，自从小卡特的双腿被压断以后，他的妈妈离家出走了，再也没有回来。

亲爱的，假如我离开了这个家，我们的凯理、凯希会怎样呢？他们接下来的人生会不会像失去双腿的小卡特一样历尽磨难？我不敢去想这个问题，我只知道我不能离开他们，就像我不能离开你一样。卡尔，你可以离开我，你不要放弃我们的孩子。

一个离散的家庭里，孩子是没有力量的，如果他们走入社会，将没有动力，甚至会失去方向，卡尔，我替孩子在呼唤你！

0456. 我现在很害怕一个人睡觉——1965.07.15

卡尔，天黑了，我不想回家，可我又不知道去哪里！

去楼下不远的咖啡店喝了一杯爱尔兰咖啡，没有加糖，苦苦的，然后漫无目的地走在大街上，回家的时候已是深夜。我一个人孤零零的坐在那里，电视机的声音我开到了最大，我无心看电视，不时地张望着门口，好几次我好像听到敲门的声音，我迫不及待打开门，没有你的踪影，我关掉电视机坐在沙发上发呆，不想去睡觉，我现在很害怕一个人睡觉。

亲爱的，其实我不怕黑夜，而是黑夜的时候没有你的陪伴，没有你的黑夜很长，真的！

0457. 接受我的痛苦——1965.07.24

卡尔，在与你相爱相处的二十年里，你带给我快乐的时光，我始终记得；也带给我分离的痛苦记忆，以前的痛苦回味起来是甜蜜的，但今天的痛苦却难以启齿，那种内心的疼痛无法忘却。我告诉自己，既然痛苦不可避免，我又无法抗拒，为什么不面带微笑迎对痛苦呢？我相信时间会告别过去，痛苦会回归平静。

是的，我接受上帝要我承受的痛苦，我要好好珍惜我现在的所有，我的人生在自己的手中，没有谁可以让它更美丽，只有我自己。

亲爱的，你回不回来我已经不再奢望，如果你能够回来，我会欣然接受，即使你不再回来，我一个人也会好好过！

0458. 义工特伦的爱情——1965.08.12

义工特伦是个热心的男人，休息时会帮我们女同胞递上一瓶水，关心我们累不累。他说做义工是他太太支持的，做义工以后才发现人生的价值在这里得到真正体现。今天他的心情不太好，原来他的太太刚做完一个乳房手术，伤口又发炎了，他抹着泪水说他这一辈子都不浪漫，像落泪这样的情形在他太太面前只有一次，结果骗到他老婆与他生活了二十年了。

我问他“结婚这么久你没有不忠过吗？”他说，肯定会有过这样的想法，但我知道那些会很快过去，我不能对跟我共度一生的人做这样的事情。之所以没有出轨，是因为我太太爱我胜过爱她的生命，在我倾尽所有的积蓄买那只钻石戒指的时候就注定了我一生只爱她，到现在为止，我仍然觉得我的太太和当初一样的美丽。

卡尔，听完他的故事我哭了，我不知道你现在进行的外遇故事会不会很快过去，我只知道从爱上你的第一天起，我就认定你是我共度一生的人，我爱你同样胜过爱自己的生命，然而，我现在有点茫然！

0459. 你说过永远爱我的——1965.08.30

亲爱的，今夜我又拿出你写的信，这是一封你结婚前写给我的信，你在这上面写着“我永远会爱你，永远会关心你，永远会保护你，我的肩膀会为你遮挡风雨”，下面还写着你的名字，可是你今天却已离开了我。很久以前，你答应了我很多，说要怎么样爱我，要让我过上幸福的生活，可是现在当我最需要你的时候，你却没有在我的身边，连打个电话都忘记了。

卡尔，我最亲爱的人，你说过的话我都记在心里。可是你跟我讲过什么，现在居然可以像没有发生过一样。你知道一个人被抛弃的感受是怎么样的吗？真的太难过了。你知道我对你有多大的期望吗？我很孤独，害怕，心里面好像被刀割一样。难道你愿意看着我流血却视而不见吗？一个讲话不算数的男人！我发抖的手好想把你这封信撕得粉碎，但我忍住了，我也不知道我为什么要把它留着，心里有说不出来的滋味。

卡尔，夜已很深，窗外的雨下个不停，我的心如外面的雨打在窗玻璃上，击得粉碎，无处诉说！

0460. 得癌症的桑德拉——1965.09.24

今天到社区康复中心，34 号病床的桑德拉痛苦地坐在床边呻吟，让我有点战栗，不敢接近。她看我那乞求的眼光又让我很动容，她得了癌症，身边没有一个亲人。

我痛苦吗？比起她来，至少我还有健康的身体，一对可爱的儿女，还有我至爱的父母亲。

卡尔，没有你的日子我好像已经习惯了，你可以继续沉醉在你温柔的梦里，假如你能够在那里得到快乐，我已经不在乎，真的！

0461. 今天是卡尔的生日——1965.10.02

卡尔，今天是你的生日，往年的今天都是我们一家高兴地坐在一起，品尝我做的饭菜，送上我和孩子们的祝福为你祝贺生日。我不知道你的身边现在是哪个女人，陪伴你一起品尝美味佳肴。今天我看不到我们一家其乐融融的场面，我的眼泪不自觉地流下来，我并不是嫉妒，只是我照样做好你最喜欢的饭菜，而你没有回来，我的心好凉，但愿你今天不孤独。

亲爱的，你离开我已经有 485 天了，日子在我孤独的守望中一天天流逝。卡尔，我无时不在想你，想你的头发，你的鼾声，你的气息，你的爱抚，你的拥抱……卡尔，卡尔，我最亲爱的人，我要怎样才能表达我对你的悔恨和热爱呢？！

0462. 在书里寻找我的爱情———1965.11.06

外面的世界已经乱透了：新左派运动、性、毒品、犯罪、太空探索、城市化、学生运动、反战游行、族群平权、社会公义、妇女解放、消费者保护、环保及弱势群体维权……电视里每天播放这些乱七八糟的东西，我已经无法看清楚这个世界。

我从社区图书馆搬回一大堆文学书籍，在书中我寻找爱情的踪影，我为书中的主角喜怒哀乐，在字里行间我寻找自己向往的爱情和激情。

打开收音机听听越战的事情，战争正酣，凯理在前线，不知道如何……

卡尔，偶尔想想你！

0463. 我是孤儿——1965.12.10

今天去孤儿院，看到孩子们都有各自的悲剧，或伤残，或被遗弃……眼泪在这里不能表达什么，孩子们要的是快乐，我强作欢笑给他们讲开心的故事，玩游戏。

回家的路上，我突然在想："我是孤儿？我是孤儿？？"不，我还有至爱的父亲和母亲，他们一直在关心和牵挂着我，可我不敢告诉他们，此时的我并不快乐，甚至很痛苦。

卡尔，我突然觉得我比孤儿更可怜，亲爱的，难道你就这样让我继续孤独下去吗？

0464. 游戏人生吗？——1965.12.24

朋友安妮遇到跟我一样的境况：丈夫乔什有婚外情，和他的女助理，乔什经常夜晚不回来，又不离婚。安妮跑过来向我诉说，我不知道怎么安慰她，只是陪着她一起流泪。

"孩子大了，事业有点成就，和妻子没有激情。"是不是男人到了四五十岁的年纪就很容易出轨，还是因为外面的诱惑太多，男人们自觉不自觉地掉入情欲的陷阱，纷繁的世界，我看不太明白。

卡尔，自你和我结婚的那一天起，就是你对我一生的承诺，信守这份承诺，共同守护建设好我们的家庭，你不能因为这样那样的理由而逃避这份责任，婚外情是游戏人生。

亲爱的，情欲是一场暴风飓雨式的迷恋，迟早要停止的，我知道爱情远比肉体的感受要深刻。卡尔，你不是滥情的人，这是一场你玩不起的游戏，你只会在迷茫中失去自己，我不想你输得很惨，到现在我始终没有放弃我对你的承诺。

卡尔，你快回来，我在心里千百次的祈祷，愿平安夜的钟声唤醒迷途的你！

0465. 孤独是因为思念——1966.01.02

我们迷失在爱的旅途
聚散离别成了我的愁绪
我在刻骨的记忆里行走
总是被深夜的某个记忆惊醒
当初的不顾一切难以忘怀

你却在和别人演绎着新的故事
留下我的残破的风景凋谢的年龄
我答应你的我永藏心里
你答应我的你可能已经遗忘
绵长的光景依然流转
思念有时找不到方向
我不想被你遗忘在你逝去的梦里
可我又无法唤醒你为我可生可死的记忆
难道你真的要我一个人在旅途
让我孤独成风景

0466. 情人节的礼物——1966.02.14

今天是情人节，卡尔，没有你的礼物，此时我也不敢奢望，那就自己给自己买一束玫瑰花，回家我把它插在花瓶里，看着它，我笑了，笑得有点酸楚。

亲爱的，今天你又倒在哪个女人的怀里呢？在你欢笑的背后，我又是你什么人呢？卡尔，你是否想起我曾经的温情和爱恋？！

0467. 写信本来就是一种释放——1966.03.23

卡尔，你已经离开我660天了，没有你半点消息，你就好像人间蒸发了一样。我有时在想，如果你是在战场死了，我可能会记得你的好，永远怀念你，可现在你活着，像个幽灵一样吞噬着我的灵魂，胸口隐隐作痛，夜深人静的时候，我甚至会撕开这个伤口，任这痛苦的感觉恣意蔓延，直到天亮。我有时会坐起来写信，写给你，假装你回来或不回来，我没有地方去诉说，我也不想去传递我的伤感。我在朋友面前永远是开心的，也只有写信给你，卡尔，你能够听得的内心的声音吗？

亲爱的，我相信与你是有心灵感应的，你会收到我的声音，这是我们在一起二十年来的交融与默契。卡尔，如果你有什么顾虑，那请你相信我，我仍然深深地爱着你！

0468. 我学习烹调和舞蹈——1966.04.19

桌子上放着一大堆烹调的书，我照着书上的菜式变化着好多的花样，现在做牛排可是我的绝活，煮咖啡连我自己都觉得是一种享受，可惜你不在我身边。

我去社区学习交谊舞，那悠扬的音乐配着轻快的舞步，尤其是那探戈舞步，连老师都惊叹我的天赋，我发觉自己原来还那么年轻。

日子就在这样的忙碌中流淌，卡尔，我也在数着你离开我的日子！

0469. 等你的日子——1966.4.30

一些日子放在枕边
无声无息地躺着
一些日子放在信里
你牵我的手装满回忆
一些日子随你漂泊
酸楚得有点凄凉
不管你怎样
始终记得当初的爱恋
何日你归来
陪我细读那装满思念的信
我分明已经看见
在那个长满丝兰花路口
你站在那里等我 等我

0470. 有人向我求爱——1966.5.12

今天一大早，门铃响了，开门一看是我的舞伴安德鲁，手里捧着一束鲜艳的花。这个西班牙血统的大男孩小我十多岁，有一头棕色的卷发，棕色的双眼带点淡淡的忧伤。

“怎么知道我住这里？”我很诧异地问。

“问到的，不欢迎我吗？”安德鲁耸了耸肩。

“那就进来喝杯咖啡。”我无法拒绝他的鲜花。

当我转身的时候，安德鲁在后面双手把我抱住亲我的头发，说他爱我，吓我一大跳，我的大脑刹间一片空白，但理智很快告诉我“不，不能这样”。我使劲掰开他的手，我看着他的眼睛认真地告诉他：“你不能这样，我已经四十岁了，是两个孩子的妈妈，我有我深爱的丈夫，我的丈夫也非常地爱我，你赶快走，我的丈夫马上就要回来了。”

安德鲁是流着泪走的，我忘不了他那忧伤和失望的眼神，我关上门来痛哭了一场。

卡尔，你可以背叛我的感情，但我不会背叛自己的感情！

0471. 收到安德鲁的道歉信——1966.5.30

亲爱的玛利亚：首先请你允许我这样叫你，很抱歉前几天冒犯了你，这几天我彻夜难眠，我知道我那天的举动深深地伤害了你，请你谅解我的唐突和冒失。

我知道您的年龄比我大点，但没有想到您比我大那么多。我有一个酗酒粗暴的父亲，他经常打我的妈妈，我的妈妈和你一样的美丽和高贵，非常的善良和温柔。

我不明白我的父亲为什么要打我的妈妈，我的妈妈十几年前离家就出走了，一直没有回来，我也不知道去哪里找她。这十几年来我除了喝酒就是跳舞，无所事事，没有女人爱上我，然而只要看到您，我就想我的妈妈，说到这里，您应该知道我为什么喜欢上你的原因。

再一次向您深表歉意，我要去寻找我的妈妈，我一定要把她找回来，安德鲁。

我的眼泪不由自主地流了下来，我深深地同情他。

亲爱的卡尔，假如我哪一天离家出走不再回来，我们的凯理，凯希会怎样呢？！

0472. 凯希令我担忧——1966.06.13

这个社会的变化让人眼花缭乱，电视剧和书籍里充斥着性或阴谋，年轻人好像不知道他们来自哪个星球，除了放荡的自由和性，其他都好像不重要或与他们无关。每当我讲起我们那个时代的爱情和邻里互助的快乐时光时，凯希总是以怀疑的眼光看着我，好像我是一个怪物似的。

卡尔，你离开家好长一段时间了，凯希好像察觉到我们的状况，几次欲言又止。她的电话真多，经常夜不归家，好像还学会了喝酒，学习不怎么认真，整天学着好莱坞电影明星的样子，我很担心她会学坏，又无可奈何。

卡尔，你可以不管我，但你不能不管你的女儿，她一直很依赖你，她过去所有好的表现都是为了证明给你看，我担心她现在所有坏的表现也是为了证明给你看，如果是这样，我们这个家真的完了。

“上帝，救救我的卡尔，救救我的凯希。”我千百次的祈祷！

0473. 一个人看场电影——1966.6.25

一个人走向电影院，从第一场看到最后一场；一个人陪着故事的主角哭笑，记不清故事的情节；最后一个人离开电影院，感觉挺好的。

一个人走在大街上，昏黄的电灯杆下形只影单，突然才想起最近治安有点乱，昨天深夜这里有一个年轻的姑娘被人强暴，我不由自主地加快了脚步。

卡尔，我很害怕，我的心在战栗，双脚在发抖，炎热的夏天却让我第一次感觉到寒冷！

0474. 精神病院里的琳达——1966.07.03

精神病院里的琳达原本有一个美好的家庭，一次旅游中的意外车祸，她失去了她的丈夫和刚满周岁的儿子。当她醒来的时候她失去了记忆，白天正常，一点都看不出有病的样子，只有在睡梦中她经常会歇斯底里。今天见到我又拉着我的手问长问短，脸上始终挂着快乐天真的笑容，尽管我掩饰了自己的眼神，她还是看出了我的抑郁。她会给我讲邻床把裤子当上衣穿的笑话，当走出精神病院，我满脑子想着的都是琳达无忧无虑的笑声。

脑海里已经找不到快乐的词儿，我不知道我现在是正常人还是有精神病，我的欢笑哪里去了呢？

卡尔，我有时好想失去记忆，忘记过去所有的一切，找一个陌生的角落藏起来，或者重新来一场恋爱，可这个世界由不得我选择，安眠药带给我短暂的失忆，醒来时更加清楚昨天的记忆，无法忘却。

亲爱的，如果有可能，请给我一次醉生梦死的机会，此时，我真的好想！

0475. 怀念在拉格尔的日子——1966.07.12

故乡似乎很遥远，今夜却突然想念。

洛杉矶咸咸的海，远没有故乡自然清新的风那么凉爽；城市喧嚣的夜晚没有故乡的宁静，我很怀念在拉格尔的日子。坐在窗前看落基山的雪，围坐在火炉边喝秋葵汤，甜蜜的蜂胶、枫糖浆、牛肉卷、玉米饼令人回味无穷，还有那满山的黑葡萄令人鼓舞，我穿着花格裙子和小伙伴们一起奔跑在田野上追逐。当然还有和你一起看电影，我永远也忘不了你第一次在村口拉我手的激动，第一次在西山吻我拥抱我的忘情，还有第一次去爬落基山你背我的情形。

亲爱的卡尔，生命中可以消失很多的东西，你可以遗忘很多的事情，但有些是永远无法抹去的，它永远刻在你的生命里！

0476. 我原谅你吗？——1966.7.24

书上说爱的另一面不应该是恨，而是原谅，当你在心里埋下怨恨，纠缠于往事的枝枝叶叶时，只会让自己伤得更深，还要赔上时间、健康、情绪和当下的生活。

书上说得很有道理，我也能够理解，可要做到不容易。亲爱的，我原谅你吗？我已经原谅你了吗？我不断地反复问自己。

“原谅你就是善待自己”，我何须保留灰暗的心境，卡尔，没有你在的日子，外面照样阳光明媚！

0477. 对自己的情感负责——1966.08.06

你离开我已经795天了。

我还爱你吗？我爱自己吗？我需要等待吗？有时候闭上眼睛，我不止一次地反复问自己。

心理学家说：“情感反应源于我们自身，这些情感来自我们内心深处的一处幼稚的地方，就是希望一切要尽随我愿，当我们的期望没有达到时，我们就感到无能为力，这是一个自然反应。”是的，我好像掉在一个泥潭里，我不仅仅是感到无能为力，而且心力交瘁，给我的精神和健康带来很大的改变。

亲爱的，对于我们生命中发生的事情，对于我们的情感，如果我们自己都不忠诚的话，谁会来承担我们家庭或生命支离破碎的责任呢？不管怎样，卡尔，我是爱你的，我时常回顾过去，爱的美好记忆永远存在在我的脑海里，我要对自己的情感负责。

我决定继续等待！

0478. 凯理来信了——1966.08.20

卡尔，你的儿子凯理来信了，问候你这个亲爱的爸爸。越战很残酷，凯理受伤了，腿部中弹，正在野战医院接受治疗，有可能需要转回美国。凯理会不会残疾？我担心得要命，可你此时却无法看到他的信，也无法知道他的状况。

我已经回信告诉凯理："我们都很想念他，盼他早日归来。"我没有把你离家的事情告诉凯理。

亲爱的，我明天就去教堂，祈求上帝保佑我们的凯理平安归来。卡尔，你又何日归来呢？

0479. 卡尔的来信——1966.09.17

玛利亚，我犯了一个大错，是的，我是有了女人，韩国的，前段时间在夜总会认识的。我知道不应该这样做，我也知道我不爱她，我们之间不存在爱情，我只是迷恋于她的身体，满足我的虚荣。她的放荡让我可以释放压力，纯粹是满足我的感官，我曾经努力去摆脱她，可我又无法控制住自己，我只好离家放纵自己一段时间。

事实上，我和那个女人在一起久了，有一种罪恶感，我真的不快乐，不知道为什么我又拔不出来，我只好用酒精来麻醉自己，整天醉生梦死，不论如何，我罪不可恕，玛利亚，我知道这件事深深地伤害了你，真的很抱歉。

那女人花光了我身上的钱财后又投入了另一个男人的怀抱，公司的生意这两年交给德理希那小子打理，订单几乎全跑光了，我真的很后悔，可能是上帝要这样惩罚我，让我尝尝这杯自酿的苦酒。

我好几次徘徊在回家的路上，可我不敢回家见你，我只好待在公司一个人喝酒度日。

玛利亚，我好想见到你，如果你欢迎我回家，你在向东的窗台上系上你那条红围巾，看到那条红围巾我会回来，你的卡尔！

0480. 你才是这个家的主人——1966.9.20

卡尔，钱花光了没有关系，公司垮了也没有关系，我还有点积蓄，我们还年轻，一切都可以重来，我只要你平安归来。

红围巾我昨天早早地系在向东的窗台上了，家里还是你离开的样子，一切都那么干净和舒适。亲爱的，你是这个家的主人，没有你，这个家将失去生机，我盼你早日归来。

卡尔，你看到了那条红围巾了吗？！

0481. 卡尔还没回来——1966.9.26

卡尔，白天我打开所有的窗门，准备了你最爱吃的牛排和葡萄酒，晚上我开亮了所有的灯光，准备好你的睡衣等你回来，挂在窗台的围巾已经一个星期了，还不见你的踪影，我好害怕，我好紧张。

今天我又买了三条红围巾，把它们系在其他三个方向的窗台上，卡尔，不论你从哪个方向回来，一定可以看见窗台上红围巾。

亲爱的，为什么每次等你回来的时间是那么漫长！

0482. 卡尔终于回来了——1966.10.03

亲爱的，你回来了，你终于回来了，离开我整整 849 天，我跑过去紧紧抱住你，你站在门口任由我在你的肩膀上哭泣。

你的风衣应该很久没有洗了，黑黑的有些油迹，胡子很长，脸瘦了一圈，蓬松的头发，一幅落魄的样子，我好心疼。

我帮你脱了所有的衣服洗了澡，你出来的时候低头默不作声，任由我使唤，卡尔，此时你像个做错了事情的小男孩。

卡尔，请抬起你的头，好好地看着我的眼睛，跟你生活在一个房间里面的我，你已经有两年多没有仔细地看过我的眼睛了，你从我的眼睛里看到了怨恨吗？没有，请再摸摸我的身体，你还是与以前一样能够感受到我的温度。

亲爱的，回来就好，这里才是你的家，粉红的缦帐已放下，我的体香还在！

0483. 我现在很开心——1966.10.18

卡尔回来快半个月了，还是很少说话，我陪他去社区打篮球，卡尔很喜欢打篮球的，我帮他当拉拉队员。

卡尔在家里除了看电视，就是陪我做做煎饼，我打开留声机放一些轻松的音乐，我给他讲书里的笑话。

晚上卡尔突然轻声地问我：“玛利亚，你不要对我这么好？我好难受，你为什么不大骂我一顿呢？我心里好受一点，为什么不问过去的两年我在干什么？”

“你去越南战场了。”我开玩笑说，卡尔紧紧地抱住我。

亲爱的，当放下时放下，我不想生命就在悲欢离合里挣扎。都已经过去了，是的，我不想知道，生命短暂，剩下的应该属于快乐，卡尔，我知道这个家有你的存在，我现在很开心很踏实！

0484. 把伤害看作风景——1966.11.03

卡尔，你回来我真的很高兴，我的高兴不是装的。如果说过去的两年你对我没有伤害那是假的，伤害对于每个人，都是一道必经的风雨，如果我把它看作风景，它就是风景，它是砥砺我身心、增长我智慧的风景。我没有必要把它看成凄风苦雨，这样做对我没有什么好处，我要对得住我自己，这是我的心态，我永远相信生活和命运掌握在自己手里，我不想昨天已经失去太多，今天还沉浸于昨天的悲伤之中。

泰戈尔的一句诗："世界以痛吻我，要我回报以歌"，我今天读懂了。

亲爱的，我要把过去两年的时光补回来，你要还给我双倍的快乐。卡尔，你的梦想呢？你的目标计划呢？还有你我的承诺呢？我们不要也不能因为这段不愉快的经历半途而废，前面的风景依然很美好！

0485. 珍惜拥有的人是幸福的——1966.11.16

什么是爱？什么是恨？爱和恨可以像两条永不相交的平行线，爱和恨也可能只需要一缕阳光就可以消融，珍惜拥有的人是幸福的，因为我们总是并不确切知道我们需要的到底是什么，太多的人只有在失去的时候，才知道去珍惜。

我记得在《飘》这本书里瑞德离开前的那一段话："思嘉，我从来不是那样的人，不能耐心地拾起一些碎片，把它们黏合在一起，然后对自己说这个修补好了的东西跟新的完全一样。一样东西破碎了就是破碎了——我宁愿记住它最好时的模样，而不想把它修补好，然后终生看着那些破碎了的地方。"

卡尔，之前我一直有这样的想法，感情是不可欺骗的，是不可分享的，可是我已经这么大的年纪了，女人的想法永远与男人是不一样的，现在我宁可相信那种脱胎换骨的说法，一切都可以从头开始，不要已经分开了，终生记恨你的过去，却心里还爱着你，然后若无其事地跟别的男人过日子，我决不能这样欺骗自己。

泰戈尔有一句诗我特别喜欢："如果错过太阳时你流泪了，那么你也将错过星星了"，我将学会忽略过去，因为——Tomorrow is another day! 亲爱的，我爱你，你要好好爱我！

0486. 我们一起看电影——1966.11.27

经过我一个多月的调养，你的气色越来越好，今天的心情似乎也不错，早上起来你突发奇想，约我去好莱坞看电影，难得你有这么好的心情。

我们一口气看了三场电影，你不停地为我买饮料买小吃，紧拉着我的手像一对初恋的情人。

晚上回来的路上，走累了，你执意要背着我，我竟然睡觉了，我好久没有这样美美地睡一觉了。

亲爱的，我很享受睡在你背上的感觉！

0487. 我很害怕再失去你——1966.12.08

亲爱的，我昨天晚上又做了一个梦，梦见你离开了我，再也没有回来。我惊恐地爬起来，发现你正熟睡在我的身旁的时候，看着你熟悉的脸，我长吁了一口气，此时我的睡衣已湿透。

我无法再入睡，来到窗前，书桌上有本泰戈尔《园丁集》还没有看完，里面有一段诗，我轻轻地默念起来：

不要不辞而别，我的爱人，
我看望了一夜，现在我脸上睡意重重，
只恐我在睡梦中把你丢失了，
不要不辞而别，我的爱人，
我惊起伸出双手去触摸你，我问自己说：
这是一个梦么？
但愿我能用我的心系住你的双足，紧抱在胸前！
不要不辞而别，我的爱人。

一模一样的感觉，我甚至怀疑这首诗是为我写的。卡尔，我很害怕再一次失去你，我知道你对我是多么的重要，亲爱的，你不能从我的生活里离开，永远不能！

0488. 回家乡看看——1966.12.21

最近的经济好像比较糟糕，你整天待在家里不知道干什么好，去做生意暂时找不到头绪，我看得出他的焦虑，我决定趁这个空闲的机会陪你回老家看看爸爸妈妈；

我已经十几年没有回老家了，异乡的漂泊竟让我忘记了乡音，你在笑我失去了灵魂。

回家乡拉格尔的想法使你好几次犹豫不决，我知道你在想什么。

亲爱的，衣锦还乡固然很好，游子归来更是一种亲情的召唤，你就当一次回乡旅行，去看看我们的亲人，看看西山的树，落基山的雪！

0489. 卡尔恢复了状态——1966.01.10

见到了我久违的爸爸妈妈，我热泪盈眶，他们老了。

你好像也从未有过的轻松，每天去卡文的葡萄园，和卡文规划这规划那，带我去爬山，看成片的红枫林，远眺落基山的雪，夜晚跟父母亲唠家常，滔滔不绝地讲你创业的成功史。

这个新年过得很愉快，日子过得真快，凯希又要上学了，你似乎恋恋不舍。我爸爸妈妈年纪大了，在家乡没有人照顾，我决定带他们一起去洛杉矶，你毫不犹豫地支持我的决定；

亲爱的卡尔，看到你现在的状况，我知道家乡的亲情给了你勇气，家乡的泥土给了你力量，你像一只饿久了的老虎又要下山了！

0490. 我意外怀孕了——1967.01.23

不知是久别后的激情，还是近段时间家乡山水的滋养，我竟然怀孕了。

当我把这个意外告诉你的时候，你不敢相信，惊喜之余又担心我的年龄和身体吃不消，你在那里有点犹豫不决。

亲爱的，既然上帝要把他留在我的肚子里，我们就把他生下来，我愿意为你再做一次母亲！

0491. 情人节的礼物——1967.02.14

你今天送给我一个玉做的手镯，我仔细一看，这是你妈妈的。你笑着说我们结婚的时候，你妈妈舍不得给我，那是你奶奶留给她的唯一东西，现在妈妈说她人老了，不需要再戴这个，这个家需要我来支撑。我知道这是你夸奖我的话。

亲爱的，我知道这玉镯的重量和意义，我受之不起。我不知道我能够为这个大家庭贡献什么。卡尔，对于我来说，自嫁给你的那一天起，我对这个大家庭没有丝毫的保留，我爱你的爸爸妈妈，我爱你的兄弟姐妹，我爱你所有的亲人，我对你的承诺也一直没有改变，不管怎样，谢谢你和妈妈这份贵重的礼物，我会把它传递下去！

0492. 凯希的转变——1967.02.18

凯希向来听你的话，总以你为骄傲，学校里取得什么成绩或什么好的事情第一个先向你汇报，完全不像凯理，什么事情很依赖我，总跟你斗嘴。自这次你回来后她乖巧了很多，晚上很少出外了，认真地关在自己的房间里做作业，准备明年的大学考试，我不禁松了一口气。

凯希的转变真快，每天欢乐的笑声充满了我们这个小家。

亲爱的，你挽救了凯希，挽救了这个家，谢谢你！

0493. 卡尔的信——1967.02.26

亲爱的玛利亚，我昨天一个人去了教堂，我在主面前深深地忏悔。我知道无论我怎样做都没有办法弥补我的过错，事实上我一直在自责，为什么去伤害我最亲爱的人，我知道你会原谅我，可我不能原谅自己，这种感觉让我很痛苦。

回家的感觉真好，玛利亚，我不时回想过去离开你的两年多时间里，我整天混在女人堆里，每天除了喝酒就是唱歌，找刺激，尽管如此，只要我一静下来，满脑子都是你的影子。我失眠焦虑，我知道我错了，我很想早一点离开她们回到你的身边，可我害怕你和孩子们的眼光，我像一只待宰的羔羊就这样沉沦下去，我甚至在心底无数次呼唤“上帝，救救我”，可没有人救我，我自我毁灭着自己。

上帝没有救我，亲爱的，是你救了我，我知道我这一生已经无法离开你了，玛利亚，请宽恕我，宽恕我！

0494. 假如你真的不再回来——1967.3.08

“玛利亚，我问你个问题，你听了不要生气，我离开你的日子里，我一直在想一个问题：假如我真的不再回去，你怎么办？”卡尔晚餐后笑着问我。

“我马上找一个比你更好的。”我一本正经地回答。

卡尔默不作声，我刚才的回答有点严厉。

亲爱的，假如你真的不在回来，我怎么办呢？回拉格尔村？还是留在洛杉矶这个令我伤心的地方？坦白地讲，这个问题我还真没有认真地想过。

卡尔，有一点我可以告诉你，假如你真的不再回来，我还是会信守承诺每月写信给你，直到我终老的那一天，我还是会等你回到我身边！

0495. 生命的空间——1967.3.21

亲爱的，经历了这一次的事情后，我一直在反思是不是我在你生命里给你了一种无形的压力。尽管我从来没有要求你这样或那样，你总是小心翼翼地护着我，顺着我。我每天的问候是那样的机械，我的很多习惯都变成了你的习惯了，我不知道这样的生活，是不是让你觉得在家里的空间很少，事实上，我一直没有察觉。

是的，我们来加州后为了生存，为了生活，为了孩子，为了你的生意，为了金钱和物质，各自忙碌，日复一日年复一年的机械生活已转眼十五年了，没有太多的新鲜感觉，没有时间去好好学习提升一下自己，没有努力去改善我们生活的品质，回想起来我自己都觉得有点单调。

卡尔，我可能会试着离开你一段时间，试着不过问你的饮食起居，我要你慢慢习惯没有我的日子，让你回归自由的状态，我希望你永远对我保持感觉！

0496. 我意外流产了——1967.03.30

“我们晚上去好莱坞看场电影，那里的效果比社区电影院的效果好多了。”你昨天晚餐后提议。

去好莱坞看场电影是一件兴奋的事情，让我更高兴的是你喜欢看电影了，我们的卧室里有你搜集到的好多电影杂志，每天晚上你都会摸着我的肚子和我一起欣赏里面的人物。

我们的车奔驰在去好莱坞的路上，前面拐弯的地方突然冲出一辆大卡车，你急忙转向，还是撞在路边的一棵大树上，当我醒来的时候，我已经躺在医院的病床上。你的头受了点轻伤，打着绷带坐在我的床前，见我醒来，你流着泪告诉我“我们的孩子没了”，我的眼泪不自觉地流下来，此刻我知道我的心在流血。

亲爱的，孩子没了没有关系，你不用道歉，这是意外，只要你平安，只要有你在我身边，我什么都可以挺过去！

0497. 夜宿托克镇——1967.04.15

两个星期过去了，失去孩子的悲痛我难以解脱，虽然我没有责怪你，我却无法原谅自己，我告诉你，今天我想一个人出去走走，你不让，我坚持一个人出去走走。

巴士在州际公路上疾驰，我不知道我的目的地在哪里，日落的时候来到了托克镇，这座祥和的小城依偎在内华达山脉的怀抱中，但却拥有与世隔绝的宁静。

不想打电话回家，呆呆地看着窗外的山，很奇怪的感觉，让我想起了二十年前在拉格尔村的日子，我也是这样呆呆地坐在窗前看西山的树林，想象着，等待着你的到来。

夜已经很深，我难以入眠，寂寞袭上心头，好想你在身边抱着我，我拿起电话在电话里放声地哭，电话的那一头是你惊慌的安慰。

哭过了，没事了，亲爱的，我明天就回到你的身边！

0498. 凯理从越南回来了——1967.4.19

悲伤刚过，好事来临，凯理回来了。

凯理的腿伤基本康复，部队轮换，凯理回到了奥克兰，在后方部队从事工程机械维修。我和你高兴坏了，我们一家终于可以团聚了。

我和你一起驱车赶到奥克兰，凯理瘦了，但比以前更结实，战争的磨炼让凯理变得很理性和不拘言笑。

你拥抱着凯理，两个男人竟放声痛哭良久，我还没有见过你们俩如此激动地哭过，我吓坏了，可能相同的战争经历让你们体验到能够活着回来不容易。

是的，我们这个家走到今天真的很不容易，亲爱的，我们没有理由不好好珍惜！

0499. 贝莎的婚姻——1967.4.24

“伊娜的女儿贝莎离婚了。”我对正在看报纸的你说。

“是吗？她刚结婚好像还不到两个月。”你听我说时大吃一惊。

“是的，听说她的丈夫是个色鬼，在外面还有很多的女人，结了婚还经常偷偷摸摸出去约会，被贝莎发现了。”

“贝莎原来不了解他吗？”

“他们认识才三个月，家里人都反对，贝莎死活要嫁给他，现在的年轻人闪电般地在一起，然后闪电般地分开，转身之后，马上又投在另外一个人的怀抱。现在的爱情一天可以完成过去几个月的步骤。”我在那里评论周围的经常看到的现象。

你在一旁很快就不做声了，每当说到男人在外面有女人的时候，你都是这样子，生怕我说到你的痛处。

亲爱的，你别那么紧张，我不是在说你，我了解你的，你像我手中的风筝，迟早会回到我的身边的，卡尔，你说是吗？！

0500. 疯狂的篮球——1967.4.28

篮球的职业运动越来越热闹，电视台每天轮流播放关于篮球的种种传奇新闻。洛杉矶湖人队和萨克拉门托的国王队打得难解难分，你是超级篮球迷，每次球赛来临时提前一周排队买票，一定要上场为湖人队呐喊助威。

我对篮球没有什么兴趣，每晚电视里播放篮球的时段，你总是抢先霸占着，在那里加油、呐喊、怒吼。我不太明白男人为什么对篮球如此崇拜，我想可能和我们女人对购物天生有那么一股吸引力一样。

亲爱的，你霸占着我的频道没有关系，不用说对不起，只要你喜欢，我喜欢看到你这种激情的状态，我知道篮球是你的第二生命。

卡尔，每当这个时候，我好想自己是篮球！

0501. 不能这样消磨你的时间——1967.05.02

卡尔，我发现你现在早上起床比以前晚了一个钟头，起床之后也懒懒散散的，哪儿也不愿意去，你好像没有年轻的时候那股斗志了。是经历了那么多事情的疲惫，还是人到中年的状态呢？不，卡尔，你向来是勤劳的，积极的，你不应该是这样的状态，你还有很多的梦想没有完成，你要快速振作起来去寻找你的机会，不能这样消磨你的时间，否则你会懒散下去。一个令人吃惊的可悲事实是：无数不会浪费金钱的人，却在鲁莽地虚掷浪费自己的精力。

亲爱的，去联系你的朋友，或去打篮球，我陪你一起去，休息的时候重新规划一下你下一步的目标和计划，拾起你的梦想，我多么希望看到一个充满活力的你！

0502. 积蓄你的能量——1967.05.07

卡尔，懒惰有时与你的思维习惯有关系，你可能需要换一种方式积极去思考一些问题，比方说：我生活中有什么事让我觉得快乐？生活中有什么事让我觉得兴奋呢？生活中有什么事让我觉得感激呢？生活中有什么事让我觉得骄傲呢？生命中我所爱的人是谁呢？有谁最爱我呢？然后不断地问自己为什么，我有什么特别的感觉，下一步我该如何做。

亲爱的，以上这些需要你用正面积极的思维去想，每天早上问自己这五个问题，每个问题至少想出两个以上的答案，你最好将它们写下来并放在床头或浴室的镜子边，让你自己变得积极，并处于有活力的情绪中，我相信会产生正向的行为和结果。

所有这一切因为爱，所以需要行动，卡尔，我期待你再一次的成功！

0503. 母亲节——1967.05.12

当凯理捧着一束康乃馨祝我节日快乐的时候，我才知道今天是母亲节。多少个母亲节我熟视无睹，从来没有准备礼物送给我的母亲，很惭愧，母亲就在我身边，我走过去轻轻亲吻了她的额头，并把凯理送给我的花给了我的母亲，母亲笑得很开心。

亲爱的，此刻我想起了你的妈妈——一个把笑容永远挂在脸上的人，一个永远不提要求的人，一个与世无争的人。就是这么一个乡村的妇人永远都只为别人着想，不求回报，我心里是非常喜欢你的妈妈。自来加州以后，除了每月寄给她钱以外，我好多年没有买礼物送给她了，甚至有时电话里也寒暄不了几句。卡尔，明天我就给她买一套衣服寄回去，还有她经常头痛的药，并告诉她“我们每天都想念她”！

0504. 奇怪的感觉——1967.05.18

这个周末你来到部队和凯理打篮球，顺便带几本考大学的书给他，凯理想再考大学，这是一件值得高兴的事情。

篮球场上，父子俩配合很默契，看着你们在篮球场上奔跑的矫健身影，我在一旁欢呼呐喊。

事实上现在每天看电视的时候，只要有篮球比赛的节目，我会提前告诉你，只要哪里有篮球比赛，我就千方百计弄到票，也只有在篮球场上，你才可以找到那股冲劲和爆发的力量，那种力量让我乐此不疲，这是一种很奇怪的感觉。

亲爱的，看到你现在你充满斗志的样子，我很欣慰！

0505. 去阵亡将士公墓——1967.05.22

今天你和凯理一起来到洛杉矶郊区阵亡将士的国家公墓，两个经历了战争的人是这样的不约而同。我很惊讶，今天凯理见到你首先是一个标准的军礼，你回了一个军礼，然后两人紧紧拥抱在一起。

是的，男人之间的交流有时不需要用话语。

亲爱的，我一直担心你和凯理之间无法交流，看到你们那么默契，现在我终于放下了这个担心。我走在你们俩后面，看你们就像两座大山，这时我的内心充满力量，我为你们俩骄傲！

0506. 感受奥比斯波小镇风情——1967.05.30

前两天徒步穿越群山环绕着小城欧佳谷市。小城在群山和丛林的点缀下富有生机和活力。今天又驱车来到圣路易斯的奥比斯波，这里是最具有加州风情的小镇，它位于旧金山和洛杉矶之间的山坡之上，加州理工大学离这儿不远，到处都是活力四射的大学生，感受这群大学生的气息，我们好像年轻了好多。

小镇气候宜人，更有美味的红酒在这里酿造，更值得一提的是这里每周四晚上会有“烤肉会”，扑鼻的肉香弥漫着整个小镇。

我们玩得很尽兴，好久没有这么开心过了，你意犹未尽。

亲爱的，快乐是靠自己创造的，生活就是由一连串快乐的时光组成的光链，我们不仅仅是为了生存而生存，我们在创业的同时要学会享受生活！

0507. 我爱上了篮球——1967.06.06

陪你一起看篮球的次数多了，被你的激情所感染，我不知不觉的爱上了篮球，自己都觉得不可思议，我这个原来对篮球一点都不感冒的人竟然爱上了篮球。你在一旁看着我为你加油呐喊的状态哈哈大笑："想不到，想不到，你终于有爱好和我一样了"。

赛场上的呐喊声真过瘾，我的血脉会跟着你的进球贲张，那种感觉难以形容，只有在此时我才真正了解篮球的魅力。

亲爱的，不只是篮球，在许多的场合，经常看到你无私地为别人呐喊加油，人生的舞台有你这样的人真精彩，我想你能够为别人呐喊加油，你同样会得到别人的鼓掌。

无论何时，卡尔，我在你的身边一样为你呐喊加油！

0508. 不要刻意去比较——1967.06.13

你的老乡威拉德最近开始做地产生意了，娶了一个年轻的老婆，听说还准备给拉格尔村里修路。前天他开着奔驰汽车来请你吃饭，回家的路上你好像心里不痛快，我知道你在比较，过去的两年里，你失去了很多比他们更好的机会，难免心里有点失落。

我知道喜欢比较是人的一种自然心理，与文化无关，与你的素质无关，人就是喜欢比较。

我也明白:化妆自己感觉好就行，我穿衣服舒服就行，我的工作没有压迫感就好，我做生意有赚就好，我的汽车仅仅是个代步的工具，何必在乎别人的眼光……卡尔，如果你刻意去比较，就会扭曲你的心理，你的欲望会让你不快乐。

亲爱的，我们要比较的是我们的孩子是否健康成长，我们的家庭是否美满幸福，我们的朋友是否友善。卡尔,你有一个完整的家庭,健康的身体,还有一个爱你的妻子，你现在比很多人都强!

0509. 人生要有正确的目标——1967.06.25

亲爱的，经历过一些事情之后，你似乎有些清高与孤芳自赏，不时感叹赚钱不容易，总想去寻找一些简单的捷径可以快速致富。我感觉你的身上少了一股斗志和勇气，多了一些无奈，我理解你的心情。

我想起了戴尔·卡耐基先生说过："假如人生可以再活一次，我宁愿生命中没有金钱，而有目标。"

是的，如果一个人不想通过奋斗取得一样东西，那么给你再多的东西也没有任何意义。

卡尔，你是否还记得当年的理想？人生的每个阶段都有它的方向，需要你有正确的目标，而且要经得起磨炼。失去的可以再得到，我相信经历这次情感的劫数之后，你会想明白很多事情，知道有些赚钱的机会失不再来，知道家庭和朋友比金钱更宝贵。

亲爱的，清晰你的目标，为你的目标加油！

0510. 经济好像有点起色——1967.07.02

越战的物资需求刺激着经济的发展，总统的经济政策鼓励就业，经济好像有点起色，你整天在寻思如何创业，可我不喜欢你再去从事冒险的职业。

你喜欢吃牛排，也做得一手好牛排，加州人也特别喜欢吃牛排，听着那牛排的吱吱声，闻着那加了黑枝柳的香味，简直叫人流口水，那就开一家牛排店，你和我的想法不谋而合。

亲爱的，瞄准目标，积极行动，我为你保存的“创业基金”现在又可以派上用场了。

卡尔，我不需要你赚很多的钱，最好是可以满足你美食的胃口，又有时间打打你的篮球，还可以陪我看看电影，每天可以看到你的笑脸，这是你我需要的生活！

0511. 海蒂的爱情——1967.7.13

朋友海蒂三年前离婚了，是海蒂首先提出来的。昨天在超级市场见到她，仍然跟她的前夫齐内达先生手拉手在一起。海蒂看得出我的惊讶，原来他们半年前又复婚了。海蒂挺着个大肚，笑得很灿烂，看起来比以前年轻多了，去年见到她的时候还在整天埋怨自己不能生小孩。

“我离婚后离开了洛杉矶，去了迈阿密，是齐内达一路追过来，他在迈阿密做临时工，每天给我买好吃的东西，一定要和我在一起。因为不能给他生个孩子，我已经对自己失去了信心，后来我怀孕了，我们就一起回到了洛杉矶。”海蒂说这话的时候一脸幸福的笑容。

“我们不能因为没有孩子就不相爱了，只要我们相爱，上帝会帮助我们的。”齐内达先生在一旁高兴地补充道。

“只要我们相爱，上帝会帮助我们的”——这句话一直在我的脑海里重复，是的，亲爱的，爱情不仅仅是一份责任，更是一份相爱和相守，不仅仅是为了孩子，更多的是为了我们自己！

0512. 维蒙牛排店开张了——1967.08.01

你说干就干，从选地址到装修再到配料和菜式，你亲力亲为，忙得不亦乐乎，我在一旁帮忙，维蒙牛排店今天终于开张了。

你特意从新墨西哥家乡运来新鲜的牛排，鲜嫩原味的山村牛肉，加上那辣鸡翅，还有绿辣椒酱炖汤——这道菜是将辣椒肉馅的生米卷饼浸泡在香辣的调味酱里，挑一块尝尝，你的味蕾将接受火辣辣的冲击直呼过瘾，再加上赠送的一杯红酒，开张第一天顾客竟然要排队，你一边上菜一边忙着给顾客道歉。

亲爱的，我就知道没有你干不成的事，没有你干不好的事，我为你真高兴！

0513. 桥下的流浪汉——1967.08.09

去你牛排店的高架桥下有很多流浪汉，他们经常在附近的垃圾桶旁捡食物或在垃圾堆放场捡一些用品，每到傍晚的时候他们三五成群聚在昏暗的路灯下聊天，然后睡在桥底下，我弄不明白他们为什么不去救济站。

你说刚来加州没有找到工作的那段时间里，也在桥底下睡过，夏天蚊子很多，根本没有办法睡觉，坐在那里聊天，倒结识了一帮不同地方的朋友。你讲起那段历史好像很自豪的样子。

"去给他们送两床蚊帐，还有干净的水和面包。"我突发奇想，你担心不认识他们会有点危险。

人性本来是善良的，我只要不去伤害他们，我相信没有一个人会来伤害我。我知道没有一个人愿意流浪，他们为了生存，或许为了梦想，被迫这样生存。我知道他们之中有人一定有了家庭，正等待他的工资寄回家，像我当年盼望着卡尔寄回他的工资一样。在这个陌生的城市，他们需要有人去关爱，我突然有一种强烈的意愿，希望能够把这种关爱传递下去，尽管我的力量很微薄。

亲爱的，这里面的人就好比有当年的你，请支持我的行动！

0514. 凯理考上旧金山州立大学——1967.08.15

今天凯理手里拿着旧金山州立大学的录取通知书，一脸的兴奋。凯理立志要做一名电气工程师，经过一年多的努力和准备，终于如愿以偿考上了，选择就读旧金山州立大学电气工程专业。我们决定驱车去凯理的大学看看，你骄傲的神情好像是自己考上了大学，一路上有说有笑，好兴奋的样子。

是的，这是一件值得高兴的事，你没有上过大学，这是你一生的遗憾，今天上大学的梦想儿子帮你实现了，当然高兴。

回家的路上我突发奇想，我和你也可以报考社区大学，LACC 学院好像也不错，这里没有年龄和学历的限制。

亲爱的，明天回去我就帮你报名，我们一起上学当一回大学生！

0515. 人是要有点人文精神——1967.08.20

所谓好事成双，凯希今天拿到洛杉矶州立大学的录取通知书，你拿着录取通知书看了又看，好像不相信这是真的。

读什么专业比较适合呢？凯希在征求我们的意见，出于美国社会商业环境的兴起，你建议凯希读商科，我则建议凯希选择人文类学科，最后决定权又交给了凯希，凯希选择了人文类学科，长这么大，这是凯希第一次没有同意你的意见，我有点意外。

亲爱的，对于某一个阶段赚钱来说，念商科固然很重要，但对于人的一生来讲，我认为念人文学科的人情感会更加的丰富，人格会更加的健全，人是要有点人文精神的，我不想我们家都是生意人。从凯希的性格来讲，情绪比较敏感，容易失落，不适合去做生意，何况她一直对文学艺术类感兴趣。

卡尔，如果我们不要为了生存而忙碌，我宁愿你是一个搞艺术的，家里多一点人文的气息，少一点商业的金钱味道，在我的诗里或你的歌里，细细品味我那一份爱和你那一份情！

0516. 我们一起报名社区大学——1967.9.03

报考社区学院没有想象的难，没有年龄学历的限制，不用考试，填写完基本资料就可以入学了，也可以在家学习，不过听说要毕业就没有那么容易了，要通过严格的考试。

“没有问题，我一定顺利通过考试。”你兴高采烈一脸的轻松。

是的，十几年的艰辛创业让你没有机会去静下心来认真读一本书，如今，看到你有如此上进的心态，我真的为你高兴。

亲爱的，我每天晚上陪你一起去学习，我要和你比赛，看谁最先毕业，还有你不能为了学习，冷落了对我的感觉！

0517. 图书馆里的身影——1967.09.17

自从我和你报考社区学院，学院的图书馆里多了我们的身影，有时我们在层层的书架间相遇，只有一个心照不宣的眼神，一个会心的微笑，然后各自流连在书海里，忘记了彼此的存在。当我们手拉手一起走出来的时候，那一刻好像自己真的是大学生了，年轻了很多——这种感觉棒极了。

我尤其喜欢阿根廷诗人博尔赫斯，我经常想起这位几近盲人的诗人待在图书馆无数本书中博览的情景。他一生的成就几乎都与图书馆有关，我有时甚至在想，如果我是一名图书管理员该多好。

亲爱的，如果有一天你像博尔赫斯一样真正走进了图书馆，你就真正走进了大学，当你像博尔赫斯一样博览群书从图书馆里自信地走出来，你就可以毕业了。卡尔，我好喜欢你看书那认真的样子！

0518. 晚上我们多了功课——1967.10.01

你学的是管理和商贸课程，我选学的是欧美文学和心理学。

晚上我们把散步的时间缩短了一半，你把睡觉的时间也推迟了一个小时。周末除了去教堂做礼拜的时间，其他都在学院里听老师讲课，老师总被你稀奇古怪的提问搞得啼笑皆非，而你回到家总是问我为什么老师会笑。

你的精力似乎比以前更充沛了，功课上如饥似渴，牛排店的工作也安排得有条不紊，生意不受任何影响。

亲爱的，不要急，放松点，读书只是生活的一部分，读书的成果不一定是生活要的结果，带着你的爱，在生活中享受读书的快乐，在读书中体会生活的智慧！

0519. 你的内心是高傲的——1967.10.13

卡尔，你现在不太愿意和底层的人打交道，你交朋友越来越有选择性，我知道，经历过一些事情之后，你的性格也变得谨小慎微，比较敏感，和朋友之间好像隔着一层皮，尽管你会善意的回应，但你的内心是高傲的，高傲就意味着孤独。

亲爱的，我认为你内心高傲也没有什么不好，至少让你不要去滥交一些朋友。卡尔，当你内心孤独的时候，不要把自己关起来苦思冥想，不妨打开你的心扉和我一起交流你真实的想法，或在我的怀里痛哭一场，我一定是你的一个好听众，我不会嘲笑你，愿意接受你的一切，包括你的灵魂！

0520. 热爱这个家——1967.10.20

上个月巴特尔先生喝醉酒打了他的妻子弗莉，弗莉跟着别人走了，再也没有回来。前天梅隆先生因生意失败离婚了，他的儿子在他离婚前早就流落街头不知道去向。这样的事情几乎天天在我的眼前发生，家不成家，他们曾经的恩爱和欢乐成过眼云烟。

亲爱的，我不在乎你将来有多成功，我只在乎你心中有没有这个家，有没有我的存在。如果你做任何一件事情的时候，没有顾及我们的感受，那么你做的任何一件事情对我们来说也没有意义。

卡尔，我们家有懂事的凯理和可爱的凯希，还有我们亲爱的爸爸妈妈和兄弟姐妹，只有热爱这个家，你前进的道路上才会有动力，才会有更多成功的机会，也只有热爱你这个家，你成功的时候才有人为你喝彩。

亲爱的，不论你遇到什么困难，我们都会和你一起共渡难关，无论你得到什么荣耀，我们都会为你鼓掌，因为我们始终是一家人，我们是最亲的人！

0521. 电影《日瓦格医生》——1967.10.28

下午我早早来到牛排店里等你下班一起看电影，电影票是你昨天买好的，你知道我喜欢看电影，尤其是关于爱情的电影。

《日瓦格医生》讲述的是：理想主义者日瓦戈医生和热情奔放的护士娜拉之间的爱情故事。日瓦戈医生从小被唐雅的父母收养，长大后就娶了唐雅为妻。但是在第一次世界大战期间，日瓦戈认识了裁缝漂亮的女儿娜拉，两人坠入爱河时却碰上十月革命发生而被逼分离。日瓦戈回到旧地与妻子团聚时，却意外与娜拉重逢，压抑多时的热情遂一发不可收拾，当日瓦戈被红军俘虏押往前线，他为了见娜拉而冒险逃出，但结果还是不免分手的命运。

故事有点残酷，我很同情唐雅，对娜拉却说不出滋味，我没有感动，没有流泪，也许是因为年龄大了，老实说我不喜欢这样的故事。

爱情不需要那么复杂，不需要那么残酷，亲爱的，我们需要的爱情应该是简单的，清楚的，像一首动听的歌！

0522. 艾伦结婚了——1967.11.04

朋友艾伦小我差不多三岁，做过记者，现在是报社的自由撰稿人，快39岁了，今天是她结婚的日子。第一次结婚，听说新郎是他的读者，离了婚跟艾伦在一起两年了。

艾伦是个高傲的女人，近四十的年龄依然是那么的美，我感叹过去的岁月原来是在成熟她的美丽。艾伦交往过很多的男人，她不是嫌对方没有品位，就是嫌对方太俗气，或者没有安全感。你过去一直在笑艾伦太现实，这样下去很难找到她要的爱情。

是的，艾伦太现实了，不过，再现实的女人，不管她的年龄多大，她对爱都有所期待，她的心中都有一片玫瑰园，静静地吐露它的芳香，等待她的知音来到。

亲爱的，我的玫瑰园早已为你全部开放，日子久了，不知道你是否还能闻到我的芳香。卡尔，不论你是年轻还是苍老，我对你的爱永远期待！

0523. 凯理第2个女朋友——1967.11.16

这个周末凯理回来，带回一个叫嘉莉的女朋友，巴西人，热情大方，对我亲热得不得了。凯理这小子，平常不拘言笑，找女朋友竟然有一套，还没有一个学期这么快就上手了。凯理的外婆更是拉着嘉莉的手讲个不停，欢喜得像中了彩似的。

你做的牛排让姑娘吃得津津有味，一定要你教她做牛排。

我惊奇地发现嘉莉和凯理高中时期的第一个女朋友丽塔特别的像。丽塔我见过，嘉莉的样子和那气质，几乎和她的一模一样，莫非凯理还在怀念他的初恋女友？高中时候的凯理为丽塔爱得死去活来，不知什么原因他们后来分手了。

当我把这一发现告诉你的时候，你有点惊讶。

我有些担心凯理还会再一次的伤害自己，他不知道人生是一条单程路，爱情也是这样，过去是不能复制的。

人不能活在过去的影像里，就好像你不能活在过去的成功里一样。亲爱的，我们经历过很多的事情，只能往前走，有些伤痕不需要抹平，伤痕只不过是我们的战利品，如果我的怀疑没有错的话，在爱情的路上凯理还会受到第二次伤害，我很心焦！

0524. 第一次正式过感恩节——1967.11.25

今天是感恩节，以前都是象征性跟着别人的过一下。你上午弄回来一只火鸡，凯理和凯希都回来了，加上我的父母亲，全家人在一起第一次很正式的过了一个感恩节。

是的，在这个成熟的年龄，我们应该学会感恩，不管经历多少风雨，首先我们要感恩我们的父亲和母亲，感恩我们的兄弟姐妹，感恩我们的朋友，感恩生活教会了我们许多东西。

亲爱的，感恩你回到我的身边，感恩我们的上帝让你重新振作起来，感恩有你一路的陪伴和呵护，我相信我们的路接下来会走得更稳，我们的生活会比以前更好。

感恩生命，卡尔，你的生命就是我的生命！

0525. 人总是要往前走的——1967.12.02

朋友里曼离婚已经有一年了，她和丈夫是大学同学，曾经相互深深爱过。失去这段感情当然伤心难过，整天以泪洗面，不梳头发，不化妆，今天我见到她的时候，我甚至怀疑她有没有洗脸。我不知道怎样安慰她，有过一段失去你的痛苦经历，我知道任何人的安慰是没有用的，女人很多的时候会以自暴自弃来惩罚自己。

人生有许多不同的风景，前面有谁在等你，没有人知道，可你又在等谁呢？不论怎样，人总是要往前走的，没有必要久留在这种境地，好好爱自己，然后找一个人来爱，不管什么结果，女人要活在爱和被爱当中，她的生命才会美好。

亲爱的，我曾经发誓要与你厮守一生，我常常在想，假如你再一次背叛我，我也不会像里曼那样，我会告诉我自己：你不值得我去用一生来爱，活出我自己来！

0526. 生意不在大小——1967.12.20

牛排店的生意似乎不错，顾客不仅喜欢听到牛排的吱吱声，闻到它的香味，更多的顾客冲着那杯赠送的墨西哥原味红酒来的，你很得意你的创意。

亲爱的，事业刚刚开始，生意不在大小，在乎你的心境。你的牛排能够留给顾客什么滋味，关键看你持久投入的热情，如果维蒙牛排店能够成为这条街道的风景，成为人们口碑相传的去处，那么你的事业是成功的。

卡尔，你一定会做得更好，我相信你会成功的！

0527. 可怜的梅西——1967.12.25

梅西的丈夫巴隆在越南战场上失踪了，三年来毫无音信，不知道是生是死，政府没有她丈夫的消息，告诉她的只有一句话“等待消息”。每天梅西抱着个孩子领取政府的援助金过日子，孩子快四岁了，非常可爱，梅西告诉我她将继续等她的丈夫回来。

“如果他万一不再回来了，你怎么办？”我轻声问她。

“我不知道，他说他会回来的，他一定会回来的，他还没有见过他的孩子。”梅西哭着说。

你不明白一个女人是什么样的精神在让她坚持。

我很理解梅西的心情，亲爱的，女人的心情是你们男人无法理解的，人是为了希望而活着，等待并不是最痛苦的，最痛苦是没有希望，梅西的丈夫可能已经远去，存在她心中的那份爱情永远无法消失。

卡尔，任何时候我不怕等待，因为你是我的希望！

0528. 不要小看一个人的力量——1968.01.02

洛杉矶的冬天向来是寒冷的，今年也不例外，窗外飘着雪花，远处的高架桥让我想起了桥下的流浪汉。这么寒冷的冬天会不会还有人睡在下面？我抱了一床毛毯就往外走，你在后面小声抱怨我一个人又能够改变什么？

是的，我一个人的力量太小了，我改变不了桥下的流浪汉，但我送去了一份爱心，我相信他们之间会传递这份温暖。

事实上，一个人可以发动一场战争，一个人也可以去阻止一场战争，一个人可以发明一种新的技术造福无数的人，一个人的思想可以改变一座城市，一个人的付出可以改变很多人的观念，我们不能小看一个人的力量，这是我的信念。

亲爱的，你也不要小看自己的力量，因为你的努力，我们的大家庭的每一个成员都发生了可喜的进步。卡尔，不要把你的目光停留在现在，一个人是很难看到他二十年以后的状况是什么样子，坚持你的梦想，说不定你将来可以改变你的家乡甚至更多！

0529. 卡尔的生活——1968.01.16

你不让我到牛排店帮忙，要我在家照顾好我的爸爸妈妈，陪他们散步。我把家布置得很温馨，陪爸爸去图书馆，陪妈妈逛商场。聊天，一起做饭菜，等待你下班回来一起煮咖啡，吃饭，然后开车一起去学院听课。

每到周末，牛排店的生意更忙，你一定放下手中的活计，陪我到图书馆搜集一大堆书籍打发时光，或和我爸爸下下棋，爸爸的围棋下得不错，你每次都投降认输。我妈妈喜欢插花，你的称赞让妈妈很开心，你买回来的花瓶让妈妈都插满了。

亲爱的，看到你每天回来热情地跟我爸爸妈妈问候说笑，热情地跟邻居打招呼，我发觉你看我的眼神更深情了，你的动作更温柔了，有规律的生活里充满了我们的欢笑。

卡尔，我现在真的很开心！

0530. 习惯你在身后拥抱我——1968.01.25

你每天回家的时候，喜欢在我的身后拥抱我，在客厅里，在卧室里，在厨房里。有时我的手中拿着书本，有时拿着水果，有时拿着蔬菜，你全然不顾，紧紧地抱着我，一边咬我的耳朵，一边给我说笑话，你的那双大手很有力，我不自觉地轻轻地闭着我眼睛，一手抚摩着你的头发，我很享受这种感觉。

亲爱的，我已经习惯你这种拥抱，甚至在睡梦中也感觉你紧紧地抱着我，我知道无论何时，你都会在我的身边，我心中充满温暖。

卡尔，我爱你！

0531. 情人节的礼物——1968.02.14

今天你把一个礼盒放在书桌上面就出去了，上面还放了一枝玫瑰花，打开一看，这是一件透明的丝质睡衣，怪不得你装得很神秘的样子，连笑容都有点古怪。

卡尔，今晚睡觉的时候我就把它穿上，你已经好久没有好好看过我美丽的身体了，我要让你看看我的身体为你保持得多么的玲珑。

亲爱的，谢谢你的礼物！

0532. 没有人可以独自荣耀——1968.02.28

和辛西娅认识很有缘分，上个月她在社区图书馆门口签名赠送她自己出版的诗集。我发现这个和我年龄一样大的女人，有她特有的激情和魅力，她对文学有大量的阅读和研究，曾经在欧洲做过两年的游学，喜欢看电影和写诗歌，和她聊得很投机，她盛情邀请我去参加她家庭举办的《诗友会》。今天是我第一次参加这样的聚会。

我在一个角落坐下来，辛西娅介绍说参加的人都是爱好诗歌的朋友，每个月一次。这次纯粹是一个以“爱情”为主题的朗诵会，每个参加者朗诵自己的或别人的作品，随后进行交流，气氛浪漫而温暖，中途听听轻松的音乐，吃吃点心，我印象深刻的是辛西娅的丈夫格道夫先生朗诵的诗全是写给辛西娅的，语言是那样的直白而大胆，让我的脸都红了。

回家的路上我一直在回味这一场有意义的聚会，到家的时候已经很晚了，你在门口等我。

亲爱的，人生是一个大舞台，不管表演得如何精彩，没有人可以独自荣耀，但总有一个角落可以让你绽放光芒，比如这样的诗友会，我很喜欢，这里有掌声托起你的荣耀，尽管这里的掌声并不热烈，这里的荣耀并不持久，但这里真诚。卡尔，下次我带你一起去好吗？我会写一首诗大声的赞美你，大声地说爱你！

0533. 芬妮第四次结婚了——1968.03.10

今天接到芬妮的电话，邀请我参加她的婚礼，我的天，认识她八年，这应该是她的第四次结婚了。真是搞不懂芬妮，她在玩婚姻的游戏呢，还是在寻找一份真正属于自己的爱情呢？而且每次结婚她都要大张旗鼓地举办婚礼，乐此不疲，就生怕别人不知道她又结婚了似的。

你听我说起她的时候在一旁哈哈大笑，“佩服，佩服，很洒脱的一个女人”。

亲爱的，对待人生可以洒脱，对婚姻如此洒脱，我永远都做不到。我相信你们男人也不喜欢如此洒脱的女人，她的爱情终究会找不到归宿。信不信，芬妮到老都是孤独的。

卡尔，我的情感永远流在你的河里，它是清澈的，绵长的！

0534. 需要改变一下生活的方式——1968.03.21

今天去圣地亚哥海洋世界，体型庞大的杀人鲸，伴随着快乐的音乐，显得又敦厚又灵活，快乐地跳跃、喷水、舞蹈。在鲨鱼馆里，可以看到很多鲨鱼在头上飞过，白鲸在巨大的水池内上下游荡，白色的北极熊有时也会潜入水下。企鹅馆里，数百只憨厚的南极企鹅展示着它们优美的体态。我突然有一个奇怪的想法：这些动物在这个小小的地方呆待久了，快乐的是游人，它们快乐吗?

每天重复吃饭，逛商场买衣服，喝咖啡，聊天，看书，看电视，参加聚会，待在一个地方十几年，洛杉矶周边已经再熟悉不过了，生活好像有点单调。

我突然想起你六年前的理想和目标，我们似乎忘记了什么，对，是去全国甚至世界各地旅游。

卡尔，我们需要把目光从自身及周围的小环境中跳出，关注我们思维以外和想象的世界，有必要出去走走，出去看看不同的风情和异域的文明，改变一下生活的方式，或许我们可以交到更多的朋友，为生活添加更多的色彩。

亲爱的，做好你的计划，我们一起去旅游!

0535. 马丁·路德·金遭暗杀——1968.04.04

黑人精神领袖马丁·路德·金在田纳西州孟菲斯遭暗杀身亡，我无比震惊和痛惜。

马丁.路德.金的“我有一个梦想”的演讲在我耳边骤然响起:“我今天怀有一个梦，我梦想有一天，深谷弥合，高山夷平，歧路化坦途，曲径成通衢，上帝的光华再现，普天下生灵共谒，这是我们的希望，这是我将带回南方去的信念，有了这个信念，我们就能从绝望之山开采出希望之石，有了这个信念，我们就能把这个国家的嘈杂刺耳的争吵声，变为充满手足之情的悦耳交响曲……因为我们知道，我们终有一天会获得自由，到了这一天，上帝的所有孩子都能以新的含义高唱这首歌：我的祖国，可爱的自由之邦，我为您歌唱，这是我祖先终老的地方，这是早期移民自豪的地方，让自由之声，响彻每一座山岗。”

亲爱的,我们去献一束花,为死去的英雄,然后我们去教堂,为我们的自由和幸福,为我们的国家的富强祈祷!

0536. 母爱的快乐——1968.5.13

你晚餐后陪我在公园散步，一个小孩不小心摔倒了，放声大哭，我跑过去把他扶起来，帮他擦干眼泪，和他玩了一会儿，小朋友很开心，直到他妈妈过来道谢还不肯离去。

你不解地问我为什么这样开心，我笑而不答。

亲爱的，尽管他不是我的儿子，但我觉得自己此时更像个母亲，去给予别人的孩子这种母爱，这种感觉是不同的，我想许多人从来都没有过这种感受，所以，我感到很快乐。

卡尔，你觉得我像个母亲吗？！

0537. 加州仙境优胜美地——1968.05.22

加州内华达山脉上的优胜美地是美国西部最美丽的国家公园之一。公园内奇峰绝壁，风景既壮观又美丽。气势雄壮的瀑布，连绵的美洲松，严密的杉林，景观极尽变化，溪谷周围到处是美洲松的森林，古木参天，蔚为奇观。你不满足简单地观赏游览，摄影攀岩成了你更近距离的亲密接触，领略粗狂自然风光。

我和你决定在公园的地面露营，背山面水，天为被，地为床，呼吸着森林里新鲜的空气，枕在你的上臂弯里听你讲故事，数天上的星星，这种感觉当然棒极了。你说这公园里有灰熊、山狮子、狼、狐狸等野生动物，我紧张极了，双手抱着你，一个晚上都没有松开过。

亲爱的，不要延迟任何可以带来欢笑和快乐的事情，就像这么一个简单的晚上，就带给我们无限的快乐，这是我们需要的生活，卡尔，看到你的快乐，我真的很开心！

0538. 寂寞时的倾诉——1968.05.28

不知道是我的倾听让艾玛产生了错觉，还是因为她信赖我的缘故，艾玛喜欢找我倾诉她过去的事情，包括感情或烦恼的事情。她说她丈夫离开后，她好寂寞，甚至有时在我面前哭起来，好像这个世界就她的命最苦。时光在这种倾诉中倒来倒去，让我也想起了过去所有的委屈，那时的我也好想找一个人来倾诉，可我没有这样做，我把倾诉放在我的信里，在我的阅读里。我好想告诉她，没有任何人可以帮你，但我没有这样做，我继续倾听着，突然有一天艾玛不再向我倾诉了，她告诉我，是我告诉了她应该怎样做一个女人，我惊诧万分。

事实上，当你开始倾诉的时候，寂寞就袭上身来，这是我过去的感觉，亲爱的，有你在我身边，我永远不寂寞，我现在只向你倾说我对你的爱！

0539. 里克的信——1968.06.06

亲爱的玛利亚，还记得我吗？一年前在洛杉矶图书馆的高架桥下，您救过我一命的那个小个子里克。当时我发高烧肚子剧痛，是您把我送到医院，我得了急性阑尾炎，医生说如果我晚来两个小时，我就会有生命危险。是您救了我，我一直保留您留给我的地址，我永远也忘记不了您那亲切的脸。我好长一段时间都不明白您怎么会出现在这么脏又不安全的地方，后来我想明白了，是上帝派你来帮我们的，我发誓要做一个像您那样的人去帮助别人。

很奇怪，我现在一有好的事情我首先想到要告诉您。我现在奥克兰一家电子厂做高级主管，并在这里找到我心爱的姑娘，我经常给她讲起您这位可亲可敬的大姐，我们相约今年圣诞节假期的时候来洛杉矶看望您。我们结婚的时候想请您做我们的证婚人，不知道我这个要求是否有点过分。对了，差一点忘了告诉您，我在奥克兰的一个公园里帮助了五个流浪小子，他们现在一致支持我创业，我不知道这是不是好消息，想念您的里克。

我把这封信交给你看，你很感动，觉得我了不起。

亲爱的，不管别人怎么理解，去帮助有需要的人总是没有错的，里克的信更加坚定了我的信念。卡尔，无条件去帮助别人，你需要坚持这种想法和做法，我相信上帝不会亏待你！

0540. 我写诗的水平进步很多——1968.06.20

自从上次参加了“诗友会”，我几乎每个月都参加，你笑我比去学院上课还准时。

诗人们的感觉和灵感是与众不同的，那些看似平常的事物，在这些“诗人”嘴里声情并茂的朗诵出来是多么的有意思，不知不觉中自然流露的感情渗入我的灵魂，我的思路豁然开朗，我发觉我的写诗的水平进步了很多。虽然我写不出惊心动魄的语言，但我喜欢诗歌，我热爱诗歌，我一直认为只有诗歌才可以表达爱情的美妙。

亲爱的，我的爱似山间的清泉细水长流，你感受我的滋润了吗？

0541. 我愿是你一世的情人——1968.06.25

不知道从为什么时候起
你是我的恋人
一条红围巾拴住了我的心
手一牵你成了我的爱人
喝了飘着丝兰花香的酒
你一醉醉成了我的丈夫
从此你所有慷慨的付出
我都无条件地接受
在爱情面前我是乞丐
别无他求
即使你会带给我哀愁
我只记得曾经的欢乐
幸福与我同在
我把生命的始终
寄望在你的船头
用我永远的爱恋和渴望
描绘你的自豪和骄傲
我愿是你一世的情人
在你千年的渡口

轻轻地挥手

0542. 我决定去做社工——1968.07.01

洛杉矶的社工服务无处不在，从他们的行动中我看到了爱与付出，看到了另外一种与众不同的群体和职业。

我决定去做社工，一打听，社工要经过严格的培训和考试，至少要大学学历，不像做义工那么简单，我有点犹豫，你在鼓励我。

“只要我愿意，我一定行。”我在给自己打气，我决定一边自修社区大学的文凭，一边接受社工专业的培训。

亲爱的，我们一起加油，我不仅要拿到资格证书，我相信我做事也会像你一样优秀，我要让自己更好地融入这个社会，丰富自己的人生，我不想落伍。卡尔，很感激你的支持，最重要的是我要让你为我骄傲！

0543. 奥玛离婚了——1968.07.13

朋友奥玛四十出头，仍然风姿绰约，她有一份不错的职业——教师，把两个孩子培养得相当不错。儿子在加州大学，女儿在华盛顿大学，都快大学毕业了。她的丈夫不知那根神经出了问题，一定要和她离婚，奥玛一分钱也不要她丈夫的，干净利索地走了，转身嫁给了一个追了她二十年的同学基尼。我意想不到的是孩子们都很支持她，我和卡尔今天要去参加她的婚礼。

见到奥玛的时候她很开心，一点都看不出离婚后的失落，奥玛说忍了她前夫二十年了，要不是看在两个孩子的份上，早离了。一对貌似恩爱的夫妻不知道后面有什么难言之隐。

我佩服的不是奥玛的勇气，而是她的同学基尼为了等她二十年不娶，不敢想象，亲爱的，这才叫痴情。卡尔，假如我是奥玛，你会娶我吗？二十多年来，我可对你一片痴情！

0544. 我们去海滨游泳——1968.07.20

今天心情不错，难得有好天气，洛杉矶的太阳向来很温和，你决定去长滩海滨游泳。

尽管每天都呼吸着咸腥的海风，夹杂海岸山脉湿润的空气，我好久没有去海边了。海滩上早已人山人海，你是游泳的好手，一下就扎在海里不见踪影，让我在沙滩东张西望，着急地看着你在浪里出没，你执意把我拖下水，我呛了几口咸咸的海水，我紧紧抱住你不放。

落日余晖洒在沙滩上，远处的轮船似大海中的婴儿在聆听海浪拍岸的声音，我好喜欢这样的景致，这种感觉和少女时代的梦想似乎惊人的一致。我对你说：“要是居住在这海滩多好，每天可以看见阳光，落日和沙滩。”

每天面朝大海，阳光，沙滩——我少女时代的梦想，亲爱的，你说我的这个梦想会成真吗？我想会的！

0545. 我始终记得自己是个女人——1968.07.29

朋友安利亚是一家贸易公司的主管，在公司办事干净利落，一个标准的女强人形象，生意做得相当的不错，总是埋怨她的丈夫比她赚的钱少。其实她的丈夫吉拉德也不错，在政府部门工作，工作稳定，薪水不是很高，养家应该没有问题，对安利亚百依百顺，甚至接送孩子上学，做家务这样的事情都从来不要她插手，对我们非常的健谈。不知道为什么，只要安利亚一来，他几乎不怎么说话，最近传出两人要离婚了，是安利亚提出来的，不可理解。

亲爱的，朋友们都说我很有思想，你肯定听我的话，我告诉她们，我只是个家庭主妇，这个家是以你为中心。卡尔，我始终记得自己是个女人，不管过去、现在还是将来，没有你的光辉，我将暗淡无光，我不需要表现，我不需要荣耀，只需要你的爱，在炎热的夏天，送来你凉爽的风，在寒冷的冬天传递你的温暖就够了！

0546. 不要只想到给别人的好处——1968.8.10

“波比好久没有来了，上个月从我这里借去五百美元到现在也不打个招呼，卡隆也是，把我的照相机借去一个星期还没有还给我。”你晚上坐在沙发上发牢骚。

亲爱的，不要只想着自己对别人的好处，这会让你自我的优越感不断膨胀，就会因他人的一点点过失而感到委屈和不平衡，就难以宽容地对人，朋友之间就很难建立真正的友谊。反过来思考一下，如果你常想着他们曾经对你的好处，你就会善待他们，就愿意为他们付出，借出去的钱物你就会认为不重要，这样你们的友谊也会不断巩固发展。

卡尔，不论什么时候，你不能丢了你乐于助人的本性，而且是无条件的，你的朋友很多，这是你的本钱，也是我最欣赏你的！

0547. 凯理失恋了——1968.8.19

凯理终究还是没有忘记他的初恋女朋友丽塔，嘉莉很伤心地离开了他。是的，没有人能够从替代品上找到幸福，也没有人应该当别人的替代品，我的担忧被不幸言中。凯里几个星期不愿意回家，也不打电话回来，我打过去的电话里沉默的时候也居多，看得出来他很痛苦，凯理再一次失恋。

你大声说凯理没有出息，现在的姑娘多着呢！

亲爱的，不要责怪他，凯理有他的情感，他的想法，何况爱情的事情谁都说不清楚，就像当初我和你一样；你也不用担心，凯理会找到自己的所爱，别忘了，他是你的儿子，一样执著和认真！

0548. 赫丽娜的情人——1968.09.02

我初级中学时最要好的同学赫丽娜从华盛顿搬来洛杉矶居住，昨天接到她电话要来我家做客，让我好惊喜，她现在是一家时报的专栏作家，赫丽娜这么多年一个人独居。

赫丽娜在学生年代是我们班上有名的才女，追她的人一大帮，可她偏偏爱上了高她两届的篮球队队长布恩先生，可惜布恩先生不懂风情。赫丽娜多年以后给他写了一封情书，但布恩先生已为人父，是两个孩子的爸爸了，有一个贤惠的妻子，赫丽娜不忍心打扰布恩先生的生活，却成了他的情人，在华盛顿他们每个月约会一次。

“为什么要离开他？”我追问。

“不是离开，而是保持远一点的距离和空间，让思念更浓烈些。做情人也没有什么不好，至少可以保持年轻时那份心中的诗意和美感。”赫丽娜临走的时候告诉我，留下我一脸的惊愕。

亲爱的，你心中对我还有那份年轻时的诗意和美感吗？如果没有，那么我们就适当保持一点距离和空间，卡尔，就把我当成你的情人，为了心中那份诗意和美感，我愿意！

0549. 我不辞而别——1968.09.18

早上送走了你，我在书桌上留下一张纸条，“亲爱的，我想出去几天，不要问我去了哪里，不用到处找我，我会平安归来，爱你的玛利亚。”

没有告诉爸爸妈妈我要去哪里，拿了几件简单的行李，我一个人坐巴士去了棕榈泉，我想尝尝一个人去旅行的滋味，同时给你一点距离和空间，这是我这两个星期来一直存在我脑际的冲动，我一路好紧张好激动。

躺在椅子上晒太阳，泡温泉，游泳池里游泳，棕榈泉的美景让我无比舒畅，一个人出来旅游的感觉很特别。

亲爱的，我总担心你找不到洗澡用的毛巾，担心你不能按时吃治胃病的药，担心你刮胡子的刀片不见了，卡尔，耐心等待两天，我后天就回家！

0550. 我喜欢这种感觉——1968.9.21

回家见到你，跟我想象的一样，一脸的责怪，然后紧紧地抱住我，胡子应该好几天没有刮了。

妈妈说：我走的这三天，你给所有认识的朋友打电话，开着车像疯子一样满世界找我，尽管知道毫无希望，回家后不说话，那样子很吓人。我听了哈哈大笑，你在一旁使劲地向我瞪眼睛，那样子很可爱。

亲爱的，说真的，我好喜欢这种感觉，至少我知道你在乎我，同时，让你有这么一个自由的空间，感受一下没有我在的日子，没有我的唠叨，没有我和你抢电视，没有我卷你的被子。短暂地离开你，这样的方式肯定还会有下次，不过，卡尔，你会习惯的！

0551. 做社工成了我的职业——1968.10.01

今天我去精神病院，每周一次的社区服务，我风雨无阻，乐此不疲，做社工好像成了我的职业，你很好奇我的坚持。

病院里关着很多孤独的灵魂，像博克先生，因为一场无果的恋爱，他精神失常；像特洛夫，因为不能实现自己的理想；像布鲁尼，因为失去了儿子……这里的人不一定是“疯子”，从他们的身上我看到人的怯弱和无望。

亲爱的，服务于他们我才知道自己是多么的幸福，有爱我的丈夫和孩子，我除了做家庭主妇，一样可以为这个社会做点贡献，特别是看到需要帮助的人的微笑或感激，我的心很满足。我相信假如某一天我需要帮助的时候，别人也会帮助我，这是人世间的温暖，我们需要传递，我不是伟大的人物，我不需要伟大，我只在乎自己心灵的富有，做社工，我觉得这是一件很开心的事。

卡尔，谢谢你对我的支持！

0552. 老乡加德纳的死——1968.10.11

“加德纳死了，得肝癌死的。”当我把这个消息告诉你的时候，你大吃一惊。

加德纳是你的老乡，在洛杉矶从事建材生意，离开家乡二十年了，不知道为什么原因，一直没有回去过，躺在病床上一年多的时间，我在社区医院见过他几次，昨天牧师在给他做临终关怀,这是我见他的最后一面。他临终之前的话让我印象深刻：“这辈子最大的遗憾是没有回老家好好陪陪我的父亲和母亲，节假日没有多留一些时间给我的妻子和孩子们，小时候穷怕了，我只顾赚钱，没有坐下来好好吃一顿可口的晚餐，没有去国外旅游，结果钱没有赚多少，身体垮了。”

加德纳疼痛的时候我没有见到他流过泪，说这些话的时候我看到了他的眼泪，然后闭上了眼睛再也没有醒来。

亲爱的,多花点时间与你的家人在一起,有必要经常打电话问候一下你的父母亲。最近很少听到你打电话给他们了，如果你放得下你的牛排店，你甚至可以经常回家乡看看他们，周末去找找过去的朋友，不要疏远了他们，吃你想吃的食物，去你爱去的地方，这才是你的生活！

0553. 用心去交往你的朋友——1968.10.19

你是个不善言词的人,许多事情你心里知道如何去感谢别人,事实上也这么做了,可是别人不一定知道或理解你的行为方式。

亲爱的，请亲口告诉你所有的朋友：你是多么的爱他们，他们在你心目中的位置没有谁可以替代。

是的，在你的一生中，过去认识很多人。当你身处异地身无分文时，是谁第一个给你关怀呢？在你有苦难言的时候第一个向谁倾诉呢？当你面对突发灾难时，是谁冒着风险第一个来救你呢？当你人生失意的时候，是谁又愿意陪你在一起喝一杯咖啡呢？卡尔，回想过去这些温暖的记忆，让你知道朋友的可贵，朋友的力量无处不在，我想你也知道自己应该去交往什么样的朋友。

亲爱的，不要用势利的眼光去交往你的朋友，金钱只会让人变得丑恶，利益的交易会让人变得目光短浅，唯有用心去交往，你们的友情才会长久！

0554. 法国五月风暴的风景——1968.10.28

记得今年五月中旬的报道：法国爆发“五月风暴”革命，过于自信的政府，既想平息事态又不想向“街头压力”让步，运动最后演变为一场全国性的危机，总罢工扩大到所有部门，年轻人沉浸在“同仇敌忾”织起的团结、友爱中，许多起先彷徨的人也加入其中，这些不甘心永远生活在“混乱诗歌”回声中的巴黎人，开始对法国的无政府状态说“不”，许多年轻的法国人仿佛要告诉世人：“我们不怕错过赚钱的机会，怕的是错过一个改天换地的时代”。

“不要来解放我，我负责自己解放自己。”

“拥有你的爱，但不要放下枪杆子。”

“最美的雕塑是铺路的砂岩，最具批判力的石块就是打在警察脸上的石块。”

“铺路石下是海滩。”

一切更像是一种浪漫抒情的创作，当一切风平浪静，不难发现，那些口号中尽管充斥了对暴力的怂恿——“足够的行动，足够的词语”——这是“五月风暴”中的一道风景。

五个月过去了，“五月风暴”的影响已经波及了美国，年轻人欢欣鼓舞，传统价值观被颠覆，嬉皮主义横行，我不知道这对于我们美国是好事还是坏事，这个世界变化太快，我有时看不太明白。

亲爱的，只要心身健康，别人怎么想都影响不了我们，不管这个世界怎么变化，我们不要也不能一味地跟随别人的想法或说法，这样会失去了自主权，我们需要坚守自己的道德底线，站好自己的风景！

0555. 卡尔爱上了摄影——1968.11.04

上周去社区学院参观了一个捷克作家的美术摄影展，你今天就弄回来一大堆摄影书籍和器材，你和我商量要在家里建一个晒相的密室，生怕我不同意。

亲爱的，你这个爱好很好，我当然支持，以后你可以用你的相机记录这个感官世界，我用我的文字记录你我的情感世界，我们共同留下这个世界的印象和感受，我觉得这是一件很有意义的事情。

对了，亲爱的，多留下一些我们在一起的瞬间，多留下我的微笑，我可不想在你的相机里留下的是一个孤独的老太婆！

0556. 好莱坞的电影——1968.11.12

好莱坞的电影广告铺天盖地，商业气氛太浓了，电影院放映的几乎都是好莱坞的电影。好端端一个爱情故事弄太多的脂粉，太多的性感，太多的阴谋，完全迎合男人的口味，男人们津津乐道为之疯狂，我却有点生厌，还好你从来不谈论电影的情节，我有好长一段时间没有看电影了。

想象一段电影情节，第一幕：在一个白雪覆盖的山头，艳丽的阳光下，一对年轻情侣穿着滑雪衣，带着滑雪装备从山头快速优雅地冲下山坡；第二幕：一个小时后在清洁的白沙滩上，同样的一对男女在海滩上散步，温暖的海水打在他们的脚上；下一幕：再下一个小时后，这对情侣坐在市区的一个优雅的餐厅听着优雅的音乐，吃着美味的晚餐，商量着晚餐后将要去哪一家夜总会玩，剧情继续……

这样的电影我几乎看厌了，重复乏味，亲爱的，电影文化是不是你们男人制造的产物，还是这个时代制造的产物？听说连总统都迷上了那个性感的梦露。你喜欢好莱坞的电影吗？我不得而知！

0557. 不要总是缅怀过去——1968.11.26

邻居格兰大妈喜欢唠叨，每次见到我就不停地讲她过去如何漂亮，她的丈夫追了她三年，对她百依百顺，赚回来的钱全部交给她，从来不吵架，可现在她的丈夫经常不回家，还经常撒谎。感叹这个社会变了，人也变了，那个时代多好，没有那么多复杂的事情要去想，她很想念过去的时光。

亲爱的，我不明白世上那么多的人缅怀过去，是不是人老了的缘故，还是对现在生活的不满足，我从不这样。

是的，我们少年时代都有很多难忘的回忆，可是我今天也有很多难忘的事情，根本没有缅怀过去的必要，对我来说，最幸福的时候是现在，今天就是我实实在在的生活，我最能够把握的时刻，就算有什么不满足，我努力去改变去建设就是。人总是要向前看的，卡尔，你说对吗？

0558. 凯理出了意外——1968.12.18

下午接到凯理的同学从旧金山打来的电话，凯理被人打伤了，我们驱车连夜赶到旧金山，我一路在祈祷上帝保佑凯理没事，我全身发抖，你不停地安慰我。当我们出现在凯理面前的时候，首先看到的是他头上缠着绑带，脸上有血痕，凯理惊讶我们的出现，然后还很轻松地笑说没事，一脸得意的样子。

原来今天是丽塔的婚礼，凯理竟然在婚礼上当着众人的面拉着丽塔就跑，被对方追过来狠狠地打了一顿，幸好丽塔拼命地护着他，不然连命都没有了。丽塔坐在床边哭泣，不停地向我们道歉。

亲爱的，为了自己的爱，凯理可比你勇敢多了，这一点有点像我。卡尔，还记得当年你追我的时候，面对我妈妈的奚落就当了逃兵，我为儿子骄傲！

0559. 里克的女朋友——1968.12.29

里克的到来让我惊喜不已，完全看不出这个小子是一年多前还睡在桥底下的流浪汉，一身笔挺的西装，猩红的领带，油光的头发，他的女朋友戴西小鸟依人挽着他，手里拿了一大堆礼品。

戴西是里克所在工厂旁一个杂货店老板的女儿，里克经常光顾她的店，一来二去竟然爱上了这个其貌不扬的小伙子。

“里克每次经过我店的时候，总是微笑地面对我，经常帮我搬这搬那，买东西的时候从来不和我谈价钱……”戴西讲起她爱上里克的经过时害羞地笑了。

你亲自做牛排招待这对年轻的客人。

亲爱的，看到他们手拉手相恋的模样，我好羡慕他们，你已经好久没有拉过我的手了。卡尔，我的手还是那双纤巧的手，你还有感觉吗？我好想你散步的时候还是像当年一样紧拉着我的手！

0560. 雪夜林边小驻——1969.01.06

洛杉矶的冬天是寒冷的，天空中飘着雪花，我们决定开车出去走走，居住的旅馆背靠海岸山脉，望着窗外的树木，夜色朦胧，我情不自禁地想起罗伯特·弗罗斯特经典诗歌《雪夜林边小驻》，弗罗斯特这位天才非常善于把平淡无奇的东西点化成意味深长的诗韵，多层次、多角度地展现了一个艺术空间，给人以清新纯朴、富有生活气息、语调宁静亲切的美感，我非常喜欢他的诗歌。我记得当初爱上你的时候，我就喜欢读他的诗歌，不过那时的心境与现在完全不同，那时候是向往爱情，现在是想重温爱情的感觉。

我拉着你的手不自觉地走向树林，前边有点黑，看不见路径，我们深一脚浅一脚地走向前方，我一点都不害怕，因为有你在身边。

亲爱的，与你在这雪夜林边小驻，心中对你的爱油然而生，这种感觉好久没有过了，卡尔，有你陪我真好！

0561. 我是快乐的——1969.01.20

凯理和丽塔正处在忘我的恋爱当中，省了我不少担心。你的牛排店忙不过来，尽管如此，你每天会按时回家吃晚餐，顺便带上香喷喷的牛排，帮我倒上一杯红酒，再放上一段加拿大传奇唱作诗人歌手莱昂纳德·科恩的导听唱片 *I, MYOURFAN*，就像让年轻的我初尝到一口醇厚的白兰地美酒般，我们好像在谈恋爱的感觉，你越来越有情调了，最重要的是你的情绪很稳定，每天心情不错。

桥下的流浪汉没有我想象的那么难打交道，他们中的许多人每次见到我都亲热地叫我大姐，有个特维森的黑人小伙子离开的时候，特意留下一封信给我，他在信里叫我妈妈，他说他已经找到工作，他会像我一样帮助更多的人。是的，人最快乐的，并非别人给你带来了快乐，而是你给别人带去了快乐和希望！

亲爱的，我是快乐的，因为你快乐！

0562. 情人节的礼物——1969.02.14

今天是第二次来洛杉矶的迪斯尼乐园，记得第一次是带凯理凯希来，那个时候乐园刚建好不久，现在这里可是名副其实的梦幻天堂，凡是想象力所能及的刺激与冒险，这里应有尽有。我和你走在这十九世纪古色古香的美国大街上，街道上维多利亚风格的优美建筑鳞次栉比，听说是比照华德·迪士尼孩童时代所生活过的街道建造的。街道上有无声电影、古老的游戏、糖果皇宫、商店及饮食店等，都是充满怀旧气氛的店铺，从“美女之城”开始，有“探险世界”、“未来世界”、“幻想世界”、“开拓之城”等主题乐园，比起第一次来这里好玩多了。

中途休息的时候，不知道你从哪里买了一束鲜艳的玫瑰突然出现在我的面前，我都忘记今天是情人节了，一天的梦幻之旅留下我们欢乐的笑声，今年的情人节我格外开心。

是的，再不好的心情也要去寻找快乐，物质的享受是无穷尽的，如果没有快乐，再多的金钱也没有什么意义，精神的愉悦和享受才是最快乐的。来这里，快乐是可以感染的，可以传递的，是自发的，亲爱的，看到你快乐我真的很开心，我要玫瑰，更要快乐，卡尔，快乐是你送给我的最好礼物！

0563. 等到你某一天？——1969.02.26

“玛利亚，有那么一天我一定带你去法国买它们最好的香水，某一天我要带我母亲到洛杉矶做最好的美容。”卡尔躺在椅子上看一本时尚杂志兴奋地告诉我。

亲爱的，我经常听你说这样的话语：有那么一天我将如何，或某一天，我将要怎样。从你的词库里去掉所谓的“有那么一天”或“某一天”，卡尔，你现在能够做到的，就尽量去做，尤其是对你的父母亲，他们不一定有机会能够等到你某一天。我也不需要最好的，你不要有这么大的压力，你说的有机会实现当然好，如果没有机会，我有自己的方式满足自己的需要。首先最重要的是你不要让我们担心你，担心你的身体，担心你的心情，担心你的事业，你说的某一天我相信你也一定会做到！

0564. 我们都变了——1969.03.05

今年洛杉矶的春天来得快，小区里的花次第开放，街道两边的树木的新绿层次分明。今天去图书馆，不想开车，拉着你漫不经心地走在路上，闻到路边沁人的花香和树木散发的嫩绿气息，格外的舒畅。刚下过一场雨，清新的雨偶尔滴落在手上，透着一股凉意，好久没有这种感受了，我不由自主地挽起你的手臂，你说我变了，变得更加的细腻温柔而多愁善感，是吗？！亲爱的，你也变了，变得更加的沉稳而不动声色。

是的，我们都变了，人已中年，青春渐渐远去，我们身边的事物也在不知不觉中发生了变化，只是自己还处在习惯的思维里，对周围的变化选择性地麻木，心情不再荡漾，影像不再梳理，模糊的记忆交织在岁月的网里，想洒脱又无法逃离，生命的琐碎在时光里无形地消耗。

亲爱的，放缓的是我们的脚步，不变的是我们的情怀，生命有时是用来挥霍的，唤醒你心底的记忆和梦想，守护那一颗明净的心，释放我们的激情，我们青春不会老去！

0565. 银婚——1969.03.23

卡尔，今天是我们结婚二十五周年的纪念日。有人说，如果婚姻能够共同走过这二十五年，意味着婚姻进入稳定的周期。我不知道这话是真是假，但我宁可相信。

亲爱的，和你携手走过这二十五年，回首往事，历历在目，你为了这个家，努力拼搏，有过创业成功的喜悦，也有过失败的泪水，有过爱恋的甜蜜，也有过感情的波澜，一路走来，酸甜苦辣，确实不容易，尽管如此，我们的感情更加坚定，我们的爱如当初，感谢生活让我们懂得更多，感谢岁月让我们更加成熟。

卡尔，一起看看我们过去所写的信是我此刻的期待，我期待你看完我写的信后，拥我入怀是不同以往的感觉。

亲爱的，我不知道前面的路还有什么坎坷，我坚信你会拉着我的手一起走过。卡尔，不管前面有什么困难，我早已为你准备鲜花和掌声，因为你一定会成功！

0566. 我和诗歌有个约会——1969.04.01

诗友会里的气氛不错，热烈和充满激情的朗诵，还有对爱情的渴望，好像连空气里都弥漫着爱情的味道。诗歌的味道越浓烈，爱情的感觉越圣洁。有一位诗友希曼每次朗诵完都泪流满面，她说只有在这里她的情感才能够完全释放，在这里才能够找到真诚，在这里她才能够找到她自己。

是的，这里是一个心灵自由释放的空间，这里没有市场的商业气息，这里没有鄙视或嗤笑，只有诗歌和因诗结缘的朋友。我很喜欢这里，因为诗让我不孤独，爱情是要用诗歌来表达的，也只有诗歌才能体现出爱情的味道，我要为爱情高歌。

亲爱的，心里是因为有了你的爱，才有对你情的表达，我愿意为你而诗，为你而歌，守护这百年的爱恋，像诗歌一样永远不朽！

0567. 我不是诗人——1969.04.18

我不是诗人
但我有诗人的情怀

缪斯的种子
早已在我的心里生根发芽
亲爱的，你是我诗里的主人
指挥我的情感肆意流淌
我是诗的仆人
匍匐在你的胸膛任我纵横
我不是诗人
但诗人没有我的执著
荡漾的春潮
早已泛滥汪洋一泻千里
亲爱的，你是我诗里的猛兽
左冲右突在我脑海
我是诗的洪水
蛰伏在你的心坎永不回头

0568. 精神病院里的琳达——1969.5.09

今天第三次去精神病院看望琳达。这是一个可怜的女人，年轻的时候把美好的青春献给了一个男人，为他生了两个孩子，换回臃肿的身材和凋谢的年龄，本想过富足的太太生活，她的男人却带着孩子跑了，并卷走了所有的家产，她一无所有，每天以泪洗面，后来疯了。我去的时候，她正拿着女儿的照片在床上跳来跳去，一边亲吻一边唱歌，一会儿笑一会儿哭，每天都这样。

不知道为什么我对被男人抛弃的女人格外同情，可能是因为我有过类似的经历。是的，尽管我们这个社会女性的独立和权利早已深入，我们的法律也有足够的保障，但一个女人如果失去男人或面对男人的背叛，她的心灵的创伤是永远的，没有任何东西可以弥补。

女人是生活在对男人的回忆和梦想里的，不管她如何独立，她始终要栖身在男人的港湾才幸福，至少我是这样认为的。亲爱的，我生活在你的港湾里，充满甜蜜的回忆和梦想，我现在是幸福的！

0569. 自我的迷失——1969.05.20

在《自己之歌》里，惠特曼表达了自我的思想。惠特曼并不信奉基督教，他认为每一个微小的生物或物件都包含着广阔的世界，都是神圣不可侵犯的，他自己也和万物相通，因此“自己”或“自我”也是神圣的，而且每一个男人或女人也都有一个神圣的“自己”，对他的话我似懂非懂。

不过阅读惠特曼的诗歌有一种心灵释放的感觉，他十分重视且经常描写人们极为自然的性生活，“我是肉体的诗人，也是灵魂的诗人”，惠特曼虔诚地崇拜自己赤裸裸的、无罪的肉体。他认为性的结合就是肉体和灵魂的结合，灵与肉是人体不可分割的一个东西的两个方面，他的观点我没有反对的理由。

亲爱的，我好多次在你熟睡的时候欣赏你赤裸裸的身体，我不得不承认我迷恋你健壮的身体。因为有爱，和你肉体的欢愉是美妙的，只有在这一刻，我会迷失自己，我的肉体和灵魂都属于你，我甚至怀疑自己的欲望是不是太强烈了，还好惠特曼让我没有罪恶的感觉。卡尔，你能够感觉我的激情和温柔吗？是的，这一刻，我的灵魂在跳舞！

0570. 我们守望什么？——1969.06.05

塞林格的《麦田里的守望者》里主人公是十六岁的中学生霍尔顿·考尔菲德。他出生在纽约一个富裕的中产阶级家庭，学校里的老师和自己的家长强迫他好好读书，为的是“出人头地，以便将来买辆混账凯迪拉克”，而在学校里“一天到晚就是谈女人、酒和性”，他看不惯周围的一切，根本没心思用功读书，因而老是挨罚；与此同时，他的内心又十分苦闷、彷徨，企图逃出虚伪的成人世界去寻找纯洁与真理的经历与感受，这种精神上无法调和的极度矛盾，最终令他彻底崩溃，躺倒在精神病院里……书写得不错，充满对美好事物的向往和理想。

亲爱的，在这个充满欲望又迷茫的时代，我不乞求纯洁与真理，然而我们守望什么？——守望我们的希望，守望我们的梦想，守望我们精神的家园，还是守望上帝的恩赐？

卡尔，只要能够与你相守相依，守望着我们的爱情，其他的对我来说其实并不重要！

0571. 卡尔在与别人比较——1969.6.16

你晚餐后谈论朋友吉姆做石油生意很红火，在家乡盖了一栋很大的房子；邻居约克在纽约搞房地产赚了一大笔钱；那个跟他一起来加州打工的伍德现在在做煤炭生意，刚换了个年轻的老婆……

卡尔，你赚的钱虽然没有他们多，但你现在的生活很充实，看书、下棋、运动，每天可以和家人在一起，至少我很满意你的现状。

亲爱的，享受你的生活，不要与别人比较，你会过得很轻松！

0572. 文学的精神寄托——1969.06.25

路易莎·梅·奥尔科特写的《小妇人》内容源自实际生活，以南北战争为背景，讲述了一个普通家庭中四姐妹的悲欢离合的成长过程，作品情节曲折，风格独特，人物刻画逼真，具有强烈的艺术感染力。看文学作品是我现在打发时间最好的一种消遣，让我有丰富的精神世界，任何时候不感到寂寞。

卡尔，我发觉周围爱好文学的人，他们的词汇会很丰富，相对他的语言自然会多一些内涵和趣味，这在诗友会的朋友身上特别明显，他们率性，真诚，好像不知道寂寞。相反那些言语乏味的人不但不喜欢自己，甚至也不能保持自己的自然天性，我觉得对他的生命有时是一种浪费。

亲爱的，假如你有时候感到愤怒。孤独或无聊，看看文学作品是一个不错的选择，比方说你可以在阅读《小妇人》的体验中，加深对我内心世界的了解，因为我也是一个小妇人，有着相同的忧愁、希望和梦想，同样在文学作品里也可以寻找你的梦想家园，丰富你的精神生活！

0573. 凯理结婚了——1969.07.08

趁这个假期凯理和丽塔结婚了，没有告诉太多的朋友，在他们相识的地方——贝克斯城，在双方父母亲和几个同学及牧师的见证下，就这么简简单单在教堂里举行了结婚仪式，然后两个人一起去加拿大旅行了。

一件大事终于完成了，我一直担心凯理的婚事还会出现什么突然的事，看着他们甜蜜的样子，我长长舒了一口气。

这几天你好像有点不快，还在为凯理没有请他的爷爷奶奶和叔叔姑姑们来参加婚礼生闷气。

亲爱的，年轻人有年轻人的方式，只要他们相爱，凯理和丽塔迟早要回拉格尔村见到他们的，卡尔，祝福他们，我们过我们快乐的日子！

0574. 登月成功——1969.07.20

电视机里正在播报阿波罗 11 号飞船登月成功的消息，全美国都在狂欢之中，人人好像中了彩票一样，你的兴奋之情也难以言表。

国家的经济有些起色，理应当高兴，但我向来对政治的产物没有什么兴趣，我好像没有感觉。卡尔，你知道的，我的兴趣就是看电影、写笔记、看书、陪你散步，对国家大事我只关心两件事情：第一不要发动战争，不要让我生活在恐惧之中，其次是发展经济，让我们的生活过得好一点，其他的我都不感兴趣。

当然还有，亲爱的，我关心的是你的下一步如何走，我们如何快乐地过好每一天。天上的月亮距离我们太遥远了，月球是冰冷的，科技的进步跟我们的感情没有任何关系，我宁可我们不要了解月球，让我们的心中多一点温柔的想象，遥想在某个有月亮的夜晚，我们相互思念着对方！

0575. 凯希决定去欧洲旅行——1969.08.01

凯希决定暑假一个人去欧洲旅行，背包已经准备妥当，路线图已经设计好，首先去英国，然后法国，其次德国，当她把这个决定告诉我们时，我和你很吃惊地看着凯希，那张年轻又美丽的脸上充满了兴奋和期待。

你首先表示反对，不放心她一个人去，然后以没有钱为理由阻止她。凯希告诉我们不要去担心她的路费，她已经准备好了，原来她连续两个假期去咖啡馆打工，就是为了今天做准备。

亲爱的，应该鼓励她去，去旅行看看世界是一件好事，何况她已经是大学生了，有自己的见解和主张，年轻的时候有这种经历，有这种勇气是值得鼓励的。卡尔，回想我们年轻的时候没有这个机会或经历，你不觉得很遗憾吗？！

0576. 我对生活要求并不高——1969.08.21

卡尔，我曾经在思考我需要怎样的生活：足够的金钱，宽大的住房，可以到处旅游，我们的朋友很有品位，我的丈夫很爱我，我们有足够的自由和民主，我们不要生活在战争的恐惧之中。

亲爱的，我对生活的要求其实不高，我不需要太多的金钱，够用就好；我不需要豪华的大屋，够住就好；只要每天可以看到你不为工作而拼命忙碌；看到你每天轻松地面对你的生意；看到我的父亲母亲健康地活着；看到凯理和凯希快乐进步，我已经心满意足了。

经历了这么多事情，今天我终于明白，生活中每天都会有不愉快的事情，关键看你保持怎样的心态去看待，其他并不重要，重要的是如何经营好自己的家庭。

是的，人到中年，应该少一份浮躁，多一份成熟，卡尔，你不要羡慕别人的成功，你现在生活方式是健康的，最重要的我们一家在一起很开心，这才是你的成功！

0577. 卡尔的照片——1969.09.03

你的摄影技术越来越进步，每逢周末，你会邀请一帮“发烧友”一起去郊外摄影，洗出来一张张黑白的影像，尽管都是静止的，仍然可以看到它流动的情怀和恒定的魂魄，这一叠叠的照片变成了你的不说话的情感辞典。

亲爱的，看到你摄影时全神贯注的动作，冲洗照片一丝不苟的神情，我仿佛看到一个经历丰富的男人在走向成熟的路上，留下的是沉稳的风景，卡尔，我会记录下你这段时期的影像，你是如何蜕变而出从成熟走向成功的！

0578. 多愁善感的卡尔——1969.09.14

还没来得及欣赏万紫千红的春天，夏天不期而至，转眼又是秋天，面对春花秋月，你越来越多愁善感，总是感叹时间过得太快。

是的，岁月如梭，卡尔，你内心深处在心焦什么呢？在怀念曾经的青春与梦想吗？

卡尔，我注意到你现在喜欢看生活剧，你的情绪会随故事的情景而波动很大，高兴的时候不一定激动，但看见别人悲伤的时候你一定会流泪，尤其是看到流浪的人被人欺负，看到弱势的人被人暴打，看的贫穷苦难的画面你的泪水止不住流下来。

亲爱的，你内心深处那一份同情心是你宝贵的财富，这是你人性光辉的一面，当你拥有同情心，上帝也会感动，梦想总有实现的一天，不要让心焦阻断了你的方向。

卡尔，上帝会同情你并帮助你的！

0579. 卡尔很少写信——1969.09.25

卡尔，除了分享你的照片，你应该好久没有写信给我了，我知道你有时有很多的话要给我说，却不愿意表达，你内心深处的善良和情感是温暖的，其实我很想告诉别人：“我的丈夫不仅仅是一个商人，还是一个感情细腻丰富的人，也是一个懂得生活情趣的人”。

亲爱的，如果你曾打算有那么一天要写信，请今天就开始写。不需要你漂亮的文字，也不需要你虚情假意的应付，我要你对生活真实的想法，对我的感受。待打开我们信箱的那一天，我会惊喜你的过去是那么的爱我，这对我来说是最幸福的事情！

0580. 再见芝加哥——1969.10.06

这几天游览芝加哥，比我想象的繁华、成熟。

相比芝加哥，洛杉矶有点乱。芝加哥是一座大城市，摩天大楼是不比洛杉矶少，可街道并不拥挤繁忙，而是大气从容，我很喜欢这里的老建筑和老街道，给我踏实的感觉，在斑驳的阳光下透着诗意，这里一定有许多缠绵的情侣不经意地走过。

密歇根大道的林荫道下是我最留恋的地方，看着那一对对的情侣在我面前走过，我的心情无比的舒畅，你躺在椅子上懒懒地晒太阳，突然一阵雨飘过，我和你被淋成一对落汤鸡，我们有说有笑的在雨中相拥漫步，这种感觉从来没有过；

亲爱的，我很想和你这样一起从容地走下去，那点风雨就好像人生中的小插曲，我聆听它的声音静心回味，其乐无穷。

再见，芝加哥，我下次还会来！

0581. 我们不能容忍无动于衷——1969.10.18

从图书馆买回一本生物学家蕾切尔·卡森写的《寂静的春天》，一开始我还认为是描绘春天的自然书籍，一看原来是一本关于环境保护的书，与梅利·布克金写的《我们的合成环境》意思差不多，除了杀虫药害外，并已警惕到化肥、辐射、染色素、城乡、人与自然的问题，有点骇人听闻；

是的，由于汽车，塑胶，石油化学工业的高速发展，我们的环境在被肆无忌惮地破坏着。洛杉矶的空气污染越来越严重，我们在不知不觉中吸毒，我们吃的食物再也找不到原来新鲜美味的感觉，难道这就是科技的进步，可惜的是我们这个社会竟然无动于衷，这是我不能容忍的罪恶。

亲爱的，我们可以容忍贫穷，我们可以不要享乐，但我们不能被动去接受环境污染，不能容忍慢性自杀，卡尔，从我们的家庭厨房开始，从我们使用的日常用品开始，你我都有必要主动为爱护环境尽一份自己的力量，让我们生活的环境天更蓝，水更清，因为这里是我们生活的家园！

0582. 诗意地栖居？——1969.11.26

手中在读一本海德格尔的诗歌集，海德格尔说："人类，充满劳作，诗意地栖居在大地上"，这是我很早就心向往之的生活，不知道用什么词来表达，看到这一句，我骤然心动。

作为现实，诗意正在我们生活的城市消失，夕阳下看不到余晖里迷人的光彩，忙碌的人群，匆忙的脚步，迷茫的眼神，僵硬的笑容，空气中弥漫着汽油味道，看见却是刺目的路灯，花花绿绿的广告灯，光怪陆离的霓虹灯，听到的是车轮声、喇叭声、叫卖声、谩骂声、示威声，起伏的物价中，积累的财富在无形地消失。

亲爱的，我有时在想，是不是我的生活要求高了呢？不，卡尔，我们生活的目的不仅仅是为了自由和财富，我想看到美丽的眼睛，高贵的心灵和诗意的情怀，如果对这污染的社会环境仍然无动于衷，没有值得我赞美的事物，我不知道我对生活还有什么追求。

我的心中永远充满对美好事物的向往，我认为我的物质可以贫穷，心灵不能低贱，亲爱的，什么时候我们可以远离这些嘈杂的声音，污染的环境，诗意的生活，我真的好想！

0583. 享受你眼前的风景——1969.11.03

难得你放下手中的工作，来到遥远的华盛顿州的东松德地区。这里曾经是农业港口，街道两边挤满了各式各样的餐馆、商店和来自各地的人们。你信步踱进"大卫"书店买份报纸，在微风中翻读；我转身走进街角的向日葵咖啡厅，买来了杯浓浓的咖啡，一切都那么的随意和自然，快乐有时候不需要理由，在一个陌生的地方，哪怕两个人静静地看着。

卡尔，我有时在想，如果让欲望不断膨胀，整日追逐外在物欲，那么你永远也不会幸福。当我们不再为名利所累，不再追逐相距甚远的目标，知足于我们拥有的一切时，用清澈的心去感悟，放下一切烦恼，当下的清静就是幸福。

亲爱的，用赞美的眼光去享受你眼前是的风景，或坐在家中的阳台上，多读一些书，去寻找更多的知识，所有这些不同的元素组合在一起，演奏出和谐的旋律，我们需要这样坦然、真诚、阳光般的生活！

0584. 游行去——1969.11.15

手里拿着一本《红与黑的春天》，雅克·本尼特在这里面这样描摹："从今以后，我们有节日可过，有创造奇迹的时间，有自由讲话的权利……人从新石器时代过渡到雅典式的民主，奴隶少了，但多了成千上万的广场！驱走了黑夜，战胜了权力，生活将会改变，将可以活得自由、平等、博爱、幸福了……"我正沉浸在本尼特的激情描绘当中，幻想自己未来的美好生活，客厅的电视机里却传来华盛顿二十五万人游行的消息，要求尽快结束越南战争。

卡尔，游行去。我放下手中的书本，这是一个自由民主的时代，我们绝不放过一次表达自由民主的机会。亲爱的，我们的幸福与这个国家的命运息息相关，有时候需要我们去争取，哪怕是一点点的权利！

0585. 幸福的简单原则——1969.11.24

卡尔，这几天一直在思考“幸福”这个词，应该如何去表达并应用在我们的生活里，我总结了几个简单而有用的原则：首先要做到心中没有怨恨，包括对自己对他人；其次做到脑中没有忧虑，不要为了明天的生活而担忧，相信生活永远是向前的，明天会更好；再有对生活的要求简单一点，少一些期待，至少不要强求；最后是为别人多一些付出，相信付出总有回报，如果能够做到这几点，我想我们的人生一定是幸福的。

亲爱的，“幸福”原来这么简单，要真正做到也不容易，卡尔，我们一起加油向幸福出发！

0586. 太浩湖之旅——1969.12.05

我决定开车带爸爸妈妈去加州北部山区的太浩湖，把你一个人留在家里照顾牛排店。那里的冬天可是滑雪胜地，我很早就想带爸爸去体验一下。你在房间里大声嚷嚷这不公平，然后又轻声的在我耳边告诉我早点回来，没有我的家你不知道做什么。

太浩湖的滑雪场很陡，弯道很多，从山腰看下去我都有点头晕，更不用说滑雪了。爸爸在教练的陪同下装模作样滑了几下，然后坐在雪地里，一边气喘，一边傻笑，当地有合法的赌场，我给爸爸买了一千美元银码玩了一下，爸爸高兴得像个小孩童，从来没有见到爸爸这么开心过，我们住在山下像农舍一样的宾馆，冬天太浩湖有它独特的味道。

“玛利亚，你什么时候回家，我一个人在家睡不着。”卡尔每天晚上打来电话催促。

亲爱的，没有我们在家的日子，晚上出去找朋友去酒吧喝喝酒，唱唱歌，或一个人去好莱坞看场电影，那里漂亮的女人很多，看看可以，可要记得回家！

0587. 人生如一杯咖啡——1969.12.20

卡尔，又一个十年快过去了，我在总结，我在检讨，我在回味这十年里发生的一切。这十年是我最艰难的十年，也是我最有收获的十年，期间我经历了你的找工作的无奈和困境，你的第二次创业成功的得意和失败，你有过对我感情的背叛，再到你归来整个性情的改变，到你的牛排店的成功，痛苦和幸福相伴而来，随风而去，像一杯浓浓的咖啡，其中的味道只有我自己知道。

亲爱的，这十年里，我不知道是恨你多一点，还是爱你多一点，不管是恨是爱，卡尔，我要让你知道，都是因为我对你爱得太深。下一个十年，我不知道你会带给我怎样的人生，亲爱的，我满怀期待，但愿这一杯浓香的咖啡多一点甜蜜，多一点爱意，多一点诗情！

0588. 有必要思考一下自己的人生——1969.12.30

卡尔，再过一个小时新年的钟声又要敲响了，面对过去，你有必要盘点一下自己的人生：这么多年我很努力，可我要的结果呢？我当初的梦想还在吗？什么是成功？我忙忙碌碌，我想要过怎样一种生活呢？

亲爱的，还有一些问题也是你必须去思考的：我在想什么呢？我正在做什么呢？我真正需要什么呢？我又是谁呢？你又有多长时间没有提醒自己了，这些问题也许你已经想过，或者你还来不及仔细思考过。

卡尔，我已经把这些问题写在你读书笔记本的第七页，你看书的时候不妨带着这些问题去寻找答案，卡尔，过去的经历就是你成功的基础，我相信你会找到你想要的结果！

0589. 我梦想中家的模样——1970.01.08

卡尔，新的一年又来了，日子在平淡中流逝，我要描绘一下我未来的生活，今天我找来彩色的笔画了一幅图画：在蔚蓝的大海边，有一栋漂亮的别墅，我正在坐在阳台上懒懒地看书，凯理和丽塔带着我们的孙子在花丛里追逐蜻蜓，凯希一家在不远处的沙滩上堆模型，一艘游艇向家门口的码头驾驶来，那是你刚刚摄影垂钓归来。远眺大海，白帆点点，在落日的夕阳下与天边的彩霞构成一幅优美的图案，比毕加索的油画生动多了。

亲爱的，这是我梦想里家的模样，这幅图案好多次出现在我的脑海，像画面一样展开，挥之不去，卡尔，这不仅仅是我的梦想，应该成为我们的共同愿景，我相信你会让我梦想成真！

0590.20% 的积蓄——1970.01.20

卡尔，我 17 年前做了一个正确的决定，留下 20% 的钱为你的创业准备不时之需。这笔钱让我们度过了一个又一个难关，帮助你两次创业成功，这么多年我得出一个经验：生活不可能一帆风顺，生活宽松的时候，得为日后困难的时期做好准备，即使困难来临的时候，你不至于陷入困境。现在我决定把我们共有的钱的 20% 存放在银行，我相信你会赞成的。

亲爱的，牛排店虽然赚钱不多，但为你赢得了每天回家的时间，健康的身体，甚至还可以放下三五天去旅游，最重要的是你的情绪稳定很多，心情不错，我很满足，卡尔，加油！

0591. 情人节的礼物——1970.02.14

晚上你带我来到市中心一家旋转餐厅，这里可以俯瞰整个市中心，真漂亮。使者早就准备好了一束鲜红的玫瑰花送给我，这是你预订好的烛光晚餐，这应该是你在情人节第二次请我吃烛光晚餐了。

亲爱的，我知道你是一个表面不浪漫，但内心很想浪漫的人，这么多年来你不知道在压抑自己，还是担心什么。卡尔，其实我觉得你可以放开一点，不要在乎别人怎么说，你自己感觉轻松舒服就好，浪漫不是罪过，浪漫的人会年轻。

卡尔，谢谢你的礼物和浪漫的晚餐！

0592. 欣赏你自己——1970.02.25

朋友说我很会打扮自己，每一件衣服穿在我的身上特别有女人的味道；说我很会说话，即使是批评，每句话都让人喜欢听。我不知道他们是在夸奖我还是逢迎我，我只是恰如其分地展示和表达自己而已。

女人的风情万种有很多种表达，我一直认为女人的动人之处在于她的以本来面目出现在世人面前。我没有刻意去掩盖自己的缺点和出身，没有虚情假意，我活着不只是为了周围的人对我满意，或为了博得他人的称赞与微笑，而将自己套入某种应该有的模式当中，我懂得欣赏自己。

是的，我们在欣赏他人的同时，更要欣赏自己。亲爱的，有些人事业的成功不代表他人格的高尚，你身上有许多优秀的品质，你自己要经常肯定自己，爱惜自己，你是独一无二的，我喜欢你现在的样子，不管你将来怎样，在我的眼里，你是最棒的！

0593. 这春天的花——1970.3.06

春天来了，我好久没有注意这花开的感觉了，是的，每个春天花都会开，路边屋旁的花也很常见，显得不够惊艳，人的感觉因此变得满不在乎。

洛杉矶郊野公园漫山遍野的花，伴随着春天的气息赏心悦目，好久没有像今天这样仔细地欣赏这春天的花了，我蹲在花丛中闻着沁人的花香。

卡尔走马观花地看了一遍，大概没有发现什么惊艳的东西，坐在公园的长椅上抽烟。

亲爱的，一年一度的春花，人穷尽一生又能够赏得几回呢？这遍地烂漫的花，就像你眼前平凡的幸福，没有什么惊艳，容易被忽视，卡尔，我们需要珍惜现在的生活，不要错过其中的美！

0594. 那些我们即将逝去的青春——1970.03.20

不知道为什么，这个春天我的眼光都在窗外，我注意到马路旁、小区里、门前、阳台上，昨天还在含苞的花，今天就次第怒放，眼前一片姹紫嫣红，有风吹过，阵阵芳香，春天的脚步好快，连风都不打招呼。

走在大街上，尽管天气还有点寒冷，有少女开始迫不及待脱去厚厚的冬衣，穿上迷你的裙子，轻盈的步伐，曼妙的身段，散发着青春的朝气和活力。一对男女青年从我的身边走过，缠绵的样子令人羡慕，在他们面前我突然感觉自己不再年轻，让我不禁怀疑春天是属于年轻人的。

是的，卡尔，我们不再年轻，青春即将在我们身上逝去，我好想回到从前跟你约会的那段时光，那里有我们爱情开始的地方，无法阻止身体散发的情欲和激情，虽然贫穷，可心里比什么都富有，比什么都甜蜜，青春是多么的美好，爱情有时是属于青春的。

难道生命是为了在消逝的时光里怀念青春吗？我不甘心，伤感或落寞不应该属于我，春光烂漫，我的激情还在。

亲爱的，只要有爱，青春依旧，我相信！

0595. 我决心领养一个孩子——1970.04.01

凯理住在奥克兰，凯希去了法国，我们回归两人世界。你的牛排店不需要我帮忙，除了一周一次的社工活动，我绝大部分时间在家看书，做饭菜，陪父母亲散步，总感觉家里缺点什么，可又找不到缺的东西。

今天从孤儿院回家的路上，我的脑海里总是浮现他们可怜的身影，我决心领养一个孩子，我小心翼翼地和你商量，没有想到你很爽快地答应了。

亲爱的，我们明天就去孤儿院领养一个孩子，你要准备好再当一次爸爸，晚上可能还会吵着你睡觉的，首先我替这个即将来到我们家庭的孩子谢谢你的爱！

0596. 莎米来到我的家——1970.4.26

领养孩子的手续有点麻烦，一个月快过去了，今天终于定下来了，我们的家庭又多了一个成员——5岁的莎米，她的父亲在越战中阵亡，母亲两年前丢下她不知道去向，在孤儿院里度过了两年的时光，每次见到我很亲热地叫我阿姨。

你开车来接我们，莎米是第二次见你了，今天一点都不胆怯，跑过去就叫你“爸爸”，你高兴得合不拢嘴。

亲爱的，我知道你喜欢孩子，你有一颗善良的心，最重要的是你愿意帮助需要帮助的人，这是你身上最优秀的品德，上帝一定会让你得到回报！

0597. 一个人出去走走——1970.05.08

“卡尔，你一个人出去走走，远远的，离开洛杉矶。”晚餐后我突然对卡尔说，其实这句话我准备好几天了。

“我一个人出去旅游？”你大惑不解。

“你整天面对我不生厌吗？去看看其他的城市有什么好的风景或漂亮的女人。”

我开玩笑地说。

你张大了嘴，不敢相信我会说出这样的话。

亲爱的，我说的是真的，现在经济不景气，更要放松心情，出去走走，看看有什么新的商机，卡尔，我相信你一个人出去旅游的时候，心里一定会装着我！

0598. 流动的生命——1970.05.22

你喜欢自然的景色和风光，在你的照片里可以看到草木的枯荣，感受到季节的变换，甚至生命的流动，一个平常看来简单的景物通过你的镜头变成了不寻常景致。我不禁惊诧于你的摄影技巧的进步，一物一景你娓娓道来，是那么的认真和细致。

亲爱的，你此刻的专注，让我感觉到一个有深度的男人在我面前。你铺捉事情的瞬间很真切，摄影让你找到了情感的寄托之地，你不需要张扬，你的思想就表现在这里。

是的，我们生活的空间里需要留下这些瞬间的记忆，在我们流逝的岁月里，如果不留下点什么实在太可惜了。

亲爱的，我好喜欢你的照片，喜欢现在的你！

0599. 卡尔的音乐——1970.06.03

你对乡土民谣情有独钟，书房里经常听到你在哼唱墨西哥歌手查维亚用吉他弹唱的乡土民谣，偶尔会传来鲍勃迪伦以及甲壳虫的摇滚乐声，我知道那是你在放松情绪。

卡尔，你现在的歌声比过去阳光多了，流水轻风般，热情而优雅，似乎可以拨动我的心弦，一个成熟男人特有的味道。

亲爱的，我很喜欢你现在这种状态，卡尔，如果可以，我愿意每天用诗歌为你歌唱，在你的微笑里，在你的爱抚中！

0600. 俄勒冈州的姐妹城——1970.06.24

今天来到俄勒冈州的姐妹城，姐妹城的名字来源于附近的卡斯克德山的一座名为“三姐妹”的三连山峰，而离姐妹城22公里处还有一座对应的兄弟城。这里有令人赞叹的自然风光和正宗的西部风情，我和你流连忘返，我们决定多住一个晚上，在这自然的山水间彻底放飞自己的心情。

亲爱的，生活中更多的可能性，就是以更真挚的热情回归生活，旅游就是一种很好的方式，在国内旅游，不远不近的地方，逗留个三五日，不需要放弃工作，又可以锻炼身体，放松心情，去旅游是需要有热情的，这也是一种生活的态度。

卡尔，拿出你的热情来，我陪伴你一路走下去，在这千山万水里，我要成为你照片里流动的风景！

0601. 和陌生人说话——1970.07.09

记得上个月去俄勒冈州旅途的大巴上遇见了一个新墨西哥的老乡，他的热情感染你由不得你不说话。他讲起与妻子结婚三十年了，三十年来妻子几乎是他的保姆，他从一家高科技公司退休后，他的妻子经常把他一个人赶出去旅游，不让他在家陪着她，每年有三四次这样的机会，几乎每个季度一次，说要培养他的独立。他以前出外都是他妻子安排好一切，不太愿意和陌生人说话，现在觉得当时的想法真是愚蠢，在路途上找一个人随便说说话，真是一种愉快的感觉，而且很快可以成为朋友。

是的，这种没有功利的环境里，不需要去表现自己的骄傲，不需要去掩饰自己的过去，彼此分享人文、地理，爱好，兴趣和故事，甚至在一起烧烤，野营或唱歌，确实很难得。

亲爱的，有陌生的感觉是因为你有担心，有陌生的感觉说明你还不够自信，人生就是要去和不同的人分享，从阅历不同的人身上学习，你会发觉这种愉快和收获是与众不同的！

0602. 我们都是流浪者——1970.07.20

我们曾经在城市的边缘
在桥下，在涵洞，在黑夜的雨里
孤独地徘徊
看不见前进的方向
只有一盏明灯悬挂心头
那就是希望和梦想
我们曾诅咒上帝的不公
富贵的城里人
想想你祖先经过的地方
我们都是流浪者
我不要你的施舍
我有勤劳的双手
请不要践踏我的尊严
至少我还有相爱的人
一起陪伴度过黑夜
权势的城里人
想想你失势的那一天
我们都是流浪者
请不要藐视我们的权利
自由民主平等

一样刻在我们的额头
我并不孤独和贫穷
因为还有我的爱人一路同行
我们终会成为这个城市的主人
不再在城市的屋檐下乞讨
亲爱的人啊
只要你不背弃我们的诺言
无论走到哪里
我愿意跟随你行走天涯
流浪 永不回头

0603. 卡尔的爸爸去世了——1970.8.09

昨天卡文来电话，你的爸爸心脏病突发过世了，你心急如焚，一大早就乘火车往老家赶，一路上沉默寡语，我分明看见你看着车窗外的眼里含着泪水。

车窗外的风景无暇顾及，我的思绪已回到那熟悉的老屋，你父亲的身影在我脑海里一一闪过。他一生勤劳善良，很敦厚乐观的一个老人，我几乎从没有见过他发过脾气，除了喝点小酒，偶尔去钓钓鱼，没有其他的爱好。他不知疲倦地劳动，我一直不太明白的是：生活那么大的重担，还整天和你的妈妈乐哈哈的，我好羡慕他们俩。十年前你把他接到洛杉矶，他只住不到一个星期就嚷着要回老家，他说一天见不到你妈妈就不舒服，他要回乡村和妻子在一起。我很惭愧，在他生命的最后一段时间也没有回去照顾他一下。

亲爱的，我的悲伤和你一样，我为老人的过世很难过，愿他在天堂里没有疾病，没有痛苦!

0604. 家乡的变化——1970.08.15

离开家乡十几年了，家乡的变化令人意外，高速公路听说正在修建中。离德里特镇上大约三公里的路程，有一条拓宽的水泥公路直通到拉格尔村。一下火车，巴士直接送到家门口，上学那条熟悉的小路还在，村里的小学重新盖过，比原来漂亮了很多，只可惜那几棵火炬松被砍掉建了操场。村里多了很多新房屋，没有什么规划，有几栋房屋破旧不堪，大概是主人都已经离开这个村庄好些年了。妈妈说村里有很多这种情况，他们在外面成家立业后全家一起出去了，有的偶尔回来打个转，有的好多年都不回来一次。邻居塞里大叔的妻子早几年去世了，他现在住在村里新盖的养老院里，半天没有认出我来。

村前的小河污染很严重，严重缺水，西山的树木好像砍伐过不久，新栽了很多小树，山坡的棉田都荒在那儿，我的印象中棉树现在应该开花结果了。

由于没有好的心情，没有来得及拜访亲友，没有细细品味家乡的味道，安顿好你妈妈，我们乘火车赶回洛杉矶。

亲爱的，我梦里的故乡宁静、干净、舒服，好像与这里相距很远。社会的变迁令我对家乡有点陌生，我不知道若干年以后我们能否回得去家乡，或许旧的情景消失，新的梦想在孕育当中，但愿到那个时候，家乡的水更清，路更宽，房屋规划整齐，错落有致，一派田园风光。

卡尔，忘记你的悲痛，收拾好你的心情，继续你二十年前的梦想，把家乡变得更加美好！

0605. 卡尔病了——1970.08.22

不知道是过度的操劳还是伤心，晚上又没有休息好，你一回到洛杉矶就病了，躺在医院里一个星期还没有恢复过来，这是以前从来没有过的，我担心你的身体出了什么状况，还好医生说是压抑成疾，再休息几天就没事了。

卡尔，你不能接受父亲的去世，所以悲痛万分，又压抑心中。是的，对于父亲的离开我们没有心理准备，我们错以为事物有恒，所以痛苦，一朵花凋谢时，我们不会太难过，因为我们知道花开易谢，谢了还会再开，父亲就这样永远地去了，他还没有看到你成功的那一天。

亲爱的，父亲的死是我们无能为力的事情，现在我们能够做的就是尽最大努力让母亲过得快乐。卡尔，你要振作起来，你要变得更加积极、富有智慧，让我们的生活过得更好，你的父亲在天堂一定会看到你的成就！

0606. 我拿到了社工的资格证书——1970.09.01

今天是值得纪念的一天，我不仅顺利地拿到了社区学院的大学文凭，更可喜的是拿到了社工的资格证书，我可以参加社区心理健康的辅导服务，我为自己感到骄傲。

你不敢相信我这么快就通过了考试，拿着我的大学文凭和资格证书左看右看的。

“卡尔，看来我的智商一点都不比你差。”我调侃道。

亲爱的，文凭和证书不代表什么，最重要的是我有能力为有需要的人服务，我看到了自己的价值，当然，我要谢谢你，亲爱的，没有你的支持，没有你的爱，我就没有这个意愿！

0607. 我不喜欢悲观的书——1970.09.20

你知道我喜欢看与爱情有关的书，书架上的《茶花女》《红头发安妮》《小妇人》《长腿叔叔》都是你帮我买的。很多的故事我记忆犹新，我记得看《穆斯林的葬礼》那时哭得一塌糊涂，杜拉斯的《情人》令我印象深刻。她的作品很多，《抵挡太平洋的堤坝》《华北情人》《琴声如诉》《痛苦》《英国情人》《黑头发蓝眼睛》《街心花园》等等，我一口气全部买回来，后来读她的作品有时候感觉很痛苦，令人悲伤的情节太多，我有点不太喜欢。司各特的《艾凡赫》里爱情故事也不错，不过他写的历史太复杂把我给搞糊涂了。大仲马的《基度山伯爵》虽然对爱情的描写不多，但故事很精彩。莫泊桑的小说无论长短都涉及爱情，不过他的作品中充斥着悲观主义，我最近不看了。

你偶尔看看《基度山伯爵》，很难得静下来欣赏一本名著。

亲爱的，我不喜欢太过悲伤或悲观的情节，书应该是精神的调剂品，引导我们向往美好的爱情或生活，我们不能感染书中这种消极的情绪，不论是爱情还是生活，我认为要积极地面对困难，生活才会有阳光。

卡尔，我知道我对你的爱从未间断，因为有你，我从来没有放弃生活的任何梦想，我对我们未来的生活充满信心！

0608. 任何时候都要保持对生活的热情——1970.10.02

我很欣赏泰戈尔的诗句，“我的爱像阳光一样包围着你，又给你光辉灿烂的自由”，这位多情的诗人有着无限的热情，在他的《园丁集》里，诗人告诉我们：“即使爱带给你哀愁，也不能把自己关起来”。他在诗歌里总是高声歌唱爱情，你能够感受激情的火焰在熊熊燃烧，流动着青春的动人朝气，闪耀着爱情的美丽色彩。

亲爱的，今天是你的生日，我买了一本泰戈尔的诗集作为你的生日礼物，看看泰戈尔任何时候都保持对生活的热情和激情，他应该成为你我学习的榜样。

卡尔，祝你生日快乐！

0609. 姻缘是命中注定？——1970.10.16

好友费安特与波顿先生于十年前离婚，原因是对事物的看法永远是两个方向，喜欢争辩，不同的解释导致信仰分歧。两人离婚后，最近又频频出现在诗友会上，理由是找不到争辩的对手，波顿先生曾辗转多地寻找费安特，十年过去了，一个未再娶，一个未再嫁，终日思念对方，人到中年又结合在一起，真是冥冥注定。

亲爱的，有些姻缘是命中注定，有些人永远都走不到一块。我们呢？像两条平行的轨道，相互吸引，互不干扰，偶尔交错，但永不偏离轨道的中心，我喜欢这样。卡尔，你喜欢这样吗？

我想这应该也是命中注定！

0610. 我们仰望星空——1970.11.03

人总是有悲伤的时候，比如说突然想起过去的事情、某一本书中的人物，或看到穷苦的人，或电视机里播放悲惨的场面，或战争中看到某个妇女儿童失去亲人痛苦地哭泣，或精神的折磨。一生中好像幸福的时光并不多，为了这点可怜的幸福时光，我们每个人不得不艰难跋涉。

当我们脆弱悲伤的时候，仰望星空；当我们路遇险阻的时候，仰望星空；当我们渴求爱与希望的时候，仰望星空。人的命运在冥冥之中被一只看不见的手指引着，指向何方，没有人知道，人性在这个无序的世界里盲目地挥舞着利爪。

人性又是什么？不完美的人性成就不完美的人生，贵为万王之王的耶稣也难逃一生坎坷。耶和华告诫世人："人对自己和身外万物及上帝一无所知"，既然如此，我们又有什么办法支配自己的命运呢？我们苦苦挣扎奋斗追求，又为了什么呢？

可能上帝造人的时候，忘了告诉世人：你是来创造的，不是来索取的。亲爱的，仰望星空，只有爱情是属于我们自己的，可以奢侈地享用，孤独本来就不应该属于我们！

0611.《爱情故事》——1970.11.25

今天早早来到了电影院，由瑞安·奥尼尔和爱丽·马克格劳主演的电影《爱情故事》。它向我们展示了无条件的爱的真正含义：照顾好你所爱的人。故事的结局是感人的，我倒在你的怀里，你早已为我准备了纸巾。

亲爱的，假如我哪一天病了，或不能行走，你会照顾我吗？我相信答案是肯定的！

0612. 有人向我求爱——1970.12.02

今天在《诗友会》上泰勒先生高声朗诵一首诗向我求爱，还送上一束鲜艳的玫瑰花，让我所料未及，绯红的脸无法掩饰我的尴尬。泰勒先生是南加州大学的一个教授，辛西娅的同学，喜欢研究古典文学史和诗歌，他说我的身上有一种古典的美，只有用诗歌才能形容出来，当我告诉他我有一个非常爱我的丈夫时，他大言不惭地告诉我"这不能阻挡我对你的爱慕"。假如是年轻的时候听到这句话，我说不定会动心，现在人已到中年，能够获得如此厚爱，我只能当是一句鼓励的话。

我欣赏泰勒先生的豪放和才情，我们可以成为朋友，我下次要把他介绍给你，你们有一点共性——待人真诚。

亲爱的，你会吃醋吗？你不用担心，没有人可以把我从你身边拿走，三十年前就命中注定，我的心永远属于你！

0613.《乞力马扎罗的雪》——1971.01.06

《乞力马扎罗的雪》是海明威自己认为最优秀的短篇小说，写诗人哈里在非洲荒野上因疾病而等待死神降临之际的思想，把现实、内心独白与幻觉交杂在一起，信手写来，展现了主人公苦闷、痛苦、绝望、悔恨的心路历程。

事实上我看这本书挺费劲的，花了两个星期的时间才把它读完，全然没有那种愉快的感觉。可能我的思维里不应有那么多苦闷或绝望的东西，我喜欢的书应该是自然的景物加上生命的躁动，再加上爱情的色彩和完美的结局，如果有机会我会写一本《落基山的雪》，一定会写尽人间的爱恋，美妙而温情。

亲爱的，《落基山的雪》已经在我的心里，你是这本书的主角，我是你永远的恋人！

0614. 落基山的雪——1971.01.10

落基山的雪
你几经飘落在我的梦里
闪耀着圣洁的光芒
我不知道你从何而来
雪 简单的白色
我却偏偏喜欢你
下雪的日子
总是把你想起
我知道了 亲爱的
是不是在落基山的怀抱里
藏着我的春梦
要让我追寻一百年
或许这一切
只因当初遇见你的时候
是下雪的日子
你从雪中走来
走进了我的心里
再也没有出来过

0615. 不要在乎别人的眼光——1971.02.05

这几个月来牛排店的生意不是很好，仅能够维持生计，有点微薄的收入，你在寻找新的门路，经常给我讨论并征求我的意见。

亲爱的，生意好与不好与大环境有关，现在经济形势不是很好，你要沉得住气，不要轻举妄动，机会有时掌握在坚持者手中，虽然现在的收入不多，但你有更多的时间学习、看书、摄影，做你自己喜欢的事情，我觉得挺好的，至少你的身体一天比一天棒。

卡尔，我们都受到欲望的驱使，欲望控制着我们追求更多的名利，代表我们内心的不满足，我认为这不是一件好事。事实上我们每个人都有欲望，想吃好、穿好，希望更加富有，看起来好像没有不对，但生活并不是这样的，健康快乐才是最重要的，所以你要有一种觉醒，你不需要在乎别人的眼光，你自己觉得活得自在舒服就好！

0616. 查维拉的歌——1971.02.14

书桌上放着墨西哥知名歌手查维拉的专辑《波西米亚之夜》，你昨天买的，外加一枝玫瑰花，作为情人节的礼物。我知道这张专辑在墨西哥已经发表将近十年了，在诗友会上听过。我不时回想她那近似抽搐的演绎，早已突破传统音乐风格的篱笆，象飞翔在一片自由的原野上，我闭着眼睛也能够切身体会到她的战栗。

这位打扮得像个男人，披着红色披风，在舞台上肆意抽雪茄，喝龙舌兰酒的女人，演唱时喜欢带着手枪，那股神圣不可侵犯的样儿，像是随时在保卫她的尊严主权。我从她坚毅略带悲伤的眼神里，我仿佛看得见她多难的童年和不屈的命运，多年来一直激励我不断前进。

我突然想起你非常喜欢查维拉演唱的墨西哥的乡土民谣，亲爱的，这张专辑莫非你是给自己买的，不过没有关系，只要你喜欢，谢谢你的礼物！

0617. 保持你善良的本性——1971.02.26

维蒙牛排店用的牛排是从拉格尔村每周定时送来的，红酒是新墨西哥州的罗斯拉克酒厂的，单是运输的成本就不少，还要每周免费送给流浪汉一次盒饭。现在通货膨胀厉害，其他物质的价格也在上涨，牛排店的成本越来越高，有朋友建议砍掉免费盒饭，使用加州本地产的牛排和红酒减少成本，你担心会改变了原来的口味留不住老顾客，左右为难。

卡尔，生存在喧嚣无序的环境中，当心一片凌乱，难免会丢失本性的宝贵特点，砍掉免费的盒饭让你不安，影响到牛排店已经树立的好形象，使用加州本地产的牛排和红酒会引起顾客的误会，改变顾客对你的看法。相对现象中，我们内心始终向往快乐善良，因为这样做你不快乐，不如直视自己的心和念头，我们不要去从这方面减少成本，而是要改变经营的方法得以成长，保持你善良的本性，你的生命才更有能量。

亲爱的，我相信你行的，没有什么可以难住你！

0618. 顾客的抱怨——1971.03.04

老顾客鲍比抱怨牛排店的牛肉没有原来的新鲜，红酒的味道也淡了。你很纳闷，牛肉还是原来的牛肉，红酒还是原来的红酒，是不是加工那个环节出了差错？无论你怎么解释，鲍比就是不满意，直到你给他换了一盘本地的牛排，他吃得津津有味，伸出了大拇指，你回家讲起这件事情让你不能理解。

卡尔，没有不能理解的，是鲍比的口味变了。一种味道吃得太久了，对鲍比来说可能没有新鲜的感觉，这很正常。无论是在家庭里或是在工作场合中，我们常常都会听到抱怨的声音，虽然有时候别人的批评指责不一定正确，尤其是做生意，要发挥你忍辱的精神，无论对方说对说错，都还是要谢谢对方，而且别人既然愿意给你批评指正，就表示对我们有所期待，如果他对我们不抱任何期望，就不会有这些评语了，因此，这些批评对我们而言，反而是一种鼓励和帮助。

亲爱的，爱护这些老顾客，重视他们的抱怨，你的维蒙牛排店一定会成为这条街道的招牌和风景！

0619. 心灵潜力——1971.03.20

几年前还在一起做过义工的玛菲中年创业，现在已经开了两家公司了，我惊诧于她的成绩和魅力。上个月我们见面的时候，她给我介绍了两个独创性的心理学家，“完形治疗法”的费兹士·波尔士和“人本心理学”的亚伯拉罕·马斯洛先生，他们在加州伊萨兰学院授课，我向来对心理学感兴趣，决定去申请学习，玛菲的成功是我的榜样。

我所熟悉的马斯洛教授出版了《迈向存在心理学》，在伊萨兰学院“人的潜力运动”正在迅速地开展，如何激活自己的心灵潜力成了我的兴趣，我被它深深地吸引。

亲爱的，我发现了一个伟大的宝藏，那就是我们的潜能，无论你做什么，想什么，都有一股神奇的力量隐藏在我们的身体里作为动力支持着你，只要你发现它，利用它，善待它，它将为你带来更多的财富，智慧和爱。卡尔，我似乎看到了快乐、幸福和自己的责任！

0620. 善待每一个人——1971.04.24

学习之余，旅游是必不可少的。

昨天来到矿业重镇王冠峰，毗邻科罗拉多州的艾可山，这里的居民格外热爱自行车。你听说在这里诞生了一种山地自行车，执意要去看看它的模样。这里是户外运动者的天堂，许多运动爱好者和从大城市分流出来的人们闻风而至，拜倒在它迷人的风采下。

在旅途中，经常会遇到陌生人主动上前打招呼，把旅游当做聊天的话题，很容易交到朋友，可在日常生活中，这样的事情不容易做到，有时还会提供一些意想不到的帮助。卡尔今天骑自行车不小心摔伤了，是同行的陌生朋友背他回旅馆的，感觉特别的温暖。

亲爱的，把旅游当生活，把生活当旅游，带着朋友们的支持和自己的梦想去，对遇到的每个人点头微笑，自己能够保持“善待每一个人”的心，生活终究不会亏待你！

0621. 孙子迈克出生——1971.05.20

今天孙子迈克出生，我们的家庭又增加了一员，你做爷爷了，自然是一件值得高兴的事情。

家庭的延续是完整人生的重要组成，我不要求他们将来多么有才能，甚至如何富有，只要他们健康快乐就成了。凯理的人格是健全的，乐于助人，富有家庭责任感，不知道脱离了乡土的孩子又将成长出怎样的未来，至少苦难已经与他无关，对迈克来说，不知道是好事还是坏事。

时代不同了，每个时代有它的烙印，迈克的成长自有他的足迹，无须担忧，亲爱的，我们还有未完成的事业，不能也不可以停止自己的脚步。卡尔，在享受天伦之乐的同时，继续我们的梦想！

0622.《百年孤独》——1971.06.05

加西亚·马尔克斯笔下《百年孤独》的故事把我引进了那个由他虚构出来的马孔多镇。这个奇特的地方汇聚了不可思议的奇迹和最纯粹的现实生活。作者的想象力在驰骋翱翔：荒诞不经的传说、具体的村镇生活、比拟与影射、细腻的景物描写，都像新闻报道一样准确地再现出来。

的确，在这部小说中，作者根据拉丁美洲血淋淋的历史事实，凭借自己丰富的想象，描绘出了神话一般奇妙的世界。从小镇马孔多的建立、发展直到毁灭的百年历程中，活灵活现地反映了拉丁美洲百年的兴衰，描述了布恩蒂亚家族百年七代的兴衰、荣辱、爱恨、福祸，和文化与人性中根深蒂固的孤独，马孔多镇很像是整个拉丁美洲的缩影。

这本书既气势恢宏又奇幻诡丽，粗犷处寥寥数笔勾勒出数十年内战的血腥冷酷，细腻处描写热恋中情欲煎熬如慕如诉，奇诡处人间鬼界过去未来变幻莫测，轻灵厚重，兼而有之，是一本不容错过的精品，我有一种相见恨晚的感觉。

亲爱的，在小说的脉络中寻找你人生的轨迹，百年家族，兴衰荣辱，在你的胸怀里，在你的精神里，卡尔，我相信在不久的将来你会创造你家族新的历史！

0623.我的灵魂并不孤独——1971.06.10

这些天我不时想起《百年孤独》里琳琅的场景，怪事迭起，耐人寻味，在这部作品中可以看到：拓荒者如何翻山越岭去寻找伟大的发明，吉卜赛人如何把‘文明’世界的玩意带到沼泽地这个偏僻的小镇，外国垄断资本家如何侵入这个盛产香蕉的小镇，本国独裁政权如何勾结帝国主义者屠杀大批工人，愤怒的群众如何进行流血斗争，最后，洪水、飓风和蚁群如何把这个小镇化为乌有。这部作品魔幻、夸张，加上《圣经》和印第安人的一些神话和传说故事，再现了活生生的现实，语言的力量使马尔克斯并不孤独，在他的作品里，我的灵魂在起舞。

我庆幸自己没有生活在那样的时代，社工的生活历练让我看到了自己的价值，诗友会上的激情让我向往美好的生活，桥下的流浪者让我懂得要珍惜自己的拥有。

寂寞的是思想，孤独的是灵魂，亲爱的，我的思想并不寂寞，我的灵魂并不孤独，如果你还没有真正体会到我说的含义，请细读一遍《百年孤独》，我将陪伴在身边，共同建设好我们的家庭，甚至我们的家族，百年不孤独！

0624.任何时候不赌——1971.06.23

拉斯维加斯是美国内华达州的最大城市，这个城市几乎是由旅馆建成的，大大小小的旅馆到处都是，我们晚上 11 点多走在路上，还是灯火辉煌。这个以赌博业为主的城市被人讽刺为“罪恶之城”，赌场经常为了争夺地盘和客源发生火拼或凶杀案件。许多人专程来赌博，当然还可以购物和享受美食，自助餐真的很好吃，奶油好纯，不过，赌城如果要从一个巨型游乐场到一个真正有血有肉、活色生香的城市，我想还需要一番努力。

好赌可能是人类的天性，女人也不例外，赌场里的女人并不比男人少，而且出手大方，赌场里的人们疯狂的劲儿，你无法用理智去控制。你跃跃欲试，被我拉开了。

“任何时候不赌”，这是我的原则，即使你今天是亿万富翁，亲爱的，你要把它当做一种信念去坚持，卡尔，你做得到吗？拉斯维加斯的夜晚很美，我们从这里经过，不留下一丝幻想！

0625. 卡尔毕业了——1971.07.20

你今天拿到了社区大学 LACC 的毕业证书，三年的辛苦，三年的坚持，终于可以毕业了。你拿到毕业证书的那一刻激动得流下了泪水，做了爷爷的今天圆了多年的梦想，我知道你的这份坚持来之不易。

亲爱的，你的管理课程在你牛排店已经得到充分的应用，你对经济的见解有时令我刮目相看，我知道你是用心的，我认为你今天的成功不是你的牛排店有多出色，而是你以一个成熟男人的姿态自信地站在众人面前；

卡尔，我真的为你骄傲！

0626. 信念很重要——1971.08.15

卡尔，你的内心深处有没有一种信念：我一定要成为什么样的人？老师说：信念决定行为，行为决定成果，假如你要完全掌控自己的生活，必须找出一种达成你自己目标或梦想的信念。从自身找原因，不要只想从外在找解决问题的方法，方向不正确，越努力越适得其反，你需要跳出原有模式，改变过去原来固有的限制，解除那些互相矛盾的信念。

卡尔，老师布置的作业我抄在你读书笔记本的第十页，你不妨认真思考一下：联想自己现阶段因错误信念带来的痛苦，如果不改变旧的信念，对生活有什么不好的影响？有了新的信念，你的生活将会如何？确定你新的有效信念并对它充满强烈愿望，不断幻想，感受你新的信念带来的好的效果。

亲爱的，信念就像一粒成功的种子，在你追寻梦想的过程中，需要你不断培养，终究会长成参天大树。卡尔，我相信你一定会成为一棵为我们遮挡风雨的大树！

0627. 不要总去和他人一比高低——1971.09.10

高斯先生的生意做得不错，吉姆开始做房地产生意，他们俩打了好几次电话来请你去喝酒，你以各种理由推辞。

卡尔，你之所以不愿意和他们聚在一起，是因为你在和他们一比高低。以你现在的状况我知道你心里不舒服，这是因为你的内心还不够强大。不要总去和他人一比高低，该放下的都放下，不要为此感到悲观，恐惧，不安甚至痛苦，你需要接受他们的好意，微笑地面对他们，不需要掩饰自己的缺点，去学习他们的长处。

亲爱的，你的内心是高傲的，无论你觉得自己是多么的有才能，或比他们优秀，甚至将来多么富有，请不要总去和他人一比高低。大海纵然辽阔，海的尽头还有一片更宽广的天际，所以如果要较量，就和自己的内心较量，这个世界上只有一个对手，那就是你自己，自己才是那座难于逾越的最高山峰。

卡尔，克服你自身的种种缺陷并超越它，你才是真正的强者！

0628. 凯希对金钱的洁癖——1971.10.15

凯希从小到大从不谈金钱，也不关心金钱，她对金钱的洁癖我一直认为是她的优点。除了你教会了她做牛排，凯希不会做其他饭菜，现在快要结婚了，我又有点担心她的油盐米醋的问题。毕竟生活不是每天卿卿我我，不是每天诗情画意，我把生活中应该注意的细节一一写下来告诉凯希。凯希告诉我：她不会的斯宾先生都会，斯宾先生不会的她都会，她会每天告诉她的丈夫：我爱他。看来这丫头很自信。

亲爱的，凯希对金钱的洁癖是我们的环境培养的，我不知道这对她来说是好还是坏，但有一点我可以肯定，凯希的心没有金钱的污染，她做任何事情都不把利益放在首位，做她喜欢的事情，快乐就好。她很幸运，今天的她不需要为了金钱而烦恼，她的自信也基于她对金钱的看法——不为金钱而活。卡尔，我们的下一代活得比我们真实，我为他们高兴！

0629. 凯希出嫁了——1971.11.08

凯希的男朋友斯宾是法国人，追了凯希两年，每周都送花给她。都说法国人浪漫，在他的身上我总算见识了。我非常喜欢这个小伙子，非常的绅士，待人总是那么彬彬有礼，不论凯希如何生气，不理他，斯宾总是耐心地哄她开心。

凯希今天要随斯宾去法国生活了，我有点不舍，凯希抱着我哭成了泪人。长这么大，还是第一次看到她这么久在我的怀里哭，哭够了，又笑成一朵花，这就是凯希，随时在我们面前撒娇，毫不掩饰，美丽的新娘有我当年的影子。

亲爱的，远渡重洋又多了一个思念我们的人，我们的牵挂跟随她漂洋过海，祝福我们的凯希，愿法兰西的风雨滋润她更加美丽！

0630. 卡尔的烦恼——1971.12.03

“巴特尔好几周没有来牛排店吃饭了，他以前可是这里的常客，很喜欢我做的牛排。听说他公司的生意最近不太好，还欠我好几千元没有还，他已经是第六个欠我账的人了。”你一面埋怨，一面在为牛排店不能赚大钱而烦恼。

亲爱的，你在为追求优越的生活而苦恼呢，还是在为牛排店的前途忧虑呢？是否因为别人更大的成功你坐不住呢？还是因为自己的小生意而灰心丧气呢？如果是这样，卡尔，请放下你的烦恼，我知道你现在离你的梦想很遥远，不要急，机会总会出现在你的面前。

我相信，有时候坚持也是一种成功！

0631. 快乐是生活的阳光——1971.12.24

圣诞节到了，白天阳光灿烂，夜晚街道两边的圣诞灯饰格外耀眼，喜庆的气氛弥漫在空气里。

我非常怀念儿时的无忧无虑、快乐自在。我们追求快乐，可随着时间、年岁的增长，卡尔，我发现这些在你身上不但没有增加反而是越来越少，或许是因为经历多了，对现实多了一些的思考，压抑着对不公平的愤怒，隐藏着自己对未来的忧虑，人变得深沉少语。

卡尔，快乐是需要创造的，我们的国家现在欣欣向荣，我们的凯理和凯希都成家立业，看得见他们未来的发展，你的生意暂时还不算很糟糕，该放松心情的时候就放开它，该快乐的时候就尽情地快乐，快乐是一种心境，与贫穷富贵无关。

亲爱的，快乐是生活的阳光，值得我们一生去追求，在这个圣诞假期，我们一起开车去贝克斯看看那古老的街道，去圣地牙歌看篮球比赛，去奥克兰和凯理一起过新年，去旧金山金门大桥看日出，卡尔，愉快的假期，一天都不许错过！

0632. 追火车的情人——1972.01.15

旧金山的唐人街好热闹，据说这个时候是华人传统的节日——春节，街道很有中国特色，还有舞狮表演，你很有兴致地摸着狮头，跃跃欲试。

旧金山的火车站很陈旧，听说这里是美国西部最早的火车站。好久没有坐过火车了，在旧金山的站台上，我看见一个没有上火车的红衣少女，在站台上跟随开动的火车奔跑挥手。火车消失在远方，红衣少女泪眼蒙眬，怔在那里良久不动，这一幕依依不舍的情景映在我脑海里挥之不去，令我感动了好久。

好像人类在有了火车又有了电影之后，爱情也发生了变化，想不开的人去了火车站，等待的人去了火车站，送别的人去了火车站，私奔的人去了火车站，所有的爱人和被爱的人都去了火车站，直到火车站挤满了人，上了火车的情侣在车上谈情说爱，我好向往这种感觉。

卡尔你陪我走在这铁轨上，一列呼啸而过的火车让我扑倒在你的怀了，我紧紧地抱着你好久不愿意松开。

亲爱的，我是你的情人吗？不，我是你的爱人，你的妻子，其实我此刻好像是你的情人，你在远方，我近在眼前！

0633. 祈祷和平——1972.02.22

尼克松总统昨天访问了中国，电视里传来中国和美国签署《上海公报》的消息。我感觉到即将开启了一个新的时代，我的内心无比的激动。

今天晚上诗友会在市政广场发起“祈祷和平”的烛光晚会，诗友从四面八方赶来，相识的和不相识的用烛光传递他们的爱和温暖，诗友们声情并茂地朗诵他们即兴创作的诗歌，一起祈祷世界和平，我第一次感受到诗歌强大的力量，他们的爱可以感动世界，我情不自禁抱着你激动地流泪。

亲爱的，愿我们的国家永远不要有战争，愿我们的同胞永远相爱，愿我们的生活永远充满诗意和歌声，卡尔，我爱你！

0634. 情人节的礼物——1972.02.14

不知道你从哪里制作了一条全是“5”的数字表链，上面还镶有5颗闪亮的宝石，造型非常的艺术，我已经记不清什么时候跟你说过“5”是我的幸运数字。

我依稀记得十年前有一位毕斯卡的数学教授告诉我一句话：“你是一个永远都知道自己需要什么的女人，任何时候你都不会迷失方向。”这么多年过去了，我现在似乎相信他说的是对的。

亲爱的，谢谢你的礼物，我会把握好我们的方向继续前行！

0635. 我父母之间的爱——1972.03.12

父亲喜欢看书，尤其是文学类的书，母亲则喜欢看电视，不太喜欢看书，做事循规循矩。偶尔听到父亲在书房里朗诵诗歌，我想父亲年轻的时候一定是个浪漫的人，我很多时候不知道父亲和母亲是怎么交流的。

父亲年轻的时候可能是看上了母亲的美貌，对母亲百依百顺，从来没有看到父亲和母亲吵过架。父亲除了教书，对农活几乎是外行，体力也不行，母亲却从来没有责怪过他，依靠父亲微薄的工资把一个小家打理得有条不紊。有时候父亲读一篇文章给母亲听，母亲不一定理解其中的含义，只是一个不错的听众，这么多年过去了，父亲说话时看母亲的眼神还是小心翼翼的。

我对文学的爱好可能来自于父亲从小的影响，欣赏日出、晚霞、潮起潮落，远山近水都是那么的美。可能在母亲的眼里只有可口的饭菜，父亲的微笑和身体的需要，心灵的共鸣对她是陌生的，她的情感世界有母性的爱，没有女性柔美的内涵，这样少了一些交流的情趣，不知道父亲是不是这样认为。

亲爱的，多看些书，让你读得懂我饱满的情感，我不想你的内心只有生硬的物质世界，精神世界的丰满也是一笔财富，至少你不会感到孤独！

0636. 把得失看轻一些——1972.04.06

隔壁的西餐厅上周推出同样的牛排，价格比你的牛排店要便宜三分之一，抢去了不少客户，你正准备降价竞争，面对成本压力又左右为难。

卡尔，我们需要改变一下自己的经营思路，比如增加自己的分量，保证纯正的口味，增加一些特色的赠品，推出一些新的产品，比如加州莎拉，墨西哥牛肉卷，巴西烤肉等等，而不是靠降价来互相竞争。

亲爱的，记得我以前说过，“我们每个人的生活中常常被一个争字所纷扰，争到最后，只剩下一颗自私的心了”，是的，我们应该把暂时的得失看轻一些，把看似要紧的东西淡然地放一放。卡尔，坚持你的特色和质量，坚持你的理念，用不了多久你会发现世界很大，容得下我们几家生存，我相信你一定会比原来做得更好！

0637. 懂得照顾别人是一份传承——1972.05.12

今天是母亲节，一大早收到凯理的鲜花祝我节日快乐，顺便给你买了一个刮须刀，你有事没事喜欢拿着那把刮须刀在镜子面前刮来刮去，爱不释手的样子。

凯理这小子自从做了爸爸，性情大变，变得比原来热情多了，像年轻时的你，很懂得照顾别人，也很会为别人着想，给我们每天至少一次电话，现在如果哪一天不接到他的电话，我还以为他出什么事了。

卡尔，从凯理这小子身上又看到了你当年的影子，我很欣慰。

亲爱的，忘了告诉你了，我的父母亲不只一次在我面前夸奖你，说你照顾他们很细心，你这种习惯几年坚持下来不容易，真的让我很感动。卡尔，上个星期我给你妈妈买了一套按摩器，顺便还买了一套衣服，我想她一定会喜欢的！

0638. 诗歌是可以传递情感的——1972.06.10

我已经记不起今天是第几次来诗友会了。不管是我高兴的时候，还是我痛苦或失落的时候，我一如既往，风雨无阻，看到一批又一批新鲜的脸庞，洋溢着激情的诗歌朗诵，分享他们对爱情的喜悦和迷思，我完全沉浸在其中。

是的，诗歌是可以表达共同的情感的，比如爱或思念，比如对幸福的追求，以及烦恼或痛苦，正因为可以传递这共同的情感，才会有诉说和倾听，诗友们以他们独特的方式去表达，这种发自内心的情感有时感染甚至震撼在场的每一个人，引起强烈的共鸣，我想这也是诗友会的吸引力。

亲爱的，很多的时候你心中充满了诗意，却不愿意去表达，对你来说是一件遗憾的事情，不过没有关系，只要你心中涌动对我温暖的情感，我能够感觉得到你的爱意，我心满意足！

0639. 外孙女露西出生——1972.07.16

法兰西那边传来好消息，外孙女露西出生了，你做了外公。从凯希兴奋的言语里听得出她做了妈妈的喜悦，斯宾先生说今年的圣诞节要带外孙女露西来看我们，我为他们的幸福而高兴。

卡尔，我很想念我们的凯希，远在万里之外的他乡，不知道她是否有孤独的时候，在夜深人静的时候，面对如水的月光，不知道她是否也想念我们。

在法兰西的土地上开花结果，繁衍后代，凯希的人生自有她的富贵和精彩，亲爱的，我们的富贵还在你不懈的坚持里，在你追寻的梦想里，精彩是自己创造的，卡尔，继续加油！

0640. 卡尔的骄傲——1972.08.06

今天牛排店来了一为老顾客——杰森先生。他五年前因为工作的关系去了纽约，现在退休了又回到了洛杉矶，杰森先生很喜欢这里的牛排，他告诉你，他这五年来去过很多地方吃过很多的牛排，没有哪一家的牛排比这里好。五年过去了，你这里的牛排还是那样好吃，他要每周带家人来这里吃一顿，你这里的牛排是全世界最好的，你听了很兴奋，餐后亲自把杰森先生送上车。

亲爱的，你有没有注意到，牛排店里的顾客很多都是老顾客，杰森先生的赞美是有道理的。重要的是你选地都是真材实料，从来没有改变过，这也是你人品的体现。这几年经济如此之差，周围好几家餐厅都陆续关门走了，你的牛排店还能够生存，首先要感谢这帮老顾客，当然还要感谢你自己，你的坚持让你赢得了一份可贵的信赖。

卡尔，你真棒！

0641. 独来独往的玛尼拉——1972.08.15

朋友玛尼拉和她的日本丈夫相识于夏威夷，先生在圣亚西一家旅行社工作，玛尼拉在洛杉矶一家航空公司工作，平日不在一起，周末回到洛杉矶的家住两晚。一个小孩从小学到高中几乎全托在学校，现在读大学更不用管他们了。两人结婚二十年了，夫妇俩经济独立，各自管理自己的收入。玛尼拉告诉我，他们住的房子也是各出一半的钱，家庭生活费用各一半，连朋友的聚会都是各玩各的。挺有意思的一对，我甚至怀疑他们俩是不是夫妻。

亲爱的，人的独立自主没有错，可像玛尼拉这样的是不是有点过了，什么都分得那么清楚，有些东西分得清楚吗？像付出的感情，彼此的亲情……卡尔，我不要和你分得那么清楚，对于家庭，要么我全部拥有，要么全部不要，我的就是你的，你的就是我的，卡尔，你说呢？！

0642. 咖啡里的时光——1972.09.10

出门右拐有一家咖啡馆很有特色，每个角落都放着有关电影和旅游的书。一边品着咖啡，一边翻阅旁边的书，慢慢享受这悠闲的时光，与自己煮咖啡是完全不同的感觉，坐下来细心观察，大多数来这里的女人有一种相同的品质，不是清高，不为情调，而是对待生活的一种态度，她们懂得爱惜自己。

我喜欢喝咖啡，尤其在这轻轻的音乐中，一杯热气腾腾的咖啡透着浓浓的香味，淡淡的苦涩，可以清醒一下头脑，让我跳出家庭的琐事，避开所有的烦恼，久而久之，我明白生活不只是为了去享受什么，更多的是思考应该去做点什么有意义的事情。

亲爱的，世间有很多烦恼都是自找的，你很在乎别人对你的看法，你喜好功名，有时为此烦恼了半天，却什么事也没发生。何不在工作之余，抱着超然洒脱的态度，生意的好坏不影响你的心情，有赚就好，他人的成功与你无关，自己创造机会就行。这一刻，你享用你的咖啡，我看我的书，这也是一种生活！

0643. 卡尔五十岁生日——1972.10.02

卡尔，今天是你 50 岁的生日，我很高兴可以拉着你的手在孩子面前一起切下这祝福的蛋糕，你的脸上被孩子们用蛋糕涂成了花脸，看着你开心的样子，我真的很开心。

亲爱的，岁月的年轮在你身上没有留下什么痕迹，你好像与十年前差不多，而且更富有中年男人特有的魅力。我摸了摸自己的身体，看看自己的脸，风韵还在，我不知道现在的你是迷恋我的身体多一点，还是喜欢我的思想多一点，不过这不重要，重要的是你在乎我，尊重我。

卡尔，谢谢你对我的爱，你在我心中永远充满魅力，祝你生日快乐，永远快乐！

0644. 卡尔的目标——1972.10.05

今天翻出我的笔记本，我要检验你十年前的目标：“和我一起走遍全美国”。

“卡尔，你好像没有做到，全美国你带我只走了 36 个州，还有 16 个州我们都没有去。”我大声告诉你。

“是吗？我的印象中差不多都去了。”你有点惊讶于我的记录。

“没有去的我要在这两年里补回来。”我认真地说。

“好，没有问题。”你肯定地说。

“还有，卡尔，你的下一个十年的目标呢？”

“我真的还没有想好……我计划开十家以上的牛排连锁店，然后和你一起旅游整个美洲。”

亲爱的，我已经把你的目标记录下来并贴在卧室的门上，你每天早上起来就可以看到。在这个世界上，没有谁可以代替你做你的目标和计划，包括我，你的梦想只有你自己才能实现，卡尔，我相信你一定能够做到！

0645. 我是一切的根源——1972.11.05

卡尔，我有时在想，你通过看书及培训学习的知识不少，积累了一定的经验和技能，可很多时候我发现你使不出劲，甚至在怨恨自己的能力，这样下去离我们的理想太遥远了。

我们在实现理想的过程中到底是什么地方出了差错呢？老师说："只有了解你自己，才能打通你成功的路。"我有记忆、思想、肉体、情绪和直觉，但"我"到底是谁？我适合做什么呢？这些问题困扰了我很久，直到今天听了老师的讲解我才知道，那个自以为是的"我"是你我应该去发现和突破的地方。

亲爱的，懂不懂做，你可以去学，但敢不敢做、能不能做、愿不愿意做是另外一个问题，很多事情并不是因为难你才不敢做，而是不敢做你才感觉难。卡尔，在通往成功的路上，你还有很长的一段路要走，需要不断地学习突破自己，我们一起加油！

0646. 诗歌的吸引力——1972.12.23

诗友南希和科迈宣布要在这个圣诞假期结婚，今天在会场邀请我们所有的诗友参加，我们非常惊喜和惊讶，惊喜的是他们喜结良缘，惊讶的是他们相识还不到三个月，来诗友会才两次。

南希告诉我，是科迈的一首诗打动了她，是上帝派他来拯救她的尘封已久的心灵。科迈也认为是南希的一首诗感动了他，让他看到了一个内心高尚又脆弱的灵魂，需要他给予力量。他们好像找到知音一样互相吸引，在一起无话不说。

两个人的爱情就是奇怪，有些人一辈子也找不到感觉，有些人等待一生也走不到一起，但有时一首诗就可以将他们吸引到一起。

当我把这个故事分享给你听的时候，你觉得不可思议。

亲爱的，心灵的呼唤用诗歌来表达有时是震撼人心的，我相信有一种感情是需要共鸣的。卡尔，你听得到我心灵的呼唤吗？我的心里早已为你留下性灵的种子，等待你任意撷取！

0647. 美越战争结束——1973.01.27

今天美国和越南的《和平协议》在巴黎签字，美越战争正式结束。凯理从奥克兰打电话回来告诉我这个消息，然后在电话里哭了，不知道他是激动还是伤心。

据报道：美国 56000 人死亡，30 多万人受伤，投下 800 万吨炸弹，耗资 4000 亿美元，越南方面死亡 160 万人。这一场战争不知道又留下了多少破碎的家庭，一想起那些可怜的孤儿和无助的妻子，还有那些年轻的军人，他们可能从来都还没有享受过爱情的滋味，我黯然神伤。这一场持久的战争留下的巨大的伤痛和阴影，那些失去亲人的人们的心，不知道要多久才能恢复平静。

人世间最美好的莫过于在和平的环境里对爱情的向往和拥有，亲爱的，能够和你一起分享生活的甜蜜哪怕痛苦，我都觉得是一件幸福的事情，愿我们的国家从此不要再有战争。卡尔，我要和你一起在这个和平的年代里，好好享受我们生活的佳酿！

0648. 情人节的礼物——1973.02.14

今天你送我一辆日本产的红色丰田小汽车。日本的汽车小巧又便宜，尤其他里面的装饰做得很精致，我很喜欢。想不到你会送我小汽车，我只不过是上个月对朋友艾比娜开的丰田小汽车赞美了几句。

美越战争已经结束了，也应该好好庆祝一下，亲爱的，谢谢你的礼物，你让我在朋友面前很自豪！

0649. 尊重本来就是爱——1973.03.23

“卡尔，我今天看到你的朋友卡洛斯在图书馆旁的餐厅和一个年轻的女人在一起吃烛光晚餐，那样子好亲密，我不知道要不要告诉他的妻子。”晚餐后我轻轻地告诉你。

“不要，不要这样，为卡洛斯保留一点隐私。”你听说后有点惶恐，好像是你自己犯了错似的。

“亲爱的，假如你要和外面的女人一起吃饭，我的朋友告诉了我怎么办呢？”我试探着问。

“玛利亚，我一定会提前告诉你我要和谁在一起吃饭，如果你愿意的话我会带你一起去。”你紧张地回答。

亲爱的，没有关系，我不是那种小气的女人，我相信你不论做任何事情都会尊重我，尊重本来就是一种爱，你说是吗？！

0650. 相遇就是缘分——1973.04，19

今天诗友会的会场设在在爱达荷州的桑德波因特。当我们走过长达 2 公里的大桥后，就观赏到幽蓝的湖水和山脉镶嵌的地平线远处的群山此起彼伏，生得很绚烂，这种景色是桑德波因特绝无仅有的。在这里好像有一种相遇总是难忘的感觉，与这次的主题“相遇就是缘分”很贴切。

诗友们兴高采烈，朗诵是感性的，每个人不忘感谢过去、现在甚至将来相遇的人，是缘分让我们走到一起，我们生命的美好就在于怎么样去珍惜缘分，善待自己，善待他人。

是的，我们每个人来到这个世界，本身是孤独的，茫茫人海，有一群志趣相同的人走到一起相当不容易，如果还能够找一个人相亲相爱，那更是缘分，我们没有理由不去好好珍惜。

亲爱的，与你相遇不仅仅是缘分，而是天意的安排，天意是前世的因，人为是今生的努力，卡尔，感谢你三十年来的相伴，在缘分的天空下，我的灵魂不孤独！

0651.《情人的礼物》诗集出版——1973.05.01

诗友会朗诵的诗歌有很多都是诗友的原创，激扬的文字，美丽的语言，洋溢着青春的朝气和火热的情感。上个月辛西娅决定将其中优秀的诗篇汇集成书免费赠送，让更多的人欣赏这些至美动听的语言，我荣幸地加入了这个义务编辑团队。上周《情人的礼物》诗集正式出版，我激动的心情难以言喻，好像看到自己的孩子诞生一样兴奋。

《情人的礼物》在卡尔的牛排店供客人免费取阅，顾客有时一边吃着美味的牛排，一边阅读这优美的爱情诗篇，在他们的眼神里，我知道顾客吃牛排的时候有了爱情的味道，以至有很多顾客每天进店第一句话就是问最新的诗集什么时候出来，如何加入诗友会成了他们感兴趣的话题。

亲爱的，你的牛排第一次有了诗歌的味道，店里的顾客也增加了不少，这不能不说是一件好事，如果有一天，在这里诗歌是主菜，牛排只是佐料，我觉得也不错！

0652.皮特的选择——1973.05.14

你的朋友皮特先生爱上另外一个女人，我们都在替他担心那份来之不易的财产分割的事情，令我们意想不到的是，皮特把所有的财产全部留给了他的妻子。

婚姻不存在了，男女还可以做朋友，毕竟夫妻一场，没有必要两个人为了财产你死我活，如果连最后一点点的温情都要无情地剥夺，甚至变成仇恨，那是很可悲的。先不论谁的对错，在财产的处理问题上，我认为皮特先生是一个男人，这是一种责任的担当。

亲爱的，假如你真的跟我离婚了，你会在乎你的财产吗？卡尔，除了孩子，你是我唯一的财产了，我相信你不会让我一无所有！

0653.卡尔喜欢看《教父》——1973.06.01

电影《教父》最近很火爆，大街小巷都在议论着它。这是科波拉执导的一部经典黑帮片，影片以精细的笔墨描述了黑手党全盛时期的家族恩怨，以及黑手党的产生、发展的全过程。外来移民为生活所逼，铤而走险，靠走私、赌博、贩毒、谋杀在美国社会中争得一席之地，他们依赖非法营生逐步发展壮大，其势力也渗透到各个领域，政府枢纽部门也有了他们的代理人，当他们羽翼丰满时，力求融入合法社会，毫无恐惧地享受他们的财富。科波拉把这部格局庞大、情节复杂、人物众多的影片处理得有条不紊、扣人心弦。

坦白讲，除了叹服导演高超的专业技巧，我不喜欢这部影片，尤其是这种犯罪领域的暴力冲突，更厌恶权力与罪恶的关系，它扭曲了人际关系中最基本的东西，让更多人认为社会就是如此黑暗和丑恶。

亲爱的，你是在享受影片里面的暴力呢？还是在欣赏迈克尔对财富和权力索取的手段？如果是这样，请你打住，你可以相信它是事实，但你不可以欣赏他们的行为方式。你和他们是两个世界的人，你的世界里只要有善良、帮助、友爱、怜悯就够了，这样，你会真实地活在这个世界，你始终是自己的主人！

0654. 生活就是平衡——1973.06.25

巴特尔先生住院了，今天我们去医院看他，他的妻子在一旁埋怨他每天都忙忙碌碌，钱是赚了不少，却从来没有在家里好好吃一顿饭，更不用说全家一起去旅游了，现在病了，而且比较严重，胃和肝脏都是问题，家里更是一团糟。

卡尔，要认真对待自己的生命。活在现代社会，毫无疑问，我们必须赚钱过活，但我们不要为赚钱所束缚，而不去探寻生命的深层意义。既要享受生活，又要努力赚钱，这个问题并不矛盾，重要的是我们要认清生命的本质和生活的意义，过程比结果重要。

亲爱的，我们现在的任务就是求取生活的平衡，发现你工作的乐趣，发现生活的美，不过分膨胀自己，不攀比，越简单越好，快乐在自己的心里，这是寻得我们生活平衡的关键。

卡尔，我觉得现在的生活不错，加油！

0655. 可怜的托尼——1973.07.12

“卡尔，你还记得那个患自闭症的托尼吗？”我对正在看书的你说。

“记得，有什么好消息？”

“没有好消息，托尼还没有找到女朋友，他妈妈昨天在给我诉苦。”

“为什么？”你不解地问。

“托尼不愿意跟陌生人说话，更不愿意跟女孩子交往。”这是她找不到女朋友的原因。

卡尔，有一段时间我很担心凯理，凯理考大学前你打了他一顿，好长时间凯理不说话，也不理你，幸运的是，凯理现在很幸福。

亲爱的，对孩子来说，有时我们认为的爱会变成一种伤害，一次不经意的伤害可能变成永久的痛。

卡尔，我们之间呢？我不知道我是否伤害过你，有时当你不说话的时候，我就担心我的要求对你是不是有点过分了，不管怎样，我从来没有想过要伤害你，我从来没有认真计较过你的行为方式，我总是把你的行为方式当成对我的一种鼓励，一种支持，一种爱护！

0656. 多读一本好书——1973.08.20

今天我和你一起去图书馆，我们三个月没有去了，我想在这比较空闲的时间里，带你去重温一下那里的感觉。爱书人在图书馆里，好比一条鱼畅游在海里，无比自在，你坐在那里，与清晨晌午无关，与功利世俗无关。

我知道你需要跳出你的思维，不能整天只是想着赚钱的事，日子不能在一种单调中重复，除了旅游，去图书馆读书是一个好的方式。

亲爱的，多读一本好书，就是和一个高尚的人对话，那是一种站在巨人肩上的骄傲和自豪，我不知道你有没有这种感觉，至少我们之间会多一些共同的语言，生活会多一些情趣，你会多一些思考！

0657. 诗歌在我心中——1973.09.21

诗友会的朋友越来越多，苏珊和柯西兰甚至邀请我去她们家做客，和她们的交流中感觉心灵得到了净化。我想是因为诗歌有高尚的灵魂，所以爱好诗歌的人表现很纯洁，除了赞美和欣赏，让人感到很舒服。

我热爱诗歌，却不发表诗歌，我更不是诗人，我只是寄托我的情感，我认为没有比诗歌更好的承载人类美好情感的东西，尤其是爱情，在自我欣赏的那一刻，我能够感觉到灵魂的悸动，那一刻我很满足。

亲爱的，正因为我对你的爱，才有了我心中的诗；正因为有了欣赏，你的全部在我眼里都是诗。卡尔，我会永远保留这一份诗心，不论任何时候，和你一起谱写我们生命的诗歌！

0658. 不要去强求得到许多东西——1973.10.02

卡尔，今天是你的生日，首先祝你生日快乐！

今天你在总结这几年的收获，你在检讨自己的得失，对你来说是一件难能可贵的事情。我知道你对自己的现状不满意，没有很高的收入，没有办法买更宽大的房屋，没有更好的机会去做自己的事情，看到你的朋友吉姆他们的生意越做越大，你已经按捺不住那份躁动，借着酒意你在责怪自己的无能。

卡尔，不要去强求许多东西，把一切都看淡，不要去在乎别人怎么评价你，也不在乎自己会不会一无所有，只专注于自己笃信的方向，并且把这种淡然与坚定渗透到生命当中，变成自己的人生态度与处世方式，如此，你将成为自己心灵的主人，不再被这个纷纷扰扰的世界牵着走，也不被自己各种各样的念头迷惑。

亲爱的，世界和人生比你的想象要简单得多，所谓的“复杂”，只不过是幻想对你的蒙骗，成功有时只不过是一种感觉，卡尔，你要坚持住，该来的一定会来到你面前！

0659. 经济危机——1973.10.24

第四次中东战争 10 月 6 日爆发，据报道说，为了报复美国支援以色列，阿拉伯石油输出国组织决定每个月减低石油产量，对美国实行石油禁运。由石油危机引发的经济危机迅速席卷全美国。阿拉伯国家与以色列之间的战争还在继续，不知道什么时候结束，一股不祥的气氛笼罩每个人的心头，“我们美国会不会直接卷入战争”我担心得要命。

许多依赖石油的企业有开始倒闭的气象，有人在抢购食品和汽油，看来经济危机真的来了，牛排店的生意这几天淡了很多，看得出来你有点紧张。

亲爱的，放松点，再放松点，危机总会过去，关键是你要坚持住，经济危机说不定给你带来意想不到的机会，卡尔，你一定要挺住！

0660. 伸出你的手——1973.11.30

经济危机，桥下的流浪汉明显的增加了不少，天气转凉了，我下意识地拿了一床毛毯向立交桥下走去，站在我面前的是一个佝偻着背、满脸沧桑的老人。我不知道他是年纪大了，还是因为经济危机失去了工作，也许可能刚刚失去他的儿女，无依无靠，来到洛杉矶这个陌生的地方，孤苦无依，但他的目光还是那样的坚忍，又是那样的无助。我不认识他，我走过去给了他一个拥抱，然后把毛毯递给他，我看见他的眼睛里的泪水在转动。

亲爱的，比起这位老人，至少我们还有积蓄，我们还有房屋，我们有儿女，我们有牛排店，我们是多么的幸福！经济危机算不了什么，卡尔，我相信你能够克服困难，迎接更大的挑战！

0661. 新的宗教狂热——1973.12.22

目前宗教礼拜形式发生了改变，今天社区一个居民看过摇滚乐队在教堂演奏后，愤慨地质问牧师道：“你认为这是什么地方？夜总会吗？”牧师以沉默作答。

事实上自七十年代以来，一部分美国青年呈现一种新的宗教狂热，他们常常长发披肩，手把念珠，研究圣经，从事福音传道。教堂在活动中都利用了社会上流行的爵士乐、现代舞蹈、当代艺术以及民间音乐、诗歌、戏剧、甚至幻灯片和电影等，同时还发明了福音摇滚乐。也许是受到这群人的影响，许多教徒对这种新变化抱有热情，他们不需要再在教堂里长时间听牧师漫不经心地重复那些老生常谈，也不必总是听几个世纪以前的古老音乐了，但这些新仪式触怒了一些传统主义者。

因为改变，牧师的祷告好像没有那么庄严，教堂的钟声没有那么动听，我有点不太适应。

亲爱的，生命中有些沉淀是不要轻易改变，比方喝惯了的咖啡突然加点柠檬，闻惯了你的气味突然加点古龙水，还真不是味道，宗教也是一样，突然改变，有一种混乱的感觉，因为习惯，因为感情，卡尔，我喜欢你传统的保守，真的！

0662. 我想去找一份工作——1974.01.15

经济不景气，失业率很高，满大街都是找工作的人，尤其是很多中年妇女都出来找工作。今天我告诉你我要出去找一份工作，你一边表示不情愿，一边笑我这么大的年纪很难找到工作。

卡尔，经济现在看不到起色，我担心你的压力太大，尽管我手中的积蓄足够我们应付一阵子，但我不能预测你的牛排店能够坚持到什么时候，我要做一点准备。

卡尔，你也不用拦我，虽然现在找工作是一件很艰难的事情，最重要的是，我想去尝试一下我的能力，以我做社工的经验，我想我应该不至于一无用处。

亲爱的，你做好你的生意就是，你不用担心我，我自有我的打算，就当我在体验另外一种不一样生活，我也想证明自己在艰难的时刻，我能够为我们的家做点什么！

0663. 情人节的礼物——1974.02.14

清晨，我被一阵清脆的铃声弄醒，窗前挂着一串粉红的风铃，玻璃做的，七条按比例增长的线串起的风铃垂下来，像一串倒挂的石榴花，旋转起来特别的好看，我知道这是你昨天说要送给我的“神秘”礼物，风铃在风中回响，仿佛在告诉我“亲爱的，该起床了”。

卡尔，我想起了你为什么送风铃的原因，那是我有一次我开玩笑告诉你，我想听到花儿在风中歌唱，亲爱的，谢谢你可爱的礼物！

0664. 卡尔的信——1974.02.23

玛利亚，再过一个月就是我们三十周年结婚纪念日。很惭愧，结婚三十年来，自己没有建立很好的事业，没有为你带来更好的生活，我的梦想一次又一次被现实打得支离破碎，我痛苦过，我检讨过，甚至很多次在上帝面前深深地忏悔过，请主原谅我的过错，给我力量，可惜我没有感动上帝。在我们结婚快三十周年的时候，我没有骄傲的资本，面对你——我温柔美丽的妻子，我真的好自责，甚至我都不知道可以送给你什么像样的礼物。

亲爱的，我不知道三十年来我这是第几次写信给你，对不起，我不是有意失约，是我懒惰。你知道的，我的爱在每一天看你目光里，我的爱在我拉你的手里，在我的拥抱里，在我流动的血液里。

玛利亚，我可以失去所有的一切，我只求上帝不要让我失去你，亲爱的，除了好好地爱你，我别无他求！

0665. 我热爱这座城市——1974.03.02

来加州二十三年了，从贝克斯到洛杉矶，从奥克兰到旧金山，我不知道驾驶我的汽车往返了多少次，沿途的风景印在我的脑海里。居住在洛杉矶的十二年里，这里的每一条街道我是那么的熟悉，以至街道的哪条路突然拓宽了，哪一栋楼长高了，哪个角落冒出一个咖啡店，哪里多了一个公园，哪个电影院的音响效果好……如此好多好多我都很清楚。很多的时候，有朋友问我，你是哪里人，我不假思索地告诉她们：

"我是洛杉矶人"。尽管这里经常游行，暴力行为经常在街头巷尾上演，空气污染严重，但这里有好莱坞电影，众多的图书馆，还有迪士尼乐园，超级时装表演和诗友会活动，令这个城市充满了活力和激情。

是的，许多人在这里留下了激情的种子，却没有收获成功和希望，有人只是把这里当过客，并不期待开花结果，匆匆的行囊，游离的背影，一道迷失的风景。

亲爱的，我不认为这里是天堂，也不认为是地狱，但我热爱这座城市，假如你想在这里有所成就或者成功，你必须把自己的整个身心付出在这里，热爱这座城市，而不是当一个过客。

卡尔，我相信这里是你实现梦想及梦想起飞的地方！

0666. 结婚三十周年纪念日——1974.03.23

今天是我和你结婚三十周年纪念日，我提议去好莱坞看一场电影，你欣然同意。当我们从电影院出来的时候，你直接把车开到市郊一家高级宾馆，这家宾馆三年前我们来过一次，富丽堂皇又极有法兰西情调，很奇怪，第二天早上起来，昨天晚上电影的片名和内容我都已忘记，我只记得昨晚的缠绵是如此令我动情。

有人说："两个人的婚姻能够携手走过三十年，他们的婚姻就像人间的珍珠值得珍藏和爱戴。"

亲爱的，我把你当做挂在我胸前的珍珠，不论何时，我都能够看到你的存在，卡尔，我爱你！

0667. 卡尔的信——1974.03.24

亲爱的，昨天读你写的信很感动，事实上我一直生活在你的感动中，只是我不善于表达。我一直在自责，多年来我一直没有信守承诺给你每个月写信，很抱歉。你知道的，不是我不愿意，而是我不知道如何表达我对你的爱，我知道你不会怪我的。

玛利亚，很敬佩你的坚持，你是那种遇到困难永远不会退缩的人，你永远也不会停下你的脚步去关心你身边的人，这是我最佩服你的地方，正因为如此，你的朋友越来越多，虽然你的年龄现在已经不能用漂亮来形容，但你身上散发的魅力让我觉得你愈来愈美丽，你在我的心中永远年轻。

亲爱的，在生活的方方面面，我已经严重依赖你了，甚至很多决定都由你做出，而不是我。原因是你的直觉永远是对的，我都不敢相信，可事实每次你做的决定都是对的。我有时在怀疑自己的智商是不是退化了，我已经无法离开你了，我想对我可能是好事，不知道你哪一天会不会不管我了。

经济危机好像比预料的严重，目前糟糕的局面我不知道要持续多久，不管怎样，我会跟你在一起面对，我相信我们的生活会更加美好，永远爱的卡尔。

0668. 你成熟了——1974.04.16

亲爱的，尽管生意不怎么理想，经济危机接踵而来，但你的微笑没有变，你的热情没有变，你的朋友更多，闲时听听音乐，看看书，很高兴看到你沉得住气。

“一个不成熟男子的标志是他愿意为某种事业英勇地死去，一个成熟的男子的标志是他愿意为某种事业卑贱地活着。”——《麦田里的守望者》中霍尔顿的老师说的一句“名言”让我记忆犹新。

亲爱的，能够守着你的牛排店不胡思乱想并坚持下去，我觉得你已经很了不起了，这是一个成熟的男人的表现。卡尔，尽管离你梦想的距离还很远，但不要气馁，机会总是有的！

0669. 不为明天担忧——1974.05.18

经济危机好像愈演愈烈，大多数家庭在节衣缩食，找工作，你晚餐后看着报纸眉头紧锁，大概是为目前的经济前景担忧。

我们需要为目前的经济担忧吗？这一场经济危机会持续多久呢？坦白地讲我心里也有点紧张，不过经验告诉我，不要害怕，危机会很快过去，再困难也会有办法，机会将会在危机中产生。

亲爱的，你不用太担心，冷静地面对你的处境，做好你每天的事情，我们不需要为明天担忧，我相信我们的总统，相信我们的国家一定会早日恢复经济，让她的国民过上富足的生活！

0670. 睡个好觉是最重要的——1974.06.21

你昨天回家说有一个服务生不小心弄脏了客人的衣服，今天回来又说厨师弄错了调料，看得出来你还在为此生气，埋怨顾客越来越挑剔，生意越来越难做，为国家的经济政策愤怒。

亲爱的，你太在乎某些细节，那是你要求的太完美；你无法控制自己的情绪，证明你太在乎自己的得失。你内心为欲望在挣扎，如果日夜为欲望奔走，每天为琐事生气或表达愤怒，甚至用谎言来掩盖自己的弱点，说明你的内心还不够强大。现在这种状况已经严重影响到你的睡眠了，这样下去会耗损你的健康。

卡尔，吃好每一顿饭、欢喜地喝一杯咖啡，以平常的心态看待你周围的人或发生的事情，一天喜乐无忧，每天睡个好觉对你来说是最重要的，亲爱的，我希望看到你睡梦中的微笑！

0671. 背后有人在说是非——1974.07.10

帮助流浪汉的行动引起了一部分人的好奇，我知道背后有人在说我的是非，说我是疯子，说我是行为不检点的女人，甚至说我送给流浪汉吃的食物都是你牛排店剩下的，你很愤怒。

今天有记者来采访我，都被我委婉拒绝了，名誉和名声受损并不重要，重要的是有人需要我这种服务，他们从中能够感受到这个城市的关爱与温暖。我愿意挺身而出，我知道自己做的并不是一件不光彩的事，上帝也知道我在做什么。

我不会轻视任何一个流浪的人，还会处处站在他们的处境着想，给人信心，随时给人欢喜，说鼓励的话，这是我力所能及能够做到的事情，这些都是上帝教我的，我从来没有想过得到任何回报。

亲爱的，你不用愤怒，也不需要理睬这些是非，这么多年来，你也是那样无私地帮助别人，上帝从来没有鄙弃过你。

卡尔，我会坚持每个月至少帮助 5 个流浪的人，我所做的一切，有你理解和支持就够了，上帝会爱我们的！

0672. 越来越陌生的城市——1974.07.25

在洛杉矶的公路两边，人们都忙着把自己的汽车挤到队伍的前头去加油。总统弹劾案正在成为街头调侃的话题，尼克松总统的声望因为“水门事件”一落千丈。通货膨胀依然严重，越来越脏的空气，混乱的治安，正如洛杉矶时报上写的：“这些频发的社会危机让我们整个美国的国家自信像自由落体运动似的，直线下降，在社会深层，这些危机连同高涨的犯罪率和离婚率，引发了随之而来的‘从信用卡到有线电视’的争论，从国家总统到个人道德的空前危机”。

这个城市让我感觉到越来越陌生，一直向往的城市生活，近来却很想逃离它，远远的，迫切地，想找一个清静的地方喝一杯咖啡，读一本书。我却无处可逃，因为这里是我的家，我生活的全部。

何处是我梦想的家园，何处是我心灵放歌的地方呢？难道我只能躲在自己的房间里，或图书馆里，或电影院里，假装听不到杂音，看不见烟尘？亲爱的，如果没有你的爱，在这个城市，我的灵魂将无处安放！

0673. 不要放弃心中那份理想——1974.08.09

经济危机已经搅动每个人的神经了，总统尼克松先生今天因“水门事件”下台。经济危机的问题早已被人们的愤怒的口水所代替，洛杉矶的大街上有许多群众在游行，电视里的报道好像只要总统下台经济危机就会很快解决，现在的美国政治和经济一团糟。

亲爱的，愤怒和游行解决不了自己的问题，保持好自己的心情，做好自己的事情，在危机中寻找机会，在困境中寻找希望，不要让政治事件影响自己的判断和坚持。歌照样要唱，舞照样要跳，生意照样要做，卡尔，最重要的是不要迷失自己的心灵，不要放弃心中那份理想的追求！

0674. 失业很严重——1974.08.25

在桥下或公园里流浪的人最近增加了不少，送给他们的食物远远不够，你的牛排店赠送的盒饭从三十份增加到了五十份，晚上要的蚊帐还没有人赞助，我们的义工们有点忙不过来。

事实上每天的报道里看到或听到的都是经济危机的恐惧，许多企业都在裁员或倒闭，大量的年轻人因此失去工作。我有点担忧，一旦这种状况持续太久，很多的无业者将永远变成无法工作的人，最终成为引爆社会治安的炸弹，然而我又能够做什么呢？这种无力的感觉油然而生。

离婚的人也会多起来，为了自己的利益，许多人开始你争我夺，饥不择食，人性的弱点暴露无遗，弗洛伊德有至理句名言："从某种意义上说，我们每个人都有点歇斯底里"，在经济危机来临的时候尤其如此。

亲爱的，在城市里有个安稳的生活对某些人来说是一件奢侈的事情。在这个城市的一个角落，守住自己的底线和良知，做好自己的事情，也是一种幸福，我很满足！

0675. 热爱这个行业——1974.09.09

维蒙牛排店上个月结账第一次出现亏损，你愁眉不展，在怀疑是不是做错行业了。

卡尔，事情本身没有你想象的糟糕，是你的情绪在好坏中不断起伏。行业本身没有分别，是我们在不好情形的时候对自己的错觉。有的人做生意赚几千块就已经很开心，有的人赚几千万还不满足，做生意亏损一点是很正常的，你已经做得很好了。对面的四家牛排店已经只剩下一家了，我们应该可以坚持下去。知足常乐，重要的是开心，不是你生意的好坏可以取代的，而是来自于你内心克服困难的勇气，你要热爱这个行业，必将给你带来丰厚的回报。

亲爱的，我们去听听歌，这几天乡村乐手格伦·坎贝尔来洛杉矶举办音乐会，我们一起去舒缓一下我们的神经，但愿为你带来好心情！

0676. 值得或是不值得？——1974.09.20

诗友诺西昨天跳楼自杀了，今天一到诗友会，大家都在纷纷议论着她。原来她爱上一个男人好几年，可那个男人就是对她无动于衷，怪不得她以前朗诵的诗里有一股淡淡的忧伤，会场的角落有人在那里哭泣，悲伤的气氛弥漫开来，场上满是泪眼。

是的，多好的一个姑娘啊，那么有才情，那么年轻，今年才二十三岁，就这样离开了，以死来证明自己对那个男人的爱情，我们都很震惊和惋惜。我不禁要问："为什么我们很多的时候爱别人容易，爱自己却很难，是为了一个男人去死呢，还是为爱情去死呢？"——这是一个可悲的问题，值得或是不值得，我有时候想不明白，今天的诗会在悲伤中度过。

亲爱的，我爱你胜过爱我自己，我可以为你背井离乡，我可以为你一无所有，可以为你不顾一切，不论怎样，我始终不会放弃对爱情的美好向往，不会放弃我自己当初的承诺，不论你是贫穷还是富贵，我一路跟随。卡尔，有你生生不息的爱和不变的情分，如果有一天需要我付出自己的生命，我认为值得!!

0677. 节约成本？——1974.10.14

隔壁的咖啡店关门了，你准备减少牛排店的人手，把赠送的那一杯红酒也省掉，以节约成本。

卡尔，我不赞成你这么做，牛排店里的伙计最短的都跟随你三年了，经济好的时候，他们都尽心尽力，他们大多数都有家庭，现在经济危机大家找一份工作不容易，不要在这个时候辞退他们，这样没有人情味，尽量不要去缩减人手，和他们一起渡过这个难关，他们会感激你的。至于那一杯红酒更不能省掉，很多的顾客是冲着这一杯红酒来的，老顾客对这一杯红酒已经充满了感情。

亲爱的，只要能够生存，不在乎赚多少钱，坚持下去你就是成功！

0678. 去蒙大拿的波兹曼——1974.10.20

尽管经济不景气，但旅游是不可少的，去旅游的费用自然便宜了很多。牛排店生意不太理想，你不想去，经不起来我的坚持，我们来到了蒙大拿的波兹曼。

波兹曼是座大学城，城中美景如画，气候宜人，人们蜂拥而来，远足、垂钓……你在这里尽情地享受运动所带来的快乐，同时没有忘记摄影，只有在摄影的时候你是专注的；

有个性的城市都有自己的氛围，在这里有一种浓浓的人文气息彰显。走在年轻的大学生当中，我很羡慕他们的朝气阳光，在这里行走，你会觉得自己年轻，一对情侣经过我的身旁，女孩手里拿着一束花，不知道那男孩讲了什么，身后一路娇羞的笑声。

亲爱的，心情是自己调节的，我们不能因为经济不景气就放弃自己的乐趣或爱好，生活不是为了生意或工作，而是为了让它充满情趣，就像那年轻的大学生，读书不只是为了学习，还可以收获爱情！

0679. 激情的诗友会——1974.11.23

经济危机的空闲让更多的年轻人来到诗友会，今天奥克兰的诗友别出心裁把诗友会放在露天的酒吧里举行，在这里见不到经济危机的阴影，现场唯见激情的朗诵声。他们纷纷在现场写给自己恋人、丈夫或妻子，即兴朗诵的诗词里充满了对爱情的无限向往，最后在酒精刺激的狂欢中结束。

新来不久的诗友莱特先生今天告诉我，这里的感觉很奇妙，每个毛孔都被这里的激情所感染，有一种想要去表达的冲动，这种感觉是以前从没有过的。因为经济危机，他和妻子的感情也发生了危机，自从参加了诗友会，现在他们的感情比以前更好了。

是的，物质可以贫穷，精神是不能贫穷的，正因为诗歌的激情唤醒我们心中久藏的爱情，我们更加热爱我们的生活，珍惜现在的所有。

亲爱的，你是我精神的食粮，你是我诗歌的源泉，因为你，我感受着自己的青春和激情！

0680. 这个圣诞节有点冷——1974.12.25

经济危机加剧了失业，公园里、桥底下，街头的流浪汉明显地增多了，洛杉矶的街头异常的寒冷，圣诞节的气氛比以往冷清，我不知道这帮流浪的人怎么熬过这冬天。

家中的棉被不多，你的生意不怎么好，家里没有多余的钱财去添置。我把多余的衣服全部清理出来，包括我爸爸妈妈的，打了两个包，叫你和我一起开车送到公园里桥底下去。

“玛利亚，这么多的人，你帮得过来吗？”你在问。

“帮一个算一个”我无奈地说。

亲爱的，你也不用太担忧你的生意，我相信危机很快就会过去，我们的办法总比他们多，不要自己有点困难就放弃，八年来我一共帮助了486个流浪的人，我们也没有因此而贫困，相反，经济危机使很多人破产或失业，我们还可以轻松应付这场危机，我们的朋友更多了，你不觉得上帝在帮助我们吗？！

0681. 时间有点懒洋洋的味道——1975.01.02

新年的阳光普照，洒在我身上有点懒洋洋的感觉，经济毫无起色，日子在慢慢悠悠地晃着，不知道是不是因为平淡的日子过久了，连时间也有点懒洋洋味道。

你躺在阳台的椅子上晒太阳，手里放着一本拿破仑·希尔的《思考致富》，一副若有所思的样子。

亲爱的，用思考和行动来换取你的财富是值得称赞的好事，但你所获取的财富并不能总是以金钱来衡量，持久的友谊，和谐的家庭关系，商业合作伙伴之间的理解和支持，是你人生成长必不可少的财富。《思考致富》里一定有你要找的答案，尤其是现在这个急功近利的社会，内心的和谐与心灵的宁静，更是一笔可贵的精神财富，你要沉得住气，时间在等待你去发现致富的秘诀！

0682. 我五十岁生日——1975.01.13

今天是我五十岁的生日，你提前一周就订好了酒店要为我好好庆祝一下。凯理和丽塔前天就从旧金山赶回来，凯希和斯宾昨天刚从法国赶回来，家里好不热闹。

今天让我特别高兴的是，和我一起做社工的同事来了几十个，没有准备的我有点措手不及，赶紧要你转移地方招呼客人去。

是的，我和这些社工同事认识快十年了，在社区服务的战线上，我们并肩战斗到互相守望，一直都在互相见证彼此的岁月，彼此建立了深厚的友谊，感谢有他们一路对我默默无闻的支持，社工现在已成了我的职业，我已经深深地爱上了这个职业。

亲爱的，你知道吗，正因为他们，我的人生不寂寞，正因为他们，我的人生更加丰富，是她们让我看到每个人的精彩，是他们让看到每个人的艰辛，是他们，让我更爱你，更爱这个家！

0683. 培养独立的人格——1976.01.25

不断有朋友鼓励我合伙开美容院，也有朋友鼓动我加入保健品的销售行列，我不为所动，我不想打破内心的安静，我不想一个家庭谈论的除了金钱就是金钱。我的价值体现不一定要在商业的成就上，何况我知道自己不是做生意的材料，我宁愿守护着自己的精神家园过着简单的日子。

卡尔，虽然我们不是很富有，但多年的经历和阅读培养了我独立的人格，我不迷恋物质和金钱，我热爱朋友，我愿意帮助弱者，我的爱好并不低俗，我对心理学，心灵潜力方面的学习不仅仅是为了我自己，而是为了更好地支持你，卡尔，我一直认为鼓励你，帮助你成功就是我的成功；

亲爱的，我独立的人格不一定能够帮你解决生意上的困难，但至少我帮你树立了良好的形象，在你失落的时候还可以找到安慰，你不要要求我太多，卡尔，人格的高尚不一定要富贵，你一样可以做得更好！

0684. 卡尔想做贸易——1975.02.09

加州的对外贸易这几年好像不错，你的朋友皮勒先生做南美的贸易听说赚了不少的钱，你决定去墨西哥和巴西等地考察碰碰运气，今天一早就飞往巴西利亚。

你的心无法安静下来，卡尔，在你转身离开的那一刻，我的眼泪止不住流下来，我知道我无法阻止你前往，我也没有理由说服你不要去，我知道你是为了我们的生活得更好。

亲爱的，假如我可以代替你前往，假如我有足够的智慧帮助你，我心甘情愿，我不愿意看到你奔波的身影，卡尔，不论什么结果，早点回来，不论你做什么决定，我都支持你!

0685. 一个人的日子——1975.02.24

卡尔，你已经离开我十五天的时间了，尽管你每天晚上会打电话回来告诉我你的行踪，我好像觉得你离开我好久了，每天早上起来我习惯把你的牙膏挤好放在水杯上，下午把咖啡煮好等着你回来，晚上把你的浴巾放在你浴室的木凳上，今天晚上当我准备好你的睡衣放在床头的时候，我自己都不禁哑然失笑。

亲爱的，我已习惯你在我的身边，一个人的日子让我有点慌乱，卡尔，你什么时候回来呢？我知道与你厮守也是一种幸福！

0686. 思念如潮水——1975.03.06

你去南美洲的时间比我预计的长，一个月快过去了，你还是没有回来。

卡尔，这几年，我已经习惯看到你每天早上离开家去牛排店，晚上准时回家，然后一起散步，运动或看电影，即使外出旅游，你都在我的左右。我现在一天不看见你我就心跳得厉害，可这一次，你离开我将近一个月的时间，我好像什么都乱了，不想去看电影，不想参加诗友会，甚至不想做饭菜，我只希望你快点回来；

亲爱的，当夜晚来临的时候，我想你的感觉如潮水般涌来，很奇怪，这种感觉好久没有出现过了，你在我身边的时候，你像是我身体的一部分没有感觉，一旦离开，我又浑身不自在。

卡尔，我已经成为你的一部分了，包括我的灵魂！

0687. 等你归来——1975.03.24

今夜，电闪雷鸣，我竟然不敢开窗，我胆小得蜷坐在窗前，呆呆地望着窗外的雨不停地下，看雨滴撞击在窗户的玻璃上粉碎地流下。

卡尔，我不知道你现在是流连在巴西火辣辣的桑巴舞里呢？还是你早已经进入了梦乡？

亲爱的，我很想为你写点什么，写雨夜的思念，纸已经打开，可我拼不成一句完整的话，我发现自己内心此时已爬满了孤独，如窗外的雨肆意的奔流。卡尔，无数赞美的诗歌比不上你此刻站在我身边温柔地看我的目光，雨继续下，思念如雨，我想你会感觉到。

亲爱的，我怀抱一池的春水，积蓄，不停地积蓄，等你归来打开堤防！

0688. 卡尔回来了——1975.04.01

卡尔，你回来了，头戴一顶墨西哥式的牛仔帽，一身宽松的衣服，带着巴西的热情。在机场的出口你兴奋地把我紧紧地抱住，仿佛我们是一对久别的恋人，我不想去问你在南美的收获，这一刻我只想看到你开心的笑容。

卡尔，我们分处异地产生了很多良好的效果，借助时空，我们得以成长，好像看事物都不同了，我多么希望看到你执著的成分减少了，有一份成熟之美绽放在心中，有时候金钱的多少真的不是很重要。

亲爱的，为什么每次等你回家的日子都那么的漫长，回来就好，回来就好！

0689. 放下你的得失利害——1975.04.18

卡尔，你的内心有点不安分，我知道你不满足于现状，你在寻找更好的赚钱机会，你又不敢放弃现在的牛排店，你不能放下你的利害得失，你总是希望在不远的将来，出现合乎你意愿的结果，得到更多的利益或财富，这个想法本身没有错，只是应该有一个过程，不能急于求成。

亲爱的，如何才能把这些都放下呢？其实很简单，把牛排店做得更有特色，培养好你的助手，不要只是去担忧它，等待好的机会出现，把握好现在的一切，只要你去努力了，你的将来不用担忧和等待，许多的事情你越在意它，可能它越不会来，你要做的只是现在不断地去准备，最后它就来了，所谓不期而至，你离你要的结果也就不远了。

卡尔，我认为这个牛排店是你现在最好的选择，它是你成功路上的一个驿站！

0690. 没有更适合的机会——1975.05.20

我的话显然对你没有起到多大的作用。人有时候认为自己是对的事情，会听不进别的声音，你现在是这种状态。这两个月来你尝试去做一些贸易，甚至为此走遍了美国主要的商业城市，花费了时间精力，花费了金钱，结果都不成功，甚至差点上当受骗。机会到处都有，只是没有更适合的机会，不熟悉的行业，靠运气是很难有好的结果，看得出来你有点丧气。

是的，许多事情你要尝试或经历，才知道你可做或不可做，我并不反对你所做的尝试，就当是一种生活的历练。

亲爱的，回到自己的原点，做好自己的牛排店，经过这一次对其他行业的了解和尝试，我相信你一定会把它经营得更好！

0691. 冒险是要有方向的——1975.06.01

卡尔，我知道你有时候无法阻止自己的想法，无法停止自己的烦恼，出于对失败的恐惧，拼命地抓住一切的机会，又要忠实于自己的内心世界不受到破坏，你努力表现得平静，这个过程是痛苦的。

我不赞成你用冒险的方式去做一些无法控制的赌注，冒险是要有方向的，在你还不清楚自己要做什么的时候，在你还没有准备好要做什么的时候，最好不要盲目冲动。对欲望的控制，并不是说人必须没有追求，世界是无常的，在你找到路径之前，有一张无形的网笼罩你，你想冲出去是徒劳的。为了不让你自己走向堕落，需要拥有一种更为积极和健康的态度，成为自己心灵的主人，去正确面对现在的所有，珍惜自己的人生，如果不思考活着的意义，而只在乎现在的得失，你烦恼痛苦的日子还会很长。

亲爱的，不要急，有时等待和坚持也是一种智慧，在你一生中可以控制的时间里，总有一些机会等着你，实现一些你真正想要，也应该去实现的价值！

0692. 稳当也是一种福分——1975.06.25

经济危机的蔓延打乱了很多人的正常生活，犯罪的人越来越多，各种诈骗手段层出不穷。上个星期有人向你推销一种红酒，同样的品牌价格却比牛排店原来进的要便宜一半，第二批同样的进货还返利上一批的 50%，依此类推。今天当第二批红酒到来的时候，你发现全部是假酒，收了钱的对方早已无影无踪，你后悔莫及。

卡尔，为什么会上当呢？如果你没有贪念，如果你没有私心，你应该知道这种生意是不合常理的，还好这次损失不大。

亲爱的，金钱的损失事小，你的牛排店的长久经营才是最重要的，联想到这段时间里发生的事情，卡尔，不合常规的事情你以后不要去做，不熟悉的事情或行业最好也不要去做，我不懂冒险之道，我只希望你现在稳当，稳当也是一种福分！

0693. 离婚的人越来越多——1975.07.08

经济危机在持续，没有改善的迹象，离婚的人越来越多。在朋友面前我小心翼翼的问答，我很害怕听到“离婚”两个字，昨天在菜市场碰到朋友嘉碧，从她忧伤的眼神里，我又一次陪掉了廉价的眼泪。

我不禁要问：“爱情是什么呢？”当初美好的承诺，共同的愿望，在困难的时候烟消云散，各奔东西，男人有时候还没有女人坚强，嘉碧一个人带着孩子打零工艰难地度日，至少她没有逃避生活的责任。

责任呈现在危难的时候，承诺才能体现它的价值，离婚就是一种逃避。如果男人为了名利富贵而活着，离开了承诺和责任，不论他逃到哪里，他都逃不过他的命运，真正的男人无论任何时候都会爱护他的女人。

亲爱的，你在我眼里是一个真正的男人，任何时候你不会放弃你自己，你也不会放弃我，在你的梦想里一定有我的精彩，卡尔，你说是吗？！

0694. 心态是你真正的主人——1975.07.22

工作量多、所得少，确实很不划算，如追求轻松获利，不惜铤而走险从事投机事业，可能让你陷入被动，我看到许多人虽有才华，不一定看清方向，明辨是非，但为了生活，碌碌无为，然而什么样的人生值得追求呢？

卡尔，你需要调整一下自己的心态，你的心态就是你真正的主人，要么你去驾驭生命，要么就是生命驾驭你。老师说：“一个人能否成功，取决于他的心态”，我觉得很有道理，成功与失败之间的差别是：成功人士始终用最积极的方式思考，最乐观的精神和最辉煌的经验支配和控制自己的人生，所以你现在最好的方式是面对现实，为到来的机会做好准备。

亲爱的，拥有再多物质，终究如过眼烟云，如果命运让我只能守着贫穷，我愿意与你一起承受一切苦难，但我相信，只要你不放弃你的梦想，不要盲目冒险，上帝会帮助你的！

0695. 改变你的心智模式——1975.08.23

伊萨兰学院的老师告诉我：“非凡与平庸的主要差别不在于是否拥有强健的体魄，而在于人的思想与精神，在于人的心智。”

在漫漫人生路上，正是心智，使我们超越环境，战胜困难。卡尔，如果你深刻理解思想的创造力，并加以利用，它将产生惊人的效果。世界的万事万物并不是杂乱无章，而是遵循一定的规律，如同物质世界的规律一样，人的精神世界也存在着一定的规律，这其中的规律控制着你的道德和精神世界；

老师进一步告诉我：我们的思想是能力和力量的源泉，如果你一心想依靠外在的力量，将会使你变得软弱，在你有意无意地想象各种匮乏、局限和混乱的同时，你的头脑也可以同样轻而易举地创造出消极的条件，把你推进失败的深渊，相反，只要你愿意，从内心创造积极的模式，你也可以变成帮助别人的强者。

亲爱的，你现在最重要的是要停止你的胡思乱想，锻炼并改变你的心智模式，相信它的存在并寻找它的规律。卡尔，我愿意与你一起学习探讨你未来的发展方向，我相信你会得到隐藏在心灵深处的那一份力量！

0696. 绝不放弃——1975.09.05

经济没有好转的迹象，尽管你和伙伴们做了很多努力，牛排店的生意改善的效果不是很明显，你似乎心灰意冷，回到家里，除了看电视，不太愿意谈论牛排店的生意，甚至在担心它会倒闭。

以前常常有朋友说对生活感到迷茫，看不清前路，我听不太明白。卡尔，现在我似乎看到你就是一种迷茫的状态，这让我想起你第一次创业失败找工作时的情景，那时的迷茫是一种失意的颓废，现在的迷茫是一种无奈的失望。

卡尔，任何的效果是一个持续改善的过程，需要有你的智慧，需要有你内心的信念。

亲爱的，尽可能地放松你的每一块肌肉和神经，直到你感觉到内心的宁静从容，潜意识告诉你自己，效果即将显现，坚持到底，绝不放弃！

0697. 尼采的诗歌——1975.09.20

尼采的狂野是我无法接受的，在情场上失意过，又不断受到病魔的缠绕，让他尝尽了孤独的痛苦，度过十年的漂泊生涯后，又在十年的精神错乱中了却残生。这可能是他的狂野带来的代价，不过他的诗歌不错，处处充满人性的光辉，他在《人生》里写道：人生乃是一面镜子，在镜子里认识自己，我要称之为头等大事，哪怕随后就离开人世！

尼采的诗语言优美而充满激情，思想深邃，始终有着一种向上的精神：“我怎样才能最顺当地上山？——别去思忖，只顾登攀！”

每个人都要在前进的路上由“我愿”变成“我能”，于是，他在《波浪不停翻卷》里写道：“波浪不停翻卷，黑夜对白日一往情深——动听地唱着‘我愿’，更动听地唱着‘我能’！”

亲爱的，你听到尼采的声音了吗？认识你自己，不要被乱象迷惑，不要被欲望鼓动，积极向上前进，你的前方是一片光明。卡尔，如果你问我愿意与你一起守着贫困吗？我一样会说“我愿意”。如果你问我能够不埋怨你吗？我说“我能”！

0698. 全力以赴做好自己的事情——1975.10.01

卡尔，看到你整天为了牛排店的出路左思右想，又找不到更好的途经释放你的能量，我的心情有时无比紧张，我总担心你突然有一天做出意外的行动让你更加无助。

是的，经常有难以计数的人们为永远没有实现可能的事情而绞尽脑汁，最后筋疲力尽，换来两手空空，却把近在眼前的机会拒之千里之外，与成功擦肩而过却浑然不知。卡尔，哪一行都有成功的巨人，牛排店也是一样，改变过去不能做大的观念，一心一意做好自己的事情，为成功提前做好准备，很多的实践证明，准备得越多，离成功越近，灵感是从积累中得来的。

亲爱的，所有的成就和财富，都建立在你认知的基础上，所有的收获都是你认知不断积累的结果，你认为牛排店可以做大，你认为它可以带来财富，你就不会去做别的行业，而认知的中断与意识的分散将使你事倍功半。卡尔，集中你的精力和思想，全力以赴做好一件事情，你的牛排店一定会带来你想要的结果！

0699. 克服你的恐惧——1975.10.25

老师说：“如果要减少心中对失败的恐惧感，首先设想如何能让自己内心有某种成就感和失败感，然后重新定义支配内心成就感和失败感的影响力，这样需要改变你既有的思维模式：首先以最快的速度回想以前失败的例子，回忆这种痛苦经历，相信你的感受回过头来看也只不过如此；然后态度坚决，建立积极的目标，不断地幻想自己渴望的成就感，直到几乎成为事实，确定自己如果遭受失败有一定的适应能力。”

卡尔，我把老师布置的作业抄下来放在你的读书笔记本第二十三页：1. 如果不让恐惧感支配自己的生活，你将下怎样的决心；2. 写下若无法克服恐惧感时，必须付出的代价；3. 写下假如克服之后将获得的益处；4. 建立自己如果遭到失败时应该产生积极反应模式。

亲爱的，我不完全懂得老师所说的含义，坦白地讲，这不是我的兴趣，我之所以把它抄回来给你，是我认为它对你有用。卡尔，我相信你的经验能够理解它，你渴望的成就会让你不怕失败！

0700. 太阳照样升起——1975.11.10

路边的咖啡厅里照样坐满了人，光顾卡尔的牛排店的顾客也开始多了起来，经济危机似乎并没有那么严重。昨天晚上高斯先生邀请我们参加需要穿晚礼服的舞会，场上座无虚席，白兰地和红酒的价格贵得有点离谱，人们照样大吃大喝，经济危机好像与他们无关。

一方面穷人在省吃俭用，一方面富人在奢侈浪费，大多数人还是按照他们的习惯生活着，该吃的，该用的，去各地旅游，和危机前几乎没有区别，生活那么近，危机是那么远，太阳照样升起。

亲爱的，生活永远是向前的，不要在某个时期刻薄自己，也没有必要在某个时期奢侈自己，更不要放弃自己的理想，卡尔，经济危机击不垮我们，我对你充满信心！

0701. 持续的思考是必要的——1975.11.28

这个月牛排店的生意明显好转，让卡尔喜出望外。

卡尔，暂时的改善不能证明什么，你要继续思考接下来如何让牛排店的生意不要成为你情绪的报表，这对你来说是一件很重要的事情。你会发现你持续思考同一件事情，到最后这种思考就变成自发性的了，你会情不自禁地思考这件事情，直到你对所思所想坚持积极的态度，然后变成你一种精神的习惯，你的自信会得到增强。这是拿破仑·希尔在《思考致富》这本书里告诉我的，你应该知道他所说的含义。

亲爱的，我多么希望看到你成为自己精神的主人，每天保持轻松的心情，在你的头脑里多一些音乐和诗歌，在你的血液里多一些情感和爱恋，卡尔，我相信你能够做到！

0702. 一本神奇的书——1975.12.06

上周去拜访库克先生，从他那儿借来一本神奇的书，是查尔斯·哈奈尔著的《世界上最神奇的24课堂》，书发黄得厉害，应该有相当长的时间了。这本书从书店里无法买到，到图书馆也没有办法查阅到，听说只流传在少数人手中，他们通过对这本书令人震撼的学习和实践，使自己成为亿万富豪。在库克先生神秘的笑容里，我有点不敢相信这本书的神奇力量。

这本书看起来有点困难，但凭借多年对心理学学习的基础，我还是发觉了它的奥妙：生活中有三样东西是每个人渴望的，那就是财富，健康与爱，任何事物都是由这三点派生出来的。哈奈尔创造的个人潜能开发体系可以帮助我们找到想要的答案。

亲爱的，除了思考，持续的学习是你获得成功的关键，我相信哈奈尔先生的24堂课会让你少走很多的弯路，生命中有无限的可能性，不要低估自己的潜能，一旦发现并加以利用，一个完全不同的世界出现在你面前，卡尔，我相信你一定行！

0703. 诗歌不仅仅是一种表达——1975.12.15

诗友会的活动越来越丰富，由会友自发组织去各地旅游，一边朗诵亮丽耀眼的诗文，表达自己的情感，一边欣赏美丽的景色，品尝当地美味佳肴，诱发对美好生活的向往，经济危机好像跟我们无关。

你追随我们这一群“疯子”今天来到西雅图，要不是当地诗友的指点，我们还不知道这些地方藏着这么多人文地理历史，你同时对我们诗友会旺盛的生命力感到惊讶。

亲爱的，诗歌不仅仅是一种情感的表达，更是一种对生活的热爱，因为爱你，所以生活更有滋味，因为有滋味，所以热爱生活。卡尔，尽管我们并不富贵，但我的灵魂是高尚的，我的心灵是干净的，我很珍惜现在的生活！

0704. 母亲的脸——1976.01.06

母亲的脸上没有太多的风雨磨难，写在她的脸上的只是浅浅的微笑，即使母亲现在被心脏病折磨着。

今天我帮母亲梳头的时候，突然发现母亲的脸上多了许多皱纹，头发也稀疏了很多，我好久没有仔细看过她那一张脸了，不知道母亲在我这里生活得是否开心，我好久没有去了解过她的感受了。

我想起了刚上初中的时候，母亲没有买给一条我喜欢的裙子，我跟她闹了半天，最后母亲满足我的无理要求，这样让家里吃了一个月的土豆，我却在埋怨土豆那么难吃。现在想来，母亲当时的难处是那样的无奈，想到这里，我的眼睛湿润了，我亲吻了一下她的脸，母亲摸了摸我的脸，像小时候的感觉。

亲爱的，其实每一个人内心都是一样的，包括你的母亲一样需要我们去关爱，只是我们固执地认为离得太远了而疏忽了他们的情感，卡尔，我喜欢你的母亲胜过自己的母亲，我很想念她！

0705. 情人节的礼物——1976.02.14

摆在我眼前的是一条亚特兰蒂斯的水晶项链，传说古代希腊文明帝国的亚特兰蒂斯由于火山喷发，永远的沉眠在了圣托里尼岛那片海底，这条水晶项链是亚特兰蒂斯的纪念版，代表永恒的爱情，我的眼前一亮，想不到你会送我这样的礼物。

亲爱的，我很喜欢这条亚特兰蒂斯水晶项链，谢谢你的礼物，它将荡漾在我的心海，永不沉眠！

0706.“才子佳人”会——1976.02.25

诗友会的影响力越来越大，参加的人也越来越多，在这个友好激情的氛围里，才华横溢的诗友们，容易在充满诗意和深情的朗诵声中产生共鸣，许多素不相识的人在这里找到了知音，甚至人生的伴侣，这不能不说是一件非常好的事情。最近就接到好几对诗友结婚的邀请，难怪许多单身的男女喜欢来这里消费他们的情感，诗友会变成“才子佳人”约会的好地方。

两个人生活在一起，是需要有一些共同爱好的，至少需要培养一些共同的志趣，否则，生活会少一些情趣和意会。

亲爱的，你现在应该知道为什么我一直以来要求你多看一些文学方面的书籍，或要求你陪我看电影的原因，就好像我喜欢你的篮球和摄影一样。一起参加诗友会可以交往很多朋友，对你的事业应该会有帮助，卡尔，我很高兴地看到你的兴趣和爱好是多么的健康，生活就是由这样那样的情趣和快乐组成的；

亲爱的，你是我的“才子”，我是你的“佳人”！

0707. 艾娃离婚了——1976.03.06

艾娃在离婚事务所工作，她告诉我最近法院和离婚事务所的人忙得一塌糊涂，每天是打不完的官司，离不完的婚，每天听到那些要离婚的夫妇无休止的争吵，她都快崩溃了。

更让她烦恼的事情还在后头，她的丈夫最近破产了，偿还了所有的债务后一无所有，把家里所有的东西都砸烂，还动手打了艾娃，一定要和艾娃离婚。平日调解处理离婚事务的她，轮到自己竟然不知道该怎么办，艾娃跑过来跟我哭诉她和孩子接下来怎么生活。

我不太理解这个男人认为没有了事业就没有了一切，没有尊严，没有价值，难道家庭是他的累赘吗？难道妻子孩子是他的附属物吗？我有点愤怒，但我忍住了，我安慰着艾娃：“什么都会过去，人生没有过不去的坎”。

亲爱的，如果是你，你可千万不要这样，一切可以重来，一切可以创造，不管怎样，你的身后还有我，大不了我再出去打工，洗碗、洗衣服、搞清洁我都可以，最重要的是你不可以放弃，包括所有的一切！

0708.“男人是女人的东西”——1976.03.12

今晚，我给你讲一本书上的一个故事：一座城市的居民经常和另一个城市的居民打仗，很多年都不分胜负。这两座城市，一座坐落在高地，另一座坐落在洼地，处在高地上的城市头领想出了一个令人心酸的绝人之道——把高地的水库打开。结果可想而知，洼地的城市被大水围困，哭叫之声不绝于耳。看到如此的惨状，围困者做出了一个人道的姿态，派船去救落水人。但是，派遣的船只不多，只能容纳极少一部分人，他们的头领喜欢女人，所以只能让妇女上船，并要求只能带自己最喜欢的一样东西，有的带上自己的玉镯，有的带上自己的金银首饰，有的带上自己的铜镜，她们想这样既保住了自己的生命，又不失自己的财产。唯有一位妇女肩扛着自己的丈夫，奋力上船，一个士兵阻拦道：“船上只允许上妇女，不许运男人”，那位妇女说："这就是我最喜欢的东西"，士兵无言以对，只好乖乖地让她上船，在那次水患中唯一幸存的男人就是那位妇女的丈夫。

你听完后哈哈大笑："男人是女人的东西，有意思。"好久没有听到你这么爽朗的笑声了。

亲爱的，假如那个妇女是我，我一定会这样做，相信我吗？！

0709. 兰斯先生错位的爱情——1976.03.21

朋友墨菲的丈夫兰斯先生最近一定要离婚。墨菲是大学教师，性感美丽，有知识分子特有的理智，两人结婚都已经有二十年了。我们都不明白这么一个好的家庭，为什么突然会发生这样的事情。原来兰斯先生和他家的保姆发生了关系，而且坚持要娶她，墨菲弄不明白她哪一点比不上这个小保姆。

兰斯先生告诉你：这个保姆在他回家的时候可以给他倒一杯热的咖啡，他饥饿的时候可以送上可口的饭菜，能够在他疲劳的时候帮他按摩一下肩膀，可以很认真地倾听他的牢骚，而墨菲从来没有这样做过，她只会讲女人的权利，辩论某个事情的对错。男人有时需要的不仅仅是美貌和智慧，更需要的是善解人意和接纳。

当你把兰斯先生的话转述给墨菲的时候，她沉默了好一阵，她无法接受这个事实，又不得不面对。

亲爱的，和你生活的三十二年里，我不知道我做的是对还是错，我也不知道有哪些方面没有满足你，没有人教我，也没有人批评我。卡尔，你能够告诉我吗？我可不想这错位的爱情发生在我的身上，我任何时候没有这个准备！

0710. 藏在内心深处的隐痛——1976.04.05

卡尔，我昨天晚上有做了一个梦，梦见你和另外一个女人在一起，你又离开了我，而且再也没有回来。当我醒来的时候我吓出一身冷汗，这个梦让我隐隐作痛，又令我想起十年前你背叛我感情的事儿。事实上也不是因为这个梦，我一直没有忘记那段日子，不是我不想忘记，而是我真的没有办法忘记，我只是把它埋在我的内心深处，可它时不时不自觉地跳出来提醒和敲打我的灵魂，告诉我应该如何去学习经营我们的爱情，经营好我们的家庭，告诉我自己要做一个怎样的女人让你爱我。

亲爱的，不要怪我没有气度，不要怪我心胸不够宽广，这就是我们女人的本能和自私之处，不过你放心，我从来不会把它拿出来对你说教，这不是我，我爱你的所有，包括你过去所犯的错！

0711. 守望我们的爱情——1976.04.20

参加我们诗友会的人越来越多，辛西娅不得不租借社区图书馆的大会议室。

有一个小伙子西洛克每次大声地朗诵诗给他离去的女友苏拉，每次都泪水流满脸，然后把写的诗歌不断地寄给他的女友，就这样五年过去了，西洛克感动了上帝，今天他和苏拉双双出现在诗友会上，赢得了大家经久不息的掌声。

人世间的爱情在不同的人身上诠释不一样的涵义，不论怎样，在这些诗歌散发出来的那种永恒的纯真，常常让你感觉黑暗中的一点光，那是一种温柔的力量，让我久久难忘。

亲爱的，诗歌可以纯洁我们的心灵，诗歌里有我们守望的爱情，诗歌可以寄托我们的希望，最重要的是，诗歌让我懂得爱的真谛！卡尔，生活本来就是一首诗，你是我诗歌里的音符，没有你的存在，我的诗没有灵魂！

0712. 流浪的猫——1976.05.01

大街上多了好多流浪的猫，大概是因为经济危机的影响，猫也被它的主人抛弃了。一只黑白相间的猫被汽车撞伤了，右腿流着血，瘫在地上叫个不停，我把它捡了回来，用剪刀剪去伤口的毛，用消毒水洗净，撒上消炎药粉，绑上纱布，我看见了猫咪乞爱的目光。

你不太喜欢猫，嫌它到处乱跑不卫生，要把它放走，我坚决不肯，要等着它的伤好了。

亲爱的，其实我也不怎么喜欢猫，我看它可怜，既然我救了它，就等它伤好了，不然我会自责的，就当我们做一件善事，就这一回！

0713. 通人性的猫——1976.05.16

照顾受伤的花猫成了我的一个任务，我每天喂小鱼和猪肝给猫吃。猫的腿伤好得很快，上个星期天我叫你带到远一点的地方放掉，第二天早上一开门就听到熟悉的喵喵声，那只小花猫又回来了。妈妈说“猫狗通人性，既然它回来了，那就把它留下。”

你很不情愿地答应了我的要求，留下了小花猫。妈妈更是高兴得合不拢嘴，抱在手里为它梳里毛发，我们给它取了个好听的名字：花花。

前天我去旧金山那看看孙子迈克，回家的时候猫咪一下跳到我的脚上添个不停，妈妈告诉我，猫咪竟然一连两天从厨房到卧室不停地走，不停地叫，好像是在寻找我，让我好感动。

亲爱的，我决心养好这只猫，这是上帝送给我的礼物，我相信它会带给你福分！

0714. 阅读是一件美好的事情——1976.06.02

又到世界阅读日，书店里的书大打折扣，我一口气买了很多书。现在的年轻人好像不喜欢看书了，书店里的人少得可怜，经济危机还没有过去，去宣传阅读对忙碌的人们来说是一件困难的事情。

阅读对我来说是一件美好的事情，不只是某本书中的某个特定的人物令我捧腹或难忘，有时一杯咖啡加一本书，有一种偷闲的喜乐，甚至看着书架上的书就有一种自豪的感觉。

你现在也喜欢看书了，牛排店不需要太多时间去打理，除了招呼顾客，在店里闲时就是看书，我很喜欢你看书的状态。

亲爱的，两个人的生活，有时不仅仅是过日子，重要的是一种精神的状况和精神的交流，多看些书，你的脑海里多一些思索，多一些安静的东西，一些温暖的记忆和情感，从你嘴里不自觉地吐露出来，那一刻叫愉快。

卡尔，现在和你交流是一件很开心的事情！

0715. 智慧使人单纯——1976.06.20

经济危机催生了各种培训，训练营如雨后春笋，你很感兴趣，报名参加了一个销售训练营，每天回来很兴奋地给予分享一些有趣的技巧，好像又在做赚大钱的宏伟计划。

亲爱的，我很高兴看到你这种学习的精神，我认为在你这个年龄很难得，但你不要为了应付什么而去学习什么。你要自由、自发的学习，真正的学问，是以自己的生命去感悟的，知识有时候只会使人复杂，你要在生活中寻找智慧，智慧使你单纯，我不想你因此变成一个复杂的商人。

卡尔，过去很多艰难的岁月我们都比较顺利的地走过，我很满意你的进步和现在的生活状态。过上健康悠闲的生活，我认为真的不需要拥有很多的钱，你应该是在享受生活的同时顺便做一下生意，交好你的朋友，发扬你友善的本性，做好你现在的事情，技巧对你来说并不重要！

0716，建立你的自信——1976.06.30

今天老师在讲如何“建立你的自信”的课程：我们做任何事情时，包括怯弱退缩都是出自正面的想法，我们开始退缩是因为心里交杂着正负面的联想力，既同时幻想痛苦和快乐的结果。

如何随时帮助自己建立自信的三种基本的方法：1. 最迅速的方法是彻底改变生理的机能：呼吸，姿态、行为和脸部表情等均作彻底的改变；2. 控制内心的注意力，将“失败的结果是什么？”或“为什么我总是把事情弄得一团糟？”改为“现阶段最为重要的事项为何？”或“达到目标和妥善处理的最佳方法是什么？”想到大脑是出于帮助自己不受伤害，为自己带来快乐而感到欣慰；3. 改变自己的内心信念，将我之前做过，实在不知道今天该怎么办？改为“只要有心做，必定能达成”，想象获得渴望已久的成就，感受成功的喜悦，直到建立起你新的思维模式。

卡尔，以上老师教的方法我已经抄在你读书笔记的第二十八页，我相信你运用这些方法会有助你对事情正面的想法及把握程度，亲爱的，我们有能力改变自己的生活，可以执行，拥有和实现自己的理想，我相信你会有这种自信！

0717.“流浪者之家”成立——1976.07.01

在义工联的特伦先生和玛菲的帮助下，我倡议的“流浪者之家”今天终于在洛杉矶郊区一座租来的房子里成立了，用来帮助那些无家可归的或寻找工作暂时没有地方落脚的流浪者。看到自己的成绩我无比的自豪。

卡尔，是你发起你的朋友和关心支持我们的爱心人士捐款捐物，是你亲自摆放床位，才有了这个流浪者临时的家，谢谢你的付出。

亲爱的，来洛杉矶快二十年了，不管经历了多少风雨，让我高兴的是你那颗乐于助人的心没有变，你的那份真诚没有变，一个人的成功不在于他拥有多少财富，而是他愿意为别人付出的那份心态。卡尔，你做到了，我认为你现在的人生是成功的！

0718.毁誉从来不可听——1976.07.16

“流浪者之家”的成立得到很多相识和不相识的朋友的赞誉和支持，同时也听到许多不愉快的声音，你在那里愤愤不平。

我知道我们短暂的一生，并不是为了生气或赞叹而活，毁誉从来不可听。卡尔，面对无中生有的讥毁，我们没有必要心生怨气，听到别人的赞赏，也没有必要沾沾自喜，放下对外界环境的执著，守住那颗自然纯朴之心，坚持做自己认为对的事情，活着，就是能够对得起自己。

我看得见流浪者感激的表情，我听得见流浪者自强的声音，我感受到我的灵魂是快乐的，亲爱的，不管生活中有多少艰难，也应该坚持自己的善良，不管生活中有多么孤独，也要坚守那份人格的高尚，不管别人如何看待我们的动机，我们也应该拥有那份宽容的美德，微笑地面对一切，上帝会看得见我们所做的！

0719.我们呼唤爱——1976.07.24

参加诗友会的人越来越多，租借社区图书馆的大会议室也很拥挤，由辛西娅的丈夫格道夫先生提议，诗友们决定明天在市政公园露天举办一场大型诗歌晚会，主题是“呼唤爱”。

是的，我们不能因为经济危机忘却了爱情，不能因为没有工作就使用暴力，不能因为生活困难，生命中就没有诗歌，我们要用诗歌唤起人们对生活的信心，唤醒他们心中的爱与希望。

亲爱的，我们一起去感受一下现场的气氛，去知道许多人生活真的不容易，去知道自己已经很不错，知道自己还可以做更多的事情，知道自己是多么的幸运。

卡尔，不论过去还是未来，我始终带着我的爱，在我心底对你深深的呼唤，我相信爱的本质，一如生命的光辉和灿烂，始终绽放在我的心头！

0720. 创造一种“可能性”——1976.08.08

牛排店的连锁发展是一个不错的想法，你这个月一直在琢磨如何开展，可一想到自己没有经验，没有足够的资本，很快就泄气了。你晚上睡觉的时候经常爬起来走到客厅里去抽烟，辗转难眠。

卡尔，哈奈尔的书里告诉我有一个内在的法则：“你认为自己行，你就行，你认为你自己不行，你就不行。”他还告诉我：“不要还没有尝试就下定义‘不可能’，如果你经常说‘不可能’这三个字，任何事情当你不相信的时候就根本进不了你的潜意识，你要相信自己行，一切都有可能。”

亲爱的，现在你要停止思考“要不要做的问题”，而是要思考“怎样做的问题”。你想象一下牛排店开在洛杉矶甚至加州的每个角落，听到顾客吃你牛排的赞美声，你从此不用再困在一个地方感叹生意的艰难，你的同行只有羡慕的目光，这是多么自豪的一件事情。卡尔，你现在就在你的笔记本上写上要选择的城市和地点，详细做好你的计划，你在脑海里告诉自己：我能做，我可以做得更好，连锁发展大有希望，我喜欢我的牛排店。

是的，亲爱的，你一定行，没有你做不到的事情！

0721. 卡尔的连锁发展计划——1976.09.20

你制定了详细的连锁发展计划，这个月你终于迈出了第一步，第二家牛排店开在好莱坞影城旁边。来自世界各地的游客在游玩之后，蜂拥来到你的维蒙牛排店品尝纯正的加州牛排。由于使用的原料是来自拉格尔山村的新鲜牛肉和纯正的墨西哥红葡萄酒，口味继承了原来的特色，牛排店的生意相当的好，超出我和你的意外。

亲爱的，你终于唤起了你内心的能量，你有效的理念，为你安排了可行的计划。卡尔，你真了不起，只要你相信自己并保持清醒的头脑，你必将收获丰盈的回报！

0722. 经常晒一晒自己的内心——1976.10.15

卡尔，一时的成功对你来说是运气，事业的成功是一个长久的过程，真正的考验还在后面。

经济危机的恐惧还没有过去，许多人寄希望于上帝，然而各种宗教分离主义泛滥，有人打着宗教的旗号在迷惑失去方向的人们，社会上花样百出的骗局层出不穷，诱惑无处不在，人的欲望容易产生偏离。

卡尔，人一旦有点成绩，或顺利的时候，容易产生自以为是的习气，时间久了就习以为然了，不易被察觉，因此需要你有勇气经常晒一晒自己的内心，别无他求地去做好自己的事情，战胜那些贪念和不切实际的欲望。你六十年代的惨痛经历我记忆犹新。

亲爱的，请记住哈奈尔先生的话：财富、健康和爱来源你的潜意识，潜意识的最大限度发挥来自于正确的观念和方向。卡尔，健康生活，快乐工作，你的追求，我的期望！

0723. 迈克失乐的童年——1976.10.23

凯理正忙着筹备他的工厂，丽塔带迈克来洛杉矶小住，我们给迈克找玩具是一件辛苦的事情，他除了玩玩具就是一个人画画。

穿红袍的圣诞老人、巴比娃娃、米老鼠和唐老鸭书包、遥控玩具车、水泥地板或橡胶墙、游戏机、幼儿园墙上的斑马……孙子迈克就处在这所谓现代文明的包围之中，没有芬芳的泥土，看不到牛羊，没有花开吐绿的枝头，没有木制的大刀，没有纸做的飞机，没有无拘无束的玩伴，太多科学的限制，与自然相距，与大地相离，我感觉到迈克并不快乐。

能怪这些孩子吗？不能，我们现代文明所提供的东西，不一定是我们的孩子成长所必需的，城市在生产抽象的东西，乡村野地所提供的才是最真实的。

凯理和丽塔几乎在城市里长大的，满脑子只有书本知识，一切以满足孩子的要求为前提，这种方式下的性格容易产生偏激。

亲爱的，有空多带迈克去郊外自然的地方走走，让他在草地上打滚没有关系，给他多讲些你的或凯理过去的故事，多给他讲一些安徒生的童话，他的情感长大以后才会丰富。我不想迈克成为一个只能在城市里生存的机械动物，需要像你一样有感情有责任，有理想有追求，他长大以后才会有健全的人格！

0724. 无法重构的童真——1976.11.06

看到丽塔带着迈克整天关在房间里学习，我不禁想起孩童时上学的情景：风儿在耳边歌唱，小鸟在前面带路，我们追赶奔跑在田野，蝴蝶和蜜蜂飞舞在我们的身边，我们是春天里的花朵。随着岁月的流逝，我们对过去这些情景的记忆越来越清晰，那时候的我们好像比现在的小朋友快乐得多，小伙伴们上学一起，放学一行，然后做游戏、唱歌、抓小鱼、放风筝、摘野花，快乐无处不在，可惜这些童真无法重构在迈克身上。

卡尔，在迈克的身上你是否能够找到你过去的影像呢？这些简单的原始的带有泥土的东西，现在看来才是最有味道的东西，它承载了我们美好的记忆，联系着儿时伙伴们珍贵的友谊。

亲爱的，拿起你的相机记录好迈克童年成长的世界，然后有机会给他对比讲解你的童年，让他了解我们的过去，这样会丰富他内心世界的情感，最重要的是你的心里又将会充满童趣；

卡尔，你知道吗，以前你给凯理讲你儿时故事的时候，你是多么的风趣可爱！

0725. 卡尔的第三家牛排店开张——1976.12.01

第二家连锁店的成功，大大地鼓舞了你的斗志，你上个月就决定在圣地亚哥市区百老汇大道开设第三家维蒙牛排店。

我非常喜欢这个被誉为“加州明珠”的港口城市，这里终年阳光充足，气候宜人，绵延的海岸线，崎岖的海湾，风景秀丽，百老汇大道从海岸边向东延伸至城市的中心。与百老汇大道仅隔一条街的是南方最著名的购物中心赫顿广场。我总是想象周末的时候来这里度假，一边购物，然后再在这里吃一顿免费牛排的情景。

亲爱的，我仿佛看到你的维蒙牛排店开满了整个加州的大街小巷，甚至扩张到了全美国，到处飘着你地道加州牛排的香味，卡尔，我已经听到了你澎湃的激情，正乘风破浪前进！

0726. 我喜欢你现在的样子——1976.12.24

卡尔，看到你早出晚归，充满激情地工作，看到你流露出的微笑，给我以无限的信心和喜悦，我知道你现在的心情是快乐的。

一个人也许不能拥有世俗的名利，但只要拥有这份快乐，这份微笑，照亮自己，甚至能够点亮别人。

亲爱的，你一定要把“健康生活，快乐工作”当成你的目标，不要在乎赚钱的多少，忙碌中不要忘记锻炼你的身体，放松你的心情，牛排店的生意只不过是你顺便做的一件事情而已。

卡尔，我很喜欢你现在的样子，我期望你保持这份充满喜悦的微笑！

0727. 生活就是对未来充满信心——1977.01.15

加州的经济状况明显好转，超级市场里的产品越来越丰富，在这里可以买到很多来自不同国家的产品，尤其是来自韩国和日本的，质量好且价格便宜。街道两边的酒吧和咖啡店挤满了来自各个地区的游客，在洛杉矶的街头现在已经找不到经济危机的半点影子了。

卡尔，我早就说过，不要悲观，危机很快会过去，坚持就是成功，一切都会好起来，包括我们的生活。

亲爱的，生活就是坚持，生活就是和你一起克服困境，生活是对自己的理想充满信心，生活就是对国家抱有希望，生活就是不放弃你自己的梦想。

卡尔，有你坚持和努力，我相信我们的生活会更加美好！

0728. 帝国大厦的吻——1977.02.14

纽约的拥挤是有名的，这几天的游览总算是见识了，但中央公园的空阔让我有点惊喜，有一对年老的夫妇坐在长椅上喂鸽子，懒散的人们随意地坐在草地上看书或睡觉，时间在这里有点懒洋洋的味道。你突发奇想，去帝国大厦看夕阳；

这个320米高的观景台上，有三对年轻人在这里集体举办婚礼，发誓共度余生。听说在每年的今天，这样的婚礼都会举办一次，为了获得这个机会，情侣们要陈述他们的爱情故事与帝国大厦的关系，评委会根据其感人程度打分，获胜者加入帝国大厦“结婚俱乐部”，听起来真有意思。

在86层这个拥挤的空间里，我和你手拉着手眺望。在曼哈顿的夕阳里，我在想象这个水泥森林的城市里邂逅的奇妙恋情，他们有可能个性迥异却互相吸引，也有背井离乡的完美婚姻，或同甘共苦的长相厮守，每个人都有属于自己的爱情故事，远处纽约港的邮轮在穿梭，或许又一段爱情故事在这里开始。

你把额头和我靠在一起，默默地注视着彼此，你轻轻地告诉我：“今年的情人节没有礼物，只有在这个帝国大厦的吻”，我用尽全身的力气紧紧地抱住你忘情的亲吻，任时光匆匆，夕阳流走，亲爱的，我要记住这个黄昏，这里真美，我爱你！

0729. 美丽的千岛湖——1977.02.20

从纽约去加拿大边境的千岛湖是一个不错的旅程，坐巴士早上出发，下午就到了，一路湖光山色。

千岛湖位于安大略省的迦纳诺魁和金斯顿之间，一千多个大小不一的岛屿，如繁星般散落在圣·劳伦斯河上，宛若童话中的仙境，湖中心的分界线将千岛湖一分为二，北岸在加拿大境内，南岸在美国的纽约州境内，在千岛湖上，一座大桥横跨美加两国的边境，宛如一条天然彩虹，为千岛湖增加了几分娇艳。

千岛湖有一个印第安人关于天神花园的古老传说：天神答应人类，如果你们停止连年不断的战争，我送给你们一件礼物。人类同意了，于是天神把美丽的花园送给了人类，但是时隔不久，人类战争的欲望又复燃，天神失望地用地毯卷起了花园，在回天庭的路上不小心摔倒了，花园掉落回人间，变成一个个岛屿，形成千岛湖。

传说很美，我感兴趣的还是心岛的一段动人故事：1900年乔治·博尔特投资买下了千岛湖中这个岛，他将岛的岸边修筑成平面心形，在岛的中心高地建筑了一座美轮美奂欧洲宫殿式的古堡，送给他的妻子露易斯作为礼物，不幸的是四年后他的妻子逝世了，伤心欲绝的他再也没有踏上岛上一步，最后将它捐给了美国政府。千岛湖在我心中因为这段哀艳而更加的美丽。

博尔特送岛给他的妻子露易斯作为礼物是如此有心，他的妻子想必是承受不了这份厚礼，亲爱的，我不要这么厚重的礼物，我只要有帝国大厦的吻就够了！

0730. 这满屋的书和照片——1977.03.15

今天我和你整理我的书和你的摄影作品，忙了一天还没有完成。我们坐在地上一边喝水一边在回忆这里面的故事，我把你的摄影作品擦得干干净净，然后小心翼翼地挂在四周的墙上。我们的卧室里、客厅里到处都是你的作品。我爸爸和妈妈在一边欣赏，一边不停地赞叹卡尔的摄影技巧。

亲爱的，经济危机的年代，没有收获多少财富，却收获了满屋子的书籍和照片，我觉得这是一个了不起的成绩，我们还因此交了很多的朋友，那才是我们最重要的财富。

卡尔，没有金钱的富足并不可怕，心灵的空虚才是最可怕的，这十年我认为我们没有荒废！

0731. 第四家维蒙牛排店开张——1976.04.16

今天在奥克兰的第四家维蒙牛排店开张了，让凯理高兴的是他不用再跑回洛杉矶，在奥克兰就可以吃到他爸爸做的地道牛排。

看到你兴奋的表情，我明显地感觉你背后的疲惫。自从去年五月有了开连锁店的计划以来，你周末几乎没有休息，晚上很晚才睡觉，胃痛了两次，身体消瘦了很多。

卡尔，我现在不仅仅是担心你的身体，你扩张的速度是不是快了点？我知道以你现在的热情和干劲，我没有办法让你停下来，可我隐约有点担心，你是不是应该放慢一下速度，看看这里面隐藏着什么你没有发现的问题，哪些事情可以改善或做得更好。

亲爱的，不管你有多大的目标，不要忘记生活的目的，如果只是为了证明自己某方面的能力，或一味地为了自己的梦想，要知道不是只要有了金钱就能够过上理想的生活，理想生活是在实现梦想的过程中既欣赏了风花雪月，又品尝了创业的激情与快乐！

0732. 行善不需要等待——1977.05.20

你的牛排店开到哪里，我的“流浪者之家”就跟到哪里。罗莎失业两年了，三个孩子都在上学，丈夫身体不好，我在垃圾场看到捡破烂的她，尽管她年纪有点大，能够照顾她到店里打工是个不错的主意。

卡尔，我替她谢谢你了。在平日的生活工作中你要尽己所能地多做善事，不要等到错过了机会。开店的忙碌与你做善事没有任何矛盾，不需要你拿出很多的金钱，那是富豪的施舍，不需要占用你很多的时间，做善事在一转念之间。比如在你的员工最需要帮助的时候，及时地伸出你的援手，帮人一把，无条件的帮助别人就是做善事，这也是你的专长。对于一个处于困境中的人来说，即使一个甜蜜的微笑，一句温馨的话语，也能给人以莫大的安慰，这些对你来说，只是举手之劳，而对受助的人来说，却可能是终生难忘的恩德。

亲爱的，我一直认为是你在无私地帮助别人，才有你今天的顺利，上帝在看着你的举动，人生短暂无常，行善是不需要等待的，就像我的爱对你永不停息！

0733. 他们的要求很简单——1976.06.16

我经常看到流浪的孩子悲伤或痛苦的情景，我的内心是煎熬的。如果是我的孩子流浪在外面，作为一个母亲，我会是多么的痛苦，那种感受让我吃不下饭，因此我愿意帮助他们，哪怕解除一点点的痛苦，带去一点点的快乐。我甚至在想，如果我能够做到，不管我遇到什么样的人，都能关怀他人，乃至动物和一草一木，我甚至千百次祈祷上帝给我力量。

事实上每当我听到流浪汉发自内心的谢谢时，甚至我只要看到他眼睛里流露出来的感激，我的内心都会涌出一种温暖与欢喜，所以我愿意去接近他们，不管他们之中谁在说话，我都很爱听。倾听他们内心的声音和感受，其实他们的要求很简单：有一个工作的机会，或者不要挨饿，不要受冻就够了，有时候哪怕一句简单的问候，都可能给他们走下去的勇气和力量，我没有理由不给他们。

卡尔，你愿意去接近他们并帮助他们，在这一点上你做得不错，尽管你现在很忙，亲爱的，谢谢你对这些流浪者的无私帮助，我感受到了你的力量！

0734. 不要抱怨别人——1977.07.10

第四家牛排连锁店由于选择地址的问题，位置不是很好，再加上人员的培训跟不上去，管理有点混乱，开张不到三个月出现严重亏损，这已经打乱了你下一步的连锁计划。这个月你一连跑了三趟，甚至回家了还在电话里指导经理如何改变方式和服务，看得出来，你有点失去耐心。

卡尔，你不要抱怨别人，不要指责，或者认为自己的做法是正确的。前面的顺利已经让你兴奋过头了，出现一些暂时的失误是正常的，你需要调整一下心态，降低期望值，改变自己的计划，放慢一下扩张的速度，给自己一个适当的定位和目标。

亲爱的，你要的是快乐地工作，不是暂时的得失，你的宽容大度将让更多的人跟随你。

卡尔，我从来没有抱怨过你，因为我需要的是你的进步和开心，这一点你已经做得不错！

0735. 坚守自己的信念——1977.07.30

奥克兰第四家牛排连锁店的经营状况这个月没有明显的改善，其他两家新开张的门店问题陆续暴露出来。你开着车像消防队员一样到处灭火，每次回来的时候筋疲力尽，我很心疼。你的情绪也随着生意的好坏阴晴不定，这几天明显低落，我煮给你喝的咖啡浓浓的，比平常几乎多了一倍。

卡尔，世上任何事业的成功都不会是一帆风顺的，在通往成功目标的过程中，总会遇到各种困难，唯有那些始终坚守自己信念的人，才会取得最终的成功，胜利者不一定是跑得最快的那个人，而是最能耐久的人。

亲爱的，你要坚守自己的信念，你的方向没有错，只是你的管理出了偏差，需要进行调整，同时要调整的是你的目标和情绪。把目标放低一点，我期待轻松愉快的笑容重新出现在你的脸上，迈向你成功的路上，你相信你会找到合适的方式行进！

0736. 人最大的敌人其实是自己——1977.08.20

卡尔，这几天我一直在思考一个问题，是什么让你如此急进，是什么让你如此渴望成功。是你过去的贫穷吗？还是因为恐惧失败？或是你不自觉的地在很多事情上喜欢和别人比较？男人总是喜欢用拥有的物质和金钱来证明自己，这样会不会活得很累。

是的，人最大的敌人其实是自己，和别人比不如和自己比，不要拿别人的标准来衡量折磨自己。每个人都有他自己的人生轨迹，努力了就好，人生百态，各具千秋，成功在每个人身上有不同的定义，每天进步一点点是成功，保持健康的身体是成功，有一个工作不断成长是成功，有机会为他人付出是成功，每天能够和家人在一起享受家庭生活是快乐，拥有快乐本身就是一种成功的心态。

亲爱的，你可以不停下你追求财富的脚步，但需要不断地认识你自己，眼睛不要只是盯着财富，让心中的爱流动起来，怀一颗平常心看待一切，成功有时只不过是一种感觉而已！

0737. 第一次鼓动卡尔投票——1977.09.05

据报道的数据显示整个美国的经济没有根本改善，福特总统的经济政策好像没有起到作用。

电视里的竞选活动如火如荼，竞争对手互相攻击，各出奇招，眼花缭乱的宣传和演讲，好像是一场男人之间的战争。报纸上的评论更是铺天盖地，令我有点不舒服，我向来不关心政治，我没有党派，你也是。对我来说，谁当总统并不重要，重要的是他能够发展经济，改善民生，不论他是民主党还是共和党，当然最好不要发动战争，我讨厌战争。

亲爱的，这次我跟你一起去参加投票，为改善我们的生活，为了我们幸福的家园，我们有权利有必要投上这神圣的一票，选择我们所欢迎的总统！

0738. 第五家维蒙牛排店开张——1977.09.18

尽管困难还在，你仍然没有停止扩张的脚步，第五家维蒙牛排店昨天在旧金山格兰特街开张了。格兰特街是社区内主要的街道，密布着商店、餐馆，绚丽的门面吸引着游客和市民。在它的南端是唐人街的入口，大门以绿瓦盖顶，几条生动的龙很有中国的味道，唐人街是美国最大的华人聚居地，这里安全、紧凑、五彩缤纷，充满了生活的气息。

维蒙牛排店除了两位厨师是加州本地人，其他请的全是中国人，包括服务员，经理是中国小伙子李。开张这天，来的顾客几乎都是中国人，热闹极了，可以感觉到牛排的香味飘动在整个大街上。

看到你乐开了怀的身影，我很欣慰你这几个月的付出没有白费，亲爱的，你真了不起！

0739. 花花死了——1977.10.25

昨天夜晚，睡梦中听到阳台上一阵骚乱，紧接着听到一阵的喵喵的声音，最后是嘣的一声，你起床发现我们家的阳台已经打开，一盆丁香花打碎在地上，远处一个黑影快速地消失在夜色中。

“我们家来了盗贼”你关起门来告诉我，我好一阵紧张。

早晨起来我发现我们家的猫“花花”死在院子里，显然是昨晚被盗贼摔死的，我伤心地哭起来，你赶紧过来安慰我。

要不是花花的存在，盗窃有可能会对我们造成伤害，特别是客厅那边还住着我的父母亲。是花花阻止了盗贼的行动并避免了伤害，亲爱的，我说过花花通人性，这回你可信了，卡尔，这是你的福报。

“虽然它没有抓几只老鼠，可它做了它该做的，就把它埋葬在我们家院子的树下。”我对卡尔说。

是的，花花很多的时候并不需要我们的帮助，却愿意和我们建立良好的关系，花花的感情值得我们珍惜和怀念！

0740. 在忙碌中保留一份闲暇——1977.11.01

卡尔，你越来越忙碌了，看到你日渐消瘦的身影，我的心又一阵紧张。是的，你拼命地抓住财富，却忽略了你的健康和爱的流动。

现代人总是被金钱和物质所左右，无法自拔。男人总想用这些东西来证明自己，所以很累，卡尔你也不例外。我理解你的心理，可真正珍惜生命的人，应当懂得享受自然，享受清新的空气、和煦的微风、温暖的阳光，而不是在盲目的占有、比较、竞争中消耗生命。心灵的滋养和精神的感悟，是需要时间和空间的。

亲爱的，在忙碌中保留一份闲暇，使心灵获得更自由的空间，在山水间，在随手翻阅的书里，在夕阳的散步中，体味那份难得的从容与安宁，只有活得简单，才能活得轻松自在。

卡尔，不论你想得到什么，懂得享受生活才是最重要的！

0741. 卡尔病了——1977.11.10

你的胃病又犯了，这一次比较严重，需要住院治疗。我对你身体的担忧再次发生，看到你躺在病床上痛苦的样子，除了自责，我不知道如何是好，人总要等到事情到了严重的程度才知道重视。

卡尔，医药可以缓解你身体的不适，却不能祛除你内心的焦虑，当病痛与烦恼袭来的时候，生命如飘摇的烛火般脆弱，如果你不调节好你工作和休息的时间，长此以往，足以让你强大的生命轰然垮塌。

亲爱的，你的身体已经没有挥霍的本钱。人生，如何出色或滋润呢？在这个年龄，你得重新定义财富、健康和家庭的位置，以一种更好的姿态来建构你人生自信的状态，我的爱同样将绽放在你自信的写意中！

0742. 惊喜在路上——1976.11.23

你出院了，我执意不让你去牛排店，决定带你跑远点去休养一下。昨天我们一起来到亚利桑那州的普雷斯科特城，这里四季如春，小镇的生活也如同这里的空气一样自然淳朴。我们徒步、划艇，在森林中尽情地深呼吸。在这片到处是仙人掌的大沙漠里，旅游总是有一些不期而遇的惊喜，古老的沙龙，还有牛仔竞技表演，此处的湖泊还可以驾独木舟、橡皮艇和钓鱼，向北驱车2小时，就到了举世闻名的大峡谷，雄奇、壮丽的景观美不胜收。

城中心还有一个老式的广场和维多利亚风格的建筑群。一个老人在吹萨克斯，你情不自禁地按下了快门，我站在一边静静地听完他的意大利风格的曲子，我们的存在他好像视而不见，很专注。

在路上我们还遇见了来此旅游的沃德先生和他的夫人劳拉，他俩告诉我们：他们经常离开自己的公司出去旅游，时间一次比一次长，公司的生意没有想象的那么糟糕，甚至更好，不要想到没有自己就不行。在高速巴士上他们俩一路唱歌，车厢里的欢笑声此起彼伏。

亲爱的，休息与工作有关，旅游与生活有关，不断地去发现路上的惊喜，心灵的享受高于你照相机的照片保存。卡尔，旅游的时候放下所有的一切，然后加油，继续前行！

0743. 信仰在自己心中——1978.12.18

今天去教堂，祈祷上帝保佑你的身体。

现在信奉天主教的人似乎越来越多，罗马教廷的声音越来越大，几乎渗到我们美国的每一个角落。周围的人们在议论纷纷：天主教教导我们平等，自由，友爱，尊重。然而我们看到，天主教压迫打击异教徒，所教导的是宗教迫害，反对的是宗教自由；我们看到，罗马力图禁锢思想和出版活动，反对出版和言论的自由，一切按照自己的教条和规矩指导信众的言论；我们看到，罗马赞同的不是政教分离，而是教会和国家的融合，反对不赞成自己主张的国家并制造混乱；我们看到，罗马一方面反对我们的公立学校制度，一方面建立自己的教会学校。宗教势力开始左右权力和利益，宗教变得越来越偏激和暴力，我注意到我们的社会道德也变得越来越混乱，有时无所适从。

亲爱的，坚持你与人为善的准则，坚持你助人为乐的精神，不论这个世界如何变化，宗教如何患惑，信仰在你自己心中，上帝会指引你前进。卡尔，我的信仰就是对你全部的爱情！

0744. 维蒙牛排店转让——1977.01.20

维蒙牛排店连锁扩张计划没有停下来的打算，正当你准备开第六家的时候，昨天店里来了一位特别的客人格林先生。格林先生是一家餐饮连锁店的老板，在全美国各地有他的分店，唯独在加州没有打开局面，他希望能够买下你所有的牛排店，并提出了一个可观的收购价格。

这笔五百万美元的诱人资金，足够我们俩下半辈子生活无忧，我和你商量了一个晚上，今天做了一个艰难的决定，转让这个经营了十一年的牛排店。你有点伤心，一整天不说话，尽管这是个不错的决定。

亲爱的，你不要伤心，我知道你对这个牛排店很有感情，不过在这十一年时光里，我们一起度过了四千多个充实又幸福的日子，虽然我们在此之前没有赚很多的钱，至少它帮我们度过了最艰难的经济危机，我很知足。

这样也好，亲爱的，你可以放下一切工作，可以回到家乡陪陪你的母亲，我们可以一起去旅游，完成我们以前没有完成的计划和梦想。卡尔，上帝是爱你的，你的坚持和努力得到了回报！

0745. 莫伊的爱情——1977.02.01

朋友莫伊今年四十五岁了，一直坚守她心中那份完美的爱情没有结婚。上个月去遥远北部阿拉斯加的霍姆镇，在这个“渔港小镇”邂逅了一位艺术家蒙德。蒙德已经五十六岁了，妻子早几年病逝，一个很幽默又有艺术气质的老好人。喜欢诗歌的莫伊在这里的一个聚会上对他一见倾心，蒙德也相见恨晚，看来每一个人心中都有她的“王子”，只是这是一场难耐的等待和不可预见的机缘。

你以前一直在鼓动莫伊找一个差不多的人随便嫁掉自己，不要讲条件，爱情是可以两个人慢慢培养的。莫伊不以为然，一定要找到一个两情相悦的，现在终于找到了，我为她的坚守感到高兴。

是的，爱情不是为了填补寂寞，人生有时是为了爱上自己的未来，只要你坚持，属于你的那一半一定会出现。

亲爱的，我不需要等待，我不需要寻找，你就像一颗钻石挂在我的胸前，虽然不完美，我已经觉得很珍贵了。卡尔，有你的爱，我的未来一定是美好的，幸福的！

0746. 情人节的礼物——1978.02.14

今天收到的是有百年历史的加拿大罗杰牌巧克力，包着枫糖，桃子等口味的奶油，美味极了。旁边还有一束玫瑰散发醉人的芳香。我记得去年去加拿大第一次吃到这种巧克力的时候，我赞不绝口，回味无穷。

亲爱的，谢谢你的礼物，我知道无论何时，我都是你的宝贝，你是我的甜心！

0747. 家乡的葡萄园——1978.03.01

在你的建议下，卡文在家大力扩大他的葡萄园种植，那是你十几年前买下的，原来的一百英亩土地不够，还租下邻居塞里大叔家的五十英亩，同时着手准备建立他的葡萄酒作坊。

我清楚地记得在拉格尔村的时候，你坐在门口指着对面的山坡认真对我说："我将来要把对面那座山的那一大片土地全部买下来，我要在上面栽下成片的葡萄，苹果树，挖一口鱼塘，再养很多的奶牛，像一个庄园一样，我们老了的时候，可以坐在下面喝葡萄酒，乘凉。"

亲爱的，你在延续你庄园的梦想吗？还是心中又有了宏伟的计划，或许两者都有？我仿佛看到葡萄满挂枝头，甘甜的葡萄酒香气四溢。卡尔，不论你做什么，我都支持你！

0748.《亚当的子孙》——1978.03.20

今天诗友会上，凯丽娜大声地朗诵惠特曼的《亚当的子孙》，是那么的激情和夸张，台下掌声一片。想不到年过五十的她还如此豪放，我不得不佩服她的勇气。

《亚当的子孙》是写男女之间的情爱，是肉体的，诗人认为失去乐园的不是亚当，而是他的子孙。他们本来是清白的，但却自以为堕落，其实肉体是无罪的，应把它升华为精神的东西。这首诗我以前看的时候总觉得很别扭，不太理解其中的含义，现在重新读它是另外一番感觉，但这仅仅是一种精神的欣赏。

是的，我们年龄大了，肉体的激情不再，所有的爱情和激情转化成了亲情。亲爱的，我的肉体仍能够深切地感觉你的爱抚和触摸，卡尔，当你紧紧抱着我的时候，我还能感觉我的每一个细胞在愉悦地跳跃。

在时间这条黑暗的河流上，我每天都在痴心幻想我的青春为你停留，亲爱的，我是亚当的子孙，如果有可能，任何时候我都不想错过这人间的佳酿！

0749. 雪米的爱情——1978.04.20

朋友姗拉的女儿雪米大学毕业，爱上了一个以前来她们大学做访问的一个印度老头子。印度老头子比雪米她大三十多岁，做文学研究的，听说写的一手好诗，经常与雪米讨论诗歌、艺术、人生，快毕业的时候雪米竟然爱上了这个老头。老头一开始死活不肯，转身回印度去了。雪米竟然瞒着她的父母亲追到印度。老头子是印度新德里大学的一位教授，而且已有妻室。雪米在印度等了他三个月，最后怏怏地回来了。你说雪米她真傻，不可理解。

一场苦恋，是爱失去理智吗？还是雪米因为诗歌附体，爱上了诗歌？或许是那位印度老头子具备诗人的成熟气质，填满了雪米寂寞的空间？这段爱，终究是一段爱情，没有对错，只是雪米当初已经迷失了自己，找不到爱的方向。

女人在爱情面前，很多的时候都是这样跟着感觉走的，亲爱的，就好像当初我爱上你一样，没有谁能够阻挡，现在想起来有点可笑，不过你到现在一点都不老！

0750. 照片里的现代化——1978.05.10

卡尔的照片不经意地记录了洛杉矶城市的变迁，十几年的光景，城市的变化日新月异。摆在我们面前的照片，从黑白到彩色，仿佛在告诉我“我变漂亮了，当年的模样，你是否记得”。

一边是膨胀的城市，城市的野心制造了规模和吞噬能力，一边是人们无助的漂泊，置身其中，恍惚无所依靠。我们都是现代化的一员，城市里没有记忆，被拆掉的旧屋、街道、村庄，他们的疼痛，无人知晓，会有多少爱情、理想，和希望随着这里的拆迁而淹没呢？我不知道大街或高楼的爱情故事是否浪漫，可能藏在平常小巷里的爱情故事更加甜蜜温馨。

城市被高楼大厦分隔成许多框架条块，大街上的人越来越多，陌生感越来越强，人与人之间的距离似乎远了。

亲爱的，你变成熟了，你当年的模样，我很清楚地记得，我们的爱情呢，依然像当年一样青春亮丽，我们的心没有距离，感谢上帝！

0751. 每个人都有选择怎样生活的权力——1978.05.22

城市现代化的背后，“流浪者之家”接待的人却越来越多，有残疾的、智障的精神病者、有不愿意找工作的、有无家可归的老人、有失业的游民、有世界各国来寻找“美国梦”的非法移民，甚至有职业乞丐。除了提供食品，住宿外，志愿者有时还需要帮助他们理发、洗衣、洗澡等。

对这些流浪者来说，每一个来到这里的人是安全的，我们的志愿者除了提供找工作的信息外，从来不问他们的来去，我们的工作只是提供服务，尊重他们的隐私，尊重他们选择怎样生活的权力。

为流浪者服务成了我的职业，周围许多的人都不理解。没有关系，我已经习惯了这样那样的议论，做好我的事情就行了，同样我的方式是我的选择。

亲爱的，谢谢你对我的理解和支持，我们有继续关注下去的权力，为了你，为了他，为了我们心中的玫瑰永远绽放，余香将长留！

0752. 墨西哥之旅——1978.06.12

墨西哥，多么熟悉而陌生的地方，这里应该是我们的祖先生活的地方，不然我们的家乡就不会叫新墨西哥州。这是一个毒品泛滥的国家，这里的贫穷比我想象的严重得多，因为工业不发达，许多人被迫走上这条险恶之路，或偷越边境到美国去，我弄不明白，为什么地理位置如此之近的国家反差却如此之大。

我和你口袋里的钱有一半是给了聚集在旅游区附近的“难民”，一路的心情也逐步变得沉重，我们不得不提前回国。

印象是难忘的，你清楚地认知到他们的需要和苦难，决定为那里的穷困孩子募集一些物资和资金。

亲爱的，我真的很高兴看到你这种愿意付出的勇气和帮助苦难者减轻痛苦的行动。这不只是你对受苦者表达同情和关怀，也不只是你心中的那份温情的表达，是一直涌动在你心中的那份爱，是你人性的光辉的体现，我想正因为如此，上帝让你度过了一个又一个难关，收获了一个高尚的灵魂。

卡尔，我感受到了你无疆界的爱，我为你骄傲！

0753. 卡尔的信——1978.06.27

玛利亚，墨西哥之行印象深刻。不是优美的景色，而是贫穷的乡村和失学的儿童，这一个月来一直浮现在我的脑海里，我不由得想起我的童年，我的家乡。我的童年有书可读，至少是快乐的，我的家乡青山绿水，我们在清澈的小河游泳，在西山采摘野果，留下很多美好的记忆。我原以为我的家乡很贫穷，比起他们来，简直是世外桃源。

来加州找工作、创业，历经风雨，曾经感叹生活的艰难，比起墨西哥那些找不到工作的人们，我又是何等的幸运和幸福，我不明白我们国家的邻居——墨西哥为什么还如此贫穷和落后。

亲爱的，看到这些，我没有理由去隐藏自己的出身，我没有理由去埋怨命运的不公，我没有理由不热爱自己的国家。上帝给予我的已经够多的了，有自己的事业，一对聪明诚实的孩子，当然还有你——我最贤惠最善解人意的妻子，我没有理由不珍惜现在的生活。

玛利亚，我最亲爱的，请原谅我以往的过错和愚昧，我将付出自己全部的情感来爱你，爱我们的孩子，爱我自己，去帮助更多需要帮助的人！

0754. 卡尔喜欢周末去酒吧——1978.07.03

你周末偶尔去附近的轩尼诗酒吧听听歌，喝喝酒。这个地方你带我去过一次，欧洲风格的复古装饰，情调不错，音乐不是很嘈杂，法国进口的葡萄酒很有味道，是中年男人喜欢去的地方。你说喜欢那里的气氛，让人很放松，又可以结识很多朋友，今晚你又去酒吧了。

“卡尔，你今天有没有好的艳遇？”你一踏进家门我就大声问，爸爸听了在旁边大笑。

“玛利亚，你真会开玩笑，假如有的话，我一定告诉你。”卡尔很紧张地说。

亲爱的，你不要那么紧张，每天让你面对我，同样的事情重复着，时间长了，你一定会觉得无聊或单调，去酒吧找朋友聊天，唱唱歌，放松一下也是一件好事。

卡尔，假如你真的有什么艳遇，你可要保持清醒的头脑，记得回家的路！

0755. 占士邦式的艳遇——1978.07.20

“007 电影”最近很火，画面里总是有度假胜地，金色的沙滩上，眼见着海浪中浮出一位绝世的大美女，好似维纳斯再世，阳光下身材火辣，眼波摄人。占士邦的艳遇让很多男人充满了想象，近来艳遇好像已经成了男人饭后的热门话题。

造物主给人的本性是外貌和肉体的吸引，灵魂再美好往往敌不过它，女人总是败给了岁月，这是一种无奈的悲哀。

吸引男人的目光不一定是度假胜地的美景，而是那些妖艳年轻的女郎。坦白地讲，我很羡慕她们有张扬的资本。

卡尔，你期望不期而遇的艳遇吗？当一个艳光四射的女郎出现在你面前的时候，男人的本能可能没有办法拒绝。

亲爱的，艳遇可以有，但不要心存幻想，记得返回你自己的世界，否则，你会忘记自己是谁！

0756. 卡尔拒绝了诱惑——1978.08.02

你今天一回家就给我讲了一段艳遇：“有个年轻的日本女孩盯上了我，跟我一起喝酒，跳舞，最后她假装醉了，还要求我送她回家，我开车送她到她住的地方，我告诉她‘到了，你自己上去吧’，她极力拉我上去陪她再喝一杯，我找个机会迅速钻进我的车，只听到她在后面大骂我吝啬鬼。”你在那里哈哈大笑。

“你怎么知道她是假装的？”

“她很清楚的地知道她回家的路线，她的眼神骗不过我。”你得意地说。

亲爱的，我相信你说的是真的，成熟的男人是经得起考验的，你不仅有一份家庭的责任，更有一份对感情的忠诚。在这个世界里诱惑很多，卡尔，我不要求你对我感情的绝对忠诚，但我要求你不要忘记回到这个属于你自己的家，仅此而已！

0757. 继续我们的旅游——1978.08.15

亲爱的，墨西哥之行让我看到一个不同的国度，不同的风情，全新的视野让我收获坡多，最重要的是离开一个熟悉的地方去到一个陌生的他乡，我会发现一个全新的你，我很享受在旅途中我依赖你的感觉。

卡尔，我们继续去旅游，旅行不需要向谁证明，但可以向自己交代，在遥远和不遥远的路途中遇到和体验什么，经历和收获什么，我们的照片或文字记载着流动的记忆和情感，将丰富我们的精神世界，带给我们感官和内心的喜悦。

卡尔，你十年前的梦想和计划，我们要努力去完成，不要等什么条件都具备再出发。旅行是从心出发的，只要我们愿意，没有什么可以阻挡你的脚步，没有什么条件不可以去创造。

亲爱的，做好你出游的计划，我将陪伴你走遍千山万水，聆听大自然的声音，在我们生命的后半部分继续书写我们爱的足迹！

0758. 爱的宣言——1978.08.24

诗友会会场今天设在在密苏里州杰弗逊市。这里为美国著名的作家马克·吐温的故乡，他闻名世界之作品《汤姆历险记》的故事就发生在这里，这次诗友会由密苏里州的黑人诗友赖布特和他的白人妻子多蒂发起。

这次朗诵会最后一致通过“爱的宣言”：“我们将以最漂亮的文字，用最纯洁的心灵，书写这世上最纯真的爱情，我们怀念，我们追求，我们坚信这世界最美好的东西是人世间的爱情，你的我的他的爱情青春不朽！”

诗人蓝斯顿·休斯曾经在这里大无畏地宣称：“我们这些正在从事创作的年轻黑人文艺家，抱定宗旨要既不畏惧也不羞愧地表现各自黑皮肤的自我，如果白人喜欢，我们很高兴，如果他们不喜欢也没有关系……”正是这篇文学宣言激励了无数黑人。我想这也是我们的黑人诗友赖布特先生选择“爱的宣言”这样的主题的意义，不管这个社会如何变化，我们相信爱，不论这个时代如何发展，我们相信爱情，不论别人怎么看待，我们白人和黑人一定会相亲相爱。

透过杰弗逊市大拱门的天际，我看见挂在天边的彩霞格外美丽，我看见你的脸更加年轻，亲爱的，因为爱，我们青春！

0759. 热爱自己的种族——1978.09.01

蓝斯顿·休斯是黑人，他为自己种族的文明和尊严而骄傲，这种感情最充分地体现在他早期那首著名的诗篇《黑人谈河流》中。“我了解河流，我了解像世界一样的古老的河流，比人类血管中流动的血液更古老的河流，我的灵魂变得像河流一般的深邃，晨曦中我在幼发拉底河沐浴，在刚果河畔我盖了一间茅舍，河水潺潺催我入眠，我瞰望尼罗河，在河畔建造了金字塔，当林肯去新奥尔良时，我听到密西西比河的歌声，我瞧见它那浑浊的胸膛，在夕阳下闪耀的金光，我了解河流：古老的黝黑的河流，我的灵魂变得像河流一般深邃……”

这首诗写得深沉，蕴含着深不可测的力量。诗人叙说了美国黑人是一个古老的种族，他们在大地上辛勤劳动，对人类历史也做出过贡献。这首诗虽然没有直接描写黑人的苦难和斗争，但却可以激起黑人的民族自尊心和自豪感，可以唤起他们争取自由的热望，增强他们为美好未来而斗争的信心。

我只知道我是墨西哥裔，也有可能是印第安人或西班牙人的后代，不管是谁的后代，我热爱自己的肤色，我热爱自己的种族，我热爱自己的国家，亲爱的，我更爱我们融合及创造的一切！

0760. 卡尔越来越有品位了——1978.09.13

亲爱的，你爱好不多，喜欢喝红酒，玩摄影，交朋友，仅此而已。岁月的沉淀让你越来越有品位了，而岁月的风雨却没有让你的容貌苍老，你比你的实际年龄看起来年轻很多，正因为如此，对那些年轻貌美的女人来说，你身上的吸引力是如此强烈，而我的美丽在褪色，我的肌肤不再年轻，这些事实不得不让我怀疑起自己的自信。

卡尔，你会让我担心吗？如果说岁月摧残的是我的容颜，那么凝固应该是我们那一份不容分割的亲情，我相信我们这一份亲情经得起岁月的考验。

亲爱的，我对你每一天的爱是那么清晰，从未间断，你已经不是当年刚出来的小伙子了，一个成熟男人的风度让我引以为傲，亲爱的，我对你的爱恋象密西西比河还要长！

0761. 坦然平和地去面对一切——1978.09.25

除了旅游、摄影、看电视、读报纸，你几乎没有其他事情可做，这种日子久了，难免有点空虚和失落，看得出来你有点后悔卖掉维蒙牛排店。

你现在沉迷于晚上泡酒吧，有时回来拖着疲惫的身体，身上只有酒精的味道，我知道那已经不是一种快乐，而这是一种消极的消遣，当这种消极思想占据头脑之时，最终会产生这样那样堕落的欲望，我担心这样会毁了你自己。

亲爱的，我们都想做最好的决定，要最好的结果，既然维蒙牛排连锁店已经卖掉了，就不去评价这件事情的好坏，你要坦然平和地去面对这一切，持续思考如何继续你的梦想，而不是消极地消遣度日。你现在有资本有能力去做一个真正的强者，做出你真正有意义的事业。

卡尔，我期待你再一次放飞你的梦想！

0762. 与书对话——1978.10.08

卡尔，你放下了工作，我们得到了生活的基本保障，甚至称得上优越。你的身体自由了，可以到处去旅游，你的焦虑却多了，你在担心什么呢？

亲爱的，你这个年龄的力量来自你丰富的思想，而不是金钱，多看些文学方面的书，你有很长一段时间没有看书了。一首诗，可能让你感到温暖；一个悲欢离合的故事，可能让你放下你的焦虑。在文学作品记录的世态人生里，你可能找到智慧；在文学作品传承的情感里，你体会人间的美丑善恶;在文学作品所表达的思想境界里，让你的心静下来起思考人生的角色，重新燃起你信念和梦想，只有这样，你心灵的旅途才会充满诗意和激情！

卡尔，生命的阳光有时在书里寻找，困惑在那些有灵的文字里消融。我的爱恋停留在你漫不经心的动作里，你看书的模样让我情不自禁想起我父亲经常说的一句话："小声点，我正在和老朋友对话"。

亲爱的，看书的时候，你在和老朋友对话呢，还是和自己在对话呢？我好期待我们之间的对话是不需要经过思考的，是一种心灵的默契！

0763. 图书馆就像一个迷宫——1978.10.15

图书馆是我闲时最喜欢去的地方。中央图书馆就像一个迷宫，我几乎每周来一次，十几年过去了，我还没有搞清楚它的尽头和通道的方向。这让我又想起了博尔赫斯先生的《小径分岔的花园》，充满迷惑。进入图书馆就像进入一个未知的世界，就像卡夫卡的《城堡》里的K，为想进入那可望而不可及的城堡而所做的徒劳的努力一样。我想象着博尔赫斯在图书馆长长的甬道间开始了对那本圆形循环的书无穷无尽的寻找，结果，“肉体终将消失，而心灵的产物——图书馆却会永存”。

很奇怪，每次进入图书馆就想起这位可爱的老头，我茫然地听他的指指点点，我在他的面前永远是个小学生，时间永远不够，书永远看不完。

博尔赫斯说：“时间永远分岔，通向无数将来”，他准确把握了时间的本质，顺着摆满书的走廊散步，敏捷地在转角处拐弯，走进伸手不见五指的甬道，在书的海洋里他一点都迷惑，相反明眼人都仿佛成了瞎子。

图书馆的世界是自我的、封闭的。亲爱的，外面的世界有时也像个迷宫，危险无处不在，无所事事的日子里最容易掉入陷阱，任何时候，你明亮的眼睛始终要找得到你的方向！

0764.《星球大战》——1978.10.24

卢卡斯先生导演的科幻片《星球大战》中运用现代尖端科技对未来世界做了神奇的展示，片中的科技效果达到了一个前所未有的高度。但它的最突出之处并不在于特技的出神入化、情节的新奇或故事的离奇，而在于其对宗教的透彻理解和表达。影片中对“力”的描述无疑带有神秘的东方色彩，导演把精神力量推到了最高的位置，这不能不引起我们对物质世界发展的反思。

《星球大战》可以说是一部关于太空的神话史诗，充满了强烈的英雄冒险主义色彩，它满足了我们平凡人生中无法体验的视觉高潮，是一扇释放梦想的窗口。影片无与伦比的影响力，带给了我们更多的时间和空间上的想象，无疑《星球大战》是一部伟大的影片，它让我改变了对科幻片的看法。

你看完影片后觉得不过瘾，还想再看一次。

亲爱的，影片孕育着正义、和平、自由、飞翔的梦想，包含着每一个平凡的个体穿越时空的虔诚守望，才是我们真正应该理解和学习的。这种精神的力量使你为了理想而努力奋斗，成为你的信仰。像卢卡斯导演一样忠实于自己的梦想，卡尔，不要停下你的脚步，放大你的梦想，继续前行！

0765. 卡尔的信——1978.11.15

玛利亚，卖掉我们的牛排店，我原以为做了一件了不起的事情，我可以放下所有的一切陪你一起旅游，实现多年前的梦想，做自己喜欢做的事情。一年下来，发现生活不只是放下这么简单，刚开始的时候还好，接下来的几个月就有点不习惯了，尤其是最近一个月，我失眠越来越严重，我感觉自己像一只困兽，浑身的能量无处释放。

我常常怀念过去创业和打理牛排店的经历，虽然有点辛苦，但让我很充实，每天在忙碌中，时间过得很快，看到一天下来的成绩很有感觉，即使有时发生不愉快的事情，事后也能够让我感受到自己的进步，而现在我几乎不要去想任何事情。尽管牛排店卖了个好价钱，但我现在没有丝毫成功的感觉，我反而感觉到了自己的懒惰、迷茫，甚至颓废。

亲爱的，我不断的地跟自己说“我不能这样下去，我不能这样下去”，但我又找不到合适的项目让自己重新开始创业。

玛利亚，假如我重新开始，可能会失败，在这个年龄，我没有面对失败的勇气，我不知道何去何从，我祈祷上帝给我力量！

0766. 加州的旧金山湾——1978.12.21

这个圣诞节我们决定去奥克兰和凯理一家一起过。我们首先驱车来到旧金山湾区，旧金山有很多城市酒庄的专卖店，葡萄酒休闲区，诺布山一侧的联合广场上葡萄酒商务酒店举办品酒活动，位于老毛纺织大厦的 360 酒窖也有品尝活动，还有食物和酒搭配的研讨会。

你的朋友康德先生建议我们去周围有葡萄园的地方享受顶级佳酿。利弗莫尔山谷是个不错的选择，这里离旧金山市中心大约有一个小时的车程，风景如画，在聚集区有近 50 家酒庄，是葡萄酒旅行者的理想目的地。在这里我们漫步感受酒庄建筑辉煌的历史，在德尔巴列湖国家公园自然惬意地休息了一会，我们晚上留宿在充满魅力的利弗莫尔小镇。

你很惊叹自己的无知，在加州旧金山就藏着这么多葡萄园，决定第二天亲自拜访这里的酒商，我不知道你在这里发现了什么好的东西，从你自信的神秘笑容里，我知道你一定找到了灵感。

亲爱的，加油！

0767. 新年的好消息——1979.01.01

今天清晨开始，所有的电台、报纸都在报道中国和美国全面恢复外交关系，新年的好消息给洛杉矶连日来寒冷的空气带来了阵阵暖意，街道上的喜庆的气氛明显增加了不少，鼓舞着新年的气象。

晚上诗友会在市政广场举办了一场“让世界充满爱”的诗歌朗诵晚会。尽管天气寒冷，依然阻挡不了大家的热情，来了许多相恋的中美青年男女，他们紧紧地拥抱在一起，用忘情的吻来纪念这个难忘的时刻。是的，有一堵意识形态的篱笆一直横隔在中美两国人民之间，早就应该拆除了。

寒冷的冬天即将过去，春天的脚步近了，在充满爱的诗歌里，亲爱的，我仿佛看到你的激情在沸腾，新的一年里，必将有你新的梦想，我已经听到你欢欣鼓舞的脚步声，正大步迈向新的征途！

0768. 圣诞节的悸动——1979.01.08

在奥克兰凯理的家里，你除了和凯理喝酒，其他时间都在看与葡萄酒有关的书籍，从利弗莫尔山谷带回来的葡萄酒让你津津乐道，凯理在惊诧他爸爸什么时候变成一个葡萄酒专家了。

刚过完新年，你迫不及待要去加州北部的尔多拉多酒乡，我知道你的想法，一路同行直接开车到酒庄。草谷周边是一系列令人难忘的各种各样的商店和品酒室，你一家家的品酒，无暇欣赏优美的“永恒景色”。然后马不停蹄地赶往康特拉科斯塔县，它在旧金山和马林的“对岸”，据说这里生产酿造葡萄酒的历史超过一百年，这儿的许多酒庄提供预约品尝，听说这里的酒庄从五月到九月还会举办夏季系列音乐会，可惜我们来的不是时候。我突发奇想，如果在这里开个诗友会，一边喝着美味的葡萄酒，一边欣赏着醉人的音乐，应该是人生一大快事，我们约定明年葡萄熟了的时候再来这里。

美酒，音乐，诗歌，生命中不可缺的元素，亲爱的，我全力支持你新的事业，一起酿造我们人生的美酒！

0769. 寻找酒乡——1979.02.03

从加州北部回来，你的时间几乎都用在搜集关于葡萄酒的书籍，然后就是寻找酒乡。今天我们来到加州的埃尔多拉多，据说从淘金时代开始，美丽的埃尔多拉多村庄就开始生产美味的葡萄酒了。古老的金矿小镇埃尔多拉多还保有浓厚的历史气息，街道周围布满了酒庄，这里是一个放松心情的好地方，东南部是米拉弗洛雷斯酒庄瑰丽的葡萄园，北部是苹果山种植了葡萄、苹果和圣诞树。

加州的马里布酒乡隐藏的峡谷、丛生的草地之间，拥有多产的葡萄园。对于那些从未在海岸迷失的人来说，这是一个不小的惊喜，在这里可以看到太平洋海岸公路旁起伏的群山被葡萄藤覆盖，上方云雾缭绕，美不胜收。

你在品酒，我在看风景，在有美丽古老梧桐树的康奈尔地方餐馆，我买了一瓶你最喜欢喝的葡萄酒，然后在日落时的海滩上举杯，预祝你成功。

亲爱的，在你掠过光亮的眼神里，在你看我的坚定自信的目光中，我知道也相信你一定能成功！

0770. 情人节的礼物——1979.02.14

一辆铜制的马车，马车后箱里装满了葡萄酒瓶的模型，这是一个淘金时代的古董，你在古老的金矿小镇埃尔多拉多买的，上面还坐了一个漂亮的新娘，显然是你后来加上去的，很有创意。

记得当时我漫步于酒乡狭窄的街道，没有留意街道两侧林立的古董店里还有这么一个可爱的东西，居然被你发现了，我不得不佩服你的眼光和细心。

亲爱的，谢谢你的礼物，我仿佛看到那个赶马车的新娘是我，正带着丰收的喜悦，拉着一车香醇的葡萄酒向你赶来！

0771. 卡尔的葡萄酒庄开张——1979.3.01

卡文亲自把自己作坊酿造的葡萄酒用木桶装了一卡车拉过来，那原汁原味的葡萄酒很是爽口，兄弟俩在酒庄里忙上忙下，好有默契。

酒庄里陈列着新墨西哥的罗斯耐克酒厂的白谢瓦尔（SeyvalBlanc）、白威代尔（VidalBlanc）、卡雨尔（Cayuga）和黑巴克（BacoNoir）等耐寒葡萄酒品种，还有当地海拔4300英尺的沙质土壤上专门培育的黑比诺与霞多丽品种，那味道品起来与众不同。斯科特·维尔蒙（ScottWillmon）的葡萄园在新墨西哥当地也久负盛名，丹魄（Tempranillo）与增芳德完全采用有机耕种，味道纯正，当然少不了新墨西哥最大的葡萄酒厂圣克莱尔出产的D.H.Lescombes、BlueTeal、SanFelipe以及St.Clair。

你直接将葡萄酒与美食挂钩，酒庄的品酒室内一部分设计成咖啡店风格，就餐者可以在享受美食的同时来一杯我们酿制的葡萄酒，如洋葱汤搭配我们的增芳德葡萄酒味道棒极了，龙虾与灰比诺配餐最理想，蒜香鸡肉是用霞多丽葡萄酒小火煨熟的，味道简直是一绝。

亲爱的，看到你的杰作我由衷的高兴和赞美，我知道你已经成功了一半！

0772. 特别的客人——1979.03.15

昨天家里来了一个意想不到的客人——布里斯先生——布顿大叔的儿子，我想不到他竟然会出现在我的家门口。

原来布顿大叔上个月在家乡去世了，临终前念念不忘你，告诉布里斯回到加州一定要找到你，布里斯先生为了完成他父亲的心愿而来的。我们没有为老人特别做点什么，一次次小小的帮忙令他老人家如此纪念，我和你听了非常感动。

你用家乡的葡萄酒盛情款待布里斯先生，我从来没见过两个男人可以如此痛饮而无话不说。昨天你算是高兴过头了，喝葡萄酒竟然都喝醉了，今天上午布里斯先生参观了一下你的酒庄，临行的时候，拿了一张你的名片，挥一挥手走了。

亲爱的，布顿大叔的笑容这两天一直浮现在我的脑海里，人世的温情涌动在我的心头，是的，能够让另外一个素昧平生的人这么长时间久久挂念，我很惭愧，我没有做到，但是卡尔，你做到了，这是你最大的价值！

0773. 一起看信——1979.03.23

早在一个月前你就迫不及待地告诉我要看我写给你的信，我坚持一定要等到今天。你小心翼翼地搬出我放信的小箱，坐在地板上神情专注地看着我写的每一封信，那样子像在寻找地图里藏着宝贝，不知道我的记述里面有没有你要的答案。

时间过得真的很快，事实上这五年跟随你忙忙碌碌，充实又紧张，时间像手中的沙无情地滑落，明显地感觉这个五年的光阴时不我待，是的，我们有必要总结这五年的得失，带着未完成的梦想，轻松跨越新的年代。

亲爱的，我们的婚姻已经走过整整35个年头，一万两千多个日日夜夜，谢谢你一路的呵护。卡尔，你也应该感谢你自己，你所有的努力都已经开花结果，人生成熟的季节，丰收在望，我们的生活已经开始像海底的珊瑚那样纷呈五彩，你的爱就像你的葡萄酒，越品越有味道，我知道即使是大海干了，我对你的爱像珊瑚一样化作石头也永不枯烂！

0774. 来自圣地亚哥的订单——1979.4.15

今天你意外接到一个陌生的电话，一位年轻的女士打来的，向你的酒庄订购了一大批葡萄酒，足够你忙三个月，发往圣地亚哥一家石油公司，直到睡觉前，你还在为这笔意外的订单狂喜。

卡尔，一定是布里斯先生，准没错，一定是他。你一拍脑袋惊喜地说："我得亲自去一趟圣地亚哥，拜访一下布里斯先生，顺便向他致谢！"

亲爱的，明天就去，致谢是必需的，最重要的是你必须去延续这份交情，珍惜你的缘分，去建立你们男人之间的那份感情，这是任何人无法替代的！

0775. 成功并没有想象的那么难——1979.05.20

从牛排店的连锁发展到葡萄酒庄的成功开始，看似不相关的两个行业，在今天看来，实际是相互关联的。没有牛排店的连锁发展，就不可能有资金投入到一个新的行业，没有在葡萄酒乡的际遇和长期对葡萄酒的热爱，没有这十年的磨炼，就不可能有那份把握成功的自信。

成功的机会有时也是可遇而不可求，过去很多的时候拼命地抓住一些不着边际的机会自以为是，往往收获的是失望，不经意间一个不期而遇的机会又成就你未曾想过的成功。

是的，成功有时不需要什么钢铁般的意志，更用不着特殊的技巧或谋略，只要你还在认真、诚实而乐观地坚持着，终究会迎来水到渠成的那一天。人世间的许多事情，只要付出了努力，不要走错方向，该来总是会来，成功并没有想象的那么难。

亲爱的，成功是一种信念，相信你自己能够成功，就像我始终相信你一样，成功的路上，财富、健康和爱，我们一样都不可缺失！

0776. 克鲁斯回来了——1979.06.15

吉妮的丈夫克鲁斯消失了十个年头了，昨天又突然回来了，回到吉妮的身边，回到他曾经的家。听说他的三个孩子都不理他，以他这样的父亲为耻，他们不再需要父亲，坚持不要他回到这个家，吉妮左右为难。

男人落魄的时候总是想到曾经带给他温暖和欢乐的家，但对家人带来的伤害却往往视而不见；女人经历过一段寂寞的时光之后，当初的痛恨已经回归平静，也许会偶尔回忆曾经的恩爱，只是剩下隐隐的痛深深地藏在心里。

是的，爱情的种子一旦播下，恨也是爱，何况还有共同的孩子。

亲爱的，假如你是克鲁斯，你会回来吗？我不敢去想象你人间蒸发十年后会是什么样子，我又能够为你做出怎样的取舍，或许会原谅你，只是我们的情感是否会好如当初，我的内心不敢回答！

0777. 卡尔胖了许多——1979.7.12

卡尔，自从你爱上了葡萄酒，抽烟的数量越来越少，平均三天一包。你能够把烟减下来，我认为是一件了不起的事情，你几乎不喝威士忌、白兰地等高度酒了，我再也不要为你喝醉酒担心，你的脸色红润了，胖了很多，一个中年男人的富态呈现在我的面前，发福这可不是一件好事。

亲爱的，你该多做户外运动了，否则你的脂肪越积越多，我可不想看到你大腹便便的样子，那样子很难看，明天就去买两辆单车，我陪你一起去骑车，晚上去社区的游泳池里游泳，卡尔，我一定要看到你回到一个强壮的肌肉男人！

0778. 卡尔的母亲病了——1979.07.25

卡文从家乡打来电话，你的母亲病了，这次病得比较严重，高血压伴发心脏病，已经在镇上的医院住院治疗，你一边电话指示卡文做好转往圣塔菲的准备，一边迫不及待地准备东西赶往飞机场，我知道你要回拉格尔村。

你和你的母亲感情深厚，几十年来对母亲言从计行，你所有的荣耀和成功第一个是告诉母亲，所有的苦难我从来都没有听你对母亲说过，好像你所做的一切都是为了你的母亲，你的母亲也以你为骄傲。

亲爱的，你别急，你的母亲不会有事的，你放心回家照顾你的母亲，酒庄的事情我会帮你管理好，我祈祷上帝保佑你的母亲早日康复，我深深地爱她，就像你爱她一样！

0779. 爱在爸爸妈妈的动作里——1979.08.20

今天上午推开我妈妈的房间，看到我爸爸在帮妈妈梳理头发，很熟练的动作，想必妈妈头上那个复杂的盘发也是爸爸帮着做的，我很少见到男人做头发如此一丝不苟，连发夹的位置都插得恰到好处，妈妈见我进来还亲了爸爸一口，没有一丝害羞。

自从去年妈妈被诊断有冠心病和高血压，头部经常疼痛，偶尔心绞痛，爸爸要每天按时给妈妈分好药送到她嘴边。每天晚餐后散步是妈妈的习惯，出门之前，爸爸要帮妈妈按摩头部和背部半个小时，然后手拉着手一起出去，拉手的动作是那么自然，我有时甚至在想，妈妈有时对爸爸的行动限制得有点苛刻，爸爸到底爱上妈妈那里了，这也许只有爸爸心里知道。

两个人过得好不好，不必张扬，从我爸爸妈妈的动作和眼神里，我知道他们很幸福。亲爱的，我期待我们到了爸爸妈妈的年龄，你还能够帮我梳头，亲吻我的额头，帮我按摩，然后手拉着手一起出去散步！

0780. 寻找莎米的母亲——1979.09.01

莎米今年十五岁了，已经长成一个漂亮的姑娘，这孩子非常懂事，特别喜欢看书，把我书架上的书几乎看了一遍，学习很用功，从来都不用我操心。每当我心情不好的时候，她会逗我开心，陪我读诗歌，小小的年纪，读起诗来特别有感觉，喜欢和我一起去诗友会，“流浪者之家”常常有她帮忙的身影。

莎米知道她的身世，我告诉她的，她总是说我骗她，有次你开玩笑要把她送回她的母亲身边，莎米大哭，好几天没有理你，直到你给她道歉。

事实上，她的母亲一直没有消息，我有一次问她“想不想你的母亲”，莎米流着泪不说话，我知道她是想她母亲的。上个月我陪着她去《洛杉矶时报》登报寻找她的母亲，我看到莎米开始一个星期一听到电话铃声就兴奋地跑过去，这几天的情绪明显有点失落，对电话没什么反应了，你在一边安慰她，一边发动所有的朋友写寻人启事。

亲爱的，说真的，我有点担心莎米会离开我，卡尔，你舍得吗？不管找到她的母亲还是找不到，对莎米的爱，我们将一如既往！

0781. 卡尔的妈妈去世了——1979.10.10

你妈妈上周三去世了，那个亲热地叫我宝贝的人走了，那个永远带着爽朗笑声的婆婆走了，这一周我都沉浸在悲伤的回忆之中。一生简单、热情、乐观，即使在最困难的时期，也没有看见她皱过眉头或伤心过，每天和你父亲天黑不久就睡觉，早上天刚亮就起床，也许他们是属于太阳的，在光明下不知疲倦地劳作，他们眼里的喜悦只有粮食和儿女的成长，不知道在某个月亮的夜晚，他们是否也诉说过彼此的苦恼和伤痛。我无法用现在的美丑标准来看待她与她丈夫的爱情，毕竟他们没有读多少的书，也没有长时间走出过这个小山村，不需要用文字表达他们的情感，不过我知道，从他们偶尔打情骂俏的笑声中，有他们另外一种不可言传的幸福。

你妈妈生前操心最多的是你，牵挂最多的也是你，也许她对你寄托的希望最多。你整整一个星期没有说话了，我知道你是个把欢乐看得很淡，把悲痛隐藏得很深的人，亲爱的，你别伤心了，你的母亲是带着微笑走的，带着她的满意走的，我知道，她有你这样一个儿子是满足的，她在天堂一定会保佑你！

0782. 失去的痛苦——1979.11.20

你的母亲离开我们有一个月了，你每天还沉浸在失去母亲的哀痛当中，明显瘦了，脸色黑了很多，原来每天要喝点红酒，现在都不喝了。你父亲去世的时候，没有见过你这么悲伤，这次，不知怎的，不管我怎么安慰你，你在悲伤里无法自拔。

是的，只有失去才知道痛苦，只有失去才知道珍贵，我突然想到自己的母亲，她已经老了，但我还有时间爱她，这是我的幸运，我将给予我母亲更多的陪伴和关爱。

亲爱的，虽然我无法取代你母亲的位置，但我的心和你的母亲的一样，希望你开心快乐，卡尔，你的梦想还要继续，还有很多的事情要等你去完成，你要尽快振作起来，你的母亲在天堂里看到你会微笑！

0783. 欧米新半岛的乡村生活——1979.12.10

要忘记忧伤，找一个舒适宁静的地方是最好的选择。上周我陪伴你来到密歇根北部欧米新半岛。这里拥有独特的地理位置，横亘大特拉弗斯湾，散发浓郁的田园风光，是旅游和品酒的好地方，周边有许多浪漫的小酒店、古董店，虽是冬天，我们吃饭的餐厅里提供的果蔬很新鲜，食品有浓厚地方特色，还可以亲自下水抓鱼。去半岛最北端的欧米新角灯塔，要取道这条酒庄林立的通道，我们一路自驾，观赏湿地，美不胜收。

我想没有哪个地方比这里更富有乡村生活的恬静了，每个角落都值得你停留，每次转身都让你喜出望外，回来后你的状态不错。

亲爱的，用你的微笑迎接即将到来的圣诞节和新年，凯理和凯希这个假期都要回来，卡尔，我知道你对我们的爱在心里，永不停息！

0784. 人生如诗——1980.01.08

卡尔，一眨眼又一个十年过去了，这十年我们一路走来，没有大风大浪，可谓风平浪静，平淡的日子里透着甜蜜，成长的岁月渗透着成熟的味道。

亲爱的，每天可以看到你的身影，可以抚摸你结实的身体，可以和你一起品咖啡，吃牛排，可以和你一起踏足遍我们国家的山山水水，穿越那四季的风景，和你一起看电影，欣赏诗歌，或跳跳舞，我认为这是一种有滋养有趣味的生活，尽管我们并不算高贵，但我们生活得丰满而富有诗意。

卡尔，人生如诗，是因为我们心中有爱，亲爱的，我将陪伴你在下一个十年里一路歌唱！

0785. 情人节的礼物——1980.02.14

书桌子上放了一个黑色的大家伙，你告诉我这是一台日本SONY摄像机，是可以用来拍摄电影的那种，可以摄像录音，可以用磁带保存我们摄录下来的东西，我第一次见到这样的机器，很兴奋地摆弄着。

卡尔，谢谢你的礼物，我要用这部摄像机拍下你的生活片段，留下精彩生活的记忆，在我们晚年的时候慢慢欣赏，亲爱的，你别忘了摄录下我的瞬间，我们的故事要合在一起才完整，你说是吗？！

0786. 我们心灵自由吗？——1980.03.01

“我们自由吗？”我很多次这样问自己。

我认为政治方面的自由是理所当然的——新闻自由，选择自由，表达自由，尽管我们美国有这么高度发达的自由，甚至你拥有糟蹋自己生活的自由，可为什么我们周围很多的人不快乐，至少我们国家的人们不是这个世界上最快乐的人群，这不能不引起我的思考。

是的，我们渴望得到财富，周围大多是拼命追求金钱的人们，忙碌的背后，荒废了自己的心灵，他们不愿意静下来读一本泰戈尔的诗集，不愿意坐下来欣赏一部莎士比亚的歌剧，他们为金钱和物质所束缚，连爱情都变得那么世俗和功利，在优雅的语言环境里有一次心灵的交流现在变得有点奢侈。

因为贫穷，我们的父辈的生活很简单，他们为了身体和生存的基本功能，内心的世界被遮蔽，他们的人生失去了很多的趣味和滋润，可随着财富的增加却没有增加我们的快乐，这是一个被物质异化的时代。

亲爱的，不管别人怎么变化，我们需要的是心灵的自由与快乐，在你忙碌的工作中抽点时间多看一本书、一场戏剧、一部电影，你的人生会变得更加丰满有力！

0787. 卡尔爱上了文学——1980.03.16

亲爱的，你最近喜欢看书了，尤其是文学类书籍，我书架上的书你很认真地翻来翻去，这是你以前从来没有过的，这证明你的心已经静下来，可以去欣赏故事的情节，在字里行间寻找你的情感。卡尔，有时候行走在书里，你的灵魂是可以歌唱的，你照的照片是直观表象的，文字可以带你进入心灵，有这种感觉吗？

卡尔，文字还可以承载你的情感，三十多年来，我一直坚持记录你的点点滴滴，你的思想、你的行为、发生在我们的生活中的故事、跟我们有关的事件，我习惯与你联系起来，我真实的想法和情感都在其中。对你的期待和爱一路支持我走到今天，尽管有些观点今天看起来有点可笑，有些文字很幼稚，没有关系，我没有想要成为文学家，我的心路历程始终没有改变过我对你深深的爱恋，有这一点足够了，其他的都不重要。

亲爱的，作为男人，我是赞成你多看点文学方面的书籍，这样会少一点社会的牢骚，多一点人文的关怀，你的精神世界会丰富很多，卡尔，你现在的思想让我觉得越来越有深度了！

0788. 我母亲住院——1980.04.05

我母亲得了心脏病，住院一个多月了不见好转，胸闷得很厉害，要父亲不停地为她拍背，脸色一天比一天难看，我知道母亲的生命即将走到尽头。

最近一个月来我时常从睡梦中惊醒，感到突如其来的惊慌，我的心跳加快，脑海里闪过无数的念头，好几次坐起来在床上发呆，从没有这样焦虑和失眠，你爬起来给我倒水，给我按摩脑袋。

母亲来洛杉矶快十五个年头了，我从来都不担心她什么，每天看她与爸爸一起散步，做做饭菜煎饼，我习惯她的存在以致熟视无睹，现在却突然让我有点害怕。

亲爱的，谢谢你十五年的陪伴，让我母亲过了十五年舒坦的日子，母亲的唠叨你总是微笑面对，我想告诉你的是，母亲很多的时候在赞许你，称赞我找到一个好的丈夫，我想母亲说的是真心的！

0789. 德黑兰使馆人质事件——1980.04.25

营救德黑兰使馆人质的秘密行动失败，今天轰动了整个美国，两党互相攻击，紧张的情绪笼罩在国民的心头，不知道国内又会发生什么事情。

“经济刚刚有点起色，现在卡特总统可能又要下台了。”你在一边评论道。

“卡尔，会不会有下一场战争呢？”我担心地问，我不知道卡特这个倡导和平的总统，将会做出怎样的决定来。

亲爱的，假如要发动战争，我们就去参加游行表示反对，我不希望战争再夺去更多年轻人的生命，我们需要的是发展经济，而不是发动战争去展示我们的力量。我知道只有在和平的环境里，我们才能好的有心情，才可能更好的创造我们美好的生活，卡尔，你说对吗？！

0790. 我母亲走了——1980.05.02

就在昨天下午，母亲到底还是走了，走的时候很安详，这是她这两个月来最安心的一天，紧紧地拉着我父亲的手，到死那一刻也没有放开，父亲亲吻着母亲的脸颊放声大哭，久久不愿意离开。

父亲和母亲五十多年的相处，对母亲言听计从，小心翼翼，从没和母亲吵架，有时我都忍不住母亲的唠叨和小气，父亲总笑着告诉我这是母亲的优点，父亲对母亲的爱是这样的不声不响。

年纪大了，唠叨好像是女人的天性，亲爱的，你能够容忍我的唠叨吗？我知道，你已经习惯我的唠叨了，我现在知道，对你最唠叨的人是最关心你的人，听不到母亲的唠叨了，我好像失去了一种保护，卡尔，我想你懂的！

0791. 我社工生涯的最高荣誉——1980.05.20

十年前不经意地开始做社工，到现在已经有十个年头了，今天我获得高级社工职称并被洛杉矶市政府表彰为“杰出市民”，这是我来加州二十七年来获得的唯一政府荣誉。“杰出市民”证书是市长亲自颁发给我的，我当然很高兴，这个证书证明我不仅仅是一个好市民，而且我为这个城市做了我应该做的贡献。我热爱这个城市，这个城市已经承载了我二十七年的喜怒哀乐，我已经无法把它从我的生命里分开。

你在台下为我鼓掌，为我流泪，走上台来紧紧地拥抱我。

亲爱的，谢谢你的鼓励和支持，我生命中的阳光和灿烂都是因为你，感谢你一直陪伴我走到今天，卡尔，谢谢你的爱！

0792. 一场不期而至的相遇——1980.06.03

带着获得“杰出市民”的喜悦，昨天我和你来到阿拉斯加霍姆尔镇，这座渔港小镇距南部港口安克雷奇约二百公里，这里聚集了许多的艺术家、渔民、诗人和户外爱好者。

夕阳下的渔港小镇出奇的美丽，一排排的渔船整齐地停放在港湾里，夕阳映照下的大海一片绯红，远处晚归的渔船拖着粼粼的波光，近处有大片养鱼的网箱。

你几乎趴在地上凝视前方，手中的照相机照个不停。等天色暗下来的时候，坐在岸边，看渔船上和不远处楼房的灯光次第亮起来，海风凉凉地吹过，海平面在眼前慢慢地消失，有一种一个人苍茫天地间的感觉，夕阳下的渔港小镇本来就是一首诗。

你拉着我的手走进岸边一家餐厅，新鲜的海味令我垂涎，正吃得有味，不料邻桌的客人诗兴大发，一边向餐厅里所有的人敬酒，一边高声吟唱，一边合影留念，欢呼声掌声叠起，好像是一群熟悉的朋友在开一个聚会。

人生有时就像是这样一场旅游，不经意间到达一个自己不曾来过的地方，不期而遇一群陌生的朋友，彼此不需要过多的寒暄，一杯酒后各奔东西。

亲爱的，我和你呢？一场相遇，百年也无法分离，卡尔，在渔港的夜晚，我枕着你的臂膀，我睡得好香！

0793. 旅游是心灵的释放——1980.07.18

米娜是上个月去阿拉斯加霍姆尔镇旅行的时候结识的朋友，小小姑娘在一家出版社做编辑，干了八年，以前拼命地工作，写稿、出书，一年花两个月的时间出去旅游两次，去年竟然辞职不干了，一边旅游一边写书，更成为一家旅游杂志的专栏作家。旅游成为她的一种生活方式，旅游改变了她的价值观，她认为人生不应该只是工作和家庭，应该有自己的快乐和心灵的自由，这只有在旅游中才能找到。她谈起旅游的经历眉飞色舞，她兴奋地告诉我，身边的男朋友克里托弗是她在旅途中认识的，有共同的兴趣和爱好，五年内他们一起走遍了除了非洲以外的四十几个国家和地区，说真的，我很羡慕她的勇气和潇洒。

亲爱的，我们落伍了，我们生活的重心没有规划好，你上个十年的旅游计划还没有完成，卡尔，能够与你一起分享这愉快的旅途，我看到了全新的景象，看到了不一样的人生，我的心灵无限释放，这是值得去好好规划的事情！

0794.《缘定今生》——1980.08.16

电影《缘定今生》由克里斯多佛・里夫和珍・西摩尔主演，这部电影具有动人心弦的力量，使我更加相信人与人之间是有缘分的。

亲爱的，我们是前世的缘分，今生的约定，我等了一千年才等到你，这一辈子已无处可藏，也无处可逃，就只好跟随你“流浪”在这个世界。

卡尔，我爱你，你可要好好珍惜我，我的爱，今生不想再留下遗憾！

0795.纳帕谷的火车——1980.09.20

秋之交，又是出行的好季节，美国加州纳帕谷葡萄酒旅游胜地绝对是游玩的好地方，我们到达时候正值采摘的季节，漫山遍野葡萄园的丰收景象蔚为壮观，空气中弥漫着清新的水果酸甜气味，令人心旷神怡。纳帕谷，名字本身就散发着别样的诗意情怀。

“纳帕”这个名字的原意可能是“灰熊”或“故土”，但在当地的年轻人中，却流传着一个诙谐的解释——“你会回来”。据说当地许多年轻人试着离开纳帕谷去闯荡世界，最后却大多重新回到了这个美丽的小镇，与葡萄园终生为伴。坐在我们身边的小伙子奥利亚告诉我们：他去西班牙上学的时候也曾四处游历，尽管他觉得外面不错却仍旧舍不得故乡的热土，毅然归国，现在的生活虽没有那么丰富多彩，却因自己喜爱便觉得很幸福。这可能就是纳帕谷最吸引人的地方，世界再大再精彩，也让你永远舍不得离开。

当然吸引我们的还有环绕纳帕谷的火车，车厢内有形形色色的葡萄酒、各式精美餐点，我们一边喝着葡萄酒，一边欣赏车窗外大片大片的迷人葡萄园，这样的旅程让人陶醉。

“我梦中的家乡应该是这样的！”你突然说，亲爱的，这里的美景是不是又让你想起了从前的梦想，我知道你又有了新的计划！

0796.卡尔的哀伤——1980.10.10

今天是你母亲去世一周年的日子，你抱着他母亲的照片坐在窗台旁默默地流泪，我不知道怎么安慰你。我知道你在想你的母亲了，事实上，自从你的母亲去了天堂之后，你的微笑少了，沉默的时候多了，好几次夜深人静的时候，你一个人起来坐在阳台上抽烟，望着星空若有所思，我轻轻走过去为你披上衣服，分明看见你眼睛里噙着泪水。

亲爱的，你不要那么的哀伤，我知道你很爱你的母亲，你的母亲是一个很豁达开朗的人，她在天堂里一定是快乐的，卡尔，我始终记得她的笑容和对我们的爱，同样我会用对你深深的爱来怀念她！

0797. 悲伤是用来遗忘的——1980.11.06

不知道为什么，你的心情这个月来仍然低落，可能还没有从思念母亲的悲伤中走出来。我决定和你去附近的好莱坞环球影城散散心，今天是第三次来这里了，每当我心情好或不好的时候我都喜欢选择来这里，开车不用一个小时就到了，每次来的感觉都不一样。

我喜欢在好莱坞环球影城体验电影全方位立体效果的震撼感，尤其重要的是在这里你会忘记时间和空间，忘记忧伤。在侏罗纪公园，形态生动的恐龙，危险奇异的侏罗纪丛林、各类水上特技营造不亚于电影的紧张画面，而火爆的动作场面更会将游客囊括在内，给人真实的危难当头之感。电车之旅惊险刺激，一路上会遇到大地震、洪水、木桥坍塌、大白鲨追尾、与金刚对峙等种种意外，还会亲身体验“摩西过红海”、街头赛车等电影情节，至于沿途经过的好莱坞电影中时常出现的世界各国布景，更有熟悉之感，一天下来，你的脸上难得有了放松的笑容。

亲爱的，悲伤是用来遗忘的，快乐是你自己的，我们用快乐来纪念你的母亲！

0798. 忠实于自己内心的声音——1980.12.22

这个季节的销售有点惨淡，不知道是因为你心情低落的影响，还是市场本来的反应，各种嘈杂的声音自然出现在耳边，有人说加州的葡萄酒太多了，质量无法跟欧洲的品种比拟，价格又比不过南美的邻国，这个行业没有好的发展前途。现在的经济形势不错，赚钱的机会到处都有，隔壁同行威尔逊先生准备改行做别的生意，十八号铺的塔夫特先生干脆在酒庄做起了水果生意。

卡尔，你的时间有限，不要一遇到一点点困难就东想西想，不要活在别人的观念里，不要让别人的意见左右自己内心的声音。最重要的是，你喜欢葡萄酒，从开牛排店开始你就热爱它，勇敢地去追随自己的心灵和直觉，只有自己的心灵和直觉才知道自己的真实想法，其他一切都是次要的。

亲爱的，生意是人做出来的，你有良好的开端，一定会有良好的发展，相信自己的选择是对的，把葡萄酒当成自己心爱的事业，是值得你用一生去经营的，我相信它会成就你所有的梦想！

0799. 请用情人的眼光欣赏我——1981.01.10

卡尔，愉快的圣诞节又快结束了，又是新一年忙碌的开始。岁月的年轮没有增加你的苍老，反而让你看起来更有风度，你沉稳的脚步，磁性的声音，柔和的话语，让我倍感亲切和安宁。

看看镜子里的自己，我风华不再，青春老去，衰老一年又一年增加我的伤感，但我的生命却更加繁华璀璨，因为有你的爱。

亲爱的，不要埋怨我留在梳妆台旁的时间太久，女人有时在镜子里孤芳自赏是很正常的；不要嫌弃我慢慢松弛的皮肤，毕竟我无法控制岁月的剪刀。卡尔，请用情人的眼光欣赏我，只有我留在你心底的那一份情，才经得起岁月的风霜，我永远是你当初的情人！

0800. 情人节的礼物——1981.02.14

你今天送给我一个金色的十字架项链，这是用纯金打造的，虽然有点笨重，但意义不错。

自从你的母亲去世以后，你每周都去教堂，坐在那里长时间虔诚地祈告，这是以前没有过的，心静了，我替你高兴。

亲爱的，谢谢你的礼物，上帝会给予你力量，也会给予你安宁！

0801. 法国“五月革命”的功劳——1981.03.01

我依稀记得1968年法国爆发的“五月风暴”，毫无疑问的是它的影响不只是在法国。当历史进入八十年代，我们美国过去僵硬的社会关系消逝了，象征性的等级制度不明显了，取而代之的是工资的迅速提高而带来的收入等级差别。“对话”与“商讨”成了我们国家政治中的一个常态，法定的程序、绝对的命令、神圣的权威不再那么高高在上，民主的意识渗透到每个人的生活中，黑人与白人可以在一个大堂平等自由地辩论或共商国是，所有这些看得见感觉得到的现象，无时不在影响我们的思想，我认为法国“五月革命”的影响功不可没。

是的，每个时代都有自己的疑难，革命并非只是发生在贫穷、落后或有冲突的地区，解决了“温饱问题”不等于解决了“革命问题”，法国“五月风暴”是人类历史上第一次不为面包，而为玫瑰发起的。我们需要面包，更需要玫瑰。

世界永不完美，冲突还在继续，回顾发生在十多年前的这场近乎风花雪月的“革命”，不难发现，对于任何国家来说，当危机来临时，最重要的是社会力量与政治力量必须恪守自己的边界，一起守住底线，一起守望未来。

亲爱的，我很庆幸经历了这个伟大的时代，让我看到了国家富强的脚步，我们的幸福离不开这个社会的进步，卡尔，我很想去法国走一走，看一看，感受一下它的“性感”，体验一下它的浪漫！

0802. 不要成为政治动物——1981.3.10

无休止的选举，疯狂的造势，搅动每一个人的神经，美国人从经济动物不自觉地变成了政治动物。电视和报纸上里根先生的优势似乎盖过了卡特总统，我好惊叹这个有亿万影迷的演员为什么有这么大的魅力，我从来都认为政治与电影无关，现在看来要改变看法了，人们关心的不是被选举人懂不懂政治或经济，而是首先喜不喜欢他这个人，我喜欢里根，我决定选择他。

你有不同的看法，你很敬佩卡特，决定选择卡特。你告诉我选总统不是儿戏，要理智不要靠情感，很有意思，我们第一次对选举这事情有不同的看法且坚持己见。

亲爱的，你选择卡特，我没有权力反对，同样，我有我的权力选择，换一个总统不一定是件坏事，重要的是我们要规划好我们的生活，我们不能成为政治动物，对于政治，我们可以参与，但不能太投入，更不能卷入其中。

过好自己的生活，卡尔，这是我对你的忠告！

0803. 问题出在自己身上——1981.04.05

加州的葡萄酒商遍地开花，单是你得酒庄所在的这一条街道这几年就冒出几十家，这里聚集了全美国最多的葡萄酒品种。在洛杉矶这个商业气氛浓厚的都市，葡萄酒行业的竞争我们始料未及，同行的打压和攻击无处不在，无形的压力可想而知，昨天你酒庄送货的汽车被人故意碰撞，我不由得回想起你刚来加州在矿山工程上的争夺，那可是提心吊胆的日子。

卡尔，在生意场上，竞争是肯定的，难免还会遇到一两个自己不喜欢的人，喜欢或是讨厌，这与对方无关，问题出在自己身上。做生意与人交往不能凭喜好和情绪，要凭智慧，我相信你有过去的经验，能够找到与他们和平相处之道，不要去纠缠在事件当中，这样你只会受伤，即使你赢了一两次也并不表示你的胜利。

亲爱的，你要靠与众不同的思路去开辟你的战场，用你的实力把他们远远地抛在后面，当他们追不上你的时候，他们就只能够仰视或敬畏你了，这才是你的胜利！

0804. 我很想念我的母亲——1981.5.10

母亲节快到了，凯理送的康乃馨摆在书桌上，淡淡的香味飘浮在空气中，手中拿着泰戈尔的《飞鸟集》，又想起了他说的一句话，“身为儿子，只当我从卧室的窗里外望悠远的蓝天，我觉得我母亲凝视我的眼睛充满了整个天空”。

今晚星光灿烂，仰望星空，我在想念我的母亲，生前没有感觉她的特别，死后却无比的怀念，怀念她叫我的声音，为我做的衣裙，为我扎的辫子，送我的嫁妆……

亲爱的，你想念你的母亲吗？我想是肯定的，昨天我去教堂的时候已经为她送上了你我的祝愿，我仿佛又听到她爽朗的笑声，看到她慈祥的面容，她在天堂里一定是快乐的，想到这里，我的眼睛是湿润的。

星空下，我祝福天下的母亲都快乐！

0806. 建立好你的系统——1981.06.25

如何跳出酒庄的事务让自己轻松起来呢？带着这个问题我们请教了很多身边的朋友，有朋友的回答是建立好“完善的运营系统”。在你千头万绪的思路中，我发觉建立一个完善的系统可不是一件简单的工作，这是我以前从来没有想过的事情。

思想的改变可能只是一念之间，找不到方向的时候还有朋友的帮助，甚至可以在书里找到答案。我把你酒庄目前所有存在的问题罗列出来，最后在商学院老师的指导下建立好整个酒庄的运营系统模型，将酒庄所有的运作标准化、流程化、格式化，我担心你记不住，我把老师的讲解一一记录在笔记本上，半个月下来，我几乎成了半个专家了。

在即将付诸实现运营系统模型里，我看到了你的酒庄有一个更加清晰的未来，如果顺利进行的话，所有的伙伴在系统中愉快工作，系统越壮大，你的收入就越高，收入越高属于自己的时间就越多，你甚至离开公司一年，仍然有钱赚，而且可能更多。

亲爱的，你接下来的事情就是找一个新的经理来有效地管理你的酒庄，你需要跳出来走出去，腾出更多的时间去学习，去思考新的发展模式。卡尔，我仿佛看到你已经远远超过你的竞争对手，我听到了你自由飞翔的声音！

0807. 灰姑娘的童话已经开始——1981.07.29

今天是“灰姑娘”戴安娜和查尔斯王子结婚的大喜日子，我不知道远在英伦的婚礼为什么如此牵动亿万人的心，电视里的画面如此激动人心，我甚至为此热泪盈眶，可能每个女人的心中都有一个梦想，而这个梦想就发生在“灰姑娘”戴安娜身上。

“灰姑娘”邂逅王子是在查尔斯三十岁生日的晚会上。尽管戴安娜只是个凑数的宾客，甚至没机会与王子共舞一曲，但故事毕竟开了个头，当时两人坐在朋友庄园的干草堆上聊天，随后，最重要的是戴安娜那番关切的话：“你在教堂的走廊上显得非常悲伤，这是我见到的最悲伤的情景，我看到你悲伤，我的心也在为你流血，我想这不公平，你太孤独了，应该有个人来照顾你”。他们谈的是不久前查尔斯的叔叔蒙巴顿的葬礼，这番话令查尔斯对这个小姑娘刮目相看，以后的事就顺理成章了：约会、订婚，半年后的今天结为百年之好，我深深地祝福他们。

亲爱的，我早已过了梦想的年龄，年轻时候的我不是“灰姑娘”，可你一直是我的“白马王子”，卡尔，你牵我的手一百年不许放下！

0808. 对爱期待——1981.08.20

诗友会会场今天设在北卡罗来纳州的夏洛特，你对我们的诗友会越来越感兴趣了，不仅可以认识很多新的朋友，还可以顺便游山玩水，品尝当地特色的食物，最有吸引力的是在当地诗友的陪伴下深入到很多不为人知的地方，领略完全不一样的风情，别有一番趣味。

这次的主题是“对爱期待”，除了朗诵爱情的诗歌以外，诗友们针对现在物质泛滥、精神沉沦的社会发表了自己的看法，纷纷表示：“不论暴风雨，我们坚守那片纯爱的净土，对爱期待，书写我们最真挚的情感”。

你对夏洛特的一种民谣式音乐“蓝草”情有独钟，这里的家庭手工业创造了美国最丰富的民间文化，长达一个夏天的露天古装表演很有意思。

亲爱的，物质上我对你已经没有什么期待，唯独你对我的爱，一刻也不能停息！

0809. 留给自己的不单是风景——1981.09.11

上个月在夏洛特的诗友会，你赞助的葡萄酒留给诗友们深刻的印象，当他们知道你是我的丈夫，每次诗友会都如影相随，关怀备至，更是羡慕我。他们纷纷提出要购买我们的葡萄酒收藏，来加州旅游的时候一定要来参观我们的酒庄，有些诗友甚至这个月还打来电话，希望能够成为你酒庄的加盟商，这个收获很意外，我一一道谢，感谢他们对我们的包容与爱护。

亲爱的，去全国各地参加当地诗友邀请的诗友会，留给自己的不单纯是风景，更是友谊，我们需继续一如既往地赞助诗友会的葡萄酒，同时让这份友谊不带任何利益的色彩，珍惜诗友们的友谊，真诚到永远！

0810.20% 的投资——1981.10.18

今年以来桥下的流浪汉减少了很多，据报道经济数据及就业良好，投资活跃，超级市场的商品越来越丰富，人们购物的欲望明显增加。我的直觉告诉我现在的经济形式在快速上升，如果我没有预估错的话，这一轮经济周期至少有十年的增长，我决定把总收入的 20% 用来投资公司股票和政府债券，当我把这个决定说给你的时候，你很赞同我的做法。

“玛利亚，你的眼光向来都是对的，我相信你。”你不忘赞美我一下。

亲爱的，不管怎样，保守的投资是必要的，我们 20% 的钱用来储蓄，20% 的钱用来投资，60% 的钱用来消费，风险不大。卡尔，我们既要保证现在的生活质量，又要为将来的风险做一些准备，如果我的眼光没有错的话，十年后我们的投资应该有一笔不菲的回报，到我们老的时候，还可以做很多有意义的事情！

0811. 与你的理想同行——1981.11.20

卡尔，三十多年来，每天我都在观察你，包括你的情绪、你的言行、你的爱好、你的思想、你的朋友，我多么希望自己的丈夫从一个朴素粗糙的男人成长为一个有风度有涵养的男人。每当你碰到问题我又无法帮助你的时候，我向我的朋友、我的老师、我的书本请教，然后告诉你我的所思所想，再把这些思想记录并写在给你的信里，我就是这样一个渴望我丈夫成功的小女人，这也是我三十多年前结婚的那个晚上对自己的承诺——协助你走向成功。尽管我对成功的概念到现在都是模糊的，但我知道你现在已经迈步走向成功的路上，我每天在欣赏你的呼吸、你的爱好和你的思想，感受你全部的爱。

亲爱的，我每天都把你的理想装进杯子里品尝，因为你的理想就是我的理想，你的成功就是我的成功！

0812. 分享令我快乐——1982.01.08

在去电影院的路上我买了两块面包，遇到的一个乞丐，我分一块给他，他很感激地走了。当我快到电影院门口的时候，看到一个卖花的小女孩在寒风中发抖，她的手冻得通红，我把自己的手套帮她戴上，还买了她手中的花，坐在座椅上，花的芳香让我格外的愉快。是的，和有需要的人分享令我快乐，尽管这些对有些人来说微不足道，但我想有些人从来都不会有这种感受。

我曾经有过冬天里又冷又饿的感觉，那个时候我会想起母亲做的美食和棉袄，现在看到别人又冷又饿的时候，卡尔，我会想起你给我的那个小家里的温暖，这种感觉是幸福的，我想还有很多人从来没有过这种感受。

亲爱的，与他人分享是因为我是快乐的，与你分享是因为我是幸福的！

0813. 情人节的礼物——1982.02.14

今天你送给我的礼物是一束蓝色的玫瑰花，高贵典雅，芳香四溢，客厅里响起动听的《蓝色的多瑙河》,你拥着我随着舞曲轻轻起舞,在你的亲吻里结束我们的舞蹈，你总是以这样别出心裁的方式表达你的浪漫。

亲爱的，谢谢你的礼物，我爱你！

0814. 假酒风波——1982.03.06

从去年到今年，你酒庄的生意出奇的好，销售量几乎翻了几番，不时招来邻近几家酒庄的嫉妒和打压。昨天竟然有人上门来退货，说你卖给他们的葡萄酒是假的，从来没有碰到过这样的事情，你一时不知所措，慌乱中收回了这些酒并赔偿了他们双倍的价钱，没想到今天来了更多这样的人，经过仔细调查和辨认，才意识到这是同行设计的一个圈套。尽管如此，你还是没有选择报警，让退酒的人回去告诉指使他们的主人“如果愿意，可以合作一起赚钱”。

是的，我们的眼光不要局限在洛杉矶甚至是加州，这个世界很大，钱是赚不完的，是单打独斗还是联盟合作，一起把我们加州的葡萄酒做强做大？这是一个值得思考的问题，卡尔，你需要站到一个更高的高度去做这件事情。

亲爱的，我相信你会找到那个共赢的答案，我相信你的成功会更上一层楼！

0815. 合作是很重要的——1982.03.30

自从假酒风波出现以后，你每天想得最多的是怎样去和同行合作，你的记事本上密密麻麻地列下许多可以合作的人，可以合作的项目，哪些人手中有你要的资源，甚至列出了以上合作的种种好处和坏处，看得出来你非常重视合作的事情。

亲爱的，信任和共赢是你所有合作的前提，除了需要去思考合作中我要的结果是什么的问题外，最重要的还要思考“我可以为合作伙伴做些什么，合作中哪些方面我可以让对方多赢一点”，如果你能够做到这一点，我相信，你会赢得每一个同行的尊重，你生命的格局从此改变，你以后会赢得更多。

卡尔，迈开你的步伐，大胆地去做，我全力支持你！

0816. 跟着电影的感觉走——1982.04.05

“同样一个故事，玛利亚，你喜欢看书还是喜欢看电影？”你晚餐后冷不丁抛出一个话题。

看书去了解或揣摩一个人的心理有时太费劲，我还是喜欢看电影，这种结合了文学、艺术、音乐、摄影的作品让你耳目一新，自然轻松。我可以在两个小时的时间里看尽对方的一生，或体验他完整的人生故事，甚至还可以陪着情节掉一些眼泪，宣泄一下情绪。看电影是我每周的功课，你经常笑我这个影迷看电影的钱可以建一座电影院了。

这就是电影的吸引力，被导演集合成的幻象、虚假的情节、迷人的谎言，诚实地反映了这个世界的状态和人的内心，这种魔力让你忘记自己的时间和空间，让你一边看着别人的故事，一边思考自己的人生。

亲爱的，安静地跟着电影的感觉走，不管你喜欢还是不喜欢，不论故事是真实的还是虚假的，你怎么看就怎么反映你的内心世界。我喜欢爱情剧，是因为我对爱情充满了憧憬，我记得每一部爱情剧里美好的结局，同时电影也告诉了我，爱情要自己去体验、去感受、去保护。

正如我热爱电影一样，卡尔，我从来没有放弃过对你的爱，任何时候我对你都充满了热爱和感情！

0817. 诗人都跑哪儿去了——1982.05.20

我看到我们国家的实用主义现在代替理想主义，国民的目光投向了全世界，哪里有利益，哪里就有我们美国人的身影。新生的中产阶级一味地追求利益，他们在疯狂地攫取全世界的财富。

流行的是物质享受，图书馆里很多时候空了很多位置，周围的人很少有坐下来读书的，更不用说诗歌了。上周我去书店，找了半天，没有找到我们国家新出版的诗歌集，这个年代好像没有一个新诗人，我想我们的政府有必要多去做一些人文领域的建设，我们不能只做一个简单的经济动物。

“拥有财富是没有错的，诗人不会创造财富。”你在笑我这个假诗人怎么有那么多的主张和见解。

亲爱的，你可以不做诗人，你甚至可以看不起诗人，但一个时代不可以没有诗人。我们的心中不可以消失诗意，那些缥缈可有可无的诗意，有时候不仅仅是你宝贵的财富，甚至是你前方希望的明灯，燃起你对生活的美好追求。人的情感总要流向一个方向，不然精神寂寞与空虚很快会占据你的心灵，人毕竟是情感的动物，有些东西金钱是无法代替的！

0818. 你是一棵大树——1982.06.23

亲爱的，你是一棵树
在拉格尔村的路边
孤单地摇曳
我二十年最美好的珍藏
全部倾注在你的根系
每天临风将你抚摸
西行的梦想
沐着太平洋的风
浴着海岸山脉的雨
三十年的风雨飘摇
亲爱的你
已经是一棵大树
在加州的大道边
昂首挺拔迎风玉立
如歌的岁月
沉淀出最美的佳酿
浇灌在你伟岸的身躯
亲爱的你
必将是一棵参天大树
我已看到 我已看到

0819. 享用你创造的一切——1982.07.10

据报道：墨西哥上个月宣布无力偿还外债，引发全球债务危机，拉美国家尤其紧张，这可不是一个好的消息。

你最近舍不得喝珍藏的拉菲酒，雪茄也少抽了，请朋友来聚会的次数也少了。

卡尔，你在担心经济危机吗？七十年代的难忘经历让你变得谨慎，即使现在有足够的钱应付眼前的一切，你还是那样小心翼翼，把自己的欲望降到最低，可省下钱来做什么呢？留给孩子吗？想想没有必要，凯理和凯希都有不错的事业。

我们的父母亲没有留下任何金钱给我们，我们不照样生活得很好？在这里要感谢我的父母亲，我的母亲虽是谨小慎微的性格，但很会为日后的生活作打算，即使在过去那艰苦的岁月里，我家的生活并没有很穷困。是母亲教会了我提前为危机做点准备，父亲教我知识和宽以待人，我受用到现在，他们的生活也从来没有依赖我。

亲爱的，该喝的就照喝，该请的朋友你照请，相信我，墨西哥的债务危机不会对我们有太大的影响，我们不需要为孩子们考虑留下金钱，我们除了不要为明天担忧，更重要的是享用你创造的一切！

0820.“卡玛”礼服的诞生——1982.08.13

经常要参加库克先生的私人宴会，挑选礼服是一件困难的事情。你的燕尾服是临时借来的，我注意到许多场合男人们不是黑色的套装就是燕尾服，女人们除了模仿的外，几乎没有其他新意。

事实上我对穿衣搭配很讲究，穿衣打扮可能是女人的天性，我更多的是想让你每天看到一个不同的我，以致我的衣柜里塞满了各式各样的衣服，每天变换衣服花费了我不少精力，也让我保持着愉快的心情，但是参加晚宴的礼服还是让我头痛。

突然有个奇怪的想法，为什么不开一家礼服店呢？自己收集，设计世界各地的礼服，一来可以满足自己多年来想做一件“正经事”的愿望，二来可以满足自己穿衣的欲望，至少每次参加宴会不用再为礼服发愁。

如果有可能，礼服品牌就叫“K ∧ &MaR(卡玛)”，一想到这里，我的心情格外激动，我仿佛看见“卡玛”礼服穿在每个人身上，礼服光彩夺目，格外耀眼。亲爱的，以后你每天出入就像个绅士，我每天在朋友羡慕的眼光中，看着我的丈夫是多么的潇洒，如春风得意！

0821.什么是幸福和快乐？——1982.09.25

在你的支持下，“K ∧ &MaR”礼服店今天如愿在洛杉矶比弗利山附近的罗迪欧大道开张了。这里是洛杉矶市最高档、最精美的服饰商业街，客流如织，附近有许多最高档的服装店：阿玛尼 (GiorgioArmani)、香奈儿 (Chanel)、杜嘉班纳 (Dolce&Gabbana)、巴特莉密赛卡 (Badgley&Mischka)，看着自己的名字和作品能够出现在大众面前，这种心情是难以形容的。

什么是快乐呢？按照自己的想法做喜欢做的事，自由自在，我懂了，这才叫真正的快乐。

亲爱的，你不用担心我的商业头脑，在洛杉矶这种商业环境的熏陶下，跟随你三十多年耳濡目染，我已经不是一个只会看书的家庭主妇，况且女人做生意很多的时候凭的是直觉而不是头脑。我将用我全身心的爱去经营我们的“K ∧ &MaR”礼服品牌，我要让每一件礼服都诉说一个爱情故事，让每个看到它的人仿佛看到自己的情人出现在面前。

卡尔，我的名字将连着你的名字出现在很多人欣赏的眼光中，我想这也是一种值得骄傲的幸福！

0822. 卡尔六十岁生日——1982.10.02

卡尔，今天是你的生日，加州所有的朋友几乎都来了，酒庄里热闹非凡，还有两位特别的客人，你可能都忘记了他们的名字。安德西和科拉多先生，他们告诉我是你六年前在桥下为他们送过盒饭，当时他们来洛杉矶找工作，已经两天没有吃饭了，你送过去的盒饭是他们这辈子吃得最香的一顿，后来他们俩一直是“流浪者之家”的志愿者，今天安德西已经是一家大公司的高级经理，科拉多先生自己有一家相当规模的公司，他们今天来不仅仅是为了祝福你，还想要成为你的加盟商。

亲爱的，你喝醉了，每次你高兴的时候总是喝醉，我没有阻拦你，我知道人生难得几回醉，可我又为你担忧，担忧你的胃病复发，看着你红润的脸，听你柔和的鼾声，卡尔，四十年的爱恋让我更爱现在的你，处处散发着成熟的光辉。

亲爱的，祝你生日快乐！

0823. 为卡尔的现状打分——1982.11.10

“卡尔，来为你四十年的奋斗打打分。”我在书房里嚷嚷。

“玛利亚，你的主意真多。”卡尔知趣地坐在我面前。

事业？你给自己打‘70 分’，我给你打 90 分。

爱情？ 60 分，我给你打 90 分。

家庭？ 60 分，我给你打 90 分。

梦想？你给自己打 80 分，我给你打 90 分。

“有这么高吗？玛利亚，我很高兴你能够打这么高的分数给我。”你惊喜得哈哈大笑。“还有 10 分呢？”卡尔还不满足。

“你下个十年补给我，我再还给你。”我笑着回答。

“卡尔，给我打多少分？”我忍不住问。

“在我心中你永远一百分，真的。”你认真地说。

“来，卡尔，再说说你未来十年的梦想是什么呢？”我进一步要求。

“陪你周游世界。”你脱口而出。

亲爱的，我已看见在五洲四海的旅途中，你拉着你的手，我扶你的肩，一路欢笑，卡尔，无论千山路远，不论你走到那里，我永远跟随你！

0824. 下雪的日子——1982.12.20

洛杉矶连下两场雪，今年的冬天好像特别的冷，很奇怪，这几天脑海里总浮现家乡落基山纷纷扬扬的大雪，挥之不去，我已经很长一段时间没有顾念它的存在，自从母亲去世以后，我的思绪最多只落在西山那片树林，还有我家那座破烂的小屋，落基山，我已经模糊了你的踪影。

亲爱的，你还记得落基山的雪吗？哦，我想起来了，你曾背着我，一边吃你的玉米饼，一边听你讲故事，后来我睡觉了。

卡尔，生活的风雨磨灭了我们埋藏的激情，我很感慨，那个时候的感觉是多么的美妙，多么的甜美，我们永远回不去那种感觉了，现在的生活里好像少了什么，亲爱的，你觉得呢？

0825. 卡尔的发展计划——1983.01.15

你这个月来一直在琢磨葡萄酒庄的发展计划：如何把葡萄酒庄连锁发展，如何找更多的人来买你的产品，如何找更多产品来卖给原来的老顾客……你要把葡萄酒行开到全美各地，目标很宏伟，梦想很远大。

亲爱的，我知道你在放大你的梦想，我也明白不可思议的目标会创造不可思议的结果，可人生无常，到底有多少年的时间可以真正把握住呢？任何人都难保在寿命内完成预定的计划。我又想起了你七十年代牛排店连锁发展的事，每天清晨起床，深夜回家，选择地址、装修、挑选原料、培训、加工、宣传，你样样亲力亲为，疯狂工作，还好你及早卖掉了，不然我真担心你哪一天会垮了，坦白地讲，这不是我想要的生活。

卡尔，梦想有时是缥缈的，懂得享受生活才是实在的，最好的方法就是把握现在的优势，给他人创造成功的机会，假如有一天你帮助酒庄的伙伴都成功了，你将成长为一个巨人。

亲爱的，继续你的思考，相信你会找到一个更好的计划，实现你的梦想，过你想要的生活！

0826. 情人节的礼物——1983.02.14

早上还没有醒来，就闻到玫瑰的花香，九十九朵鲜红的玫瑰已经摆在床前梳妆台上，上面还有一张小小的卡片："亲爱的，今天让你过一个没有我的情人节，这样你会多想我一点，我会回来的。"

当我正在做晚餐的时候，你笑眯眯地回来了，一手拿着相机拍我生气的表情，一手捧着一堆关于欧洲的地理历史方面的书。原来你去中央图书馆查阅下一站旅游的目的地的资料，我还以为你去哪里约会去了。

亲爱的，我宁可不要你的玫瑰，我需要你在我的身边，看到你，我心里比什么都踏实！

0827. 放慢你的脚步——1983.02.28

在拉格尔村的时候，我们一直是走路，德里特镇你骑的是自行车，来加州贝克斯的时候开始骑摩托车，后来开福特小汽车，现在孙子迈克开的是跑车，许多人旅游或公务稍远一点的就是坐飞机，人类还在运用火箭做征服太空的梦想，我们的脚步越来越快，我们的物质越来越丰富，可我们大多数人却越来越忙碌，心灵越来越寂寞，我有时不禁要问："生活是什么呢？我们究竟需要怎样的生活呢？"

卡尔，除了你的葡萄酒，你好久没有好好坐下来煮一壶咖啡，闻一闻它的香气；或慢慢地喝着咖啡，坐下来读查尔斯·狄更斯的《大卫·科波菲尔》；或读着约翰·班扬的《天路历程》，一边品着美酒，一边欣赏那高悬的明月，在心里吟唱与明月有关的诗歌，在诗歌里回想我们爱情的味道。

亲爱的，人生短暂，在我们这个年龄，生活是用来品味的，不然生活就显得那么无聊或单调。如果出去旅游，我不希望是在赶路，从容地走过，在它们历史地理人文的脉络里，仔细地寻找我想要的东西或情感。卡尔，生活的色彩是自己添加的，人生的不同是自己创造的，放慢你的脚步，不要错乱了生存的意义！

0828. 布莱先生的骄傲——1983.03.12

踏上欧洲的第一站是爱尔兰，从这里开始了我们向往已久的欧洲之旅。

满头银发的爱尔兰人布莱先生开着自己的商务车接我们，一路上唱起了爱尔兰的经典民歌，让我们一踏上爱尔兰的土地就心情格外的舒畅。布莱先生还滔滔不绝地讲起了他的经历：以前是军人，后来在银行做安保顾问，一直到退休，回到家乡闲不住，做起了自由司机和导游。布莱先生说这样忙碌起来人才不会老，喜欢给各国的朋友介绍他的家乡，喜欢和朋友交流表达自己的思想，包括对世界的看法，尤其是说到他家乡的牧场，那骄傲的神情令人羡慕。

你很快跟他成了朋友，一路聊个不停，布莱先生一定要邀请你去他的农场做客。

亲爱的，你准备好退休了吗？退休后你准备做什么呢？我多么希望当你退休的时候，能够像布莱先生一样年轻快活，就像你在我心中永远年轻一样！

0829. 布莱先生的爱情——1983.03.15

布莱先生今天很自然地说起了他的太太丹妮——一个温顺美丽的女人。他说，第一次认识她是在朋友的聚会上，他喝醉了，是她把他送回去的，她那么瘦小如何抱住这个大个子走了三英里的路，让他不敢想象，第二天酒醒后去她家道歉，后来约会一年，有一次她去初次见面的地方，她站在高高的阶梯上等他，裙子在风中飘得特别的美，他大喊她的名字，跑过去抱着她旋转，然后一起倒在地上傻笑，他清楚地记得那天的每一个细节，这是他人生中最快乐的一天，看他神采飞扬的样子令我好感动。

亲爱的，还记得我们初次见面的地方吗？我可从来没有听到你在朋友面前说起我们的爱情来，像布莱先生今天那样很自然地说起了他和他太太的初恋，我好生嫉妒。

卡尔，你还记得我们初恋的感觉吗？我可永远忘不了！

0830. 寻找古堡里的爱情——1983.03.19

到英国一定要看古堡，不是因为它的雄伟，而是我认为每一个古堡应该都有一段绵长的爱情故事。三月的寒流里，解冰化雨，被魔鬼抢去的美丽公主禁崮在古堡冰凉的房间里，焦急地等待她的白马王子杀破重围前来救她，然后两个人过上幸福的生活……这童话般的故事自小一直萦绕在我的脑海里。

今天我们来到英国人自称世界上最美丽的利兹城堡，在这座爱德华一世的城堡里，我没有找到我期望的爱情故事，很是失望，难道只有传说中的美丽，我不禁有点怀疑王室的爱情只不过是童话。

你在惊叹一个人可以拥有这么大的一座建筑物，你永远都无法送一座这么大的城堡给我，你感兴趣的还有这么多房间如何管理，看来男人和女人对事物的兴趣永远存在差异。

亲爱的，我不需要你送城堡给我，假如这里没有我要的爱情，我宁可住在拉格尔村的草屋里！

0831. 法国式的幻想——1983.03.22

在英国的几天里，有一种规矩太多的感觉，一不小心让自己觉得没有礼貌，我总是想快点离开这里。去法国是我一直很向往的，不仅仅是它的时装、香水我很喜爱，在巴黎的街头，去寻找歌德式的爱情故事，我很期待在巴黎的街头看到那浪漫的一幕。

你呢？我知道你寻找的是你喜爱的葡萄酒，法国出产的葡萄酒你一直赞不绝口，事实上在你的酒庄里，从法国进口的葡萄酒卖得是最好的。法国的葡萄酒出口商奥理德先生已经向我们发了好几次邀请，看来这次非去不可。

早听说巴黎是浪漫之都，我早已在幻想那种感觉，是的，浪漫不仅需要培养，更需要有土壤——文化的土壤，爱情也会变得有温柔的味道，少些功利，多些可爱。

亲爱的，我不知道法兰西的风会带给我们怎样的浪漫，但愿能够让你浪漫起来，让我掉在我过去的幻想里，和你再浪漫一回！

0832. 塞纳河畔的浪漫——1983.03.23

凯希在机场接我们，一把抱住你，那亲热劲儿让我好生嫉妒，这么多年了，这小丫头一点都没改，两年不见，凯希丰满了许多，想必法兰西的风雨很滋润，凯希生活得不错。

巴黎的埃菲尔铁塔是必去的地方。香榭里大道上无数随性地拥抱的男女手拉手悠然地走过，令我感觉巴黎是个谈恋爱的好地方。塞纳河畔的风光让人流连，公园草地上的人们带着红酒与食物在野餐，随意看书、踢球。那椅子上旁若无人亲吻的情侣，巴黎不愧是浪漫之都，连那路边酒吧装修的情调都充满了诱惑，我不禁怀疑自己是不是生错了地方，下辈子一定来到这里。

你的相机闪个不停，自从爱上摄影，每到一地旅游，我已经成了你的摆设了，每次相片出来兴奋得像个小孩，一脸的喜悦。

亲爱的，不知道你在欣赏巴黎的美景，还是在感受它的浪漫，我好想跟你再谈一次恋爱，在香榭里，在塞纳河畔，一百年太短，一万年太长，其实，在这里，能够和你拥抱一次已经足够！

0833. 巴黎的日本女人——1983.03.26

法国的餐馆很干净整洁，酒吧很多，这里的人们很随意地坐在临街的桌子旁，喝着啤酒或咖啡，懒洋洋地晒太阳，看街边的风景，空气很好，比洛杉矶的街头写意多了。一打听服务我们的姑娘是日本人，说着标准的英语和我们交谈，要不是那黑眼睛和那日本人特有的殷勤，我根本看不出她是日本人，和洛杉矶的日本女人相比，杉菜子含蓄多了，妆化得很美，听说我们还没有去过日本，她迫不及待地把她在名古屋的家的地址电话写给我们，说去日本一定要去她的家住住，那里有满山满山好看的樱花。

“在这里生活得怎么样呢？”我试探着问她，杉菜子点了点头，然后又摇了摇头，我一头雾水。

“来巴黎前听说这里很浪漫，我放弃了学业来巴黎旅游，在香榭里大道旁的一个咖啡厅遇见一个法国人，他带我游遍了巴黎，然后我就嫁给了他，其实我就像戴在那些男人手上的珠宝一样，炫耀一下他们自己，在这里活得没有自我，一点都不浪漫。”杉菜子的话语让我有点惊讶。

亲爱的，人很多时候生活在一种想象里，或一种理想中，真实如何，只有经历过或生活在其中，才能品味其中的滋味。就像别人看起来美满的家庭，不一定美满一样，别人的婚姻怎样并不重要，重要的是我们的感觉，我现在的感觉很好，卡尔，你呢？

0834. 巴黎情人村——1983.03.28

法国人向来张扬，但唯有情人城例外，法国唯一一个以圣瓦伦丁命名的小城镇——巴黎郊外著名的情人城，来到这里确实有别样的感受。

据说从 1965 年开始，圣瓦伦丁村就正式组织情人节庆祝活动了：对订婚情人的服务、做弥撒、祝福、舞会、幸运抽奖和各种游戏，还有法国一种古老的传统情人节火把活动，即人们举着燃烧的麦秆绕葡萄田一圈。每一年节日来临之前的数周里面，当地的居民用无穷无尽的鲜花把整个城镇点缀得五彩缤纷。在临近 2 月 14 日情人节的最后一个周末，整个圣瓦伦丁村热闹非凡，处处洋溢着爱的甜蜜与温馨，情人们从世界各地赶来，在这里举办结婚仪式，在当地特有的结婚证明书上签上自己的名字，接受这个古老村庄的祝福。

圣瓦伦丁为来自世界各地的新人准备了一份非常特殊的结婚证明书。新人们可以在这份证明书上签上自己的名字，贴上婚礼当日的照片，在圣瓦伦丁市市政府珍藏数个世纪，并得到一生的祝福。来年要结婚的情侣和来庆祝金婚、银婚、钻石婚的夫妇们是这里最受欢迎的。

圣瓦伦丁村的邮局和商店是最值得光顾的地方。在邮局，准新郎新娘们可以用特制的“两颗心”邮戳给他们的宾客们发出婚礼的邀请，在举行庆祝活动的当天，这种有纪念意义的明信片、火花和邮票会在政府特殊设立的临时邮局里销售，不过很快就会被抢购一空。

可惜我们来晚了一个月，不过我们还是在纪念品商店里买到了浓浓的爱意礼品。许多像我们一样错过了季节的世界各地的年轻人，在街道的很多角落传递私语。在离开村庄的路上，迎面碰到的是一对上了年纪的老人，两位老人手拉着手，老太太手里抱一束鲜艳的玫瑰，脸上洋溢着幸福的微笑，脚步是那样的轻快，从背影完全看不出来是一对上了年纪的老人，我不由得投去羡慕的眼光，此时的我好想你送一束玫瑰花给我。

亲爱的，我还想在这里多留一会儿，或许我明年的二月还会再来，我可不想错过这浪漫的季节，在这里的邮局给你发一封情书，邀请你来做客，然后在“结婚证明书”上签上我们的名字，卡尔，你愿意陪我再来一次吗？

0835. 怀念起故乡的麦田——1983.3.29

看着照片里法式的农庄和田园，很有诗意，我突然怀念起故乡的麦田和棉花地。那是成片成片的，背靠葱郁的西山，比起法国的农庄大多了，多年来对它没有什么感觉，此时此刻却别有一番失落的味道，我忍不住问你“家乡的麦田你有什么感觉？”

“清新，舒服，饱满。”你一口气吐出这几个词。

我怎么没有那样的感觉，大概是没有下过几次麦田，对这片泥土没什么感情，我努力地搜集少年时期脑海里的印象，却怎么也勾不起那种记忆。

亲爱的，你原来对家乡的泥土一往情深，很惭愧，离开家乡三十二年的光景里，我的思绪很少回望故乡的田野，然而这异国他乡田园却让我格外的亲切。

卡尔，回到我们美国，我想陪你一起回家乡看看！

0836. 法国波尔多——1983.04.02

法国波尔多，是你向往的地方，听说那里是葡萄酒的故乡，是一个生在味蕾上的城市，波尔多人是泡在葡萄酒里长大的。你最近热衷研究葡萄酒的历史，你的酒庄里收藏了好几百瓶来自法国的葡萄酒，每有朋友或客人来酒庄，你首先饶有兴趣地津津乐道一段这酒的历史，然后慢慢地品尝，其中滋味很是享受，我很欣赏你品酒那陶醉的样子。

波尔多不愧是葡萄酒的故乡，大大小小的酒庄几千个，有著名的拉菲、拉图、玛歌、奥比昂、白马等等。波尔多以出产红葡萄酒为主，口感柔顺细雅，极具女性的柔媚气质，因而有“法国葡萄酒王后”的称号。

你细细地品味这里的酒，看你复杂的表情，有点舍不得走，顺便买了几箱托人邮寄回美国。

亲爱的，葡萄酒成了你的情人似的，爱不释手，有时我好想变成你手中的葡萄酒，让你慢慢品尝！

0837. 有形和无形的墙——1983.04.05

入住西柏林的时候已是晚上，电视里正在播放一个男青年从东柏林游泳进入西柏林的时候被射杀的画面。西德的朋友告诉我们，自 1961 年建造柏林墙以来，这种逃亡的事情每天都在发生，朋友还告诉我们一个悲伤的故事：有两个年轻人在柏林墙建立之前就已经相爱了，男的来自东柏林，女的来自西柏林，一开始还可以通过铁丝网看见对方，后来他们之间立了一道高高的水泥墙，几年过去了，他们还是不能相见，后来那男的挖地道，就在地道口相见要拥抱的那一刻，他们被枪杀了，枪声来自自己的同胞，地上散落的是鲜血染红的白玫瑰。

两个人相爱本来就是一件不容易的事情，人为的一道墙却阻隔在中间，还为此失去生命，这不能不说是这个国家的悲哀，也是我们人类的悲哀，这是横隔在人心中的一堵墙，我相信它阻挡不了人们追求和平和爱情的渴望，一定会倒塌。

我想起了约翰·肯尼迪总统的话："世界上的围墙都是防止外面的人闯进来的，只有一种围墙是防止里面的人出去的，那是什么？那就是监狱的围墙！"

亲爱的，明天就离开这里，我不想在这个城市久留，因为这道墙堵在我心里！

0838. 有个性的城市——1983.04.08

今天我们如约来到法兰克福，你的德国朋友默多理已经在车站等候，德国人什么都要事先约好，否则他可能已经安排了派对无法接待你，默多理请我们喝啤酒，正宗的慕尼黑啤酒。

法兰克福的街头有很多行乞的表演者，他们穿得并不破烂，可以说是干净整齐，对待游客非常热情，但不会像向墨西哥行乞者那样的缠着你，他们用彩色的粉笔在地上画经典的油画作品，或扮成雕像，或演奏乐器，与周围古老的建筑，路边的咖啡馆融为一体，让这个城市陡然充满了艺术气氛，我驻足停留了一会儿，感受那一刻的不一样。

听朋友说有一对上了年纪的夫妇，他们每天行乞讨到自定的数额，不论形式多好，时间多早，也会收工去享受生活，一个有文化的城市连行乞都那么有艺术和个性，我想这也是一种生活的态度。

亲爱的，你喜欢这里吗？有文化和艺术的个性城市，我就算是行乞也要来到这里！

0839. 丹麦是必须去的——1983.04.10

丹麦是必须去的，安徒生的童话牵引着我直奔哥本哈根，这是一座独特的城市，糖果样的屋子，满街的桦树，在阳光的照耀下，红墙褐瓦的斑斓碎影，随风飘散。这种风情在大街小巷到处都是，似乎住在童话般的世界里。在其他欧洲的城市里找不到这种感觉，在安徒生的故居里，我似乎找到了这个童话般的城市的根源。

你感兴趣的是美人鱼雕像、腓特烈教堂、国会大厦等雄伟的建筑，男人对细微的角落是不怎么触摸的。

亲爱的，小国自有小国的情趣，没有我们美国那么复杂，没有政治纷争，没有战争的滋扰，一切简简单单，其实这就是我要的生活。如果住在这个童话般的国度里和你谈情说爱，我想一定是很纯真有趣的事情，卡尔，好想生活在这样的城市里，和你永远保持那一颗童心，我们的爱情将会永远不老！

0840. 尼特先生的婚姻——1983.05.13

一向穷困潦倒的尼特先生今年六十三岁了，因为他的一本小说改编成电影，突然有了大把的收入，身边的美女也多了起来，整天泡在外面不回家，结发的妻子安尼卡在他穷困时没有说过他半句，期望有一天跟着他过上好日子，现在却要面临婚姻的危机，看来金钱的魔力永远是个话题。

一个女人在年轻的时候要离婚，离就离了，还有很多的机会，如果老了，要选择的资本少得可怜，想不到他的妻子安尼卡毫不犹豫地离了，震惊之余我很佩服她的勇敢。

亲爱的，假如是我，不一定能够做得到她的勇敢，但如果到老的时候要委曲求全地活着，还不如一个人有尊严地活着，卡尔，你说呢？

0841. 问题出现在哪里？——1983.06.15

这个年代富裕的是社会的物质，精神的文明不一定跟随而来，可以看到：我们消耗地很多，享受到的却很少；我们有了更多的药品，健康状况却不尽如人意；我们拥有的财富倍增，但其价值却减少了；我们可以征服天空，却征服不了我们的内心；我们的收入增加了，我们的道德却少了；我们的时代自由了，而我们拥有的快乐时光越来越少了；今天我们拥有了更高的楼宇及更宽阔的高速公路，但我们的心情更为急躁，眼光也更加狭隘；我们有了更多的食品供应，但我们得到的营养却越来越少了……我不禁要问："这个社会的问题出现在哪里呢？"

你说这是政治家的问题，或是社会学家的问题，与我们无关。

我认为这样的认知是不对的，道德和文化建设与我们息息相关，生活在这样的社会环境里，没有一个人可以说我没有看到，我没有听到，除非他把自己隔离起来。亲爱的，每个时代的人都有他的义务和责任，习惯或麻木，你将错过做一个好公民的职责，尽管你做的那一点点不一定能够改变他人，但你必须去做！

0842. 人活的是一种态度——1983.07.10

我经常坐在书桌前静静地想："生活是为了什么呢？怎样的生活是我们所需要的？"

我知道生命是一场为了终极目标而不断前行的船只，远方的岛屿、半途的渡口、理想的彼岸，蕴藏着许多诱惑。人就像大海中一只船，一不小心就碰礁了。我们的朋友高斯先生是这样，库克先生也一样，他们像是一只被自己的欲望劫持的船，只顾及实现目标的可能性，每天在欲望中挣扎拼搏，而全然忽略了岸边绿柳扶风的雅致，飞鸟云朵的曼妙，远山叠嶂的磅礴。

沿途的风光，山水与村镇相连，交错呈现悸动的风景，可以看见白雪覆盖的原始森林，自然扑面而来，有时泡在温泉里闭目养神，仿佛听到雪花落入林间清泉之上，这个时候，忘记世间纷争，闹市的喧嚣被洗得不见踪影，这一刻，心灵是无比的安逸。

亲爱的，人看到的是风情，人活的是态度，真正的清净是你的内心世界，最美的山水也在自己心里，而不在身外。卡尔，也只有和你在一起，人文地理的交流，途说故事的分享，旅途是愉快的，心灵是纯净的！

0843. 易变的爱情——1983.07.21

诗友茱莉亚离婚了，原因是双方都觉得没有了激情，没有共同语言，然后各自在自己的圈子里找到了另外一半，离婚后有时还聚在一起，五十多岁的人了还在玩这种游戏，我真佩服他们的勇气。她的一个女儿是一家大公司的高级主管，选择单身，三十三岁了还不愿意结婚，另一个学习艺术的漂亮小女儿在普林斯顿大学毕业后，干脆把自己标价出售，不是千万富豪别问。

婚姻中最重要的是爱情，而爱情是易变的，婚姻制度现在已经成为一种经济制度，婚姻关系随之脆弱，越来越多的爱情变成了一种交易，这可能是我们拥有越来越精致的住房，却有了更多离婚的家庭的原因。另一方面经济发达，国民的教育程度更高，现代社会尊崇个人价值，个人条件越来越好，不需要通过婚姻来自我实现，结果选择单身的人越来越多，爱情变成一种游戏或奢侈的东西，但毁灭爱情的，往往也是自己。

亲爱的，我有时不得不怀疑爱情的持久，但如果当爱情用物质来衡量的时候，爱情已经远去了，卡尔，不管别人如何看待他们的爱情或婚姻，我相信自始至终的爱情是值得期待的，我对你的爱永远不变！

0844. 拜访我们的邻居——1983.08.26

我们的邻居基里其太太我几乎每天都见到她一次，打个招呼转身就不见了，淡淡的笑容后面有一种奇怪的感觉一直困扰着我。我们朋友众多，社区的朋友却不多，和邻居来往的更少，我不知道是他们在防着我们，还是我们在防着他们。

我们可以往返月球，却很难迈出第一步去亲近我们的左邻右舍，当我把这种感觉告诉你的时候，你哈哈大笑："近距离产生防备"。

不对，距离的产生那是因为相互不了解，我们每个人都希望了解对方，我们每个人都希望和睦相处，我们每个人都害怕孤独，我们每个人都渴望得到别人的关爱，我们每个人都希望分享自己的快乐甚至痛苦，没有理由每天见面的邻居不可以成为好朋友。

亲爱的，我已经准备好礼物，我们主动去拜访我们的邻居，明天就开始，不管他们接受还是不接受，我们做我们的，你说呢？

0845. 拯救道德——1983.09.10

篮球、足球、棒球等职业体育运动蓬勃发展，年轻人崇拜的对象发生了根本的变化，明星的光环吸引他们的眼光，商业和金钱的游戏占满了他们的大脑。性行为泛滥，十来岁少女怀孕，单亲家庭日增，离婚率上升，暴力犯罪率居高不下，吸毒成风，色情和暴力充斥于传媒，还有许多人依靠辛劳工作纳税人提供的福利不劳而获。似乎除了明显的犯罪以外，一切形式的信念和行为都是可以容忍的，我们美国的社会道德败坏问题变得日益严重了。

我们的基督教会关心最多的是政治，以洛杉矶为基地的“基督教之声”，是福音派教徒组成的一个政治组织，在西部和西南部的影响日益扩大，参加并影响立法机构选举的投票，与政府之间实际上形成了难解难分的伙伴关系。

宗教组织关心更多的是精干政府、霸权地位、商业自由，我关心的是基督教传统的道德价值观，没有道德的基础，就不可能有和谐的社会关系。

亲爱的，我关心的事情是不是太多了，可这些每天发生的事情又无时不在影响着我们的生活，刺激着我们的神经，年轻一代是我们美国核心价值的传承者，我没法沉默，因为我热爱我的国家！

0846. 卡尔在行动——1983.10.05

有识之士在大声疾呼道德的重建，电视台也开始在讨论这个问题。

我认为我们的宗教组织除了政治参与的热情，更应该把拿更多的精力去参与社会服务，在公共生活中发挥更大作用，对付美国社会道德败坏现象需要有更多的解毒剂。

你上周加入了“道德多数派”基金会，这个组织试图通过对话各级地方政府的政策，去影响人们日常生活中的传统道德和价值观念，是一个很好的尝试。

亲爱的，加入这样一个组织我并不反对，但你不要忘记你去的目的，是为了帮助他人更好地维护传统道德和价值观念，在这个过程中去锻炼你的社会适应能力，从不同的角度去了解社会的组成结构，更清楚地看到自己所在的位置和社会状况，但你不要去参与政治的辩论和斗争，这是我对你的忠告，这也是一种守护你自己道德的底线，不是出于恐惧，而是为了我们的安宁！

0847.K∧&MaR礼服的梦想——1983.10.20

K∧&MaR礼服的发展顺利的超出了我的想象，每天门庭若市，甚至有男明星马丁·西恩、汤姆·塞立克和女明星黛安·基顿、萨莉·菲尔德、还有杰西卡·兰格经常光顾我的店面。

有朋友建议我扩张门市，在专家的策划下，我决定将 K ∧ &MaR 礼服店扩大到加州的主要城市，以加盟为主，自己不参与任何形式的经营。我做梦也没有想过我要成为一家礼服连锁店的老板，并且拥有自己的品牌“K ∧ &MaR”，当初开这家礼服店也只是一时心血来潮，满足一下自己的爱好而已。

接下来最要紧的事情是组建一个设计团队，让更多的人穿上我们精心设计的 K ∧ &MaR 礼服，我们将致力于让 K ∧ &MaR 成为礼服行业的专家。

亲爱的，谢谢你这一年多对我的支持，让我有更多的时间打理我的礼服，我知道 K ∧ &MaR 礼服的成功有你一半的功劳！

0848.《母女情深》——1983.11.02

电影《母女情深》讲述孀居的中年妇女奥罗拉·格林威溺爱女儿艾玛，但又有些主观、专横，对女儿的事干涉过多。女儿渴望过独立生活，与英语教师汤姆斯·霍顿结婚后，搬到另一个城市居住。后来，奥罗拉与住在隔壁的退休宇航员加勒特·布列德洛弗产生了感情，身心变得年轻起来，可以和女儿像姐妹一样互相沟通，但不久女儿被癌症夺去了生命……故事令人感动。

此刻我又想起我们的女儿凯希和莎米，她们从小就知道独立生活，现在又远离我们在异国他乡，每次只能在电话里都听到她们开心的笑声和好消息。我知道她们也有委屈难过的时候，尤其是莎米，童年的苦难，长大后一直没有见到过她亲生的爸爸妈妈，就这样埋头在她的学习和工作里，我知道她的心里一定很苦。

亲爱的，我是不是对她们关心太少了，不管她们有多大了，在我们的眼里，孩子永远是孩子，在孩子的眼里，我们永远是他们的后盾和脊梁！

0849.淡定从容的卡尔——1983.12.29

亲爱的，在这深冬的夜晚，我的思绪又回到从前，从拉格尔村走出来，到德里特小镇，再到贝克斯城，最后到洛杉矶，一路走来，你的付出与劳动，你的痛苦与欢乐，你的成长到成熟我都历历在目，像电影一样清晰，我无法忘记，也难以忘怀。

回首过去，我们不过在梦里做了一场春去秋来的跋涉。是的，世间百态，我们都亲自品尝过，才知其真正的味道，漫漫长路，我们都亲身经历，才知晓它的长度与距离，让我欣慰的是我们的感情没有变，而且更加的深厚。

过去的年华，无论多么深晓人世间的事情，许多人依旧无法做到淡定从容，而今天我看到了一个从容淡定的你，卡尔，我真的为你高兴，我们的青春已逝，不敢再挥霍光阴，但我们的心未老，依然可以浪漫。

亲爱的，再过两天又是新的一年，我期待在新的一年你更加的年轻，更加的疼爱我！

0850. 生活就是在付出中得到——1984.01.10

外面依然寒冷，我要你把我们多余的衣服，几床新的棉被送到“流浪者之家”去，我特意多买了几袋牛肉汉堡，带了一箱葡萄酒过去让他们尝尝，我知道，这个新年他们可能还没有吃一顿可口的食物，你有点舍不得的样子。

卡尔，不要心疼你的美酒，你已经坚持做了这么多年，再多做一点点并不难。你手中的这些东西对于今天的你来说不是很困难的事情，如果再加一句温暖的话，一个鼓励的眼神，带给他们的不只是希望，最重要的是你自己随心随力，没有烦恼，不在乎别人说什么，也不需要向别人证明什么，心中明亮，轻松自在，这是一种忘我的精神。

亲爱的，人生收获的季节，除了常记他人的苦难，忘我的精神之外，还应该有一间屋子，放置你的一切欲望，欲望有时像猛兽，左冲右突，扰乱你的思维，你已经没有再失败的本钱；当然也应该有一座后花园，忘记过去所有的疲惫与悲伤，坐看清风明月，行云流水，用感恩的心，去享用你人生的成果，用智慧的双眼，去欣赏人生的美丽。

卡尔，生活就是在你的付出中得到，在欲望中失去，上帝是这样告诉我的，我深信不疑！

0851. 情人节的礼物——1984.02.14

今天很意外收到法国圣瓦伦丁村的邮局寄来的一个小包裹，我开始还以为是凯希寄给我的，拆开一看，里面是一瓶法国 DIOR 香水和一张你签名的明信片，上面有特制的“两颗心”邮戳，落款日期竟然是去年的 3 月 28 日。

亲爱的，我虽然没有忘记法国的情人之都——圣瓦伦丁村，我的脑海里还不时浮现那里的浪漫与温馨，但我没有想到你会用这种方式给我惊喜，尽管我今年没有再次去圣瓦伦丁村，我不觉得遗憾。

卡尔，谢谢你的礼物！

0852. 大声说出你的爱——1984.02.25

马里兰州海港城市巴尔的摩市中心一座窄小的双层砖房，是美国诗人埃德加·爱·伦坡的故居，今天的诗友会会场就设在这里，这次的主题是“大声说出你的爱”。

诗友杜丽斯大声说：“如果今天让我再一次见到你，我一定大声说出‘我爱你’，而不是傻傻地认为你知道。”

诗友史迪威高声朗诵：“如果我知道今天是最后一次看到你离开家门口，我一定会紧紧拥抱你并说出‘我永远爱你’。”

诗友克里特举着他女朋友的相片用哭泣的声音告诉在场的所有人：“如果你见到这个人，请她无论如何回到我的身边，我再也不会让她离开，我会疼爱她一辈子。”

年过半百的卡里森先生在呼喊："亲爱的，我的灵魂已经沉睡，只有你的爱才能唤醒。"

热烈的气氛让瞻仰凭吊故居的游人也参与进来，认识的与不认识的朋友热泪盈眶，诗友会在依依不舍的拥抱中结束。

傍晚的时候我和你在附近的市场品尝当地特产——味美汁鲜的切萨皮克湾海蟹和牡蛎，之后来到巴尔的摩市东南的麦克亨利堡要塞中央，高高的旗杆上，星条旗在夕阳的余晖里飘扬，我和你激情满怀地唱起《星条旗永不落》，是的，我要大声说：美国，我爱你；马里兰州，我爱你；诗友们，我爱你，卡尔，我爱你！

0853. 结婚四十周年——1984.03.23

亲爱的卡尔，感谢你这四十年的陪伴，一路走来，我觉得很幸福。四十年来你一路爱护我，疼惜我，尤其在我发脾气的时候，你从来不和我吵架，你总是一声不吭坐在一旁默默抽烟，然后等我发完脾气再给我道歉，有时候，尽管我知道自己错了，我的任性让我还是忍不住怪罪你，亲爱的，难为你了。

卡尔，你从过去五年我写给你的信里，应该可以看到一个充满喜悦的我，我也看到了一个更加成熟充满温情的你，我的承诺和你的梦想在一一实现，我是自豪的，你是骄傲的。

亲爱的，你说你喜欢读我写的信，说我越来越有思想了，是一种享受，是一种鼓励，我认为是你让我改变了自己，我学会了思考，与你一起进步，这不能不说是你的功劳，现在我非常愿意接受你的提议，看信的约定从过去的五年一次改成一年一次，我们每年的今天一起看我们过去一年的所思所想。

卡尔，我最亲爱的人，这一辈子我对你没有什么奢望，我只希望你我身体健康，我能够陪伴你走好今后的路，一路有我有你不变的感情，传递我们彼此的温暖！

0854. 任何事情都躲不过自己的良心——1984.04.17

电影《美国往事》的故事发生在二十年代的美国，绰号"面条"的纽约少年认识了聪明狡黠的麦克斯，他们从事走私活动，在一场械斗中杀伤人命被关进监牢。若干年后"面条"被释放出狱，当年的伙伴们在麦克斯的带领下重操旧业，开始了一系列的盗窃、敲诈活动，在抢劫美国联邦储备银行的行动中，"面条"偷偷报警，伙伴们全部被杀。"面条"在极端的悔恨与痛苦之下，离开了自己生长的地方，离开了心爱的姑娘远走他乡。几十年后，几近垂暮的"面条"潦倒回乡，意外发现当年的一切原来都是麦克斯的精心策划，他借"面条"和警察之手除去伙伴，自己则金蝉脱壳，吞没了巨款，改头换面跻身政界，成为上层社会的名流，最后麦克斯在走投无路之下自杀……

你似乎很喜欢这样的故事片，坦白的地讲我不太喜欢，不过我倒很欣赏"面条"的勇气。是的，人最终会面对他自己的人生审判，任何事情都躲不过良心，任何幻想也没有办法赎回自己的罪孽。

亲爱的，我不知道你过去有没有违背良心的事情，如果有，赶紧忏悔，上帝会原谅你的，坦诚地面对一切，我一样的爱你！

0855. 超越这无形的墙——1984.04.24

今天里根总统访问中国，报纸和电视上都在兴奋地报道这个消息，我想这应该是今年来最好的消息。五年前美中两国打开了一户窗，门仍然没有完全打开，多年来意识形态的隔离，让我们完全不认识一个真实的中国。我知道在这个地球上还有很多人被这样人为的隔离，有些人无法与亲人相见，有些人身陷囹圄，隔离他们的不仅仅是墙，还有其他许多看不见的东西，在无形地刺痛着人们敏感的神经，包括两国人民向往交流的情感，我们没有理由对一个五千的文明大国置之不理。

我不懂政治，我只知道非洲刚果的妇女生活在恐惧当中，卢旺达的儿童还处在饥饿中，津巴布韦的人们流着眼泪在哭泣，我们地球的环境污染日益严重，两个大国可以携手做很多的事情，让处在干旱饥饿中的人民不必忍受无尽头的痛苦。

亲爱的，一定要善待来酒庄的中国客人和伙伴，让我们的酒庄成为美中青年友谊的桥梁，我期待在不远的将来，中国的小伙子和姑娘们带着我们加州出色的葡萄酒远渡重洋出现在中国的餐桌上，在品尝美味佳酿的同时，人们相互传递着合作的愉快！

0856. 卡尔的品酒会——1984.05.01

你酒庄里的年份酒越来越多，你上个月决定把那些珍藏的好酒挑出来放到一间专门的房间里，定期邀请一些朋友来酒庄里聚会品酒。这是个好主意，不仅可以联络一下老朋友的感情，还可以结识新的朋友，顺便宣传一下酒庄里的藏酒。

今天是你第一次举办这样的聚会，重新装修的房间很有意大利风格，我们的老朋友拉德先生虽然同住一个城市，应该有两年没有见面了，特别是库克先生放下他的生意从奥克兰赶过来，我们真是感动。来的老朋友对你的主意赞不绝口，他们决定每个月带他们所认识的朋友来参加你的酒会，除了道谢之外，你的骄傲溢于言表。

亲爱的，朋友是要经常联系，尤其通过一些健康的活动经常聚会是不错的选择，否则感情会慢慢疏远，人生难得有几个好朋友，即使喝醉了也无妨，卡尔，我非常赞同你的品酒会，你越来越了不起！

0857. 酒庄里来了位中国姑娘——1984.05.16

酒庄里来了位中国姑娘兰，兰有一双好看的黑眼睛，大大的，水样的感觉，长得很有灵气，一点都不害羞，很大方有礼貌，比我们的报纸和电视里说的形象好很多，看来我们的意识形态对这个遥远的东方国家有偏见，不知道为什么，我对中国的姑娘一见到就格外的喜欢。

兰来自北京，毕业于当地一所著名的大学，姑娘告诉我，她的大学同学几乎都来美国了，她是最后一个，在中国的时候原准备结婚了，男朋友是她的大学同学，两人谈了三年恋爱，毕业后男朋友去了一家大公司工作，不希望她来美国，她犹豫了好几个月，最后婚没有结成，来了美国，说完她低着头，眼睛有点红红的。

“后悔了吗？”我关切地问。

“没有，我并没有感到后悔，我在这里找到了自由。”兰抬起她的头告诉我。

“是自由吗？”我以为我听错了，自由在我们的国家像呼吸的空气一样。

“对，是自由。”姑娘重复了两遍，我有点听不太明白。

亲爱的，你自由吗？你会为了自由放弃你的爱情吗？我不太理解兰说的自由到底是什么含义，卡尔，如果是我，我会选择爱情，选择和你在一起！

0858. 财富在增长——1984.05.20

我们眼前是看得见的繁荣与富足，同时挥霍与浪费并行，现在的人们过分地强调金钱，过分地强调个人的权利，我认为这不是一个好的现象。

事实上，我们的文化里就具有一种强烈金钱观念及个体的选择意识，从日常商品到今后的职业，从生活方式到政党政客，金钱支配着人们的行为方式。个人的选择往往被视为天经地义的事情，而个人的选择首先是物质上无限满足，精神上自由主义的膨胀，让我们这个社会无法主导他们的思想，甚至任何一件事情的决定从基层到国会，整天吵吵嚷嚷，效率和公平不一定得到彰显。

我发现优越的物质条件使大多数年轻人失去创业的梦想和激情，年轻人面对挫折和失败的承受能力越来越差，他们一有牢骚马上就发泄给这个社会，所有的责任都是他人的，与自己无关。怪不得许多的社会学家在大声疾呼“回到你的家庭，回到你的宗教，回到你的大学”。

亲爱的，我们的物质财富也在不断增长，你热爱我们的家庭，热爱我们的宗教，喜爱我们的朋友，这是我所期望的，我知道物质财富的拥有是暂时的，精神财富的拥有是永久的，就像我们的感情任何人都无法剥夺，我们的爱任何人都无法取代！

0859. 保持你适当的低姿态——1984.06.01

圣地亚哥的布里斯先生这几年一直是你酒庄的大客户，每年我和你都会亲自去他家拜访两次，他总会抽时间出来陪我们吃一顿简单的午餐，聊一聊我们的经营状况。他的公司现在已经发展成一家跨国集团公司，他几乎不接受外界的采访，在他公司的所有宣传资料上也看不到他的名字。他深居简出，除了旅游就是在世界各地做慈善工作，来加州三十多年的时间里，我很少见到像布里斯先生这么亲和又低调的人。

卡尔，我们应该向布里斯先生学习，在生活中保持适当的低姿态，这绝不是懦弱和畏缩的表现，而是一种聪明的处世之道，是人生的大智慧和境界，很多时候，低下头就能看见美丽，对于有智慧的人来说，伤害和快乐，物质和财富，像天边飘过的浮云，内心像蓝天一样清净。

亲爱的，在顺境中把握当下是一种功夫，放下你暂时成功所带来的自满和自负，保持适当的低姿态，你人生绽放的光芒会更加灿烂！

0860. 财富不是你唯一的目标——1984.06.08

做地产生意的朋友默多特先生破产了，听说主要原因是吸毒和赌钱，前段时间还因抢了一个士多店被送进了监狱，要不是上周在街头碰到他的妻子比娅丽，我简直不敢相信这是事实。现在他妻离子散，你和默多特先生认识十几年了，一直把他当榜样，你在一旁不断地摇头为他叹息。

是的，亿万富豪不一定过得很好，贫穷的人也未必不幸福。有些人把财富当成他们生活追求的唯一目标，然后开始热衷于搞派对，吸毒，玩赌钱的游戏，不再关心家庭和孩子的教育，根本原因是他们没有坚持自己的信仰，没有更好的理想，生命的灯就这样灭了，很可惜。

亲爱的，财富不是你唯一的目标，十年前我就不断地提醒你，今天你应该庆幸自己还可以很自信地立足在这个世界，卡尔，我很满意你现在的表现，保持你的本色，继续加油！

0861. 我的财富——1984.06.16

我书房的书架上、书桌上、座位上，甚至地板上到处都是书，我很喜欢这种感觉。简·奥斯丁的小说：《理智与情感》《劝导》《曼斯菲尔德庄园》《爱玛》中，我认为《傲慢与偏见》最棒。夏洛特《简·爱》也不错，还有艾米莉《呼啸山庄》，安妮《阿格尼丝·格雷》。我很喜欢莎士比亚的《罗密欧与朱丽叶》，至于《暴风雨》，《仲夏之夜》《皆大欢喜》《无事生非》《终成眷属》和《第十二夜》等等我都已看过。莎士比亚确实是一个天才，想必他也是一个爱情大师。薄伽丘的《十日谈》中的很多故事都涉及爱情，如此许多，我闭着眼睛都能够想起我很多的藏书的内容来。

你每次进入书房时小心翼翼的，生怕弄坏了我的宝贝，把我随手看完的书擦得干干净净，然后整齐地放在书架上。

亲爱的，这些书是我宝贵的精神财富，我的很多思想来自它们，我把其中好多有趣味的东西都应用在你我身上，卡尔，你已经不再是拉格尔那个小山村里走出来的小伙子了，你现在是一个成熟充满睿智的男人，你才是我最大的财富！

0862. 卡尔的运动计划——1984.07.06

卡尔，你的肚腩越来越大，这样下去不行，我要给你制定运动计划：早上沿海岸线跑一圈 10 英里，中午休息后在家里的跑步机上跑 5 英里，晚上再去跳舞一个小时。

亲爱的，我们还有很多梦想没有完成，这个世界有很多地方我们还没有去，甚至我们自己国家里还有好多美景都没来得及欣赏。卡尔，你没有很好的身体恐怕吃不消，我们一定要在有生之年尽情享受上帝赐予我们的一切，财富是身外之物，多抽点时间出来锻炼身体，身体才是自己的。

卡尔，我陪你一起运动，我一定要看到你的肚腩消失在我面前！

0863. 真正的力量来自你的内心——1984.07.15

明天是你在加州的高中同学聚会，一个月前你就惦记着，你正在为如何搭配你的礼服发愁，尽管为你定制的“K ∧ &MaR”礼服有很多套。

我不明白现在的聚会怎么那么多，前段时间德里特中学的同学打来电话要我回家乡参加初中同学的聚会，还有贝克斯城的好朋友格蕾丝邀请我们参加她的家庭舞会。

现在很多人的自信来自他们的职位或财富，然后在他们的聚会上炫耀，骄傲之情溢于言表，有意无意地表现出某种傲慢与偏见，说真的，我越来越不喜欢参加这样的聚会。

亲爱的，你去参加聚会我是赞成的，毕竟我们不能脱离这个生活的群体，但你没有必要刻意去表现什么东西，也没有必要隐瞒什么，真正的力量不是来自那些外在的东西，而是你内心的。

卡尔，你更不需要去显示你的财富，坦诚面对他们，你不仅拥有健康的身体，还有爱你妻子和孩子，这两点足够你自信地面对一切！

0864. 迷人的奥斯汀市——1986.07.24

这次的诗友会设在奥斯汀市，很早就听说这里是一个非常有特色的城市，作为德克萨斯州首府以其繁荣的商业社区，优美的自然风光，交错的河流，风格迥异的运动队，令人难以置信的多样化户外活动和现场音乐而著称，没有任何其他城市能够像奥斯汀这样将大都市的娱乐，饮食和文化与闲散的小镇风情结合得这么完美，今天相遇真是百闻不如一见。

接连几个晚上我和你在历史悠久的第六街欣赏聆听爵士、布鲁斯、乡村音乐还有摇滚，当然芭蕾、歌剧和戏剧也不容错过。兴奋之余我们还观看了德州大学的橄榄球比赛和蝙蝠队的冰球赛，相当有吸引力。这里的居民们自豪地宣称：“就生活质量而言，奥斯汀市是无可比拟的。”

是的，城市不光是要有漂亮的建筑，还要有丰富的内涵，奥斯汀市有更多选择，可以尽情享受的滋味确实令人舒服，原来城市生活可以更美的。相反洛杉矶的商业气息太浓，金钱观念太强，人性在金钱的扭曲下变得有点残酷，是一个以金钱论成败的城市。

亲爱的，重新选择居住的城市好像是不太可能，那么我们漫步在它的大街小巷，为这里的歌声多停留几日！

0865. 为歌声停留——1986.07.26

在奥斯汀市街头一个小广场，来来往往的人群中，突然听到抑扬的歌声，引得匆匆的人们停下脚步驻足观看。这是一个年轻的小伙子，拿着吉他自弹自唱，时而高亢，时而低沉，时而婉转，听得出来小伙子唱的是思念他恋人的歌，他在流浪，要去远方寻找，希望心爱的姑娘快点回到他的身边，和他一起去寻找梦想……

路人纷纷向他旁边的吉他箱里放了很多的零钱，你举起手中的照相机忙着拍照。

亲爱的，你先别忙着拍照，停下来静静听他唱完一首歌，我很清楚地记得当年你刚到加州的时候买了一把新的吉他，在一个矿山的仓库里打发你寂寞的时光。

卡尔，我好久没有听到你弹吉他的声音了，你那嘶哑的声音对我来说很有吸引力，这街头的歌声不知道能否唤起你心中的回忆，当时的你会不会像这个小伙子思念他的恋人一样想起我呢？我想答案是肯定的！

0866. 创造快乐的人生——1984.08.22

我很喜欢卡耐基的《快乐的人生》，这本书我十几年前就看过一遍，前天我把它从书架上找出来重新阅读了一遍，到今天我再读它的感觉特别好，一本永远不会过时的书。

此书的前三部分阐述了要想得到快乐就必须“培养快乐的心理”、“不为别人的批评而不快乐”、“支配你的工作和金钱”；第四部分则由几十位名人现身说法，讲述自己如何得到快乐的经历，这本书引导我感悟人生；

卡尔，这本书对你现在来说有相当的现实意义，体会快乐的真正含义：一个人不论多么富贵，如果不能控制自己的欲望就会有很多烦恼，有很多不尽如人意的事，他都不可能真正过得开心，相反，虽然生活条件简朴，但心地善良，关系简单，有健康的思想和爱好，这种人比较容易得到幸福”。

亲爱的，快乐是阳光，和你一起创造快乐的人生是我一辈子的追求，卡尔，你是我生命中的阳光，有你，我快乐！

0867. 我不喜欢看影碟——1984.09.20

在录像带泛滥的时代，我依然喜欢看电影。你经常说我不用跑那么远去拥挤，家里装一套好的音响，买录像带陪我一起看，我执意要去电影院看电影，哪怕是一个人。

电影开始前可以去旁边的美食街吃一顿别样的晚餐，再买一袋爆花玉米，看完电影还可以逛逛电影院周围的购物中心或品牌店，买一件漂亮的衣服，当是送给自己的礼物，那种感觉是我一个人的时候最快乐的。碰到下雨，打开雨伞，独自回味那爱情故事的情节，好像自己是故事的主角，看一场电影，就好像去了一个陌生的地方做了一次旅游，恋爱了一次，等待着看下一场爱情故事。

亲爱的，我看电影就像你喜欢抽万宝路香烟一样，要你改变抽另外一种香烟你不一定愿意，卡尔，谢谢陪我看电影，挽着你的手走出电影院的那一刻，我觉得自己变年轻了！

0868. 幸福的感觉——1984.10.02

卡尔，今天是你的生日，蛋糕、鲜花、礼物、掌声对你来说似乎习惯了，看不出你的惊喜。在孩子们祝你的生日快乐的歌声里，在朋友的祝福里，我不知道这一刻你是否感到幸福？

人们拼命渴望得到的财富、爱人、地位等，在历尽艰辛、刚刚拥有时，会觉得幸福万分，但慢慢地，这种幸福感就不断缩水，好久不见的孩子叫你一声爸爸理所当然，欣赏的眼光似乎没有原来的亲切，亲爱的，你好像就在这种状态当中。

桥下还有无家可归的人，露宿公园的人常有，救济站有人在等待食物，受冻的人有一张毛毯就感到很快乐，饥饿的人有一个面包就开心了，需要你去感受曾经的磨难。卡尔，幸福是一种自我满足，但你不能麻木，包括对待赞美你的声音，需要你去领悟所获得的，时刻让心灵充满期待，给自己和别人惊喜，并让这种感觉历久弥新。

亲爱的，我很幸福，是因为我每天把你看作全新的卡尔，昨天的甜蜜与感动我暂时忘记，今天的幸福我重新感受！

0869. 我六十岁生日的礼物——1984.10.18

今天你一大早起来说要带我去一个我喜欢的地方，装得很神秘的样子。你驱车带我来到长滩海滨，我记得我十五年前来这里游过泳，现在这里是富人的聚居区，成片的别墅，绵长的银色沙滩连着海岸线。在一栋别墅前，你掏出一把钥匙交给我——送给我即将到来的六十岁生日礼物，虽然我故作平静，但还是掩不住内心的激动和惊讶。

“要在这里生活有多好，每天都可以看见阳光沙滩。”——15年前我在这里游泳时不经意的一句话，其实我早已经遗忘，亲爱的，一句话这么多年过去了，你还一直记在心里，我真的很感动，感动的不是这份礼物，而是你的这份念念不忘的心意！

0870. 高斯先生的盛宴——1984.10.30

朋友高斯先生是你酒庄的常客，今天邀请你去参加他的家庭聚会。高斯先生的家在郊区的一个山庄里，驱车一个半小时到达山庄的大门，庄园太大了，景色不错，再开车十分钟到他的别墅门口，大厅里灯火辉煌，早已宾客满座，有人在音乐声中翩翩起舞，四周摆满了香槟美酒和好吃的水果食物，高斯先生和年轻的太太很热情地招呼着我们，交杯晃斛之间是宾客羡慕的目光。

亲爱的，你羡慕吗？听说高斯先生身边那位年轻艳丽的女人是他的第三个太太了，如果是这样，我一点都不羡慕他，一个男人，如果他的家庭经营不成功，他的事业再辉煌，他拥有再多的女人，他也不敢在别人面前说他是成功的。我反觉得他现在的太太很可怜，不知道什么时候这里又换了主人。卡尔，假如一定要我在这么一座庄园与我们以前的小屋之间做一个选择，我愿意选择以前的小屋，因为那里面充满了你的爱和我的欢笑！

0871. 仅有感谢是不够的——1984.11.25

今天请酒庄里所有伙伴一起分享感恩节火鸡，我和你一起举杯感谢他们的辛勤劳动，是他们的付出才有酒庄的顺利发展，当然还有“酒友会”的新老朋友，感谢他们为我们带来的人生感悟，心中一直渴望的爱、支持、责任、感恩、快乐，在他们身上可以全部找到，他们是我们生命中如此重要的关系，没有人可以代替。

卡尔，我一直在想：我们是否太繁忙了，每天追求着财富、时髦和享受，照顾自己的需要，我不知道是否将我们的伙伴和朋友忽略了，忽略了他们内心的感受和需要，尽管我们一直小心翼翼地陪伴着他们。

亲爱的，请大声告诉我们的伙伴和朋友我们是多么的爱他们，我知道仅仅有感谢是不够的，我们要用实际的行动去支持他们，让他们一样拥有财富，可以更加自由地享受生活。

卡尔，帮助他们成功，将是你更大的成功！

0872. 卡尔的创富计划——1984.12.20

自从上个月感恩节之后，你就一直在酝酿你的创富计划：让酒庄里更多的伙伴去全国各地开设葡萄酒分行，只要在你的酒庄里做了一年以上的伙伴，都可以提出申请，再经过三个月的系统培训，你出资80%，申请的伙伴只要投入20%资金就可以占到分行80%的股份。这是个不错的想法，也是一个很好的计划，我完全赞同你的决定。

是的，永远不要忽视别人的梦想，只有帮助他们成功，你的人生才更加完整。

亲爱的，我等待你收获更加丰盛的人生，我已经看到，听到，感受到你的计划一定能成功！

0873. 我六十岁生日——1985.01.13

今天让我最高兴的不是凯理和凯希他们回来了，也不是卡尔送给我的生日礼物，而是来了一群不速之客——曾经在洛杉矶的公园或桥底流浪过的朋友们。我不知道他们从哪里知道今天是我的六十岁生日，他们之中很多人我都已经忘记了名字，甚至忘记了相貌，我更不知道他们来自哪里，他们一个个走上前来亲吻我的额头，给我送上鲜花，看到他们洋溢着微笑的脸，我的眼睛里含满激动和幸福的泪水。

亲爱的，十九年来，我每个月要帮助五个以上流浪的人的目标和信念一直没有改变，尽管有人讥笑我，尽管有时会遇到危险，然而我坚持做了，我们度过了很多的困难，很多次化险为夷，最重要的是我们一家这么多年来平平安安，我始终相信我在帮助他们，上帝一定会帮助我们。

卡尔，感谢有你的理解和支持，这是我的福分，请举起你的酒杯，替我感谢他们并祝福他们，是他们让我知道帮助别人原来是那么的快乐，那么的幸福！

0874. 我六十年总结——1985.01.20

亲爱的，我生命的历程已经走过了六十年，我有必要对自己做一个总结：回想我的过去，有些想法是那么幼智，有些做法是那样的固执。当然我只不过是一个乡野出来的家庭主妇，我把全部的智慧和热情倾注在我的生活里，尽管有那么多过错，走过那么多弯路，人生不是很精彩，但我已经尽力了，我不后悔。

卡尔，在与你共同生活的四十多年里，一路走来，我感受到了你的支持与鼓励，感受到了你的无奈与拼搏，感受到你的浓情与挚爱，你是爱我的，我认为自己当初的选择没有错。

是的，所有的酸甜苦辣，悲欢离合，谁也躲不过，回头看看曾经的艰难与喜悦，也只不过人生的长河里的一个个插曲或音符，不论怎样，生命中的失败与失意都已经过去，生命的灿烂与荣光还在继续，亲爱的，对你的爱情还流淌在我的血液里，今后的日子，我将陪伴你从容地走过！

0875. 情人节的礼物——1985.02.14

你今天送给我一件中国的旗袍，这是你上个月拜托朋友从中国带回来的，蓝色丝织的，上面有白牡丹的图案，把它穿在我的身上，你在一旁大赞我的身材。六十岁的人了，我的身体虽然有点发福，但没有走样，穿上这件旗袍，特有感觉想走上T台，我穿了一下赶紧把它收藏起来，我想要在重要节日的时候才穿上它。

亲爱的，什么时候带我去中国走一走呢？我所知道的这个龙的故乡有很多美丽的神话故事，我想去听一听那里关于爱情的歌谣，我更想去看一看这个美丽国度的姑娘，我不知道想象中含蓄的东方之美，是不是我穿上这旗袍的样子！

0876. 美酒与礼服的完美结合——1985.03.05

葡萄酒是缤纷而瑰丽的，是优雅生活方式和提高生活品位的享用品。来你酒庄消费的朋友和客人大多数很悠闲，懂得享受生活，在现场的音乐，或诗歌，或舞蹈烘托的氛围下，连空气中都弥漫着醉人的情调，我喜欢这里的气氛。

上个月在你的提议下，我尝试把K∧&MaR礼服在你的酒庄里专门辟了一个专柜，客人们在享用美酒同时，顺便做一回K∧&MaR礼服的模特。很多客人一穿上就舍不得再脱下来了，这种效果是意想不到的，美酒与礼服的完美结合，这种模式值得推广。

我无时不在拥有欢乐和勇气，亲爱的，我举起美酒赞美你，赞美生活，赞美上帝，还有我们的爱！

0877. 重回贝克斯城——1985.03.18

贝克斯的街道比以前整洁多了，新建了很多高楼，我已经找不到我们当年居住过的地方，让我欣慰的是布朗大街的电影院还在，还是保留三十年前的风格，原来的菜市场搬走了，在它的旁边代之而起的是一个供市民休闲的广场，让我惊讶的是有很多黑人和白人在那里一起跳舞，这在三十年前是不可思议的事情。

卡尔，还记得那个黑人小伙子特森吗？一次在路边被人打了，是你把它送到医院并安排他在矿山上工作，工程队里他是最后一个离开你的，不知道他现在何方。还有那个玛格丽大姐，有一次我在电影院旁因低血糖晕倒了，是她把我送回家的，这个素不相识的大姐成了我的好朋友，在以后的生活中给了我不少帮助和鼓励，可惜她前两年得了癌症去世了，我没有来得及赶过来送她一程。

亲爱的，在一个你曾经生活过的地方，多少往事你无法忘怀，就像你那时的微笑，你的愤怒，你烦恼，你的欢乐，你的爱，我今天仍然记忆犹新，无法忘却！

0878. 美在欣赏——1985.04.03

诗友会不断变换着场地，在不同的地方感受不同的风情吸引诗友们乐此不疲，我和你把它当成了旅游必达的功课。今天的会场设在佛罗里达州的棕榈滩，主题是“美在欣赏”。朗诵会在诗友们相互的赞美声中热烈开始，他们把最动听的诗歌送给爱人、自己和身边的每一位朋友，今天我发现诗友们个个光彩照人。

会后我们来到棕榈海滩，这里风景亮丽，气候宜人，美丽的海滩、精美的饮食、还有艺术展览和文艺演出，这里的独特文化氛围，令我们所有的诗友喜出望外，在这片绵延四十七英里的金色海滩上，可以感受令人兴奋的都市活力。

佛罗里达州遍地柑橘，来的时候正值橘花热烈，满枝皆是，忽然间一阵幽香传来，是淡淡却沁人心脾的奇香，我寻香而去，只见细小洁白的花朵，掩映在绿叶之下，似露还藏，满怀羞涩。橘花的花语是“新娘的喜悦”，听说受到这种花的祝福而出生的人，善良宽厚、心地很软、不愿意与人结怨，所以常表现的软弱，也很容易成为有心人利用的对象。

我好像就是这橘花的性格，亲爱的，幸好我的运气一向不错，小时候有父母照顾，长大后有你爱护，恋爱婚姻都很顺利，是个幸福的小新娘，卡尔，谢谢你对我的欣赏，我的喜悦尽在不言中！

0879. 加州一号公路——1985.04.15

开车去旅行是一件挺惬意的事情，我尤其喜欢在加州一号公路狂奔。加州一号公路给予我蓝天白云的赏心悦目，以及大海沙滩的宽广胸怀，这是我好喜欢加州一号公路的原因。这条路被誉为世界上最神奇最美丽的公路，总是令人神往，现在只要有机会和时间，我就有一种就想开车上去的冲动，尽管我不再年轻。

今天早上突然想去奥克兰看看凯理一家，我们从洛杉矶出发，驶上加州一号公路，一路向北，你开车好快，一边唱歌，一边与我说笑，愉快的心情似路边飞扬的风。

“卡尔，你开慢一点。”一路上我不断地督促着你，不要错过这路边美丽的风景，我们可以停下车来看一会儿，就像谈一场恋爱，不紧不慢，如果恋爱像开车那样在这高速公路一路狂奔，从起点到终点马上就到，我想这爱情也太单调了，更不可能享受这其中的滋味。

亲爱的，你的事业已经像驶在这高速公路的车一样，把握好你的方向，不急不躁，前方的风景我陪伴你慢慢欣赏！

0880. 有条件的爱？——1985.05.18

今天很意外地在一家日本餐厅碰到中国姑娘小芝。一身款式漂亮，质地优良的裙服，要不是她主动上前打招呼，我根本认不出她是一年前在你的酒庄工作过的小芝。她很大方地向我们介绍她的美国丈夫——斯诺先生，一个很有绅士风度的小老头。小芝看得出我的惊讶，毫不顾忌地告诉我：她离开酒庄后到斯诺先生家照顾她瘫痪在床的妻子，半年后他的妻子去世了，他向她求婚，她需要“绿卡”，想过更好的生活，这是她以前的男朋友无法给她的，她没有理由拒绝他，然后他们结婚了。

“你爱他吗？”我问她。

“他对我很好。”小芝停顿了一下笑着说。

“为了‘绿卡’，为了过更好的生活”，我无法理解这些理由可以成为一个二十四岁的姑娘的选择。

亲爱的，有条件的选择和无条件的爱，到底哪一个是对的，我都有点懵了，我坚持爱情是超越其他条件的前提，假如没有爱情，不管你是亿万富翁还是总统，我都不会选择。假如我是小芝，至少我年轻，我还有很多的机会可以去追求我想要的，有时间去创造更好的生活。卡尔，你会不会觉得我有点偏激呢？或许是因为我有了你，我才有这样的想法！

0881. 真正的幸福——1985.06.10

库克先生是有智慧之人，他拥有了这辈子用不完的财富，富贵到了极处，不久前却在官场上遭人暗算失足，因为他的欲望永不满足。高斯先生是商业高手，却没有经营好家庭，每天打不完的官司，财富在一天天减少。我不知道他们是否真的幸福，是否真的快乐，或许只是在人前，背后只有他们自己知道。看到这两个你的好朋友今天的处境，我替他们感到惋惜。

卡尔，幸福和快乐，不是指财富多、地位高，不受他人的迷惑，远离诱惑，保持身心清净，你就会快乐，就像你现在这样，没有忧虑和妄想，喝自己喜欢喝的酒，交自己喜欢交的朋友，没有利益的纷争，亲爱的，这种心灵的自由自在才叫真正幸福，当然还有我的爱恋跟随在你的左右！

0882. 爱情本身是一种习惯——1985.07.22

亲爱的，亲爱的
我已经叫了你半辈子
年轻的时候叫你是爱
年老的时候叫你是亲
我没有改变也无法改变
你的思想你的肉体你的呼吸
我的感受已经习惯
习惯在你宽阔的胸膛
放肆的撒娇
我习惯在你晴朗的天空
自由地诗歌
我知道我无法阻止
自然的真情流露
爱情本身就是一种习惯

0883. 图书馆是无限的——1985.08.22

我喜欢去洛杉矶中央图书馆，那是一座将建筑、雕塑和绘画结合在一起的古老建筑。每周去一次图书馆的习惯我多年来几乎没有改变，这种动机和感觉是微妙的，我说不清楚，每次去的时候，你心照不宣地拿起我装书的手袋。

“图书馆是无限的，周而复始的，假如一个永恒旅人从任何方向穿过去，几个世纪后他将发现同样的书籍会以同样的无序进行重复，之后宇宙世界就变成了有序，有了那个美好的希望，我的孤寂得到了一点安慰。”在博尔赫斯的《通天塔图书馆》里，这位老人像是在对谁诉说，他觉得，所有的书都是神秘的，就像人的心灵一样，我理解这其中的感觉。

你有时要一杯咖啡坐在大厅里等我，要么戴上耳机听听音乐，或者信手翻阅时尚流行杂志，好像现在只是来陪我走一趟，而不是为了自己看书。

亲爱的，你应该是以这样的心态进入图书馆的：不仅仅是去听听讲座，不仅仅是信手翻阅时尚流行杂志，不妨试着试着走到书库的最深处，试着用心去翻阅，试着为一本书抹去岁月的风尘，凭借这些书页发黄的记忆，去感受那时的如歌岁月，在这里面你的心才不会老去！

0884. 卡尔的豪情——1985.09.03

你的品酒会朋友越来越多，今天你特别高兴，一定要和我跳一曲探戈，并当众亲吻我，晚上送走一批又一批的朋友，你竟然醉了，看着你在睡梦中都带着微笑的脸，我知道曾经的豪情万丈今日又在你的身上重现。

少年时的豪情是多情，成人的豪情是比拼，没有当年那些豪情仿佛就没有往后的失落和沉寂，没有往后的失落和沉寂就无法感受到今日的豪迈，人生起起落落，一辈子，需要有几次这样闪光的时刻。

亲爱的，人生丰收的时候是该享受你的美酒佳酿，能够和你一起分享醉人的时刻是我人生的快意，我感觉分外的甜蜜，卡尔，从你看我的眼神里，我觉得你越来越年轻了！

0885.《白领丽人》——1985.09.25

今天晚上放映的《白领丽人》是典型的上班题材影片，以喜剧的方式为职业女性制造了一个美妙的梦幻，反映职业女性工作生活的片段，此片告诉我们有才华的人是不会被埋没的，借以激励众多有才华的白领丽人，通过努力，必将获得成功。

现在越来越多的女性成为上班一族，我没有在公司里正式上过班，卡尔，我好羡慕她们的才情，假如我还年轻，我愿意去上班，成为一名白领丽人，穿梭在摩天大楼之间，当然最好有一个老板爱上了我，那个老板就是你卡尔！

0886. 自我的年轻人——1985.10.18

迈克的状况令人有点担心，一个问题出来不论别人如何解释，他总认为自己说的是正确的，对自己的决定超级自信，小小的年纪对与政治有关的东西津津乐道，瞧不起穷人，有一种莫名其妙的优越感，好像成功对他们来说是一件很简单的事情。

过度膨胀的自我，很多的时候因为无法达到自己的期望而愤世嫉俗或自暴自弃，这是现代年轻人的标签，朋友安然的孙子跟迈克差不多的年龄，上个月被送到精神病医院去了，很是可惜。

鼓励孩子独立自主，培养自尊是我们的习惯，可是他们并不完美，需要磨炼，我们却仍然溺爱他们，这是一个时代病。

亲爱的，关注年轻人是我们的责任，我们没有理由对迈克的行为无动于衷，我们要鼓励他们面对困难并自己想法克服，鼓励他们多想想他人，而不是自己，去真心实意关心别人，去同情弱者，而不是打击。

卡尔，你身上有很多优秀的基因，你的成长经历就是他们的榜样，你有能力去帮助身边像迈克这样的孩子，他们是我们的未来！

0887. 加拿大无限“枫情”——1985.10.25

我们上周从加拿大魁北克，往西南经蒙特利尔、渥太华、多伦多，最后抵达尼亚加拉瀑布，这里是最著名的枫叶大道，绵亘安大略、魁北克两省，沿途穿越峡谷、河流、山峦和湖泊，红枫处处，景致非凡，整个区域都被枫叶和变叶木染成一片绚丽的红色,色彩绚烂得惊心动魄。一路上,你的照相机闪个不停,在这“枫叶王国”里，我才真正理解加拿大的国旗上为什么有枫叶。

当然我们也没有忘记尝尝加拿大特有的枫糖，据说这里的枫糖是采集树龄超过五十年的枫树汁提炼而成的，含有丰富的矿物质，通常是淋在菜肴上调味，当地人还有种特别的吃法，将热枫糖放在雪上用汤匙舀起来吃，在零下温度的银色世界中品尝枫糖雪冰，真是别有一番滋味。我想起了小时候特喜欢吃枫糖浆，母亲总是把它藏起来，我只能偷着吃一点，尽管这里的枫糖浆风味独特，可就是感觉没有小时候的味道好。

亲爱的，如果在这总长达 800 公里的枫叶大道和你谈一场恋爱，那真是一件浪漫的事情。卡尔，你看我的眼睛一往情深，我们不正在谈一场世纪之恋吗？那是枫叶告诉我的！

0888. 从班夫到露易丝湖——1985.11.03

加拿大班夫国家公园是落基山脉的门户，来到班夫，我们乘坐高速缆车到达山顶后，一览班夫、弓河谷、明尼汪卡湖等令人屏息的美景，远眺雄伟的落基山脉，我们在山顶的餐厅饮了一杯葡萄酒和一杯冰酒，据说这里是北美最高的餐厅。

我们入住在拥有一百多年历史的班夫温泉城堡酒店，它依偎在雄伟的落基山脉之间，脚下静卧着清澈的弓河，柳溪温泉久负盛名，无论是在室外或室内浸泡温泉，都能看到远处的落基山静静地陪伴，山峰上的积雪、湛蓝的天空、清凉的空气，足以让你感觉与天地浑然一体。

弓谷公园大道将班夫各城镇与露易丝湖串联在一起，沿途到处是绝佳的野餐场所，众多的远足与者横穿田野的滑雪道和迷人风景。在茂密森林的包围下，露易丝湖澄净得就像一颗明珠，冰肌玉骨，超尘脱俗，它以风姿绰约的维多利亚山为屏障，山水相依，形成一幅完美的风景画，你几乎忘记你手中的照相机了。

亲爱的，大自然的秀美壮丽不因你的贫穷富贵而改变，只要你愿意追寻，它等待着你的到来，如果你用恋人的眼光去看它，它就更加的妩媚了，当然，我的感觉来源于你在我身边！

0889. 巨人迈克尔·杰克逊——1985.11.27

由迈克尔·杰克逊和莱昂纳尔·里奇共同谱写《Wearetheworld》(天下一家)，由美国四十五位歌星联合演唱，旨在声援为非洲饥民捐款的“美国援非”大型慈善活动。为救援非洲饥民而义卖的唱片为非洲筹集了5000万美金，解决了政治家喋喋不休却解决不了的难题，震撼了亿万民众的心，风靡全球。

迈克尔·杰克逊为世界和平，创作了《Healtheworld》（治愈世界），他为呼吁人们保护生态环境，拯救地球，创作了《EarthSong》（地球之歌），每当我听到迈克尔·杰克逊的歌声，我止不住激动的泪水，你几乎收集了他所有的唱片。

年轻的迈克尔·杰克逊以拯救我们的地球，人类不要有战争为使命，从他的身上我第一次感知使命的力量。卡尔，杰克逊才是真正的巨人，我们不能因为曾经做了点小事而炫耀，在他的面前，我看到了自己的渺小和无力。

亲爱的，尽管我们的力量很弱小，但我知道从我做起，从最卑微的事情做起，也是改变世界的力量。我们拒绝贫穷，我们爱护环境，我们祈祷世界和平，卡尔，在我的世界里，你一样是巨人！

0890. 落基山的暴风雪——1985.12.10

今年的雪比以往下得早下得大，电视里正在播放新墨西哥州暴风雪的消息，有一对年轻的新婚夫妇在落基山的北部旅游失踪了五天，当地搜救部门正在全力寻找。来加州那么多年，好久没有听到关于落基山的消息了，我的眼睛全神贯注看着画面：搜救部门在一个山洞里成功救出一个女人，但她的丈夫已经死了。

画面切换到电视台的记者在病床上采访这名女子："你是怎样在暴风雪中坚持了5天的呢？"

女人一阵子沉默，然后哭着告诉所有的人，是她的丈夫斯密先生把他的手臂烤给她吃才生存下来。

"你怎么知道吃的是你丈夫的手臂呢？"

"那是我们被暴风雪围困第4天的事，暴风雪没有停下来的迹象，而且越下越大，我丈夫的一只手因为受伤而冻僵，我们带的食物早已经吃光了。早上醒来，看见我丈夫正在烤一块肉，当时饿坏了，我狼吞虎咽吃下去，吃完才发现我的丈夫已经昏倒在我身旁，他冻僵的那个手臂不见了，地上有一把带血的小锯刀，这时候我才知道我的丈夫为了救我，用那把带血的小刀锯下自己那只冻僵的手臂。"

"他有没有留下什么话给你呢？"

他告诉我的最后一句话是"你一定要活下去，我爱你！"

此时的我疑神屏息，无比震惊，落基山的雪，你承载了我多少爱恋，今天你竟让我见识了你的残暴，我已经泣不成声，你这个不轻易掉泪的男人也已经控制不住自己。

亲爱的，什么是爱？我知道了答案，可我不需要这么伟大的爱，任何时候只要你好好地活着，哪怕是贫穷的生活，假如死亡没有选择，我一定先你而去！

0891. 巴西旅行——1985.12.23

热情奔放的桑巴舞吸引我们前往巴西，正好凯理在巴西的里约热内卢开工厂，凯理在机场接到我们，这个圣诞节就在巴西过了，我要感受一下这个南美洲的国度是如何释放它的激情的。

“瓜拉那”的饮料味道不错，不过我喜欢喝的还是那“山度士”咖啡，它的味道不是一次可以品尝尽的，口感柔和而淡美，有一种难以忘怀的感觉。当然巴西烧烤是不会错过的，穿戴像西部牛仔的小伙子根据你的需要穿梭不停，你和凯理一边喝着香浓的巴西国酒“卡沙萨”，一边谈论南美这个最大的国家的奇闻趣事。

巴西的行程排到十天以后，亲爱的，放开双臂，尽情拥抱这个热情奔放的国度，享用你喜欢的美酒，后面还有阿根廷、秘鲁、乌拉圭、尼加拉瓜、牙买加在等着你去亲历。

卡尔，欢乐的同时可别忘了拉紧我的手，美丽的山水因你对我的情意会更加生动！

0892. 消失的村庄——1986.01.03

巴西利亚没有我想象的干净，像个工地，进城的人们挤满了并不宽阔的街道，城镇化和工业化的发展在这里势不可挡。

巴西朋友贝塔是个热心的人，是你的合作伙伴，在巴西利亚城里开了个很大的葡萄酒庄。贝塔开车带我们到离市区很远的农庄吃当地特色美食，他告诉我们这里原来也是一个优美的山村，几年前他还来这里买过新鲜的农产品，由于城市化及工业化的迅速发展，打破了这宁静的山村，高速公路穿过这村庄，原来的河流改道，村里有很多古树都被砍掉了，道路两旁到处是垃圾。这里原来还有很有民族特色的舞蹈，年轻人不愿意学，也不感兴趣，现在很少看到了，在巴西利亚像这样的村庄很多，下次来的时候，在这里恐怕找不到乡村的痕迹了，假如要体验原始的巴西风情，趁现在还没有完全消失，赶紧出去走走看看。贝塔说这些话的时候在无奈地摇头。

是的，消失了的永远也恢复不了过去的模样，人是活在情感和记忆里的，现代化的发展有时不一定是文明的延续，甚至是毁灭。

亲爱的，在一个失去控制的世界里，我们珍藏好自己曾经美好的记忆，过好自己的生活是最重要的，不论这个世界如何变化，卡尔，我用我的文字，你用你的相机，继续收藏我们的世界，保存那份鲜活的情感和记忆！

0893. 为诗歌而疯狂的国家——1986.01.10

阿根廷的足球吸引不了我，秘鲁和乌拉圭我们匆匆走过。

你昨天问我下一站最想去的地方，我首先想到的是尼加拉瓜。

“什么，尼加拉瓜？好像没有听说过”你愕然。

“是的，尼加拉瓜，诗人鲁文·达里奥的故乡。”我想去感受这个因为诗歌而发生战争的国度是如何的神奇。

马那瓜的热情是无法阻挡的，浩瀚无边的尼加拉湖边，我没有见到这个多火山的国度火山的喷发，却见识了尼加拉瓜人们对诗歌火山般的激情。

亲爱的，你见过为诗歌如此疯狂的人们吗？那是因为缪斯的种子播撒在这里，这个并不富裕的国家，人们以他们特有的方式传播着快乐，卡尔，寻找快乐有时不需要理由，就像当年我爱上你一样，不需要任何理由！

0894. 牙买加的歌声——1986.01.15

牙买加歌手鲍勃·马利的《传奇》吸引我们来到这个美丽的岛国。他那狂野的辫子头形象和经典专辑《传奇》的十四首歌，早已深入我的脑海里。你的汽车里经常播放他的《三只小鸟》的雷鬼音乐，今天想起里面的一句歌词“无须担心，因为每件事都会好起来”，突然有一种奇怪的怀旧幻觉，他的歌词描述了人类的每一种情感，回荡在我的心里，令人振奋。不过鲍勃·马利与九个女人结过婚的事实，还有吸毒的历史，破坏了他在我心中完美的形象。

游览之处，一边是美丽自然的原始风光，一边仍然是贫穷的人们，木瓜和芒果组成的清凉早餐，让我发觉这个岛国还是一个远离现代文明的梦幻之地，尽管贫穷，但这里的微笑很有感染力，这里的歌声很有吸引力，重要的是这里的人民富有坚定不移的斗志和乐观自信的精神。一位当地的黑人小伙子告诉我：他要成为超级飞人，旁边的姑娘接过话题：我要成为超级音乐家。

拥有热情乐观，积极向上的精神，这个国家充满希望，这在很多其他贫穷的国家是看不到的，亲爱的，在牙买加的歌声里，你是否在思考你人生的使命，继续你新的梦想！

0895. 哥伦比亚的孤独——1986.01.19

回国的最后一站途经哥伦比亚首都圣菲波哥大，这座位于苏马帕斯高原谷地上的城市近郊山岭环绕，林木苍翠，景色壮丽，特别值得一提的是市区主要街道笔直宽阔，来往车道之间有草坪花圃相隔，大街小巷、宅旁空地和阳台上，到处都种植着各种花卉，大街上出售鲜花的小摊上摆满了丁香、兰花及许多不知名的奇花异卉，含笑盈枝，香气袭人，将一座高楼林立的城市点缀得万紫千红，格外美丽。

哥伦比亚毒品泛滥，内战频繁，大量的农村人口大量涌向城市，美丽富饶的土地上依然贫穷。在加勒比海沿岸海港城市卡塔赫纳的夕阳里，西班牙殖民的遗迹犹在，在圣阿古斯丁考古公园的雕像中，拉丁美洲的历史是那样的沧桑和孤独。回想这次整个南美洲之行，贫穷和封闭是我印象最深刻的，但又充满着希望蓬勃发展。正如加西亚·马尔克斯在《拉丁美洲的孤独》那篇演说中所说的：“面对压迫、掠夺和歧视，我们的回答是生活下去，任何洪水、猛兽、瘟疫、饥饿、动乱，甚至数百年的战争，都不能削弱生命战胜死亡的优势，孤独的拉丁美洲已经一去不复返了，新的、团结的、朝气蓬勃的拉丁美洲必将出现。”

亲爱的，如果有可能，我还想陪伴你来喝一杯浓郁的哥伦比亚咖啡，听一听牙买加的歌声，朗诵一首尼加拉瓜的诗歌，看一场阿根廷的足球，再到巴西的亚马逊雨林探险，但愿到那时，我们的邻居生活得更加美好！

0896. 人类的悲剧——1986.01.28

今天的报道：挑战者号在进行第十次太空任务时，发射一分钟后爆炸，七名机组人员全部罹难。刚刚因被壮观的发射景象陷入兴奋之中的我们目瞪口呆，全世界为此震惊。

遇难者名单是机长：弗朗西斯·斯科比，驾驶员：迈克尔·史密斯，宇航员：朱蒂丝·雷斯尼克（女），罗纳德·麦克奈尔，埃利森·鬼冢，格里高利·杰维斯，教师克里斯塔·麦考利芙（女），我认为记住他们的名字就是对他们最好的纪念。

我不知道征服太空是不是值得冒险，生命是如此的可惜，无论怎样的悲痛远远不够表达我们内心的真实情感，无法寄托我们对他们的哀思，愿他们在星际之外找到不朽生命的归宿。

我永远记得他们的的微笑，亲爱的，我们没有理由不去坚持自己的理想和目标，更不应该遇到困难就放弃努力，就像他们面对不可知的未来，仍然充满对事业和生活的信心，我们有理由生活得更加精彩！

0897. 父亲的挂念——1986.02.05

父亲的身体不太好，糖尿病缠身，走路有点吃力，每天要打胰岛素，尽管如此，每天乐观得像个小孩，有点害羞，打针的时候不要我打，坚持要你打，还跟你开玩笑：“你又欺负我了，我叫玛利亚修理你”。

他唯一的爱好看书仍然坚持，妈妈去世好多年了，我知道他内心的孤单，但他从没有在我们面前流露过，每年开学的时候必定要和我一起去书店买回一大堆书籍寄回拉格尔村学校，今年也一样，父亲要亲自打包，然后看着我们送到邮递员手中才放心，那个他教书四十年的学校是他目前唯一挂念的地方。

你有点抱怨父亲不关心自己的身体，还要去担心学校的许多事情。

卡尔，生命存在的意义在于他愿意去做他认为有意义的事情，哪怕是一件，也能够体现他存在的价值，你要理解我的父亲，亲爱的，谢谢你对我父亲无微不至的照顾！

0898. 我的不老容颜为你保存——1986.02.14

上午快递公司送了一个包裹，打开一看是加拿大 LUSH 化妆品，这是天然美容人士的最爱，用最纯粹的精油加入到新鲜的有机水果蔬菜手工制作而成的，我记得去加拿大旅游的时候，我在班夫温泉城堡酒店的美容中心体验过这种化妆品，那种感觉舒服极了，美容的效果非常不错，想不到你竟然记得我当初描绘的感觉。

你走过来轻轻地告诉我，除了年龄，我的容颜一点都不老，你已经帮我订了一年的预约，以后我每个月都可以收到来自加拿大的LUSH化妆品。

亲爱的，谢谢你的礼物，我将为你保存我不老的容颜！

0899. 金钱奴役下的学校教育——1986.03.01

孙子迈克对金钱没有什么概念，需要什么就刷银行卡，买东西买的都是名牌产品，柜子里耐克鞋就有十几双，好像都没有穿几次，真的好浪费，凯理也没有对他有所限制，现在的物质条件比以前好多了，需要什么理所当然。

我从来没有听到迈克给我讲讲他的理想，或关心一下我们的病痛。事实上，整个社会的今天和孩子都是这样，互相攀比，铺张浪费，年轻人除了金钱、游戏、汽车，对自己以外的东西漠不关心，好像没有其他可以交流，学校的教育对这些好像无动于衷，我好担心他们成为被金钱奴役的一代，你不以为然。

亲爱的，物质财富的追求无可厚非，我们的孩子仅仅有独立思考的能力，那是不够的，学校的教育更需要传授人性与爱，那些物质之外的精神，需要灵魂的交流，传递温暖的情感，表达万物和我们的和谐，人在这个世界生存才有意义，卡尔，你说对吗?

0900. 父亲想回拉格尔村——1986.03.19

爸爸的糖尿病越来越严重，身体日日消瘦，每天打完针后你背他到院子里晒太阳，帮他做按摩。

离开家乡二十多年了，爸爸一直很想回拉格尔村看看，最近愿望特别强烈，我都答应他好几次了，但我担心家乡的医疗水平没有洛杉矶好，那边又没有亲人可以照顾他，一直没有成行。

我们决定等天气热一点的时候由你送父亲回村里看看，父亲一听说可以回家乡了，这几天的心情特别的好，病似乎好了很多，居然不需要我们搀扶。

“拉格尔的吸引力到底在哪里呢？”对父亲的坚持我有点不解。

亲爱的，是不是你们男人老了都想回到生养他的地方，我怎么没有这种感觉，我的家在洛杉矶，这里有我的丈夫和孩子，拉格尔村在我遥远的模糊记忆里！

0901. 战争机器——1986.04.16

据报道：昨天凌晨，我们美国以打击恐怖主义为由，出动航空母舰和几百架战斗机对利比亚进行代号为“黄金峡谷”的突然袭击，轰炸首都的黎波里和重要港口班加西市。

不论卡扎非先生犯了什么罪行，一个大国去轰炸一个小国家的城市，受害最多的还是他国的妇女儿童。如果哪一天有国家像我们美国那样去轰炸我们的城市，我们是不是应该保持沉默呢？！毫无疑问，战争会带来不可预估的灾难，因此我们有理由对里根总统说“不，不能这样”。

卡尔，游行去，我们的国家机器是用来保护我们领土和人民的，而不是用来攻击他国获取利益的，我们纳税人的钱不能消耗在这些无谓的战争上，无论我们有多少理由。

美好的心情总是被这些不期而至的战争声音所干扰，亲爱的，请抓紧我的手，我有点害怕，我知道没有一个国家的人民会忘记历史，忘记仇恨，愿上帝保佑我们美国！

0902. 父亲不想回洛杉矶——1986.04.25

你陪父亲回拉格尔村有一周了，超出了我预计的时间。

今天你从家乡打来电话，父亲不愿意再回洛杉矶，这可把我急坏了，我在电话里劝父亲和你一起回到我身边，我们好照顾他，电话那头一阵沉默，接着是一阵嘤嘤的哭声，父亲哭了，像个小孩。

拉格尔村里已经有了养老院，你把父亲安置好，父亲很高兴地送你到门口。你告诉我：从来没有看到父亲那么高兴过，转身的时候你哭了，你懂我父亲的感受。

亲爱的，我一直以为只有女人才能读懂男人，没有想到你们男人有时候更容易相通，怪不得父亲每次提出要回去看看，你从来不反对，看来我该检讨检讨自己！

0903. 来自菲律宾的安瓦娜——1986.05.12

酒庄里的姑娘安瓦娜来自菲律宾马尼拉。我注意到小安闲下来的时候有点忧郁，我关切地问她哪里不舒服，原来她和她的男朋友最近分手了。她是和男朋友一起历尽艰辛好不容易来到美国的，原本想赚点钱一起回去结婚，不到半年时间，男朋友不辞而别，听说他爱上了一个离了婚大他二十岁的美国女人，因为她有钱，安瓦娜现在很后悔来美国，她现在不知道怎么办。

以前听得最多的是女人为了钱嫁给一个老头的故事，想不到一个男人为了钱也可以委身于一个女人，真是不可思议，看来金钱有时比爱情更有吸引力。

现代社会的发展可以有更多的金钱，纯洁的爱情好像离我们越来越远。金钱可以买到婚姻，人们好像越来越理智，什么都可以计算得很清楚。我不知道这个社会隐藏着怎样的危机，卡尔，你觉得呢？

亲爱的，在这个富足的年代，假如你有亿万财富或你一无所有，我不知道你会做出怎样的选择。年轻人的爱情在哪里？难道爱情对他们来说只不过是一场游戏，或一桩买卖，我不禁怀疑起我的爱情观。

卡尔，不论这个时代怎么变化，我始终是相信爱情的！

0904. 父亲在学校整理图书——1986.05.23

和父亲每周一次的电话，那头总传来爽朗的笑声，偶尔夹杂的几声咳嗽，有吃力的感觉，让我有点担忧。父亲现在每周要抽出 3 天的时间在村里学校整理图书，我劝他不要太操劳注意多休息。

“没有关系，我现在还能够帮学校的小朋友做点事情，能让我感觉自己还活着，看到小朋友天真的笑容，我会忘记自己的病痛，这个时候是我最快乐的时候。”父亲轻松的回答让我在电话的这头禁不住泪水涟涟。

亲爱的，我们不能给予父亲太多的关爱，甚至不能在他的身边，他这种为学校付出后快乐的感觉，我们永远也无法给他。卡尔，我们也应该不仅仅是关心自己的生活，不要只是关注和忙碌自己的聚会，我们可以像父亲那样寻找更多生命的价值和快乐！

0905. 成立“离婚女人之家”——1986.06.15

好友艾丽斯的女儿也离婚了，我意料之外。我弄不明白，我们的财富在增长，我们大多数家庭都有双份收入，我们的生活得到前所未有的改善，但离婚的现象却越来越多了，是不是我们的文化哪里出了问题，还是我们对伴侣的要求高了？

消耗了青春，抚育了孩子，最后可能两手空空，女人总是要为婚姻作出最大的牺牲，我应该为她们做点什么呢？我又能够为她们做点什么呢？

我决定成立“离婚女人之家”，为离婚的女人提供心理、法律咨询，帮助她们找工作和技能培训，提供创业的资金等等。玛菲非常支持我这项工作，她赞助了“离婚女人之家”的房租，并找来几个企业界的女性朋友支持，玛菲离过一次婚，她知道离婚女人的难处和痛苦。

当你知道我决定要做这件事情的时候，大吃一惊，但很快表示支持，愿意赞助“离婚女人之家”的所有日常开支。

亲爱的，又该是我忙碌的时候了，我不知道前方又将有怎样的困难和后果等待着我，尽管如此，我还是无比的激动，谢谢你卡尔，谢谢所有支持这个“家”的爱心之人！

0906. 值得纪念的日子——1986.07.01

今天是“流浪者之家”成立十周年的日子，三千六百多个日日夜夜，我和你都是忠实的志愿者，十年来从来未间断我们的探望和行动。这里走出去的流浪者有的成了律师、医生、作家、诗人、企业家，或工作在美国的各个岗位上，让我感到欣慰的是很多从这里走出去的人，十年来不间断地回到这里义务帮忙，送来更多的食物和生活用品，这里已经形成了一个爱心接力站。

由于经济的发展，政府救济制度的完善，近年来流浪者之家的人越来越少，我和我们一起服务的义工们今天决定解散“流浪者之家”。我哭了，你哭了，我所有的义工战友们哭了，这泪水里饱含了我们的辛勤付出和无私奉献，我的心情无比的激动，我们拥抱在一起久久不愿意离去。

亲爱的，人的一生中难得做几件对社会有意义的事情，能够和你一起分享这其中的酸甜苦辣，我很开心。

是的，今天是值得纪念的日子！

0907. 我已习惯你的赞美——1986.07.10

卡尔，我梳妆的时候已经习惯你站在旁边，帮我递上香水，你现在看我的眼光是那么温柔，我习惯你那双手停留在我的发间，然后俯身闻我的发香，轻轻地告诉我“你很美”，你不紧不慢的话语让我听起来很舒服，这种感觉真好。

亲爱的，我好想回到我们俩恋爱的季节和你再谈一场恋爱，不，我们一直在恋爱中，是你牵我不放的手告诉我的，卡尔，你说是吗？

0908. 你的手——1986.07.18

亲爱的你的手
牵我一路走来
越过深深浅浅的沟坎
我说你的手太粗糙
你说这样才可以留下痕迹
我说你的手不够温柔
你说那样我才有感觉
我就这样喜欢着你的粗糙
我就那样感受着你的粗鲁
在时光的缝隙里
你的手是看不见的影
一直指挥着我的欢乐
亲爱的你的手
还将牵着我一路走下去
我不会再说你的手粗糙
我不会再说你的手不够温柔
在我发间寻觅的银丝里
你的手是看得见的光
永远照亮着我的心

0909. 爱的本质——1986.08.03

天使说："你要见到光明必经过黑暗，你要得到快乐，必经过痛苦，你想得到幸福，必经过分离，你想得到爱，必经过遗弃。"

回想过去所走过的路，有些人和事的出现，是为了在我们的世界里打开一扇门，照亮一条通道，让我们知道，曾经没有方向而固执地寻觅，是多么辛劳。有一些洁白的真相和黑暗的阴影一起出现，互相衬映，后来门被打开，通道被呈现，生命因此获得新的提示，我们得以前行。为之所付出的代价，是必须要背负前行的，它警示我们不能停留，但可以在路途中栖息，以获取这幸福的光芒，我似乎懂了，过去所有的一切都是上帝安排的。

亲爱的，不论发生过的不幸还是幸运的事情，它不是负担，而是一笔财富，爱的本质，也许是一种考验，考验彼此的明暗人性，所有的这一切都是一种责任，一种感恩和宽恕，感谢上帝的关爱，卡尔，带着我们的爱，我们继续前行！

0910. 莎米出嫁了——1986.08.15

莎米的男朋友乔纳森是她的大学同学，澳大利亚人，也是个孤儿，相同的经历，共同的语言让他们走到一起。他们决定回澳洲结婚，我一看地图："噢，我的上帝，这么远！"我不由得惊叹了一声，估计乘飞机都要十几个小时，我真舍不得她离开，莎米抱着我痛哭了一场。

莎米和乔纳森在大学时期就参加了一个非政府慈善组织，他们的蜜月决定去非洲的几内亚帮助那里的儿童，我听后非常感动，又担心他们的安全。

亲爱的，凯希去了法国，已经三年没有回来看我了，莎米今天又要离开我们，她们一个个远走高飞，我不知道何时才能见到她们，是的，她们终究是要离开我们的，去追求她们的爱情和事业。

卡尔，陪伴我的只有你，我要紧紧地把你抓住，让你不离不弃！

0911. 如何正确使用财富是一种智慧——1986.09.12

账户上的钱越来越多，我既惊喜又担心。年轻的时候只知道拼命抓住想要的东西，追求成功，渴望过上好的生活，经历了许多事情以后，到了中年才发觉，拼命想要抓住的东西，往往离你很远，让你觉得生活不容易，当你不在意想要的东西的时候，财富又追着你来，有时候你挡都挡不住，不禁使人怀疑，过去那些一贫如洗的日子，都躲到哪里去了。

特尔森先生十年前就拥有别墅、游艇、美女、管家和佣人，享用着世间的美味，因为吸毒，最后倾家荡产而流落街头。安德法先生因沉迷于赌博，最后公司破产，妻离子散。这些都是发生在我们身边朋友身上活生生的事实，这让我不得不思考一个问题：我们生活的目的是什么？人为什么活着，我们生命的意义是什么？

卡尔，我们现在追求的不仅仅是物质生活，而是金钱所带来的选择能力，赚钱多了不一定是好事，我要担心金钱的安全，甚至自身及家庭的安全，如果你不有效地分配和花费，它有时会成为你的负担，卡尔，你说对吗？

亲爱的，拥有更多的金钱是人的本性，也是人性致命的弱点，如何正确使用财富，才能体现出你的智慧，怎样支配财富是我们必须面对的一个课题，卡尔，我相信你会找到最好的答案！

0912. 成功不在于你拥有多少财富——1986.10.15

上个周末很意外在精神病院见到玛菲，她又在做义工。她告诉我，她的企业越做越大，她上半年把它交给儿子了，原本想休息一下，闲下来闷得发慌，上个月加入一个企业家组成的非政府慈善组织，主要为外来移民提供工作辅导和失业资助，现在工作起来比原来更忙，每周还要抽出一天的时间去医院做义工。她觉得这样更快乐。

从玛菲开心的笑容里我明白：成功不在于你拥有多少财富，而在于你可以造福社会或帮助他人。

亲爱的，你从农村走出来，卑微的家庭背景，艰辛的创业经历和成长历程，与许多从落后贫穷乡村走出来的孩子，甚至来寻找“美国梦”的人相似，在他们渴望成功和走向成功的路上，如果有人为他们打开一扇门，多开一个窗，创造一个机会，他们的生活会从此与众不同。

卡尔，你现在有这个能力，应该像玛菲那样，给自己创造更多服务他人的机会，在其中找到与众不同的价值和人生使命，我觉得是一件非常有意义的事情！

0913. 每一个人都是你的导师——1986.11.03

玛菲对我的帮助和影响是深远的，在我最失落的时候得到她的鼓励，我曾经为她的坚强不屈所感动，为她真诚的笑容所感染，现在无时不为她的高尚人格和无私奉献所感动。

在我生命的历程里，我的脑海里不时闪过：吉姆、布顿大叔、布里斯先生、库克先生、高斯先生、辛西娅、莫伊、布莱先生，还有流浪汉里克，中国的姑娘兰……如此很多，不论他们成功还是失败，在他们身上我学习到了很多宝贵的人生经验。

是的，他们之中的每一个人都是我们的导师，亲爱的，人生的成败得失一念之间，我们每天耳闻目睹许多人生悲剧或喜剧的发生，当你的心开始懂得以智慧去观察时，生命的真谛便会在每一刻、每一地方、每一事物中向你展现。

卡尔，我想要说的是，在你人生成功的阶段更要经得起考验，更应该从周围的每个人身上学习，走好每一步，把你的脚步迈得更加坚实和稳定！

0914. 征婚广告——1986.11.16

现在的征婚广告实在太多了，报纸上、杂志上整版的广告，每天都有些女征男友，男征女友，更有女征女友，男征男友的乱七八糟的广告，令人眼花缭乱，不知道是真是假。昨天洛杉矶的街头又有同性恋者游行，争取他们的权益日，这已经是一个社会问题，电视里的婚恋节目自然也多了起来，这个社会一边在鼓励单身，另一边在躁动着找一个人结婚，好像一场现代的婚恋危机的到来。

生活本来是简单的，爱情应该是纯洁的，两个人的爱情现在这样大张旗鼓，那么多人的参与，赤裸裸的告白，没有一点私隐，再加上金钱的粉饰，想象不出一点爱情的美好感觉，现代人的爱情故事我真有点看不懂，可能我已经落伍了。

我喜欢原始的、自然的、含蓄的、淳朴的、娇羞的，亲爱的，我很怀念我们那个时候的恋情，那份美好的悸动一直珍藏在我心里！

0915. 不要真的醉了——1986.12.05

你的葡萄酒生意不错，酒庄里每个月都在增加人手，漂亮的女孩很多，其中有一个日本姑娘良子对你格外热情。良子有娇好的面容和身材，有日本姑娘特有的温柔，陪客人喝酒很厉害，经常主动为你挡酒。一开始我很欣赏她，不久我发现她看你的眼神有异样，你应该感觉到了这种异样，有意无意地保持距离，我不动声色。前天，良子喝醉了，借机倒在你的怀里，你命人把她送回房间，第二天就把她打发走了，听说良子离开的时候哀求你把她留下来。

事实上，这样的事情在酒庄里经常发生，姑娘们的手段很多，看来你的魅力不错，只是不知道姑娘们有时是真的醉了还是假的醉了，至少我知道你没有醉，你是清醒的。

男人面对年轻女人的美貌和身体总是情不自禁，亲爱的，你可不要真的醉了，醉倒在美女的怀里不再醒来！

0916. 用相机说话——1986.12.20

昨天我把你的照片一一摆出来，惊喜地发现这几年你的镜头里不再是所有的东西聚在一起或杂乱无章，摄像的角度、层次、光线和主次非常有新意，自然的风景和人物的有机搭配，看起来简单，实际很丰富，意境里充满诗意，飘逸着灵动的气息和力量，看来你受诗友会诗歌的影响不小。你现在对诗歌的理解能力有时让我刮目相看，男人的表现力总是深藏不露，随性的拍摄都是一幅风景画，像一首美丽的诗，你这一业余的爱好已经是专业级的水平了。

亲爱的，你用你的照相机说话，我用我的笔说话，用心灵表现自己真实的世界，释放你我美丽的心情，记录那寂静的夜，皎洁的月，明亮的光，远处的低吟，近处的浅唱和不期而至的种种相遇。

卡尔，你身上散发的魅力无以抵挡，我在你的世界里迷恋！

0917. 人有时需要一种淡然——1987.01.21

巴特尔今天特意来跟你谈合作做地产生意，他摆出各种进军地产的理由和巨大利益的诱惑，你有点心动，回家征求我的意见，我第一次明确表示反对，你不解我的反应为什么这么迅速又坚决。

卡尔，我经常在想，财富增的同时，各种诱惑和考验伴随而来，地产生意固然利益巨大，问题是你不熟悉这个行业，投资不是一笔小数目，风险你无法控制。最重要的是你现在的生意很轻松，生活惬意，不需要担心任何事情，我不想你卷入巨大的利益纷争中不能自拔，生活不仅仅是为了赚钱，我喜欢你现在的状态。

亲爱的，人有时需要一种淡然，朴实而不张扬，淡诱惑轻名利，不论外面钱财滚滚，我心依旧，生活丰富而不肤浅、思想理性而不盲从。在物欲的世界里，卡尔，你更需要一份淡泊的心境，淡定从容地笑对你的人生，我们的余生一定是愉快之旅！

0918. 空中惊魂——1987.02.04

昨天我们乘坐的洛杉矶到悉尼的航班在太平洋的上空遇到了强气流，飞机剧烈颠簸，我紧张得要命，紧紧地抓住你的手，手心都冒汗了，持续了好长一段时间没有好转。好多乘客都在准备写遗书了。我稍作镇定，问你：“我们的飞机如果掉下去会在哪里？”“太平洋。”你回答说。

人生短暂，还有好多做不完的事情，还有很多的理想没有完成，来不及和亲朋故友打个招呼，一想起这些，我不由得再一次抓紧你的手，抬头看看你的眼睛，你很温柔地看着我，没有慌乱的表情。转念一想，能够和亲爱的人一起葬身大海也是一件浪漫的事，我一下轻松多了，我依偎在你的怀里，闭上眼睛，等待着死亡的来临。可能是上帝可怜我们，飞机穿过了强气流区域，不久平稳地降落在悉尼机场，机上的每个人欢呼拥抱，那一刻，我好像重新活了一回。莎米接机的时候见到我眼睛红红的，还以为我是想她了，我又抱着她痛哭了一场。

亲爱的，死过了一回，什么都不重要，我只想好好地活着，分享你我全部的爱和我们的情，一起酿造生命的美酒，慢慢地品尝！

0919. 历史的记忆从殖民以后开始——1987.02.06

二月的悉尼，阳光灿烂。在洛杉矶，这个时候正是寒冷的季节。一下脱下厚厚的冬衣，格外的舒服，怪不得莎米要求我们在这个时候来感受一下澳洲阳光。

悉尼歌剧院特有的帆造型，在阳光照映下，像两艘巨型白色帆船，飘扬在海面上，加上悉尼港湾大桥，与周围景物相映成趣，这里已经成为世界著名的表演艺术中心，在悉尼成熟而商业化的旅游景点里，我没有捕捉到澳洲殖民前的原始气息，没有厚重的古迹，一切都很年轻，历史的记忆要从殖民以后开始寻找，跟我们美国没有多大的区别。从地图上看，漂浮在南半球的这块大陆，离最近的国家印尼也要飞四五个小时（新西兰除外），站在这里有种被时空阻隔的孤独。

亲爱的，在这没有风雪骚扰的季节里享受阳光沙滩，是一种新鲜的体验。卡尔，我有时在想，假如我心中没有你的爱，悉尼港湾千帆竞发的场景与我无关，这里的阳光沙滩与我无关，殖民的历史与我无关，我的孤独与你无关，站在这万里之外的异域，我是哪里来的，又将去何方？我不需要记忆，也无须知道。

卡尔，和你在一起的感觉真好！

0920. 文化名城墨尔本——1987.02.08

墨尔本位于澳大利亚的东南海滨，在美轮美奂、别具风格的旧国会大厦前，我和你还有刚认识的一对来自美国的新婚夫妇在此拍摄留念。坐上观光巴士在一条全长近300公里的海滨公路上观光，一路赏心悦目，然后去菲利浦岛参观企鹅登陆更是一件难忘的事情，这里也是小企鹅的栖息地，珍禽异兽和怪石相映成趣。

相对于悉尼，我更喜欢墨尔本，悉尼只是一个商业城市，墨尔本却是一个历史悠久的文化名城，虽没有悉尼的华丽，却也不似其他澳大利亚小城的清寂，从文化艺术层面的多元性，到大自然之美应有尽有，在满足感官娱乐方面，无论是艺术、文化、娱乐、美食、购物和商业样样都有自己的特色，墨尔本成功地融合人文与自然，是一座充满活力和欢乐的城市。

美丽的风景总是伴随着美丽的心情，亲爱的，在南太平洋咸咸的海风里，我再一次感受你如影相随的照顾，感受你热烈的目光，深情的爱，我错把这里当成洛杉矶，乐不思返！

0921. 阿德莱德的酒庄——1987.02.11

去寻找和拜访葡萄酒胜地是你必做的功课，一杯甘醇的葡萄酒，不仅带给人味觉上的享受，如果在美丽的葡萄庄园品尝那才是的最浪漫的事情，澳大利亚深厚的葡萄酒文化有它别样的魅力。

南澳的阿德莱德地区有著名的葡萄酒学院，还有澳洲甚至是世界上至今仍然存活的最古老的葡萄藤，延绵的海滩连着各式各样的酒庄，背靠翠绿的森林。我和卡尔一路品尝风格各异的葡萄酒，当然最难忘的是在芭萝莎山谷的芭萝莎酒庄，这是一个复合型的庄园，除了葡萄园，这里还有大片的玫瑰园，橘园，据说这里的庄园主偏爱甜蜜馥郁的味道，因此将葡萄酒、柑橘、玫瑰，甚至咖啡混合起来，制造出美味可口的甜酒，在品味美酒佳肴的同时，还可以在它的陈列大厅欣赏各个年代不同国家的艺术精品。

亲爱的，我好喜欢你品着葡萄酒，抽着雪茄的样子，在追求优雅生活的路上，你越来越像个绅士了，我热爱葡萄酒，我热爱葡萄酒旅游，就像热爱你散发的男人味一样，卡尔，和你在一起，人生真美！

0922. 情人节的礼物——1987.02.14

情人节到了，澳洲的大街小巷都有一种天然的紫贝壳在卖，莎米告诉我们这是年轻人最喜欢的情人节礼物，男人送女人天然的紫贝壳代表你是我的一半，表示对爱情的忠贞。

你执意要去海里捡紫贝壳，约好了莎米的丈夫乔纳森下午一起去海边，果然你们俩傍晚回来的时候各带回一个大大的紫贝壳，我爱不释手，我把它放在梳妆盒里，生怕弄坏了它。

亲爱的，谢谢你的礼物，我是你的一半，你也是我的一半，我们永远在一起！

0923.《霍乱时期的爱情》——1987.03.02

加西亚·马尔克斯的《霍乱时期的爱情》讲述了一段长达半个多世纪的三角恋：一个男人和一个女人，他们在二十岁的时候没能结婚，因为他们太年轻了，经过各种人生曲折之后，到了八十岁，他们还是没能结婚，因为他们太老了。

小说描写了种种不可思议的爱情和爱情的不可思议的传说，穷尽世间爱情，洞穿爱情真相，充满了对生活的思考，它带给我纯粹的阅读体验。那番石榴的芬芳、充满香气的回忆，令人叫绝的是男主人公弗洛伦蒂诺·阿里萨在和女主人公费尔明娜·达萨分别几年后相见，男主人公没有上前相认，而是一直跟随女主人公逛集市，当女主人公进入“代笔人门廊”这个被认为堕落淫荡、藏污纳垢的地方，她突然回头，看到男主人公冰冷的眼睛时，她立即意识到她和他之间的爱情结束了。连爱情都写得这样从容，真是羡慕；

与十几年前读《百年孤独》的感觉完全不同，加西亚·马尔克斯不再写权力，而是写爱和爱的力量，伟大的作家能把高潮很好地结束，轻建立在重之上的时候，轻比重更重，这只有加西亚·马尔克斯做得到。难怪这本书被称为一部充满眼泪、叹息、渴望、不幸和欢乐的爱情教科书。

是的，爱情有时是用来被人解读的，品味起来才有味道，亲爱的，我们的上一辈的爱情故事平淡得没有留下一丝痕迹，然而我们的爱情故事呢？我已闻到它的芳香，别人能否看懂，我不在乎！

0924. 迈克从大学退学——1987.03.16

迈克进入加州理工大学还不到一年就决定退学，出乎我们的意料。现在许多年轻人不懂得珍惜大学里学习的机会，在我们当年可是一件梦寐以求的事情。

事实上，这几年我们的国家进入了空前的繁荣期，然而，在经济繁荣、政治安定的表象之下，我们的国家面临着一场“物质上升，信仰下降”的危机，仿佛社会在富裕中丢失了理想，与此同时，这一代国人对眼前的庸碌生活表现出了一种非同寻常的不安，大学变成了“只谈存在，不谈意义”的社会机构，一个“无用知识的自动发送机”和“毕业文凭制造厂”。

金钱至上的商业论理也影响了一代年轻人，我认为去大学不只是学习专业知识，去培养构建人生有意义的价值观和世界观才是更重要的，迈克可能错失这一重要的时机。

也许我的思想已经跟不上时代了，亲爱的，你的“社会大学”应该可以毕业了，四十年丰富的社会经历是你宝贵的财富，也成就了你自己，这归功于你小心翼翼的行进，不断地学习和思考。迈克可能要付出他的代价，他的过去影响着他的将来，祝福迈克！

0925. 我爸爸去世了——1987.4.10

卡文昨晚半夜打来电话，我的父亲去世了，走得很安详。

我年少的时候是父亲的掌上明珠，后来读书没有达成父亲的心愿，嫁给贫穷的卡尔父亲没有反对，我来洛杉矶后很少回过家乡看望他，爸爸和我们生活在一起的时间里，每天除了看书、种花草、下棋、散步，还喜欢看报关心时事，每周一次的社区义工活动从不间断，自己的退休金和零钱全部捐献给拉格尔村的学校和孩子们了，直到生命的最后也不愿意给我们添什么麻烦，一生简简单单，一无所求，想起这些，我哭了一个晚上，你一直陪着我到天亮。

父亲的葬礼很隆重，拉格尔村的村民，学校的小朋友，还有他曾经的好多个学生从圣塔菲、休斯敦、奥克兰，纽约赶来送他最后一程，永别了，我亲爱的父亲。

卡尔，谢谢你陪伴我度过这几天的艰难，现在只有你才是我最亲的人了，亲爱的，有你的相伴和爱护，我将从容无畏地走过剩下的人生！

0926. 卡尔捐款给学校——1987.5.20

昨天你决定以我父亲的名义捐款100万美元给拉格尔小学建一个新的图书馆，没有想到你这么有心，帮助父亲完成他生前的心愿，按照父亲的遗愿，我今天又捐了父亲家中所有的藏书和他存留不多的钱，我想我的父亲在天堂里会微笑的。

亲爱的，在我心中，你才是最伟大的人，看到你开心的笑，这一刻我的心里和你一样的快乐！

0927. 品酒沙龙——1987.06.01

你酒庄品酒会的朋友越来越多，来这里的朋友都免费饮用葡萄酒和美食，不少新朋友都是老朋友介绍的，当然大多数客户是冲你的热情和口碑来的，三年下来你的生意越做越好，所赚的利润足够维持免费的品酒会。

原来的场地显得有点拥挤，你决定把隔壁汤姆的整栋房子租下来，更换了更好的音响和吧台，这里可以开办一个更大的PATY，用来招待朋友更有气氛，甚至可以把你摄影的朋友邀来，摆弄一下他们的作品，顺便喝杯酒，或把我诗友会的朋友请来，顺便唱首歌，你似乎很得意自己的想法。

在这品酒沙龙的空间里挥洒自己的自由，纯粹的兴趣和爱好，远离世间名利的追逐，不需要张扬，留下纯粹的友谊和内心的满足，亲爱的，我们需要的是这份闲情逸致，生活中流淌着健康的元素，卡尔，你知道吗？我越来越喜欢你的兴致和情趣了！

0928. 父亲节——1987.06.15

凯理今天回家送给你一部日本产的佳能照相机，祝贺你父亲节快乐，我才知道今天是父亲节，我想起了我的父亲，我的眼睛有点湿润。父亲离开我两个月了，我才突然想起这么多年来我没有买过什么礼物给他，反倒是我的生日那天，父亲一定会送给我意外的惊喜：一本书，一张唱片，或一双手套，花钱不多，却让倍感温暖，愿我的父亲在天堂里快乐。

客厅里不时地传来你爽朗的笑声，看到你们父子俩在有默契地交谈，像老朋友似的，我心里美滋滋的。

卡尔，你是一个好的父亲，父亲节快乐！

0929. 古罗马的记忆——1987.06.24

前天来到罗马的，正赶上他们的圣乔万尼节，看疯狂的人们吃蜗牛、烤全猪，举着葡萄酒进行歌唱比赛直到深夜。

第二天参观主教堂圣若望拉特朗大殿，接下来是圣母大殿和耶稣教堂。据说在罗马大约有九百座教堂，在城市的地下还有古老的殉道者墓窟。我们继续前往市中心的斗兽场，历经千年的战争的洗礼，斗兽场已经成了历史的遗迹，城墙上斑驳的痕迹，似乎正向我们讲述着这里曾经发生过的一切：身披铠甲的斗士，手拿长矛的勇士，在这里上演着一幕幕人与人，人与兽的血腥杀戮，只是为了满足当时贵族们糜烂生活的一种精神消遣。历史翻到了今天，在充满圆舞曲的曼妙旋律中，曾经的杀戮和仇恨都灰飞烟灭了，建筑是无罪的，历史也无法改写。

还没有从古罗马战争中醒来，就来到了许愿池，我投下一枚硬币，许下三个愿望，第一个愿望是重回一次昨日的罗马，第二个愿望是历史不要再重演，第三个愿望是我和你的爱天长地久。之后我们来到西班牙广场，这里是五十年代的那部著名的电影《罗马假日》拍摄的地方，走在长长的石阶上，今天我又重温那部经典的影片，跟随奥黛丽·赫本重新寻找那逝去的记忆：经典的邂逅，24 小时的放纵，短暂的自由，难忘的爱情……

罗马，一个让我留恋的城市，古典与现代相结合，城中的每一个建筑似乎都在向我们讲述它所经历过的故事，匠人们用他们巧夺天工的双手，聪明的智慧为世人留下了别样的罗马。我此时又想起了《罗马假日》里安妮公主的演说：“我的爱情是属于我伟大的国家和人民的”，是的，罗马很伟大，可爱情很遥远，亲爱的，古老的罗马可以作证，我全部的爱都属于你的！

0930. 梵蒂冈的力量——1987.07.08

我们沿着罗马的环城线前往世界上最小的国家——梵蒂冈，从驻地出发驱车半个小时就到达。地图上标注的梵蒂冈仅是一个点，如果不仔细看还寻找不到，资料上说明的 0.44 平方公里就是全世界天主教的中心教皇国，导游形容在这个国家境内随便开一枪，子弹就会飞到另外一个国家里。历时一百五十年修建而成的圣彼得大教堂，雄伟壮丽，内外的雕刻，彩石马赛克的壁画无一不是超凡的艺术结晶，来这里参观的人络绎不绝。

站在大教堂前广场的中央，我完全被这里的宗教气氛和力量所震撼，国家不在大小，在于它无形的力量，这里的声音足可以传播到世界的每一个角落，影响世界的政治经济文化格局，世界上任何一个政治家都不可能忽视这里的声音。

梵蒂冈的声音到底能够传播多久多远，我不清楚，但我知道有一种声音很可怕，那是禁锢思想的精神枷锁，有一种声音很有力量，那是渗透人心的大爱，有一种声音很遥远，那是冷漠的阻隔，有一种声音很亲切，亲爱的，那是你对我的呼喊！

0931. 威尼斯的梦——1987.07.11

素有“亚得里亚海明珠”之称的威尼斯，它的美是水和桥构成的，坐在别致的“贡多拉”上穿行市内主要水道，可以饱览威尼斯的精华，沿岸的宫殿、豪宅和教堂，各式独特的风格，看起来就像水中升起的一座艺术长廊。让我惊喜的是在这里可以看到文艺复兴时期最美丽的著作之一《寻爱绮梦》，还有在总督宫殿里看到的一幅十四到十五世纪哥特式世界最大的油画作品，取材但丁的《神曲》名叫《天堂》，气势宏大，占据了大议会厅整面墙壁。

这里是世界上唯一没有汽车的城市，上帝的眼泪流在这里，却让它更加充满柔情。从地图上看，四周环海的威尼斯仿佛一颗镶嵌在美妙长靴靴腰上的水晶，在亚得里亚海的波涛中熠熠生辉，威尼斯的风情总离不开水，蜿蜒的水巷，流动的清波，她就好像一个漂浮在碧波上浪漫的梦，离开的时候，诗情画意在我的脑海里久久挥之不去。

诞生于 1932 年的威尼斯电影节是最让我兴奋的，可惜我们来早了，每年的八月底到九月初的两周里，水城威尼斯是世界影坛的焦点，我不是导演，也不是电影演员，但我应该是一个很好的观众。在我自己导演的人生里，亲爱的，我应该还是个不错的演员，永远生活在你的梦里！

0932. 但丁的故乡——1987.07.13

伟大诗人但丁就出生在佛罗伦萨，今天，我慕名前来，想看一看伟大的《神曲》是在什么样的地方迸发出来的。佛罗伦萨位于阿尔诺河谷的一块平原上，四周环抱以丘陵，早听说佛罗伦萨是意大利文艺复兴时期诗歌和绘画的摇篮，徜徉在这个艺术的天堂，漫步在佛罗伦萨的大街小巷，信步走进博物馆、美术馆和教堂，那浓郁的文化氛围无处不在。

据历史资料介绍，在文艺复兴时期，积聚在佛罗伦萨众多卓越的艺术家有：达·芬奇、但丁、伽利略、拉斐尔、米开朗基罗、多纳泰罗，乔托、莫迪利阿尼、提香、薄伽丘、彼德拉克、瓦萨里、马基亚维利等等，他们创造了大量的建筑、雕塑和绘画作品，至今仍然闪耀着文艺复兴时代的光芒，他们的名字如耀眼的星星闪烁在天空中供我们仰望。

什么是文化名城，什么是艺术，亲爱的，我太幼稚了，想必我们许多外来的人如果要在这里谈一场恋爱是没有资格的，不过，能够在这里走一回，我好像感觉到自己是有文化的名人了，卡尔，我们明天再来这里走一遍，我们继续寻找但丁的“爱的老桥”！

0933. 托斯卡纳的美酒——1987.07.15

早两天在佛罗伦萨的时候就预订了去托斯卡纳地区的尼斯特里酒庄，这里是意大利最重要最古老的葡萄酒产区，酒庄里的古典奇安帝美酒是托斯卡纳的骄傲，这个酒有明显的紫罗兰香味及草莓酱香，产量不多却风靡全世界。你的酒庄里珍藏着不多的这样的酒，要有非常重要的客人来才开一瓶，我今天才真正理解它珍贵的由来，严格的品质控制，古老深厚的历史渊源和工艺，不是每个地方都可以随便复制的。

主人热情地请我们参观他的酿酒作坊，品尝他们得意的美酒，灿烂阳光下，紫色的葡萄在枝头闪耀着迷人的光彩，漂亮的园丁在葡萄树下翩翩起舞，快乐地歌唱，难得一见丰收的季节里醉人的葡萄园风光。

亲爱的，旅游不仅是感受沿途的风光，更是收获人生的感受，丰收的季节是值得歌唱的，人生也一样，需要赞美，卡尔，在赞美的歌声中，我带着你深深的爱，飞越这高山，平原和大海，肆意飞翔！

0934. 懒散的欧洲人——1987.07.17

在意大利的街道头或海滩上没有多少意大利人。欧洲人喜欢远游，留在家里的好像不知道来者是客，连招呼都懒得打，你倒满不在乎，怡然自得东看看、西逛逛，好像在你的王国里视察，我从来没有见过你如此的放松。

这让我想起了在洛杉矶的公园里，我见到人们各取所好，不工作不烦恼，尽情地放松，躺在草地上晒太阳、散步，和不认识的人一起玩直排轮、跳舞、做运动，间或有人拿出他的乐器，旁若无人地自娱自乐。我一直认为我们美国人挺悠闲的，我在这里算是领教了欧洲人的懒散和随意了。

生活模式是一种选择，洛杉矶有一种无形的压力，南美有点新鲜，中东太恐怖，不知道亚洲怎么样，亲爱的，如果一个地方令你压抑，如果有机会有能力选择，转变一个环境说不定是另一番人生。我现在终于明白，为什么有那么多的外国人来到我们美国，看来我们的家园应该算一个不错的选择，我们不仅要守护我们的精神的家园，而且更需要守护我们的国家！

0935. 希腊之旅——1987.07.18

雅典卫城是必须要看的，据说是世界七大建筑奇迹之一，在卫城上眺望迪厄尼索斯剧场、宙斯神殿，无翼胜利女神庙等，雄伟壮观，可以想象出古希腊是多么的辉煌，你很兴奋地不断拍照。

晚上住在米岛的格兰达酒店，酒店的房间分布很有意思，大堂在最上面，然后分层向下，慢慢向海面延伸，房间内的装饰，很有地中海气息。在前往纳普良小镇的路上，我们享受了一顿丰盛大餐——希式烤羊排午餐。纳普良小镇是希腊独立后的第一个首都，东罗马帝国时期的日不落那不勒斯，仰视高山上的城堡，远眺海中的城堡，让我联想到这不愧是罗马帝国的版图，这个海中城堡莫不是威尼斯的雏形？

卡尔，无论多么辉煌，最终都湮没在历史的长河中，只留下魅影和斑斓记忆，不如我和你昨夜相拥在格兰达酒店温馨时刻那么真实，亲爱的，我的目光不想停留在这没有生命的城堡上，我要去爱琴海，寻找一场属于我们的爱！

0936. 爱琴海的天空——1987.07.20

爱琴海之名传说源于忒修斯王子的父王爱琴斯，他误以为忒修斯死了，心碎地跳海自尽。爱琴海还有一个非常美妙的称号——葡萄酒色之海，春夏二季，在阳光的照射下，爱琴海的海水呈现一种晶莹剔透的颜色，清澈中泛着灿灿的金色，到了夕阳落下的时候，海水就会变成一种绛紫色，好像杯中的葡萄酒，在盛夏的天空下，带给人心旷神怡的感觉。

爱琴海的夏天是最美丽的，晴空如洗，阳光明媚，我和你穿着泳衣徜徉在红色的海洋里，任晶莹剔透的海水拍打着脚踝，海风吹着岸边的橄榄树，安详地享受着海风的抚摸，是一件妙不可言的事，怪不得那么多情侣从世界各地赶来这里分享来自天堂的静谧。

亲爱的，我想在这里多住几日，听说在爱琴海的阳光照耀下，埋藏已久的爱情，甚至冰冻的情感都会开花结果，卡尔，在爱琴海的天空下，我的爱情之树已焕发新芽。不信吗？爱琴海作证！

0937. 断臂美人维纳斯的故乡——1987.07.23

在希腊眺望塞浦路斯，传说这里古希腊神话中的爱与美神阿芙洛蒂特的诞生圣地，有一股冲动吸引我前往，美神阿芙洛蒂特在罗马帝国时的别名叫维纳斯，她是众女神中最美的一位，罗马人把维纳斯视为爱神。

这里是神话中“断臂美人”维纳斯的故乡，少女维纳斯刚刚越出水面，赤裸着身子踩在一只荷叶般的贝壳之上，她身材修长而健美，体态苗条而丰满，姿态婀娜而端庄，一头蓬松浓密的散发与光滑柔润的肢体形成了鲜明的对比，烘托出了肌肉的弹性和悦目的胴体，风神齐菲尔吹着和煦的微风缓缓地把她送到了岸边，粉红、白色的玫瑰花在她身边飘落，果树之神波摩娜早已为她准备好了红色的新装，碧绿平静的海洋，蔚蓝辽阔的天空渲染了这美好、祥和的气氛，一个美的和创造美的生命诞生了！

塞浦路斯风光旖旎，清澈湛蓝的海水环绕着岛上的平原与山谷，金色的海滩镶嵌在岛屿四周，与雄伟壮观的奥林匹斯峰共同诠释出一幅地中海独有的魅力画卷。

据说塞浦路斯是葡萄酒的发祥地，《所罗门雅歌》中将这里的葡萄比做美女的甜吻，亲爱的，你的祖先一定与塞浦路斯有个约会，让葡萄酒成就了你的事业，我与维纳斯也有个约会，身着爱神的彩翼飞舞在你身边，唱着《所罗门雅歌》，不愿离开！

0938. 爱情在这里永远不会老去——1987.07.26

瑞士是个小国，两次世界大战中保持中立，没有经过战火的洗礼，她的美丽和宁静一直传说在我的脑际。

走进被视为苏黎世公认的地标——双塔教堂，登临瑞士高原东北部著名的冰蚀湖——苏黎世湖，远处湖岸缓坡上布满了葡萄园和果园，有点像拉格尔村山坡上的葡萄园，只是拉格尔没有美丽的湖水相伴，自然就少了这种有韵味的景致。这里是雨果口中“最浪漫的地方”，大仲马笔下“世界最美蚌壳的珍珠”，高山、丘陵、河流以及中世纪古老的城堡，好像全欧洲的山光水色尽在卢塞恩。还有具有七百年历史的湖中之堡——石庸城堡，位于日内瓦湖东边的蒙特勒附近，建在日内瓦湖三百米深的湖底，有一种飘浮在湖面上的感觉。

亲爱的，如果可以选择，这里倒是可以作为终老的地方，这里温柔得令你陶醉，包括阳光，爱情仿佛在这里永远不会老去！

0939. 世界是如此不公平——1987.07.28

从日内瓦出发，租车前往法国首都巴黎，法国是第二次去了，好像去一次无法浪漫够，与其说去旅游，不如说去寻找一份浪漫的心情，你想顺便去看望女儿凯希。

高速公路两边的风景赏心悦目，连休息站都风情万种。首先到达坐落在海滨阿尔卑斯山脚的边境小镇，听说这是法国人心中最美丽的小镇，至今仍然保留着它原来作为渔村的淳朴气息，让我想起加州北部的霍姆尔镇，似曾相识的感觉。接下来到达摩纳哥——这是世界上最富有的袖珍小国，参观摩纳哥王宫，就如同一次从中世纪教皇时期到拿破仑战争横贯几个世纪的旅游。格拉斯是香水之都，到处是花的城市足以让每个踏足于此的人长醉不起。一提起普罗旺斯，便让人想起熏衣草，在这里可以了解最纯正的熏衣草精油是如何制作出来的。第戎是著名的勃艮第葡萄园的大门，在这里你可以一边品尝美酒，一边慢慢细读古老贵族的豪华宫殿和遗迹。

这个世界如此不公平，绝美的风景全落在这里，连文化都那么的芳香，亲爱的，你在看风景吗？怎么忘记拉我的手了，我在看你，看你如中世纪的古堡，充满了神秘的风采，卡尔，这样不公平，看风景的同时，你要多看我几眼！

0940. 走在西班牙的历史与现实之间——1987.07.30

对西班牙有一种说不清楚的感情，早几年第一次来欧洲的时候错过了它，这次无论如何也要去看一看，看看这个殖民我们美国大部分地区达两个世纪的国家，到底是个什么样的地方。

翻开历史，十五世纪末，西班牙已经成为一个殖民大国，并逐渐成为西班牙帝国；十六世纪，西班牙通过在美洲获得的巨大财富，成为欧洲最强大的国家。西班牙对殖民地的土著居民进行了种族灭绝式的屠杀，为它的没落埋下了种子，1898 年的美西战争让它从此退出了对美国的殖民，我们美国许多地方现在存留着西班牙式样的建筑，不时提醒我们这里曾经是西班牙的天空。

西班牙不仅有美丽的海岸，还有巍峨的高山，全境大部分是古老的高原，从文化古城马德里到素有“伊比利亚半岛明珠”之称的巴塞罗那，一路风光旖旎、古迹遍布，不时映入眼帘的是一座座白雪皑皑的山峰，这里有欧洲著名的比利牛斯山脉，整个山脉绵延千里，松涛茫茫，林海郁郁，景色如画。在它美丽的山水里，我无法去铺捉它曾经罪恶的影子，它欢快的恰恰舞，奔放的斗牛表演，还有狂热的超级足球联赛，深深地吸引我和你。

历史终归是历史，难以释怀的心情究竟该怎样选择，亲爱的，一切只能往前看，正如我们向往美好的生活，曾经的艰难只能一笑而过！

0941. 吉卜赛人的爱情——1987.08.02

早听说过西班牙最重要的少数民族是吉卜赛人，他们没有固定的居所，而是以大篷车为家和交通工具，以卖艺为生，在一个个城市间游荡，我很好奇这个闻名世界的流浪民族，尤其是他们的爱情生活。

很幸运看到歌剧《吉卜赛人的爱情》，这是由奥地利轻歌剧作曲家弗朗兹·莱哈尔创作的，描写了德兰斯瓦尼亚大贵族德拉果丁的女儿左丽卡与吉卜赛青年尤日纯洁真实的爱情故事，但其每个角色的愿望和幸福均未能实现，最后尤日无可选择地走上了地流浪之路，似乎暗示吉卜赛人的流浪的宿命无人能阻挡，剧中令人惊异的音乐表现，以横扫一切的魅力在我们面前展示了纯洁无可言喻的感情。

据说吉卜赛人有一个爱情魔法：如你想要一个人时刻想念着你，那么就在一块小镜子的后面粘在自己的照片，在镜子前粘上他（她）的照片，用红色的布包上它，然后到那个人家里，把它放在一个谁也发现不了的地方，那么这个人就会时刻的想念着你。你不相信这是真的。

相信不相信并不重要，亲爱的，不论你走到哪里，我时刻想念着你，只要有爱，跟随你“流浪”到天涯海角，我愿意！

0942. 风景不是我最关注的——1987.08.08

旅行的时候，总试图融入不属于你的另一个地点，寻找一份不属于自己的爱情故事，风景不是我最关注的，回到书桌前，想得最多的是我对你新的感受，两个人的旅行，是那么的浪漫又难以忘怀。

旅途中常常有这样一抹风景，随着你前行渐渐抛却在身后，却总是一不留神就闯进你的记忆，让你忍不住回头张望，像一杯清醇的美酒，滋润你路途的疲乏，人文地理，在历史的脉络中疏理，在我和你的交谈中清晰，有些地方尽管去过了很久，看着你随机拍摄的照片，回味起来风景依然是记忆里最美的样子。

亲爱的，路途的劳顿难不住你，你是在完成你的心愿还是在享受风景的美丽呢？我不清楚，但你拉着我的手走过的每一个地方我历历在目，感怀于心！

卡尔，你越来越可爱而有风度，我内心为你骄傲幸福！

0943. 把你的欲望表现在作品里——1987.08.20

因为摄影，你交了不少朋友，经常三五成群一起开车出去摄影，乐而忘返。你的摄影作品也越来越多，从最初的黑白照片到后来的彩色，现在看那些六十年代的作品弥足珍贵，竟然有朋友把它整理出来去展览，意外得到一个大奖，你有点得意。

亲爱的，不要在意这些奖品和名誉，忘记它，今天的你不需要为了名利去摄影，保持你内心世界的平静，把你的欲望表现在你的作品里，这是你的爱好，也是你的修养。

卡尔，我很喜欢你现在健康的心灵世界，坚持下去，这些照片将成为你精神的宝贵财富！

0944. 怀念是因为爱——1987.09.01

今天的诗友会会场设在田纳西州首府纳什维尔。你一直向往这个乡村音乐的中心，你崇拜的“乡村音乐之父”吉米·罗杰斯成名在这里，他那独一无二的嗓音和为潦倒者写的歌词给我留下了深刻的印象，这里也是猫王的故乡。

这次的主题是“怀念是因为爱”，清清的坎伯兰河，朗朗的诗歌声里，有诗友在怀念他们逝去的青春，有人在怀念已经远去的爱情，有人在怀念牵她的手，有人在怀念他所写的信，一段段难忘的岁月，一串串思念的情愫，朗诵会最后在流畅、动听的经典名曲《肯塔基的蓝月》中结束。

在马丁·路德·金纪念碑前，我和你敬献了花环，是的，我们有理由怀念吉米·罗杰斯、猫王和马丁·路德·金，怀念我们逝去的亲人，怀念我们的心路历程，亲爱的，此时此刻，我很怀念我们过去的坎坷和艰苦创业，一路走来，你的真情留在岁月里的痕迹，我知道以前不只是回忆！

0945. 岁月留痕——1987.09.20

亲爱的，今天我翻出你拍的照片，一张一张地看，我看着一张黑白的照片停留了很久，这是一张二十年前的照片，我不禁怔住，这是我吗？我深深地凝视“四十岁的我”，那么丰满，眼角没有皱纹，脸上的青春还在，笑意写在脸上，透着成熟的风韵，我不自觉地摸了摸我的脸，肌肉有点松弛，我对着镜子看见我的眼角爬了不少皱纹，眼睛里不见了当年的神采。

卡尔，我很害怕老去，尽管我一直对自己是那么的自信，可岁月依然毫不留情让我留下衰老的痕迹。卡尔，你认为我老了吗？可我的心中对你的激情依旧澎湃，我对你的爱不减当年。

岁月只会让我们的爱更加的成熟，亲爱的，我要爱你一万年！

0946. 什么是亲密无间——1987.10.15

放眼望去，人世间共同生活，丈夫与妻子、孩子与父母，生命在亲密无间中延续，没有人可以独自活着，男女两个人在一起，从恋爱到结婚再到白头偕老，什么是亲密无间呢？这个问题一直没有找到答案。

两个个体长时间生活在一起，可能因为酬劳，因为地位，因为财富，因为赞美，所以去爱，产生爱，追求爱，甚至许下生生死死的承诺，然后因为一句话，一件事，互不容忍随时可以分开，曾经的亲密无间显得有点可笑，我知道那不是爱情，是条件。

丈夫欣赏妻子的美，妻子包容丈夫的缺点，以对方为中心，随时躺开自己的心胸，接纳再接纳，包括彼此的错误和异见，兴趣和爱好。

我知道了，亲爱的，什么是亲密无间呢，现在这个问题我突然找到了答案，亲密无间不是指肉体，而是交融的思想和灵魂，你中有我，我中有你，我呼吸着你的呼吸，你甜蜜着我的甜蜜。卡尔，我们现在谁也离不开谁，你说是吗？！

0947. 我的诗——1987.11.10

我的诗为你而写
我的诗为你而歌
我的诗不需要读者
如果有 亲爱的
你是我唯一的一个
不用看我写的结尾
你已经读懂我的全部
那就是爱你的情感
永远不变

0948. 心静的喜悦——1987.12.05

今天和你去教堂，我在祷告声中凝神，教堂里的歌声是美妙的，好像有一种宁静的通道连接我的心，这一刻我的心情是无比喜悦的，走出教堂的那一刻感觉到天空格外的蓝。

大街上车来车往，穿梭在高楼大厦之间，我不知道忙碌的人们到底在追逐着什么。现在的社会，人们的生活标准定得太高，不论是房子、车子、穿戴，都喜欢追求心目中最好的，这样一来，无止境的欲望让人内心不安定，不管是否达到了目标，都不会感到真正满足。其实，生活的轻松快乐，要从内心的安宁做起，而不是盲目地攀比、追求，这需要我们静下心来，去寻找那一份宁静的快乐，卡尔，我们也一样，如果你无法让心静下来，来教堂是一个不错的选择。

事实上，金钱和物质带给我的喜悦是短暂的，但心可以持久，它把我带入爱的世界，它给我对美、音乐、诗歌的莫大感受，激励我热爱生活，去创造我生活中的诗歌和音乐，发现美的来去。

亲爱的，不要让财富遮挡了你的眼睛，我祈祷爱在你心中生生不息！

0949. 成为自己心灵的主人——1987.12.20

卡尔，我们现在的财富足以使我们不用去担忧未来的日子，但如果我们和周围的人一样受到欲望的驱使，不去思考活着的意义而只有享乐的过程，人生好像失去一些灿烂的色彩。然而在短暂的一生中，在我们可以控制的这一辈子里面，如何去实现一些你真正想要的和应该去实现的价值？这是一个值得我们思考的问题。

是的，欲望控制着我们的内心，每个人的欲望在不断膨胀，希望过得更加快乐，看起来好像没有不对，但究竟外表的这种快乐，代表内心不知足，终将永远痛苦，我们过去的经历都有过这样类似的感受。然而人生不只是为了走向死亡，那是一种消极的生活态度，我们了解外部世界的变幻莫测，让内心充满光明和希望，是为了不让自己走向堕落。

新的一年即将到来，亲爱的，去正确面对和珍惜自己的人生的同时，你需要有一种觉醒，不在乎别人的眼光，不作欲望的奴隶，拥有一种更为积极和健康的态度，成为自己心灵的主人。卡尔，我期待着你在新的一年里，以更高的姿态让生命的内涵更丰富些，人生更厚重些！

0950. 对爱宽恕——1988.01.25

今天诗友会在弗吉尼亚的夏洛茨维尔小城举行，小城偎依着郁郁葱葱的蓝岭山麓，又有碧绿清澈的里万纳河从身旁流过，景色十分秀丽。

这次诗友会的主题是“对爱宽恕”，不要因为爱生恨甚至走向毁灭，诗友安吉亚给我们分享了她的故事：她相处了三年的初恋男朋友半年前抛弃了她，她当时感到世界末日来临了，想到过自杀，最后她活过来了，感谢前男朋友让她尝倒了爱情的甜蜜和苦果，让她懂得如何更好地去爱一个人，她现在又找到了新的爱情，生活得很幸福。诗友奥维亚先生给我们分享了他的故事：他结过两次婚，现在回过头来看看，他太自私了，只会想着自己的需要，深深地伤害了她们，人年轻的时候总会犯错，他会回头给前面的两位妻子写一封信，请求她们的宽恕。

诗友会在真诚和感动中进行着，有诗友甚至在现场拿起电话向他以前的恋人忏悔，请求对方原谅他所犯的过错，他们的举动令人惊讶和鼓舞。

亲爱的，你听到了吗？宽恕也是一种爱，对自己，对他人都是，我们任何一个人没有理由让自己背上一个包袱行走在路上，卡尔，我请求你宽恕的是：我对你的爱还不够深！

0951. 情人节的礼物——1988.02.14

今天中午当我从图书馆回来的时候，你已经站在门口迎接我，还有我们的凯理、丽塔、妮可和迈克，他们的脸上挂着神秘的微笑，进入客厅是满眼的红色，让我惊喜的是我们的别墅上下三层的每一个房间里，甚至楼梯上都放满了玫瑰。你告诉我，一共用了 9999 朵玫瑰，你要满足我年轻时候的幻想，妮可和迈克不时地在我后面鼓掌。

是的，年轻时的幻想已经变成了现实，虽然我们不再年轻，可谁说浪漫是年轻人的事呢？

亲爱的，谢谢你的礼物，人生百年，不就是为了这一刻的骄傲或荣幸，作为女人，我已经很满足了！

0952. 女人是什么？——1988.03.02

《花花公子》《阁楼》等声色刊物随便在哪个杂货店都能够买到，女人暴露的身体不堪入目，诱惑着男人犯罪。女人是什么呢？是男人眼里的猎物，发泄的对象还是交换的东西呢？

据“女人之家”的调查和统计：60% 以上的女人遭遇过家庭暴力，80% 以上的女人性生活不和谐，90% 以上的家庭在结婚 7 年内心遭遇过婚姻危机，我不知道这个世界是否因为给男人的机会太多，还是我们的文化给了男人太多的自由，人性在世俗的欲望里沉沦或堕落，受伤的总是我们女人。

对女人来说，得到男人的爱和尊重是一件求之不得的事情，但爱和尊重并不是人与生俱来的，它来自人性深处的怜悯和理解，毕竟女人相对来说是弱势的，需要被男人爱护的。

亲爱的，这么多年来我感受到了你的爱和尊重的力量，我得到它并释放我生命的能量，因此我的灵魂是高贵的，是你成就了我的高贵，卡尔，你是一个懂得女人的好男人！

0953. 关于金钱——1988.03.20

人在贫穷的时候渴望得到金钱，拼命追求财富，许多美好的事物在梦想追求中产生，也在梦想的成功中毁灭，爱情在金钱面前有时也脆弱如泡影，无论贫穷还是富贵，世上绝大部分问题的根源都来自于金钱，金钱是个可爱又可恨的东西。

现在人们对金钱的观念不只是获取去改善生活，而是转变成对所有东西的拥有或控制，并且把一切的东西商品化，包括人类本身，金钱把一切高贵的和庸俗的东西都抹平了，诗歌远去了，心灵不再美丽，同时，所有人对一切对象的欲望都彻底释放出来。与男人对权力、金钱及物质的崇拜一样，女人为了寻求安逸，追逐金钱及猎取男人，可以出卖肉体。人性的堕落在金钱面前是显而易见的，我们美国的商业论理和社会制度尤其是滋生这些的土壤，“金钱至上”的观念不知道使多少人为了金钱迷失了方向。

因为精神的迷失，所以游戏人生，潮起潮落，周围不知有多少朋友不能洁身自好而人生黯淡，甚至在不知不觉中消失，亲爱的，在金钱面前，你经受了考验，你是有智慧的，我为你骄傲!

0954. 我们一起去了赌场——1988.04.01

今天第二次来拉斯维加斯，这里的赌场越来越多，吸引了全世界的人来到这里，让这个西部的小城市几年间发展成一个大的都市，真是个奇迹，这里吃喝玩乐，无奇不有。

赌场里的亚裔人士最多，好像这里是专门为他们开的，到处是黄皮肤黑眼睛的亚洲人，不知道他们的骨子里是不是有好赌的天性。听你说，这里的豪客大多数出自他们，他们把贵宾厅几乎全部占了，如果不提前预订根本没有位置。拉斯维加斯赌场的生意好得超乎我的想象，有人在这里失落潦倒，有人在这里豪气冲天，有人在这里游戏人生，有人在这里赌注命运，一样的人生，不一样的结果，在这里纷呈毕现。

我和你一万美元的钱码五分钟内全部消灭，亲爱的，体验一下瞬间的得失和心跳，是需要有良好的心态和定力的，人生不是一场赌博，而是一场规划，路过，看过，让别人赌去!

0955. 我想念我的父亲——1988.04.10

父亲去世一年了，今天是他的忌日，一年来，我好像感觉父亲一直没有离开我，我经常跑到他曾经住过的房间里，那间房子里除了书架上的书捐给拉格村图书馆了，其他的自他离开后一直没有动过。

卡尔，你会想起我的父亲吗？还记得父亲咳嗽的时候你拍打他的背部，父亲开玩笑说你欺负他，你们下围棋的时候你总是输，有一次爸爸让着你赢了，你高兴得手舞足蹈。

亲爱的，我时常想起父亲经常在我面前赞美你的情形，我知道父亲跟你在一起的日子是快乐的，他在天国一定会保佑你！

0956. 美国式的自由——1988.04.15

那边密歇根大学的图书馆前面有人手里拿着一本《圣经》，正在滔滔不绝地宣讲耶稣的伟大，有同学在旁边有心无心的地听着，另外一处有男女同学在亲热说笑，耶稣的伟大与他们无关。

这边洛杉矶的街头在举办吸毒者集会，主张吸毒自由和大麻交易合法化，同时各种组织还散发五花八门的宣传品，从各种毒品的介绍到妓女工会的章程，除了自由其他与他们无关。

太多的自由反让我们不自由，这就是我们美国，在我们的国度，无奇不有，我不明白我们这个星球自由的规则是为了次序，为了道德，为了权力，为了利益，为了空间，还是为了混乱？我不得而知，反正我不喜欢，我喜欢优雅的声音、赞美的语言、健康的词汇、真诚的目光、虔诚的信仰和有组织的秩序。

亲爱的，你可以有自由的思想，但我不希望你有自由的激进言行，因为你现在有心情让自己优雅，你有机会让自己安静，你有权利让自己高贵。卡尔，我的自由在对你的爱里，我的自由在对你不变的情感里，我的自由在你看我的目光里！

0957. 人生需要一种归属感——1988.05.06

据报道：上周一个菲律宾留学生饿死在他的出租屋里，直到四天后才被他的同学发现。这是令人悲哀的，你的存在没有人注意，你的离去没有人在乎，许多人走不出他们孤独的阴影和无助的感觉。一切按照法律来，只要你不违犯法律，没有人管你，没有人关心你，毒品开始泛滥，暴力只是一种宣泄的途径，于是心理医生多了，这是我们美国的自由和现状，也是生存在自由社会的代价。

人生是需要一种归属感的。现在有各种宗教组织提供这种帮助，然而许多人却误入邪教，这样更多的社会问题出来了。是的，我们人类在追求自由，但我们的生活不仅仅是为了自由，慈善组织解决不了人的心理和心灵的问题。

卡尔，我认为我们的心理是健康的，心灵随时找得到安放的地方，有许多爱我们的朋友，现在还有能力帮助有需要的人，我们是幸运的。

亲爱的，我每天都在你的爱护中享受着你的甜蜜，我很珍惜我们这个家，这个家充满了温暖，我爱我们的朋友，是他们让我知道分享和付出是快乐的。卡尔，是你爱的力量促使我更好地融入这个社会，充实地过着每一天的日子，任何时候我都知道自己存在的价值，任何地方都找得到自己的位置！

0958. 梅伦的悲剧——1988.05.21

梅伦爱上一个已婚的男人，并为他离了婚，爱得死去活来，全然不顾对方的家庭，两年来形影不离，昨天社区爆出爆炸性新闻：梅伦把那个男人给杀了，听说是那个男人提出分手后发生的。

“离婚女人之家”曾经接待过梅伦两次，我见过她，天使的脸庞，浑身透着成熟女人的魅力，谈吐思维非常清晰，只是有点消瘦，她说这是因为三个月的失眠引起的。明明知道对方有家庭，明明知道这是一场没有结果的爱情，她无法停止自己的脚步，奋不顾身地前进只等粉身碎骨，我面对她的时候第一次感到自己的无力。

没能阻止悲剧的发生，我深深自责，尽管我知道许多的悲剧我无法阻止。

亲爱的，我有时候无法看清楚爱情是什么，是为了更好的生存，还是为了彻底的毁灭。爱情是天使，也是魔鬼，看两个人的造化，卡尔，爱情之花在我心中永远不会枯萎，天使天天在跳舞，你感觉得到的！

0959.“女人之家”——1988.06.20

“离婚女人之家”接待的人数超出了想象，我们的义工白天几乎忙不过来，晚上还会接到很多求助的电话。

梅伦的悲剧告诉我们不能在女人离婚之后再去做心理的咨询和帮助，我们要提前介入女人的内心世界，我们应该去组织活动去传播爱的理念，增加处理婚姻家庭危机的培训，探讨两性关系和谐的奥秘，为她们找到一个宣泄的渠道和冷静的空间，增长她们的智慧，挽救更多的家庭，而不是像现在一样去救火。玛菲建议“离婚的女人之家”改成“女人之家”，这是个不错的主意。

现在由多名两性关系专家组成的团队不定期支持“女人之家”，增强两性互动的教练式课程——亲密爱人，已经开始授课，报名参加的人数超出了我的想象。你提议组织更多成功的家庭参与进来分享，他们家庭幸福的秘密比某些培训有效得多，看来你很有见解。

亲爱的，谢谢你理解我们女人，你对家庭的付出和无私的爱，是我对“女人之家”坚持的动力，你是一个成功的男人，因为你有一个成功的家庭！

0960. 珍妮太太离婚了——1988.07.21

“卡尔，还记得那个珍妮太太吗？她上个月离婚了。”

“不可能，六十多岁的人了，还离婚？”你有点不相信。

“真的，珍妮不愿意去她女儿那里，现在一个人在社区的养老院过，我昨天还去看过她。”

“为什么要离婚呢？她的丈夫斯塔普我觉得挺好的。”你不解地问。

“听珍妮说，她的丈夫还保留着她初恋情人的照片，最近还经常联系，被珍妮知道了，她觉得被她的丈夫欺骗了一辈子，一定要跟他离婚。”

“这也不至于要离婚吧，每个人都可能有过那么一段美好的记忆，只是记忆而已。”你替斯塔普不平。

是的，我同意你的说法，但不是每个女人都可以接受与她生活了一辈子的人，心里却每天想着另外一个女人。亲爱的，我不知道你有没有初恋的情人，如果有，没有关系，一定要告诉我，如果你想与她见面，我可以帮你联系，相信我可以做到！

0961. 生命之轻——1988.08.09

“女人之家”接待年轻的女性越来越多，他们比年长的女人承受能力更差，她们的情绪容易走向极端，尽管他们所受的教育程度都不低。

布鲁尼昨天下午自杀了，年仅25岁，为了一个她苦等了五年的男人。因为对方移情别恋，她向“女人之家”打过一次电话，电话那头她一直在哭，然后就挂了，当我们的义工再次打过去的时候，听到的是她已经离去的消息，她胸前的十字架上沾满了鲜血。

痴情本无罪，何必用生命去证明，爱一个人不要太贪心，否则会吞噬生命。

现在的年轻人对生命看的是如此之淡，是一个严肃的问题，我们作为有感情的生命个体，是否有权利结束自己的生命，尊重生命是所有宗教教义的基础，不论东方还是西方的，把自己结束是有罪的，不能得到永生。宗教拯救不了布鲁尼的生命，可能她认为爱情比她的生命重要，对一个失去爱情女人，宗教对她来说暂时没有意义，生的痛苦不如死得痛快。

亲爱的，有你的爱，我现在比任何时候都热爱自己的生命，我无比留恋我的人生，卡尔，我们的爱恋要超越生死，真实地活着！

0962. 化装舞会——1988.08.20

“女人之家”昨天晚上组织了一场离婚女人的化装舞会，参加的人数超出了我们的想象，她们大多数早早来到会场，浓妆艳抹，或轻描淡写，千奇百态，异彩纷呈。

在热烈奔放的音乐声里，姐妹们毫无顾忌地扭动她们的肢体，化装舞会上尽显女人的妩媚和性感，散发成熟女人特有的魅力。

舞会后的酒会更是疯狂，你赞助的葡萄酒令她们赞不绝口，她们应该很久没有这样兴奋过了，释放的激情足以把整个会场燃烧，我和所有的义工姐妹们不由自主地加入了她们的行列，我们决定每个月定期举办一次这样的化装舞会。

我不禁在想：是什么埋没了她们的青春和笑容，是谁埋没了她们的热情和激情，是爱情吗，是婚姻，是生活，是男人，还是她自己？答案只有她们自己知道。

亲爱的，谢谢你对我完整的爱，谢谢你的葡萄酒！

0963. 以无畏的智慧帮助别人——1988.09.06

“女人之家”让我更加深切的了解女人的艰难。许多离了婚的女人和即将离婚的女人，夜深人静，孤影形单，女权主义救不了她们脆弱的内心，我知道她们渴望爱与温暖。

在这个富裕的社会里，富裕的是物质，贫穷的是心灵。我们住的房子大了，但我们的家庭成员却越来越少；我们有更多妥协的余地，可时间却越来越少了；我们拥有了更多的知识，但我们的判断力却差了。流落在街头的女人还大有人在，相当多的家庭关系冷漠，女人不仅要面对残酷的现实，甚至是身体的折磨，很多时候她们的心里没有美好愿望的欢喜。

亲爱的，“女人之家”少不了你的帮助，在似水的流年里，你能够保持一颗永恒的爱心弥足珍贵，以你无畏的智慧去帮助别人，特别是对那些需要帮助的妇女和儿童，你现在有这个能力，你拥有这样的愿望，像年轻时候的你，无条件地帮助别人，卡尔，我为你的爱心鼓掌，我为你加油！

0964. 和命运相遇？——1988.10.03

朋友爱琪玛的女儿詹妮二十八岁了，大学毕业后在一家保险公司做财务工作，人挺乖巧听话的，去年突然辞掉高薪职位不干了，要去学习瑜伽，家人的反对没有用，上周出嫁了，嫁给了她五十六的瑜伽老师，这个时候应该正在印度度蜜月。

我一直不相信和命运相遇的事情，认为这是哲学家们故弄玄虚的把戏，可人世间有些事情就是那么怪异，你认为不可能的事情，偏偏会发生，而且谁都说不服自己，一定要去完成认定的事情才觉得快乐，我终于明白，詹妮和命运有个约会，她的灵魂附在瑜伽上了，她嫁给了瑜伽。

亲爱的，回想当年我义无反顾一定要嫁给你，是不是一样和自己的命运相遇了，所以这辈子我都认定你，没有谁能够改变，卡尔，和你相遇是我的命，我是幸运的，我认为你值得我一生去爱！

0965. 行走在埃及——1988.11.17

金字塔据说是两千年前法老的坟墓，在一路枪口的保护下我们来到了它的脚下，它的雄伟壮观超出了我的想象，我不禁想起印度的泰姬陵，泰姬陵是以爱情的名义建造的，因为爱情而流芳千年。金字塔呢？法老是为了他自己王国的权威呢？还是为了他的长生不老呢？我不得而知，除了面对狮身人面的巨像有点神秘的想象之外，其他就是面对沙漠里的一堆石头，不知道有什么好看的。倒是晚上在金字塔脚下的一场《阿依达》的演出，在高大的金字塔的背景下，高亢嘹亮的歌声让我在古老的荒漠里感受到一种现代的气息，可惜故事是无关爱情的，这里古老的文明没有让我感受到这一种温情，四周站满着穿白制服的警察，更让我感觉这里离文明还有很远的距离。

沙漠里风很大，我依偎在你的怀里还冷得发抖，亲爱的，快点离开，我受不了这凌厉的风，我宁愿冻死在落基山千年的积雪里，还可以闻到山花的清香，也不愿意枯死在这古老的沙漠里，恐怕一万年也没有绿意的问候，更没有爱情的滋润！

0966. 出埃及到以色列——1988.11.20

从荒漠一片的西奈半岛进入以色列，经过烦琐的海关手续，没有心情继续欣赏埃拉特的美景，穿过茫茫沙漠直奔三百公里外的耶路撒冷。导游告诉我们最近局势紧张，不要乱说话，最好不要讲自己是美国人，美国的强大在这里没有任何作用。我不由得紧张起来，经死海、巴勒斯坦的杰里科、约旦河西岸、戈兰高地、叙利亚边界，十几个小时一路惊心动魄，我一直紧紧抓住你的手，你倒没有当一回事，毕竟你经历过战争，在一旁不断地给我讲笑话，舒缓我紧张的神经。

“他们为什么要仇恨，要战争？”这是一路存在我脑际的谜团，这里的人们每天要面对这样紧张的局面是多么的辛苦，他们面对的不是生活的苦难，而是恐惧，他们哪有心情谈情说爱呢？美好的爱情，在他们的眼睛里我无法捕捉到，我心里为他们悲哀。

亲爱的，即使我们的生活很苦难也没有关系，我们可以创造，可以建设，但在这黑洞洞的枪口下和莫名的仇恨里，我几乎看不到希望，在这里，爱情可以没有，生存才是最重要的，我不禁要问：生存又是为了什么，我的词典里无法找到答案！

0967. 耶路撒冷的哭墙——1988.11.25

《旧约》的故事带我来到以色列，我向往耶路撒冷这座神圣的城市，哭墙是我必来的地方。许多人前来祈祷，亲吻着石头，我不知道来这里的人有多少苦难要诉说，但看他们的眼神让我有点悲哀。

亚伯拉罕的忠诚没有让他的后代消除人性的残暴，摩西接受上帝降示的十戒没有为他的子孙带来安宁，苦难还没有结束，这里不存在诗歌，哭墙将继续哭泣，诺亚方舟何时带来和平的钟声，不得而知。

迷茫之际，一对穿着结婚礼服的情侣朝我们的方向走过来，他们来到哭墙面前敬献了一束白色的鲜花。经过一路的冷漠我终于看到人世间的温情，我的泪水不禁夺眶而出，双脚发抖，你走过来紧紧抱着我，亲爱的，假如没有你，没有你的爱，在这里我宁愿死亡。

卡尔，只有在这里，我才知道什么是和平的真正含义，只有在这里，我才知道我们平淡的生活是多么的珍贵，亲爱的，我们继续前行，我知道能够陪伴在你的身边就是一种幸福！

0968. 有一线光亮——1988.11.28

耶路撒冷随处可见仇恨的眼睛，在广场周边看见有和平组织的志愿者在进行救助活动。这里刚刚发生一起爆炸，我看见一个小姑娘正在为一个头部受伤的孩子包扎，我走过去帮她递上绷带，一问姑娘是香港人，英文很流利。我忍不住问她：“你们做了那么多的事情，暴力还是在不断发生，你会不会想到放弃。”她说：“不会，和平不是一天就可以实现的，需要一代又一代的努力，甚至需要流血，但只要我们不断地播种爱的种子，就会看到和平的希望。”我想不到这样的话出自一个柔弱的小女子的口，我不由得钦佩起来，我仿佛看到有一线光亮在天边，尽管很微弱。

“只要我们不断地播种爱的种子，就会看到和平的希望”，小姑娘这句话不断地回响在我的脑际，这让我想起了莎米，这孩子此时正忙碌在非洲的慈善事业上，我想正是这些千千万万个坚持信仰的人，这个世界才多些光亮，多些温暖。

亲爱的，我们没有理由视而不见，我们没有理由放弃心中那一份同情和怜悯，继续做我们应该做的事情，不在乎别人怎么说，不管这样，爱的种子总是要播种的！

0969. 信仰是和平的种子——1988.12.10

美好的愿望代替不了现实，警惕的眼神，黑洞的枪口，冷漠的表情，耶路撒冷的哭墙前的眼泪挥之不去。

打开中东的地图，仔细寻觅它们的历史，他们都是穆罕默德的子孙，再看看我眼前的地球仪，不单是中东，在亚洲，非洲，欧洲，甚至我们美洲，几乎每个地方都有战火硝烟，我不难想象在几万年以前，我们全世界的人共同只有一个母亲，不知道从什么时候起，有了不同的肤色，不同的宗教，不同的文化，不同的种族，不同的疆土，不同的国家，我只知道，我们曾经有一个共同的母亲，我们都是兄弟姐妹，我们要放下成见，放下仇恨，我们不要暴力和战争。

耳边响起以色列词作家罗特布利特的《和平之歌》：太阳升起，让清晨充满光明，最圣洁的祈祷也无法使他们复生，生命之火被熄灭的人，血肉之躯被埋入黄土的人，悲痛的泪水无法将他唤醒，也无法使他重获生命……是的，需要尊重我们的生命，只有生命的存在才有可能去改变自己的世界，我们所有人的勤奋和努力，都是为了人类生命更好地存在，为了人类的和平进步。

我坚信信仰是和平的种子，亲爱的，不要暗淡你生命的光辉，如果有一天你为了他人的生命可以奉献你微薄的光芒，你也是一个值得尊敬的人！

0970. 这个社会的爱少了——1988.12.23

惊心动魄的中东之旅结束一个月了，我的心情仍然无法平静下来。那边的枪声和暴力依然通过电视和报纸传来，这边洛杉矶的街头前天又响起了两个黑人被杀的枪声。

整个社会议论纷纷，官员、政客、记者、种族主义者、自由人士轮番上阵，各抒己见，是的，我们谈论很多，但我们这个社会的爱却少了，我们的仇恨更多了，在一个缺少爱的时代，人性的光辉总是被黑暗笼罩。

亲爱的，有人为生存而战，有人为自由而战，我们呢？为我们的安宁，为我们的爱情，为我们的心灵守望。我很知足和你在一起的日子，没有战火的恐吓，没有分离的痛苦，只有我对你细细如丝的品位，可我多么希望看到我们的周围都是友善的目光，到处都是灿烂的笑容和愉快的歌声！

0971. 中国姑娘李丹的爱情——1989.01.05

李丹来自中国的上海，三十多岁了，一点都看不出是两个孩子的母亲，在你的葡萄酒庄帮忙，非常勤劳，待人很有礼貌，一开始我还认为她是日本人，我很喜欢她，尤其喜欢她那种自然甜美的微笑。

李丹是奔着她的丈夫来的，两个孩子留在中国，她丈夫原是一个大学教师，早她三年来美国，白天在一家中餐馆打工，晚上替一家华文报纸写稿。我问她为什么不在中国照顾两个孩子，李丹的眼泪止不住流下来，我不知道这句话伤到了她。“如果我再不来美国，我将会失去我的丈夫，他已经三年没有回去中国了，我害怕失去他。”李丹哭着说。

我无言以对，亲爱的，当年我们的背井离乡，比起李丹夫妇的远渡重洋，寻找“美国梦”，我们又是多么幸运，我们要感谢那个时代！

0972. 校园枪声——1989.01.26

最近发生在加州斯托克顿的校园枪击事件震惊全美，有人使用攻击步枪射杀学生，制造成 5 人死亡，29 人受伤，电视报道的画面上显示学校教室内外到处都是惊慌失措的学生和老师，我不由紧张得不安起来。

事实上，这样的暴力事件经常发生，成年人拥有枪支在美国是合法的，这关系到政治，尽管你给我解释了美国宪法第二修正案：“民众持有和携带武器的权利不受侵犯”，但至今我仍然无法理解，我只知道手无寸铁的孩子面对疯狂的歹徒是多么的可怜，假如是我们的孩子，我不敢想象下去，不管是谁的权利，我们要安全，没有安全，其他福祉无从谈起。

拥有枪支保护不了我们的生命，那是富人的游戏，法律的完备不能忘却我们的良知和道德建设，和谐社会不是靠枪支来保护的，我们社会要更关注孩子的心灵，要关心弱者和贫困人口的生存状况，我坚持认为控制枪支是对的事情。

亲爱的，我们需要表达这种声音，政治家不应该只是关注他们的选票，也不仅仅是机械地表达同情，而是要行动，实际的效果比他的口号重要得多！

0973.《天堂电影院》——1989.02.06

影片《天堂电影院》讲述的是：一个成长在意大利西西里岛詹卡多村庄的小多多不仅喜欢看电影，还喜欢看放映师艾弗达“剪”电影，小多多把那些带来神奇影像的胶片视若珍宝，他的理想就是成为像艾弗达那样的电影放映师，渐渐长大的多多爱上了银行家的女儿艾莲娜，但这对小情侣的海誓山盟被艾莲娜父亲无情阻隔。伤心的多多去服兵役，艾莲娜去念大学，后来人过中年的多多回到家乡，见到了当年的恋人艾莲娜，才发现当年艾弗达的苦心：当年艾莲娜的消息被他偷偷隐藏起来，他把自己难以实现的人生梦想，寄托在眼前这个英俊明媚的少年身上，为了多多的前程不被爱情耽搁，他隐瞒了艾莲娜来找过多多的事……

往事如烟，人生的机缘巧合已经成为过去，没有办法去计较种种得失，尽管如此，不论多多有多大的成就，我认为艾弗达的自私是不可原谅的，如果一个人追寻生命梦想过程中放弃他的初恋情怀是没有激情的，是终生遗憾的。

亲爱的，我不知道天堂里有没有电影看，至少天堂里没有美好的初恋，我很怀念我们那段美好纯真的时光，初恋的纯洁情愫美如天堂，我想起拜伦的一句话：“比一切更甜蜜的，是初次的热烈爱情——它是唯一独尊的”，至今我无法否认！

0974.情人节的礼物——1989.02.14

今天你送给我一幅照片，是我一张五十年代的照片翻拍的。我穿着长长的白色裙子，脸上挂着浅浅的微笑，青春依稀可见，黑白的底色有点朦胧之美，人生中最美丽的年龄被这张照片定格，莫非你还在怀念那时的时光。

亲爱的，怀念是正常的，每个人都曾经美丽过，心中保存着你我那份美好的记忆，也是一份骄傲，卡尔，谢谢你这张照片牵引我走回年轻的时代，尽管我人已经老了，但我爱你的心是年轻的！

0975.时间匆匆而过——1989.03.05

时间过得太快了，刚送走严寒，又绿满枝头，亲爱的，在品味你美味葡萄酒的时候，是否还记得那些年我们一起放飞的梦想，拥有自由自在的生活，不为生活奔波，不为明天担忧，现在我们做到了，过去的艰辛如过眼烟云。以前快乐很简单，一件新的衣服，一起看电影，一次不远的旅游，在享用人间的美味，看尽繁华之后，一切回归原始，现在简单就是快乐，可无尽的宴会和应酬仍然偷走了不少时间，一切似乎在忙碌中消耗。

卡尔，你有必要做一下时间管理，你的时间属于自己，而不属于宴会和金钱，不要在乎是否拥有更多的东西，不需要成为别人的中心，我们要的是自由，可以每天随心所欲做自己喜欢的事情，没有人可以支配你的时间，除非你愿意。

亲爱的，当年我们一起放飞梦想的豪情不再，热闹终归有平静的时候，你要慢慢习惯安静和寂寞，留一点时间给自己阅读和思考，在时间面前优雅地老去！

0976. 孙子迈克恋爱中——1989.03.19

听丽塔说，孙子迈克恋爱中，刚认识一个新的女朋友，马上就展开追求，今天送花，明天请吃饭，后天就可以开车一起去旅游，相处过的女性朋友好多个，在一起最长的不会超过三个月，当一个女孩真心爱上他的时候，他会千方百计摆脱她，哪怕他昨天刚分手，今天依然开心得不得了，没有那种失恋的落寞，现在的女孩也真是，明明知道迈克是一个“花花公子”，就是愿意跟他在一起，丽塔对迈克的爱情观无法理解。

我想迈克追逐的应该是恋爱过程带给他的最大快感，而不是为了找到归宿，我喜欢你，却不知道你是否喜欢我，不管你爱不爱我，我爱你是我的权利，后果如何从来就不去想，我要的是我的快乐。

你说：“不用担心迈克，他玩够了自然就会静下来思考他要的是什么样的女人，因为现在他不知道他真正的需要。”

实实在在的相处才会发现对方的优点和自己的需要，两个人拖着手从生活的琐事里才可以找到幸福，亲爱的，我是你真正的需要？不管怎样，在你无间的亲密中，我要的幸福我已经找到了！

0977. 日本看樱花——1989.04.20

在这个春暖花开的季节，川端康成的《雪国》吸引我来到了日本。日本到处都是小桥流水的独特景致，创造出美不胜收的情趣和境界。樱花很漂亮，尤其是奈良吉野的樱花，满树烂漫，如云似霞，繁华的日本，找不到《伊豆的舞女》里的忧伤。

日本的文人以樱花为主题写过很多爱情的故事，不过大多数是比较凄惨的结局。樱花很美，听说开放的时间不长，盛开的时间只有七日，逝去时更是落英缤纷，书中说日本人的爱情大都短暂而令人怀念伤感，不知道现实的日本人是不是这样，但不管怎样，樱花树下流传的传说令我念念不忘。

你对樱花情有独钟，拿着照相机不停地拍，日本的女人婀娜多姿，莺语笑靥，间或像流云穿过，我不知道你在看樱花，还是在看如花的女人，不过我一点醋意也没有，欣赏美是自然的过程。

尽管我没有醋意，我还是在催你快点走，亲爱的，我不想你迷失在樱花丛中不知归路！

0978. 日本的男人——1989.04.23

日本的饮食不错，很精致，很干净，只是主人家村上夫妇过度的热情让我们有点受不了。

你好像不太喜欢日本男人，说日本男人太奶油味，他的微笑你不知道是真是假，结婚前对女人特别的殷勤，结婚后几乎夜不归家，大多数男人泡在酒吧里面和别的女人在一起。

“是吗？”我将信将疑，“是不是他们觉得生命短暂，像樱花一样，应该尽早对酒当歌，及时行乐？”我不解地问你。

“你怎么知道那么多？”你惊讶地问。

“书上说的。”我毫不掩饰自己的骄傲。

“那么深奥，也许是的。”你似答非答。

“卡尔，你喜欢日本的女人吗？“我故意问。

“我老了。”你似笑非笑向我做了个鬼脸。

亲爱的，喜欢就喜欢，没有关系，反正你是我的，永远也跑不掉！

0979. 开放的池田夫妇——1989.04.28

离开日本之前，你在东京的朋友池田先生为我们饯行，池田先生的夫人川子酒量惊人，一杯一杯的烧酒喝下去一点都不含糊，我可不敢，我喝苏打水。酒过三巡，川子告诉我一个秘密：昨晚，池田先生去摸奶俱乐部把他的结婚戒指弄丢了，今天一大早，池田先生就跟她道歉到现在，要不是看在我们俩的份上，她一个人早去牛郎店了。说完他们夫妇俩相视哈哈大笑。

想不到日本的朋友对待这样的话题也如此轻松，好像没有当一回事，难道这也是他们的夫妻相处之道，还是因为这里的文化本来就是这样的开放，看来你的认知没有太大的出入。

亲爱的，我可没有那么开放，花花世界，你可以偶尔去玩玩，可不要动了真情，更不要把这样的话题带回来，我的精神世界至少应该是有尊严的，干净的。

卡尔，你还记得前几年在法国旅行的时候认识的日本姑娘杉菜子，非常遗憾，这次没有去她的家乡名古屋看看，不知道这个远嫁法国的日本姑娘是否找到了她要的浪漫！

0980. 自我的世界——1989.05.15

去教堂的大多是中老年人，现在的年轻人越来越不相信上帝了，他们以自我为中心，他们追求刺激，大声批评政府，只要有一点不满就对这个世界随意发泄，除了自由和自己，全然不顾周围人的感受，然后转身又躲在世界的某个角落好像什么事情都没发生一样，不管自己的行为带来什么后果。

亲爱的，我们年轻的时候是多么的规矩，我有点担忧迈克，凯理和丽塔是管不住迈克的，迈克却很听你的话，你要好好管教一下你的孙子，包括他对待爱情的态度，人任何时候都是要有点责任感的，他才会正确地对待自己和家庭，在社会上才有可能去承担和贡献，卡尔，你说对吗？！

0981. 艾滋病泛滥——1989.06.10

邻居特纳斯的儿子半年前就住进了医院，昨天去世了，听说得了一种可怕的艾滋病，三十岁的生命还没有结婚就这样去了，好可惜。事实上这种艾滋病在美国已经泛滥成灾，而且听说是不治之症，这是性爱自由的代价。年轻一代的价值观是享乐和消费，爱情是用来消费的，用不着两情相悦，用不着思念绵绵，心灵与肉体是可以分离的，生命是用来挥霍的，青春是用来享乐的。

亲爱的，我们没有可以挥霍的生命，除了珍惜和关爱;我们没有可以消费的爱情，除了怀念和创造；我们没有可以享乐的青春，除了感叹和期望。

卡尔，除了爱的传递，我们要不断地告诉孩子们爱护自己的身体，多组织一些家庭聚会，让孩子们回归家庭并热爱自己的家庭，多读一些书，多参加一些健康的活动，让心灵充实起来，这是最重要的教育，这是我们的责任和义务！

0982. 送迈克当兵去——1989.07.20

迈克的状况令我有点担心，大学上不到一年就不愿意继续上学，也不愿意去工作，整天泡酒吧、看电影，无所事事开着车在街上游荡，或带着女朋友在州际公路上飙车，凯理很头疼，决定送迈克去部队服役。

以前我一直很害怕家里有人去当兵，出于对战争的恐惧，我极力反对，我总是担心我的亲人去当兵后会一去不回，现在时代变了，竟然主动要求去服役，你对凯理的决定表示支持，我两天没有理你。

我不知道我们美国哪一天就要发动战争，说不定就在明天，我们的战争机器是为进攻准备的，不容怀疑，昨天怀着不安的心情送走了迈克，我安慰自己“迈克不是去打仗，是去锻炼”。

亲爱的，我现在理解你的支持是对的，迈克应该去军营磨炼一下，我期待看到一个全新的迈克，看到军人的优秀品质在你们祖孙三代身上流传，我们的迈克像你一样坚忍顽强，能够承担起他自己及家庭的责任!

0983. 逃离都市——1989.07.22

诗友布拉德先生有一份不错的工作，是一家财务公司的合伙人，除了跟随诗友们一起去各地参加诗友会外，其余的大部分时间住在乡村里，他告诉我，他在城里生活了四十五年，到现在都不习惯，一到城里，他的心情就烦躁，总是忍不住要逃离城市，他每个星期最多在城里工作两天，其他五天都在乡村的房间里办公或在野外旅游，最近又准备带着他的女友去南部非洲体验原始生活。

“逃离熟悉的一切，去一个完全不同的世界里走一圈，你的生活才会充满激情，回到自然才是人最好的选择。”我不时想起布拉德先生的这句话，很羡慕他这么年轻就有这样的感悟和体验，我注意到现在城市里拥有这样想法的人越来越多。

亲爱的，我们跟随一下潮流逃离洛杉矶这个城市，下一站旅游我们去南亚，去印度寻找泰戈尔的故乡，带着我们的梦想同行！

0984. 印度旅行——1989.08.01

据说印度的泰姬陵是一座世界上最伟大的爱情纪念碑，是世界第七大奇迹，我一直不太相信这是真的，一到印度，我和你直奔泰姬陵。

沙贾汗为他死去的宠妃贝古姆煞费苦心，不惜一切代价地建造了如此宏伟的陵墓，只可惜贝古姆看不到他忧伤的脸庞，感觉不到他对她的爱有多深，沙贾汗死后与宠妃一起被葬在泰姬陵。它是一代君王爱情的见证，四百年来向世人静静地讲述着他们的爱情故事。连陵墓都如此富丽堂皇，惊叹之余我不知道这是爱情还是权力的象征，不过，一个女人，男人能够为她如此作为，应该无比骄傲和荣幸了。

“卡尔，你觉得伟大吗？”我惊叹之余忍不住问，你晃了晃肩膀，好像没什么感觉。

是不是你们男人对不属于自己的东西不太感兴趣，还是因为别的什么，我不得而知，亲爱的，守望你的爱情一路走来，我不需要永恒，我只需要现在！

0985. 印度的电影——1989.08.04

印度宝来坞的电影相当有名，那华丽的服饰和场景，那且歌且舞的媚娘在洛杉矶已经见识过了。

晚上看了一场电影，讲一个和尚还俗，然后结婚生子又有外遇，经历过世俗的一切后，四大皆空，重新皈依佛门。真是不可思议，看不太懂，你直呼他混蛋，听了朋友的介绍才知道这大概就是所谓的印度苦行僧文化，这时我才醒悟印度曾是一个佛教的国度。

电影虽然有点失望，不过在这里的书店买到了奥修著的原版书籍《喜悦》、《存在之诗》，还有《亲密》，相当不错，这位颇具争议的灵性大师，以前是一位哲学教授，开发出独特的静心方法，听说能够协助现代人加速内心的蜕变，早两年在美国接触到他的追随者，很神秘的感觉。

卡尔，看到你愤怒的样子，我觉得很好笑，亲爱的，不要愤怒，如果能在奥修的灵性开悟中寻找你心灵宁静的喜悦，也是一种收获！

0986. 艰苦的旅程——1989.08.08

到印度吃饭可苦了你，很多的餐馆只有素食，要么咖喱饭，鸡肉、土豆、菜花、汤都是咖喱，辣辣的受不了，印度人用手抓着吃，你有点不习惯，拼命地找肯德基，找了半天，没有找到。

从新德里到加尔各答，富裕和贫穷如此接近，如此反差，恒河两岸有很多赤脚的苦行僧和穷苦的人们，许多的人在河里沐浴，河岸边燃烧着尸油，有人在顶礼膜拜，我不知道他们是在祈祷爱情呢？还是祈祷长生不老？难闻的气味，贫困的景象，刺澈着疲劳的双眼，一路的艰辛，泰戈尔的故乡我没有兴致再去寻找，我和你迫不及待想离开这个国家。

回望古老的恒河，我乞求泰姬陵的爱情故事能够生生不息地发生在这些穷苦的人们身上，并沐浴着泰戈尔的光辉。

风尘终会散去，亲爱的，在我们追寻的梦里，继续北行！

0987. 北行尼泊尔——1989.08.11

来到尼泊尔是因为在这里可以见到世界最高的山峰——喜马拉雅山，你执意来这里看看，夜晚达到，来不及观看此地的夜景，睡觉是我们的头等大事。

清早起来，推开窗户，阳光灿烂，清凉的风飘进来，我不禁打了个寒战，窗户外面已可见远处的万仞高山，近处绿色的森林快然一片，已可听见树下流水的声音，你有点兴奋，全然没有在印度的疲惫。

没有现代的交通及通信网络，一切那么宁静，路上很干净，前来此地旅游的青年男女成双成对，一打听，他们大多第一次来此地为结婚祈福的，我和你决定和他们一起前往寺庙，你有点弄不明白的是怎么那么多善男信女不辞辛劳来到这里。

是的，我也弄不明白在这个大山的脚下的国度，为什么有这样的吸引力，亲爱的，我想只有一个原因，那是因为这里没有污染，这里清静原始，在这至高至寒的地方，一对对新人在这里对着雪山发誓，承诺用生命来爱护对方，那一刻的圣洁、高尚是终生难忘的，灵魂在这里得到升华和洗礼，难怪异国他乡的情侣不远万里也要来这里，寻找他们纯洁的爱情伊甸园。

卡尔，此时此刻，我的心一片纯净，你呢？！

0988. 看卡尔的背影——1989.08.13

尼泊尔尽是山路，不宽的公路盘绕在崇山峻岭之间，很少见到炊烟，好不容易来到一片稍为宽广的河谷，让我惊奇的是有好多不知名的花依然在开放。在路旁小息，你走到一旁抽烟凝视，眼前就是青青的田野和清澈的小溪，抬头就看到远山的雪景，就像当初离开拉格尔村的景象，你的背有点微驼，两鬓添了不少白发了，我第一次这么久认真地看你的背影。

车队要走了，我不忍心打扰你，喇叭催了两声，你才反应过来。

亲爱的，你在想什么呢？是不是眼前的景象勾起了你对家乡的回忆，我一直不太理解一个男人，四海为家，唯独念念不忘他的家乡，也许在那里留下了你太多的童年记忆，有你无法割舍的情怀，今天远在地球的这一边，远离我的国家，我才感知我的故乡的存在，卡尔，我总算领会了你的心境！

我们回家，亲爱的，在这高山仰止的地方，梦有点遥远！

0989. 家是永远的——1989.09.20

旅游是快乐的，但长时间的飞行，然后跋山涉水，旅途的劳顿是可想而知的。收集了一大堆纪念品，购买了礼物，你还要抱着一大袋冲洗出来的照片，寻寻觅觅山水之间的传奇故事，美丽的风景留在身后，不论走到那里，我总向往早点回到洛杉矶的家，然后美美地睡上一觉，再慢慢找来我们旅游的战利品，分享你的照片，写下我的心情记录。对于风景，我仅仅是一个过客，但家是永远的，这里充满了你的气息，烟味、酒味，还有你身上熟悉的古龙水味道，说来奇怪，我要在这种气味中阅读，写信才有感觉。

亲爱的，对于我来说，洛杉矶是我的家，有你的存在，这个家充满吸引力，无论我走到那里，我不会走错回家的方向，卡尔，如果哪一天我走不动了，我哪里也不去，就在这个屋子里，每天看着你，我也心满意足！

0990. 孙女妮可恋爱中——1989.09.03

孙女妮可在加州大学伯克利分校读书，追求她的大学同学很多，大多数家庭条件优越，但没有几个认真的。有一个经常给妮可送花，但只要谈到结婚的计划和将来的打算时，就沉默不语或岔开话题。一个不能许诺给你未来的人是不值得托付终身的。另外一个男孩子经常请妮可去吃饭，去酒吧唱歌，送很多的礼物，但只要提到他的家庭表情就很冷漠，听说经常夜不归家，一个不爱自己的家庭或没有家庭观念的男人是不可靠的。妮可对我的话言听计从，很乖巧的一个女孩。

你在一旁笑我用我的老眼光看待现代的爱情。

亲爱的，爱情是盲目的，处在恋爱中的人更加如此，任何事情都是有底线的，不论是过去、现在，还是将来，对于女人来说，一次恋情，一次婚姻足以改变或成就她的一生，我重视我孙女的婚恋理所当然。

卡尔，谢谢你给了我一生的承诺，谢谢你给了一个安稳的家！

0991. 妮可有了中国男朋友——1989.09.24

妮可今天带回一个叫周伟的大男孩，大学高一个年级的校友，妮可介绍说是她的男朋友，个子不高但很帅气，黑眼睛，黄皮肤，一身很正式的礼服，领带打得有点别扭，很有礼貌地称呼着我们。我一开始认为他是日本人或韩国人，弄了半天才知道是中国人，吓了我一跳，我的印象里中国好像比较贫困，很少有学生来加州读书的。

妮可没有把她找男朋友的事告诉她的爸爸妈妈，说要先给我参考参考，这个小丫头很会讨我开心。

小伙子和你聊天一开始比较拘谨，当你们聊到中国的历史，中美两国文化的差异时，却很投机，妮可在一旁不停地比划着解释，客厅里不时传出你们的欢快的笑声。

亲爱的，我知道你一向对中国的文化和历史感兴趣，好几次跟我商量着，想去中国看看西安的兵马俑，据说是世界第八大奇迹。你有好几本关于中国的书，我现在都怀疑妮可是不是受了你的影响，找了一个中国的男朋友，看得出来你喜欢这个小伙子，我也觉得相当不错，如此看来我们去中国的脚步近了，到时连翻译都可以省掉，卡尔，我期待着和你一起踏上神秘的中国之旅！

0992. 漫长的夜——1989.10.17

今天下午灾难袭击加州北部，据报道17时发生的大地震使加州北部数条高速公路及桥梁坍塌，数地发生大火，最为严重的是旧金山地区，单在奥克兰808州际公路一段一公里长的路段上就至少有两百多人被活活压死，搜寻遇难者的工作正在紧张进行中。

你昨天去了旧金山的利弗莫尔山谷一处葡萄酒商处洽谈生意，地震过后，旧金山许多地区电话都告中断，我怎么也打不通你的电话，所有北上的交通都被封闭，我心急如焚，在奥克兰的凯理也无法联系到你，你现在何处？是什么状况？我一无所知。

整个夜晚我都守在电话机旁，从来没有一件事情像今天这样无助，从来没有一个夜晚像今天晚上那么漫长，除了等待就是祈祷。

亲爱的，愿上帝保佑你平安归来！

0993. 劫后余生——1989.10.19

经过了一天一夜的煎熬，还是没有你的消息，我坐不住了，昨天早上天刚亮，我决定去寻找你。一号州际公路仍然关闭，我沿着公路向北步行，饿了，我咬一口面包，累了，坐在地上休息一下，天黑了，借着路灯微弱的光亮，迎着寒风，我一点都不畏惧，只顾前行，心里不停地告诉自己：“坚持住，就算卡尔没有生的希望，我也要让他回到爱的怀抱”。

今天上午九点，我手中的电话终于响了，是你打来的，我抑制不住我的情绪在电话这头大哭起来，电话那头是你哈哈的笑声和安慰，这一刻我如释重负瘫坐在路边。

见到你的那一刻，我一边流泪，一边大笑，我们紧紧地拥抱在一起，这一刻，我意识到这个我生命中最重要的男人，我是多么的爱他！

接下来我躺在你的身上沉沉地睡去，不知道自己睡了多久，当我醒来的时候，正躺在医院的病床上，眼角含着泪水。你告诉我，我发着高烧，一直在梦中手舞足蹈，胡言乱语。亲爱的，那是我在梦中拼命地寻找你，在倒塌的桥梁下，房屋里，汽车旁，我在呼唤你。

卡尔，见到你真好！

0994. 不只是对受苦者表达同情心——1989.10.27

由诗友会发起的“关爱生命”的诗歌朗诵会在旧金山湾区举行。在刚刚过去的这场大地震中，许多人失去家园，失去亲人，心中的恐惧犹在，朗诵会的现场有一个八岁的小女孩点亮了广场里心形的蜡烛，她在这场大地震中失去了妈妈，她用幼嫩的声音说：“妈妈，你快回来，有你才有家，有你才有我的快乐。”我仿佛看到小女孩孤零零地站在地震后的泥泞里哭泣，并大喊她的妈妈：“妈妈你在哪里！”

尽管慈善机构的救援物资源源不断送到这里，我们要做的是用诗歌唤起人们心中对生活的希望和勇气，我们不只是对受苦者表达同情心或关怀，也不只是向他们表达我们心中的温情，站在大地震刚刚发生过的地方，我们深切地感受到，我们清清楚楚地认识到他们的需要和痛苦，我们需要一种持续不断的决心！

亲爱的，这是我们的家园，这里有我们的兄弟姐妹，愿意付出一切帮助苦难者减轻痛苦。我们义不容辞！

0995. 生活应该是这样的——1989.11.24

灾难终会过去，生活回归平静，然而怎样的生活是我们应该追求的呢?

跑过那么多的国家，你一直很回味法兰西的风情，懒散而浪漫，是的，法式的生活确实是一种滋润，如果长期浸润其中，恐怕感觉会没有那么写意。

亲爱的，真正懂生活的人，并不在意生活是以什么形式呈现，而是在日复一日无尽重复里，仍然持续地保持对生活的热爱，孜孜不倦地寻找生活的质感，无关他的年龄，他们总是轻松自如，濡润而温暖，老去只是更加优雅而迷人。

卡尔，过去的这十年来，应该是我们最自由最滋润的日子，儿孙不用我们担心什么，你玩你的摄影，喝你的红酒，我写我的笔记，读我喜欢的书，我们的朋友遍布世界各地，他们热情又充满情趣，我们没有利益纷争，不为名利所累，优雅而自在地生活。亲爱的，这种生活跟我年轻时梦想的一样，我认为你是一个非常成功的男人，上帝没有亏待你，感谢上帝！

0996. 够用就好——1989.12.15

你想买一栋更大的房子，还计划买一艘出海用的小型游艇。我们的住房已经足够宽敞了，游艇对我们这种年龄的人来说只不过是一个摆设，我不知道你怎么突然有这个想法，没有必要去攀比这种富人的生活方式。

事实上，我们美国人吃的住的都喜欢夸张，在自助餐厅毫无忌惮地吞食，大部分丰盛的食物被浪费，那可真是一个可怕的景象。宽大的住房里，奢侈的程度超出了我们的想象，水龙头要最大的，灯光要最亮的，刚买不久的车要换新的，我又想起那些贫穷的拉美国家，想起亚洲金融危机下节衣缩食的人们，想起干旱的非洲儿童饥饿的情景，世界是如此不公平。

卡尔，不要让无穷的欲念攫取自己的心，够用就好，取自己够用的，不必贪求，这也是一种不错的生活态度，把节余的东西交给莎米，她的慈善事业很需要，算是对她工作的支持，这也是个不错的主意；

亲爱的，我相信你能够做到的！

0997. 人生如歌——1989.12.30

卡尔，在这又一个新年来到的前夜，夜已经很深，我依然没有睡意，看着你熟睡的脸，再看看镜子里的自己，我已感觉到岁月年轮的毫不留情，但你的脸上依然看不出沧桑的痕迹，我知道上帝对你我都不薄，收获的季节里有应有的风景。

亲爱的，五十年好像弹指一挥间，五十年的冷暖我们深深自知，岁月像一首歌，不断告诉我不要放弃我的理想，不断提醒我的追求。歌声中有我们的欢笑，有我们的思念，有我们的泪水，那是动人的有情感的泪水，在歌声中我们舍弃悲伤，忘记了痛苦，卡尔，五十年来，你唱了一首好歌，你的理想在你的歌声中一一实现，我为你骄傲。

亲爱的，歌还没有唱完，继续努力，我相信动听的还在后面！

0998. 躺在地板上交流——1990.01.03

今天我把你的照片清理出来，你在每一张照片上编上时间、地点、号码，然后我们一起躺在地板上，我一边听你一边讲述照片里面的故事，一边在照片的背面加注简短的说明，像两个老顽童又说又笑忙碌了一个上午。有时我的腿酸了，你赶紧爬起来帮我按摩，事实上我很喜欢这种躺在地板上交流的愉快感觉。

亲爱的，看你的照片是一种享受，听你讲照片里面的故事是一种享受，感受你的按摩是一种享受，看你的目光是一种享受，你拉我的手是一种享受，卡尔，我现在很享受你给予我的一切！

0999. 十年的影像——1990.01.15

从昨天到今天，我和你都在看十年间用摄影机摄录的生活片段:有我们过生日的，一家人团聚的，一起去旅游的，有你在品酒沙龙上的，在海里游泳的，有我在诗友会朗诵的，在沙发上看书的，在书桌那儿写信的，还有我们俩讨论某一本书或事情的……摄影机拍摄的效果比照片生动多了，可以看到当时的表情，动作，听到当时的声音，我很惊讶自己过去的十年里动作变得越来越慢，我说话真啰唆，你的笑话真多，笑容很灿烂。

这是我们灿烂的十年，丰足的十年，亲爱的，我好想生活在这个年代，让时间过得慢一点，可时间不听我们的使唤。

卡尔，保存好我们珍贵的十年，下一个十年里，我们要与时间赛跑，继续我们的美好生活！

1000. 情人节的礼物——1990.02.14

书桌子上放了一个精美的包裹，不用问我知道这是你送给我的礼物，打开一看，这是一部日本SONY手持式照相摄像机，日本的摄像设备就是不错，小巧精致比原来那部大的摄像机方便多了，不用再装摄录磁盒，还可以直接把它连接到电脑上放映出来，图像更加的清晰。你很快就教会了我使用，这部摄像机真好，科技改变人的生活，变得简单而有趣；

亲爱的，你可要留意你的睡姿，说不定哪一天我会摄录你优美的睡姿和动听的鼾声，卡尔，谢谢你的礼物！

1001. 我们决定去中国的苗寨——1990.02.25

妮可打算结婚了，和中国的周伟，妮可总是作出令我们很意外的决定，事先没有半点预兆，周伟是计算机工程师，打算毕业后在加州工作并定居。

她的中国丈夫听说来自贵州一个很神秘的苗族山村，周伟是一个有点腼腆又诚实的大男孩，当他给我们说起他的家乡的时候，他是那么的兴奋，两个眼睛格外的光亮，尤其是说起那里的结婚习俗，更让我们久久难忘，小伙子一再鼓动我们去他家乡做客、旅游。

你更是拉着周伟问这问那，看得出来，你好喜欢这个大山里走出来的小伙子，我们决定和周伟一起下个月去中国那个神秘的苗寨看看。

亲爱的，你准备好了吗？我们一起去这个神秘的国家做一次客，看看那里的山山水水和风情，看看那里孕育的爱情是不是与众不同。卡尔，这一路山高路远，你可要牵紧我的手，可别把我丢了！

1002. 我们来到了中国的贵州——1990.03.18

自打决定去中国，你每天在计算去中国的日子，尽管机票早已订好，日期早已定下，我不知道中国为什么对你有那么大的吸引力。

经过十几小时的飞机，我们来到了中国的上海，转坐两个多小时的飞机到贵阳，再经十几小时的汽车颠簸，在一个明媚的上午，终于来到了未来孙女婿周伟的家乡——贵州凯里一个叫南寨的村庄。这里清凌凌的河水环绕，青山秀丽，不时清风拂过，令人心旷神怡，清晨，整个山村薄雾缭绕，偶尔几声鸡啼犬叫，田园缥缈其中，间或有姑娘的歌声传来，清脆而嘹亮。

村里按照他们的方式为我们举办了隆重的欢迎仪式，你执意要在我们的结婚纪念日按苗寨的风俗为我举办一场婚礼。

婚礼在计划着，亲爱的，我已准备好再做一次你的新娘，你呢？

1003. 我的苗寨婚礼——1990.03.23

我和你各自认了孙女婿的族人为娘家，今天是个好日子，按当地的习俗准备出嫁。

孙女婿周伟为你组织接亲队伍，我穿着中式的新衣服，妮可陪着我忙这忙那，接亲队伍来到女方家后，女方家即在族房的正堂里设宴款待。

兄妹告别后，我便随着接亲队伍向男方家走去，一路还有鞭炮和唢呐，至途中男方的族人拦路向我要糯米饭和酒肉吃，到了新郎家门口，有一个妇女点燃一把草，有人解去我头上的帕绳，我才抬左脚跨火焰进如新郎的家门，在新房休息片刻后，就有人带我去挑水，然后又带我去碓房舂米，接下来是婚宴，一连吃三天，好不热闹。

按当地的习俗，新婚后的新娘新郎不能同房，我在新郎家住一天，然后第二天即回娘家，男方卡尔家准备三篮糯米饭和一些鱼、肉、鸡、酒和一头杀好的肥猪等礼物相送，然后在娘家办宴饮酒三天，前后热闹了一个星期，我的中国婚礼方告结束。

亲爱的，你简直乐开了花，一路跟乡村们敬酒，发喜糖，好像你真的是我新郎，我是你不老的新娘！

1004. 我们生活在苗寨——1990.04.15

我和妮可一起去看赶场，一起学做绣花的腰带和荷包——据说这是每一个苗家姑娘必须学会的定情信物。

四月十三日是当地苗族姊妹节，周伟和妮可一定要我们留下来看看，这一天，苗家的青年男女们各着盛装到一个坡上对歌，听说姊妹节信物就是五彩姊妹饭，当小伙子得到饭团和信物，便立马知道姑娘的心思，很是有趣。

这里的村民很淳朴，很友善，妇女们经常三五成群在一起洗衣服、砍柴、带孩子晒太阳、唱歌，闪闪的银饰伴随着她们清脆爽朗的笑声，很开心的样子，现代文明似乎还没有吹到这个宁静的山村，他们与世无争悠然地生息着，更让我感到惊讶的是这里几十年来几乎没有离婚的事情发生。

你通过周伟做翻译交了好多的朋友，他们好奇地抽着你递过去的万宝路香烟，你则津津有味地抽他们的旱烟，每天都很兴奋地和村民们比手画脚的交谈，饶有兴趣地学着吹芦笙，打木鼓。

不知不觉在这个苗寨居住了一个月，我和你依依不舍地乘船离开这美丽的小山村，离开的时候，周伟的族叔送我一本线装的苗族爱情故事书——《仰阿莎》。

别了，我美丽的苗寨，我会在梦里经常想起你，想起我是这里的媳妇，想起我是苗寨的女儿，亲爱的，美丽的山村即将远去，和你共度蜜月的这段时光将永远藏在我的心里！

1005. 穿越千年的爱情——1990.04.18

离开贵州后，我们来到了你梦寐以求的西安，砖砌的城墙很雄伟壮观，据说有两千年的历史，我的天，两千年！我头都晕了，我们美国才二百多年的历史。周伟说，这不算什么，如果有机会到了北京，那里的长城比这里雄伟得多，踏在厚重的青石板路上，我不由得敬仰起来，我要好好的打量脚下这块神奇的土地。

你兴奋得手舞足蹈，在城墙上爬上爬下，手中的相机拍个不停。当我们真正站在秦皇兵马俑面前时，我们目瞪口呆，我不敢相信这是埋藏在地下近两千年的千军万马，那兵俑的气势，那眼神，让我久久难忘。

兵马俑两千年来就这样在地下与世隔绝孤独地站着，今天，他们成了一道风景，还将这样站着一千年甚至一万年，他们的爱情呢？我的心不由得掠过一丝丝悲凉，好在出来的时候我们在剧院看了一场《古今大战秦俑情》的电影，那穿越千年的爱情故事让我感觉这块土地埋藏的温情，同时也让我记一个名字——张艺谋；

亲爱的，今天你好像变得沉默寡言，你在思考吗？还是因为深深震撼？是的，明天我们就要回去了，这块神秘厚重的土地上看一次不过瘾，卡尔，我们来年再来一次中国！

1006. 我们的文化存在问题——1990.04.25

中国之行印象深刻，获益良多，尤其是它灿烂的文化，悠久的历史和独特的地理和生活方式，我喜欢中国。

我一直为自己生活在美国而自豪，优美的自然环境，丰富的物质，多元的文化，强大的军事，自由而富足的国度，可每当我静下来思考，为了利益我们的强势介入世界的每一个角落，我们国家的骄傲和胜利建立在他国弱势的力量之上，我们的奢侈建立在别人的贫穷之上，可他们同样是这个地球大家庭的一员，他们有权利获得更好的生存和发展。

我曾经为我们的国家所建立的民主制度感到自豪，可我们对待世界其他的国家其实并不民主，我们强势输出和渗透，我们的优越感不应该建立在意识形态之上。每个国家有不同的地理和历史，有独特的人文特点，他们有权利选择不同的生活方式，任何存在的东西都有它的价值和意义，我们不可以用自己的文化和思维去判断它的美丑与对错，这是在抹杀生命。事实上，我们美国对待别的国家的文化意识里，有意无意带有很多的偏见和歧视。

亲爱的，今天我们的家庭因为不同的文化组成而多彩多姿，我们之中的每个人，包括来这里寻找“美国梦”的所有人，没有谁愿意看到他的祖国受到歧视或伤害？卡尔，让我们一起祈祷：不分国家和种族的大家庭和谐地生活在这个星球上，一千年一万年！

1007. 我始终记得母亲的微笑——1990.05.02

今天是我母亲去世十周年的纪念日，很想为她写点什么，没有哀伤的记忆，无从写起。

无意中阅读到罗兰·巴特尔思念他母亲的《哀痛日记》，他像个迷路的孩子一样充满了悲痛，害怕和消沉，这位法兰西诗人眷恋他母亲的情感令人无法理解，英年早逝的他留下这本爱的信物，却让我无法想起我对母亲的哀伤，即使在比较贫穷的年代，我也很少看到我的母亲伤心过，相反我记得最多的是她的微笑和快乐，我相信母亲的爱也是想让我们快乐的。

亲爱的，虽然我的母亲在天堂，我要用快乐纪念她，因为我很幸福，生前她知道，死后更应该相信你对我的爱，时间已经证明了一切，卡尔，我爱你！

1008.《风月俏佳人》——1990.05.20

由理查·基尔和朱莉娅·罗伯茨主演的《风月俏佳人》讲述潇洒迷人企业家爱德华跟女友分手了后，在洛杉矶红灯区迷失了方向，他向一名年轻漂亮的妓女薇薇安问路，然后把活泼美丽薇薇安带到了酒店，爱德华爱上了薇薇安并极力想留下她，但碍于情面只能用金钱做掩饰，让她在一周内充当自己的交际女伴，薇薇安的魅力让爱德华在宴会上醋意大发，此时薇薇安也发现自己爱上了爱德华，可是一周的时间马上要过去了，两个相爱的人又该何去何从？

朱丽娅·罗伯茨在《风月俏佳人》里成功地饰演了这位热情、聪明、漂亮、诚实富有个性的妓女形象，也许很多男人会嫌它“俗”，不过我喜欢，我喜欢的是她对待爱情的态度。

亲爱的，我不知道你们男人是不是对聪明漂亮的女人都感兴趣，但我知道女人对她认真的男人都感兴趣，可能我是个例外，卡尔，除了你，我对其他男人从来没有过兴趣！

1009.阿丽亚的悲伤——1990.06.16

朋友阿丽亚娜在诗友会上认识的，小我三岁，今年六十二岁了，丈夫前年患病去世了，两个小孩都已经成家，一个在华盛顿，一个在旧金山，她不愿意和他们一起生活，每次在诗友会上她都会读自己写的思念丈夫的诗，然后独自一个坐在一个角落黯然神伤，看到她落寞的情景，我忍不住陪伴她聊天，我试探着问她再找一个，阿丽亚直摇脑袋，人到老年的寂寞是悲伤的。

是的，人老了，爱情是个遥远不可触摸的东西，可是人再老对爱情还是要有所期待，爱情有时不只是对伴侣的期待，也是对自己的期待，对生活的期待，开心地活着是最好的纪念，虽然我是这么开导别人，亲爱的，假如有一天你先我而去，我不一定能够做得到。

卡尔，不允许你提前丢下我，在你走不动的时候，我会用我颤抖的双手捧一页发黄的纸，在你耳边读一首我为你写的诗篇！

1010. 服装秀——1990.07.05

“女人之家”今天组织了一场女人的服装秀，来的人大多数是妈妈级的，甚至有奶奶级的。选择时髦的服装是一件很困难的事情，意想不到的是她们别出心裁地制作了一些自己创意的服装，还有人拿出多年没有穿的衣服，有古典的、民族的、乡村的，很有时代特色，在临时搭建的T台上秀出自己的美丽，在激情的音乐和掌声中，她们开心的笑容在一般的秀场上很难见到的，你赞助的礼品更是令她们笑逐颜开。

我发现女人不论年龄有多大，不论她处于一种什么样的状态和环境，只要有一个机会，有一个相互欣赏的群体，她们对美丽的热爱和追求永远是一样的，希望展示自己最美最自信的一面，我们决定每个季度举办一次这样的服装秀，秀出她们的美丽和自信。

亲爱的，我的身材有点发福还不至于臃肿，我的容颜有点苍老，还不至于难看，我的衣着有点呆板还不至于土气，卡尔，我的自信来源于我的思想，我的不老容颜来源于你的爱，在我的秀场里，我为你毫不保留，我只在乎你的目光和掌声！

1011.K∧&MaR礼品的诞生——1990.07.20

K∧&MaR礼服经过六年多的发展，加盟店的扩张速度超出了我的想象，到今天为止已经有368家，几乎全美国主要的商业城市都有我们的K∧&MaR礼服专卖店，看到更多的K∧&MaR礼服穿在不同的人身上散发的神采，我内心的喜悦难以言表，更重要的是加盟费源源不断地通过“女人之家”发出更多的光和热。

今天家里又来了位熟悉的客人——我的诗友格利斯先生，他一直是做礼品生意的，他从朋友的口中知道我和你的故事，甚至知道你每个情人节都会送礼物给我，他决定开发一个以“爱情”为主题的系列情意礼品，他想借用我们K∧&MaR商标，并愿意每年付出一笔可观的费用给我们，他说要像K∧&MaR礼服一样，让每个礼品里都诉说一个爱情的故事，当我听完格利斯先生的来意后，惊喜之际是感动。

亲爱的，钱财对我们来说已经不重要了，重要的是“K∧&MaR”不仅仅是把你和我的名字连在一起，而是它将代表一份绵长的爱情，随着更多的人购买K∧&MaR礼品，我仿佛看更多的有情人终成眷属，他们的名字像我们的名字一样紧紧地联系在一起，谢谢格利斯先生！

1012. 哈森先生的忘年之恋——1990.07.28

哈森先生写得一手好文章，我经常在诗友会上见到他，七十二岁的年纪了仍然童心未老，写出的诗歌如果不是从他的嘴里朗诵出来，根本不知道是这个老头子写的。昨天意想不到的是他竟然当场向我们给介绍他的新女朋友——27岁的墨西哥姑娘迪玛求婚，他们已经神交了两年多了，尽管女方的家人极力反对，迪玛仰慕哈森先生的才华，一定要嫁给他，他们正准备今年的圣诞节结婚。

我不太理解他们如何面对性生活，如何面对双方的亲友，卡尔听说后哈哈大笑，称看不懂我们女人。

是的，在情感上女人是很复杂的动物，有相当一部分女人看重精神的享受，不管怎样，这也是爱情，一对忘年之恋，祝福他们。

亲爱的，我发觉年纪大了，虽然不能再去重新谈一场恋爱，但对爱情的向往和憧憬没有改变，当年的恋爱时光仍然历历在目，看来，爱情本身与年龄没有关系，你在我眼里仍然如当年那么年轻，我对你的那份爱一如当年！

1013. 无法避免的战争——1990.08.07

我记得八十年代末，弥漫在波斯湾地区的硝烟渐渐散去，持续八年之久的两伊战争终于结束了，全世界的人都在为海湾地区出现的曙光而感到欣慰。然而，谁也没有想到，就在全世界人民致力于海湾和平时，一场新的冲突正悄然地孕育着，上个星期，也就是八月二日，伊拉克总统萨达姆·侯赛因下令向科伊边境调集军队，仅用十个小时就占领了科威特全境。萨达姆先生可能笑得太早了，这一场胜利只是暂时的，一场更大的战争阴影正向他袭来，我们美国向海湾地区紧急增兵，为阻止伊拉克进一步入侵沙特，并迫使伊拉克从科威特撤军，沙漠盾牌行动已经开始，三军备战，看来这场战争无法避免。

巨大的经济利益是战争的根源，伊拉克是这样想的，我们美国的想法更加实际，人类总是在人性的贪婪中争夺、挣扎和毁灭，如此看来这个世界不太平是正常的。

战争与玫瑰有时不是你愿意选择的结果，这个世界除了利益还是利益，道德与战争无关，亲爱的，我们只好躲在这世界的某一个角落，守着仅有的良知和脆弱的情感，苟且偷生，卡尔，生命如此短暂，战争不可预知，在余生中如果不好好珍惜对方，对不起自己，你说呢？！

1014. 莎米在非洲——1990.08.12

莎米现在是一家非政府慈善组织非洲事业部的主管，这个月行动在赞比亚这个干旱贫困的地区，这里到处是战乱和饥饿，许多的孩子遭遗弃，她和她的同事们在那里救助，我不知道她自己要承受多少苦难。

莎米最终没有找到她的亲生母亲，她能够体味到一个遭父母亲遗弃的孩子心中的痛苦，我想这也是她从事这一慈善事业的原因，一个可怜又充满大爱的孩子。

我真不明白为什么地球上还有这样贫穷的地方，尤其是看到莎米寄回来那些苦命的孩子的照片，瘦弱的身躯，渴望的眼神，无助的哭泣，一次又一次的刺痛我的心，我的眼睛无法相信，但莎米告诉我这些都是事实。

卡尔，帮帮莎米，帮帮那些孩子，尽管我们的帮助微不足道，但总不能对看到的事实无动于衷。

亲爱的，我很珍惜现在和你在一起的幸福生活，看到这些照片，我认为没有任何困难是我们不能面对的，愿上帝可怜那些苦难的孩子，给他们和平，给他们力量！

1015. 传递你的阳光——1990.09.06

据报道：日本房地产及股票市场近段时间出现灾难性下降，日本的经济进入衰退状态，金融危机蔓延整个亚洲——这可不是一个好的消息。

今天见到你的朋友福克斯让我大吃一惊，他的实际年龄比你少十岁，看起来却比你苍老得多，原来很健谈的他变得沉默寡语。你告诉我，福克斯的妻子5年前去世了，其中一个儿子去年得病死了，还没有从悲痛中恢复过来，刚刚发生的亚洲金融危机又让他在韩国的工厂破产。

我想象不出一个男人在晚年的时候，痛失了他的妻子、儿子和财产，他将如何度过！福克斯先生的遭遇值得同情，可生离死别的痛苦谁都躲不过，日子是属于自己的，悲伤的记忆还得用忘却去纪念。

亲爱的，伸出你的手，传递你的阳光，帮助福克斯先生走出生命的低谷，让他感受到你的温暖，你将是快乐的！

1016.《人鬼情未了》——1990.09.20

电影《人鬼情未了》讲述年轻的银行职员山姆与未婚妻莫莉相爱至深，一天晚上他们看戏归来时受到了歹徒的抢劫，在搏斗中山姆中枪身亡，莫莉悲痛欲绝，而山姆变成了一个幽灵，他很快就发现朋友凯奥竟然是导致他死亡的主谋，他窃取了山姆银行里的巨款，又对莫莉展开了追求。山姆常常游荡于莫莉的周围，时刻保护着她，但却无法交流，他找到了一位能与幽灵沟通的灵媒奥塔，使莫莉感受到了山姆的存在。为了保护莫莉，惩罚凶手，山姆对凯奥展开了报复，气急败坏的凯奥想要伤害莫莉，幸亏奥塔和山姆及时赶到，凯奥终于自取灭亡，完成了心愿的山姆终即将前往天堂，在消失之前，莫莉终于见到了显出身形的山姆，两人深情热吻……

故事令人感动至深，你紧紧地拉着我的手，看得出来你为山姆和莫莉在紧张着。这一个夜晚，卡尔吻了我好几次，虽然故事情节是虚构的，但我宁愿相信它是真的，我相信人有心灵感应，即使是已经离开的人，罪恶也一定会得到报应。

亲爱的，谢谢你陪伴我看这一场电影，你牵我的手很温暖，谢谢你的吻，这一刻让我感觉到了你浓浓的爱！

1017. 泰国之行——1990.10.05

听闻泰国绝大多数的居民信奉佛教，在这个充满佛教神秘色彩的“黄袍佛国”，到处都是寺庙、人人礼貌慈善，令人舒坦。

芭堤雅有“东方夏威夷”之称，据说这里是情侣们来得最多的地方，海滩长十多公里，繁花似锦，椰影婆娑，年轻人在滑水、冲浪、游泳、滑翔降落伞，不远的普吉岛如世外桃源，美食很多，不过我最喜欢这里榴莲的味道。

夜晚听说有人妖表演，你好像有点兴奋，人妖就是变性人，导游告诉我们这是泰国独有的文化特色，在泰国很普遍，一个男人通过手术改变性别，在这里有人甚至认为是一件骄傲的事情，我惊讶得太不可思议。

人妖表演是惊艳的，美丽超出了我的想象，然而他们的爱情生活呢？不敢去想象是怎样一个结果，有点不舒服的感觉。

泰国之行好像没有什么收获，好在你送了一个很大的蓝宝石戒指给我，亲爱的，这个戒指你欠了我四十年！

1018. 佛教的脸孔——1990.10.07

在印度的时候，看到的大多是没有表情或痛苦的脸，在泰国的街头看到的大多是微笑的脸孔，位置都处在南亚，为什么两国人们差别如此之大，我百思不得其解。

我知道脸上的表情都是由我们的心自然流露出来的，导游告诉我们："泰国的僧侣从小就把佛理当做一门功课来修炼，当我们用这个心来修善的时候，身心就非常安乐的，同时我们把友善当做一种福德，这是我们泰国的传统，僧侣以前大多是我们比较贫穷家庭的孩子，尽管经济这几年经济大大改善，我们的传统没有变。"随处可见的年轻的修道者似乎告诉了我答案：他们的心里从小就播下了那粒修善的种子；

卡尔，我喜欢泰国，不太喜欢印度，尽管泰国没有伟大的爱情故事，亲爱的，如果在泰国和印度之间没有其他选择，我愿意和你徜徉在芭堤雅的椰风碧水之中，收获那种友善的快乐！

1019. 新加坡之旅——1990.10.11

在我们美国新加坡是有名的，却不知道它的有名在哪里，你的朋友安利瓦先生邀请了好几次今天终于成行。我一开始认为新加坡只是一个城市，事实上它即是城市又是国家，安利瓦开着小车不到两个小时就贯穿了整个市区，新加坡之小超出了我的想象，同时新加坡的干净整洁也超出了我的想象。

新加坡夜晚很美，游人如织，最有特色的是它的美食，在这里可以吃到世界各地的美食，晚餐我们特意要了加州的葡萄酒，还有加州风味的牛排，很亲切的感觉。安利瓦先生告诉我们，新加坡人不喜欢自己做饭菜，请客人到酒吧街吃饭是他们的待客之道，即方便又可以逛夜市，看来新加坡人们把他们的客厅放在大街上了，站在酒店房间的阳台上，海风习习，一眼看尽城市的繁华。

你很喜欢这里，我没有陌生的感觉，身处其中，不知道这里是在美国还是欧洲的某个城市，新加坡地方太小了，容不下一圈爱情的长跑，最多只能算是过往的驿站，亲爱的，我怕在这花园里待得太久，一不小心一场异国的恋情盖过了你我的神采！

1020. 风情巴厘岛——1990.10.15

从新加坡到印度尼西亚的巴厘岛一路很顺利，岛上随处可见的印度教庙宇让我误以为到了印度，当我们漫步于美丽的沙滩，沐浴着温暖的海水，满目充斥的是绿色的热带雨林和遍地的树丛野花，感到身心无比的放松和惬意。

巴厘岛不但天然景色迷人，典雅多姿的古典舞蹈，精美的雕像和浮雕、别具一格的绘画，在这里都可以化作内心深处的一种悸动。和你在金巴兰海滩欣赏落日，触手可及的红酒和海鲜别有一番风味，在海神庙和乌鲁瓦图断崖聆听古老的传说，放任情感被完全的占据和左右，在乌布欣赏原始的梯田风光，感受这里纯朴村民喜悦的笑容，清晨起床推门看海，沙滩和阳光陪伴着整个午后，印度洋的海风吹拂在脸上，簇拥着一片繁华锦绣的怒放鲜花，找一张沙滩边上的躺椅，在阳光婆娑的树荫下，坐下来，很自然的一种幸福从心底沁起，想起朋友，想起家人，也为旅途中遇到的陌生人及新相识的朋友祝福，海风吹起的慵懒感受很适合巴厘的黄昏和夜，最美好的微笑和最温馨的回忆都在这里，风情巴厘，不愧是天堂之岛，值得我们停留。

亲爱的，面朝大海，我很想为你写首诗：你是秋天的那抹凉意让我浪漫，你是巴厘岛的夜色让我沉迷……

1021. 妮可的同学诺曼——1990.11.10

妮可今天回来给我讲了一个故事，关于她的同学诺曼的：诺曼看上了一个富家弟子威廉，相处了半年，威廉又看上了另外的女孩子，当我们都在为诺曼抱不平的时候，诺曼宣布正准备休学忙着去英国度蜜月，男朋友变成了威廉的爸爸，我们都大吃一惊，诺曼好像没当一回事。

“现在的年轻人真糟糕，完全没有伦理。”我摇摇头在那儿叹气。

“这是爱情的自由。”你在那里哈哈大笑。

我知道没有自由的爱情是窒息的，但像诺曼这种自由的爱情是很危险的，我不反对老夫少妻，我不知道诺曼是怎样理解“爱情”这两个字的，是为了报复呢？还是纯粹是为了好玩？不论她出于何种目的，她将毁了自己，也玷污了“爱情”这两个字的美好。

亲爱的，爱情在我的心中永远是圣洁的，伦理的，我捍卫它的圣洁远远胜过我要的自由！

1022. 享受这个世界——1990.11.23

快乐与痛苦——这是个命题，半个月来我一直在思考为什么“快乐”大多数时候总是相伴“痛苦”而来，这个世界无法理解的事情太多，有时容不得你继续思索下去。我们人类的生命从诞生的那一刻开始就伴随着生老病死，悲欢离合，生活中每天都在上演真实与谎言，信任与欺骗，亚当与夏娃的故事注定了人类的爱情是一枚苦果，我们从战争里寻找和平的光亮，从沙漠寻找绿洲的希望，世界在矛盾中挣扎发展，人类无时不再逃避痛苦，追寻着快乐；

也许因为人类的贪婪，上帝造人的时候就决定人是来承受苦难的，甜蜜只是某一刻的诱惑，快乐是个可遇而不可求的事情。

花开得太鲜艳，有人要踩踏，人有才情，有人要嫉妒，美好的事物有人要分享，有人要独占，因为语言，因为情感，因为利益，因为欲望，因为无知，这个世界变化得太复杂，事情一旦复杂起来就无法理解。

亲爱的，既然无法理解世界，那就好好地享受这个世界，在回忆与梦想里享受，在阅读和旅行里享受，享受自己创造的佳酿，享受人类文明之光的照耀！

1023.《剪刀手爱德华》——1990.12.16

蒂姆·伯顿导演的《剪刀手爱德华》是一部关于机器人的现代爱情童话。它讲述一位发明家造出的一个机器人爱德华爱上了佩格的女儿——美丽绝俗的金，然而金早已有了男友，为了金的一个请求，爱德华硬着头皮潜入金男友父亲的豪宅，不慎被警察逮捕后也没有吐露真相。在这一过程中，金逐渐看清了男友的丑恶嘴脸，并对爱德华产生了好感，在一次古堡的打斗中爱德华杀死了金恶毒的男友，金也接受了爱德华不求回报的爱，这是爱情最初的交融，也是最后一次，从此爱德华永远隐藏进了不为人知的角落，在那里修剪他的植物、冰雪和爱情……

让我感到惊奇的是故事结尾的设计：佩格家居住的地方以前是从不下雪的，只有当爱德华出现后，洁白的雪花才开始飞扬在那片土地上空，那冰雪，不正是如白纸般纯洁的爱德华吗？他近乎丑怪的外表下呈现出来的才是真正的至美，尽管是以悲伤地流泪（下雪）为代价的，爱德华的爱才是不朽的，因此不属于我们凡人这个世界。

我不时想起剪刀手爱德华闪着的金属色淡淡的忧伤，亲爱的，我们的爱情脱离不了世俗之爱，没有爱德华那么伟大，但我们的爱情是真实的，可感觉的，可触摸的，有温度的，这就够了！

1024.每一天的梦想涛声依旧——1990.12.26

书桌上摆着墨西哥歌手查维拉的自传《如果你想知道我的过去》，这里面描述了她与酗酒作战地狱般的十五年，不堪回首，她却在勇敢面对。相对于查维拉，我是幸运的，尽管往事如烟，十五年来，每天避开车马喧嚣，在我的书里，在我的诗歌里，在我追梦的旅途里，心中修篱种菊，寂静安然，一段如莲的时光。

查维拉今年已经重返舞台，我惊讶地发现这位年过七十的女人，依然像墨西哥的仙人掌一样顽强地挺拔着，我又想起了她当年红色的披风，坚定又悲伤的眼神，粗糙中透出的温柔。的确如查维拉所唱，生命不过是简单的事情，在一个陌生的世界里，月光其实从未偏离，我们也从未消失，既然生活已经破碎，那么蹒跚而行也未尝不可。我又想起了她说得最多的一句话：“我从不畏惧，因为我从未伤害过任何人。”每当想到这里，我的心中充满了感激和力量。

亲爱的，我知道，我们没有苍老，我们依然年轻，因为心中有爱一路同行，每一天的梦想涛声依旧，还可以看看窗前的玫瑰，思索它奇异的芳香！

1025. 海湾战争爆发——1991.01.02

海湾战争爆发，美国及盟国打败伊拉克，解放了科威特。与其说这是一场正义的战争，不如说是一场利益之争，这是男人的游戏，也是这个世界的规则，注定强者永远意味着胜利，失败者要付出代价，我们是规则的制定者，发动战争只不过在重新制定规则，分配利益。

这个世界可不可以多一点温情，不要有战争，重新制定一个公平的规则，把利益多分配给一些贫苦的人们，他们都是上帝的子民。当然我太理想化了，这个世界有些人永远想独占，有些人永远想高高在上，有些人永远想指挥别人，这是人性，丑恶的人性。

亲爱的，在规则面前，我们是无力的，我们只有守护着自己的内心世界不被侵犯，我们的良心不被践踏，我们的爱情不被玷污，心灵的天空始终一片纯净，我深深祈祷，愿上帝保佑我们！

1026. 情人节的礼物——1991.02.14

今天你抱回一对青花瓷瓶作为我的礼物，说它在中国象征永不退色的绵长爱情，我把它小心翼翼地摆在书桌上，瓷瓶的青花颜色特别的养眼，我把它擦了一遍又一遍，愈擦愈亮。

你告诉我这一对青花瓷瓶很便宜，事实上，超级市场印着 MADE IN CHINA 的商品越来越多，既便宜又好。每当看到中国的商品，我就想起去年在中国的记忆，我好想再去看看这个美丽的国度，去听听青花瓷里藏着的爱情故事是怎样的绵长。

亲爱的，青花瓷瓶很便宜，但爱情无价，最重要的是我们的爱情像这对青花瓷瓶，要小心翼翼地呵护，一不小心就打碎了，还要经常的擦洗，才能感觉它的美藏在其中，卡尔，你说是吗？！

1027. 新一轮经济在增长——1991.03.15

因特网商业化，美国新一轮经济增长开始，近年来经济增长应该归功于计算机及因特网的应用。

我们五年前开始投资的股票押中这些科技股，这次是你的眼光，我们的收入成倍的增长，令我意想不到。股票的收益可不是一笔小数目，将近 3000 万美金，每当我想到这笔数字我都有点心惊肉跳，该想办法把它花掉，我和你最后决定把这些股票债券的全部收益，再加上酒庄生意赚的 2000 万美金，合计 5000 万美金成立一个爱心基金会，基金会的名字已经想好，就叫“卡玛爱心基金”，它将帮助更多有需要的人。

亲爱的，我们的名字又以慈善的名义连在一起并服务于他人，这将是我们的骄傲，卡尔，你在我的心目一下高大了很多，我知道这是你爱心的力量！

1028. 我从来没有想过当做家——1991.03.23

你今天看完我过去一年里写的信，突然告诉我 ：“玛利亚，你可以成为作家了”。

“是吗？”亲爱的，成为作家不是我的目标，也不是我的梦想，我只是想真实地记录我的生活，包括我的所思所想和感受。作家往往是孤独的，他活在自己想象世界里，或自我的精神世界里，我活在自己真实的生活里，还原着自己的本色。

行走世界各地，我细数着时间和地理的变迁，在妙趣横生的人文故事里想象，感受惊心动魄的场景，我知道丰富的阅历和心灵的成长比当一个作家重要得多，我没有必要刻意去迎合社会的某些口味，我没有必要为了稿酬拼命赶时间，我可以杂乱无章，我可以有头无尾，我自由自在，没有压力。

亲爱的，是你的爱让我坚持写下去，是你提供的条件让我可以拥有一方空间思考，我体验着生活，品味着爱情，在作家面前我永远是学生，在你面前我永远是女人！

1029. 我们学会了上网——1991.04.23

自从从中国回来后，我和你对中国的东西很感兴趣，但在美国要找到介绍中国的书籍和图片真的少得可怜，更不要说看到有关它的电影了。你整天打电话要凯理去图书馆借关于中国的书籍，好在妮可回来给我们买了一台电脑教我们上网。你笨手笨脚的，迫不及待又总是敲不好键盘，坐在一旁生自己的闷气，真是可爱。还好妮可帮我们设定了简单的格式和程序，我们一敲键盘就直接进入了页面，电脑这东西真好，很快就搜索到许多关于中国的东西。

现在每天坐在电脑旁看关于中国的地理或历史成了你的工作了，好几次大声叫你吃午餐，你都好像都没有听见。

亲爱的，中国已经成了你生活的一部分，我呢？我好想成为你桌上的那一杯中国茶，清香又可口，至少你还知道我的存在！

1030. “卡玛爱心基金会”成立——1991.05.01

你忙碌了整整四十天，“卡玛爱心基金会”今天终于成立，我突然觉得自己很伟大，是的，这将是我和你的伟大事业。

“卡玛基金会”主要帮助在战争中失去亲人的家庭，还有离婚的单亲家庭和有失散亲人的家庭，帮助他们找到亲情和爱情，感受到人间的温暖和关怀。

我决定把“女人之家”就交给“卡玛爱心基金会”打理，我老了，没有办法再去亲力亲为，尽管我热爱这项事业，我要把更多的时间留给你。

亲爱的，帮助别人是快乐的，看到你的快乐，我的内心充满敬意，不，不应该只是敬意，亲爱的，我全身心的爱和情都是你的，因为你，我无比的快乐和幸福！

1031. 我们决定再去中国——1991.06.02

凯理上个月买回一本詹姆斯·希尔顿的小说《失去的地平线》，书中所描绘的是一块永恒和平宁静的土地。你整天在看，到今天为止已经看第三遍了，嘴里不断重复地念叨着“香格里拉”一词，还不断地打电话要妮可查查“香格里拉”在哪里，今天终于有了结果，在中国云南北部的迪庆藏族自治州的大山中。

“玛利亚，我们去中国，中国的‘香格里拉’你在书房里兴奋得大声叫我，好像发现了一块宝玉。

此前，通过电脑的搜索了解，我的脑海里早有了玉龙雪山的殉情故事、女儿国的泸沽湖、走婚、阿诗玛……更让我们惊喜的是，他们竟然都在中国的云南。

我准备好了，下个星期我们就去中国，亲爱的，带上你的照相机，你去寻找你梦中的故乡，我去寻找那神奇的爱情故事！

1032. 我们再次来到了中国——1991.6.10

经过十几小时的飞行，我们首先到了香港，然后再飞到昆明，你不顾路途的劳顿，在崇山峻岭间连夜十几小时的车程来到了香格里拉。

清晨起来，雪域高原的阳光格外地耀眼，雪山环绕之间，分布有许多大大小小的草甸和坝子，五颜六色的繁花点缀其中，你拉着我的手奔跑起来，全然不顾我们是快七十岁的人了，对着梅里雪山，你顶礼膜拜。

在这片宁静的土地上，土地肥沃，牛羊成群，有清澈的湖水、神圣的寺院、淳朴的康巴人，原始藏族村落，一切都如我们梦里的伊甸园，不知道是异域文明格外的神秘，还是因为心中对那片梦想的向往，这里带有远古的静谧，原始的自然，有种超越时空的感觉。

我们经常攀爬加州的内华达山脉，好几次踏步藏身其中的优美胜地，比起这里来好像经过了修饰；我们去过印第安的部落，让人联想野蛮和暴力，唯独这里让人和偕。

你的相机照个不停，好像要把整个香格里拉装下。

亲爱的，你慢慢地走，慢慢地欣赏，不要错过你的每一次心灵的喜悦，当然别忘了我在你的身后，记得拉着我的手！

1033. 我是你前世的情人——1991.6.18

一周的时间过得很快，离开的时候，我们还流连在香格里拉的美景中，你有点依依不舍，玉龙雪山的殉情故事吸引着我们来到了丽江。

古城古色古香，玉龙雪山在太阳的照耀下格外耀眼，我们住在民居的院落，懒懒地晒着柔软的太阳，仿佛时光不再流动，纳西古乐似天籁之音，四方街的歌舞令人流连忘返。

夜晚的酒吧是你向往的地方，你兴奋得一边喝啤酒一边和对面的小姑娘对歌，尽管我们听不懂对方在唱什么，但从她们的表情我知道她们唱的是情歌。

雪山、古城、阳光、懒散的人们，一切那么的自然与随意，据说这里是相恋的或正在寻找爱情的情人们最向往的地方。

“亲爱的，我们是情人吗？”我突然问你。

“我们上辈子是情人。”你笑眯眯地附在我耳边回答！

1034. 神秘的泸沽湖——1991.6.27

你知道我对爱情的故事情有独钟，我们马不停蹄赶路到泸沽湖，我早已对这个女儿国独特的婚姻风俗充满了好奇。

这里家家之主，皆为女性，其家庭成员血缘均为母系血统，通行走婚，一切都是那么神奇，那么古朴，每个礼仪，每种风俗，都是一个优美动人的故事，无不充满几分神秘。泸沽湖畔姑娘小伙那一身独特的服饰更是令人瞩目，坐在湖边，我们无不为那远远近近、悠悠扬扬的“阿哈巴拉”歌舞所动容，无不为那如巨龙滚动的甲搓所诱惑。

你津津有味地吃着猪膘肉、酸鱼、烤鱼干、牛头饭，喝着苏里玛酒，看那湖中飘荡的猪槽船，载着阿妹放歌而来，给人以无限遐想与思忆。

亲爱的，你愿意在这里做一回“阿达”吗？还是离开它动人的故事毕竟离我们很远，把它留在你的梦里更令人回味，卡尔，看着我的眼睛，我全部的深情都在这里，我们的爱情才是真实的！

1035. 神奇的石林——1991.06.29

泸沽湖悠扬的歌舞还在耳边回响，石林的神奇又让我惊叹。

昆明的石林据说是一个叫阿诗玛的姑娘化身的，一个凄美动人的爱情故事在这里流传了几百年。看《阿诗玛》歌舞片时，尽管没有英文翻译，有些故事不需要太多的语言表白就可以看懂，我发现你偷偷地擦了好几次眼泪，看完之后，你买了好几条《阿诗玛》的香烟塞满了旅行箱。

晚上，我们参加了石林火把节，鼓乐声中，斗牛、摔跤，紧张又刺激，入夜，人们燃起篝火，点起火把，火把随人流形成股股火龙，人们都围着篝火纵情歌舞，通宵达旦。

消失的是远去的人们和逝去的光阴，留下的是古老恒久的爱情，亲爱的，我不求这天长地久的爱情，我在乎你现在拉着我手看我那一刻的温情！

1036. 北京行——1991.08.03

北京是必须去的，万里长城在那里等着我们。

之后的行程我们参观了北京的四合院、故宫、长城，悠久的历史，灿烂的文化，你在这里找到了答案。

你是拉着我的手一步一步地登上长城的，踩在青石砖的台阶上，遥望烽火台，看盘延在崇山峻岭之间的长城，我们无不为这伟大的工程赞叹、震撼，只可惜那段传说中孟姜女哭倒的八百里长城我没有看到，很遗憾。

“爱情真的有那么大的力量吗？”我疑惑地问你。

你连忙说“不，不，这不可能。”

亲爱的，不管你信不信，我宁愿相信说这是真的，我相信爱情的力量可以感天动地！

1037. 苏州的韵味——1991.08.06

因为一位中国画家在美国画的《故乡的回忆》，因为他画中穿着旗袍女人的韵味，我们来到了中国的苏州。

苏州的山水园林给我们的印象深刻，你一边抚摸那些雕刻，一边不停地拍照。流连其中闲情逸致，迎面走来一位穿红色旗袍姑娘，那柔美的身段令人羡慕，我忍住多看了几眼，轻盈的脚步很快消失在万绿丛中，我们决定在这里多住几日。

这里的水很柔，应该滋养了这块土地几千年了，一问导游，苏州差不多有两千年的历史了，我的天，两千年的历史，这里一定产生过持久缠绵的爱情，不然这里不会这样诗情画意，柔情似水。

亲爱的，你决定在这里住下去吗？不，还是走吧，卡尔，在这里住上个三五日就够了，我怕你不解这里的风情，误入歧途，我再也找不回你了！

1038. 西湖的感想——1991.08.08

杭州离苏州不远，据说是中国男人最钟情的地方，这次来之前，周伟特意交代我们一定要去看看，看来不得不去。

杭州的西湖确实很美，只可惜那个雷峰塔太讨厌，压了白蛇娘娘好几百年。你说这只是个故事，我坚持说这是真的，不然当地的人们也不会建这座塔来纪念她。

我和你泛舟湖上，我一直在想：这温柔的水怎么会兴风作浪，这美丽的山水怎么就容不下一个白蛇娘娘，白蛇娘娘和许仙的爱情又伤害了谁，难道那法海和尚就代表了人间正义？我想不太明白，西湖的山水突然让我觉得有点邪恶的味道，我要尽快离开她。

亲爱的，不管别人认为你是谁，哪怕是魔鬼，我一样的爱你，我的爱情与他人无关，这是我的自由和权利；

走的时候，我的脑海里念念不忘让那法海去死！

1039. 西湖的龙井茶——1991.08.10

在美国我习惯喝咖啡，有意思的是在中国每到一个地方，主人首先会很热情地端上一杯茶，后来才明白这是中国人的待客之道。

在西湖旁的一座茶楼里，你对茶的味道赞不绝口，坐在一旁的中国朋友林先生送给你一盒“龙井茶”，你执意要拿自己手上的劳力士表作为交换。

茶在中国有几千年的文化，比咖啡的历史长多了，听说在中国男女结婚的时候，女方首先要给男方的父亲母亲敬茶方告礼成。

亲爱的，在北京，在西安你见到的是雄伟壮丽和悠久的历史，今天能够在美丽的西湖之畔品尝中国最好的茶叶，听听这里柔软的声音，你应该感受到了那种东方特有的韵味，我很喜欢这里，真的，像回到梦里水乡，如果在这里谈一场恋爱，应该别有一番风味！

1040. 从上海到香港——1991.08.13

出租车在去外滩的路上爬行，黄浦江的船很拥挤，高楼大厦很多，到处是工地，一片繁忙。城隍庙小吃很有特色，只是人太多了，弄不明白的是：在中国走到哪里都是人山人海，上海太现代了，像纽约。

香港更繁荣，维多利亚港太吵，远没有浅水湾那么清净，坦白地讲，我不太喜欢这儿，这里节奏太快，这里的诱惑太多，这里的人们太现实，像我们美国，产生不了古老恒久的爱情。

穿行在高楼大厦之间太久，卡尔，我突然发现我们生活的这个城市，埋葬了太多的温情，阻隔了太多的情感，亲爱的，我宁愿陪你行走在偏僻的乡村，古老的街道或宁静的小镇，看你抽烟，陪你散步，听你沙哑的嗓音弹唱吉他，静静地喝着你泡的咖啡！

1041. 世界是多元的——1991.08.19

中国没有我们想象中的不自由，这里的人们很淳朴，他们休养生息在这片土地，以它独特的方式存在或发展着，这里的人们的宗教信仰与众不同，这里产生美好的爱情，这里的文明可以让我无地自容，我不明白我们国家的报道为什么是如此偏激——“一个封闭不自由的国家”！

我们从小生长在一个社会，很自然地将那个社会中的一切，包括社会制度，政治传统、宗教信仰、价值观念、生活方式和风俗习惯，视为天经地义的事情，尽管我们喜欢或不喜欢某些东西，但其存在的合理性，几乎是不用怀疑的，世界因多元而丰富，一切本该如此。

坦白地讲，我很向往中国的文化，我很喜欢他们的爱情故事，喜欢这里的邻里关系。中国家庭比我们美国的家庭更充满温馨，也许这里的爱情更纯洁更持久。亲爱的，我不知道我说的对不对，如果你愿意，我愿意和你生活在中国，我希望中国永远保留好那里的青山绿水，保留好他们好的传统，续写他们流传千年的爱情故事，下一个百年我一定梦回中国！

1042. 看中国的爱情故事——1991.09.10

周伟请中国的同学帮我寄来了《梁祝》《天仙配》《白蛇传》《孔雀东南飞》的碟片，妮可和周伟周末特意从学校赶回来陪我们一起看，故事太感人了，不料妮可哭地稀里糊涂，弄得周伟在一旁使劲地安慰她，差点忘了还有来自中国的唱片，里面有《孟姜女》和《梁祝》的哀怨的歌声。

你对《梁祝》的故事片有点看不明白，尤其是化蝶那一幕，觉得是不可能的事情，却对《梁祝》的唱片爱不释手，每天跟着哼哼唱唱的，尽管听不懂歌词。

坐在一旁喝咖啡的时候，你总是和周伟讨论中国的历史，你对中国的皇帝娶那么多老婆大惑不解，对唐朝的历史问这问那，周伟不厌其烦地给你解释说明，说到激动处，你嚷着这个月一定要再去旧金山的唐人街看看。

亲爱的，你越来越可爱了！

1043. 安妮的抑郁症——1991.09.25

安妮是邻居莱特先生的女儿，长着一张明星脸，经常在家中举办派对，上周见到她的时候，表情冷漠，眼神空洞，苍白的有点可怕。医生说安妮患了的抑郁症，现在安妮每天靠服用 PROZAC 过日子，经常趴在地板上哭泣，几次欲自杀，莱特很是无奈。

我不由得想起二十几年前卡尔离开家的那一段时间，我神情恍惚了好几个月，我不知道当时是不是得了抑郁症，很无助又无处诉说，还好我挺过来了，想起当时的情景我有点害怕。

医生说抑郁症是一种时代病，我不太明白，在这个安全富足的年代，为什么有那么多的年轻人得这个病，他们的抑郁是因为没有得到爱情吗，还是因为失去爱情？

亲爱的，因为从没有改变对你的爱，因为有你在我的身边，我很欣慰，抑郁症远离我，卡尔，你看我是不是越来年轻了，昨天我还买了一件红色的衣服套在身上；

卡尔，我因为你而年轻！

1044. 孙女妮可要结婚了——1991.10.15

孙女妮可下周要结婚了，我送了一件中国苏州的旗袍给她，是我在苏州旅游的时候比划着尺寸请当地的师傅手工做的，没想到妮可穿在身上很合身，漂亮极了，做中国的媳妇就要有中国的样子，周伟看了一定很高兴。

妮可今天回来教我读“中国，我爱你”，五个字教了好半天我才记住它，你把它读成“我爱中国你”，周伟在旁边哈哈大笑，还表扬你读得不错。

亲爱的，看来我们跟中国有缘，我们那么喜欢中国的文化，我们的孙女又成了中国的媳妇，这是一件值得庆贺的事情，卡尔，你得好好学习一下中国的文化，我想从你的嘴里听听那里的民间爱情故事是如何的绵延几千年！

1045. 福音派在行动——1991.10.28

朋友朱利亚加入了福音派，认为自己可以“重生”，福音派教导她的多是一股脑地向内看，应付内在的需要，她的女儿洛丝也是福音派的一员，对文化战争有深刻的信念，讲起来很有先见之明，却不知道为什么要遵从圣经去生活，对圣经的关键点毫无认知。

我知道现在多数教会所关心的是市场效果而不是真实有深度的信仰内涵，只知道与异己划清界限，而不会用同情、宽容、自省的态度来面对与自己看法不同的人，只知道强调权威、固守传统，对《圣经》没有一种严肃、客观的态度。

美国社会主流教派所关心的不再是信仰，而是政治和利益，我不知道上帝要怎样带领我们突破，至少我们不需要福音派虚假的形式主义，这需要基督教徒有勇气面对现实，有高度的智慧，不断地运用“爱心、爱心、爱心和真理”的生活格言去实践。

信仰一旦错乱，就会有茫然无助的时候，我想到了中国的佛教，我想去研究一下佛教的东方智慧，说不定会给我一点启发，甚至答案。亲爱的，向中国的佛教出发，陪我在几千年的文明里寻找我们内心的需要！

1046. 佛教有点意思——1991.11.10

在中国旅游的时候，山上见到很多金碧辉煌的建筑，许多的人在里面叩拜，听周伟说那是寺庙，中国民间的一种的宗教，信教的人并不多，大多数是看热闹的。我不太明白我们美国的教堂都建在平地有多人居住的地方，中国的寺庙都建立在山上，参拜起来多么的不方便。

周伟给我找来好几本介绍佛教的英译本，这小伙子真细心，他知道我感兴趣，“佛陀”一词周伟给我解释了半天,我关心的是佛教内容,你在旁边笑我“快成中国通了”。

在美国没有宗教信仰的人以亚裔居多，他们没有宗教归属感，不像我们，总统就职宣誓都要手按《圣经》，我不明白在他们的国度，难道佛教不是一种信仰吗？

卡尔，我无法去评价那里的人们的宗教信仰，我只知道有宗教信仰的人们，他们的精神是充实的，甚至是快乐的，至少在我茫然无助的时候，我知道上帝一定会帮助我，亲爱的，你说是吗？！

1047. 东方智慧——1991.11.18

“普度众生”、“慈悲”是这个月在我脑海里出现得最多的词，我好像发现了新大陆一样。“帮助别人、积善行德、生死轮回”，我的内心每天都对这些新词的理解激动不已。

基督教和天主教里好像没有这样的概念，一切都是上帝教我们的信条，一切都是上帝决定的，除了上帝就是以自己为中心。

亲爱的，什么是大爱，我在佛教里找到了，佛教没有分别心，普度众生是大爱，慈悲是大爱。卡尔，你不是曾经惊叹中国悠久的历史，灿烂的文化，如今东方文明的智慧和生命力我从佛教里找到了答案，说真的，这来自异域的文明让我有点惭愧，生命中除了对家人和朋友，我对这个世界付出得太少！

1048.“疯狂”的中国人——1991.11.25

最近两年，大量的中国人涌入美国的西海岸，在洛杉矶、奥克兰、旧金山，随处可以见到黄皮肤黑眼睛的中国人，他们穿着西服打着鲜艳的领带，三五成群地出现在很多餐厅、名牌店，到处都可以听到他们大声说话的声音，好像生怕别人不知道他的存在。

我们家的周围每天都有地产经纪带中国人在看房子，加州好像快变成中国人的天下了，我不知道要高兴还是恐惧。你笑着说美国是全世界的美国，他们来了并不奇怪，因为他们每个人心中都有一个“美国梦”，我似乎明白了一点点。

对这些远渡重洋的中国人来说，我不知道这里是天堂还是地狱，只有他自己知道，我跑过了那么多的国家和地方，天堂永远在梦中的地方，我深深知道，只有热爱你的国家，热爱你脚下的土地并去不断建设它，它才是你梦想的家园，不然，来者永远是客。

亲爱的，我热爱我的国家，热爱我的脚下的土地，热爱我的家，卡尔，有你真的很幸福！

1049.话轮回——1991.12.09

“卡尔，你相信轮回吗？”我手拿着一本介绍佛教的书问你。

“轮回？什么是轮回？”你疑惑不解地问。

“轮回是中国佛教里的一个说法，书上说：缘聚而生，缘散而灭，生理，心理，物理的现象是生老病死是互相交替运行，换句话说，人死了会变成另外一种物质。”我根据我理解的意思说。

“是吗，真有意思，上帝不是说人死了会去天堂或者地狱吗？”卡尔将信将疑。

“那是佛教把人当成自然的子民，上帝把人当成他的子民。”我解释道。

亲爱的，不管你信不信，我是相信的，下辈子，我还是会找到你，我要做你的女儿！

1050.不要执着感情——1991.12.15

佛教劝人学习放下万缘，不要执著于感情，只要把爱情的聚散当成因缘变化来看，明白“缘散则散，缘聚则聚”的道理，爱、恨便能在这一念之间转变、释怀。佛教的东西太深奥了，像是哲学，就连那几个词汇的意思我都要弄半天，好在周伟的解释又让我如释重负。

放下？转变？释怀？然而人世间又有几个能够做到呢？能够做到的，我认为那是一种无奈的选择，不论他人怎样，至少我很难做到。

亲爱的，我一辈子执著于对你的感情，正因为如此，我的生命里流动的是纯洁的情感和真实的声音，因为我相信你，相信我们的爱情，所以我不后悔我的执著，事实证明，你是值得我用一生去爱的人，卡尔，我爱你！

1051. 我相信每件事都是有因缘的——1991.12.20

今天来教堂的人不多，相互之间打招呼的很少，好像来送别似的，做完弥撒各自散去，除了钟摆的声音，留下一片静谧的空间。

我知道儿子凯理是不怎么去教堂的，孙子迈克就更不用说了，他根本就不相信有上帝。

我认为世上的每件事都是有因缘的，我相信上帝，相信上帝会让人"重生"，然而现代人因工作繁忙，生活紧张，对事的看法，总是立于自己主观的地位思考，从不认为有"因缘果报"。上周朋友苏玛的孙子佩里因为放火把别人的房子烧了而锒铛入狱，原因是对方家的女儿不答应与他约会，她把自己关在家里，结果那女孩也被烧伤，听说佩里在监狱里还在炫耀他的勇敢。

亲爱的，人要能看破人与人之间聚散的因缘，才能让自己在缘随时保持一份潇洒，卡尔，我与你是前世的缘分，今生才相聚，你这一辈子，你想躲都躲不掉！

1052. 卡尔的信——新年愿望——1991.12.30

亲爱的玛利亚，在洛杉矶我们一起度过了四十个春秋，一万五千个日日夜夜，很多美好的回忆，感谢你一路的陪伴，我很幸福；

四十年前离开我的家乡的那一天，我告诉自己，我一定回来的，回到我的家乡，我要把那里建设得更加的美丽，这一晃四十多年过去了，我依然没有迈开我的脚步回到家乡的怀抱。我知道你舍不得离开我们奋斗生活了四十年的加州，好几次我想跟你商量回老家的事，我告诉自己"再过一段时间再说"，我怕你不愿意，我怕你生气。最近，特别是从中国回来以后，我特别的想念我的家乡，我想念我的父亲和母亲，那里的山，那里的树，那里的田地，那里的葡萄园，对我来说有一种无法割舍的感情，好久没有看到树木吐新牙了，没有听到泉水叮当的声音，没有看到瓜苗挂果的沉甸，没有脱去我的袜子亲吻那芳香的泥土了，其实我好想回到孩童时期，在家乡的土地上无拘无束奔跑，玛利亚，我说的这些，我相信你理解的。

亲爱的，你愿意和我一起回家乡吗？我已经迫不及待了，这是我新年最大的愿望！

1053. 我未来十年的理想——1992.01.09

"玛利亚，未来十年你的理想是什么？"晚餐后你突然问我。

"我未来十年的理想是出一本书。"我故作神秘答道。

“我知道了，关于爱情的。”你抢先答道。

“是的，是关于爱情的，重要的是关于我和你的。”

“哦，这样我将会名扬世界了？”卡尔有点惊异。

“别想那么美，名扬世界不是我关心的事情，我只是想把我和你的故事整理一下，作为外礼物送给我们的子孙和朋友们，这可能是我们留给他们最珍贵的礼物。”

“这个主意不错，还有什么？”你在追问。

“还有，陪你一起回家乡种地。”

“真的，玛利亚，我可没有强迫你回家乡的意思。”你的眼睛有点放光。

“是真的，我决定等孙子迈克明年结完婚就陪你回家乡生活。”我肯定地说。

你走过来亲吻我额头，我知道你这一刻是多么开心！

亲爱的，我要告诉你的是:“你的理想就是我的理想”，你走到哪里我都愿意跟随！

1054. 重游旧金山——1992.01.24

今天是第二次来旧金山的唐人街，你执意再来看看，红红的大灯笼一连串地挂在街灯柱上，还有金色的钱币装饰在门的两边，在锣鼓声中走来一条巨龙，后面跟着舞狮的队伍，好不热闹。你紧紧地拉着我的手，在拥挤的人群里钻来钻去，路边有很多中国的小吃，散发着诱人的香味，以前没有留意这个中国人的春节是那么的热闹，自我们从中国回来以后，似乎看的感觉也不一样。

据说每年的春节是中国人大团圆的日子，家家户户，老老少少，都要赶回家，一家人热热闹闹聚在一起过一个欢快的新年。怪不得周伟上周一定要带妮可回他中国的苗寨，在异国的土地上，他们中国人也只能够用这种方式感受故乡那熟悉的味道。

亲爱的，我们很快可以回到我们的家乡，在拉格尔村的山水里，去寻找你熟悉的味道，我想那里一定比这里热闹！

1055. 情人节的礼物——1992.02.14

一大幅刺绣上面有一个穿着旗袍的女子站在山水楼阁之间，周围花卉禽鸟，湖水荡漾，丝线盘绕图案的轮廓立体感极强，好一幅春天的图案！仔细一看，那个女人竟然是我的脸孔，你告诉我，这是一幅苏绣，你拿我穿旗袍的照片请中国苏州的朋友定做的，花了三个月的时间才完成。我一边欣赏这幅构图活泼，色彩明亮，风格独特的苏绣，一边向你投去赞许的目光。

亲爱的，苏州的山水园林还在我的脑海里，我忘不了那里留下了我的梦，梦见你我隐居在其中，不思归来，卡尔，现在你把我定格在这幅画里，我再也跑不出来了！

1056.《末路狂花》——1992.02.29

电影《末路狂花》成功地描写了女主角作为普通妇女，在男性的压迫下，被迫走向极端的种种遭遇和不幸。女性解放和渴望爱情的自由在这里得到了宣扬。苏珊·萨兰登在这部影片里的表演让人印象深刻，这部影片被认为是一部典型的女权主义电影，可我并不这样看，一朵娇艳的花在末路的疯狂，无论如何说不上美丽。

亲爱的，这么多年来，我生活在你的呵护和爱恋之中，我们彼此尊重，彼此支持，一起分享，记忆里只有温暖，作为女人，我不需要那么多的权利，如果一定要我选择，那就是你的爱，我愿意是你怀中的尤物，温柔地释放我的美丽！

1057. 相信爱情——1992.03.08

外孙女露西交往三个男朋友了，每次都很受伤，她那种法国式的浪漫来自于她爸爸的，对爱情的不顾一切又她传承了她妈妈，受伤就不奇怪了，露西昨天打电话告诉我，她再也不交男朋友了，她不再相信爱情。

这小丫头很特别，她不愿意跟她妈妈讲的许多事情都愿意跟我讲，可能是因为我愿意倾听又让她感到安全的缘故。我知道露西是一个愿意为爱情付出所有的人，这一点我不知道替她高兴还是悲伤，现代社会的男人有很多机会容易遇到漂亮的女人，在爱情的迷雾里能保持有理智的不多，露西也不例外。

我告诉露西，不要因为出现一些悲伤的事情就不相信爱情，爱情不一定是看到了才相信，而往往是相信了才看到。

我相信爱情，毫不怀疑，亲爱的，即使在你曾经离开我的那一段日子，我自始至终没有动摇过，卡尔，我相信你对我的爱永远是真挚的！

1058. 神秘的邻居——1992.04.10

隔壁邻居安琪太太一家上个月搬去圣地亚哥。上周来了新的邻居，听口音看样子应该是中国来的，男的看上去很老，女的很年轻漂亮，二十来岁样子，很少出门，我们出去散步的时候偶尔碰见，只见他们匆匆的脚步，很神秘的样子。

听说中国有钱的人最近来美国的相当多，中国那么漂亮，真弄不明白他们为什么要跑这么远来到这个拥挤的城市，洛杉矶城里的人都争先恐后地跑到乡村里去了；

“卡尔，我们要不要给邻居送点礼物上门拜访一下？”我轻声说。

你冲我吐了吐舌头神秘地说：“你还当真认为他们是一对夫妻？”

“卡尔，你怎么知道的？是不是你们男人都喜欢这样子？”我好一阵才哑然失笑。

亲爱的，我不想去猜测他们的关系，我只在乎你在我的身边，祝福他们，愿他们阳光地生活在加州的土地上，续写他们爱情的故事！

1059. 本性不改——1992.04.28

昨天里特那小子打来电话，他的公司最近遇到困难，你没有问他的原因，毫不犹豫地答应今天解决他的资金周转的困难，还找朋友帮他处理了公司其他棘手的问题。

今天巴特尔先生又找你来喝酒了，我又想起了他前几年生意不太顺利的时候，经常喝酒，甚至还打他的妻子，你很愤怒的骂他，愤怒归愤怒，你最终帮助他渡过难关，现在巴特尔先生晚年是幸福的，每周来酒庄喝酒成了他的习惯。

亲爱的，毫无条件地帮助别人是你的本性，已经成为你做人做事的信仰，我很骄傲你这么做，为你赢得了朋友，为你赢得了事业，五十年创业历程，一路艰辛走过来，即使你富贵了，对我，对家庭，你一如既往的爱，仍然没有变，这也是你的本性，卡尔，我为你自豪！

1060. 纪念是为了一份责任——1992.05.22

你今天再一次来到阵亡将士的国家公墓，特意叫上孙子迈克，天空下着雨，公墓里显得有点阴森，你严肃地告诉迈克："来到这里，不仅仅是对死去的战友一份纪念，更是一份责任，一份对自己，对家庭，对国家的责任，热爱你的国家，无论她贫穷还是富贵，爱护好你的家庭，你有理由和责任把她们建设得更好，好好爱惜你自己，做一个对家庭对社会对国家有用的人"。迈克自从当兵回来第一次听你的教诲。

亲爱的，当我听到你和迈克谈话时我好感动。事实上，你用你的行为证明了你说的话，你是一个有责任的人，是一个好男人、好丈夫，也是一个好爸爸、好爷爷！

1061. 天鹅累了——1992.06.03

早就听说过俄罗斯作曲家柴可夫斯基创作的芭蕾舞剧《天鹅湖》，昨天终于可以看到：公主奥杰塔在天鹅湖畔被恶魔变成了白天鹅，王子齐格费里德游天鹅湖，深深爱恋奥杰塔，王子挑选新娘之夜，恶魔让他的女儿黑天鹅伪装成奥杰塔以欺骗王子，奥杰塔得知王子已爱上了黑天鹅，满脸泪痕，跑回来告诉女伴，并跟她们告别，她觉得与其永远做恶魔的奴隶，不如死在湖里，恶魔回来，暴风雨来临，舞剧的最后一幕转入颂歌主题，王子出现，以歌颂爱情最后战胜死亡。

我为这取材于民间传说的美丽爱情舞剧所感动，美轮美奂的场景，动人的音乐，一流的演技再现了这部舞剧持续了一百多年的神话，我知道《天鹅湖》的掌声也持续了一个多世纪。

天鹅每天亭亭玉立，振翅高飞，它的美丽是用掌声托起的，难道它们不累吗？我想天鹅一定羡慕那池塘中的丑小鸭自由自在，是的，有时候池塘比天空舒服。

亲爱的，我是你面前一只丑小鸭，一直做着成为天鹅的梦想，现在我才明白，做丑小鸭挺好，不用为掌声不停地挥舞着翅膀！

1062. 我不怕老去——1992.06.20

今天和你去市政公园，看到一个老夫妇坐在公园的长椅上，他们漫不经心地喂着鸽子，没有言语，良久起身手拉着手离开，走路有点艰难，需要两个人相互搀扶着。在一个台阶前，我生怕他俩一块摔倒，赶紧走过去扶他们一把，旁边有一位年轻姑娘跑过来接过我的手送了他们一程，看着小姑娘轻快的身体，我突然发现自己也是老人了，只是还不用搀扶，我的思维还很活跃。

公园里年轻的情侣散发的青春活力令人羡慕，我不由得感叹年轻多好！卡尔，我曾经在想，当我们年老的时候，我要与你风雨无惧地走下去，我其实很害怕那一天的到来，可它已经来了，总觉得自己年轻，岁月就是这样的无情，现在除了还有一颗明净的心，我不得不承认自己不是岁月的勇者。

亲爱的，我们老了吗？失去的光阴不会再回来，我们能够做的就是珍惜现在的所有，岁月沉积下来的种种真爱，让我每一天都宁静如水，卡尔，有你在身边，我不怕老去！

1063. 最浪漫最忠诚的动物——1992.07.05

“卡尔，你说这世界上最浪漫最忠诚的动物是什么？”

你沉吟了半晌：“是中国的鸳鸯。”

“不对，是田纳西州的鼹鼠。”我大声地告诉卡尔：“鸳鸯虽然很漂亮，看起来浪漫，但不忠诚，公的交配完成后，继续寻找其他母的交配，而不管前面的。”

“是吗？我不信。”卡尔嚷着不服气的样子。

“百科全书上是这样写的。”我据理力争，“鼹鼠虽然很丑陋，但很忠诚，形影相随，生死不渝，所以我喜欢丑陋的鼹鼠，不喜欢漂亮的鸳鸯。

你无语，亲爱的，你不要在意，你不是鼹鼠，我们也不是鸳鸯，我们是有思想有情感的人，这些思想和情感左右我们找到最理想的相处途径，卡尔，你已经做得非常棒！

1064. 永恒的爱情——1992.07.10

这个世上有没有永恒的爱情呢？这个问题有点伤脑，就像鸳鸯有爱情不一定忠诚，鼹鼠忠诚有没有爱情呢？也只有它们知道，人类两性关系的忠诚并不代表爱情的永恒。我经常见到邻居威克斯夫妇吵吵闹闹，威克斯先生喜欢钓鱼，威克斯太太热衷于跳舞，各玩各的，在一起的时候沉默寡语，十几年都是如此，我不禁要问“他们之间还有爱情吗？”不过，我是相信有永恒爱情的，它实在地发生在我的身上，尽管有人想破坏它，我仍然相信它的美好。

爱情是这个世界最甜蜜的东西，发生在自己及周围的朋友身上太多的爱情故事，让我看到最美丽的风景，也让我看到人性最黑暗、最丑恶的东西。是的，爱情让你变成天使，也可以让你变成恶魔，爱情也是最苦的迷药，让你看不清自己和相恋的人。不管怎样，我们既然逃避不了爱情的苦，就只有坦然接受，才能体味爱情最幸福的甜蜜，可悲的是，很多的人不时撕裂过去的伤口，爱情只留下永恒的痛。

亲爱的，过去、现在、将来，一样的你，一样的我，还有我们永恒的爱情，在我的心中，爱像落基山的雪一样纯洁，也像落基山一样永远屹立！

1065. 卡尔的信——1992.07.23

玛利亚，这几天我一直在听孙子迈克从日本寄给我的唱片，听着听着我泪流满脸，我不知道为什么，难道是它唤醒了隐藏在我心底的记忆吗？

是的，当年数不清有多少人从乡下走进了城里，转眼五十年过去了，我不知自己算是城里人还是乡下人，穿梭在洛杉矶钢筋水泥的森林中却模糊了自己的故乡，每当我听到宗次郎那曲让人心碎又心醉的《故乡的原风景》，透过他清新悠扬的陶笛乐音，我心里总有一丝淡淡的伤感，淡淡的忧伤把我带进了回乡的路，那里有我的兄弟姐妹，有我的朋友，有我熟悉的一切，不管我走多遥远，故乡那儿时和伙伴们玩耍的丝丝甜美记忆不会忘记，随着年龄的增长感觉越来越清晰，故乡的明月总是悬挂在我的心头。

亲爱的，故乡并不算美丽，可在我心中它永远是最美的，因为它留下了我的快乐的童年，还有我平生第一次睁开双眼就看到的那山和水、蓝天白云和小河里的小鱼……

玛利亚，我相信你现在一定理解我的心情，何时陪我一起回到我的家乡？我很期待这一天快点到来！

1066. 我想再去一次图书馆——1992.08.16

我想再去一次中央图书馆，这恐怕是我最后一次去。你回家乡的行期在催促着我的脚步，当我在图书馆泛着古味的书架间穿行时，就会不由自主地想念我曾经在这里停留过的美好时光。

我一直走到书库的最深处，我用手轻轻地抚摸着一排排的书架来回地走动，像要告别老朋友似的。我来得太早了，现在还很少有人来，整个世界都是安静的，我听到自己的鞋踏着地板的声音，我仿佛听到书页翻动的声音，我听得见自己平静而舒缓的心跳，我随手翻开一本书来，那是本很老的书，可能太久没人翻阅，纸页泛黄，我想那是时间经过以后留下的沧桑味道，没有新书清新淡雅的墨香，时间已经把它流淌成了经典，从字里行间一点点往外渗透，拿起来闻一闻，我的心情是很愉快的。

当我离开中央图书馆的时候，我忍不住回头再看了一眼金字塔式楼顶上那象征求知之火的火炬，我心里在想，加州最美的风景不在优美胜地，而在这座大屋子里。在这屋里我看到了更美丽的风景，这时候我觉得，我有幸选择了一座城市，我有幸走进了这个图书馆，一个图书馆有大量上好的藏书当然是关键的，更关键的是有人去用心捧读。亲爱的，这其中就有我和你，卡尔，这里走出了你的成功，我期望你把它的味道带回我们的家乡！

1067. 故乡的记忆仿佛很遥远——1992.08.25

你正在做回家乡的准备，我这几天一直在想故乡的模样，故乡是什么呢？是成群的牛羊、满山葡萄树、玉米地、棉花堆、土豆还是西山的雪？陈旧得有点残缺的记忆仿佛很遥远。

离开拉格尔村近四十年的光景，我已经融入了洛杉矶的山山水水，看洛杉矶海岸山脉的雪，听海浪的声音，开车去沃尔玛购物，去中央图书馆看书，去市政音乐厅听音乐，去好莱坞看电影，对故乡的感觉一直很淡薄，不知是曾经的贫穷还是下地劳动留下的阴影，我几乎没有要回去的想法，尤其是我的父母亲过世后，更断了我这个回去的念头。

你几次欲言又止，亲爱的，我知道你想说什么，请容许我梳理一下自己的记忆，让我接近、再接近那块熟悉又陌生的土地——我模糊又清晰的故乡！

1068. 故乡回得去吗？——1992.09.01

这几天回忆最多的是故乡的风景，故乡的人，四十年过去了，其间我只回去过两次，每次停留的时间又非常短暂，故乡很多时候在我的脑海里只有模糊的记忆，更像一个概念停留在我的脑际，很惭愧，我的情感无法完整的连接故乡的山山水水，繁花依旧，人已苍老，我不知道生养我的故乡是否还会接纳我，卡尔，我想起这些就有点害怕。

亲爱的，我回得去吗？我能够回去吗？我的父辈亲友已经散去，乡村们多年不见已很陌生，不知道我能够和他们交流什么，有人说到不了的地方叫远方，回不去的地方是故乡，卡尔，我真的有这种感觉！

1069. 故乡的思考——1992.09.09

去过或路过国外很多的村庄，是那么的富饶，或那么宁静，唯独对我自己的家乡，我有说不出来的复杂的情感。年轻的时候拼命想逃离那个地方，当我融入洛杉矶这座城市，这里就是我的家，故乡的记忆渐渐远去的时候，在某个的记忆里又不自觉地跳出来，当我年老的时候，我又想回归宁静的生活，想念那儿时的伙伴。

没错，在那最不起眼的角落，乡村里藏着贫穷，但那里有好的传统、好的文化、好的次序，那里雨水充沛，那里有浓重的乡音，像音符，像基因藏在你的血液里，故乡是你一生绕不过的情怀。

亲爱的，我现在开始理解你对故乡的思念，人是活在记忆里的，对故乡的感情永远也无法割舍，终归要回到生你养你的地方，那里才是你魂牵梦绕的地方！

1070. 何处是家园？——1992.09.16

晚上我和你在观看《故乡之歌》——这是日本导演西译昭男制作的,《故乡之歌》不仅让我感受到日本童谣之美，更唤起我孩童时的美好回忆，不禁让我怀念起我母亲孩提时代教我唱的儿歌，尽管这么多年过去了，那时的儿歌还是那么的清晰和动听。

我又想起我们的迈克，妮可孩童的时候，整天看动画，听磁带，看碟片，现代文明教育下的孩子好像缺少一些东西，比如对于事物的感动之心，或对他人的感激之情。或许是因为在物质丰富的时代，人们的情感却越发淡薄，过去我们故乡曾拥有过的精神财富和独特文化传统正在逐渐被他们所遗忘，甚至完全抛弃。故乡对他们来说不知道是什么概念，孩子们抛弃故乡的记忆并不可怕，重要的是不要丢弃了他们精神的家园——爱情，亲情和家庭。

亲爱的，我物质的家园在何处对我来说并不重要，重要的是你爱我和我爱你的情感依然在流淌，卡尔，哪里有你，哪里就是我的家园，哪里就是我灵魂安放的地方！

1071. 食物的乡愁——1992.09.22

越是临近回家乡的时候，越是想念故乡的味道，就连那吃的食物这几天我满大街道在找，可惜到处找不到我要的味道的，倒是在一个角落我意外地找到一个做牛肉卷的小店，秋葵汤的味道也不错，可总找不到我妈妈做的味道，一问老板是新墨西哥人，离我的家乡不远，见我是老乡，额外送了一包香辣玉米饼，家乡的味道在这浅浅的人情中品尝。

亲爱的，自从你妈妈去世后，你都很少回家乡了，你说尝不到妈妈做的饭菜，回去好像没有什么味道，今天突然想掉泪，因为我也好久没有尝到我妈妈做的饭菜了。原来家乡的味道就是妈妈做的饭菜的味道。

事实上我们每个人自觉不自觉地被食物的乡愁所诱导，只是那种家乡的味道我们许多人恐怕永远也尝不到了，卡尔，我从这食物里读懂了你的乡愁，我愿意陪伴你回家乡，重新拾起这家乡的味道！

1072. 故乡总是要回去的——1992.09.26

听你说当年和你一起从拉格尔村走出去的年轻人，大部分都回去了，只有少部分留在城市里继续他们的梦想与荣光。

人很奇怪，当年为了生活，为了梦想背井离乡，义无反顾地离开这块土地，而今又义无反顾地想要回到这块土地，从终点又回到了起点。

亲爱的，无论成功与失败，无论富贵与潦倒，故乡总是要回去的，我相信故乡是最温柔的港湾，它会接纳我们的一切，既然如此，我准备陪你一起回家乡！

1073. 卡尔七十岁生日——1992.10.02

今天是你 70 岁的生日，晚宴上，你向所有的伙伴和朋友宣布了两件事：第一，把酒庄交给跟随你十年的伙伴鲍比打理，自己完全退下来休息。第二，把酒庄每年赚取的全部利润交给“卡玛爱心基金会”，用于帮助更多有需要的人。最后你一一拥抱这些多年关心和支持我们的老朋友和酒庄的伙伴们，酒杯交筹中有泪有笑，依依不舍，好像告别似的。

卡尔，我非常赞同你的决定，你的心愿就是我的心愿，来加州四十年的打拼，四十年的风雨历程，你已是一棵参天大树，我为你这棵大树感到由衷的高兴和骄傲。

亲爱的，祝你生日快乐，永远年轻！

1074. 卡尔的理想——1992.10.09

“卡尔，你未来十年的理想呢？”

“未来十年，我快八十岁了，首先是身体健康，当然包括你的。”你数着指头在算。

“没有别的了吗？”

“在家乡为你建一栋乡间别墅，有院子可以种种地，喂喂鸡，再去爬爬落基山，看看雪。”

“真的好想回家乡吗？你舍得这里建设好的一切吗？这里的阳光，沙滩多好！”我看着你的眼睛。

“老了，终归要回去的，城里是年轻人的世界，家乡的青山绿水才是最好的。”你叹了口气说。

亲爱的，我知道这是你的心愿，等孙子迈克结婚了，这边的事情我们也完成得也差不多了，我一定陪你回家乡！

1075. 乡约——1992.10.20

上周福克斯先生去世了，在加州他没有亲人，他的后事是你帮他处理的，他的骨灰被送回家乡拉格尔村，这是他唯一的愿望：把他的骨灰和他的父母安葬在一起。我相信他从此将不再孤独。

你今天打电话给吉姆商量回家乡的事情，想不到吉姆早就有这样的想法，因为他的儿孙不愿意他回去，最近还在犹豫当中，一听你准备要回家乡去，他下定决心要回去，从你爽朗的笑声里听得出来你们是多么的开心，你还告诉我，一直居住在纽约的舒特也在准备回家乡。

年轻的时候我不知道男人对家乡的向往是如此强烈，我现在终于明白了，乡野的山水树木在他们出生的时候就刻印在他们的视觉里、脑海里、记忆里，没有任何一种东西可以替代这种熟悉的情感，人老了，回到生养的地方，不会陌生，不再孤独，就算是死了，尸骨也要跟泥土融在一起。

人终归是属于自然的，属于泥土的，亲爱的，我准备好了！

1076. 忘记了电影的内容——1992.10.29

好想在洛杉矶再看最后一场电影，我怕回到家乡去的时候，再也找不到那种坐在电影院里立体声环绕的视觉冲击。

今晚你看完《保镖》很兴奋，男人们都喜欢看这样的打斗片，惊险刺激。很奇怪，回家的路上我几乎忘了电影里面的情节，萦绕在我的脑际的全是惠特尼·休斯敦甜美的歌唱。I WILL ALWAYS LOVE YOU，I BELIEVEIN YOU，RUNTO YOU，动人的旋律，燃烧一般的歌声，那种与生俱来的爆发力，演绎低回婉转的曲调，就像尖锥刺进脊梁一般震撼。

卡尔，震撼心灵的音乐一定来自对爱情深切的理解，对生命的热爱，我记住了，卡尔，I WILL ALWAYS LOVE YOU！

1077. 孙子迈克结婚了——1992.11.08

孙子迈克娶的是日本姑娘酒子，非常漂亮，讲一口流利的美式英语，声音甜美温柔，我们沟通起来一点都不困难，我很喜欢她。

他们的恋爱故事非常有意思，酒子在日本航空做空姐，迈克因工作的需要经常坐飞机往返美国日本，有一次迈克要一杯咖啡，酒子不小心倒在迈克的衬衣上，“你要给我买一件新的”，没想到酒子第二天上午把一件同样品牌的衬衣送到了迈克驻日本的公司，而且大小正合适，迈克从此就喜欢上了这位细心的姑娘，“没有想到一句玩笑话娶回一个漂亮的妻子”，迈克经常骄傲地说。

一个粗心不拘小节的男人碰到一个细心又严谨的姑娘，是不错的选择，两个人的相爱有太多的偶然性，两个国家的人都这么容易走到一起，你在感叹时代变了。

是的，时代变了，亲爱的，你说我们的爱情变了吗？从偶然走向必然，我曾经的妩媚为你盛开，现在依然绽放在我心里！

1078. 坐火车回家乡——1992.11.16

昨天你问我回家坐飞机还是坐火车，我毫不犹豫地说坐火车，我喜欢坐火车，当年离开拉格尔村来加州坐的是火车，中间有两次回家乡，都是坐的火车，不仅可以看看沿途的风景，还可以漫不经心的看看书，聊聊天。

我一直认为坐火车是一件很浪漫的事情，自从当年看了“魂断蓝桥”之后，我永远也忘不了郝丽斯在火车站寻找他的情人克拉克的情景，这以后我每次看到铁路，我就想起火车站离别的情侣，一个挥手告别，一个泪眼蒙眬，好像火车站是专为等待或送别远去的情人而设置的。

亲爱的，拉着我的手，让我感受一下一起坐火车的那种浪漫滋味，我看你的脸还是像当年的模样，一点都不苍老，那是因为我心中有爱，在我的眼里你永远年轻！

1079. 我们又回到了乡村——1992.11.18

拉格尔村就在眼前，我左顾右盼，熟悉又陌生的感觉，尽管我知道这里是我的家，远离了洛杉矶拥挤的高楼，连排的汽车和喧闹的人群，突然来到它的面前我还真有点不习惯。

卡文早就帮我们在葡萄园的山脚下盖好了一栋别墅，背靠西山，可以远眺落基山脉，别墅带有一个好大好大的院子，可以种菜、养鸡，一切如我所愿——这也是你曾经答应给我的礼物。

回家了，我们又回到了拉格尔村的怀抱，一切都是新的，亲爱的，我好像是一个新娘刚进家门的感觉，只是我这个新娘不是五十年前那个年轻的新娘，我已经老了，拉格尔村的村民已经忘记了我当年的模样！

1080. 归途——1992.11.21

亲爱的洛杉矶
当年我来的时候我是你的客人，
当我要离开你的时候，
你分明告诉我我是这里的主人，
为什么要离开？
是不是从此不再回来
这是我四十年目光停留的地方，
比生我的地方还要长一倍
我又怎么能够轻易离去，
不再说一声“再见”
可我没有理由留下
我只能掩饰我的伤感
同我最亲爱的人一同归去
挥一挥手作别
无法潇洒
亲爱的拉格尔村
离开你的时候，我是主人
今日归来的时候，
我不知道自己是主人还是客人
我已苍老
你的容颜一新，
我认不出离开时的道路
找不到我少时游玩的地方
亲爱的拉格尔村
你是否还认识我这个曾经的主人
牵我手的人在帮我指指点点
这里是我们的家园
好熟悉又好陌生
不论怎样，
我已经无处藏身
只好投宿在你怀抱里

苟且偷生在你的田野，你的山林
把我的梦连同我的爱
遗留在你的春夏秋冬
亲爱的拉格尔村
请你不要拒绝 我是你的女儿

1081. 淳朴的村民——1992.11.25

几十年不见，几乎认不出儿时顽伴的模样，年轻的一代更是生疏，不知道是谁家的孩子，在孩子们的相互介绍下，隐约地想起他们的父辈。热情的乡邻帮助我们打扫房间，搬运东西，送来蔬菜瓜果，不管认识还是不认识，这种友善自然亲切，没有距离，你在旁一边向我一一介绍，一边笑我忘了根本。

这几天我被淳朴村民的热情地包围着，和我年龄相仿的女人特别多，她们好像迎接一个刚过门的新娘，她们当中的有些人可能一辈子都没有离开过德里特镇，一个周游过世界的女人对她们来说是有点新奇，想听听我的嘴里吐出来的东西到底有何与众不同，可面对她们的笑容我又不知道讲什么，我的乡音已改，我的词汇已变，我怕一不小心吐出个外来词懵倒了她们。

很奇怪，亲爱的，在加州你曾经刻意改变你浓厚的乡音，几十年过去了，我都听不出你的乡音来，一回到家乡，你的乡音又回来了，看来我得好好熟悉一下环境，不要被他们当做是外来的客人。

卡尔，不许再笑话我，在拉格尔的山水里，我分明是主人！

1082. 家门口那棵香樟树——1992.11.30

你家我们以前居住过的老屋已经不见了，卡文在原址上盖了一栋漂亮西班牙式的别墅，你指着门前的两棵大树告诉我，那是我们结婚的时候种的香樟树，五十多年过去了，两棵小小的幼树已经长成了参天大树，在冬日的阳光照耀下，尤发青翠，我不觉心中无限感慨。

亲爱的，这青翠的香樟树见证了拉格尔村的变迁，也见证了我们的爱情，今天重回故乡，我感到它无比的亲切和魁梧，卡尔，我们的爱情也像这棵香樟树一样长青不老！

1083. 整理我的书籍——1992.12.06

装我书籍的卡车昨天终于到了，这几天我忐忑不安的心终于落地，我好像看到心爱的伴侣回家的感觉，这些书都是我在加州四十年的收藏，在我困惑焦虑的时候，是这些书陪伴我一起走过，当然更多的是在书里我结认识了一个又一个人物，他们像我的好友带给我快乐，让我的心灵少了一份孤独，让我的生命多了一份牵挂和爱，在有灵的文字里，我看到了人生的种种境遇：美与丑，善与恶，更多是希望和阳光。

整理我的书籍成了我回家的第一件大事，你帮我一件件地拆开，我一本本地摆放，抹去岁月灰尘，我还能够感觉当时的温暖和记忆，是的，是书让我的生命变得充实而丰满，我们在村里的别墅因书的到来而有了灵魂。

物质可以优待我们的身体和感官，但心灵的滋养最终要到书籍里面去寻找，亲爱的，在我们晚年的时候有书籍做伴，不要像我们的父辈，等待日出又日落，在拉格尔的山水里，朗诵点诗歌，写点文字，我们不会寂寞!!

1084. 卡尔越来越可爱——1992.12.13

几十年不回来，家乡的变化很大，原来的邻居塞里大叔已经九十多岁了，半天都没有认不出我来，村里少年时的玩伴都已儿孙满堂，同学洛丽丝一家听说去了奥尔良，许多年轻的小伙子我们都不认识，他们也好奇地打量着我们这对“异地来的客人”。

你整天找吉姆来喝酒，说一起去矿上的事，一起逃学，一起打野鸡，一起摘野果……笑得前俯后仰。吉姆还给我透露说：“卡尔上初中的时候追过班上一个女生，那个女生后来没有理他，卡尔为此一个星期没有去上学”。

“卡尔是真的吗？那个女生是谁”我一边追问，一边哈哈大笑。

“没有的事，是吉姆造谣，那个星期没有上学是因为妈妈病倒了，我要在家里帮忙。”卡尔急忙辩解；

亲爱的，没有关系，你不要那么紧张，青春年少有故事才值得回味，我不会介意的!

1085. 这个圣诞节真热闹——1992.12.25

儿子凯理和他的妻子丽塔，孙子迈克和他的日本妻子酒子及他们的女儿，孙女妮可和她的中国丈夫周伟，女儿凯希和法国丈夫斯宾，外甥西蒙和露西，卡奇和他的妻子及一家 4 口，还有卡琳一家 3 口，再加上卡文一家 5 口，除了莎米和她的丈夫在非洲没有回来之外，加上我和你总共 25 人，满满的一屋子，我都快数不过来了；

你昨天夜里上扮作圣诞老人分发礼物，忙得不亦乐乎，屋子里不断发出欢快的惊呼声。

亲爱的，你扮圣诞老人的样子真逗，你当着儿孙们亲吻我，我认为这是你今天给我的最好礼物!

1086. 下雪的日子——1993.01.09

今年的雪一连下了好几场，飘飘洒洒，拉格尔的冬天有一种别致的美，我喜欢拉着你的手行走在雪地里。事实上我很喜欢下雪，这么多年来，我对雪有种特别的感情，每当下雪的时候，我习惯打开窗户，眺望远方，总希望有奇迹出现在眼前，不论是在拉格尔村，德里特镇，还是加州的贝克斯，洛杉矶，再到在异国他乡，只要看到雪，我都情不自禁地走到雪地里，捧一把雪花亲吻一下自己的脸。

我甚至经常梦到下雪的日子，我和你在雪地里追逐，你会抓住我冰冻的手放在她的衣袋里暖和，现在跑不动了，只能想象那个时候的浪漫。

亲爱的，还记得五十年前的那一场雪吗？我想起了你送的土豆，想起了我们第一次去爬落基山的情景，很温暖的记忆，少女时拥有的浪漫情怀一直持续到现在，卡尔，雪夜里拥着你更能够感受到你的温暖！

1087. 村里的空气真好——1993.02.01

每天清晨起来，我和你一起散步到对面山上的葡萄园，这时候薄雾还没有散去，看山下和那错落有致的房屋坐落在田园之中，若隐若现，回来的时候太阳从东山缓缓升起，那沁人心肺的新鲜空气吸透全身，舒服极了，“不像洛杉矶带有咸味的海风，还有那马路旁刺激的汽油味”，你每次都重复地给我说。

是的，村里的空气真好，这里的山泉水很甜，回来的这一段时间我都不用在脸上抹面霜了，我的皮肤好像细嫩了好多。

亲爱的，所有这一切都是因为有你的努力，我才这么好的心情享受这么好的环境，我真的很享受这里的一切！

1088. 情人节的礼物——1993.02.14

不知道你从哪里找到了一张我小学毕业时的照片，原来你昨天去学校的图书馆找到的：黑白照片上的我扎着两个小辫子，好稚气的一张脸上还有一对小酒窝，我记得这应该是我参加学校的一次朗诵比赛的照片，手里还拿着一本学校奖励的书。

亲爱的，我很高兴看到这张照片，这个礼物很有意义，因为这一次朗诵比赛后，我爱上了文学，喜欢上了诗歌，以至于后来参加诗友会，我朗诵起来毫不胆怯，这应该归功于那时的兴趣和爱好。

卡尔，谢谢你带给我少年的记忆！

1089. 文明的冲突——1993.02.26

晚上一打开电视机，正在报道纽约世界贸易中心恶性爆炸的画面，60多人死亡，1000多人受伤，美国第一次在本土遭受如此暴力的袭击，伤痛着我们每一个国人的神经。

报纸上有人撰文将这些归根于文明的冲突，我不明白为什么会有如此结论。每一种宗教信仰都是文明进步的结果，它们的教义里没有屠杀和暴力，除非你要攻击它并致它于死地，反抗是人的基本生存意识，不分你我和国籍，跟文明更扯不上关系，是的，如果我们国家不改变对外的政策和观念，这样的事情恐怕还会发生。

我在心里默默的祈祷：“满是慈爱怜悯的上帝，我感谢赞美您，您创造了天地万物，也创造了生命，我们犯罪堕落，本不应得到您的恩赐，请指引那些愚昧的人们，予以方向不致灭亡，反得永生，同时让我们在今生得到平安和丰盛。”

亲爱的，我们除了为死去的人默哀，为我们活着的人祈祷安宁，我们还能够做点什么呢？卡尔，在享受拉格尔宁静的同时，我们不能置之度外！

1090. 拉格尔的春天——1993.03.08

拉格尔的春天是迷人的，且不说屋后的桃李争相吐艳，单是看那次第吐绿的新芽一天天爬满树枝，闻着枝丫散发出的嫩绿气息，心情就无比的舒畅。我和你爬上西山，放眼睛望去，红绿的别墅掩藏在万绿丛中，拉格尔的春天别有一番景象。

卡尔，把你电脑和电视机关掉，外面的世界很令人烦恼，不要让那些痛苦的画面刺激你的神经，不去想那些令人愤怒的信息，每天带我一起爬爬西山，行走在拉格尔的春天里，我想耳边多一些鸟的叫声，眼前多一些绿意，心中多一些诗歌，让春天多留一会儿。

亲爱的，春天是留不住的，就像我们留不住时间匆匆的脚步，错过了岁月，可不要错过这眼前的春天！

1091. 我们一起看落基山的雪——1993.03.23

今天阳光明媚，是个出游的好天气。

“卡尔，我们去落基山看雪！”一大早我突发奇想。

“玛利亚，你说去哪里？”你好像还没有反应过来。

“怎么，不愿意去，不用你背我？”我故意说。

你心领神会，马上去准备汽车和行装，一路松涛阵阵，赏心悦目，汽车停在山脚下，山顶依然积雪茫茫，山脚下一遍青翠，草地上繁花点点，鸟语花香，五十年以后重来此地，没有寒冷，没有饥饿，别有一番滋味。

下山的路上，我假装走不动了：“卡尔，你背背我。”我故意说。卡尔站在那里哈哈大笑，然后装模作样的背了我一下。

亲爱的，落基山见证了我们的爱情，五十年前的记忆还是那么清晰，我们已慢慢老去，但我们的那份情还在，我们的爱没有改变！

1092. 泥土是那么亲切——1993.04.08

四月的天，艳阳高照，山区的天气是那么的凉爽。

上午，你在给园子里的菜地翻土，我在给院子里的花浇水，下午赤脚一起去卡文的农田里，踩在松软的泥土上，那种说不出来的感觉渗透全身直入脑际，舒服极了，几十年没有感受过了，想不到泥土是那么的亲切！

你更是张开双臂，挽起裤脚，一边除草，一边哼着只有你听得懂的歌，像个快活的老农。

亲爱的，你越来越年轻了！

1093. 诗意地栖居——1993.04.15

海德格尔那句“诗意地栖居在大地上”一直萦绕在我的脑海里，我记得二十几年前，在海德格尔的书里找到我要表达的词时，我已经欣喜不已了，而今，我算是真正体验“诗意地栖居”的含义：舒展的田野，绿油油的麦苗，小河里游动的小鱼，青青的水草，飞舞的蜻蜓，当然还有河边嬉戏的儿童，路边悄悄走过的年轻情侣……

感谢家乡的小河，感谢满山的葡萄，感谢西山的树木，感谢落基山的雪，当然最要感谢的是你——我亲爱的卡尔，是你让我回到这片乐园，诗意地栖居在这片“迷人之地”。

亲爱的，我很满足，当然包括你！

1094. 我们来到了梦想出发的地方——1993.04.18

今天，我们来到了梦想出发的地方——我们的小学，以前很多次梦到它，梦到去上学的路上，松树林寂静无声，或是夏天的清晨，樟树在风中作响，梦的背影依旧，如今已经面目全非，眼前是几栋崭新的校舍，错落有致，那个戴眼镜的数学老师和木制的球台已成了遥远的记忆。

你在寻找你的篮球场，那是你小学时候最想去的地方，原来的土操场不见了踪影，代之而起的是漂亮的塑胶跑道，你沿着跑道缓缓地跑了一圈，好像在想什么。

日新月异的变化掩盖了岁月的痕迹，毕竟我们离开得太久，走得太远，曾经的熟悉已是幻景，儿时清晰的记忆变得陌生起来。

校园不时有年轻小伙子走过，估摸是老师，很友好地朝我们打招呼，身边嬉闹的孩子很好奇地打量着我们，好像我们是哪里来的不速之客。

亲爱的，你在想什么，你又想起了什么呢？！

1095. 卡尔的同学——德比——1993.04.23

今天去学校的路上碰上你的同学德比，德比在这所小学做了近四十年的老师，早几年退休了，闲来无事，义务在学校的图书馆帮忙整理图书，最近在整理学校的历史档案，说着一定要拉我们去图书馆看看当年的模样。

德比领我们进入一个房间，里面摆满了学校各个时期的照片和资料，那些照片有些发黄，大部分是黑白的，资料有点陈旧和破损。

“卡尔，快来看，有你的照片和成绩单，还有你的捐款记录。”德比惊喜地大叫：“玛利亚，有你和你爸爸站在一起的照片，看，扎着小辫子是你。”

你很认真的翻阅着，记录着，询问着，不觉天色已经很晚，要不是德比提醒该回家吃饭了，我们还不知道肚子饿，我们约好明天再来！

今天是我们最有收获的一天，好多遗忘的事物因此一一拾起，亲爱的，生命的饱满有时候来自这些发黄的照片，破损的资料，残存的记忆，卡尔，你说是吗？！

1096. 儿时的记忆（1）——火箱——1993.04.30

记得那时的冬天很冷，教室的屋檐下挂着长长的冰凌，同学的脸颊冻得红红的，很多同学的手脚有冻疮，下雪的时候，下课铃一响，我们在校园里打雪仗，棉鞋里都是湿的，下课的时候给火箱生火是一件快乐的事情，有时候被烟呛得眼泪直流，有同学甚至在火箱里烤土豆或玉米，那种香味让我们直馋口水。

你说得兴起，告诉我那时你偷偷放了一把雪在一个女同学的火箱里，老师审查了全班的男生没有审出来，全部男生就被罚站了一节课，看你得意的样子，好像又回到了孩童时代。

是的，记忆总是停留在这些不经意的恶作剧上，亲爱的，我们永远也不能再回到那个时代了，不然，我也好想多留下一些故事，待年老的时候慢慢回味！

1097. 儿时的记忆（2）——棉花地——1993.05.05

西山的山坡上是大片青绿的棉花田，我记得每年的九月到十月，我家对面的农田里和山坡地里全部是争相吐露的棉花，洁白的棉花很好看，可摘棉花到现在都是我挥之不去的噩梦。那时早晨七八点钟下地，冰冷的露水和霜挂在叶子上，弄得袖子和裤子全部是湿的，中午毒辣辣的太阳实在难以忍受，我总是找理由躲避，每次都惹得我妈妈生气说不让我读书了。

你听完我的诉说哈哈大笑：“我那时觉得摘棉花是一件最快乐的事情，因为妈妈当天会做平常吃不到的牛肉卷，还有每年圣诞节来临的时候会奖励我们兄妹一套棉布做的新衣服。”

“是吗？我怎么那么痛苦你那么快乐？”

“那是因为我妈妈懂得激励，给我们希望。”卡尔骄傲地说。

亲爱的，难怪你经常把这一套用在凯理、凯希身上，原来是你妈妈教的！

1098. 儿时的记忆（3）——老师——1993.05.16

我记得教我母语的是戴眼镜的杰里夫老先生，讲话不太流利，从一年级教到六年级，班上的男生经常在他转身写字的时候向他做鬼脸，他从来都不生气，总是让学生来提问他回答，他很清楚地知道我们每一个学生的家庭成员的名字，毕业的时候，我们全班同学都哭了。

老先生说他的祖上是墨西哥人，喜欢讲墨西哥的历史，讲到激动处还要痛骂西班牙人，我们那时候还小，不懂历史，不知道老师如此激动的原因，这么多年我对西班牙没什么好感大概是受了老先生的影响。

你说杰里夫老先生经常去你家和爸爸喝酒，指导你们兄妹学习，挺和蔼的一个老头。杰里夫老先生早已去世了，你说当年没有回来送老先生一程一直很遗憾，我们真的很怀念他！

亲爱的，值得怀念的东西越来越少，我们又留下了多少值得后人怀念的东西呢？生活中有些东西不能够仅仅是遗憾了事，你说对吗？！

1099. 儿时的记忆（4）——我的同学珍希——1993.06.03

珍希是我的同学，小小的个子，花布做成的书包很扎眼，她的家离学校最远，住西山的山脚下，每天早上第一个到，成绩也是班上最好的，老师总是表扬她，让我们女同学很嫉妒。我故意不和她玩，有时还说她的坏话，她很多时候就一个人静静地在教室里做作业，后来听说她考上了耶鲁大学，在我们村里传为佳话。中学毕业的时候爸爸总拿她和我比，有段时间挺恨她的，现在想来对她太残酷了，真想有机会和她聊聊，想对她说声“对不起，其实我真的很喜欢你”。德比老师说她一家二十年前就搬去了费城，一直没有回来过，看来我现在连道歉的机会都没有了。

人的一生中有意无意不知错过多少事，有些已经遗忘，有些可能当你重新拾起的时候会隐隐作痛，甚至永远无法弥补。

亲爱的卡尔，几十年的风风雨雨，我们又有多少无法弥补的东西呢？如果我有，我会跟你说声“对不起”，毕竟我们还有时间和机会！

1100. 儿时的记忆（5）——黄狗——1993.06.25

这次回家发现好像少了什么东西，直到看到卡文农场里的小黑狗，我才想起我们家曾经养过的那条黄狗。

读小学的时候，我们家养了一条黄狗，我爸爸很喜欢它，平常跟着爸爸去学校，然后一起回来。我每次回到家门口，它会舔我鞋子和手，我一拍手，黄狗会顺着我指的方向奔跑，非常听话，有时天黑的时候去邻居家借东西，我带上它才不害怕。在秋日的田野里，黄狗翻滚抓着田鼠。黄狗是我小学时最好的朋友之一，记得上中学高年级的时候，有一次回家看见爸爸沮丧着脸，一问妈妈才知道黄狗丢了，我伤心得哭了一场。

我们家以后都没有养过狗了，在城里见过很多的人家养狮毛狗、癞皮狗之类，你有次动员我养条狗，我嫌它们太霸道或难养，又惧怕它哪一天一去不复返，一直没有养。

失去的东西要想再得到不容易，尤其是有感情的东西即使失去也时不时想念它。人世间最重要的是感情，那种长时间培养的感情你即使想抹也抹不掉，对动物是这样，人就更不用说了，卡尔，你说对吗？！

1101. 儿时的记忆（6）——舞台——1993.07.06

这两个月来我一直在寻找一个东西，直到德比突然提起他的妈妈最喜欢看演戏，我才想起我们小时候最快乐的事情是去看演出。村里原来有一个大的舞台，在现在的养老院旁边，已经完全看不到踪影了。我记得那时候唱的墨西哥式的民谣，跳的又是西班牙式的舞蹈，那道具完全是自己做的，包括草裙。德比说自从村里有了电视机就再也没有看过那种演出了，那是六十年代初的事情。电视里好多的东西他的妈妈看不懂，总觉得没有那种演出好看过瘾，看来科技的发展不一定带来快乐。

亲爱的，快乐的记忆总是不经意的东西，这些往往又是无法忘记的，像一个影像刻在你的记忆里，不经意地跳出来，我记得小时候甚至做过去演戏的梦想，卡尔，人生好像一台戏，我认为你演得很精彩！

1102. 儿时的记忆（7）——秘密——1993.07.21

记得上小学高年级的时候，我的邻座有一个很爱干净的男孩子，他的爸爸好像在一艘远洋轮船上工作，他的数学成绩很好，我很羡慕他懂的真多，特别是他讲那些海洋周边的国家或地理。从他的嘴里我才知道世界很大，我们班上的好几个女同学都围着他，让我好生嫉妒，后来他家搬去了纽约，再也没有见过他，直到许多年过去了，我还能够很清楚地记得他那时的样子。

亲爱的，我不知道你那个时候有没有这样类似的经历，我也不知道这算不算秘密，如果算，那么只能够是这人生中的一个小小的插曲，或是你感情世界里的一个音符，现在想来一笑了之！

1103. 儿时的记忆（8）——做功课——1993.08.02

我小时候最不愿意干农活，尤其收割小麦和摘棉花的季节，妈妈在地里忙得团团转，我总是以要做功课为由，逃避农活，让我妈妈好生气又无可奈何。一直到现在，我都不知道很多农作物播种和收割的情形，因为有爸爸的辅导，我那时功课还是不错的，这也是我妈妈引以为傲的地方，常常在亲戚朋友面前夸我。

后来结婚离开了家，我好像没有一件让妈妈引以为傲的事，直到她和我一起居住在洛杉矶，有一天我在看书的时候，妈妈说了一句“你的功课做得不错”，我半天才领会妈妈的意思。

亲爱的，你想知道我妈妈的意思吗？我想她说的是我找了一个好丈夫，她把你当成我的功课了，哈哈，卡尔，你这门功课还真有点难度，好在你这块料子还不错！

1104. 故乡的小桥——1993.08.15

记得上小学的时候，每天上学都要经过门前小河上一座木架的桥，很窄只容两个人并排过去，现在见到的是一座宽阔的石桥，桥上面还可以过两辆汽车，桥的石墩上刻有你父亲的名字，这是你十年前捐建的。

站在桥上，依稀可以记得当年上学的情景，我和小伙伴们每天都小心翼翼地过桥，有男孩还故意摇晃它，尤其是下雨天，小河里涨满了水，我们都害怕不敢过去，担心掉在水里，当我们赶到学校的时候又迟到了，在老师严厉的目光里，我暗暗下定决心长大以后要把它建成一座稳固的大桥，儿时的梦想今天被卡尔变成了现实，我却忘记了儿时的理想。

改变家乡的理想来自童年这样痛苦的记忆，我相信在你的记忆里也有过同样的经历，怪不得建设好家乡的想法变成了男人成功后的行动。痛苦甚至憎恨有时也是追寻梦想的动力，所有这一切都是因为爱，亲爱的，和你一样，我深深的热爱这块土地！

1105. 有一种失忆——1993.08.23

今天和你到德里特中学，除了学校门前那一排矮松还在，这里完全改变了模样，我的中学三年在这里度过，这里曾经留下我难忘的美好记忆，有几个同学名字突然出现在我的脑际：肥头大耳的比尔，油光满面的凯特，还有那个写了好多的情书给我的克理斯，这么多年过去了，要不是今天站在学校面前，我把他们都忘记得一干二净不曾想起，不知道他们今天在哪里，其实我心里好想见一见他们，毕竟他们曾经喜欢或爱过我。

时隔多年，那些爱与不爱的细节，那些纷纷扬扬的岁月，不论你承认还是不承认，无论记得还是不记得，一声感叹就过去了，不留一点痕迹。

亲爱的，有一种失忆当你重新拾起的时候会让你觉得很惊讶，你生命中爱与不爱的人，有时是一种错过，有时是一种安排，卡尔，遇见你是一种幸运！

1106. 昔日不会再来——1993.08.30

昨天与德里特中学的同学聚会，除了一直居住在德里特镇的几位外，读书时那个给我写过很多情书的克里斯特意从圣塔菲赶回来的，还带上了他可爱的孙女，宁娜和那个肥头大耳比尔早几年又复婚了，安东尼定居瑞士多年没有回来过，听说那个油光满面神气的凯特十年前因为车祸就去世了，我们唏嘘不已。

是的，五十多年过去了，能够再见到真不容易，不管爱过还是没有爱过的，感情不论远的还是近的，见到的时候都是如此的热情，像久别的亲人重逢一样，日暮的时候站在这里，我仍然记得同学们太阳初升时的美丽。

不知道是那位同学唱起了旧时的歌，当歌声响起的时候，我仿佛回到了过去的时光，总以为过去的同学都在，我们都还年轻，老调新唱，只可惜往日不会再来。

歌声远去，友谊常在，人生正是因为有这些或远或近的关系才丰富多彩，亲爱的，假如时光倒流，我会更加接近他们，只是我们的爱情可能又是另外一种结局，想到这里，不会再来的往日也不觉得可惜！

1107. 感谢我们伟大的国家——1993.09.05

亲爱的，还记得我三十年前对你说过我有一个梦想：不要有那么多人从乡村迁徙到城市，我们不要为工作而烦恼，我们的乡村和城市一样的美，一样的方便和干净，我们的子孙快乐地生活这块土地上。

拉格尔乡村三十年的变迁真是让人难以形容，这里规划整齐，房屋错落有致，购物娱乐康体应有尽有，西山更加葱郁，近处田园更加平整，河水还是那么的清澈，像一幅优美的图画，比我想象的还要好得多！

是的，现在时代变了，观念也变了，城里富裕的人们拼命往乡村跑，建别墅庄园，种蔬菜瓜果，田园写意生活不再是停留在书本上的诗句，而是活生生的事实，首先要感谢我们伟大的国家，是她创立的卓越制度和环境，让生活在这块土地上的人们充满梦想和追求，人人都有实现梦想的机会。

亲爱的，我为生活在我们这个自由富足的国度而自豪，卡尔，能够和你一起共享这个繁荣的时代，我无比的幸福！

1108. 高速发展的因特网——1993.09.20

总统克林顿先生成立了“信息基础设施建设特别小组”，以国家的名义推动因特网的建设。德里特镇的互联网络在升级改造，应该很快就到拉格尔村了，听说速度比原来快得多，我们将迎来信息爆炸的时代，你对这件事很兴奋。

卡尔，对年轻人来说信息的发达固然很好，可对我们来说，信息多了不一定是好的事情，互联的声音从世界各地传来，战争、饥饿、灾难、暴力、贫困等等一齐拥挤过来，带来无声的烦恼或愤怒，我喜欢现在安静的生活，不受外界打扰，一切由我做主，心静自然心安，纷繁的世界，我不想去凑这个热闹。

亲爱的，我只想与你在这个角落，每天轻轻地拉着你的手，看看日落和日出，透过你的眼神，继续写我的笔记，别无他求！

1109. 意外的来客——1993.10.02

今天来了两位不速之客，要不是他们自我介绍，我还真的忘记了。他们是四十年前我以你的名义从村里认领的一对小孩，男的是洛杰，现在是纽约一家律师事务所的合伙人，女的是苏西娅，在迈阿密一所大学教书。他们听说我们回家乡了，今天不约而同赶来给你过生日，当年的小娃娃今天已人到中年，我和你不禁感慨万千。

里杰那小子从洛杉矶打来电话问候我们，还有特里森、鲍比，来自加州的电话从上午到晚上几乎没有间断，我已经记不清楚他们的名字，想不到离开洛杉矶回到拉格尔这个小山村，还有那么多朋友和伙伴挂念我们，真的很开心。

亲爱的，被人记着是一种幸福，有你我当年播种的友谊和信赖，我们的晚年不寂寞！

1110.《西雅图不眠夜》——1993.10.28

在《西雅图不眠夜》的电影里，汤姆·汉克斯和美琪·莱恩的出色演绎令我激动不已。好久没有看过这么扣人心弦的影片了，这部电影使我们更加相信爱情的魔力，可能我们确实都有各自不同的命运，而相爱的人生命的轨迹是会交织在一起的。

故事片主人公的命运令人惊叹，可我不需要有那样的奇遇和缘分，不要有那么多的不眠之夜，我不要惊心动魄的感情，我需要的是平淡的生活和细水长流的爱情。

亲爱的，五十多年来，我的命运和你的命运紧紧联系在一起，你的欢乐就是我欢乐，你的悲伤就是我的悲伤，我的血液里流动着对你的不息的爱情，卡尔，有你，我的天空始终是晴朗的！

1111. 迟来的法案——1993.11.30

国会今天通过了《布雷迪防止枪支暴力法案》，这是一份迟来的法案。记得在加州洛杉矶的时候，校园和街头的枪声经常响起，那种恐惧难以言表，事实上全美国的报纸、电视几乎每天都可以看到或听到这样的报道，这么多年的耳闻目睹，我都习以为常了。

我不明白法律制定者的初衷是什么，如果是保障人的自由和权利，那么人的生命保障了吗？泛滥的枪支无处不有，即使控制了枪支，永远也无法控制人的情绪，这样的暴力灾难还会发生。控制枪支不应该是被遗忘的角落，我认为最好的保护是改善每一个人的思想、精神和情感上应对恐怖暴力的能力，以宽恕消除彼此的仇恨。

亲爱的，很感谢你对我的爱护，上帝让我们携手平安走过了五十年的历程，我认为这就是我们人生的成功，愿我们的子孙不要闻见枪声，生活在没有暴力的和偕环境里，卡尔，有你陪伴在我的身边，我不害怕任何东西！

1112. 德比的妻子——1993.12.10

今天德比和他的妻子海伦又来到我家送菜，海伦地里的菜种得可真多，每个星期都要和德比送一次菜到我家，有时还要亲自教我种菜，很热心的一个人，我非常喜欢她，我们聊天的时候她听得多，只有讲到她丈夫德比的时候，她的眼睛会亮起来，话就多了，看得出来她很爱她的丈夫。

德比告诉我：他当时是拉格尔村第一个大学生，他的妻子海伦比她小六岁，小学没有毕业，应父亲的要求娶了她，刚结婚的时候认为她没有文化，对她不冷不热的，海伦也不在意，每天照样开心地做着家务，把家里收拾得干净有序，家里的事情从不让他操心，然后一口气起帮他生了三个孩子。她特别的爱孩子，从来不打骂他们，除了教书，他几乎不会做家务，所有的家务只要她不在他就找不到方向，现在他都离不开她了，去哪里都要带上她，她是他的拐杖。说这些话的时候，海伦在旁边抿着嘴偷偷地笑。

亲爱的，什么是爱情呢？我认为这就是爱情，你看他们笑得多开心！

1113. 红围巾的记忆——1993.12.25

纷纷扬扬的雪下了好几天了，今天一大早你就在院子里堆雪人，差不多有我那么高，我突然想起了藏在柜子里那条红色的围巾，我把围巾找出来围在雪人的脖子上，在雪人的身上我用手指写上“卡尔”两个字，你走过来轻轻地拍了拍我身上的雪花，帮我整了整衣领，在我的额头亲了一口，然后走到屋里拿出你的照相机，帮我照了一张抱着雪人的合影，那一刻我好像在拥抱着你。

亲爱的，每当下雪的时候，我就想起你以前和孩子们一起做雪人的情形，还有你送我的这条红色的围巾，我好喜欢你帮我戴围巾的感觉，尽管这么多年过去了，在寒冷的冬天，红围巾带给我的温暖记忆挂在心头，卡尔，下雪天和你在一起的感觉真好！

1114. 加州大地震——1994.01.17

“玛利亚，加州大地震了！”一大早你在客厅里大喊。

今天凌晨在洛杉矶北方 20 英里的北岭发生了大地震，电视里正在播放地震中人们惊慌失措的场面，我似乎看到黑暗中房屋及周围的一切被地震肆意地摇晃，就像世界末日到了一样，发生的一切均无法目睹，只有浩劫的恐怖之声撞击着人们的耳膜。一九八九年的地震惊魂我记忆犹新，我多么希望这些人都能够奇迹般生存下来，支撑他们的不仅是坚强的意志，还有乐观与幽默，他们相互开着玩笑鼓励着，年轻的小伙子想着活下来后马上跟心爱的女孩结婚……

电视机里接下来的报道令人恐惧，大地震造成六十二人死亡，九千多人受伤，两万五千人无家可归……

亲爱的，加州也是我们的家，那里有我们许多的朋友，我们不能旁观，告诉“卡玛基金会”的同事，努力尽我们一份心意，我们一起祈祷，愿上帝保佑我们加州！

1115. 情人节的礼物——1994.02.14

你今天送我一套惠特尼·休斯敦的专辑，你知道我特别喜欢惠特尼的歌曲，前几天特意打电话给凯理从洛杉矶寄过来的，我把唱片轻轻的放入碟机，惠特尼动人的旋律响起，我和卡尔听着相拥跳着舞步，一直到结束，我还沉醉在她的歌声里，惠特尼的歌让我有年轻的感觉。

亲爱的，谢谢你的礼物，我永远爱你！

1116. 这春天的雨——1994.02.24

树木吐绿，鸟儿欢叫，春天就在眼前，天空在下着雨，湿润的空气带着新鲜气息，雨水温柔地打在我的手上，我添了一下，竟然是甜的，我记得在洛杉矶的时候，落下的大多是酸雨。

卡尔在门口剪红薯苗，德比上午送来的，趁下雨的时候赶紧去插到地里，我还认为你在剪菜苗，原来红薯是红薯苗插到地里慢慢长大的，我真在这农村白待了。你说到秋天的时候割去地上的红薯苗，把红薯从地里挖出来就可以吃了，还有马铃薯现在也可以下种了。

亲爱的，这么多年过去了，你的老本行好像还没有忘记，你真了不起。卡尔，在这春天的雨里行走，不知道你还能不能找到年轻时候的感觉，我好想不戴任何遮雨的东西，走上西山，折几条新芽的树枝，和你一起沐浴在这春天的雨里！

1117.《纯真年代》——1994.03.10

电影《纯真年代》讲述十九世纪七十年代的美国上流社会的故事：年轻女子离婚在那时是件很不道德的事情，而从欧洲回到纽约的女伯爵埃伦与多年不见的律师纽兰再次相遇。青春时代的纽兰暗恋过埃伦，使他的内心波澜起伏，纽兰却和埃伦的表妹梅结婚了，纽兰很快便发现自己在婚姻的束缚下渐渐失去了自我，并深刻地明白了：自己真正爱的人是埃伦。纽兰无法再欺骗自己，终于向同样备受煎熬的埃伦倾吐了心中的爱，并决心去欧洲找埃伦，但此时，妻子梅平静地告诉他：自己已怀孕，并且告诉了埃伦。世俗的规则终于成功地拆散了埃伦和纽兰，多年后，已届老年并已丧妻的纽兰终于有机会见到埃伦，然而他只是在楼下遥望着埃伦的窗口……

用世俗的规则绑住自己的婚姻，和自己生活了一辈子的丈夫心里爱的却是别人，这对梅不仅不公平，而且很残酷，然而藏在纽兰心里的那份爱又有谁说得清楚是对还是错呢？这份爱情并不纯真。

亲爱的，我年轻时代的纯真爱情全部奉献给了你，你是否依然记得我当初灿烂的笑容，那份美好的记忆在我的心中如鲜花般绽放，每时每刻唤醒我爱情的甜蜜感觉！

1118.50年金婚的日子——1994.03.23

今天是我们金婚的日子，我沉浸在亲友的祝福声中，这一天我等得太久，这一天又来得太快，匆匆岁月，如璀璨的烟花，留下美好的画面和温馨的回忆。

夜已很深，热闹的村民都已经散去，亲友们都已经进入梦乡，你亲吻了我的额头，带着醉意沉沉地睡去，听到你有节奏的鼾声，我没有一点睡意，走到窗前，望夜色安详，手中的笔，写下“卡尔，我的爱”。

亲爱的，你睡了吗？五十年前我们结婚的那个夜晚，你也是这样带着醉意沉沉地睡去，来不及看看我美丽的身体一直睡到第二天天亮，而今我只剩下我对你深深的爱恋陪伴你，卡尔，我很满足！

1119.重新认识新墨西哥州——1994.03.30

说来有点惭愧，作为在新墨西哥州长大的人，除了拉格尔村和德里特镇留存的记忆，却不太了解本州的地理、历史和风景名胜，我和你决定从下周开始去寻访家乡的山山水水。

现在你和我多了一个功课，设计好旅游的路线和时间，卡尔寻找路线和食宿的安排，我寻找当地的历史资料和风景介绍。

亲爱的，能够在有生之年再陪你走访家乡的山山水水，是人生的一大幸事，虽然我已经陪你走遍了大半个世界，大多匆匆忙忙走过，这一次我要陪你一寸一寸地触摸家乡的肌肤，感受它的跳动，就像我欣赏你一样，从容地看个够！

1120. “迷人之地”——1994.04.03

在这个盛开丝兰花的“迷人之地”，美丽的长尾鸟隐藏或飞跃在茂密的矮松之间。有一句我们新墨西哥州的箴言：“能向前行，就能进步”，多年来我一直把它当成自己的座右铭。

从地图上看新墨西哥州是大平原，在洛基山脉的西端，一直到达皮克河西边的低高原，然后再到大河东边的稀疏山脉，最北边可以看到洛基山脉的南端，有13161尺的全州最高的威勒峰，从科罗拉多州向南流的大河，流经新墨西哥州的中部地区，科罗拉多河的支流圣璜河在本州岛的西北方蜿蜒，树林围绕着，蓄水坝点缀，把贫瘠的土地变成牧场和田园，我们的祖先世代在这里栽种花生、苹果、棉花、马铃薯和辣椒等农作物。

我和你决定首先就向我们的州府圣塔菲出发，去探究印第安及西班牙的文化与现代文明并存的这块神奇土地。

亲爱的，在家乡美丽的山水之间，你走慢点，轻轻地聆听，细心地感受，你没有理由再把它们忽略或错过，我在你的身边，配以诗歌，和你一起吟唱！

1121. 圣塔菲的画廊——1994.04.05

今天圣塔菲骄阳如火，蓝天如洗，我和你在圣塔菲密布着礼品店、餐馆、画廊、教堂的市中心信步闲逛，不远处就是闻名遐迩的坎宁路，这里聚集着两百五十家画廊。据说二十年代初，有五位贫穷的艺术家来到坎宁路，那时候这里尽是一片矮小土砖房，这些艺术家率性而为，自由的创作，在这里试验新的创作形式，他们的声名远播，吸引了一批又一批的艺术家前来，一个艺术中心雏形就这样逐渐形成。

今天的圣塔菲有六分之一的人口直接从事与艺术相关的行业：经营画廊博物馆、从事画框装裱、艺术品交易，或者直接从事绘画、雕塑，走在坎宁路上，除了不时有装运艺术品的UPS或FedEx快递公司的车辆往来，还有一手夹着公文夹，一手拿一杯咖啡的忙碌艺术品经纪人，在一家家画廊之间穿梭，你的照相机忙个不停地记录这样的镜头。

圣塔菲的画廊享有世界声誉，是美国第三大艺术品交易市场，也是第一个入选联合国教科文组织“活力城市”的美国都市，这不得不引起我的沉思，同时也为我的家乡骄傲。亲爱的，假如当年没有去加州，有可能落脚在圣塔菲，说不定我们今天是一名艺术家，坐在自家的院里，经常互相看着对方，像欣赏一件艺术品，这样也不错，命运真奇妙！

1122. 圣塔菲的建筑——1994.04.07

在圣塔菲坎宁路，随便扎进一座房屋就是画廊，画廊本身就像艺术品，展场内外连同房屋街道，处处透出迷人的精美，很多画廊外就是雕塑花园，艺术品掩映，花木扶疏，转来转去都是漂亮镜头，你兴奋得好像忘记了我的存在，有时好半天才找到我。

这里的房子都是红土建造，外形浑圆，胖墙肥梁，占地相当广阔，连信箱、垃圾箱、狗窝、围墙都这样，这种风格的房子是圣塔菲特异的名片，散发着与众不同的光彩。

圣塔菲看似简单实则繁复的建筑，站在高处看，城市起伏，面积甚大，占地很大的住宅分布在绿树丛中，景致相当入画。由于街道多数弯曲短小，初来乍到的人很难找到加油站、餐馆、旅馆和超级市场，对于我和你来说，圣塔菲完全是个陌生的城市，可这里的建筑风貌又那么亲切和熟悉，那种感觉似曾认识，像一个久违了的恋人再次相见。

亲爱的，我们往往赞叹别的城市的漂亮，却忽略我们身边美丽的存在，人的眼光总是向外的，我们也不例外！

1123. 陶斯和印第安人——1994.04.10

从圣塔菲到陶斯不到七十里，驱车一个小时就到了。陶斯是个精致的小城，一个微缩版的圣塔菲，这里也有不少画廊、博物馆、精品店、餐馆，不同的是，人们到了圣塔菲，马上就去市中心的广场普来扎，去画廊云集的坎宁路，但人们到了陶斯，第一优先是到陶斯印第安村去。

进入陶斯印第安村第一印象是惊人的简陋脏破：一大群低矮破旧的泥土盒子，那是印第安人在这里的“商店”或者“摊位”，随意地堆叠在泥土中，高下之间用最简单的木梯相连，旁边有一些圆顶的肮脏“坟包”，那是印第安人烤食的火炉，简单的木头门上多数都用难看的色料写着歪斜的谋广告。这里的印第安男人看起来都神情忧郁压抑，女人没有节制地肥胖，整个印第安村只有中心广场上的教堂是整齐清洁的，在湛蓝天空背景下，线条柔和的褐色建筑顶上有洁白的十字架格外醒目。印第安人不信仰基督教，基督教对他们来说是侵略者，那些根本不说英语、不认识耶稣为何物的原住民好汉的风采、历史，今天只有白人在讲述，或拍电影，我不知道这个教堂安放的意义。

现代文明离这里那么遥远，又是那么近，感谢我的父母把我生在这个伟大的时代，感谢我的国家把文明带进我的生活，亲爱的，感谢你，让我们的爱恋如此丰富多彩，印第安村，再见！

1124. 从陶斯往北——1994.04.15

从陶斯北上有一条两百多里路的驾车旅游线，沿途经过很多漂亮的小村镇，途经几个海拔相当高的滑雪场，隔着墨绿色林木和葱郁的深谷，当地最高点近四千公尺的惠勒峰披着银亮的白雪似乎伸手可及。你的照相机从不同的角度拍摄了它的风采。然后我们的汽车穿过一个群山环抱中的巨大盆地，四下是天然牧场，水草丰茂，行经一个叫老鹰巢的大湖，清澈的湖水，赏心悦目，再看着风吹草低见牛羊的景致，有一种乐不思归的感觉，想不到新墨西哥州还藏着这么好的地方，我们决定在这里多住几日。

亲爱的，车开慢点，我们现在不需要赶时间，在这块美丽熟悉的土地上，我不想匆匆走过，又错过美丽的风景，我想把这沿途的风情当成亲密的伙伴，细细的品位，就像欣赏你，一个背影都是风景，一个眼神都那么动人，越看越有味道！

1125. 掉进了白沙里——1994.04.20

一路向南达到白沙景区，这里的游客很多，孩子和大人们都喜欢爬上高高的沙丘，然后坐在一种圆形的垫子上嘻嘻哈哈地滑下来，洁白巨大的沙丘成了人们示爱的巨型看板，可以看到不少人的名字被巨大笔画刻写在沙丘上，你跑上去画了一个大大的“I LOVE YOU”，站在那里向着我在笑。

这里的沙子洁白、细腻，气流飘拂而过，在沙丘表面留下线条优雅的涟漪波纹，景区里面的道路不时会被风刮来的白沙覆盖，这些白沙被机器推到路边，堆积起来。

我们沉迷在落日熔金的美景中，乐而忘返，你为拍照片努力往深处走，为的就是找到人迹未到的沙丘、完整的波纹，谁知道天色迅即变暗，路标一下子就不见了，山丘的线条一片模糊，四周骤然失去了远近高下的差别，像掉在白茫茫的糨糊里，我不由得惊慌起来，好在卡尔带了GPS，这是一次难忘的经历。

我不时回忆起从圣塔菲、陶斯到白沙的一系列印象，色彩真是浓得化不开，亲爱的，在白沙里藏着我对你的爱！

1126. 我知道天上白云的来处——1994.04.25

从圣塔菲、陶斯、白沙一路南下，昨天来到德克萨斯州的艾尔帕索，住在市中心距离进入墨西哥的海关最近的格特瓦旅馆，艾尔帕索有全美最大的青铜雕塑。

今天早上参观旅馆旁边的艾尔帕索艺术博物馆，意外看到一批十五世纪到十八世纪的版画（铜版、石版）相当精彩，中午吃墨西哥式的自助餐，大块汁液浓厚的牛肉和牛肝，都是洛杉矶没有的，卡尔吃得津津有味。

艾尔帕索的天空和新墨西哥州一样湛蓝，天空斜挂着几条平行的带状白云，尾部指向西南方，我知道这些白云的来处，那是百里以外新墨西哥州霍洛曼空军基地飞机的踪迹。

亲爱的，我现在总怕走远了，好像怕找不到回家的路，卡尔，拉紧我的手，不要把我丢在这异乡，我的灵魂无处安放！

1127. 说不出来的滋味——1994.04.28

你好想再去墨西哥看看，对这个我们祖先停留过的地方，总有一种说不清楚的情感，这次离我们第一次到这个国家旅游已过去十五年了，我想这个国家应该变得更加富饶美丽。

中午以前，我们乘坐的巴士不到十分钟就跨桥过境到了墨西哥第四大城市华莱士，华莱士的地标是大教堂，周围有无数各种年龄的男子无所事事，黑亮的眼睛盯着人看，非常令人不安，街头擦皮鞋的摊子比比皆是，很少有外面的游客，再走一段路，我眼看无数人肩扛手提，把大包小包的东西从我们搬运到墨西哥，司机非常耐心地在每一个停靠站等待大家把货物装卸，家电、服装、玩具、被褥、食物，应有尽有。

迎面慢慢地开过来一辆满载军人的深黑铮亮装甲卡车，车头两边身穿黑色戎装的军人横端着冲锋枪，黑洞洞的枪口就对着街上的人群，我顿时觉得紧张极了，据报道说，这里是墨西哥毒品进入美国的最主要通道，是该国毒贩一年杀死几千人全力争抢的地盘。

事情总是这样的，如果你把一个地方想得太好了，通常你就会看到一些别的东西让你冷静下来，华莱士有我说不出来的滋味，亲爱的，赶紧回家，回到一桥之隔的美国，一切都是那样的美好！

1128. 格兰河的遐想——1994.05.15

格兰河——我的母亲河，我无数次梦里回到你的身边，今天我终于可以亲吻你了，你吞吐落基山千年的积雪，一路奔腾不息引起我无限的遐想：青青的水草蔓延到堤坝，河水泛着绿波，鱼儿在自由游荡，两岸开满了鲜花，村墅和田园星罗棋布，果园连着远处的山峦，瓜果飘香，牛羊满地，孩子们在追逐着蜻蜓，大人们围在一起在坪里跳舞，小伙子开着小汽车带来了一位美丽的新娘……好一派田园风光，这里没有洪水，没有干旱，没有惊涛骇浪，只有格兰河欢快的浅吟低唱，肆意滋润新墨西哥州肥美的土地。

千年读史，无非功名利禄，百年奋斗，梦想的就是田园牧歌，亲爱的，这番景象我相信将很快出现在我们面前，我们的子孙不需要像我们当年那样背井离乡，在这里就可以尽情地挥洒他们的自由，传唱着他们的爱情故事！

1129. 我们一起去教堂——1994.05.28

每个礼拜去教堂的祈祷我从没有间断过，现在村里有了教堂，不用再去镇上了，你和我每次做礼拜都会提前达到。清早起来，洗刷干净，穿上整洁的衣服，做完祷告后，我和你义务帮忙打扫教堂的卫生。

牧师泰勒先生是个三十岁的小伙子，在我们面前很谦虚，我问他这么年轻为什么选择做牧师，泰勒先生对我的问话并不感到惊讶。

“这里安静。”泰勒笑着告诉我。

我相信这句话他已经回答过很多次了，但我不知道是教堂里安静，还是拉格尔村安静，或是他的内心安静，可能都有。

如此年轻却内心安静确实不容易，亲爱的，你内心安静吗？经历过了狂风暴雨，走过了千山万水，见过了灯红酒绿，听过了晨钟暮鼓，我想再没有可以让你恐惧或不安的东西了，卡尔，我看得见你的波澜，风雨吹打不动！

1130. 爱情是什么？——1994.06.13

爱情是什么呢？—这是个问题。

裴多菲说：“生命诚可贵，爱情价更高。”

男人女人在一起工作可以日久生情。在寒冷的冬天，递上一杯热咖啡可以感动对方，一首情歌可以感动一个人，一张美艳的脸可以吸引一个人，一个眼神可以熔化一个人，一次交流可以情定终身，爱情说来就来，有时不需要理由，不需要时间，甚至不需要空间。

爱情，有人轻而易举地得到，有人却需要一辈子的等待。

亲爱的，我们的爱情是什么呢？是前世的约定，是无声的承诺，是无声的责任，是细微的欣赏，是慷慨的付出，是永久的亲情，是你看我的眼神，是你温暖的情怀！

裴多菲的下半句诗：“若为自由故，两者皆可抛”，我有点不能理解，只有活着的人才能享受爱情的甜蜜，如果连生命都没有了，还谈什么自由，如果连爱情都放弃了，生命只剩下躯壳，自由没有任何意义，卡尔，你说对吗？！

1131. 与爱情无关？——1994.07.10

弗洛伊德说：“人的一切欲望来自身体的中央”，他认为爱情的本质是基于人性的本能，对性爱欲望的顺应，有欲求的人会情不自禁，那么“有爱无性”是虚假的，“有性无爱”也只是剩下动物的本能，它们都与爱情无关。

如果男人偶尔和一个无爱的女人发生关系，他的妻子这个时候因此而离婚，他们之间的爱情受伤，婚姻没了，爱情本身却存在着，有意无意地刺痛他们的回忆甚至他们的将来，这样看来有时候爱情与婚姻无关。

不论你承认还是不承认，有些东西是永远抹不掉的，那就是存储在你心灵深处的爱情，以及和爱情有关的东西，即使你把它砸得粉碎，拼命撕裂，流下的鲜血也与爱情有关。

亲爱的，那些与爱情有关无关的往事或东西，在时间面前，已经变得不重要了，重要的是我们还在守护彼此内心的那一份爱去，爱情成了夜空中那一颗遥远的星，不时闪耀在我们的心中，卡尔，上帝已经很怜悯我们的爱了！

1132. 卡尔的信——秘密——1994.08.22

玛利亚，有一件事我向你隐瞒了五十年，就是村里的莫尼拉，她是我的同学，你认识的，我小时候非常喜欢她。她是我们班上最爱干净的，每天都穿着漂亮的小花衣。莫尼拉应该不知道我喜欢她，几十年来我的脑海里时常出现她扎马尾辫的身影，那个时候不知道也谈不上爱情，我只是喜欢她小时候那整洁的样子，你别在意。

昨天我去镇上找老同学多里时，顺便去看了她，她已经儿孙满堂，她见到我的时候很久没有认出我来，开始把我当成走错了路的陌生人，客气地喝了杯奶茶我就走了，老实说，我有点淡淡的伤感，伤感我们都老了，失落了那份美好的记忆。

亲爱的，你才是最真实的，吻你！

1133. 莎米领养了一个越南孤儿——1994.09.08

莎米从越南打来电话告诉我，她在孤儿院里领养了一个的孤儿——三岁的阮丽——她的父母亲离婚了，父亲去了英国，母亲另嫁他人，她没有任何其他的亲人，莎米准备把她带回美国。

莎米从未见过面的父亲是在越南战场上战死的，你很惊讶莎米的勇气，放弃了曾经的仇恨，放弃了内心的阴影，跨过了国界，跨过了种族，因为一份爱，相同的遭遇，一个人的命运和另外一个人的命运就这样紧密联系在一起，这个世界真是奇怪，战争可以夺去很多人的生命，可永远也毁灭不了爱。

亲爱的，爱心是可以传递的，我们发出的那一点微弱的光不能照亮前路，但足可以温暖一个人的心，甚至改变他的命运，卡尔，是你的爱一直鼓励我们在这条路上继续前行，我替莎米及后来的“莎米们”谢谢你！

1134. 养老院里的单身汉——1994.09.23

尼根是你小时候的玩伴，一生没有离开过拉格尔村，最远的地方到了德里特镇，小学毕业就辍学了，照顾生病的妈妈，不知道什么原因，他这辈子没有娶老婆，可能是因为贫穷，也可能因为没有找到合适的，一生没有享受爱情的滋味，最可怜是到老的时候没有一个亲人在身边，十年前就住在村里的养老院里。当我们拧着礼物出现在他的面前时，他不太愿意说话，除了看电视，就是晒太阳，我不知道这样的人生是什么趣味，他就这样孤单地活着，品尝不为人知的孤老滋味，也许这也是另外一种人生。

临走的时候，看着尼根他孤独的背影，我不自觉地紧紧挽着你的臂膊，亲爱的，有你真好！

1135. 我是你的耳朵——1994.10.06

你的耳朵听力越来越差，如果不带助听器，和村民交谈的时候很吃力，可你不喜欢带助听器，我只要看你的口形和眼神或一个手势，我就知道你要讲什么，你没有我在身边的时候和别人谈话有点紧张，你越来越依赖我了。

亲爱的，你不要紧张，我懂你的感觉，即使你完全失聪了，你也不用担心，我是你的耳朵，我会随时在你的身边！

1136. 我们一起去刨马铃薯——1994.10.30

你今天带我去刨马铃薯，扯去绿油油的苗，下面是好多个大大小小的马铃薯，不一会儿我就捡满了一大篮子。年轻的时候我不愿意做农活，到年老的时候觉得劳动是一件多么开心的事情。

我记得我小时候最喜欢做的农活就是刨马铃薯，我家里吃得最多的食物也是马铃薯，我吃腻了，以致离开家乡的很多年里，我都没有买过马铃薯吃。

亲爱的，马铃薯不是很多，可足够我们两个人吃整整一个月了，我明天寄一箱给凯理，让他尝一尝我们的劳动成果，更重要的是，让他记得家乡的味道，不要忘了他小时候是吃这个长大的！

1137. 红薯熟了——1994.11.06

记得妈妈在世的时候经常讲我小时候最爱吃红薯，我出生的那几年除了红薯，地里没有什么粮食可吃，我是吃红薯长大的，这满地的红薯原来对我一往情深，很多的时候我却忽略了它的存在。是的，任何东西多了，你会感觉它不珍贵，你天天看得见的东西，没有什么感觉，直到多年不见，你又会想念它，这就是人的感情。

在加州的时候，也很少看到红薯，偶尔在路边闻到烤红薯的气味，我忍不住驻足闻一闻这熟悉的香味，然后买两个放在包里带给你吃，我喜欢看着你吃东西。

亲爱的，今天看到这满地的红薯，我又想起小时候那段已经淡去的记忆，我想起爸爸妈妈曾经的艰难，我不知道这滋味是苦还是甜，不过我知道你种的红薯一定是甜的！

1138. 家园的回响——1994.11.15

拉格尔的村民像亲人一样彼此尊重，相互给予，我最羡慕他们与土地是如此亲近，对自然是那么敬畏，城市里人失去的正是他们所坚守的，尽管他们的精神生活没有像城里人那么丰富，但在他们身上闪耀着一种与生俱来的高尚品质:热情、勤劳、朴实，与他们谈话没有距离。

居住在城市的人们，各有各的活法，各有各的精彩，走过繁华，千回百折，回望乡村依然是诗歌的田野，是心灵的家园，有一句诗：“乡村的夜，明月清风，心会不自觉地歌唱”，乡村的月光比城里的富有诗意。

多年来沉淀的思想只有在乡村这样自然的气息里，在悠闲的时光里，才能够梳理出它的脉络，人生的深奥在这里变得简单，春天耕耘，秋天果挂枝头，只有在亲自体验下才知道它的乐趣和喜悦，拉格尔，请原谅我幼时的无知，也只有远远的长时间地离开你，再重新投入你的怀抱，我才知道我爱你有多深。

现在对乡村，我一往情深，家园是首歌，不时回响在我的耳边，亲爱的，你是我歌中的诗，任我用心灵书写！

1139. 那些令人怀念的岁月——1994.12.08

你今天又在整理照片，你把我二十岁到现在的照片全部找出来，按时间顺序一一摆在桌子上，黑白的或彩色的很分明。四十年代的黑白照片依稀可以看到我青涩的影子；你说我五十年代的照片笑容很迷人；六十年代的照片我的表情变化最大，从眼神里可以看到我当时的内心世界；七十年代有三张照片引起我的注意：一张我和“流浪者之家”的义工伙伴们的合影，一张和流浪汉里克在洛杉矶一座桥下的合影，一张是我在诗友会上朗诵的照片；八十年代旅游的照片最多，“女人之家”里有我忙碌的身影，有我在你的品酒沙龙上跳舞的情景，卡尔说我在这个年代最优雅。

亲爱的，时间过得真快，那些令人怀念的岁月在脑海里一一闪过，多少爱恨如过眼烟云，我始终记得那些帮助过我们的人和我们所爱的人，是他们成就我们的今天。卡尔，我知道我们没有惊心动魄的爱情故事，沉淀的是我们天长地久的感情，一路有爱，有感动，谢谢你陪伴我走过这悠悠岁月！

1140. 凯理回来陪我过生日——1994.12.23

凯理回来了，是我最高兴的事儿，自前年我和你回到家乡，凯理不论有多忙，每年的今天都会赶回来陪伴我们一起过圣诞节和新年，然后陪我过完生日再赶回奥克兰的家，这孩子真懂事，怕我们孤独。快五十岁的人了，在我面前天真得不得了，一定要吃我做的沙拉和牛肉卷，吃的喜好和你一模一样。凯理不抽烟，少喝酒，看起来比他的实际年龄年轻得多，拉格尔村的风水不错，每次回去之前凯理的体重要增加好几磅，气色更是不错。

这段时间是你最忙的，每天带着凯理去看葡萄园，去西山看你曾经开过的荒地，开车去看落基山的雪，去拜访村里的村民，一家一家地去喝酒聊天，在介绍凯理的时候，你骄傲的神情一点都不掩饰。

亲爱的，凯理的这一片心意是我们的骄傲，骄傲的样子要摆在伙伴面前，这种骄傲是实在的，值得你骄傲！

1141. 我七十岁生日的礼物——1995.01.13

“玛利亚，有一件事情没有和你商量，不过我知道你一定会同意的，那就是我昨天给德里特镇中学捐了300万美元，以你的名义设立了一个教育基金，也是我送给你的生日礼物。”你一大早就神秘地告诉我。

“我的上帝，那可是我们剩下的全部积蓄。”我的第一反应。

“没有关系，我们的农场有收成了，我们两人怎么也吃不完，用不完。”卡尔接着说。

“卡尔，你怎么突然有这个想法？”

“你不是说金钱会给人带来负担，要放下，以前我做不到，今天我做到了，我发觉这种感觉妙极了！”你很自豪地说。

是的，亲爱的，心里没有金钱才是最轻松的人生，我们不正在享受人生吗？卡尔，难得你有放下金钱的想法，我相信你从此不再有烦恼，现在我们穷得只剩下快乐了！

1142. 怀旧物语——1995.01.20

昨天打开衣柜底层的一个包裹，我惊喜地发现一条蓝色的裙子，那是我妈妈五十年前送给我的结婚礼物。还有五十年代刚到加州时，你给我买的有碎花图案的连衣裙，颜色虽然有点退色，显得有点老旧，但很干净，摸上去很舒服，捧在手里，我还是能够感受当时的温暖和激动。这种布料在市场上早就买不到了，现在有太多的布料和样式可以选择，年轻人可能不稀罕那时的东西，我却舍不得把它丢掉，它仿佛在告诉我“我是你的宝贝”。

是的，还有很多你送给我的礼物，从价格上看来微不足道，因为承载着我们的爱，所以让我又如此迷恋，它是真正属于我的东西；

亲爱的，这些礼物因你而有生命，只要我一看到它，我的故事就在时间里一页页地展开，就算你有时不在我的身边，我不孤独！

1143. 有一种感觉难以忘怀——1995.01.28

舒适的日子过久了，自然怀念贫穷的日子，那时候爱情的感觉是不一样的。最甜蜜的不是加州的蜜桃，而是年轻时你去山林里摘的野果，寒冷时最暖的不是大城市的暖气，而是拉格尔村取暖用的柴火，最好吃的食品不是加拿大的枫糖，而是和你在地里劳动时一起吃的玉米饼，从恋爱到结婚那段时间里，随便一句话语都充满想象，我有时甚至在想，贫穷时的爱情更加浪漫，少年时除了那些甜言蜜语和发自内心的真情实意，一无所有，那种感觉却难以忘怀，可见对爱情的感觉跟富裕程度没有太多的关系。

亲爱的，好想回到从前，重新体验那种心跳，那种甜蜜，人就是这样奇怪，已经拥有了少年时没有的一切，又怀念起当初的单纯和柔情来，可时间是回不去的，时空已经改变了一切，不过有一份初恋时的情怀温暖在心里，品尝过人世间的酸甜苦辣后，到老的时候也是值得怀念的事情！

1144. 情人节的礼物——1995.02.14

你今天找人刻录了一张光碟，里面有我五十年来看过的所有电影，太好了，在闲暇的日子里，我又可以重温过去电影带给我的欢乐时光和感想。

亲爱的，谢谢你的礼物，其实我们合在一起就是一部电影，我们是故事的主角，演绎着真实的人生，比电影里的故事丰富多了。卡尔，你的表演功夫不错，不然，怎么会让我对你如此迷恋，生死相随？！

1145. 那些年——1995.02.26

那些年
不曾忘怀的绚丽年华
不能挽留的流年光景
我们一起匆匆走过
青春的岁月
灿烂的星光
羞涩地藏在某个月亮的夜晚
留下一幅色彩斑斓的图画
看不清脉络
我们付出的爱
若隐若现
温柔的思念
有时无法找到消失的答案
又在春夜的萌动里沙沙作响
在夏日的蝉鸣里起舞
亲爱的 我们留下的情
是我吟的诗
还是你唱的歌呢？
在枫叶红透的秋天里
我用颤抖的双手
托起沾满水彩的笔
和着你双眼的深情
信手涂画
像太平洋的风
像加州的云彩
像落基山的雪
像拉格尔的田园
那些年
就像摆在我们面前的油画
我们一起从容走过

1146. 春天的感觉——1995.03.03

西山的树木开始吐新芽了，花儿还没有完全开放，你上午很神秘地带我去了山上，然后动手给我做了一顶藤和树枝的花圈，上面插满了不知名的白色小花。你把它轻轻地戴在我的头上，我们好像两个老顽童，一边摘野花，一边捉迷藏，闻着花香和树叶嫩绿的气息，透入心肺，春天的感觉藏在树林里。

刚刚还是阳光灿烂，忽然一阵雨飘下来，急忙用树叶遮挡，我和你还是被淋成落汤鸡，雨后树林里的空气格外清新，我和你有说有笑下得山来，手里拿着一大把野花和树枝，路人见到我俩失魂的样子，还认为我们俩是疯子。

亲爱的，我们好像又回到了少年时代，和你一起重温这种感觉很特别，卡尔，春天的感觉藏在我的心里！

1147. 异教徒的兴起——1995.3.20

最近的电视里报道：日本的麻原彰晃奥姆真理教在东京地铁站制造的沙林毒气事件，12 人死亡，近 5500 人受伤，我除了震惊就是担忧。

这个世界有如此多阴暗的东西藏在某个角落，不知道什么时候会爆发，现代文明的发展忽略了个体的生存状态，尤其是他们的精神世界。我们的社会有责任去引导他们融入一个健康的群体，而不是放任自流，美好事物的发展与健康文化的倡导息息相关，同时跟我们倡导的自由和人权是相矛盾的，容忍一小部分人无节制的自由和人权，却伤害了大多数人的自由和人权，我认为不值得这样做。

卡尔，我们又能够为村里做点什么呢？组织人们来村里的小广场跳舞、唱歌，或开放自家的图书，一起看书、下棋、出外摄影、爬山，或发掘一些传统的老游戏，让大家自娱自乐，不要让每个人待在家里无所事事，或想一些乱七八糟的事情，亲爱的，事不宜迟，行动——现在就开始！

1148. 疯狂的网恋——1995.04.11

昨天的报纸上报道：一个年仅十五岁的少女因为在网上认识了一个陌生的男人，相约见面遭对方奸杀，警方调查那个男人是一个无业游民，他的电脑里有很多淫秽的图片，每天坐在家里就是看这些东西，然后出去寻找刺激。

还有一对网恋的学生新年的愿望是相约一起去自杀，去天堂里寻找快乐！生命之轻令人惊讶，他们的行为我无法理解！

人的内心深处有很多黑暗的东西，很多时候人们挣扎在内心的彷徨之中，在特定的时空里，谁也不知道会做出什么意外的举动，尤其是这种沉迷于网络的孩子，他内心的情感世界是孤独和苦闷的，我们大人无法知晓。他们甚至找不到一个宣泄的渠道，只能够在网络上寻找刺激，我们的网络传播和充斥着太多不健康的精神快餐，太多的孩子没有这种分辨能力。

一个人如果有他热爱的事业或工作，有健康的爱好，他的内心一定是充实的，他的心灵是阳光的，亲爱的，这个世界变化太快，保持好你的心境，你的阳光虽然不能普照，但一定会照耀在我的心里的每一个角落，我感觉到你的温暖！

1149. 图书馆的味道——1995.04.25

尽管家里有很多书，我还是习惯周末拉着你一起去拉格尔村小学的图书馆，这里的书不是很多，不过我喜欢一排排书架整齐地摆放的感觉，重要的是我还可以看到父亲赠送的图书，图书馆里专门辟了一个显眼的地方放着，我仿佛看到我父亲正在整理他的书籍，父亲晚年的大部分时间在他的书房里度过，他坐在那里凝神看书的情景让我很怀念。

我又想起了阿根廷诗人博尔赫斯的诗："我心里一直都在暗暗设想，天堂应该是图书馆的模样"，如果天堂里有书，我相信父亲一定像博尔赫斯一样会产生浓浓的幸福感。

你在一边打扫卫生一边整理书籍，好像对这里的每一本书都熟悉，只要我能够说出书的名字，你总是能很快找到，我差点忘了，你是这里的义务管理员。

亲爱的，闻着这里的书香，你有幸福的感觉吗？我想你会有的，不然你不会每天来这里！

1150. 外孙西蒙要来拉格尔做客——1995.05.06

凯希从法国巴黎打来电话，外孙西蒙要带他的韩国女朋友来拉格尔做客。凯希告诉我，自从西蒙和他的韩国女朋友谈恋爱以来，几乎家都不回了，天天跟他的女朋友逛街、看电影、旅游，尤其可恨的是，一个月去韩国两次，送女朋友回韩国，刚回来三天，对方一个电话马上就飞过去了，信用卡上的钱刚帮他打上，不到一个星期就花个精光，真是爱得疯狂。我在电话这头哈哈大笑，我告诉凯希，你年轻的时候谈恋爱也是一样的不顾一切。

是的，年轻的时候谁没有这样的经历呢？我也一样，无时不想两个人在一起，少见一秒都心疼，要到结婚以后才知道，恋爱只不过是生命中的一小部分，婚姻才是一场马拉松，终点才是爱情的结果，不过，能够这样疯狂的爱一场，不论结果如何，一生不后悔。

亲爱的，准备迎接我们的"爱情王子"的到来，我要看看西蒙是如何在我们面前表现他的骄傲！

1151. 科技改变了生活——1995.05.20

网络提速，点击一下键盘眨眼就知道世界每个角落的事情，各种沟通方式层出不穷，许多人在电脑上随意地对话，传统的书信几乎没落，创新的交流方式疏远了人们彼此之间的亲情友情和爱情，每天面对模块的字母、冷漠的电脑。

不用看他的眼神，不知道她的微笑，不用擦去眼角思念的泪水，不要依依惜别的情景，不知道失落了多少情感，留下了多少遗憾，书信好像成了这个时代最稀缺的东西，用不了多久书信将成为一个过去名词，尽管我不知道键盘是怎样的输入，但我知道键盘上的问候远远不及我笔下的温暖。

卡尔，拿起你的笔写封信，写给你的凯理、凯希还有莎米，你要告诉他们，我们是多么的想他们，多么的爱他们。

亲爱的，我所有的思想都关联着你的行为，所有的信连着你的梦想，科技改变了人们的生活，可永远也改变不了我对你的爱，因为它已经含浸在我的血液里！

1152. 卡尔的信——写给凯理——1995.06.01

亲爱的凯理，我和你的妈妈从洛杉矶回到拉格尔村快三年的时光了，我们生活得很愉快很幸福。回到这生我养我的地方，才知道这里才是我的家，我的灵魂就安放在这里了。我希望你常回来看看，这里也是你出生的地方，你四岁的时候离开了这里，尽管你的记忆里对它没有太多的印象，但这里留下你的哭声，留下了你带给我们的欢乐。还记得你的爷爷奶奶吗？你在他们的怀抱里长大,他们是多么的疼爱你。凯理，我告诉你这些，只是想要你知道，这里也是你的家，你的根在这里，不论你走多远，不论离开它多久，也不论你今天是贫穷还是富贵，你永远是这里的孩子。

凯理，今天的你已经是一个很成熟的男人了，我和你的妈妈看到你今天的成绩很高兴，不管你怎样，可你在我的眼里永远是个孩子，我和你的妈妈像当初一样的爱你。孩子，你要告诉你的儿子甚至孙子们，拉格尔村是你们永远的家，还有，你要告诉他们，是你的母亲玛利亚成就了我，我今天所有的一切都是她用她的智慧和忍耐换来的，记住，你们可以忘记我，可永远不能忘记你的母亲！

孩子，收到我信的时候记得写封信给你的妈妈，我知道她是多么希望看到你写的信，永远爱你的父亲卡尔！

1153. 卡尔的信——写给凯希——1995.06.08

亲爱的凯希，我记得这是第一次给你写信，这么多年来，你的任何一个声音和动作都会引起我的注意，我们父女之间不需要太多的交流就心领神会，不需要书信来沟通，你从小到大，一直是爸爸的开心宝贝，我知道你是上帝送来给爸爸的。

孩子，你在法国过得好吗？事实上，我和你妈妈看到你轻松的笑容和美丽的容颜，就知道你今天很幸福，我感到很欣慰。你身上遗传了我和你妈妈最优秀的基因，以你的智慧和美丽的心灵，我相信你会和你的丈夫愉快地度过这漫漫人生。不过你有一点跟爸爸很相似，遇到挫折的时候很容易失落，我要提醒你的是：生活是美好的，永远向前看——这是你妈妈教我的。我的人生之所以充满阳光和骄傲，那是因为你有一个伟大的母亲，是她在我失落和失败的时候不断地鼓励我，支持我并相信我，让我度过了人生中一个又一个难关，同样你有责任和义务去帮助你的丈夫斯宾，共同建设好你的家庭，没有谁可以代替你。

孩子，还有一点你要注意，你不要每次打电话回来总是跟我聊得多，尽管你的妈妈现在已经不吃你的醋了，但你妈妈在你心中的位置要改正过来，没有你的妈妈，就没有你爸爸今天幸福的日子，最后要告诉你的是：你的母亲是我这辈子最大的骄傲。永远爱你的爸爸卡尔。

1154. 卡尔的信——写给莎米——1995.06.16

亲爱的莎米，我估计你收到我信的时候，正忙碌在亚洲的慈善事业上。你现在是不是和那里的孩子们在一起？你好像比我们任何人都忙，而且大部分的时间在国外，让我和你的妈妈格外牵挂你。

孩子，你比你的哥哥凯理及姐姐凯希更关注我们，你的问候最多，特别是你妈妈的生日每次都是你第一个打回电话，每个节日都会收到你的礼物，不管你有多忙，你每年都会回来看望我们一次，怪不得你的妈妈说你从小就比别的孩子懂事些。你妈妈格外疼爱你，事实上，从收养你的第一天起，你妈妈在你身上付出的爱一点都不比对凯理和凯希的少，甚至更多。孩子，从你的身上我看到了你妈妈最优秀的品质，是你的妈妈的爱传递给了你，那就是你无私地帮助别人，你今天已经把帮助别人当做一项事业来做，这是无比崇高的，也是我和你的妈妈最为欣赏钦佩你的，你是我们的骄傲。

孩子，你无私地帮助和爱别人，要留点时间给自己，好好爱护自己，我和你妈妈无时不在想念你，永远爱你的爸爸卡尔！

1155. 舞台的中央——1995.07.24

我们都是迈克尔·杰克逊的歌迷，有他世界销量第一的专辑 *Thriller*，还有 *Off TheWall*（1979 年）、*BAD*（1987 年）、*Dangerous*（1991 年），今年最新的 *HIStory* 也同样跻身世界百大畅销专辑行列，使他成为音乐史上最畅销的流行歌手。

我喜欢迈克尔·杰克逊的歌，钦佩他是一位杰出的慈善家和人道主义者，他为慈善事业捐款三亿美元，是全世界以个人名义捐助慈善事业最多的艺人，一个人独自支持了三十九个慈善救助基金会，但不幸的是，迈克尔·杰克逊作为一位百年难遇的艺术家，一个善举无数的慈善家，却也是一个饱受媒体污蔑，被世人误解的人。

站在舞台的中央，被世人污蔑误解是一件很正常的事情，因为迈克尔·杰克逊的光芒太耀眼，刺激着某些人的神经。

亲爱的，你现在应该明白这么多年来，我一直不赞成你站到舞台的中央去，在舞台的周围给人鼓掌和加油有时也是一件快乐的事情，生活需要的是内心的宁静和喜悦，只要自己的良知不要被世俗的灰尘所蒙蔽，一路前行，有情有爱，头顶始终是一片明亮的天空！

1156.《廊桥遗梦》——1995.08.15

关于电影《廊桥遗梦》的广告铺天盖地，诱惑着充满想象力的人们，我当然也不例外。故事讲述弗朗西斯卡的子女翻看母亲的旧信，揭开了母亲生前不为人知的一段动人感情。1965年的一天，独自在家的弗朗西斯卡因一个偶然的机会，爱上了向她打听曼迪逊桥《既廊桥》的摄影记者罗伯特·金凯，并与他度过了美妙的两天两晚。由于弗朗西斯卡割舍不下孩子，罗伯特最终独自上路，几年后二人在超市门口有过短暂的一瞥，当时弗朗西斯卡强忍奔上前去的冲动，漫天的雨成了他们诀别的泪。1982年3月，她知道了罗伯特的死讯，在生命的最后旅程中，她立下遗嘱，要子女们将自己的骨灰撒在曼迪逊桥畔，生前她把所有的时光都留给了家庭，但求死后能永远依偎在爱人的身边。

故事是感人的，每个结了婚的女人都可能有这样的幻想，只是大部分人没有这样的机会，也只有成熟的女人才会欣赏这部电影，年轻的女孩们还没有足够的生活经历来真正理解这部电影。

亲爱的，我们已经过了充满激情的年龄，渴望有狂热的爱情是每个女人生活的动力，坦白地讲，我曾经也有过这样的幻想，但仅仅只是幻想而已。卡尔，生活中遗落了很多这样那样的梦想，唯独没有遗落我对你的爱情，因为我自始至终都相信你对我的爱！

1157.卡尔的信——1995.09.01

玛利亚，自从半个月前我们一起看完《廊桥遗梦》之后，我的心情久久不能平静。我是否像弗朗西斯卡的丈夫一样粗心，忽略了你的情感世界，如果是这样，我真是罪该万死，不过亲爱的，你要相信我，你是我最爱的人，是我永远的妻子，这种想法我从来没有改变过。

我知道有一个承诺这么多年来我一直没有做到，那就是每个月给你写一封信，我知道你没有责怪我，但我每天都记得我欠你的信。

每次看完你的信，我除了感动就是自责。感动的是你的坚持，你的宽容，你对我的爱；自责的是我犯了那么多的错，欠你太多。亲爱的，请原谅我的懒惰和我的无知，我深深地知道你是我的守护神，我无法用语言来表达我对你的爱恋。

我有时在想，既然欠你的，那就这样永远欠着，我知道欠你的这辈子都无法还清了，这样可以让我每时每刻反省自己，提醒我自己不要再犯错，欠你的等到下辈子再还给你。

亲爱的，谢谢你的信，谢谢你的爱，永远爱你的卡尔！

1158.发往天国的《情书》——1995.09.20

日本人岩井俊二导演的电影《情书》讲述在神户某个飘雪的冬日，渡边博子在前未婚夫藤井树的三周年祭日上又一次悲痛到不能自已，正因为无法抑制住对已逝恋人的思念，依循着藤井树在小樽市读书时的地址寄发了一封本以为是发往天国的情书。没有想到不久后渡边博子竟然收到署名为“藤井树”的回信，经了解此藤井树是一个同她年纪相仿的女孩，且是男友藤井树少年时代的同班同学，为了多了解一些昔日恋人在中学时代的情况，渡边博子开始与女性藤井树书信往来，而藤井树在不断的回忆中，渐渐发现少年时代与她同名同姓的那个藤井树曾经对自己藏了一腔柔情……故事有点荒诞离奇，但充满对爱情的执著和怀念。

爱情是美好的，留在每个人的心中难以磨灭，亲爱的，我写给你的情书就在你的眼前，是有温度的。我们的爱情是真实的，可以触摸的，假如我哪一天先你而去，卡尔，你在梦中一定会收到我寄给你的情书，你不会寂寞！

1159. 世界在你的思考中宁静——1995.10.03

卡尔，你的身上有一股能量，渴望公平，追求正义，过去的你通常不是被不公平击倒，而是为自己要的公平所累，很多时候你遭受别人的攻击和嘲讽，因此对你来说理解人生中的起落争斗，懂得逆来顺受是一件不容易的事情。

亲爱的，自从回到拉格尔村，不知道是家乡的山水让你的心神宁静，还是你对人生的认识多了一些思考，不见了你追求公平的执著。面对不平之事与人没有争论，没有愤怒。你已经完全放下了，对待朋友只有赞美和鼓励，现在的你完全是一个洞察世事的智者。

是的，这个世界本来就不是公平的，以包容的心态接受事实，以辨识的眼光坚持你内心的信念，做你应该做的事，亲爱的，世界在你的思考中宁静，在你的付出中和谐，曾经的公平与不公平之事在岁月的年轮中湮灭！

1160. 悲伤的“安息日”——1995.11.05

就在昨天——1995年11月4日晚，以色列总理伊扎克·拉宾在参加特拉维夫一个和平集会后遭一名以色列极端右翼分子的枪杀，这位推动中东和平的诺贝尔和平奖得主经抢救无效身亡。

我的耳边又响起了拉宾在以色列国会就是否通过以巴和平协议的辩论会场上的声音：“一百多年了，我们试图平静地生活，种下一棵树、铺好一条路……我们一边梦想一边作战，在这片苦难深重的土地上，我们和炮火、地雷、手榴弹生活在一起，战争和恐怖使我们伤痕累累，但不曾摧毁我们对和平的梦想……”拉宾知道，军人的职责是赢得战争，而政治家的职责是为他的人民赢得和平，拉宾用行动体验着“铸剑为犁”的古训，并主动寻求与曾经面对面作战多年的敌人和解。

和平的曙光刚刚出现，又掉入无尽的黑暗，我为拉宾哀伤，我为以色列哀伤，我为整个中东哀伤。

亲爱的，我们一起祈祷，为了世界的和平，不管怎样，和平是要付出代价的，每个人都应该伸出他的手，为和平贡献一份力量。卡尔，你我也不例外，正如罗特布利特《和平之歌》里所说的："不要小声地祈求神灵，引吭高唱和平之歌，这是我们最应当做的事情"！

1161.《当你沉睡时》——1995.11.24

电影院正在放映比尔·普曼和桑德拉·布洛克主演的《当你沉睡时》。"当你迷恋上某人时，你就无法意识到你的真爱是谁"，这部电影真实可信，还有一个令人充满希望的大团圆结局。

事实上在我们的生活里有许多令人迷恋的人，尤其是年轻的时候，迷恋的往往是他的形象或自己的幻想，这个人很多时候是不真实的，可我们总是把这个人当成心中的偶像在追求，甚至掉入温柔的陷阱。

爱情是充满想象的，我们内心真正的需要是那种始终不离不弃的温情，在困难与逆境中相互支持的默契，真爱有时需要用一生来证明。

亲爱的，在五十年的风雨历程里我们共同阅读人生，无须再用什么来证明真爱，卡尔，你是我爱情的全部，我任何时候都能够感受你真实的存在，包括在我的睡梦中！

1162. 假如我是导演——1995.11.25

假如我是导演，
不要战争的画面
那里面的场面太血腥
那里面的离别太令人伤感
那里面的爱情太残酷
那里面的结局不太美好
我也不要商业的背景
那里面的诱惑太多
那里面的女人太妖艳
那里面的爱情太多金钱的味道
那里面的结局太夸张
假如我是导演，
我要在那个唯美的小山村
或在某个地方的风情小镇
找一个脱俗的姑娘
不期而遇一个高贵的男人
从落基山到阿尔卑斯
从夏威夷到巴厘岛
到亚马逊到多瑙河

追逐一场纯爱的生死之恋
让这爱情的不绝回音
响彻百年!

1163. 外孙西蒙结婚——1995.12.20

外孙西蒙准备下个月结婚，娶的是韩国姑娘金叶儿，金叶儿我半年前见过一次，有点弱不禁风的样子，现在看她传过来的照片，丰满了很多。我曾问金叶儿：“你爱上西蒙哪方面呢？”她告诉我：“西蒙永远只看到自己美好的一面，对自己的缺点从来不在意，而她总是看到自己的缺点，对身上美好的东西缺少发现。”我明白了，两个人走到一起是如此美妙，连理由都是那样的充分，是个不错的理由。

许多年轻人在宣扬爱一个人不需要理由，真的吗？如果一个人没有真正弄清楚自己需要什么，那么他/她爱的是“爱情”本身风花雪月的美好，最多是一场“异性相吸”的游戏，难怪现代的爱情大多甜蜜而短暂，很是遗憾，祝福西蒙和金叶儿，有理由浪漫下去。

亲爱的，我们爱情的理由是什么呢？我想我们不需要再作出回答，时间可以作证，天地可以作证！

1164. 舒特的黄昏之恋——1996.01.20

舒特自纽约回到家乡一直住在养老院里，他的妻子早几年去世了，今天养老院里喜气洋洋，是舒特和康尼娜再婚的大喜日子。他们俩三年来在养老院里互相照顾，日久生情，怪不得舒特每天都笑哈哈的，比刚回来的时候年轻多了。舒特今年七十六岁了，康尼娜小他十岁，好一对黄昏之恋，祝福他们。

喝完喜酒回家的路上我故意问你：“假如哪一天我先你而去，你会不会再找一个呢？”

“不会”你肯定地回答。

“为什么呢？难道你不怕孤独吗？”

“没有比你更好的，你不会先离开我的。”

“我是说假如。”

“假如你先离我而去，我会每天来到你的坟前念一封我写给你的信，然后再跟你说说话，直到我生命的最后一天。”你认真地告诉我。

亲爱的，听到你这么说我已经很感动了，我活着是幸福快乐的，假如我先你而去，不允许你太孤独，如果有适合的，我的灵魂也会为你欢笑。

1165. 情人节的礼物——1996.02.14

清晨起来，我正对着梳妆台整理我的头发，你快步走过来，用一把怪异的梳子帮我梳头发，尽管你每天帮我梳的头发我最后都要重新来过，但我喜欢你的手在我的头上弄来弄去，那种轻轻的温柔的感觉很舒服。

你告诉我，今天的这把梳子是牛角做的中国货，有保健的功效，前天托孙女妮可从唐人街买来寄过来的。这把梳子是送给我的礼物，据说在中国梳子代表爱情——结发同心，卡尔对中国的事情懂得可真多！

亲爱的，谢谢你的礼物，我听懂了这把梳子的含意，我喜欢这把梳子！

1166. 梦想之一：我好想变成一条小鱼——1996.03.10

我好喜欢赤脚踏入房屋前面那条清澈的小河，那种清凉立即渗透全身，非常舒服，沙滩上有许多白色的小花，河边的水草冒出青绿的尖儿，蓝天白云倒映在水里，还有好多小鱼逆流而上，或在水草里追逐着迷藏，这时候我好想变成一条小鱼，浸润在水里，水漫无边际地拥抱我，摆一摆尾，钻入水草丛中，自由自在，无拘无束。

亲爱的，人很奇怪，年轻时候的梦想是逃离这熟悉的泥土小河，挤上城里的高楼大厦，年老的时候却梦想回到自然。

卡尔，如果你是水，我愿是水中一条鱼！

1167. 梦想之二：我想变成一只小鸟——1996.03.21

西山的树林里有许多小鸟，一到春天，我们家的屋前屋后从早到晚都是清脆的鸟叫声，像一首赞美春天的交响乐，你学鸟叫的声音有点沙哑，那些小鸟一点都不怕你，在不远的地方吃你撒下的食物，然后飞向天空。

从小向往天空，梦想自己能够飞起来，直到多年以后第一次坐上飞机，又惊恐得紧紧地抱住你。卡尔，你看那小鸟飞得多么的轻松自在，一会儿一个俯冲亲吻水面，一会儿轻落树枝，一会儿飞向天际，我好羡慕它轻盈的身体和姿态。

亲爱的，我们的步伐没有年轻的时候那么矫健，臃肿的身体有点不听使唤，我好想自己变成一只小鸟，在这春天里，在这广阔的天空，与你双宿双飞！

1168. 第一次给父母亲扫墓——1996.04.10

今天是父亲去世十周年纪念日，父母亲在西山的墓地我一直不敢去，今天在你的陪同下终于去了。墓地的青草好像刚刚有人修剪过，从你神秘的笑容里我才知道，原来你每个季度都来这里清扫。

我突然想起尼采的《回乡》："我凭吊父亲的坟墓，哭了很久的时光，许多凄苦的眼泪，流下来滴到冢上，在我尊贵的老家里，我觉得寂寞而伤恸，因此我常常出去，走往阴暗的林中。"

亲爱的，我没有因为父母亲的离开而感到寂寞，更没有因为失去他们的爱而伤感，卡尔，是你让我充满了感激，很好地活着是对他们最好的纪念，何必恸哭！

1169. 躺在大地的怀抱——1996.05.20

初夏的拉格尔村格外凉爽，门前小河欢快地奔流，两岸的河滩上长满了许多不知名的小花，草长得正茂。记得小时候爸爸喜欢晚餐后带我去河里戏水，然后躺在河滩上，数着天上的星星，闻着小花的清香，讲过去的故事，那种感觉特别的舒服，好像大地是我的床，这种情景好多年没有想起过了。

今晚我和你散步到河滩上，坐在那里闻着花香数星星，听流水的哗哗地浅唱，我才突然想起以前有多少个这样的夜晚我躺在这河滩上，做一些遥远的梦，年龄挡不住岁月的回响，心依然可以听见那幼稚的声音。

亲爱的，只有在这熟悉的河滩上，才感觉大地母亲怀抱的安逸，也只有和你坐在这河滩上，才感觉大地的低吟浅唱，像你的歌，像我的诗！

1170. 好习惯——1996.06.06

你很久没有抽烟了，我倒怀念起你的烟味来，有一段时间你抽万宝路，后来改抽古巴雪茄，你喜欢抽雪茄的时候沾一点红酒，很享受，有时候看到你偶尔拿出一支古巴雪茄放在鼻子下闻，不抽只是闻闻那种烟散发的味道，男人的嗜好有时候有点古怪。

除了烟，你的其他爱好都很健康，喝点自酿的葡萄酒，新鲜原味，摄影偶尔摸一摸，晚上看书成了一种习惯，坚持爬山，经常去农场里劳动是一种很好的身体锻炼。

海明威笔下的田园生活也不过如此，亲爱的，愿拉格尔的山水滋养你永远年轻！

1171. 卡尔好喜欢讲话——1996.07.20

你年轻的时候话不多，现在反而喜欢讲话聊天了，村里一有什么新闻，或是孩子们打来电话告诉你什么消息，你会立即说给我听。看一本书，会评论一番，表达你的见解，最后还要发表感慨，真有意思！我不停地点头称是，只要我不点头，你会重复给我说一遍，怕我没有听到或没有理解你的意思。很奇怪年轻的时候我最怕啰唆，现在一点都不烦你，反而觉得会是一种享受。现在只要听不到你的讲话声我就有点不习惯，这个时候你肯定去了地里，或在睡觉，不然你的大嗓门一定会让人不停听你讲书里的或过去的故事。

亲爱的，你的思维不错，你的声音像一首爵士音乐，我现在好喜欢听你说话，我是你忠实的听众！

1172. 相信一见钟情——1996.8.15

外孙女露西要结婚了，和一见钟情的男朋友斯洛去了瑞士，露西昨天第一时间打来电话告诉我。露西的男朋友在巴黎学习服装设计，他们在一次舞会上认识。露西两个月之前特地打来电话问我是否相信一见钟情，我肯定地回答她我相信。他们相识不到三个月，斯洛向她求婚，速度之快令我有点不敢相信，原来很担心露西对爱情失去信心，现在终于可以放心了。

是的，不论你经历多少事情，即使你曾经受伤，只要你相信爱情，深情热烈地去爱，每个人都有属于自己的“白马王子”。

“卡尔，你相信一见钟情吗？”你对我问这个问题有点意外。

“我相信，但我不曾有过。”卡尔回答。

“那我们的爱情是什么？”我反问。

“上天注定的。”你不假思索地回答。

是的，亲爱的，我们的爱情是“上天注定的”！

1173. 必然与偶然——1996.08.22

凯希嫁的是法国男人，外孙西蒙娶的是韩国女人，外孙女露西嫁的是瑞士男人，迈克娶的是日本女人，孙女妮可嫁的是中国男人，不可思议，他们来自不同的国家。两个人的相遇是偶然，在全球化高速发展的今天，两个人的相遇又是必然；相识的过程是偶然，两情相悦到结婚是必然；激动时刻是偶然，回归平淡是必然；偶然的驻足留下永恒的记忆有时是必然；偶然的分离，必然的重逢，偶然与必然互相交错，现实与梦想的重叠，构成了我们人生的风景。

亲爱的，我和你的相爱是偶然还是必然呢？我不知道，也无须知道，但我知道和你一起老去是必然的，不论你走到哪里，你都在我生命预定的轨迹上，无数的偶然造成今天我们必然的结果，这个结果是我们永不分离！

1174. 卡尔喜欢听儿歌——1996.09.01

你近来喜欢听儿歌。《我就是我》、《种花园》、《冬日的仙境》、《祝全世界快乐》、《克里门泰因》等，这些熟悉的儿歌经常挂在你的嘴边，经你唱出来有点顽皮的味道。偶尔唱起西班牙的民谣《美丽的西班牙姑娘》、《微笑》、《请看看我们美丽的村庄》，很动听，《泪》的曲调有点悲凉，但我喜欢它的歌词意境很美。

你跟着儿歌哼唱的时候，很像个小顽童，有时跟着民谣的节拍会情不自禁地打起手板来，人很奇怪，到老的时候喜欢那欢快的歌声，听到那童声格外的亲切和自然。

亲爱的，你越来越可爱了！

1175. 每个人心里都藏着童真——1996.10.02

昨天晚上我又做梦了，我梦到自己在灿烂的花朵里睡觉，细碎的花瓣飘起来，阳光跳跃在我的脸上，醒来的时候，我和伙伴们奔跑在田野里，妈妈在呼喊我的名字，爸爸在叫我做作业，我躲在山林里故意不出来，直到太阳西下。

小时候纯粹是贪玩，没有太多思想，不愿意多读书，那时欢喜的劲头里有着广阔的童真，世间的烦恼跟自己没有多少关系，我在外边做错事，也几乎没有受到父亲的责备，直到多年以后，才知道这些幼稚的趣事是多么的无知，同时又让我觉得童年的丰盛。

人长大了烦恼的事情多了，甚至戴着假面具应付着这个捉摸不定的世界，怕做错事说错话，有点辛苦，人到老了，又放下所有的顾忌和面具，像回到了童年。

亲爱的，这里是你的家，拉格尔是你的世界，放松些，再放松些，回到作为孩子的自己，在这悠闲的时光里释放和享受你那份藏着的童真，在家乡的怀抱，我们都是可爱的孩子！

1176. 卡尔喜欢哈斯的诗歌——1996.11.08

罗伯特·哈斯，这位出生于旧金山的诗人，有个酗酒的母亲，或许是因为内心抑郁，每当他母亲喝酒的时候，他就跑到田野里去玩，他的字里行间充满了大自然的气息。早年看过哈斯的诗歌和散文，对我来说这些都是习以为常的东西没什么感觉，倒是他对她母亲温柔的记述让我印象深刻。

现在我又重新拾起哈斯的书，别有一番味道，他的诗集里的意象，几乎全部来自他故乡的原野：茴香、葡萄酒、浪花、礁石、灌木……大自然的奇迹在他的笔下呈现出勃勃生机，绿色植物和各种动物跳跃在他的诗歌里，他独特的语言力量深深吸引我，特别是他从大自然最细微具体的事情出发与人类精神的联系，我感觉无与伦比。

你很喜欢哈斯这位“田野和河流的诗人”，尤其是那本《树林下的太阳》记载的童年时光，朴素的语言亲切而温暖，你好像找到了知已。

亲爱的，难得你喜欢一个诗人，尽管是你唯一的，我已经感到很意外和欣喜了，人有时候要有点诗意，生活中才多些色彩，卡尔，你说呢？！

1177. 卡尔的吉他——1996.12.01

伊拉克战争还在继续，生活需要有歌声，你找来莱昂纳德·科恩的 *OLDIDEAS*，看到科恩重拾吉他弹奏味道苦涩而万分触动心灵的专辑，听到他富有磁性的男中低音嗓音，已可将你的心灵熔化，我很喜欢科恩，你更不例外，科恩的歌声掩盖了电视里炮声。

听到科恩吉他的弹奏，我突然想起你的吉他，我又想起了你从前坐在老家的院子里，弹奏吉他的时候那忧郁的眼神。

“亲爱的，你的吉他呢？”

你错愕的表情似乎好像我问错了方向，是的，好长一段时间没有听到你弹奏吉他了，那把吉他应该放在地下室的仓库里睡觉好多年了。

亲爱的，不见了你少年时忧郁的眼神，你现在的眼神变得好深沉，只有我才能读懂你眼睛里的语言，分明告诉我，忧郁和深沉都是因为深藏着爱！

1178. 乡村是我们灵魂的归宿——1996.12.24

从离开洛杉矶回拉格尔村到现在已经有四年了，这四年是我最舒心的日子：每天在鸡啼声中醒来，和你踩着薄雾和露珠爬上对面的葡萄园，呼吸新鲜的空气，然后迎着朝阳而回，一起做早餐。上午你会去地里打个转，我看书或写点东西，下午我偶尔去邻居家聊天，你会关注一下卡玛基金的事情。晚餐后踩着夕阳一起散步，偶尔看看电视，然后互相按摩一下，在我的读书声中看着你睡去。不用担心菜价的上涨，不用埋怨拥挤的车流，不用听到游行的呐喊，洛杉矶的一切远了，在这里，我是主人，包括我的心灵。

亲爱的，你当年的决定是对的，乡村是我们灵魂的归宿，卡尔，谢谢你把我的身体和灵魂带回家，我不走了，永远！

1179. 我记得那些美好的事情——1997.01.12

村口的等待，你送我的红色围巾，西山的第一次亲吻，放信的木箱，我们的约定，一起去落基山看雪，火车站的第一次告别，在好莱坞看电影，迪士尼的欢乐，第一次海滩游泳，夏威夷的浪漫，优美胜地的宿营，无比快乐的希腊之行，惊心动魄的中东之旅，美丽的中国之行……走进这些多彩多姿的瞬间和记忆，像走进一部电影，我很清晰地记得其中的画面，甚至你的一个拥抱和爱抚的动作，我都能够感觉到当时的温度和力气，对所有这一切，我有时都不明白自己为什么那么记忆犹新。

亲爱的，因为有爱，无法忘记，这些不是怀念，是我们在一起的真实记忆，我也无须怀念，因为你我的爱还在继续，卡尔，我现在把每一天当做一场恋爱，在我们生命的最后阶段，我要争分夺秒地感受你的爱，留下你我最美好的那一份情！

1180. 情人节的礼物——1997.02.14

今天你特意去镇上买了一束蓝色的玫瑰，我记得这是你第二次送我这样的玫瑰了，淡雅而高贵，清香迷人，你开玩笑说太贵了，不如到西山采的野花香。

亲爱的，谢谢你的礼物，不管你买什么，我都喜欢，喜欢的不一定是这份礼物，而是这份礼物带给我的愉快的感受！

1181.《英国病人》——1997.03.16

虽然现在电脑上可以看电影，但我还是喜欢去电影院的那种感觉：早早地准备晚餐，期待已久的心情，大大的银幕，震耳的音响，还可以看看热闹的人群。现在看电影的大都是年轻人，我和你成了看电影的稀有动物。

《英国病人》讲述的是二战期间的故事。嘉芙莲的风韵和才情深深地吸引了历史学者艾马殊，并对她产生了无法抗拒的爱慕之情，在一同进行考察的这段时间里，嘉芙莲对机智、幽默的艾马殊也产生了好感。已经察觉异情的未婚夫杰佛伤心地驾机撞向艾马殊，杰佛当场死去，同机的嘉芙莲也受了重伤。艾马殊抱起嘉芙莲将她送往山洞，在向盟军驻地的士兵求救时，却被当做德国人抓了起来送上了押往欧洲的战俘车。他没有违背诺言，终于找机会逃了出来并驾机返回山洞，但嘉芙莲已在寒冷中永远地离开了他，最后艾马殊决定在护士汉娜的帮助下了结自己的生命，追随他的爱人而去。

又是战争，又是爱上别人的妻子，坦白地讲，我现在有点讨厌这样的故事，尽管我对爱情剧充满期待。是不是在他们眼里爱情有时会超越家庭，超越国界，甚至超越生命，战争只不过是一个场所，人生只不过一场游戏。

或许在爱情面前，我们所有的人都是病人，但我知道高尚的灵魂不需要那么复杂，生命可以很简单，爱情也是，亲爱的，你说对吗？

1182. “卡玛”书店——1997.04.15

好久没有去书店了，今天我决定去镇上的书店买一本《普希金诗选》，顺便去看一看镇上书店的模样，以前每到一个地方，我留意最多的是书店，如果这个地方没有书店，再好的风景，我也不留恋。

我记得读初级中学的时候，学校旁边有一个书店，是我放学最喜欢去的地方。书店还在那个老地方，我们没有费多大劲儿就找到了，书店比原来大不了多少，书架上的书少得可怜，我要的书找了半天没有找到。老板蒙托先生无奈地告诉我：“十年前书店有现在的两个那么大，生意很好，最近几年，来书店的人越来越少，包括学生，他们喜欢的是流行杂志，大多数人喜欢在网上购书。”蒙托先生叹了口气说他正准备把这里关掉改行做其他生意。

你和我商量了一下，决定把这间书店转租过来，蒙托先生一听我们要租下他的书店，两个眼睛放得大大的，不敢相信这是真的。

书店的打理是个问题，赚钱是次要的，我们决定雇人打理它并把它取名叫“卡玛”书店，你对这个名字很得意。

亲爱的，以书的名义，我们的名字又连在一起了，这是一件很有意义的事情，总算为德里特镇做了点小事，卡尔，你真的好棒！

1183. 美是生活——1997.05.10

记得在加州伊萨兰学院里读过德国哲学家黑格尔的《精神现象学》，太深奥了，他的《逻辑学》更是云里雾里，生活中我更相信直觉，这两本书我一直没有看下去，成了我书架上的摆设，不过我喜欢他的美学。

“美是理念的感性显现”，这句话有点让我费解，黑格尔谈的大多是以艺术的形式体现的美，它们有力量从人的心灵深处唤起反应和回响，可生活中许多的美不一定感性地显现，美丽的心灵有时像黑暗中的璞玉，事实上存在着，美是每个人对生活的不同理解。

坦白地讲，我不喜欢黑格尔的理性，我希望这个世界的人们多一点感性的色彩，有些东西因为理性就不那么美了，比如情感的自然流露，内心的真实表达，不论理性的还是感性的，我认为因爱情所体现或表达出来的是最美的。

亲爱的，离开了加州繁华的世界，看看拉格尔春天的花，秋天的树叶，远处的山峦，近处的流水，听听鸟鸣蝉叫，美无处不在，不需要经过思考，不需要顾忌，不需要担心，美是生活，美在我的心里！

1184. 生存的意义——1997.06.04

去探究我们生存的意义或目的是件很困难的事，可是每一个人都有一些理想，这些理想决定着他努力的方向，就在这个意义上，如果把安逸和享乐看作生活目的或存在的价值，那么他们生命的格局似乎太渺小了。

我认为人是通过为他人服务或付出而实现自己的价值的；人是通过对善、美和真的探求去发现自己的价值的，每个职业在本源上的价值意义就在于此。一个医生的价值是解除病人的痛苦，一个公务员的价值是为人民服务，一个教师的价值是教书育人，一个企业家的价值是以创新的方式服务消费者……至于每一种职务的分别，不过是在价值创造过程中所承担责任的分别不同而已。

可是，现实中很多人考虑的不是价值，是价格，不是职责，是职位，他们把可以净化人生的谦卑的服务精神，把公共赋予的神圣责任，当成明标暗标的商品去出售，似乎价格越高，人生就越有意义。

卡尔，你是一个谦卑者，你是一个有责任的人，实现你自己的理想同时也成就了他人，从这一点来看价值，你是无价的！

1185. 做到内心的喜悦是不容易的——1997.06.23

吉姆曾经对我说，他七十年代的时候什么都有了，心里却很恐慌，去夜总会排解，打高尔夫，开跑车，到荒岛度假，却只能找到一点点快乐，那种欢笑是装出来的，找不到精神上那种喜悦，其实心里不是滋味。

有钱并不会带来快乐，究竟是什么在激励着我们，去走完这不容易的一生呢？不妨再一次倾听爱因斯坦式的答案：“我们这些总有一死的人的命运多么奇特！每个人在这个世界上都只作一个短暂的逗留，目的何在，却无从知道，但是，不必深思，只要从日常生活就可以明白：人是为别人而生存的。我每天上百次地提醒自己：我的精神和物质生活都是以别人（包括生者和死者）的劳动为基础的，我必须尽力以同样的分量来报偿我所领受了的和至今还在领受着的东西，我也相信，简单淳朴的生活，无论在身体上还是在精神上，对每个人都是有益的。”

诚实地讲，我现在才真正理解吉姆所说的精神上那种喜悦及爱因斯坦式答案的含义。

亲爱的，你喜悦吗？我想你应该是的！

1186. 灵媒的复苏——1997.07.15

你经常去你父母亲的墓地，我不知道一般人到了老的时候是不是格外想念父母亲，至少你是这样的，有时候我看到你站在那里好久一动不动，好像在和父母亲对话。

新纪元运动者通过现代的传播手段，好像已经完全占领了转达神启的灵媒行业。灵媒即那些声称用自己的躯体和声音为阴间的先师充当人间的中介、转达神启的人。这种原来在拉格尔的乡间神秘地存在着的东西，现在却快速地复苏，在邻居塞布里绘声绘色的说教中，你似乎有些心动，很想去探个究竟，听听父母亲的声音，我不相信这是真的。

亲爱的，不要去相信这样的东西，它会打乱你现在和平的心境，我知道你想念你的父母亲了，他们是带着满意走的，我始终记得他们的音容笑貌，就算灵媒说的是真的，你也没有必要去为此困扰自己。记得他们的好，把怀念挂在心头，延续好他们留下的爱，教育好我们的子孙，这是对他们最好的纪念！

1187. 别了，英格兰的玫瑰——1997.8.31

戴安娜——她从伦敦圣保罗教堂走来，今天又从威斯敏斯特大教堂离去，十六年的婚姻旅程，悲欢荣辱从此画上了句号。一朵光彩照人的玫瑰就这样凋谢了，一个曾给人以爱心、同情的王妃就这样离去了，威斯敏斯特教堂外，成千上万的人为她祈祷，她的灵柩经过的道路上洒满了鲜花。

让我难以忘怀的是，十六年前的2月，同样的万人空巷，伦敦到处是欢乐的海洋，戴安娜披着漂亮的婚纱，在圣保罗教堂与查尔斯立下永生相爱的誓言，那情景仿佛就在昨日，“世纪之吻”在白金汉宫的阳台上演，如今曲终人散，想到这里，我忍不住想哭，永别了，英格兰的玫瑰。

查尔斯是戴安娜生命中的第一个男人，她全身心地爱着他，一片痴情，她的理想是像童话故事中说的“从此她和王子快乐地生活在一起”，白头偕老。

“白头偕老”，多么简单又幸福的祝福，有人终其一生也无法达到，亲爱的，你是我生命中的第一个男人，也是最后一个男人，我早已经过了做梦的年龄，王子和青蛙的选择并不重要，最重要的是这一刻可以倒在你的怀里，我是幸福的！

1188. 我不喜欢网络——1997.09.20

“还有人相信爱情吗？”这是我每次打开电脑，脑海里冒出的第一个句话。

互联网上太多欺骗、暴力、凶杀、性等不良信息，你只要打开电脑，你的眼睛别无选择，人不是每一刻都处在理智的分辨之中，在自由的网络世界里不存在自觉。

这个世界已有太多的虚假，太多的冷漠，太多的仇恨，网络正在加速这种传播，关于“爱情”的字眼我却几乎找不到，相反在我的书海里，我可以很容易地寻找我需要的情感，荡漾着我的思想。

卡尔，你看看就可以了，不要去转发一些你认为不满的信息或评论，不论怎样，你改变不了这个世界，多去转发一些友善的信息，传播爱，传达温暖的情感，这个世界也会变得可爱些，亲爱的，你说是吗？！

1189. 亚洲金融危机——1997.10.10

据报道：从泰国开始，亚洲货币贬值，爆发连续的金融危机，然后是印度尼西亚、韩国，大量的工厂倒闭，工人失业，有一对来自亚洲的夫妻自杀在他们纽约的公寓里。

真可怜，我想亚洲又多了许多妻离子散的家庭。看不见的流血和暴力，跟战争一样的残酷，这是资本的贪婪与掠夺，也是人性的贪婪，好在我们的股票和债券三年前已经全部卖空，资金全部放在卡玛基金会运作。

人性的贪婪不改变，资本的掠夺就不会停止，财富有时需要一辈子的积累，但毁灭只要你点击一下键盘，我不知道金融危机下一站发生在哪里，我想它一定会再发生；

亲爱的，拉格尔村外的事，无论多么热闹已经与我们无关，我只想小心翼翼地守护自己的家园，与你愉快地度过余生！

1190. 爱情是什么？——1997.11.20

电影《新娘不是我》由德莫特·穆罗尼和朱丽亚·罗伯茨主演，这部影片的音响效果相当好，故事也挺感人的。女人一旦爱上一个男人是很难解脱，她会奋不顾身，这部影片告诉我们“真爱意味着要适时地放手，只要你爱的人幸福”。

是的，爱，应当以给予的方式，不应该以乞求的方式，更不应该以占有的方式进行。对于烦恼和痛苦，爱虽然是种解脱的途径，但必须以付出的方式去爱，才谈得上是解脱，反之你不会原谅你自己。爱是付出，爱是牺牲，但爱到最后，又是获得，因为美好的爱情永远存活在你我的心里。

亲爱的，看了这部爱情影片，我不得不承认我的爱情是自私的，当初为了你我义无反顾，现在为了你我爱不释手，卡尔，你说我们还能够分开吗？我无法放手，永远！

1191.《泰坦尼克号》——1997.12.21

全美国的影院都在疯狂上映《泰坦尼克号》，你排了一天的队才抢到两张票，你在一旁嘀咕买一张电影票现在怎么这样难，不过你还是很高兴。

电影院前早已经挤满了人，一个小镇的电影院因一部影片如此疯狂。电影镜头紧张地铺陈着故事的情景：船票—张开双臂站立船头—“海洋之心”—画像—冰山—救生艇—栽赃陷害—恐慌—绝望—沉没，最后杰克将露丝推上一块漂浮的木板，自己却浸泡在冰冷的海水中，几个小时之后，救援船返回救起了奄奄一息的露丝，而此时早已冻僵的杰克却被冰海无情地吞没，露丝信守对杰克许下的诺言，八十四年来勇敢地活着。故事情节紧张、刺激、感动，你看电影第一次和我一样激动！

《泰坦尼克号》沉没了，露丝和杰克的爱情故事到今天还在续写传奇。卡尔，亲爱的，五十多年的风雨历程，我们始终在一起，我不需要传奇，我需要永远在一起的真实，我们的爱情之船永不沉没！

1192. 卡尔的疑惑——1997.12.28

电影《泰坦尼克号》已经看完好几天了，我还沉浸在无比的激动之中，我的心情好像荒漠里看见了绿洲，是的，好多年没有看到这么好的电影了，杰克和露丝的爱情故事令我回味无穷。

今天你突然问我："露丝，一个贵族的女子，为何短短几天会爱上一个穷小子呢？"

我随口答出那是因为露丝向杰克吐露心中郁闷，"我觉得这一生不外如此，就像已经活了一辈子似的无数的宴会、舞会、游艇赛、马球赛，能接触到的都是思想狭隘、有口无心的人，我感觉就像站在悬崖边，没人拉我回来，没人关心，甚至无人理会"，这个时候杰克在倾听，在关心她，杰克的出现带给她快乐和希望。

"哦，哦，哦。"你很会意地点了点头，又回过头来笑了笑，说："玛利亚，你的心真细。"

"不，这是女人相通的感觉。"

"是吗？"你似懂非懂在那里哈哈大笑。

亲爱的，女人很多时候需要的不是金钱，不在乎出身，而是在乎有人持续关注她的存在以及对她内心世界情感的关怀，卡尔，这一点你做得不错！

1193. 人性的光辉——1998.01.05

一大早席琳·迪翁《我心永恒》的音乐从客厅里传来，多么熟悉的旋律，原来你昨天特意买回一张碟片，一个人跟着旋律在轻轻地哼唱着。

我的脑海里又浮现出那震撼的沉船场面：当船开始下沉的时候，船长下令所有的男人靠后，让女人和儿童先上救生船，在这生离死别的时刻，男人没有为此争先恐后，灾难来临的时候所迸发的人性的光辉在这里得到彻底的体现，这一幕令我印象深刻，在震惊和悲痛之余，我为这超越时空的爱情力量而感动！

亲爱的，我们可能无法用生死来印证我们的爱情，但你应该相信我有对你生死相随的决心。卡尔，看这部电影的时候，你流泪的那一刻，我知道你的心灵没有被岁月磨得坚硬无比，你的身上永远存在那股柔情，这是你人性最高贵的东西！

1194. 每个人都梦想那种完美的爱——1998.01.15

《泰坦尼克号》电影中有一对上了年纪的夫妇一起躺在床上，彼此握着对方的手，平静地等待死亡的情景，真的让我很感动。

是的，每个人都梦想有那种完美的爱，体会那一闪即逝的火花，尤其是我们女人，每天都在幻想着爱神降临身上，可以没有财富，但不能没有爱情，爱情从开始就是她们脑海里所有幻想的东西，即使要面对死亡，因为有了爱情，不孤独，不畏惧；

亲爱的，假如死亡真的来临，只要你在我的身边，我没有什么可怕的，因为我得到了你自始至终的爱，那一刻可以为我们的爱情画上句号！

1195.《希望永在》——1998.01.20

尽管在家里可以看很多的电视剧，我还是喜欢看电影，只要镇上有好看的电影，尤其是关于爱情的，你早早就准备好矿泉水、零食和预防我着凉的衣服，拉着我的手在路边招呼的士。卡尔，这种感觉一如当年，真好。

影院里很暖和，正在放映小哈里·考尼科和桑德拉·布洛克主演的《希望永在》。

从电影院出来的时候看到一对年轻的情侣，不知道什么原因在吵架，那女的转身就走了，头也不回，男的愣在那里很沮丧。

“亲爱的，假如当年我离你而去，你会怎样呢？”

“我会千方百计把你找回来！”你坚定地回答。

“是吗？”我相信你会的，就像我对你的希望永远存在一样！

1196.骄傲的资本——1998.02.01

村里又有小伙子结婚，小伙子英俊帅气，姑娘貌美如花，笑起来自然灿烂，年轻就是好，连目光都是那样的迷人，骄傲的样子当然要摆在众人面前，我除了羡慕还是羡慕。婚礼在村里的教堂举行，气氛隆重热烈，一点都不比城市里差。

上帝真是太残忍，无论你年轻的时候多么迷人漂亮，岁月终将会把你摧残得面目全非，你自己都认不出自己来，留下几张照片证明自己曾经年轻过，除了成年斑驳支离的经历，如果还能够说上几句有哲理的话，证明自己没有白活，年老了像凋谢的花，没有骄傲的资本。

不论怎样，鲜花永远是鲜花，盛开的时候最美丽，小伙子应当珍惜。

婚礼结束了，你拉着我的手离开教堂的时候，我突然想起能够“白头偕老”也是一种资本，值得骄傲，祝福他们！

1197.情人节的礼物——1998.02.14

今天你送给我一条“海洋之心”的项链，你告诉我这是你上个月打电话要凯理在奥克兰定做的，形状和电影《泰坦尼克号》里露丝放在保险柜里的一模一样，这个礼物令我有点意外和惊喜。

亲爱的，这条项链太贵重了，我们之间的爱恋不需要用它来证明，我比露丝幸运得多，现在我也不需要戴它，我把它放在卧室柜子最显眼的地方，每天早上起来就可以看到它，不过你的心我早已经收下了，谢谢你的礼物！

1198. 和你对话越来越有味道了——1998.03

弗洛伊德的“精神分析说”太深奥了，黑格尔的“存在说”我看不太懂。我有时候弄不明白，一个人的心理怎么搞出那么多复杂的理论！我没有必要去知道那么多知识，用我的心去感受就是了，不论对与错，那才是最真实的。

“是的，你说得没错，我认为也是这样”你附和着我的言论。

“卡尔，你和别的女人在一起的时候，你会想起我吗？”

“会,你一直存在在我的脑海里,与她们说话的时候都好像你在听”。你认真地回答。

“那是因为那一刻你在乎我。有没有不在乎我的时候？”

“有，喝醉酒的时候。”

“没有撒谎？”我看着你的眼睛。

“没有，真的！”你肯定地说。

“假如有一天，我们没有了爱情，你会想起我吗？”

“会，你已经存在在我的生命里，永远无法抹去。”

“卡尔，我在你心里有那么重要的位置吗？”我笑着问。

“这么多年来，我的所有的努力和成功都是因为你，事实上，很多的时候决定都是你在做，我很依赖你，看不到你的时候，我好像没有方向。”你诚恳地说。

“这点我相信，你们男人很多时候不喜欢表达自己的想法，其实我们女人喜欢听你说出来，有时哪怕你是说谎的。”

“我不会说谎，尤其在你面前。”你很认真的样子。

“为什么？”我故意反问。

“你知道我所有的缺点，我的眼睛骗不过你。”

亲爱的，和你对话越来越有味道了，我喜欢！

1199. 卡玛书店的接力——1998.04.15

卡玛书店一度陷入困境，书籍不多，经营严重亏损。你在两个月前向加州的朋友发起了赞助募捐，这个月高斯先生、特森先生、里克先生赞助的书来了，凯理也加入募捐的行列，接下来是凯希、迈克、西蒙，还有卡奇、卡琳……卡玛基金会的朋友们也在帮忙募捐，大量的书从四面八方寄过来，“卡玛”书店的面积不得不扩大，很多书不得不免费赠送，同时你又发起了“换书”活动，第一次因为书，德里特小镇沸腾了。

卡尔，这是你的功劳，不，这是大家的功劳，因为你的爱心才有这场接力，因为有了大家，才有了书店的起死回生，因为有了书，小镇飘荡着温情和浓浓的书香，亲爱的，你真了不起！

1200. 卡尔在讲课——1998.05.15

村里的年轻人喜欢来我家里听你讲创业经商的故事，来听讲的人越来越多，你特意把东边的房间腾出来给孩子们讲课。

“首先你要无条件地帮助别人，不要带任何目的；第二，做任何事情你要做最坏的打算，不要以打赌的方式做任何事情；第三，你要建立你的目标，做好你的计划，然后立刻行动，目标不要太大，也不要时间太长，以五年或十年期为一阶段，不断修正自己的计划和行动；第四，任何时候不要高估自己的能力，也不要小看自己十年或二十年的成果，同时要爱惜你自己，建设好你的家庭，热爱你所在的地方或城市，热爱你的国家……”

你根据自己的经历和经验娓娓道来，你的记忆力很好，想不到你站在讲台上是那么的健谈，非常有神采。

亲爱的，你讲得真好，从孩子们听讲的神情和掌声中可以看出，你的思想很有力量和深度，卡尔，你真的很棒！

1201.“吉卡”创业基金成立——1998.06.03

昨天早上你很高兴地告诉我，凯理答应赞助两百万美元作为拉格尔村年轻人的创业基金，还有吉姆也答应出资一百万美元。这可把你高兴坏了，看来你又有事情忙了。

创业基金的名字就叫做“吉卡”，把吉姆的名字放在前面，吉姆很惊讶你的大度。

“吉卡”创业基金开始筹备运作，它主要是帮助村里准备创业的年轻人，一次性无息贷款五至十万美元。你一边辅导年轻人如何创业，一边帮助他们制定目标计划，还要发动村里在外成功的朋友参与进来帮助更多的年轻人。

亲爱的，没有想到在你年老的时候，还可以做很多有意义的事情，只要你愿意，没有你办不到的事情，卡尔，你不仅是我的骄傲，也是拉格尔村的骄傲！

1202.《网上情缘》——1998.07.08

我怀着好奇的心情看完了汤姆·汉克斯和美琪·莱恩主演的《网上情缘》。这就是今天许多年轻人的相识方式，他们自己可能在网上碰到一个人，而在生活中他们从来没有见过，因为在网上的几句话而产生了好感，然后迫不及待地相见，相见恨晚，一场爱恋就这样戏剧性地开始了。美琪·莱恩和汤姆·汉克斯在这部电影里简直是绝配，表演也恰到好处。

故事的真实性不令人怀疑，外孙西蒙就是在网上找的女朋友，但网上爱情的动机令人不得不警觉，尤其是《网上情缘》这种美好结局的宣扬，不知道又有多少年轻人掉进这温柔的陷阱。我不敢去想象两个陌生人通过网上交流产生爱情的后果，我不知道这一场“现代文明病”将持续多久，也许我已经老了，不合时宜，不管怎样，我总觉得不真实，我总是担心年轻人会上当受骗，但愿我的担心是多余的。

亲爱的，假如时光能够倒流，我们在网上认识，我们的爱情会是怎样的呢？没有你送我的花生，没有你春天里用树枝做的花帽，没有你的马铃薯，没有你的信，没有你的红围巾，没有爸爸的酒，没有西山的树林，没有落基山的雪，爱情从空中传来，真的不敢想象！

1203. 墨西哥湾的台风——1998.07.22

电视里报道墨西哥湾的台风就要来临，得州全州都处于紧张状态，新奥尔良更是紧急戒备，拉格尔村连续下了几场大雨，已经闻到了远方暴风雨的味道。这样的新闻报道这几年越来越多，这是气候变化的恶果。

在洛杉矶的生活让我知道消费时代的浪费是惊人的：城市的灯火辉煌，豪华的装修，大量的汽车生产，大量的生活用水，富人的生活更是肆无忌惮，好像自然的资源取之不尽，地球上另外一个地方的森林砍伐与他们无关。

你在检查房子，望着对面养老院失修的房屋有点焦虑。

“水龙头开小点吧，少用一些纸，随手关灯，少使用些塑料制品……”你经常在我耳边叮嘱，你越老越小气了。

亲爱的，你认为对的事情，你就去做，我支持你，我乞求墨西哥湾的台风，小一点，再小一点，至少不要惊醒你的美梦！

1204.《天使之城》——1998.08.20

电影《天使之城》讲述天使塞斯拥有天使应该拥有的一切法力，还能永生，他的使命就是每天游荡在医院里将已去的人们带到另外一个世界，但他却爱上了医院的医生梅姬。为了能够和心爱的人在一起，塞斯放弃了天使的身份，放弃永生，坠入了凡间，然而他却并不知道，等待他的，除了动人的爱情，还有弄人的命运。

故事充满幻想和离奇，为了爱情，塞斯放弃了天使的身份，放弃永生是一种勇气，爱情的魔力战胜了理智，这是令我感动的。

是的，没有比人世间的爱情更美好的东西，它是春风，它是甘露，它是美酒，它是美妙的音乐，它是动听的诗歌。

亲爱的，你给予了我爱情的全部，我身着天使的彩翼，永远飞翔在你的天空！

1205. 村里那对小夫妻——1998.09.20

在村口的公路边，早上我和你散步回来的时候，经常见到一对年轻的小夫妻在那里分开，晚餐后我们去散步的时候，又见到那女的站在早上上车的地方等她的丈夫一起回去，那恩爱的样子令人羡慕。今天我忍不住问那小姑娘，原来他们刚结婚不久，丈夫在镇上教书，她在家里做点家务闷得发慌，每天唯一的就是盼望丈夫快点回来，每天下午六点她会准时来到这个地方等她的丈夫，她说这话的时候一脸的幸福。

亲爱的，这让我想起了当年我们恋爱时的情形，我也是在这个村口等你，只是那个时候这里还是土路，旁边有很多的树。那时候我等你的心情，今天想起来依然激动，年轻就是好，可以不顾一切，可以忘情地接吻，可以撒娇，卡尔，你羡慕他们吗？对我来说，羡慕是一瞬间的事，毕竟我们曾经年轻过！

1206.《海上钢琴师》——1998 .10.24

《海上钢琴师》讲述一九〇〇年的第一天，邮轮维珍尼亚号上的添煤工人丹尼在钢琴架上发现并收留了一个漂亮的婴儿，给他起名叫一九〇〇。善良的丹尼疼爱他，教他读书，不让他受苦，不许他离开船舱一步，在一九〇〇八岁时，丹尼死了。有一次你偷偷来到为上等乘客演奏的钢琴前，弹起了自己即兴发挥的曲子，琴声吵醒了许多乘客，他们都陶醉在这小家伙如天籁般的音乐中，直到音乐停下来。几年后已经名声远扬的钢琴师一九〇〇，巧遇了正在晕船的迈士，迈士希望一九〇〇能向世人展示自己的才华，唱片出版商希望为他录制唱片，并保证他会名利双收。世人向往的生活对一九〇〇而言太过遥远，无法理解，他的内心依然平静，安于船上生活和音乐带给他的快乐，直到他遇到一个朴素而迷人的女孩，和他四目相对时立刻爱上了她，他决定下船去找那个女孩。但当他即将踏上土地时，他茫然地看着偌大的纽约市，凝视了一阵，毅然回头再也没有下过船，直到许多年后，破旧的维珍尼亚号和不肯下船的一九〇〇一同被炸弹粉碎，从此，很少有人记起那一生不愿踏上陆地的天才钢琴师和他传奇的一生。

我不知道这个故事片是在批判现实，还是要告诉人民远离诱惑，即使有爱情来临的时候，也要坚守自己最后的价值。我认为这样人生并不传奇，至少他埋葬了爱情，没有爱情的人生是没有色彩的。

亲爱的，如果是我，我宁可选择爱情，而不愿守着钢琴，美妙的琴声只有在爱人面前才有骄傲的价值，就像我的诗为你所写，我的歌为你而唱，亲爱的，因为你，我的诗我的歌才充满情感和生命！

1207. 在电影里寻找记忆——1998.11.03

我记得四十年代初期，电影结束了无声时代，可以“说话”，有了色彩，人们纷纷去感受电影带来的新奇，在电影里忘却萧条时期带来的痛苦记忆。一部《魂断蓝桥》开始了我少女时代的梦想，克拉克·盖博成了我的梦中情人，凯瑟琳·赫本成了我的偶像。

五十年代初期，世界各国刚刚经过了第二次世界大战的洗礼，剧情避不开意识形态和政治话题，堕落和性感充斥这个年代的电影。

六十年代随着社会经济的发展，奇装异服和华丽的色彩在悄悄改变着好莱坞。

七十年代是个激进的反叛的时代，年轻人骚动不安地释放着自己的激情，充斥银幕的是现实的社会和真实的人性。

八十年代的好莱坞开始走向道德的批判，对家庭和人性的更加重视。

九十年代开始，电影走向技术特效，剧情不是最重要的，穿越时空的特技表演令人眼花缭乱，有不真实的感觉，我还是喜欢以前的老电影。

电影对社会的影响是广泛的，流下了眼泪或愤怒或欢乐，真情实感的表演是可以震撼一个人的心灵的，甚至影响我们人生的价值取向，我想电影不仅仅是为了娱乐观众，更应该引导一种健康的风尚，影响人们思考的方式，让这个社会更加温情，充满一种积极向上的力量和精神，爱情故事片也不例外。

电影里的记忆是难忘的，甚至是温暖的，我更多的是想起你陪伴我看电影的情景，亲爱的，你永远是我电影里的主角！

1208. 怜悯之心常在——1998.11.20

莎米依然每个月打一次电话回来问候我们，每隔一段时间莎米会把她的生活照片通过因特网发回给你，现在收发孩子们的邮件是你打开电脑唯一的动机。有一组莎米在非洲卢旺达和一群孩子拍的照片引起你的注意，我看见你在流泪，事实上，你只要看到电视里的灾民无助的眼神，或南亚地区硝烟中的哭泣，你都情不自禁地流泪。

亲爱的，身在小山村，还关心地球的另一边的事情，你的怜悯之心还在，我的内心很感动。你这一颗怜悯之心藏着你善良的人性，这是我最欣赏你的，岁月没有泯灭你的光辉，卡尔，你同样会得到上帝的怜爱！

1209. 看电影的故事——1998.12.15

看电影成了我的习惯了，喜欢在电影院那种光影交错中，随着故事主人公的情感一起喜怒哀乐，在两三个小时的时间里感受别人的一生。

记得初中的时候，有一个男同学理森偷偷地塞了一张电影票给我，约我一起去看电影，我知道他喜欢我，那天我没有去，惹得他直到毕业也没有理睬我。

遥想当年，我不禁哑然失笑，真是对不起那位男同学，伤了他自尊了，不是我不喜欢看电影，而是我没有喜欢他到可以陪他看电影。

亲爱的，不知道这算不算我的小秘密，这么多年每到看电影的时候，我就想起这位男同学当时沮丧的神情，好想对他说声“对不起”！

1210.《莎翁情史》——1999.01.15

电影《莎翁情史》的故事发生在1593年的夏天。伊丽莎白一世的时代，充满多彩多姿的娱乐和趣事，新星威廉·莎士比亚面临一个重大的危机——他失去写作的灵感，江郎才尽的他不管用什么方法，也不管剧场老板和债主给他多大的压力，他就是没有创作下一出戏的灵感与动力，这出戏叫做《罗密欧与海盗之女阿丝》。莎士比亚需要一名女神激发他的灵感，薇拉不顾当时女人不能粉墨登场的禁令，假扮成男人前去试演，年轻的莎翁很快就发现她是女人，坠入爱河的莎翁灵感如泉涌，并将他们的爱情付诸成文字，薇拉成为他生命中的朱丽叶，而他这个罗密欧也找到生存的意义，然而此时却传来了薇拉即将嫁给一个贵族的消息，莎士比亚在悲痛之中将他的喜剧改为悲剧，取名《罗密欧与朱丽叶》。

因爱情而激发灵感，因爱情喜剧改为悲剧，人的逻辑有时荒唐可笑，现实生活又真实存在，只是莎翁是情种，才写出这么伟大的戏剧来。薇拉的爱情我无法理解，你向来没那么多愁善感，却在为莎翁愤怒。

亲爱的，我不需要你像莎士比亚那么伟大，我们的生活也不需要那么多悲剧或喜剧，你我平凡而平淡的爱情，一样的精彩！

1211. 卡尔的影集——1999.02.01

上午你在翻看过去的照片，标注文字，你的思维越来越清晰，不断地叫我过来看看这看看那，还绘声绘色的给我讲这里面的故事。

除了葡萄酒，摄影几乎成了你生活的一部分，你的房间里摆满了各个年代的照相机和摄影器材，经常擦了又擦，站在那儿看很久，好像欣赏宝贝似的。你习惯用相机来捕捉和传达感受，尽管这几年很少出去旅游，你还是把家乡的山山水水拍了个遍。

亲爱的，随着时间的流逝，不管时代怎么变化，我相信永远有不变的东西，那就是你真诚的人性，你的真诚在这每一张照片中的自然流露，我很感动，你照片的记录让我感觉你细腻情感的流动，以及对生命的感悟，卡尔，这些都是你了不起的作品，我真的喜欢！

1212. 情人节的礼物——1999.02.14

书桌上摆着你昨天从卡玛书店拿回来的《浮士德》，这是一本歌德的诗剧。书陈旧有点发黄，你告诉我："我昨天花了一个上午的时间在旧书堆里找到的，我觉得不错，估计你会喜欢，没有好的礼物送给你。"你现在为了送什么样的礼物给我有点困难。

早听说《浮士德》是歌德最伟大的作品，这么多年我竟然没有拜读过，我拿着这本书有点欣喜。

亲爱的，谢谢你的有心，其实你送什么礼物对我来说已经不重要，你的承诺我已经感动了很多年，可我还想被你继续感动下去！

1213. 上帝的爱——1999.03.25

尽管我信奉基督教，六十年来一直没有改变过，每次跟着牧师虔诚地诵唱或祈祷，但我从来没有如此认真地阅读过《圣经》，这个月我已经是第三遍看它了，我对《圣经》的理解是：1. 信拜唯一至爱的上帝；2. 信传上帝创造天地万物和人类；3. 信传上帝一体三位在耶稣身上救赎人类，死亡及复活；4. 信传圣神恩赐信从圣子耶稣的人，将获得永生、肉身复活，共享天国荣福；5. 人得永生：基督教强调，信耶稣必得永生——因信成义，不靠人的行为，相信有赏善罚恶的天堂、地狱、炼狱。

"耶稣教人以宽恕，给人以反省的机会"——这是我印象最深刻的理解，我认为这才是上帝的爱，这种爱是伟大的，值得我们思考。

亲爱的，上帝是爱我们的，我始终相信上帝在我们的左右，帮助和激励我们成长，提高我们的心智。六十年来每当我遇到挫折和困惑，每当你迷茫无助的时候，或需要提醒你的时候，我在心里呼唤上帝，我都会得到上帝智慧的指点，上帝与我们同在，我爱上帝！

1214. 信仰及价值观的改变——1999.04.10

村里的年轻人很少有来教堂的，来的都是上了年纪的人，周末的教堂显得有点空旷和冷静。

基督教还是用原来的教义要人们坚持信仰，克隆物种的出现，使年轻人不再相信神创论，互联网及商业的高速发展，使人们相信现在和看得见的物质，基督教信仰及价值观在年轻人心中逐步崩溃。

年轻人没有信仰对这个社会是很危险的，他们的内心不安定，享受物质的富足之后，精神的空虚伴随而来，一个人真正的财富，是他的信仰和信念的力量。

我认为我们的教会唯一真正的财富，是教友对宗教的信心，教堂不仅仅是一个聚会的场所，还应该是传道者帮助年轻人建立正确的价值观的地方。

你在责怪我担心的事情太多，是的，卡尔，我担心单亲的家庭会更多，失散的孩子会更多，相互的友情、亲情、爱情会更少，亲爱的，我不想卡玛基金会救助的人越来越多，这不是好的事情！

1215. 没有比信仰更重要的事——1999.04.23

世纪之末，多事之秋，互联网上暴出亚洲和中东很多国家的政府官员许多贪腐的事件，甚至造成某个国家的动荡，你在那愤愤不平。

事实上每一个时代都有它的愤怒，包括我们的国家，有些愤怒的积累是石破天惊的爆炸，而有些愤怒，累积久了，却是默默的悲哀。

贪腐者的生命，无论用多大的金钱去包装，都是让人悲哀的，因为，他们忘记了：一个家庭中，没有比和睦更重要的事，一个生命中，没有比心灵的自由快乐更重要的事，这个世界，没有比信仰更重要的事。

马丁·路德说："无愧的良心是床上最好的枕头。是无休止的索取，还是不间断的付出，更能让你找到最好的枕头呢？一念之差，却是生命的天壤之别。"良心、理想、信念、信仰，它们是如此的轻，又是如此之重，源于文化土壤，教育背景，更系于内心的执著追求。

亲爱的，放下你的不平之事，抱着你无愧的良心睡个好觉，醒来吟唱田园诗歌，改变世界的理想和信念属于年轻的一代，世界总是在争斗中不断前进，上帝会拯救他们的！

1216. 生命的意义——1999.05.20

吉姆的叔公昨天去世了，他是村里目前最长寿的人，96 岁高龄，生前很热心乡村的公益事业，吉姆平常给他的钱全部捐助了别人，村里给他开的追思会很隆重，吉姆很伤心，他是他叔公带大的。

平凡的人，生命可以很渺小，也可以很伟大，村里的人认为吉姆的叔公是个了不起的人物。

卡尔，我从来没有要求你成为一个伟大的人物，我认为人性的伟大体现在他对爱情的忠诚，对家庭的付出，对别人无私的关爱和帮助，亲爱的，内心的强大是你真正的力量，你在我的心中是伟大的。

生命到底有什么样的意义呢？十几年来一直在思考的一个问题，今天我豁然开朗，那就是对爱的承诺和延续。

卡尔，你已经用行动和事实作出了回答，那是你自己赋予它的，我高兴地看到卡玛基金已经在凯理的手中传递，我们的爱在继续发扬光大。

亲爱的，你的生命在不声不响中充满了色彩，充满了传奇，你始终是我的骄傲！

1217. 歌德的《浮士德》——1999.06.18

歌德的《浮士德》有一万多行诗句，这几个月我都在浮士德与魔鬼墨菲斯托的约定里行走：墨菲斯托的魔法让浮士德品尝了爱情的欢乐和辛酸，在治理国家中显过身手，在沙场上建立过奇功，又想在一片沙滩上建立人间乐园，沉醉在对美好未来的憧憬中……最后天使的出现拯救浮士德的灵魂。

歌德的《少年维特之烦恼》我年轻的时候看过，感情是细腻的，是卑微的，《浮士德》的格局比它无疑要大得多，浓烈的理想主义色彩把你带入一种梦幻之中，一大一小的格局反映了歌德丰富的精神世界，我尤其敬佩的是他六十年的坚持。

你很奇怪我对《浮士德》如此着迷，有时忘记了吃饭，好像灵魂出窍了，是的，亲爱的，假如和魔鬼的约定能够实现我完美的爱情和正义的梦想，我宁愿不要灵魂！

1218. 身体有点发福——1999.07.18

我的身体越来越发福了，比六年前回家的时候体重增加了八磅，我都不敢相信这是真的，你笑着说终于把我养胖了，看来坐在那里看书久了不行。饮食也需要改变一下，血糖有点偏高，我决定要改吃素食了，你在忙着给我制定食谱。

亲爱的，你现在是我的保姆，我的健康就交给你了，我可不想拖着发福的身体跟不上你的脚步，甚至牵不到你的手，卡尔，虽然我现在跳不了探戈，但在华尔兹的慢步里，我还想与你一起共舞！

1219. 拜伦的《唐璜》——1999.08.15

桌上有一本拜伦的《唐璜》，我已经读到第98页，记得五十年代的时候看过它，当时我很难看下去，《唐璜》像莎士比亚一样地包罗万象，他囊括了人生的每个题目，太复杂的背景，太辛辣的笔调，愤世到了不顾一切，掩盖了他优美的感情。现在仔细地品位，每一篇文章都好像拨动了神圣琴上的每一根弦，弹出最细小以至最震撼心灵的调子，温柔的时候又会让你感受到最纤细动人的乐章，看来阅读是要心境和经历的。

我喜欢拜伦，就像我早年喜欢惠特曼一样，拜伦不但是一个伟大的诗人，而且是这个世界上需要的一种诗人，嘲笑卑劣的，并鼓舞崇高的行动，这是他的精神。

亲爱的，你有优美的感情，只是你不愿表露，你有崇高的精神，只是你在做你自己，你不需要愤世的眼神，你成长在一个伟大的时代，你不需要伟大的诗篇，你已经写下了诗篇，卡尔，你比拜伦幸运得多！

1220. 拜伦的思想——1999.08.21

相对于《唐璜》，我还是更喜欢拜伦的诗歌，读起来很有神采，尤其是他对爱情和女人的赞美妙语很多，比如说"爱情对男人而言，只是生活的一部分，但对女人而言，却是一生的全部"，这句话很精辟。

"初吻并不能当做永久相爱的保障，但它却是盖在生命史上的一个永久记忆印章。"这句话令我印象深刻。

"恋爱是艰苦的，不能期待它像美梦一样出来。"至今我还是觉得它像美梦一样。

"欢乐的回忆已不再是欢乐，而哀愁的回忆却还是哀愁。"我理解这其中的含义。

"爱情可以而且应该永远和婚姻共存。"我完全赞同他的看法。

"女人有一句赞美她的话便可以活下去。"这句一点都不假。

"女人是男人的伟大创造者。"这句话是对所有的女人的肯定。

这些话我抄录在我的笔记本上，我几乎可以闭着眼睛背下来，我现在知道为什么那么多人喜欢拜伦了，想必他经历过刻骨铭心的初恋和持久的爱情，他传递着一种精神，那就是对爱情和女人的肯定。

亲爱的，我跟拜伦笔下的女人一样，渴望和追求着爱情，这纵贯了我的一生。卡尔，你是爱我的，你虽然没有拜伦那么光辉的思想，但你是一个真正的男人！

1221. 爱情的种子——1999.09.09

爱情的种子
我六十年前已经埋下
在落基山冰冷的雪里

我的爱情之火
却从来没有熄灭过
即使在寒风肆虐的冬天
也无法埋葬我的炙热的火焰
爱情之树早已开花结果
凋谢是岁月的年轮
不老的是你我的爱情
亲爱的 我老了
可爱情的种子还在
一年四季蠢蠢欲动
亲爱的，你嫌我老了吗？
我的思想还可以跳舞
我的灵魂还可以歌唱
爱情之花时常开放在我心里
亲爱的
你是我永恒的诗歌
你是我不老的传说

1222. 真正的情书——1999.10.02

卡尔，今天是你的生日，看着你的微笑，感受着你的快乐，很想为你写点什么，一时又无法下笔。

手里拿着日本作家岩井俊二的《情书》已经看得差不多了，《情书》改编的电影早几年看过，今天看小说的感觉完全不一样。细腻的文字，淡淡的忧伤，无限的思念，文字的阅读远比电影的表白更感动。

反观我的信里，有一些字句很粗糙，文字不一定优美，有一些思想不一定成熟，也许随着时间的流逝，有些事情已经遗忘或无关紧要，不管怎样，我真实的情感和思想流淌在我当时的笔下，今天读起它，我还是能够感受到当时的情景。

亲爱的，我明白真正的情书，就是在对你每天的关注中，在对你的点点滴滴记录里，这是我对你一生的约定，对我爱情的承诺！

1223. 用文字书写心灵——1999.10.25

今天和你在讨论梭罗的随笔《瓦尔登湖》，很有兴致，你甚至对七十年代马克里的电影《荒原》很有见解，这对于我不能不说是一种精神的愉悦和享受。我把这归功于你八十年代对文学的爱好和理解，那段时间也是你事业最顺利的时期。

我一直认为爱好文学的心灵之间是容易交流的，表达情感的方式从你的嘴里或笔下出来是不一样的，有一种流动的温暖直入你的心，甚至你的灵魂深处，如果在旅游的时候还可以讨论一下人文地理，尤其是晚年的时候，可以在一起聊某个作品或电影，这一直是我的期待。我很欣慰你做到了，现在你每天会抄写一首雪莱的情诗放在我的桌上，或大声地读一段金斯堡的《嚎叫》给我听，你到老的时候真是越来越有趣味了。

亲爱的，我答应过你，我不会停下我的笔，不为别的，用文字书写我的心灵，即使到了天国，我也为你留下了我的芳香！

1224. 再读《百年孤独》——1999.11.25

在这世纪之末，再读加西亚·马尔克斯的《百年孤独》，到今天为止我读过已经是第三遍了。我尤其喜欢小说叙事的节奏、魔幻而又可信的情节和对时间概念的沉思，有一种超越时空的感觉，每次读都有新的发现。一个架空出来的世界，当你惊叹于它浮在半空中的虚无缥缈时，你看到了它现实残忍的一面，当你试图触摸现实的皱褶时，它绮丽的想象又凌驾于现实之上。这是往昔衰落的最后遗存，却不会彻底消亡，因为它是在自身之中无休无止地败落下去，却永远无法抵达最后的终结。以孤独为题，可是书中并不只是孤独，最后无法阻挡的颓势，就像每个故事，每件事情，每个人生。

是的，每一个人都会死亡，亲人离散，终归逃脱不了孤独的命运；每一个家族也是这样，壮大或者消失；甚至每一个星球也都逃脱不了孤独的命运。每天都有爆炸和新生，如果人这一辈子每天都好好地活在当下就是永恒了；

在马尔克斯的荡气回肠的孤独中，一个世纪很快就要结束了，结束又是一个新的开始，亲爱的，你孤独吗？有你相伴，在拉格尔的山水里，我不孤独！

1225. 人生如戏——1999.12.10

德里特镇上的剧院经常有地方戏剧的表演，大多是西班牙风格的，带有印第安原始色彩的表演也偶尔有。这些带有历史故事的表演让人觉得我们的祖先粗糙得不可思议，又让人感觉到时空的悲凉。小时候在村里看的戏现在基本上看不到了，那时候得热闹多，跟着大人鼓掌，并不真正理解其中的含意，演戏的人在赶场，看戏的人在生活中继续表演。

在人生的舞台上，我们每个人都在表演不同的角色，而且是独一无二的，挥洒着自己的喜怒哀乐，有人把精彩留给自己，有人把精彩留给历史。

亲爱的，你把精彩留给自己，也把精彩留给别人，历史可能会把你忘得一干二净，但在你有限的生命里，你常常记住了别人，也有人常常想起你，卡尔，你的人生不简单！

1226. 千年的期待？——1999.12.30

再过几个小时就要跨过一个世纪了，拉格尔山村的夜晚格外热闹，村里的年轻人聚在小广场上载歌载舞，一边歌声嘹亮，一边烟花璀璨，全然没有千年虫的困扰，世界在他们的歌舞里旋转，我和你像不速之客，加入了他们欢乐的行列。

我断想千年虫不会发生，我期待这千年虫能够演变成一股爱情的念想，爬满每个人的脑子，从此男欢女爱，不再有误会，不再有分离，不再有仇恨，不再有战争，好一个百年梦想。

千年易逝，百年梦却难圆，人间多少爱恨离愁都随时间流走，唯有那爱情像星星点缀夜空，照亮心头，亲爱的，我有一个千年的期待，下一场与你相遇在这个星球，到处充满爱，充满微笑和欢乐！

1227. 看我过去的信——2000.01.15

我现在有一个爱好就是每天下午看我们过去写的信，懒懒的阳光照在我的身上，很舒服，卡尔，你很有耐心，一个下午在院子里陪我一起看信也没有吱声，还不时给我倒杯热气腾腾的咖啡。

在懒懒的阳光下看信是一件惬意的事情，一边喝着咖啡一边品味过去的事情，仿佛时光倒流，任我采集。

“喂，亲爱的，假如时光倒流，你会爱上我吗？”我大声说，你故意装着没有听见，让我吊着嗓子重复了好几遍，然后你大声说：“除了你，没有谁会爱上我这个傻瓜！”

是的，我是一个小傻瓜爱上你这个大傻瓜，无怨无悔！

1228. 我喜欢看过去的书——2000.02.10

塞林格的《麦田的守望者》摆在我的书桌上，我很清楚书里面人物的感觉，很实际，很真实，但说真的我不喜欢那个年代：抽烟、喝酒、搞女人、性，一个丑恶的年代。

卡尔，你不喜欢我说那个年代，怕我揭你的伤疤，每当这个时候你会故意岔开这个年代的话题，哈哈，看来你很在意的，亲爱的，没关系，我不在乎那个年代你有过其他女人，我只在乎你现在对我的感受。

艾里森的《看不见的人》好像也不错，最近我喜欢看怀旧的书，喜欢重温我们那个时代，找到我们那时的感觉，是不是因为我老了呢？

“卡尔，我老了吗？”我不止一次地问你，你笑眯眯地端详我半天，故意不说话，突然蹦出一句“老了”，我狠狠地打你一拳，你马上连声说“没有，没有，和六十年前一样漂亮，真的”。

亲爱的，你越来越会逗人了！

1229. 情人节的礼物——2000.02.14

早上你递过来一个精美的长方形小包装盒，打开一看，是一支镀金的派克笔，上面刻着我的名字。你告诉我，你越来越喜欢看我的信了，觉得是一种享受，我写的信还不够多，最好是一天写一封，让你可以每天读我的信，体验文字的美妙和心灵的滋润。我知道你在夸我，不过我心里还是美滋滋的。

亲爱的，谢谢你的礼物，我愿意写下我们快乐时光留下的感受，分享生命最后阶段所带给我们的愉快体验！

1230. 我病倒了——2000.03.05

很长一段时间没有生过病，这次好像很严重，四肢无力，左边的手和脚麻木得没有什么感觉，这几个月消瘦了好多，时常感到饥饿。我很担心爸爸的糖尿病发生在我的身上，你坚持要送我去医院，检查的结果和我担心的一样，更要命的是还有轻度偏瘫，紧张加上感冒我居然病倒了。

你坚持不让凯理凯希他们回来，一个人在医院照顾我，快八十岁的人了还那么固执！你一口一口地喂我喜欢吃的玉米粥，帮我做按摩，上洗手间是一件很困难的事情，你不让护士帮忙，自己亲自在床上帮我解决。

亲爱的，我一直认为自己身体不错，现在居然轮到你照顾我了，这是我从来没有想过的事，你要照顾好自己，不要累坏了，我现在很需要你的照顾！

1231. 我永远爱你——2000.03.18

凯理和凯希回来了，不时有迈杰和妮可的电话传来，我告诉他们没事，我很快会好起来，不需要回来看我。

床头播放器里传出的惠特尼·休斯敦 *I WILL ALWAYS LOVE YOU* 动人的旋律，是你特意把录放机放在床头的，每天早上醒来，你会咬着我的耳朵说“我爱你”。

亲爱的，我也永远爱着你！

1232. 我想记录点东西——2000.04.05

手脚不灵便，躺在床上更是一件困难的事情，我迫不及待地叫你找来我的笔和笔记本，我不想停止自己的思维，不想像一个木偶似的任人摆布，然后等待死亡的降临，我的右手写字没有问题，我要记录我想说的东西或自己的感受。

你不理解我的想法，要我好好休息。

“亲爱的，我不想躺在病床上仅仅看到自己受病痛的折磨，我甚至不去想我是个病人，我只是想去感觉依赖你的乐趣，感受我与疾病抗争时内心这一刻的思想，我不能停止我的笔记，只有把它写下来，我才能感觉到自己的存在。”我急切地这样告诉你。

“你很快会好起来的，你可以重新拿起你的笔，我要你给我再写一百封情书。”你激动地说。

亲爱的，你别紧张，我的情书还没有写完，我一定会陪伴你走到最后一天，还有，卡尔，把你的摄像机摆好，我要你记录好我躺在病床上的状态，这应该是一个不错的体验！

1233. 我会很快好起来的——2000.04.23

病床上摆着加西亚·马尔克斯去年与读者告别的信，这是七十二岁的他患上淋巴癌后写的："如果有一刹那，上帝忘记我是一只布偶并赋予我片刻生命，我可能不会说出我心中的一切所想，但我必定会思考我所说的一切；我会评价事物，按其意义大小而非价值多少；我会少睡觉，多思考，因为我知道，每当我们闭上一分钟眼睛，我们也就同时失去了六十秒；当他人停滞时我会前行，当他人入梦时我会清醒，当他人讲话时我会倾听，就像享受一支美味的巧克力冰激凌！……如果上帝赏我一段生命，我会简单装束，伏在阳光下，袒露的不仅是身体，还有我的魂灵，上帝呀，如果我有一颗心，我会将仇恨写在冰上，然后期待太阳的升起；我会用凡·高的梦在星星上画一首贝内德第的诗，而塞莱特的歌将会是我献给月亮的小夜曲，我会用泪水浇灌玫瑰，以此体味花刺的痛苦和花瓣的亲吻……"美妙的文字，我情不自禁念了好几遍。

几乎与我同时代的一个老人，是多么的睿智，我很惭愧，刚刚还在为自己写字的手很吃力而焦躁不安，你在旁边不知所措，我应该感谢上帝，我还活着，至少我有半个身体是正常的，我的思维还很清晰。

亲爱的，请原谅我的焦躁不安，我还想和你一起看西山的日出，还想和你一起漫步在夕阳里，我还想拿起我的笔给你写首诗，卡尔，我不会留下你一个人看马尔克斯的《百年孤独》，我会很快好起来的！

1234. 我好像回到了婴儿期——2000.05.05

凯理和妮可又从洛杉矶回来看我来了，床头摆满了鲜花，妮可特意到图书馆帮我选了几本关于爱情的书籍和唱片，小丫头要替我洗脸、梳头，凯理要替我翻身，他们替我按摩的动作感觉怪怪的。

"还是叫卡尔来吧,他的动作是那么自然,感觉很舒服。"我说这话的时候,你笑了,此时很满意我对你的需要。

是的，亲爱的，我习惯接受你的擦洗和按摩，我会闭上眼睛陶醉在其中，有时候在睡梦中也能够感觉是你在为我翻身,我感到很安全,好像我现在又回到了婴儿期,卡尔，看不到你我会哭的。

对了，亲爱的，顺便告诉凯理他们，不要经常一起来看我，好像送别似的，我不想他们看到我颓废的神情，相信我一定会很快好起来！

1235. 听卡尔读诗是一种享受——2000.05.20

你找来惠特曼的诗读给我听，那抑扬顿挫声音特别的亲切，我似乎忘记了自己的病痛，有时候你读着读着我就睡觉了。你的嗓音有点沙哑，读到动情的时候还要干咳几声，会把我从睡梦中惊醒，你赶紧用手捂着嘴轻声地咳嗽几口，然后附在我耳边对我说“对不起”，我看见你的眼睛里红红的，脸上难掩疲倦的神情，我知道这段时间你没有睡好。

亲爱的，辛苦你了，在病床上听你读书是一种享受，真的！

1236. 卡尔哭了——2000.06.12

今天早上醒来，我告诉你我昨夜做了一个梦：我飞向了天空，去了一个陌生的地方，见到了上帝，上帝什么也没有说，转身就飘然离去……

“上帝怎么不带走我呢？”我说。

“上帝不要你，那是上帝可怜我，不允许你丢下我！”你的眼里含着泪水激动地笑着说。

亲爱的，开玩笑的，我怎么舍得丢下你一个人去极乐世界呢，真的要是见上帝去了，我也知足，因为有你爱我！

1237. 衰老的话题——2000.07.10

“亲爱的，我老了吗？”我忍不住又问起这个老话题。

“不，你越来越年轻了。”你笑着回答。

“卡尔，你逗我开心。”

“不，你真的不老，你的心态更年轻。”

“是吗？我很开心你说这句话，但我确实老了。”我无奈地说。

“你比实际的年龄年轻得多，在我的眼里你一直很年轻，和当年一样的漂亮。”卡尔补充道。

“亲爱的，我从来不忌讳对别人说自己的年龄，什么年龄做什么事情，每一个阶段有它的不同感受和理解。”

“玛利亚，你很乐观，自信，是我应该向你学习的。”你不忘赞美我。

“我对事情的发生从来不悲观，即使最糟糕的时候，我也会做自己喜欢的事情来调节好自己的情绪，比方说看书、听音乐、看电影、写信等等。”

“这是你的优点，我为你骄傲！”你接下去说：“玛利亚，你一点都不担心衰老，甚至不能行动吗？”

“不担心，担心也没有用，就像现在，我享受你给予我的点点滴滴，即使老了，我也要优雅地老去，我不想你们看到我沮丧的样子！”

1238. 我去拜访上帝了——2000.07.21

昨天早上醒来，全身无力，极度干渴，头脑很胀，左边的身体完全没有知觉，中午的时候迷迷糊糊睡了好几个小时，整个人都好像沉下去了，没有任何意识。我醒来的时候你告诉我那时的脸色好苍白，脉搏很微弱，呼唤了我好久我没有反应，担心我死去了，说这话的时候你的嘴唇在颤抖，好像很害怕的样子，医生说我的病情加重了，需要考虑手术方案。

亲爱的，你不要那么担心，我只是在睡梦中去拜访了一下上帝，上帝告诉我还没有活够，怕你孤独，要我多陪伴你几年，卡尔，我很快就会好起来的，相信我！

1239. 死亡并不可怕——2000.08.05

今天和你探讨死亡的话题，一开始你不愿意讨论，“没有关系，人总是要死的”在我的坚持下勉强同意了。

是的，生和死只不过生命中的起点和终点，谁都躲不过，关键是怎样感受生命的整个过程并知道如何享受生活，我要优雅地老去，然后平静地死亡，我见上帝的时候一定是开心的。

卡尔，你知道吗，有你在身边，死亡并不可怕，如果早早知道如何平静地面对死亡，那么接下来面对人生就不用再担心任何事情，你将会轻松地享受上帝给予你余下来的美好时光，你说对吗？

“我要体验死亡的过程，卡尔，到了最后一刻，我会告诉你我很快乐。”

你很惊讶我的说法：“想不到你的外表柔弱，内心却如此坚强，面对死亡都这么轻松。”

是的，亲爱的，因为心中有你的爱，没有遗憾！

1240. 病魔击不倒我——2000.08.16

身体好像有些好转，大出我的意料，能够在你的搀扶下在病房里来回走动，手脚开始有感觉了，知道痛，医生对我的手脚恢复得这么快大感惊讶，要知道他上周还在准备我的颅脑手术方案。

亲爱的，你说得没错，我应该很快可以拿笔给你写情书了，这一切都是因为你的力量！

1241. 我又梦见了落基山的雪——2000.8.29

亲爱的，昨天晚上我又作了一个梦，梦见落基山的雪纷纷扬扬地飘落在我的身上，雪越来越大把我掩埋了，然后，你把我从雪地扒出来，把我抱在怀里，雪化了，我在你的怀里好温暖。

卡尔，我好想再去落基山看一场雪！

1242. 最困难的事情——2000.9.10

“玛利亚，病好得这么快，没有看到过你痛苦的样子，即使不能走路的时候你也没有埋怨过，生活中好像没有什么事情可以难到你。”卡尔笑着问我。

“有。”我肯定地回答。

“那是什么？”

"说服自己是一件最困难的事情。"

"怎么说？"卡尔疑惑地问。

"生活很多的时候是一个妥协的过程，我们要的是快乐、开心，那些我认为对的道理不一定会带给我好处。卡尔，你知道的，我不轻易放弃或改变我想做的事情，但很多的时候我只能舍弃某些坚持，某些决定，比方说生病的时候我不喜欢去医院，比方说曾经不想回家乡，比方说我不喜欢邻居约克的说教等等。"

"玛利亚，你是说生活的效果比你要的道理重要，对吗？"

"卡尔，你说得没有错，不过，现在不需要说服我自己了，我想知道一切都听你的安排是什么感觉。"

"真的吗？以前都是我听你的，你会不习惯的。"你笑着说。

"这两个月来我都是听你的，我心里感觉特轻松和舒服。"

"原来你早已经说服了自己听我的了，对吗？"你哈哈大笑。

是的，我已经说服自己一切听你的，亲爱的！

1243. 出院了——2000.10.20

昨天电话里告诉了凯理和凯希我要出院了，不要他们赶回来陪伴我，那么远的路程很辛苦的，有你照顾就足够了。

卡文的车今天一大早就来到了医院门口，终于可以出院了，一路的空气真好，阳光很灿烂，看看树木的色彩，听小鸟的歌唱，我尽情地享受久违的大自然。

亲爱的卡尔，健康的身体是多么的重要，尤其是老了的时候，不要孩子们为我们忙碌，还可以互相照顾，那才是幸运和福气！

1244. 卡尔帮我洗澡——2000.10.28

每天提醒我按时吃药已成了你的工作。

左边的手脚还没有完康复，洗澡还是件困难的事，你帮我洗澡，没有难为的动作，就像两个顽童在嬉水，从来没有享受过这种感觉。卡尔，这么多年我在你面前没有完全暴露过我的身体，今天我愿意完全暴露并接受你的照顾，我乐于做你的孩童。

是的，亲爱的，老了就应该像个孩童，接受这种状态，你才不觉得老，你说是吗？如果你哪一天不能自理了，我也不会嫌弃你，一样会如此照顾你，帮你洗澡，亲近你！

1245. 我还有一颗感恩的心——2000.11.04

手上有一本霍金的《时间简史》，我的脑海里浮现霍金那依然恬静微笑着的脸庞，他用还能活动的手指，艰难地叩击键盘，于是，随着合成器发出的标准伦敦音，宽大的投影屏上缓慢而醒目地显示出如下一段文字：

我的手指还能活动

我的大脑还能思维
我有终生追求的理想
有我爱和爱我的亲人和朋友
对了，我还有一颗感恩的心……
文字是温暖的，我的眼睛不禁湿润

卡尔，刚生病的时候，我自己不能活动，每天要你抱来抱去，我表面坚强，内心却很是煎熬，甚至我总是担心自己活不过这个冬天，更不用说明年的春天了，现在看来是多余的，我的躯体又焕发了生机，我的思想还能够自由地写作。

亲爱的，如果要问我还有什么？我还有一颗感恩的心，卡尔，感恩有你的照顾，感恩有上帝的怜悯，让我还有时间陪伴你！

1246. 生命是神秘的——2000.11.15

生命是神秘的，我们有时不知道它的来路，也无法预兆它的未来。每一个生命的存在都有它存在的意义，它有时脆弱，就像薄冰那样，不堪一击，就像我的好友特伦，昨天还在电话里跟她谈论诗歌，今天就再也听不到她的声音。说它坚强，它有时就像大山那样，坚忍不拔，就像大病初愈的我，在疾病面前，我从来没有畏缩过。

感谢上帝赋予我生命的能量，一路走来，我感受无数生命的光明、纯洁、高尚和真诚，它带给我一种快乐的享受，当然我也感受过生命的黑暗、龌龊、卑鄙和虚伪，它带给我的是一种痛苦的煎熬，好在生命带给我的快乐享受远远多于痛苦的煎熬，这种快乐享受是在帮助别人和付出中真正的体验。

亲爱的，我感受最深的生命中神秘的力量，那就是对你源源不断的爱，伴着我生生不息的情，让我的生命充满激情和色彩！

1247. 享受生命中的奇迹——2000.11.28

病痛是谁也躲不过的，我曾体验过饥饿，知道享用食物是一种快乐，我曾受过冻寒之苦，知道温暖的可贵，病痛的折磨让体验到健康的重要。我对疾病的袭击和带来的疼痛没有埋怨，反而心存感激，感激病痛带给我前所未有的感受，感激病痛带给我对生命的领悟，能够这么快恢复我机体的功能，我不会忘记去享受生命中的奇迹，我还有很多的信没有写完，有很多的诗歌还没有来得及吟唱，我还想去看一次落基山的雪。

亲爱的，假如哪一天你被病痛缠上了，勇敢面对并接受它，奇迹总是会出现在你的不经意当中，生命的喜悦在你享受病痛的过程中，如果你漠视自己的生命你就会错过天堂。

卡尔，我祈祷上帝保佑你没有病痛！

1248. 生命时刻都可以重新开始——2000.12.10

惠特曼认为“死亡”不是一切的消灭，“死亡”恰好是一种属于精神的、新生命的开始，而且是一种更高的生命，我很认同惠特曼的观点。

人的一生里，“死”并非只有一次，只要你愿意，生命时刻都可以重新开始，每个人都可以随时给自己举行一个小小的葬礼，痛改前非，把握当下的时光，脱胎换骨，创造一个崭新的自己。

卡尔，在与你近六十年的相知相爱的历程中，你经历了几次生命的蜕变，每一次的改变让我感到你进步的力量和人格的升华，你的生命的轨道上充满了奇迹，与其说是你的幸运，不如说是上帝的杰作，你成就了你自己。

亲爱的，如果生命可以重新开始，我知道如何让你的生命更加灿烂，我知道如何让我们的爱情更加绚丽！

1249. 时间请慢些走——2000.12.30

新年的钟声很快就要敲响了，时间过得太快，大病初愈，一切都是那么美好，一切都让我无比留恋，上帝可能认为我的笔记还没有写完，我留下的情感还不够多，要让我活在世上再去重新认识一番这个花花世界。

窗外飘着雪花，你送的圣诞礼物还在旁边的桌子上，那是一对穿圣诞礼服的老公老婆坐在一个秋千椅上。你在旁边帮我剥蜜橘，一边喂给我吃，一边给我读惠特曼的诗歌。时间在你读书声中不知不觉中溜走，时间啊，请慢些走，让我享受这悠然的时光。

亲爱的，我还没有活够，我还没有爱够，爱你一百年太短，一万年太长，那就让我们相约下辈子再来一场爱恋！

1250. 感谢有你——2001.01.03

卡尔，新的一年又开始了，我又在回味我们过去的时光，总结我们过去十年的生活，这十年里我生活得很悠闲，很舒服，很多感慨，我细数着你带给我的东西或留给我的记忆。

亲爱的，过去的时光里你留给我的东西，不仅刻印在我的脑海里，而且忠实地记录在我的笔记里，写在我给你的信里。我不需要重新回忆或构思某个片段，包括你的身体，你的情绪，你的思想，你的照片，你的信仰，你的情感，你的精神甚至你的灵魂。卡尔，我留给你的是有痕迹的有生命的、无法复制的东西，和你在一起的日子是一段有爱情、有身体、有温度参与进来的人生，是真实的、有情感的、充实的，我们没有虚度年华。

最亲爱的，感谢上帝把你赐予我，感谢有你一路相扶，一路有你的爱！

卡尔，你现在讲故事的水平越来越高了，有时候我笑得肚子受不了，你却无动于衷，有时候要我猜结果吊我胃口半天，有时候你会故意让我生气，然后一个劲地给我道歉。

亲爱的，能够闻到你的鼻息，能够感受到你的温度，现在还可以在一起分享我们的爱情故事，我们的爱情是完整的，卡尔，我爱你！

1263. 恐怖袭击美国——2001.9.11

上午打开电视机，电视里正在播报：恐怖分子劫持的 4 架民航客机撞击美国纽约世界贸易中心和华盛顿五角大楼，画面上冒着滚滚浓烟，很多人从双子塔上跳下来，地面街道上的人们惊慌失措到处逃奔……

"哦，我的上帝，到底发生了什么呢？"我紧紧抓住你的手，我的双腿在颤抖。

"别怕，是不明身份的人在纽约发动恐怖袭击，总统正在处理。"你的双眼一边直盯着电视机，一边安慰我，我分明感觉你的手在颤动。

亲爱的，为什么恐怖分子那么残忍，要杀害那么多无辜的生命，我为跳下来的人哭泣，他们还那么年轻，将永远见不到他们的亲人，如果罪恶得不到惩罚，他们的灵魂将无法安息。

卡尔，我们能够为那些失去亲人的家庭做点什么呢？又能够为我们的国家做点什么呢？我祈祷上帝保佑我们美国，保佑我们美丽的家园！

1264. 我们该反省为什么——2001.09.18

时间已经过去一周，9·11 的恐怖画面还在刺激着我的大脑，据报道：包括纽约地标性建筑世界贸易中心双塔在内的六座建筑被完全摧毁，其他二十三座高层建筑遭到破坏，国防部总部所在地五角大楼也遭到袭击，死亡人数在不断上升，估计有上万人。我的上帝，太恐怖了，我的心在不由自主地战栗。

当我冷静下来发现：我们美国太多的强势——经济的强势、军事的强势，我们可以把萨达姆给绞死，把塔利班打散，在阿富汗和伊拉克有一个新的政权出现，但是造成恐怖主义滋生、繁衍、扩张的源头——贫穷和饥饿没有改变。

是的，对我们美国曾经引以为豪的强势要反思，包括商业的强势，文化的强势，甚至是宗教的强势。各种原因导致的冲突上升到了水火不相容的地步，我们不能假设没有 9·11，假如我们不改变这种强势的政策，这种对抗一定会再次发生，我们除了索取，要做的就是更多的帮助，毕竟我们都生活在一个地球，就好比一个富人不可能安然地生活在一堆穷人的身边。

亲爱的，生活还要继续，需要帮助和救济的事情无处不在，我们的微薄之力如杯水车薪，不管怎样，事情总是要有人去做的，包括我们！

1265. 不要把宗教当武器——2001.09.25

你每天都坐在电视机旁盯着电视里关于 9·11 的报道，废墟里还有冤死的灵魂，死亡人数还在不断的上升，人们的伤痛还在继续，报纸上电视里的报复声不绝于耳，宗教的对抗似乎成了政治家们的借口。

宗教千百年来守护着我们的灵魂，我们的信仰是用来净化心灵的，我不明白，宗教又犯了什么罪行，难道我们的先知是野蛮的、愚昧的？我知道我们的总统又要发动战争了，但请你不要以宗教的名义。

亲爱的，我们去教堂，为死去的亡灵祈祷安息，为活着的人们祈祷和平，为我们的罪过请求上帝的宽恕！

1266. 我又想起了我的父母亲——2001.10.13

我经常不由自主地走到年少时曾经居住过的家，那坐小屋早已经不复存在了，因年久失修破烂不堪，父亲去世之前把它赠送给了村里的养老院。我和我的父母在那里一起生活了二十年，直到今天我总是想起在小屋的欢笑，我经常在梦中见到他们，好像他们从未离开我。

很久以前，我就体会到了我的父母在有限的经济条件下，竭尽全力给了我，失去他们以后，我很难过，但我明白，还有很多人没有感受过这种爱，而我感受到了，想到这里，我的心情好多了。

以前很害怕死亡，很奇怪，每想起我的父母亲对我的爱，现在却没有这种感觉了。卡尔，我最亲最爱的人，在不久的将来我们可能都要离开这个世界了，不知道到时候我们的凯理和凯希会不会感受到我们对他们的爱，会不会如此想念我们！

1267. 我的遗嘱——2001.11.16

亲爱的卡尔，在经历了这一次疾病的打击和折磨之后，我深知死亡对我来说是迟早的事情，假如有一天，我提前走了，请你不要悲伤，你每天看我写给你的信就不会感到孤独，我会在天堂里保佑你的。

请把我的骨灰的一半和我的父母亲安葬在一起，我很想念他们，让我陪陪他们；另一半和你百年后的放一起，我们来生再做夫妻。

亲爱的，在我离去的日子里，如果你想念我，就给我写信，你还欠我很多信，我能收到的，永远爱你的玛利亚！

1268. 幸福的时光——2001.12.10

生命中幸福的时光似乎不可捉摸，一位哲人说：“年轻时，我认识了一个女孩子，我非常爱她，有一天，我吻了她，爱的火花在我心中绽放，当这个美丽的女孩要离开我的时候，我的心很痛，我回忆起那个幸福的时刻，我想还有很多人从来都不知道爱是什么，想到这里，我感觉好多了。”

是的，我享受到了父亲的呵护，母亲的爱，我享受了爱情的滋味，我享受了做母亲的快乐，并付出了我全部的爱，幸福的时光在不知不觉中流淌，想起这位哲人的话，我还有什么不满足的呢？

亲爱的，幸福的时光在你的眼神里，在你的每一个搀扶我的动作中，在你清晨的歌声里，在你泡的热气腾腾的咖啡里，卡尔，我常常沉浸在这种幸福的感觉当中！

1269. 情人节的礼物——2002.02.14

拉格尔村的这个冬天好像特别的冷，西山的雪没有融化的迹象，窗外的寒风在肆虐，你昨天特意帮我买了双蓝色的皮手套作为情人节的礼物。你的礼物现在越来越简单，不过我很喜欢，套在里面暖暖的。

亲爱的，这双手套让我想起了六十年前有一次去爬落基山，那次没有戴手套，我的手冻得通红，你把我的双手放在你的绵衣里，把我紧紧地抱着，不让风吹着我的脸，那一刻，我知道，我一生要找的人就是你。

卡尔，我好想在这风雪中让你再陪我走走，就在家门口，有你，我不怕寒冷！

1270. 我们拥有的够多了——2002.03.14

电视里在报道有人去了北极，他们在猎杀那里的北极熊，不知道他们的目的是为了什么。他们拥有飞机，游艇，什么都不缺，除了人性的贪婪以及变态地寻找自己的快乐之外，没有其他理由可以解释。

卡尔，我为我们所拥有的一切感到骄傲，由于你的努力，我们的家庭富足无忧，我们的孩子们也不缺任何物质上的东西，他们想要的都可以轻松得到，上帝让我们拥有的够多的了，如果我还想要更多东西的话，那我就太自私了，我已经拥有一个人一生所需要的一切，包括爱情、家庭、健康、财富，甚至更多。

亲爱的，珠宝首饰，钻石，古董，高级香水或化妆品，对我们来说一无用处，我们把能够送人的都送出去，留给他们一个想念，如果上帝一定要我留下最后的宝物，那么现在我只需要留下你就够了！

1271. 生活本来是简单的——2002.04.08

一日三餐，吃的越来越少，每天散步，看看夕阳，和乡村们聊聊天，然后看看书，听听音乐，偶尔看看电视，别无他求，生活就这么简单。年轻的时候梦想的汽车、别墅、珠宝如过眼云烟，无足轻重。

是的，我们可以用最简单的方式来看待生活，就像门口这两只正在嬉戏的鸽子，它们需要什么？除了眼前的食物，和我们一样，其他什么也不需要，我感谢上帝对我们的慷慨，卡尔，我知道你也会这样想的。

亲爱的，我们年轻的时候很在意的东西，包括名誉、地位，我们为它喜怒哀乐，甚至为它拼命努力，现在看来真是可笑，原本归来又还去，大概这就是人生，只有爱情，留给我们的味道更香醇，品起来还真不简单！

1272. 感知肉体的变化是愉快的——2002.04.26

糖尿病的折磨有点烦人，每天需要定时打针吃药，这些已经成了你每天的任务。本来可以让村里的医生每天过来帮我打针，你坚持不让。身体的消瘦显而易见，我的身体苗条了很多，原来担心老了以后会走不动，现在走路反倒很轻松，这是令我高兴的事儿。

养老院里有好几个老人得了帕金森氏病，整天坐在那里除了发呆就是发呆，甚是可怜，我很担心这种痴呆的状况发生在我的身上，我不能停止思想，我要写信，我要每天感觉自己的存在，我享受着打针带来的疼痛和吃药的苦涩，身体的消瘦让我感知自己肉体的变化，这种感知是愉快的。

亲爱的，我无时不在感受你细心的照顾，卡尔，有你真好，我们要活够一百年！

1273. 爱的秘密——2002.05.05

卡尔，我们在茫茫人海中相识、相爱，手牵着手一道走过了六十年的风雨历程，有朋友经常问我们相爱的秘密，你总是笑而不答，然后把回答的话题丢给了我，我认为最大的秘密是我们相互欣赏。

是的，我深深知道每一个人都是上帝的杰作，我们每一个人都是这个世界独一无二的，不论他以何种方式生存在这个世界，他一定会以他最好的状态展现在这个世界。

卡尔，你也不例外，我总是相信你会给我们最好的，是爱的力量，这种爱包括我对你的欣赏，不论何时，即使在你最失落的时候，我都相信你是最棒的，你一定会成功，一定会带给我和孩子们幸福，事实上，卡尔你做到了。

亲爱的，谢谢你对我无微不至的呵护和爱惜，包括我的手、我的身体、我的容颜、我的作品、我的思想，卡尔，是你的欣赏让我让对自己充满自信和骄傲！

1274. 你是我的太阳——2002.05.20

人老了，当所有的爱恋归于平静，当所有的追求变成回忆，再想起那似水年华：年轻的时候爱情是热烈的，爱情在每个星星的夜晚眨着眼睛，填满了想象的空间，迷恋那份真切的缠绵；然后人到了中年，爱情像月亮挂在枝头，慢慢爬上群山，藏起了脸，捉摸不定，所有的情感变成细流，滋润着枯燥的日子，尽管拼命地往自己的脸上抹上粉彩，我还是逃不过衰老；晚年的时候，如果还有一颗不老的心，偶尔寻找那藏在心底的往事，再放一段过去的情歌，爱情就像太阳，人一下子变得亮光，美丑已经不重要，得失与自己无关，天边的晚霞跟着你脸红。

亲爱的，我现在不用去翻阅陈年往事，感受那如歌的岁月，我心中的暖流依然涌动，如春天的雨，夏天的风，卡尔，你是我的太阳！

1275. 免费的午餐——2002.06.03

庄园里的收成年年有余，除了部分食物分给村民以外，还有相当的粮食蔬菜水果吃不完，我为多余的食物发愁，你决定给村里的养老院提供免费午餐，帮助改善他们的生活。

亲爱的，你的主意不错，与别人分享你的劳动成果也是一件快乐的事情，明天开始我和你一起去，顺便带上几本书给他们看看，直到把我书架上的书送完！

1276. 有你真好——2002.07.05

去养老院送食物是我和你每天的工作。今天看到有一大一小两个男人送水果给莫尼卡，年纪大一点的是她的儿子，年轻的是她的孙子，昨天从迈阿密赶回来为她过生日，今天坐不到一会儿又要走了，没有太多的话语，连送别也只是轻轻地挥一挥手，莫尼卡送走他们，转过头一个人坐在床边偷偷地抹着眼泪。

年轻的时候在洛杉矶的老人院里看到老人们好像很开心，他们的儿孙周末的时候都会来看他们，今天当我坐在村里养老院的床上，看着莫尼卡佝偻的背影，我第一次感受到这种孤独和悲凉。

同年龄的朋友一个个离去，如果没有老伴在左右，即使有儿孙孝顺，却远在天边，活一百岁也没有多大的意思。

亲爱的，有你真好，你可不能先我而去，我怕自己孤独，找不到来去的路，你在天堂等我会很辛苦！

1277. 我的信仰——2002.08.15

读我写的信或笔记，我自己都不得不惊讶，我有那么多的见解和主张，似乎是上帝之手在指引我如何做。事实上，我全部信念和力量来自我不断的阅读，有两点是我始终坚持的：第一，任何时候保持善良的本性；第二，帮助别人是快乐的——这是我的信仰。当然还有一点我要告诉我的朋友和孩子们，那就是相信爱情——这是我信仰的种子。

亲爱的，是你让我享受了爱情的滋味，是你让我的信仰如此坚定，卡尔，我对你的爱一如当年，一百年不变！

1278. 我们能够留下什么——2002.09.16

卡尔，我一直在想一个问题，我们百年之后能够留下什么呢？我在细数我们能够留下来的东西：金钱、别墅、钻石、项链、戒指等等，这些东西对孩子们来说没有生命，也没有多少价值，如果真的要留，我认为只有我六十年来写给你的信，还有你三十年来拍摄的照片，这些是你我生命里最珍贵的东西，记录和承载了我们全部的情感和时光，我不知道孩子们是否喜欢这些东西。

还有，亲爱的，你要告诉孩子们在我们百年之后，把卡玛基金继续发扬下去，这是他们服务和奉献这个社会的最好礼物，上帝会帮助他们的，我们也会在天堂里保佑他们！

1279. 卡尔八十岁生日——2002.10.02

今天是你八十岁生日，孩子们都回来了，乡亲们都来了，让你意外的是，现在是一家公司的董事长的特森先生，老朋友库克先生的儿子沃里顿一家，还有高斯先生带着他的孙子，都不远千里从洛杉矶赶来祝贺你的生日。他们一个个向你敬酒，你高兴得像个孩子，即兴唱起家乡的民歌，边走边唱，边唱边向乡亲们和客人敬酒，那样子好可爱。

送走了所有的客人，你醉了，躺在床上的时候手还在打着节拍。

儿孙们在院子里嬉闹，惠特尼·休斯敦 *I WILL ALWAYS LOVE YOU* 在客厅里响起，多么熟悉动人的旋律，是的，亲爱的，我爱你，永远！

1280. 人生得意只不过如此——2002.11.26

今年的火鸡是自己养的，又大又肥，你照例杀了一只火鸡，然后请乡亲们一起来我家过感恩节——这是你的主意，自从我们回到家乡，还没有好好地请乡亲们聚在一起喝喝酒，跳跳舞，我们趁这个机会好好地感谢他们对我们的照顾和帮助。

意想不到的是，乡亲们都带来了他们的礼物，有人拿的是葡萄酒，有人拿来新鲜的水果，有人拿的是玉米煎饼，有的是牛肉卷，有的是香槟等等，我们的园子里挤满了人，你兴奋得弹起了吉他，跳起了舞蹈。

亲爱的，能够和乡亲们在一起分享你的喜悦，人生得意只不过如此，年轻时候追逐的名利如同草芥，不值得一谈，是的，我们应该感恩乡亲们，有他们的照顾，我们不寂寞！

1281.2012 年的话题——2002.12.21

你最近在看阿斯图里亚斯的《危地马拉的传说》：早在四千年前危地马拉的玛雅人就创造出惊人的文明，其繁荣持续到十世纪，至今仍能看到古老的石刻和伟大的蒂卡尔（最后一座被征服的玛雅城市）遗存。2012 末日预言据说就出自危地马拉高地上的德累斯顿刻本，网传各个国家正准备制造“诺亚方舟”。

“世界末日，玛利亚，你担心吗？”你小声地问我。

“担心什么呢？”我反问。

“一切都没有了，想起来有点恐惧。”

“到了那一天，你我都可能不在世上了。”我笑着说。

“我替凯理迈克他们担心，还有那些没有谈过恋爱的年轻人。”

“还没有谈过恋爱就遇到世界末日，那是一件遗憾的事，不过，在墨西哥及南美，玛雅文明还在持续，在他们的歌声里可听，食品里可尝，舞蹈里可见，他们的生活丝毫未受影响，卡尔，你不用担心，上帝会帮助他们安排好一切的。”

“是吗？我不相信上帝，我相信我自己。”

“这就对了，相信你自己，不要去考虑太多的事情，快乐地过好每一天是最重要的。”亲爱的，能够在这个世界末日来临之前与你相爱一生，我死而无憾！

1282. 现代文明病的对话——2002.12.28

“玛利亚，有时候我们没有办法快乐起来，恐怖主义、战争、邪教、毒品、饥饿、洪水、干旱、暴风雪、地震等各种信息出现在眼前，我的大脑无法回避这些痛苦。”

“卡尔，难得你对这个世界充满怜悯，最好的方式是关掉你的电脑和电视，不看报纸，你会觉得清净很多，你的内心会少了很多的声音，你会快乐很多。”

“玛利亚，难怪你最近都不看电脑和电视了，这样你是不是很开心？”

“是的，我有权利选择我的行为方式，拒绝那些信息的干扰。”

“你认为太多的信息会带来不快乐？”

“我认为是这样的，以前我们没有电视，没有互联网，没有手机，村民们比现在快乐得多。”

“你说的有道理，信息会带来很多的欲望，可这些跟世界末日年有什么关系？”

“我认为这是一种现代文明病，是现代人精神空虚的表现，是他们中某些人对自己的现状、对社会、对世界的不满表现的一种宣泄，唯有毁灭世界他们心理才平衡，这种歇斯底里的极端心态转化成一种社会情绪，是他们表达的一种消极方式。”

“玛利亚，你懂的真多，我们开心就好”你不忘赞赏我。

亲爱的，就算是 2012 今天来了，我也不害怕，因为我爱过，快乐过，如果能够和你同一天见上帝，我觉得也是一件完美的事情！

1283. 焦虑症越来越多——2003.01.05

听凯理说，孙子迈克的工作不太顺利，最近休闲在家，晚上失眠很严重，好像得了什么焦虑症。你不太明白现在的年轻人怎么那么多毛病，坐在椅子上皱着眉直摇头。

现代人压力巨大，容易焦虑。从 9·11 到伊拉克战争，再到阿富汗战争，年轻人从恐惧到无所适从再到反叛，宗教的盲目与混乱，引发焦虑症是很正常的，难怪最近的精神类药物 XANAX 大受欢迎。人们热衷使用药物解决问题，又一种时代病，现代的人多是精神方面的疾病，看来贫穷不是疾病的根源，城市化和现代化无法解决人精神方面的问题。

卡尔，告诉迈克，别依赖药物，或者要他来拉格尔村，和你一起种地、喂牛，这里可是一个让人彻底放松的地方。

亲爱的，我们在日子里慢慢老去，你在焦虑迈克的病吗？不，卡尔，我们没有必要去焦虑，年轻人自有他们的生活方式，每个时代都有它的经历，我们过好每一天，这里的夕阳很美！

1284. 滋润的十年——2003.01.19

这几天我和你又在回味我们过去十的生活片段。电脑里存储的影像资料一一展开：有我们告别洛杉矶的晚宴，有卡玛爱心基金会成立的情景，有我们去中国在苗寨举办的婚礼，有我们一起坐火车回家乡，有你在农场里劳动的，有我们一起爬西山的，有你给村里年轻人上课的，有我们重新寻找新墨西哥足迹的，有我躺在病床上的，当然还有你优美的睡姿和动听的鼾声……我们一边看一边笑一边流泪，看了一遍又一遍，那是我们会心的笑声，感动的泪水。

是的，老了就活在回忆里，现在没有比这影像更能够使我们感动的了，我们在感动里年轻，这是我们悠闲的十年、滋润的十年，亲爱的，任时间老去，我爱你的心不会老!

1285. 活着是为了讲述生活——2003.02.01

手里捧着加西亚·马尔克斯写的自传《活着为了讲述生活》。他在书中回忆了自己青少年时期的生活，该书写道：1952年3月初，25岁的作家马尔克斯同母亲一道去老家变卖外祖父母的宅院，这次故乡之行激发了他继续旅行的欲望，他要寻根，要回到外祖父母的出生地去，因为早在他出生前十九年的一九〇八年十月十九日，他外祖父与一个朋友决斗，这次决斗改变了这个家庭的生活轨迹，从而也预先决定了他本人的人生命运和文学命运。

本书详尽讲述了马尔克斯的生活背景、文学训练、创作实践及社会活动，我终于知道能写出《百年孤独》一书的人有着怎样的历史、文化及人文环境，读完这本书的时候，我突然明白生活并非一个人的经历，而是他的记忆，为了讲述生活的记忆。

讲述生活的记忆是需要情感的，饱满的情感会让你的记忆鲜活起来，马尔克斯也一定是个热爱生活的人，亲爱的，如果你来讲述，我帮你写一本自传，一定不错！

1286. 母亲的记忆——2003.02.05

加西亚·马尔克斯写的自传《活着为了讲述生活》有这样一段描述："母亲叫我陪她去卖房子，她蹑手蹑脚地绕过书桌，来到我的身边，她看着我，笑容黠慧，那是她美丽时光的见证，没等我作出反应，她开腔说：我是你妈……"看着这段文字，我不禁失笑，又让我想起了小时候贪玩时我母亲的声音："快去做作业，不然去地里劳动"，我赶紧跑到房间里装模作样地看起书来。

母亲已经离开我二十三年了，我对母亲的记忆是清晰的，一直到幼小的童年，母亲的爱总是用她简单直白的方式来表达。小时候不懂事，有时心生怨恨，以致认为母亲是一个没有文化的“粗人”，我后来从父亲的嘴里才知道，母亲的爷爷是贵族，只是到我外公手里没落了，母亲参加乡村的劳动是嫁给我父亲以后的事情，难怪做起来笨手笨脚，却从来没有怨言，想来真是惭愧，我知道母亲和天下的母亲一样是爱我的，我很想念她。

情感是需要有一种适当的方式来表达的，也需要一种时空来理解，亲爱的，我表达我情感的方式是书信，该说的和不该说的，不管你喜欢还是不喜欢，我都已经写了，我所有的记述都是源于年少时的那个“爱”字，既美好又充满力量。

卡尔，我相信你能够理解我的全部！

1287. 情人节的礼物——2003.02.14

你今天送我一张大照片，这是我们当年结婚时的照片，我大大的眼睛，甜蜜的笑容，依偎在你的身旁。这张照片是你上个星期请人翻拍制作的，现代的制作技术真的有点神奇，这么久远的照片竟然完全复活，而且比以前更漂亮了，我凝视了良久，不由得感叹青春年华到银发老年，时光就在这张照片里流过。

亲爱的，消逝的是我们的青春和年华，不老的是你那一份心，依然保存那份真情，卡尔，你是我的宝贝！

1288. 生命像一条河流——2003.03.06

少女时代，对于生命的理解都太过简单，不会思考自己的命运，只会做梦，单纯地去看日出日落，听那些让人感动的歌谣，想象着男女同学的关系，单纯的接受爱与被爱的感觉，少年像一条透明无畏的小溪流。

接下来的恋爱更是疯狂，这个世界只剩下爱情，那个时候喜欢惠特曼，感觉自己很浪漫，那一段的时光，是最为美好的，生命像门前这条小河那么清澈动人。

然后结婚生子，没有用心或认真做一些事情，拼命地追赶所有的一切，留下累累伤痕，不知是从什么时候起，我才想起这些生命里的不堪，像掉进一条不知名的河流里随波逐流，没有方向。

不觉已人到中年，在一条汹涌的大河里努力拼搏，还没有来得及思考人生，又到了老年，没有多少时光可以用来怀念，让自己沉浸在时光可以搁浅的地方。时间像这条永不停息的河流一下就流过去了，如今站在这河流的终点，风平浪静，涛声回响像悠扬的钟声，豪情不再，荡漾在心中的只剩下那一份感叹，波澜不惊的平静又让我对生命自身是如此痴迷。

亲爱的，你的河流是雄壮的，在你河流流过的地方留下一路号角，至今可以听得见它的回响，卡尔，我是你河流里的一条鱼，每时每刻都感受到你的激情和温度！

1289. 辛波丝卡的墓志铭——2003.04.19

我很喜欢波兰诗人辛波丝卡，在许多貌似正常的问题上，她会窥见别人看不见的黑洞，如《巨大的数目》、《一见钟情》、《和石头交谈》等很容易让人记住和理解。我惊讶的是一个与我同时代的女人能有如此深刻的洞察力，让我不解的是这么一个有才华的诗人却躲在生活的背后，在自己的诗歌里静默，她有过两次婚姻，却很少见她把爱情写进诗歌里。

她的《墓志铭》我印象深刻："在此长眠着一个旧派的女人，她是几首诗歌的作者，大地赐予她永久的安息……"

我没有留下伟大的事业，我不是诗人，没有脍炙人口的诗篇，亲爱的，假如哪一天我先你而去，我一个平凡的主妇，难道只留下我空空的墓碑对着空旷的天空吗？对我的一生好像有点残忍。卡尔，假如是你帮我写，又会是怎样的呢？我真的很想知道！

1290. 我的墓志铭——2003.05.21

"卡尔，假如哪一天我先你而去，你将在我的墓碑上刻下什么？"我忍不住问你这个缠绕了我十多天的问题。

"什么，你再说一遍……我还没有想过。"卡尔放下手中的书。

"你好好想想，我想知道！"我鼓动着你。

"我永远的妻子。怎样？"

"这么简单！"

"一生追求爱情的人。"

"不错，我喜欢，有点夸张。"

"我脑袋里没有词儿了，让我想好再告诉你。"你摸着脑袋有点为难的样子。

卡尔，不为难你了，我早已经给自己写好："一个生活在爱情里的女人，卡尔的情人"。

"情人？为什么不是妻子？"你大惑不解。

"亲爱的，这是为了留给后人寻找答案的空间，这样他们会继续想起我和你的故事。"我自私地回答！

1291. 德比死了——2003.06.04

德比上周五死了。星期四还在我家和你谈笑风生，甚至谈论死的问题是那么轻松，想不到晚上就这样悄无声息地去了。昨天是他的葬礼，他的妻子海伦完全的苍老，头发一下子全白了，要靠人搀扶着行走。看着她，不觉心一紧悲凉起来，我好伤心难过，好在你在我的身边，我没有让别人感觉我此时的弱不禁风。

事实上，今年已经是第四次参加村里老人的葬礼了，一曲哀乐，一支白花，一抔黄土，一个人就这样悄悄地离开了人世，尽管我不怕死，但看到身边的朋友一个个离去，我感觉死亡的脚步近了。

亲爱的，繁华终会褪尽，硝烟终会散去，春去秋来，六十年的爱恋终归草木，我无比留恋这块土地和这个世界，更留恋这人世间生死不忘的爱情，卡尔，我爱你！

1292. 如果我死了——2003.06.25

亲爱的，如果我死了，
我将乘风归去，带着微笑
我会乞求上帝的恩准，
允许我在去天堂的路上等你，
我要在你来时的路上
布满鲜花美酒
迎接你时充满诗情画意
然后写好下一个百年的约定
遗落人间
亲爱的，如果你失约
我会等上你一千年一万年！

1293. 假如今天是我生命中的最后一天——2003.07.12

夕阳西下，无限美好，人总有要离开的时候。

亲爱的，假如今天是我生命中的最后一天：清早起来，倒两杯现磨的咖啡，一边看着你品味的样子，一边闻着它的香气，我要念一首诗给你听——关于我们俩的，然后你开车带我去镇上看一场电影，顺便到德里特中学的操场上转一圈，到卡玛书店闻一闻书香，回来的时候，我要拉着你的手，一步一步从村口走到门前的那条小河，看看这些熟悉又亲切的景色，再一次遥望一下远处的落基山，如果有可能和你跳一曲探戈，吃一顿你做的牛排，最后在你的吉他声里睡去。

亲爱的，我的要求是不是太多了，事实上自从三年前那一场大病开始，我就把每天当做是生命中的最后一天，我每一天都在享受你带给我的快乐和幸福的时光，卡尔，其实我只有一个小小的要求，就是我离去的时候，你在我的身边！

1294. 人生如梦——2003.08.23

卡尔，昨天晚上我做了一个梦，我的人生就好像是放映电影一样在我的脑海里一幕一幕地显现出来，从我们认识到相爱到结婚生子，再到加州生活的点点滴滴，甚至你在矿山打架的情景都闪过，一直到我们回到拉格尔村，影像一路很清晰。我还梦见了我的爸爸妈妈，他们告诉我：“你和卡尔认识是上帝安排的，我们的祖先很多年前就认识了”。当我醒来的时候，我全身软绵绵的，大脑里一片雪花，很奇怪，以前做过很多的梦，梦中的影像都是片段的，这次却那么完整。

卡尔，大概是上帝快要我去见他了，或许是我的爸爸妈妈想我了，如果真是这样，亲爱的，没有关系，我在这世上得到了我爸爸妈妈的爱，我享受了对你的爱情和你的爱，我的爱同样给了我们的孩子，得到了做母亲的快乐，人生如梦，我愿在梦中归去！

1295. 我唯一的遗憾——2003.09.21

三十四年前那次意外流产的痛苦一直伴随着我，我曾努力去忘记，但它时不时出现在我的脑海里挥之不去。假如那个孩子还在，今年应该有三十四岁了，每当想起这个孩子的意外，我的心很痛，这也是我这一辈子无法弥补的遗憾。

亲爱的，你想他吗？我去天堂的时候我一定要找到他，我要给予他我全部的爱！

1296.《真爱至上》——2003.10.22

电影《真爱至上》讲述了休·格兰特与他的朋友之间保持着千丝万缕的关系，上演了一幕幕爱情的悲喜剧，他们讲各自的感情，让我感动的是那段“白板告白”，如果在年轻的时候我一定会哭出来，当最后音乐声响起的时候，我的心中涌动着暖流，我喜欢这部电影。

是的，在茫茫人海中，要找到一个真爱自己的人不容易，更多的人只是在游戏人生，很多的时候，上帝又无法借你一双智慧的眼睛，要自己真爱别人又是一件多么的困难的事情。

亲爱的，我很幸运，和你相爱的六十年里，我们无须再各自告白，在我们房间的每一个角落，在旅行的路上，在散步的夕阳里，在你无声的眼神和爱抚里，我能够感受你真切的情感和爱恋，你真实地存在于我的身体里，我的脑海，我的梦中。

亲爱的，爱你无怨无悔！

1297. 西山的枫叶红了——2003.11.18

西山的枫叶今年红得特别的快，月初的时候望过去还斑斓点点，今天早上推开卧室的窗户一眼望过去，红红的一片，煞是好看，我连忙把你叫过来，我们决定上午一起去西山采枫叶。

西山不远，三英里的路程，我一路很兴奋，好像那里藏着我们什么秘密似的。是的，那里是我们当年恋爱约会的地方，卡尔你在那里第一次亲了我。这里的枫树比原来大多了，片片枫叶在风中招展，好像在向它的老朋友打招呼，我们在枫树下坐立良久，回家的时候，手里有一把拾起的枫叶。

亲爱的，枫叶红了，好像你的人生，色彩斑斓，令人赏心悦目，它传达的情意，都张扬在脸上，不需要思索，你就可以体会到它的韵味，就像我现在看你一样！

1298. 我好喜欢回忆——2003.11.23

回忆过去的事情成了我和你每天的话题，尽管大多是陈年旧事，我们还是津津乐道。你把照片翻来覆去看了好几遍，里面的故事更是重复讲了好几遍，我不用听就能知道你下一句要讲什么了，好几次我接过你的话题把下面的故事讲完，我们笑得前俯后仰，我们的眼角含着泪花，你总是在感叹没有留下多少精彩的故事，如果有可能回到过去，应该多做点有意义的事情。

我拿着自己写的信，很多的时候都不相信这是我自己写的，跟随时间的记忆，我发觉我的思路还是那么清晰。你看我的信比看你的照片认真多了。

亲爱的，你的记忆力不错，对着照片还能够讲出那么多过去的故事真的不容易，我不知道人老的时候是不是都活在回忆之中，卡尔，我认为我们留下的记忆是丰富的，我们走过的人生是甜蜜的，卡尔，因为有你，我们的故事才精彩！

1299. 经历是最重要的——2003.12.05

这几天我在盘点和总结我的人生，发觉人的一生在有限的时间里，真正属于自己快乐的日子不多，做社会工作或志愿者的那段日子是我终生难忘的，这段时间里我还参加了诗友会，成立了流浪者之家，这是我融入社会，服务他人最重要的一段人生经历。当然和你一起旅游于世界各地的经历也是一笔可贵的财富，正因为有这些有意义的经历组成了一连串的故事，完整和丰富我的人生，想起这些，我觉得自己没有白活，我是快乐的。

是的，值得我们记忆的事情很多，影像可以唤起回忆，然而永不褪色的在你心里，那些曾经经历过的往事，悄然无声地刻在生命的轨迹上，无法否认，也无法抹去。

亲爱的，生命是属于自己的，也是属于他人的，但经历一定是自己的，你说对吗？人生最重要的是珍惜你的过程，而不是等待一个结果，卡尔，你的经历决定了你的人生过程是丰富的，你的生命是灿烂的，至于接下来的评价或结果，对我们来说已经并不重要！

1300. 窗外的雪——2003.12.19

窗外下着雪，室内温暖如春，我坐在书桌前，抬头向西山望去，一个黑点出现在我的眼前，越来越近，仔细一看，原来是你从养老院回来。我轻轻地帮你拍落身上雪花，然后坐在壁炉前，你一手拿着一杯我递过去的红酒，一边翻动着那本厚厚的《圣经》，红红的火焰映照在你开心的脸上，我仿佛听到你在说："这里真舒服"！

我依稀记得六十二年前的那个寒冷的冬天，那个瑟瑟发抖的少年卡尔扛着一袋马铃薯，走在这雪地里，也是从这个方向的窗外走进我的眼里，然后一步一步地走进我的心里，想到这里，我不由自主地在你的额头轻轻吻了一下。

亲爱的，岁月留下的痕迹清晰可见，一路走来，你的脚步越来越稳健，你的目光越来越深情，这么多年过去了，那个扛着马铃薯的少年一直行走在我的心里，到现在都没有走出来！

1301. 平安夜的钟声——2003.12.24

平安夜的教堂格外安静，满是慈爱怜悯的上帝，我今天又来到了你的面前，我向你举起我的手，也敞开我虔诚的心，事实上这么多年来我一直是这样做的。我要谢谢你！谢谢你赐给我的一切。我感谢赞美您，您创造了天地万物，也创造了生命，您已经赐予我足够的天赋和才能，给予我思想，是您开启我的智慧，为我指点迷津，照亮我人生的道路，感谢您让卡尔发挥出他最大的潜能，抵制住了种种世间的诱惑和攻击，活出了喜悦的生命，让我们在今生得到平安和丰盛。

午夜的钟声已经敲响，清脆的钟声响亮在我的脑际，我亲爱的上帝，我知道是你的召唤，我承认我是有限的人，我是有罪的人，谢谢你愿意接纳我，赦免我一切的罪，让我在即将通往天堂的路上，我的心灵与你同在，请把你天上的平安和福分赐给卡尔及我们的后代，从今晚直到永远。

亲爱的，我的祈祷已经全部交付给了上帝，我已经没有任何的牵挂，我随时准备迎接死神的到来，我将珍惜与你在一起的每一分钟，感受人世间你最温暖的爱和情，卡尔，上帝永远与你同在！

1302. 新年的愿望——2004.01.01

卡尔，再有不到三个月就是我们结婚六十周年的日子，到了那一天，我不要你的礼物，但我有一个特别的愿望，那就是最后一次穿上婚纱做你的不老的新娘，我要在我们年老的时候留下我最美的时刻，我这一辈子死而无憾了！

亲爱的，这是你六十年前欠我的，我一直认为穿着婚纱的女人是最美的，每次结婚纪念日，我都在幻想穿着婚纱等你的样子，有好几次梦里我穿着婚纱在拼命地追赶你，你在我的梦里跑了，当我醒来的时候，我哭了，不过这一次你肯定跑不掉了。

卡尔，我永远是你的新娘！

1303. 电影《冷山》有点冷——2004.01.24

电影《冷山》故事发生在美国南北内战的时候，年轻漂亮的姑娘艾达是当地山区传教士的女儿，她在一次聚会中与英曼产生恋情。内战爆发后，英曼被迫参战，艾达的父亲离开人世，柔弱的艾达面对被生活无情抛弃的痛苦，只能把一切希望寄托在等待战争结束，英曼能够回到自己的身边。艾达渐渐学会了与周围艰难环境抗争，发誓要重建家园，等待英曼的归来。连年的战争令英曼疲惫不堪，身受重伤备受折磨的英曼感到自己的生命所剩无多，毅然决定拖着病弱的身体逃离部队，想赶回千里迢迢遥远偏僻的故乡冷山，只为了见上心爱的爱人艾达。一路长途跋涉憔悴不堪的英曼，每每只能遥望家乡那座冷山，回想家乡思念妻子，期待重逢的那一刻……

故事把我们带回年轻的时候，艾达仿佛就是当年的我，你变成了英曼，那种思念，那种期待在我的记忆里刻骨铭心。

电影院里有很多年轻的情侣，他们旁若无人地拥抱着、谈笑着，好像故事跟他们无关，年轻人永远无法理解这其中的感觉，心中不免有些寒意。

外面依然很寒冷，你帮我整了整围巾，亲爱的，战争不属于我们，我们不再需要期待重逢的那一刻，我们永远在一起，我期望战争也永远不要属于这些年轻人！

1304. 情人节的礼物——2004.02.14

你今天送给我一条产自中国的围巾，红的颜色和六十年前的一样，只是今天的材质有点不同，手感更加舒服，上面有中国龙和凤凰的精美图案，你把它轻轻围在我的脖子上，柔柔的，暖暖的，我好喜欢这条围巾。

是的，你当年送给我的那条红色的围巾，我保存了六十年，现在已经完全褪色了，只能保存在我的柜子里了，亲爱的，我们的爱情没有因为岁月的冲洗而褪色，卡尔，谢谢你的礼物！

1305. 礼物清单——2004.2.25

亲爱的，我决定把你送给我的礼物全部整理出来放在我书房的柜子里，包括戒指、手链、钻石、手表、钢笔、胸针、紫贝壳、围巾、电影票等等，总共169件。每一件礼物我都知道是你在哪个是情人节送给我的，或是我的生日，或是去什么地方旅游的时候买给我的，看着这么多的礼物，我都感到惊讶，当然还有鲜花、巧克力、蛋糕及衣裙等，那些我只能存储在我的记忆里了。

卡尔，我还是最喜欢你当初送给我的那条红色的围巾，每次搬家我都没有忘记把它带上，我把它放在衣柜的顶层，每当我心情不好的时候，我会把它拿出来看看，晒晒太阳，这么多年过去了，它一直飘动在我的记忆里，尽管它已经褪色，我把它完整地保存着，包括我的情感。人很奇怪，你最喜欢的不一定是昂贵的东西。

是的，没有被赋予情感的东西是没有意义的，没有价值的，亲爱的，你是上帝送给我的最好的礼物，尽管你不完美，出身并不高贵，但我对你倾注了我全部的情感，你才是我最爱的人！

1306. 我们都赢了——2004.03.06

清晨，天色微亮，鸟儿清脆的叫声在窗外叽叽喳喳，我把手放在胸口，我还活着——这是一件值得高兴的事情，多么美好的一天又要开始了！

我赶紧把你叫醒，一夜春风，院子里的花儿又开了不少，西山的树木一片新绿，新鲜的空气沁人心肺，明媚的春天就在眼前，我不知道我能不能看到明年的春天。

对生与死的感觉就是这样的微妙，上帝在人的生与死之间设置了一个爱情的游戏，让我去仔细品尝其中的滋味，亲爱的，我赢了，赢得了一个女人应有的爱情、婚姻、家庭，还有你全部的爱，卡尔，你也赢了，赢得了财富、健康和我全部的爱恋，我们都赢了！

1307. 钻石婚礼——2004.03.23

今天是我和你结婚六十周年的日子，凯理凯希执意要为我们举办婚礼，摄影师已经摆好了摄像机，我穿上盼望已久的婚纱。你像个老小孩儿一个劲地高兴说：“玛利亚，你好漂亮”，我老太婆了，漂亮吗？尽管如此，我很高兴听到你的赞美，我甚至在怀疑我三个月前的愿望是不是他们早已经设计好了的圈套。

孙子、外孙们都回来了，我数不过来，家里好不热闹，几十年来，卡尔，你知道我就喜欢这种场面——亲切、温馨、热闹，尤其是这几年，你每到节日或我们的结婚纪念日，不停地打电话给远方的儿子、女儿及孙子和外孙们，问他们什么时候回来看我们，我们就是喜欢热闹的感觉。

亲爱的，是不是我们老了，很害怕突然有一天见不到他们了？是的，我们老了，六十年来我期望的就是这样的场景，和我六十年前想象的一样。

卡尔，嫁给你，我从来没有后悔过！

1308. 看看儿孙们的照片很快乐——2004.03.30

你在摆弄手中的照片，很认真地看着，我已经记不清楚这是你第几次把你的相册搬出来了，你不停地招呼我过来看看：“这是凯理三岁的时候，凯理初中毕业照，凯理当兵的照片，凯理和他的女朋友丽塔，那张是凯希五岁的照片，凯希和她的法国丈夫斯宾，凯希和我们在巴黎塞纳河畔，这是孙子迈克二岁的时候的照片，很像他爸爸凯理，那是妮可四岁在幼儿园的照片，妮可和她的中国丈夫周伟，孙子迈克和他的日本女朋友菜子，莎米领养的越南女孩阮蓝，外孙西蒙和他的韩国女朋友金叶儿，外孙女露西和她的瑞士男朋友……”

亲爱的，看着你看照片笑呵呵的样子，不知道你有多可爱，是的，我和你一样，此时内心充满了快乐，卡尔，和你一起分享这天伦之乐，还有什么比这更有成就的呢？至少这一辈子我很满足！

1309. 我懂了——2004.04.09

在人生的历程中，我们有机会服务社会，帮助他人，我懂了，帮助他人就是成就自己，这样的人生是有价值的。

我们历经艰难，怀着希望赶路，带着梦想创业，品尝人世间的酸甜苦辣，我懂了，成功是跋涉出来的，磨砺出来的人生是值得回味的。

我们从拉格尔村走出，迈向加州，走遍了全国，周游了世界，我懂了，人生本来就是一场旅游，丰富的阅历是值得怀念的。

我们阅读名著，朗诵诗歌，品尝美酒，广交朋友，我懂了，生活的色彩是自己创造的，这样丰盛的人生是滋润的。

吉姆前天过世了，得肺癌死的，死前疼痛了好长一段时间，看到他痛苦的样子，我懂了，能够健康地活到老，是人生的福分。

高斯先生二十年前离婚了，他好不容易建立好的家庭四分五裂，后面结婚的老婆带着他的财产跑了，到老了仍然孤身一人，我懂了，两个人一起白头偕老，是无比幸福的。

村里养老院的格利夫妇一生没有生养孩子，老的时候只能在养老院里孤独地终老，我懂了，儿孙满堂，是上帝的恩赐。

亲爱的，我们的人生是成功的，我懂了，因为我们满怀深情，一路有爱！

1310. 我的灵魂是清澈的——2004.04.20

屋里充满了温暖，书架上也挤满了芳香，我的灵魂，在时间和空间毫无阻挡地游荡，我在破晓的宁静和清凉中找到了我自己的归宿，我又读起了惠特曼的诗：

我像空气一样走了，
我对着那正在逃跑的太阳摇晃着我的绺绺白发，
我把我的肉体融化在旋涡中，让它漂浮在花边状的裂缝中。
我把自己交付给秽土，让它在我心爱的草丛中成长，
如果你又需要我，请在你的靴子底下寻找我。
你会不十分清楚我是谁，我的含义是什么，
但是我对你说来，仍将有益于你的健康，
还将滤净并充实你的血液。
如果你一时找不到我，请不要灰心丧气，
一处找不到再到别处去找，我总在某个地方等候着你。

亲爱的，对你的爱情就像我喜欢惠特曼的诗歌一样，六十年来从没改变，你给了我难以言传的爱情，我回报以诗用灵魂歌唱。是的，不论何时，我总在某个地方等候着你，在你看得见和看不见的地方，我的灵魂是清澈的，和你的灵魂一样，你的全部就是我的全部！

1311. 珍贵的礼物——2004.04.28

因为经常翻看的缘故，我们所写书信的纸张有点破损，你今天执意要去镇上把我们写的信重新裱过，我一定要陪着去，我怕你弄丢了其中的某页。我和你整整裱了一个上午，然后把我们所写的信按时间顺序放在一起，新买了一个红色的皮箱装好，上面写上："PRECIOUSGIFT（珍贵的礼物）"。

回家的车上，我紧紧抓住皮箱的提手，生怕它飞走了，汽车在路上颠簸了一阵，你一只手握着的我的手，另一只手紧紧地抓住皮箱，车厢里是我们会心的笑声。

是的，这是一件珍贵的礼物，对我来说，除了你，没有比它更珍贵的了，它承

载了我全部的爱，当然这份礼物是属于我和你的。

亲爱的，因为有你，因为有你的爱，你我的每一封信都是珍贵的，我们绵长的爱情藏在其中，卡尔，我爱你！

1312. 完整的人生——2004.05.03

衰老是显而容易见的，甚至可以听到时间在刷刷地吞噬身体的声音，我知道上帝留给我的时间不会太多了。

亚里士多德说："一个未经审视的人生是不完整的"，我不停地注视墙上的照片，我不厌其烦翻阅过去的书信，生怕在我的人生当中的留下不光彩的污点，错过了不应该错过的，我闭上眼睛一遍又一遍惶恐地审视自己，希望找到可以弥补的缺失，祈祷上帝原谅我这个有罪之人，在生命的最后一段时间让我还来得及忏悔。

我发现我的人生有点自作多情，有点浪漫，有点理想化，有点自以为是，尽管如此，我没有犯大的错误，我付出的同时收获了满满的爱、健全的人格和独立的思想，对财富没有吝啬，健康犹在。

亲爱的，不论我收获什么，如果没有完整的爱情、婚姻、家庭，作为一个女人，纵有千般风情，也是残缺的。卡尔，有你的付出与给予，我的人生是的完整！

1313. 我明白我知道——2004.05.12

我明白，上帝给我一段生命，要我怀着爱去生活，让我去了解周围的朋友并懂得欣赏他们，并对他们大声说"我爱你们，我永远不会忘记你们对我的帮助，你们对我来说是多么的重要"。

我明白，给孩子们插上梦想的翅膀而让他们自己学会飞翔，才是真正的爱。

我明白，一个人在帮助他人站起时，喜悦是从付出中得到的；

我明白，真正的幸福恰恰就在于攀登险阻的过程而不是伫立在巅峰上。

我明白，衰老并不可怕，可怕的是失去爱的衰老，甚至带着仇恨去见上帝。

亲爱的，如果我知道今天是最后一次陪你看夕阳，我要你按下快门，留下我这美好的永恒；如果我知道今天是最后一次拉你的手，我会紧紧地抓住不放，直到我在你怀里安详地睡去；如果我知道今天是我最后一次亲吻你，我会忘记时间；如果我知道今天是我最后一次看你入睡，我会热烈地拥抱你。

卡尔，我知道，即使我此刻离去，我的灵魂也会守护在你的周围！

1314. 最后一封情书——2004.05.20

卡尔，六十年来，给你写信成了我的习惯，也成了我情感的寄托，昨晚，我们俩搬出那个皮箱——装着我们六十年来的书信，箱子有点沉，我们俩费了好大的劲才把它搬到桌子上，看着你小心翼翼地折叠那发黄的信笺，生怕弄破了似的，一直忙到深夜，我真的很感动。你说这是我的宝贝，要好好整理，我说你才是我的宝贝，你那一刻很会心的笑，像个可爱的小孩儿。

最近，手有点抬不起来，拿笔的动作有点吃力，有点健忘，我知道我已经老了，尽管我自己有时候不肯承认，但有你陪伴我很知足，我对你的爱仍像当初遇见你时一样，那样清晰，那样有力，亲爱的，你说我老了吗?

我们把这些信按日期编好号码，你的加上我写的，到昨晚为止有 1313 封，我很惊讶，居然有这么多，再加上今晚这一封信总共有 1314 封——这里面埋藏着属于我们一生一世的爱，落基山可以作证。

够了，爱你一生一世，亲爱的，来世还做你的妻子!

村里来了个年轻人——2004.06.03

大卫·克瑞斯是一名资深的媒体记者，平时他喜欢写一些有关爱情的文章给报社，接触的和描写得更多是关于分手、离婚、第三者、金钱等等充满物欲和阴谋的题材。在这个物欲横流的世界，他曾经憧憬的爱情被现实打得支离破碎，不觉人已中年，他一直单身，他不相信爱情也不敢渴望爱情，他内心苦闷烦恼，有时甚至想逃离这个世界。

一个偶然的机会，大卫·克瑞斯来到新墨西哥州一个叫拉格尔的村庄，发现这里的人不但相敬如宾，微笑时刻挂在脸上，同时更让他惊奇的是，这个村庄从贫穷到富裕近 30 年的时间里，竟然很少有离婚的事情发生。他觉得不可思议，他苦苦思索并不断询问村民，仅仅知道他们村里流传着一个“KM的秘籍”，他发誓要找到他们的秘密。

直到一个春日的下午，大卫·克瑞斯正在帮卡尔大叔整理院子的时候，玛利亚将一个精致的红色木箱交给大卫，并一再叮嘱他不要弄丢了，看的时候不要把信纸弄破了，大卫用了整整一个星期看完他们写的 1314 封情书。

大卫·克瑞斯在接下来的一段时间里彻夜难眠，他终于知道这个村庄为什么那么和谐，他读懂了什么是爱情，从此豁然开朗，变得那么热情，并娶了当地漂亮可爱的姑娘葛妮卡为妻。

接下来近一年的日子里，大卫征得玛利亚 / 卡尔夫妇同意，将他们的信件及与他们的对话整理成书，赠送给他的朋友们，人们争相传阅，成为无数恋爱中的男女苦苦追寻的爱情锦囊……

一场关于爱情的对话

大卫·克瑞斯：玛利亚大妈，今天天气很好，您看上去气色不错，我想和您聊聊，可以问您几个问题吗？

玛利亚：你真会说话，小伙子，想问什么？

大　卫：是什么力量让您坚持了六十多年写下了这么多的信？

玛利亚：（沉默了一会儿）是爱情。

大　卫：您是说是爱情的力量。

玛利亚：是的，是爱情的力量。

大　卫：您相信爱情吗？

玛利亚：我当然相信，它真实地存在并流淌在我的血液里。

大　卫：这么说您非常的爱您的卡尔？

玛利亚：他是我生命中唯一爱过的人，我非常爱他。

大　卫：那什么是爱情呢？

玛利亚：我不知道，不，应该说我说不清楚，爱情应该是一种感觉，一种潜在你内心深处的感觉，它很早或很久就存在你的心里。

大　卫：比方说——

玛利亚：上小学高年级的时候，卡尔来我家送作业时送给我一袋煮熟的花生，那时我就很盼望见到他。

大　卫：一把花生就播下一粒爱情的种子了（笑）。

玛利亚：那时候不懂什么叫爱情，只是一种好感。

大　卫：还有呢？

玛利亚：还有一次他用树枝和小花编织成一个小花环戴在我头上，很好看的，我把它放在我的窗台上好久都舍不得丢掉，后来花都干了。

大　卫：一把野花就把您给俘虏了。卡尔大叔，您真行。（卡尔在旁边大笑）

玛利亚：好几次我因小事被爸爸骂哭伤心的时候，总盼望着他送花给我。

大　卫：送了吗？

玛利亚：没有，那时候只是盼望，不知道什么是爱情，也跟爱情无关，卡尔应该也不知道送花是什么意思。

大　卫：您什么时候发现自己爱上卡尔的？

玛利亚：应该是我十六岁那一年的冬天，天气特别冷，那个年代好像闹饥荒没有什么可吃的，那天下午卡尔走了好几里山路竟然给我家送来一筐马铃薯，我吃惊地看着他那冻得通红的脸傻傻地笑，那一刻，我就爱上他了。

大　卫：爱情有时是从感动开始的，那您认为爱情与金钱，权力，财富有关吗？

玛利亚：我不知道，但我清楚爱情一旦加入这些东西就会变质，变得那么虚伪，不真实。

大　卫：但没有金钱或财富的支持，爱情也会出现危机或矛盾啊！

玛利亚：我不否认，但首先要有爱情，否则只是空洞的物质生活，当你哪一天没有了这些物质的东西，生活很容易垮掉。有了爱情，一切都可以创造，尤其是当你走过那坎坷的生活再回头看时，这种看法更加真实。

大　卫：您是个精神享受者（笑），您恨过卡尔吗？

玛利亚：恨过！

大　卫：什么时候的事情？

玛利亚：有一年卡尔在外面找了一个女人，将近两年的时间没有回家，不管我也不管孩子，我发誓一辈子不理他！

大　卫：这种背叛您觉得不可原谅是吗？后来又怎样？

玛利亚：是的，后来他回来了，那个女人花光了他的钱并离开了他，他很疲惫很失落，像做错了事的孩子，不敢正眼看我。我心很软，就说了声：你回来了。其他我什么也没说，帮他洗了一个热水澡，就好像什么事情都没有发生过，卡尔很惊讶，以至过了很长一段时间，卡尔问我当时为什么不大骂他一顿让他好受点。

大　卫：卡尔知道自己错了，他愿意回到您的身边本身就是一种承认。

玛利亚：我不知道，外面的世界有很多诱惑，人总会犯错，你要给他机会，指责是没有用的。

大　卫：这么说爱情有时候是一种宽恕，您当时相信他会回来吗？

玛利亚：相信，相信他是爱我和孩子的，相信他会回来的。

大　卫：凭直觉吗？

玛利亚：凭我对他的了解和我们的爱情。

大　卫：您出走过吗？

玛利亚：有过冲动，但没有出走。

大　卫：什么时候的事情？

玛利亚：有一年卡尔第生意失败，将近六个月的时间里，他不说话，酗酒、睡懒觉，不管我怎么安慰他、鼓励都他无动于衷，我失望极了，我好想离开这个家。

大　卫：后来又怎样？

玛利亚：我好几次躲在门后流泪，当我听到孩子们叫我妈妈的时候，看到他无助的眼神，我知道我已无法选择，也无法逃避，我有责任支撑这个家和这个无法分割的男人。

大　卫：这么说爱情是一份责任，您只有面对。您怀疑过您的丈夫吗？；

玛利亚：没有，从来没有。

大　卫：包括卡尔有外遇的时候；

玛利亚：我认为他只是上当受骗了，掉在一个情欲的陷阱里，当然，当时我是难以接受和难过的，现在看来，一个人你要让他去经历，然后在某个时候他会知道自己真正需要什么。

大　卫：这么说爱情包含一份信任！

玛利亚：是的，我始终相信他不会无故去伤害我和孩子们。

大　卫：两个人在一起久了，会不会很多时候很随便，无所谓，没有感觉？

玛利亚：这是个有趣的问题，坦白地讲，生活很无奈，有时候会没有激情，我们绝大部分时间里很平淡，但我们会经常改变环境，卡尔也会常常给我惊喜，我会保持卡尔喜欢的我的发型和穿着，尽可让自己看起来精神些。我把对他的感觉写成文字去感受他的爱并一直坚持下来，我想我已经很有激情了。（笑）

大　卫：您已经很有心了，爱情不仅仅是一份激情，细水长流的真情才是最恒久的。

玛利亚：卡尔是一个宝藏，他有永远讲不完的笑话逗我开心，我很欣赏卡尔对待我那份认真的态度。他很尊重我的看法或建议,每做一件事情都很棒，他待人很友善，不会轻易去伤害一个人。卡尔他经常赞美我很漂亮，赞美我把家里布置得很温馨，有一次我的手不小心受伤流血了，卡尔将我的手放入他口里好久都不肯放下来。

大　卫：很感动，爱情有时是一份相互的欣赏！

玛利亚：是的，卡尔这一点做得很不错；同时卡尔很守承诺。

大　卫：比方说——

玛利亚：结婚前他承诺不骂我，这么多年卡尔一句大声的话都没有对我说过；结婚时欠我的戒指他一年后准时戴在我的手上；每一年的结婚纪念日，不管多忙卡尔一定回来并给我送上一份礼物；我的生日每次他会提前订好礼物，情人节的礼物就更多了，现在可以种菜的院子也是他承诺给我的礼物，如此好多好多，他都做到了。

大　卫：您的眼睛放光了，是的，爱情有时是一份相互的承诺！

玛利亚：人生许多东西是相互依存的，爱情和婚姻都是一样，要相互爱护和珍惜才能丰富起来。

大　卫：是的，爱情是双向的，您怎么看待现代人的爱情呢？

玛利亚：现在时代变了，我还真看不懂年轻人的爱情，要么很自私，为自己的婚姻设计着各种条件，对房子、车子、金钱等物质的东西看得太重；要么很草率地结婚，又很快地离婚。现代社会离婚的很多，包括中年的甚至老年的，这样不好，整个家庭及社会的气氛变了，不那么讲道德，不那么和谐，一个家庭要完整，完整的东西才有力量。

大　卫：但一个东西包括爱情要自始至终完整似乎不那么容易？

玛利亚：是的，这跟我们社会提供的文化环境有关：电视，报纸，网络上充满着金钱、权力、财富、自由，性解放等等宣传，人们争先恐后拼命去标榜证明自己拥有的东西，那是不对的，我们应该多宣扬一些平等、友爱、互助、公平的东西，社会要有一种向善的力量，政府部门掌握文化传播的工具，有些东西是需要限制的，有些东西是需要传承的。

大　卫：您是说现在的社会文化环境出了问题？

玛利亚：我可不敢这么说，我是说要有主流，不要什么都进来，年轻人的阅历浅，分不清楚好坏和方向，他们只是好奇被动地接受一些新鲜的东西，但是一旦接受就很难改变。

大　卫：您是说这种现象不能全责怪年轻人，他们很多时候是被动接受的？

玛利亚：我想应该是这样的，就像我们那个年代的文化，很多都是传统的，很好的很干净，很容易接受，不会轻易破坏或改变，不好的东西大家一起鄙视它抵制它，人与人的关系比较简单，爱情更是纯洁、神圣。

大　卫：是的，很多传统的东西我们年轻不太感兴趣，他们的价值观发生了很大的变化，他们对过去的东西看不起或不感兴趣，老年人又无可奈何，我们应该反思。

玛利亚：还有现在的很多电视剧我有点看不懂，而且有时候越看越糊涂，是不是因为我老了。

大　卫：您一点都不老，您看起来比实际年龄年轻二十岁。

玛利亚：大卫你真会说话。比方说前段时间有个历史剧，拉美革命领袖玻利瓦尔在我们自小的印象里一直是个英雄，可这部电视剧说他是个暴徒，其中有一段说他的革命毁灭了一个国家的前程。还有那个凯瑟琳·赫本，几十年来流传着她对爱情忠贞不渝的佳话，她与斯宾塞的爱情我一直视为偶像，可最近有一部电视剧说她有三个情人，私生活很混乱，我很长一段时间都无法理清我的情绪，我最近都不看电视了。

大　卫：您是说您过去的看法和观念现在被这些电视剧打乱了？

玛利亚：是的，整个社会的价值观念好像变了，我们这些上了年纪的人无法理解，这样不好，尤其是年轻人的价值观需要有一个正确的引导和方向，否则乱透了。

大　卫：您上网吗？

玛利亚：噢，这是年轻人的玩意儿，前些年我的孙女教我怎么使用，上面太多暴力、凶杀、金钱、游戏、谎言，甚至还有很多看起来更下流的东西，我现在很少上网看东西；

大　卫：您是说网上有很多你不能接受的东西。

玛利亚：是的，太多不健康的信息，人会变得复杂，特别是对小孩，仿佛整个世界都充满阴谋，包括爱情。人与人之间不应该那么复杂，或本来就没有那么复杂，有些是被教坏的。

大　卫：您是说人应该简单些，是网络改变了人们的生活，让生活变味了，包括爱情？

玛利亚：是的，我不是反对网络，我也反对不了，但我有权力反对不良的信息或拒绝网络，同样年轻人也有权力拒绝那些不应该属于他们的东西。

大　卫：您懂得真多，您的见解很深刻，这个世界您相信什么？

玛利亚：相信爱情，属于我的爱情。

大　卫：相信爱情吗？哈哈。

玛利亚：你笑什么呢？

大　卫：因为我有很长一段时间不相信爱情！

玛利亚：你单身？现在？大卫，这就是你的不对了，你一定是以前受到伤害或接触负面的东西太多了，然后自己把事情想得太复杂了。

大　卫：也许是吧，我是做记者的，很多时候接触太多家庭的悲剧以及太多的社会阴暗面。

玛利亚：哦，原来是这样，你看看我和卡尔幸福吗？

大　卫：幸福，听了您的话，看来我该改变对爱情的看法了。

玛利亚：这就对了，爱情是个好东西，妙不可言，不要放弃，任何时候都要相信爱情。

大　卫：可我没有很好的条件，比方说房子或很多的钱。

玛利亚：首先要有爱情，条件是可以创造的，要相信两个人合起来的力量有时候比你想象的大得多。

大　卫：我懂了，但有时往往是女方要这些条件。

玛利亚：不，不，你不懂女人，关键是你要怎样让女人爱上你，让她觉得你值得，有了爱情，其他的就不再那么重要。

大　卫：是不是我们人类对物质的占有欲望太强了？

玛利亚：这是人性本能，重要的是这个社会环境变得不那么安全了，包括爱情的环境：欺骗，谎言，不信任等等，人就变得多疑、敏感和有距离，有时候只好拼命地抓住看得见的东西。我想这可能就是现在我们家庭的收入越来越多，但离婚的人也越来越多，我们住的房子越来越大，可同时也有了更多破碎家庭的原因。

大　卫：这是事实，您是说爱情本身跟物质无关？

玛利亚：至少我是这么认为的，爱情就是爱情，反过来当你拥有这些物质的时候，你会发现物质条件原来没那么重要。

大　卫：我似乎明白了，但要爱上一个人也是一件不容易的事。

玛利亚：大卫，你的问题真多，是的，爱需要环境，需要缘分，需要感觉，需要用心，更需要你主动去创造机会。

大　卫：哦，差点忘了，您就是被卡尔的马铃薯感动的。（大笑）

玛利亚：该死的大卫！（玛利亚此时笑得很开心）

大　卫：你对年轻人的爱情有什么建议吗？

玛利亚：谈不上建议——无条件地去爱，同时要懂得去付出。

大　卫：比方说？

玛利亚：爱情是双方的，不要等待对方主动，不要总想到自己的感受，不要总想让对方来认错，不要总认为错误是对方的。卡尔从不跟我争论对错，问题就是你自己的问题，要有为对方作出牺牲的准备，我的家庭每次出现问题我都是检讨自己。爱情的味道，关键看你自己付出的多少。

大　卫：爱情是一种付出，无条件的，就像您对卡尔一样。

玛利亚：是的，一种心甘情愿的付出，这也是一种态度，一种认真的态度，同时你要懂得去建设。

大　卫：爱情有时候是一种态度，您说的建设是什么意思？

玛利亚：比方说要懂得在双方的亲友之间建立一种友善的关系，努力去建设共同拥有的物质基础，有去组成建设好一个家庭的强烈愿望。

大　卫：您是说这些外部的关系和条件会影响你爱情的质量和结果。

玛利亚：是的，在组成并建设一个家庭的过程中，需要添置很多的家具，甚至建设房子，建立许多看得见的和看不见的东西，只有心中充满爱，才会对这些东西，对这个家有感情，才不会轻易受到外界的影响。

大　卫：这么说爱情是一种建设，您的孩子现在如何？

玛利亚：凯理在奥克兰，凯希去了法国，莎米在澳大利亚，他们婚后都很幸福。

大　卫：何以见得？

玛利亚：从他们热爱的事业里，从他们的眼神中，从他们拉手的动作里……重要的是我和卡尔很幸福。

大　卫：您是说您和卡尔是他们的榜样，爱情也是一份无声的传递，您的行动传递了爱情。

玛利亚：可以这么说，我很欣慰。

大　卫：您对我们年轻人有什么忠告？

玛利亚：深情而热烈地爱，也许你可能会受伤，不管怎样，你还是要相信爱情；

（和玛利亚聊的时候，卡尔一直在旁边听，很认真像个小孩似的，眨着满意的眼睛，一点都看不出来他已经是八十岁的人了）

大　卫：卡尔，您认为爱情是什么呢?

卡　尔：爱情就是……爱情就是我拉着玛利亚的手一起散步。

大　卫：这么简单?

卡　尔：就这么简单!

玛利亚：嗨，大卫，你问完了吗？我们要去散步了！

大卫·克瑞斯看了看表，噢，时间过得真快，又是夕阳西下，大卫望着他们的背影，自言自语：多好的一对老人，我要像他们一样……

相信爱情

如果你今天付出的爱情，对方没有回应，

不管怎样，你还是要相信爱情！

如果你今天付出的爱情，明天就会被人遗忘，

不管怎样，你还是要相信爱情！

如果你今天付出的爱情，却得到了欺骗和伤害，

不管怎样，你还是要相信爱情！

如果你今天付出的爱情，将会遇到挫折和打击，甚至以失败而告终，

不管怎样，你还是要相信爱情，哪怕粉身碎骨！

假如你正处在热恋之中，那么恭喜你走出完整人生的第一步并祝福你得到爱情的全部！

心中有了爱情，生命才会更加灿烂！

你该留下点什么呢?

如果不留下些什么，等到我们都老了，老得只能在躺椅上晒太阳的时候，如何去缅怀曾经的岁月?

那些如风的往事，那些记忆中的人，总还是需要载体才能清晰的影像。

爱情，可以是很虚无的形而上。

但是人生，还是多些摸得着看得见的东西好，比如耳环或项链，比如录音，比如照片，比如手写的情书。

然而只有你的情书才是最温馨的，最令人心动的，最难以忘怀的，当然也是属于你的秘密!

假如你不想铺开信纸给你的爱人写一封情书，假如你没有时间去和你亲爱的人一起制作一个小木箱，那么请即进入：WWW.1314LOVES.COM，和您心爱的人一起领取属于你们的“KM秘箱”，这样你们将收获一生的精彩和珍贵，或请进入：WWW.情人的礼物.COM，选择一个心仪的礼物送给你最亲爱的人，带上你的回忆和爱，祝福你们!